茶馆

叶广芩

文集

北 京 出 版 集 团
北京十月文艺出版社

目　录　Contents

二十集电视连续剧

茶馆

根据老舍同名话剧改编

第一集

晚清，戊戌年间的北京，时近正午。

北京城街。

街面上突然一片混乱，人们脸上透着兴奋、透着恐惧，向同一个方向疾奔，连摆摊的小贩也急着赶着收拾东西，忙不迭地去看热闹。

年轻的松二爷穿着考究，风流倜傥，举着鸟笼迈着八字步，嘴里哼着“昨夜晚吃酒醉，和衣而卧”轻轻松松向裕泰茶馆走来。

熟人甲　二爷，瞧稀罕儿去啊！

松二爷　稀罕儿？好玩儿吗？

熟人甲　好玩儿！刑部在菜市口出大差。鬼头刀一举，嚓，人头落地，滴溜溜满地转，眨巴着眼睛，好快刀也！

松二爷　血丝糊拉的不好看。我胆小。

熟人乙　一下杀六个，维新派，说不定掉脑袋之前还能唱两句呢，看一趟值。

松二爷　不去。什么也没我的小黄鸟好看。

熟人甲　二爷，我们俩给您护驾，架着您看。

松二爷　那也不去，回头死鬼看我好说话儿，再跟上我。

熟人乙　那我们可走了，错过机会您别后悔。

松二爷　（拱拱手）二位请便。

俩熟人不再理会松二爷，随大流朝大街上跑去。一队兵齐刷刷地过来，有小官吆喝着：闲杂人等不得在此停留！有维持秩序的兵丁推搡着路边行人，人们纷纷躲避，一时路面上鸡飞狗跳，乌烟瘴气。松二爷被逼到墙角，紧紧地护着鸟笼子。

兵们过去了，街上相对变得冷清，洒了一地的凉粉，滚了一地的果子，一只癞狗和一个小叫花子在踅摸地上的吃食。傻杨敲着牛骨头从街那头走来。

傻　杨　天怕无时地怕荒，

害眼的就怕瞧太阳。

卖豆汁的就怕杵锅底，

长秃疮的他就怕痒痒。

（见到狗，冲着啃食的狗）你倒会抽工夫捡剩儿！（小声对狗）

官儿阔，百姓穷，朝中出了个谭嗣同，

谭嗣同，主意高，还有那康有为和梁启超。

这件事，闹得凶，气得太后咬牙切齿直哼哼。

她要杀，她要砍，讲维新的都是要造反。

这些事，别多说，说着说着就许掉脑壳。

癞狗冲着傻杨汪汪。

傻　杨　嘿，你他妈还真听懂了。这世道，人还不如你呀！

傻杨一抬头，看见松二爷站在裕泰茶馆门口，正对着上了板的茶馆发愣。

傻　杨　大傻杨，打竹板，眼前来到了大茶馆。

　　　　大茶馆，老裕泰，今天的生意歇了菜。

　　　　耗子钻墙猫上房，老掌柜的撒手奔了西方。

　　　　黄瓜茄子嫩茴香，松二爷对着茶馆直念秧。

松二爷　这茶馆好么当央的它上什么板呢……

傻　杨　二爷，您还不知道？裕泰的老掌柜殁了。

松二爷　老掌柜的殁了！什么时候？

傻　杨　大前儿个，兵荒马乱的也不敢在家多停，入土为安，今儿个出殡。

松二爷　这怎话儿说的，我上妙峰山进了几天香，老掌柜就过去了。我走的那天还见他硬朗着呢，吃了三碗羊肉氽片汤，怎么说殁就殁了呢！得的什么病？

傻　杨　紧痰厥。

松二爷　紧痰厥？急火攻心，年纪大了就怕这个，我得上后头吊唁吊唁去。

傻　杨　您吊唁什么呀，亡人盼土，王家一早儿就送灵柩出城了。赶早，今儿个不是……那个嘛。

松二爷　噢。那这茶今儿个喝不成了？

傻　杨　喝不成了，街上乱乱哄哄的，您还是回客吧！

白天。西直门外的土路，远远望见了城门楼。

一辆骡子拉的大车，车上坐着穿重孝的裕泰茶馆少掌柜王利发和他的舅父以及两三亲戚，一行人埋葬完老掌柜的正往城里赶。大舅替王利发摘下白孝帽子扔下车去。

王利发　（看着地上越来越远的白帽子）大舅，扔了怪可惜的。

大　舅　这是送殡的规矩，一离开坟地，你的孝帽子就得摘，这身衣裳临进家门才能脱。脚上这双白鞋是给父母守孝的标志，老得穿着，鞋上绷的白布得过了“五七”，前头开了绽，就是“亡人睁了眼”才能拆去。

王利发　我给我爸爸戴一辈子孝。

大　舅　是啊，我姐夫这辈子不容易……

王利发失神地看着丢在路上的孝帽子，渐渐远了……两行清泪滑下脸颊。他是个略显早熟的青年人，眉目清晰，身板结实。几年来跟着父亲，在茶馆里历练，身上有种与年龄不协调的老成。

骡子很疲惫，人也很疲惫，车上的人耷拉着脑袋都不说话。

王利发后面露着一段黑色鞋帮的白鞋，在人众中扎眼而醒目。

白天。城门脸。

车到城门脸被守城的兵们拦下，大舅赶紧下车赔着笑脸迎上去。

小　官　进城干什么？

大　舅　家住城里，回家。

小　官　戒严了。知道今儿个什么日子口吗？

大　舅　知道您哪。出殡的事，耽搁不得时辰，这不一大早就出城了……

小　官　（指着王利发）你，为什么还戴着孝？说你哪，下来，谱还挺大。

王利发慌忙翻身下车，毕恭毕敬站到小官面前。

小　官　（拉着长声）给谁戴孝哪？

王利发　给我爸爸戴孝，今儿个怹（读 tān）老人家出殡。

小　官　谁知道你是给你爸爸戴孝，我说你是给乱党戴孝！菜市口那儿把脑袋刚摘下来，你披麻戴孝就来了，你不是余党谁是余党？来人，给我绑了！

几个兵上来就按住王利发。

王利发　（赔着笑脸）您听我说，您听我说！

小　官　我没工夫听你说！

大舅看见城根下头还捆着几个“余党”，紧忙示意王利发，王利发掏出银子往小官手里塞。

王利发　您先拿着买壶酒，改天来裕泰喝茶！

小官掂着银子，明显地嫌少，斜眼看着王利发。

小　官　你打发叫花子哪！

王利发　身上就带这点儿……

小　官　大上午就碰上你们，呸，我晦气！是真没有还是假没有？

王利发　爷，是真没有。

小　官　既然没有今儿个让你长长记性，下回再出殡你不是还得打我这儿走吗？

王利发　下回不出殡了，没殡可出了，除非是给我出殡。

小　官　这张嘴还挺能绕，就冲你这张嘴，看起来我真得拾掇拾掇你！

兵们对王利发拳打脚踢。王利发忍着。

大舅掏出银子，又跟几个亲戚凑了点儿，给小官塞过去。

大　舅　这位爷，您别跟小孩子一般见识，这孩子今年才十九，还没长胡子哪，您哪，（指着拉车的骡子）您就把他当是一头骡子。

那头拉车的骡子龇牙咧嘴，摇晃着大脑袋长长地尿了一泡热尿。

流氓头子黄胖子乘着骡车出城，黄胖子是高度近视眼，路过城门下车，见了穿官衣的就请双安。

兵　丁　您甭招呼我，头儿在那边哪。

黄胖子冲着小官走过来。

黄胖子　张爷，老没见了，您倒好啊！

小　官　我不姓张，我姓周，你那俩瞎窟窿，出气儿的吗？

黄胖子　眼神儿不好，周爷多包涵。

小　官　黄胖子，你有日子没上我这儿走动了，是不是用不着爷们儿了，你可不能上炕认得老婆，下炕认得鞋，干过河拆桥的买卖。上回那件事是我手下的弟兄帮你了的，费大劲了。

黄胖子　弟兄们的好处我心里都记着呢，我最近是杂事忒多，宁贝勒家的女猫怀上了胡同口烧饼铺男猫的崽，贝勒家不答应啊，金枝玉叶的猫能下嫁给胡同串子吗？亏啦，这事官厅上不管，内务府不管，宗人府更不管，就得我管。（看见嘴角流血的王利发）哟，这不是裕泰茶馆的少掌柜吗，怎么成这模样啦？

王利发　怪我，怪我！

黄胖子看看小官，又看看大舅，给小官偷偷递了个眼色。

黄胖子　这孩子叫王利发，他爹大前儿个才过世，是个本分孩子，孝子。

小　官　（不屑地扭过脸去）看他这一身热孝，在大街上一走，谁能说他跟菜市口那一帮没关系？

大　舅　正巧赶一块儿了。

小　官　谁知道是不是赶一块儿了？

黄胖子将小官拽到一边嘀咕了几句，转身走过来，向大舅悄悄伸出手来。

大　舅　（小声）刚才给了，两回呢。

黄胖子　你就不会再给第三回！

大　舅　这叫什么事儿啊，我们招谁惹谁了？

黄胖子　你别不知好歹，我给你们这么费劲周旋，我招谁惹谁了？

大舅跟几位亲戚又凑银子，凑出一把铜钱，再也凑不出来。

黄胖子　没有了？

王利发　（摸出一块子玉，惨然地）这个是我爸爸烟荷包上的，本来我想留着当个念想……

黄胖子　（一把抓过子玉）是块子玉，不是什么值钱玩意儿。

小官收了东西很勉强地一歪头，黄胖子心领神会，对王利发们说：还不快走。

众人要套车开路，黄胖子一把拽下正要上车的王利发，推到小官面前。

黄胖子　还不谢谢周爷。

王利发　得了，谢谢您关照。

小官狠狠踹了王利发一脚。

送殡的人们赶车进城，黄胖子追进城门洞。

黄胖子　（对王利发）你还不赶紧把这身招事儿的孝服扒了，待会儿你们的车过菜市口，人家把你们当乱党的丧种对待，吃不了兜着走。

大舅帮助王利发脱孝。

王利发　我们不过菜市口，我们绕道走后门，转一大圈儿行不行？

大　舅　大伙儿都累一天了，牲口也乏了，你就听话……

王利发　我给老家儿戴孝是天经地义，我得尽孝子的本分，我爸爸在坟里尸骨未寒，我这儿就把孝摘了，我怕人戳我的脊梁骨。

大　舅　我是大舅，我都没说什么，你还在这儿牛×什么，脱！

众人将王利发的白孝带扯下，将脚上绷的白布撕下。

王利发　爸爸耶……

骡车拉着躺倒在车内呜咽不止的王利发向城内驶去。

傻　杨　该低头时就低头，耗子拖不动大碌碡。

上山猫腰下山挺，刀尖上不能拿大顶。

好好活，好好过，好好过您就好好活。

麻将耍的是中发白，北京刮的是东西南北风。

傍晚。裕泰茶馆后院门口。

茶馆的门面在正街，坐北朝南。西边胡同拐进来有后门，专为买卖以外人出入。茶馆后院是个僻静的小院，一排北屋外加东西厢房，一棵歪歪扭扭的枣树，两丛半死不活的草茉莉。北屋住着开茶馆的王家，西屋住着一张姓姐弟俩，姐姐张玉英长得小鼻子小眼，俊俏中有些单薄，说话也低声细语，从不抬眼皮。张玉英数年前说了个婆家，没过门，男人得痨病，病故，她成了望门寡，人们说她命硬，妨夫，没人再来提亲，她本人和兄弟张春和在一块生活。春和是紫禁城里带顶子的泥水走工，负责着皇宫里的殿宇修缮。

这院房连同前头的茶馆，归西城商人秦仲义所有，秦仲义有绸缎买卖，京城里有连成片的房产，是位有钱的主儿。

天色擦黑，王利发和大舅疲惫不堪地回到自家后院门口。刚要敲门，门无声地开了，茶馆的伙计李三和张玉英已等在门后。李三手中捧了盆清水，水中搁了把菜刀，张玉英端了一碟糖，低眉敛目地跟在李三身后。李三三十多岁，精明干练，在老掌柜手下干了多年伙计，能当茶馆半个家。

李　三　回来了！怎么这么大工夫？

大　舅　道上不顺。

王利发　（看李三手里的菜刀）这是干什么？

李　三　怕死鬼跟回来，吓唬吓唬。

王利发　那就是吓唬吓唬我爸爸。我爸他跟回来就跟回来呗，省得一人在荒郊野地孤单得慌。

大　舅　我说你呀，往后别再“我爸爸”“我爸爸”的了，老掌柜的入土了，如今你就是掌柜的了，你得想法把买卖挑起来！我姐姐、姐夫就你一个儿子，六亲无靠，往后，你得把自个儿当个大人，前头的茶馆全仗着你一个人硬撑，没人帮你。

王利发　是，大舅。

从大舅严厉的态度里，王利发感到形势的变化，的确，他不再是父亲手底下打杂跑腿的小力笨儿了，他是掌柜了。

大舅将水里的刀在盆沿上磨了磨，在清水里照了照脸，从张玉英碟里捏出一块糖，吃了。

李　三　（将水盆端到王利发跟前）掌柜的……

王利发依照大舅的做法，将程序又做了一遍。

王利发从碟子里取糖的时候，张玉英手有些抖，于是王利发表情也有些不自然，一块糖，拿了几下没拿住，竟然还掉到了地上。王利发弯腰拾糖。

张玉英　我来！

两人同时蹲在地上，舅父将一切看在眼中。

晚上。王家北屋。

普通的北方家居摆设，条案、八仙桌，一明两暗的格局，由木隔扇隔开，隔扇没有繁华雕饰，简单而实用。中堂是幅粗糙的山水画，对联是“山是真图非笔染，户无长物有书栏”，从书法到内容都极一般，只是为了点缀，没有丝毫文化内容在其中。东西分别是卧室，卧室窗前有炕，炕上有桌，墙上贴着已经老旧的杨柳青年画。

大舅和王利发在八仙桌两头坐着，大舅抽着烟袋，李三在旁边站着，半天没人吭声。

大　舅　裕泰还有多少伙计？

王利发　加上我，五个伙计，两个学徒。五个伙计有三个是我爸爸当年从老家带出来的。还有一个聘来的白案师傅，姓明，善做蜂糕、盐水焖炉儿、肉馒头、烂肉面。

大　舅　明师傅？

王利发　明成。

大　舅　旗人？

王利发　旗人，镶白旗。早先在大内御膳房干，能做成套的满汉全席，跟宫里的副庖长闹不对付，被差回来了。人不错，没有旗人的酸架子，手艺也好，不少客人是冲着明师傅的烂肉面来的。

大　舅　老掌柜还善于搜罗人才。（对王利发）柜上还多少底子？

李　三　还底子呢，没亏空就不错了。

王利发　前后房子是秦二爷的，月租房钱三两七，八仙桌二十张，杌凳一百零五，茶壶三十二，茶碗二百三十一，钱柜里周转活钱儿八两四，还欠着肉铺、粮店、茶叶铺、水栈。

大　舅　开茶馆人得活泛，思路得宽阔，老犟驴似的不行。

王利发　知道了，大舅。那，裕泰明天……下板儿？

大舅看看王利发，又看看李三。

李　三　可不得开门，歇三天了，光出不进，七八个人，几个家的嚼谷，房租也到日子了……秦二爷可不是好说话的主儿。

大　舅　秦二爷？就是那个开绸缎铺兼吃瓦片的西城阔少？

李　三　人家祖上有钱，这二年连宫里的绸缎也一半用的是秦家的采办，秦家人识货，有眼光。

“张家的”端一托盘进来。将粥和烙饼、咸菜丝搁在八仙桌上。

张家的　我熬了一锅小米粥，想的是您爷儿俩累一天了，从城外回来又渴又饿，喝点粥滋润。

大　舅　劳您的大驾了，真不知道该怎么谢您。

张家的　您见外了，一个院住着，帮衬一把是应该的。不给您做，我自个儿也得吃不是？

大　舅　这饭我吃不成了，我得在关城门之前出去，要不，你大舅妈在家等急了。

王利发　您不等到明天哪？明天开门您得给我把着点儿。

大　舅　有李三在就行了，他比我强，多亏了你爸爸手底下有这么个人手，是你傻小子的福气呀。

大舅夹起衣裳走了，临出房门，意味深长地看了一眼站在桌旁的“张家的”，看了看桌上热腾腾的小米粥。

大　舅　记着，明天开张，一定拿稳了，有事多问李三。

王利发　哎。

李三也出去了，王利发坐在桌前大口嚼饼，吞粥。“张家的”站在旁边不错眼珠地看着王利发。

张家的　您慢点吃，我那儿还有，给春和留着呢。

王利发　再来一碗粥。

白天。茶馆内。

热闹喧哗，人来人往。这是北京有数的几个大茶馆之一，厅堂宽大，前后进深长，搭着天棚。屋里、棚下都是茶座，有挂鸟笼的地方，柱子、墙上贴着“莫谈国事”的字条。前堂有灶，烧水，也做简单吃食，兼卖糖豆、瓜子什么的零碎。茶客中，有固定座位的，无一不是着长袍马褂戴帽头的“正气须生”。须生们悠闲自得，不是喝茶是品茶，他们多是在旗的，有闲有钱的“太平父老”。也有官员杂役，三教九流，更有普通的下里巴人，多是为事而来。

王利发在桌子之间张罗。

两位茶客，正眯眼摇头，拍板低唱《三家店》：将身儿，来至在大街口，尊一声过往的宾朋，听从头……

三位顾客正欣赏瓦罐里的蛐蛐；两个人在下棋；两个人在欣赏一个翠绿扳指；甲乙丙丁围着桌子聊“见闻”。

甲　……我看见停在板上的死鬼腿一动，一动，晃晃悠悠，晃晃悠悠它起来了，冲着牌桌一蹿一蹿就过来了，当时我的头发根唰——立起来了……

乙　这是诈尸啊！

丙　拿个东西拽啊，它但凡抱住什么就躺下了。

甲　我还顾得上这个？我俩腿筛糠，尿了一裤裆……

焦黄喷香的盐水焖炉儿出炉，明师傅熟练麻利地将它们捡出。有茶客进来，伙计高呼“苏老爷来了吧您哪”。

苏老爷戴着护臂，架着鹰，腆着肚子进了茶馆。

伙　计　（讨好地）爷的座今儿早晨掌柜的让我擦了三遍了，专候着您呢。

王利发　苏爷今天还是双熏茉莉？

苏老爷　昨儿夜里熬了一宿鹰，给我来碗酽的，云南普洱。再上西口羊肉床子给我切二斤嫩里脊，要一分宽、三分长的条。

王利发　苏老爷要炖羊肉？

苏老爷　我喂鹰。

王利发　（指挥小伙计）麻利儿办去，别耽误工夫。

李三指挥伙计给各个桌添水，绕到王利发身后。

李　三　您现在是掌柜的了，您得多在柜里站站，显显身份，大堂的事有我们。

王利发　我在下头转惯了。

李　三　转惯了您也得站柜后头去，这是谱！

王利发背影，站在柜里，嘀嘀嗒嗒打着算盘，关照着店堂里的情景，李三不时将钱交到柜后的王利发手上。

李　三　西边头桌茶钱两吊，烧饼夹肉两大枚。里间茶饭钱二两。

李　三　东边桌果碟四份，钱两吊。门前桌盖碗四大枚。

…………

有两次，李三虽然大声报了收项，手里却是空的，王利发不解地看着李三。

李　三　您第一天当掌柜的，轰轰场面。

傻杨敲打着牛骨头进了茶馆。

傻　杨　大傻杨，打竹板，一来来到了大茶馆。

大茶馆，老裕泰，生意兴隆真不赖。

茶座多，真热闹，也有老来也有少。

有的说，有的唱，穿着打扮一人一个样。

有提笼，有架鸟，蛐蛐蝈蝈也都养得好。

有的吃，有的喝，没有钱的只好白瞧着。

爱下棋，您来两盘儿，

赌一碟，干炸丸子外洒胡椒盐儿。

王利发赶紧过来干涉。

王利发　傻杨，求求您了，别在这儿添乱。（塞给傻杨两个盐水焖炉儿）

傻　杨　添乱？我是给您添彩儿呢。

王掌柜，大吉祥，茶馆今天又开张。

老掌柜，新掌柜，老的少的沏的是一壶水。

王利发　（倒了一碗茶，往外推傻杨）得了，得了，您上外头润润嗓子去吧。

傻　杨　王掌柜，大发财，金银元宝一起来。

您有钱，我有嘴，数来宝的是穷鬼。

松二爷、常四爷提着鸟笼进来，松二爷二十多岁清秀飘逸，穿着讲究，身上拴着许多小“挂件”，手里的鸟笼精致小巧，小黄鸟小鸟依人；常四爷人高马大，与松二爷年龄相仿，虽然也是长袍马褂但是比较利落，他的鸟笼也粗犷高大，画眉鸟声音嘹亮。王利发向他们打招呼，两个人不慌不忙，先把鸟笼挂好，再找地方坐下。李三提着壶过来，王利发接过壶。

王利发　这两位得我亲自伺候。

松二爷、常四爷各自从怀里摸出茶叶包，王利发将茶叶倒在各自的盖碗里，沏好茶。松、常向邻近的茶座让了让。

松二爷、常四爷　您喝这个！

松二爷　我昨儿个来，听说老掌柜歿了。

王利发　就一会儿的事，晚上吃了两碗热汤面，睡觉还好好儿的，早晨就没醒。

常四爷　睡过去了。

松二爷　那可是个好人儿，跟谁都没有高声儿，一辈子与人为善，开起了这么一个大茶馆，周济了多少人哪，说走就走了，我这心里头……

王利发　老家儿一走，我心里立时就空了，好像茶馆的门面塌了，把我一下就推大街上来了。东南西北风，都吹到我身上来了。

松二爷　这么大的事我也不知道，没过来送送，缺礼缺大发了，我今天得赔赔礼。（站起来给王利发请双安，掏银子）

王利发　（赶忙阻止）您别价，别价。

松二爷　我不是给你，是给老掌柜……（掏出帕子擦眼睛）

常四爷　让你这么一闹，我心里也直发酸。老掌柜也是积德行善修来的，不是谁都能走得这么顺畅，没受一点儿罪不是。这就得了，现而今，能得着善终的有几个？

旁边桌一直坐着不动声色的特务宋恩子与吴祥子甩过话来。

宋恩子　今年是光绪二十四年，戊戌，您说能善终的没几个……这话我怎么听着话外有音儿啊！

松二爷　我们在这谈论老掌柜哪。

王利发　（打圆场，走到特务桌前）是啊，大伙儿在这儿说我爸爸呢，我在这儿谢谢几位了，我爸爸在的时候大伙儿没少照顾我们，我爸爸不在了，还求您几位多提拉提拉我。

常四爷　甭说那客套话，都是虚的，（看了特务们一眼）踏踏实实挣钱，本本分分过日子比什么都强。

松二爷　喝茶，喝茶。

常四爷　头一碗还没闷出味儿来。

王利发回到柜台后面。

吴祥子　（看常四爷一眼）咱们都记着呢，（对宋）上东边遛遛？

宋恩子　东边遛遛。

两个特务站起身准备离开，李三趋身过来。

李　三　掌柜的说了，二位的茶钱免了。

宋恩子　怎么着，臊我们不是？宋爷我难道给不起你们茶钱！

李　三　（小声）掌柜的今天头天坐柜，图的是往后二位常来走走，多多照应。

吴祥子　是不是今儿个在坐所有人的茶钱全免哪？

李　三　那倒不是。是掌柜的看重您二位。

宋恩子　咱爷们儿用不着谁看重，咱们拿的是北衙门的钱粮，咱们干的差事是衙门里一顶一的要紧差事……

李　三　那是，跟您二位比，我们不如个臭虫。

柜台里，王利发不解地看着特务们。

王利发　（对正忙活的明师傅）你说这俩人他究竟想干吗？

明师傅　想干吗？我让您瞧瞧。（捡了十个才出锅的肉馒头，用盘子装了，走到特务跟前）掌柜的说了，二位在外头办差不容易，才出锅的鲜肉馒头，给二位垫垫饥。（说着用手巾将馒头包了，递过去）

宋恩子　（并不接馒头）干巴呲拉的……再噎着。

李　三　是啊，举着大茶壶在街上走，不方便……这么着，（掏出两吊钱）您二位走到哪儿，就近上茶馆拣高的喝。

宋恩子　我们要是走到虎坊桥的春华楼呢。

明师傅　您就照直往里进，我兄弟在那儿是红案大拿。

吴祥子　春华楼的红烧翅根，清炖燕菜还凑合。（说着接过馒头和钱，与宋恩子晃晃悠悠走出去）

常四爷　什么东西！

松二爷　睁一只眼，闭一只眼吧，跟这些人置气划不来。（小黄鸟一通猛唱，松二爷听入了神）还是我的小黄鸟好，通人性，到该给我解心烦的时候就叫唤，我心里想的什么它都知道。我的心尖哎……

常四爷　（心里仍有气）赶明儿我养只夜猫子，让它天天半夜嚎。

松二爷　猪八戒玩老雕，什么人爱什么鸟。

李　三　（瞥了一眼架鹰的苏老爷）两位爷小点儿声。

松二爷　我们说鸟的话也犯忌？

李　三　那边是玩鹰的……多心！

明师傅　（回到王利发身边）连吃带拿，这叫舍财免灾。

王利发　舍财免灾？养虎遗患！

明师傅　（看着门口）又来了一只老虎。

二德子穿着坎肩，胳膊上搭着褂子，臂上刺着青，横着进了茶馆，小伙计迎上去。二德子连踢带蹬地找了个空座，七个不平八个不忿地坐了，同桌的两个人赶紧挪了地方。

二德子　躲什么，我又吃不了你，欠揍！

伙　计　爷，您喝点什么？

二德子　喝什么，喝茶。上你这儿能喝烟袋油子吗？废话。二爷公干刚完，在顺天府大堂门口揍了几个喊冤的，二爷几拳下去，一个躺地上不出气儿了，两个耳朵眼里往外冒血，还一个脑袋成了拨浪鼓……这会儿二爷渴得厉害，恨不能爬在海边，一口把什刹海喝干了。

伙　计　喝什刹海，二爷您大肚量，肚子里能跑火轮船。

两拨人骂骂咧咧进到茶馆后头。

松二爷　里头好像又有事？东城一拨，西城一拨。

常四爷　放心喝茶，打不起来，要真打的话，早到城外头去啦，到茶馆里来干吗？您不练武您不知道，但凡真会打的，不往茶馆跑，该出手时早出手了，念什么秧。

二德子　（凑过来）你这是对谁甩闲话呢？我会打，我难道是在这儿念秧？

常四爷　（不甘示弱）你问我哪？花钱喝茶，难道还叫谁管着吗？

松二爷　（打量了二德子一番）我说这位爷，您是营里当差的吧？来，坐下喝一碗，我们也都是外场人。

二德子　你管我当差不当差呢！

常四爷　要抖威风，跟洋人干去，洋人厉害！英法联军烧了圆明园，尊家吃着官饷，可没见您去冲锋打仗！没见您把洋人打得拨浪鼓似的，俩耳朵冒血。

二德子　甭说打洋人，我先打你。

别的茶客各喝各的茶，没人理会这边的事。

李　三　掌柜的，这事得您出头，要不压不住阵。

王利发　（跑过来）哥们儿，都是街面上的朋友，有话好说。

二德子　哥们儿，谁是你哥们儿，一个伺候人的小茶房儿，敢跟德爷我称兄道弟！（说着将桌上的茶碗搂下桌子，摔碎了）

王利发　得了，都是我的错，您是爷，我是伺候人的碎催，您消消气，我让伙计给您再换碗高的，行了吧？

二德子　我听说，昨天你在西直门门脸儿让人抡圆了抽了几个大嘴巴子，趴地上起不来，满地上找牙！

常四爷　打人不打脸，揭人不揭短，说话嘴上得积德。

二德子　看来我今天不动手是不行了。（一把要抓常四爷的脖颈）

常四爷　（会武功，闪过）你要怎么着？

二德子　怎么着，我碰不了洋人还碰不了你吗？

二德子说着往上扑，被常四爷一拨拉，一个趔趄，让松二爷接住。二德子恼羞成怒，抡着王八拳冲过来。坐在一边没有说话的马五爷说话了。

马五爷　（并未立起）二德子，你威风啊。

二德子　（四下扫视，看到马五爷）嗬，马五爷，您在这儿哪？我眼拙，没看见您！（过去请安）

马五爷　有什么事好好说，干吗动不动就讲打？

二德子　嗻。您说得对，他们几个人说话忒不受听，让人生气。我到后头坐坐去。李三，马五爷的茶钱我候啦！（往后面走去）

常四爷　（凑过来，要对马五爷发牢骚）这位爷，您圣明，您给评评理！

马五爷　（立起来）我还有事，再见！

马五爷走到茶馆门口，教堂钟声响，马五爷站住画十字。

常四爷　（对王利发）邪，这倒是个怪人。

王利发　教会的，惹不起，我爸爸在的时候对这号人从来是敬而远之。

李　三　常四爷，您今天把马五爷得罪啦。

常四爷　我得罪了他？我今天出门没挑好日子！

李　三　信洋教，吃洋饭，说洋话，有事情可以一直找到宛平县的县太爷去，要不怎么官面上都不惹他呢。

常四爷　哼，我就不佩服吃洋饭的！

王利发　（小声）说话留点儿神吧您哪。（大声）李三，给常四爷、松二爷续水。（拾起地上的碎碗片）

松二爷　盖碗多少钱？我赔！外场人不做老娘儿们事！

王利发　不忙，待会儿再算吧。（走开）

常四爷　您瞧，今儿个这事，放个屁砸自个儿的脚后跟。

白天。街面某药铺外。

刘麻子在墙角怂恿着一外地人。

刘麻子　就这么跟他说，要显得老成，显得有点拘谨、无奈……

外地人　（河南话）又不是我，我拘什么谨。

刘麻子　咱们这不是合伙……骗……吗？你非得逼着我把这个字说出来不可是吧？那些缎子卖了钱咱俩对半分。

外地人　我要大头。

刘麻子　二两银子的本，你还要大头，可别忘了，主意是我出的。没我你什么也落不着。

外地人　银子是我出的。

刘麻子　得，得，你出的，你那银子都是公的，没我张罗它永远下不了崽。（推外地人）快去呀。

白天。中药铺里。

伙计在柜里忙活。开药铺的掌柜兼坐堂先生在铺子西边方桌前看医书。掌柜的一看便是个老实的学究，戴着眼镜，高度近视，一根花白的细辫拖在脑后，显得有点滑稽。

先　生　（对正在捣药的小伙计）工夫太小，砂仁再捣碎点儿。

伙　计　哎。（将砂仁又倒回药钵继续砸）

一女的来看病，说是睡觉搂着孩子，肩膀受风，先生给开了两帖膏药。

外地人　（进药铺，来到方桌跟前）看病。

先　生　（从眼镜后看着来人）请坐。（将小药枕往来人跟前推了推）

外地人　（不好意思张口）是这样，不是我，是我侄子，我侄子有病。

先　生　贵侄……没来？

外地人　我侄子在北头绸缎庄当学徒，从小离开家，自个儿在北京闯荡，年轻，身边没有老家儿督着，荒唐，弄了一身杨梅大疥，下头烂得流水……碍于面子，不敢求医。背着爹妈偷偷跟我说，我这个当叔叔的不能看着不管，劝了半天，答应跟我到个僻静药铺，请个老年大夫，代为一治。

先　生　是花柳病。不知是淋是梅，总之是个费钱的病，再怎么治，得从根上把握住。

外地人　孩子是后悔了，面子要紧，决心改。只要能瞧好病，别声张出去，钱不在乎，花多少都行。

先　生　我得见病人才能下药。

外地人　病人害羞，怕人问，待会儿我把他领来，当着别人您别提看病的话，您让他到后头给他验看验看，省得在堂里脱衣裳。

先　生　那是自然。

外地人　这是二两，连诊资带头服的药钱，您先收着，一会儿您验看病情，我悄悄回避，免得他在长辈跟前害臊。

先　生　这是常情。

外地人　那我现在就叫人去？

先生挥挥手。

街面墙角。

刘麻子　说好了没有？

外地人　说好了。现在叫人去。

刘麻子　麻利儿去，夜长梦多。

外地人　我现在连小头也不想给你了，这出戏全是我一个人在唱。

刘麻子　没我这剧本你唱个屁。就剩下翻跟头了。

一装饰考究的带篷骡车从远处而来，秦仲义和车夫跨在车辕上，秦仲义倜傥潇洒，目中无人，招摇过市。

外地人　（羡慕地看着骡车）啥人这么有派头？

刘麻子　秦仲义秦二爷，北京城开着三处绸缎庄，你要去的“和瑞祥”就是他的买卖。

外地人　妈耶。

白天。药铺里。

外地人引着一伙计模样的青年进门。青年规矩地站着。

外地人　就是他，在“和瑞祥”当伙计。

先　生　挺精神的小伙，多大了？坐，坐下。

伙　计　十七了。我站着就挺好。

外地人　他站惯了。（对伙计）钱我已经交给柜上了，待会儿跟先生到后边去就行了。我先走一步。（说罢出门）

伙　计　等等。（对先生）钱交给您了？

先　生　交了，交了，你放心。

外地人走了。

先　生　请跟我到后头来。

白天。药铺后房。

先　生　下头不方便有多长时间了？

伙　计　什么下头？

先　生　年轻人不要抹不开，在大夫跟前，人的身体无秘密可言。老朽也是过来之人，什么都是见识过的，把裤子脱了让我看看。

伙　计　您什么意思？

先　生　没什么意思，我治病救人。

伙　计　您把我当什么了，我不是堂子里的相公，不干这号买卖。

先　生　讳疾忌医，病入膏肓而不知也，怪道你叔叔不陪着你。

伙　计　我没叔叔，我爸是三代独子单传。

先　生　单传？那个领你来看病的是谁？

伙　计　是买主。

先　生　什么买主？

伙　计　他在我们“和瑞祥”买了十四苏州织锦缎，让我跟着过来拿钱，刚才不是说了，把钱交您柜上了，您让我上后头来……

先生一屁股坐椅子上说不出话来。

白天。“和瑞祥”绸缎庄。

伙计和掌柜毕恭毕敬地站着。

秦仲义　骗得高明，两头绾扣。……小技巧，小聪明，充其量他也就十匹缎子的胆。以后铺里立下规矩，赊账必有铺保，伙计不许跟出去取钱。

掌柜的　这事得跟中西坊说说，查查是谁干的。

秦仲义　不用查我也知道是谁干的。

傍晚。茶馆里。

上板后的茶馆显得空旷冷清。伙计们都歇了，明师傅也回家了，王利发在微弱的光亮中算计一天的收入。李三在扫地、收拾茶具。

王利发　比我爸爸掌管时少了四成。

李　三　不错啦，今儿个是头一天，老掌柜地底下能闭眼啦。

王利发　咱们这茶馆说破了天儿一天也挣不出五两银子，我爸爸虽说把茶馆折腾到这份儿上不容易，可终究管得粗，你比如，这么大的房子，多大的房租挑费；前前后后得多少伙计正合适；水灶和白案上的利各是多少；堂口儿各分各的零钱该不该归拢到一块儿，灶上的该不该也有抽头；外头推车的，挑担的，不能进来喝茶，能不能在门口安两桌走桌……

李　三　慢慢改，不能急，一步一步地来。这房子是秦二爷的，只要他不加租，不收房，大头包住了，咱们茶馆的营生就好做。

王利发　我看我爸爸留下来的一些个章程得改改。至少灶上和堂口的零钱得摊匀了大伙儿分，只要好好干，谁都能得点，大伙儿才能捆在一块儿齐心干。

李　三　日子长着呢……

王利发　打明儿就开始。

早晨。茶馆后院。

“张家的”给她弟弟春和在院里试新做的棉袄。

春　和　姐，太厚了，一把抓不透，穿这个我怎么干活儿啊？

张家的　这才显着你有人疼。

春　和　疼大发了，成发面啦。

王利发从屋里出来，要到前边去，羡慕地看着张家姐弟俩。

王利发　春和回来了？

春　和　大哥，您瞧我姐给我缝的棉袄，穿上俩胳膊奓着，跟街上耍呜丢丢的似的。（注："呜丢丢"发音为"吴丢丢"，前"丢"为四声，后"丢"为二声，是街上耍木偶戏的。）

王利发　是厚了点，有半个月没回来了，最近干什么活呢？

春　和　万寿山玉澜堂的差事。

王利发　大修？

春　和　比大修新鲜。跟您说吧，我这辈子头回干这号活计，房里头砌墙。

王利发　（竖着比画）一割二？

春　和　（横着比画）往死了砌。

王利发　什么意思？

春　和　西太后要圈皇上。

王利发　（苦笑着摇摇头）家家都有本难念的经。

白天。北京街头。

热闹的铺子，各种瓜果摊子。有卖兔爷的小摊，兔爷一层层码得很高，最底下一层是小的，越往上越大，到了顶上那个，就成了兔爷王。

老康的面人摊子跟前围了一堆孩子，老康在给他们捏嫦娥。

老　康　（边捏边说）嫦娥本来是咱们北京通州的丫头，家在潮白河边上住，嫁了个药铺掌柜的，药铺里头药可是多啊，她一不留神吃错了药，老想爬高，就蹬着梯子上了房，还嫌矮，从房上又上了树，就这么一步一步上天了，上到月亮上去了……

小　孩　嫦娥什么时候下来？

老　康　今天晚上。八月十五。

小　孩　嫦娥在月亮上吃什么？

老　康　她吃……酱肘子。

小　孩　我也爱吃酱肘子。

老　康　谁都爱吃。

白天。点心铺内。

买月饼的人很多，伙计把一块块自来红、自来白装进点心匣子（自来红、自来白是老北京的自产月饼），偶尔也有大块的提浆月饼……

晚上。北京筒子河一角。

依依垂柳中，冉冉升起一轮圆月。

中秋节到了。

晚上。王家屋内。

桌上放了两块简陋的自来红月饼，以示节日气氛。

王利发疲倦地进了屋门，桌上一层灰土，他将帽头扣在条案的帽筒上，又立即摘下帽头，掸帽子上沾的灰。王利发将月饼推开，抄起桌上的茶壶，想往茶碗里倒，一看碗，碗底的陈茶淹着一个小飞虫。一赌气，不喝了。房门被风吹得啪地一响，王利发下意识地喊了声"爸"，一想爸已经不在了，看着空荡荡的屋子，目光停在炕桌上父亲留下的烟袋与烟管箩上。王利发拿起烟袋，下意识地装了一袋烟，学着父亲装模作样地比画了一下，让烟油味熏得直咧嘴，那袋烟没点，搁下了。实在没事干，他索性将鞋一甩，拉过被窝和衣躺下。

躺下没一刻，王利发又起来，夹着被子推开屋门。

王利发夹着被窝敲东屋伙计们的门。

东屋里靠窗一溜大炕，几个伙计正准备睡觉，李三在另处单支一床。

王利发　（夹着被窝入）往里挤挤，我还睡我的老地方。

伙　计　（不情愿地）我们刚睡了两天宽松觉。

伙　计　咬牙放屁说梦话……

李　三　掌柜的，长幼有序，上下有节，您不是过去的少掌柜了，能跟伙计们一块厮混；您现在是东家了，（说着往外推王利发）东家有东家待的地方，有东家的身份。

王利发　你们这儿暖和，你们这儿热闹。

李　三　回头我让小伙计把炕炉子给您笼着了。（注：老北京将生火称作“笼火”。）

李三将王利发推出，关了门。

王利发　（站在门口）咳！没这样的咳！

天上一轮圆月。

西屋的窗户洒出温和的光。灯影下，春和在读书，“张家的”在一针一针缝补衣裳。

王利发注视着西屋剪影，又看了看喧哗热闹的东屋，无奈地抱着被子向黑洞洞的自家走去。

晚上。东屋。

李　三　（看着王利发孤寂的背影自言自语）该娶媳妇了。

傍晚。颐和园长廊。中秋节。

夜色将将铺开，周围景色变得朦胧模糊。慈禧太后着便装领着光绪皇后隆裕在长廊上散步。身后太监、宫女们有距离地跟随着。太监中有慈禧身边的李连英、崔玉海，这都是有头脸的，可以随在主子左右的。还有品位低的，眼睛随时瞄着大太监脸色行事，不敢轻易往主子跟前凑。庞太监是其中一个，他是负责茶水的，慈禧在行走中，他得不远不近地捧着包了锦套的水壶跟着。如果太后有喝茶的意思，他也没有资格直接将茶送到太后跟前，需经过李连英或宫女的手才能递给太后。庞太监四十多岁，已经不年轻，入宫几十年，混到茶水太监的份上已是不易，宫里太监数千，一辈子见不着主子面的大有人在。

慈禧走走停停，心情不错。

慈　禧　今天是中秋，晚上多吃了块月饼，心里有点儿堵得慌。我每天吃完晚饭都得遛遛弯，在宫里是围着钟粹宫的院子转，在园子里呢，是从乐寿堂往西，沿着长廊溜达，到排云殿牌楼，总共是两千三百二十五步，来回将近五千步。谁能想到，我一个老太太一天走这么些道儿？他就是外头为生计奔波的婆子也未必能赶得上我。

隆　裕　亲爸爸身子骨硬朗，我陪着亲爸爸走这一趟浑身都出汗了。

慈　禧　得多动动。老来疾病，都是壮时招的；衰后罪孽，都是盛时造的。你们从小锦衣玉食惯了，我跟你阿玛，你姑爸爸多少次说过，别惯着孩子们，他们不听呀，咱们叶赫家的人别太把自个儿当回事，人这一辈子，七灾八难都得经过过，什么都别求圆满，（看着东天初升的月亮）你说，月亮什么时候最美？

隆　裕　满月。

慈　禧　持盈履满，君子犹兢兢。天上的月亮圆了，它就该缺了，该一天一天地残下去了。月亮最有精神的时候是要圆未圆，要满未满的时候，熟了，还没熟透，有生气，有生机。要求缺，不要求满。

隆　裕　亲爸爸圣明，想得比我们深。

慈　禧　我让皇上住在瀛台，是想让他好好读读书，想想事，四面是水，带些清冷气味也少了干扰。皇上从小是在宫里长大的，哪儿知道外头那些人的心思？人家说什么他就信什么，跟着康有为跑。这个康有为他明着是变法，实则是图谋不轨，阴谋围颐和园劫持我，偷偷成立“保国会”，保中国不保大清那是真心保国吗……

李连英　老佛爷歇歇，喝口茶。（说着从庞太监手中接过茶，给慈禧送上）

慈　禧　（喝了一口）今儿个沏的什么茶？有股味儿……

李连英　（见事不妙，赶快将责任推给下边，对庞太监）快回老佛爷的话，怎么当的差？

庞太监　（吓得够呛，趋前几步跪在慈禧前）回老佛爷，奴才看颐和园后头的桂花开得正盛，就采了一点儿搁茶里了。奴才跟了老佛爷这么些年，自作主张还是头一回，求老佛爷开恩，饶了奴才。

慈　禧　我不是还没说什么吗，你怎么就知道我不喜欢？

庞太监　奴才，奴才……（看了一眼李连英）奴才就是个奴才。

慈　禧　不错，喝茶、吃饭，讲的就是时令，春天吃槐花麦饭，夏天喝荷叶粥，秋天是涮菊花火锅，冬天就剩下梅花饽饽了。这桂花呢，芳香浓郁，甜腻有之，清醇不足，跟春天的干竹芽相配再调上百花蜜，拿玉泉山的水煮了，那是正经吃法。

庞太监　老佛爷见多识广，让奴才长了见识，奴才明儿就试试。

慈禧不再理庞太监，径自向前走去。李连英认为庞太监抢了他的风头，很不满地瞪了庞太监一眼。庞太监心里明镜似的，在李连英面前更为谦恭。

李连英　（小声）你行啊，今儿个露了大脸啦。

庞太监　……（表情尴尬）

慈　禧　玉澜堂怎么黑灯瞎火的啊？

官　员　回老佛爷，工匠们都下工回家了。今儿个是八月十五。

慈　禧　（进入玉澜堂旁边的偏房，着人用灯照着未砌完的砖墙）没我的旨意，谁放了他们的差？

官　员　回太后，是走工们要求的。

慈　禧　走工？领班的有名有姓吗？

官　员　领班的叫春和，镶蓝旗人，七品顶戴。

慈　禧　小小走工，擅自撂下要紧的差事回家过节，也忒过分了点儿，查查他，是不是正经子弟，有些事咱们得铺开了想……也许你身边就藏着个奸细呢！（看了隆裕一眼，隆裕赶紧低下头去）

正说着，一片轰响，东边天空通红一片。所有的人都惊异地向东观望。

慈　禧　这是哪儿放焰火呢？派头还挺大，比我宫里的焰火还热闹。

李连英　像是城里。大半是哪位王爷府上……

庞太监　（自言自语）不是什么好响动。

慈禧注意到了庞太监的话，若有所思。

军　机　（快步跑上）报太后，刚才接神机营报，神机营兵厂火药库被爆，轰毙开花炮队长郝恩长、佘臣隆等十九名。

慈　禧　（对军机，话并不高声，如说家常话般）给我好好查查，是不是有乱党成心捣乱，那儿刚砍了脑袋，这儿就炸了营。大节下的我不愿意说扫兴话儿，这些人结党营私，莠言乱政还不够，还闹得我们娘儿俩隔心隔肺的别扭，这会儿又看我老太太好欺负，炸我的火药库，蹬着鼻子上脸了。传我的旨，各省督抚严拿康有为，我就不信抓不住他！举人梁启超与康同党也一并拿办，销毁康有为所著书籍版片，命粤都谭钟麟查抄康有为、梁启超原籍家产，严拿家属。打明儿开始，北京城各住户，各会馆，街面上，严加盘查，搜捕康梁余党，抓捕作乱分子。

爆炸声再起。

慈禧不动声色的脸。

——第一集完

第二集

白天。松二爷家标准的四合院。

闲逸而不阔绰，游廊上挂着鸟笼子，院里跑着京巴，东边一棵红石榴，西边一棵白海棠，当中一个陶制大缸，里面养着金鱼。

早晨，太阳已经老高，松二爷打着哈欠从屋里踱出来，伸了个懒腰，无精打采没睡醒的模样。松二爷走到墙根，打开他的鸽子笼，一群鸽子飞上蓝天……他呆呆地仰头看了一会儿，然后慢慢腾腾蹭到树下的石头桌旁，在石礅上坐着，顺手拿起石桌上女儿的小布人，摆弄小布人做出各种动作，投入得比孩子还孩子。

松二奶奶哄着三秀儿在廊下玩耍。三秀儿两岁多，将将会说话，胖墩墩，是个很可爱的小丫头。

松二奶奶　（扯着三秀儿的小手）

槐树槐，槐树槐，

槐树底下搭戏台。

人家的姑娘都来了，

我的姑娘还没来。

说着说着就来了，

骑着个驴，打着个伞，

光着个屁股绾着个纂。

三秀儿 （结结巴巴）秀不光屁屁，羞。

松二奶奶 不光，不光，我们三秀儿成大姑娘了，知道羞啦。

松二爷 大秀儿，大秀儿，给我买碗炒肝去，上东口别上西口，西口那小子懒，肠子洗得不干净，蒜汁是昨天晚上砸的，不地道。

二秀儿 （约五六岁，拉着小鸭子车跑过来）爸，我给您买去，我也会买。

松二爷 你？还没有笤帚疙瘩高。（问松二奶奶）大秀儿呢？

松二奶奶 上长（读三声）当（读四声）子拨什户那儿领钱粮去了。都什么时候了，你还吃早点？马上该吃晌午饭了。

松二爷 （对二秀儿）把爸桌底下那个紫罐的虎头大阔翅拿来。（对松二奶奶）为什么让大秀儿去，她一个小丫头家家的，扛得动那些老米？

松二奶奶 大秀儿不去难道你去？早晨拨什户（清朝旗地小官，类似街道负责人一类）派人来催过两遍了，你睡得呼噜呼噜的，我哪儿喊得醒，真喊醒了，您不又得跟我没完没了地闹？

二秀儿 爸，是不是让人咬了大夯的那个？

松二爷 不是，是咬了别人大夯的那个。（对松二奶奶）你说你，一连气儿养了三个丫头，大秀儿要是个小子，早就能挑家过日子了，还能轮到让个丫头出去领钱粮？

松二奶奶 这怪我吗？生不生儿子全在老爷们儿，真有个儿子未必就是我的福，旗人家的爷们儿有几个能戳得起来的？一看你这德性，我就一个儿子不想要了。

松二爷　娘儿们家懂得什么啊？什么是福？我告诉你，天棚鱼缸石榴树，先生肥狗胖丫头。这就是小康，就是无忧无虑的小日子儿。嫁了我，是你的造化，你爹妈真把你给个淘大粪的，你还不得见天在东直门外粪场晒粪。

松二奶奶　我爸爸也是东陵的礼备护从，我们是有根基的人家儿，能嫁给淘粪的？

松二爷　给死皇上站岗的，跟冥衣铺扎的烧活差不多。

松二奶奶　你……

二秀儿　爸，给您。

松二爷接过蛐蛐罐，掀开一道缝，拿马尾很小心地拨弄他的蛐蛐，把周围什么都忘了。

松二爷　二秀儿，给爸拿俩青豆来。……（对松二奶奶）你要是不愿意做饭上福建馆小有天叫份红烧鱼翅、烩海参、炒胗肝、高丽虾仁，四样正好一食盒；东升楼的酱汁活鱼，韩家谭杏花春的熘鳝鱼片，大李纱帽胡同同福居的红焖猪蹄、四喜丸子也不错，都在前门圈里头，省得跑冤枉道……

二秀儿　爸，我饿。

松二爷　让你妈先给咱俩一人弄套大薄脆来。

松二奶奶　醒醒儿吧，水在火上烧着，我等米下锅哪。

松二爷　（京戏道白）呜呀，妈妈，无有米了哇，这肚子么……啊呀呀呀……惭愧呀……

大秀儿　（十岁左右，背着一小袋米满头大汗地跑进院）妈，街上逮人呢。

松二奶奶　你把妈急死了。（在石桌上解开米袋）就这点儿粮食，搁了多少年的陈米，都绿了，净是沙子，喝粥也不够啊。钱呢？

大秀儿　（从怀里往外摸）在这儿呢，我怕让人摸了去，藏起来啦。（从袜筒里掏出几小块碎银子又从裤腰的小兜里掏出几块）

松二奶奶　就这？

大秀儿　就这。

松二奶奶　唉。

松二爷　（挑出一块）这是我上茶馆的，（又挑出一块）这是我的小黄鸟的，（又挑出一块）这是蛐蛐和蝈蝈的，（又挑出一块）这是买鼻烟的，（又挑出一块）这是听戏的，（又要挑）这是……

大秀儿的手里已经空了。

松二爷　鼻烟不要了（将银子放回大秀儿手中），戏不听了（将一块银子又放回大秀儿手中），可小干炸丸子、羊肉炒疙瘩得吃（从大秀儿手中又拿回一块）……

松二奶奶一把将银子抓在手里，抱着孩子进屋去了。

大秀儿　爸，街上乱着呢，见谁逮谁，我背着粮食，穿小胡同，使劲跑。

松二爷　他们到底要逮谁呢？

大秀儿　昨晚上火药库爆炸了。

正说着，捏面人的老康挑着挑子匆忙跑进来。巴儿狗追着老康咬。

松二爷　干什么你，往我们家闯什么？我们家不要面人儿。

老　康　让我躲躲，行行好，让我躲躲。

几个公差追进来。

公　差　往哪儿跑你，逮的就是你们这些游民，走，套上走！

一条锁链拴住老康脖子，拉扯着老康往外走。

老　康　我不是游民，我一直在这几条街走动着捏面人儿，大人孩子都认识我……

公　差　抓的就是你的“走动”，抓的就是支持康梁造反的余党。

老　康　我不是余党……我是徐塘，通州徐塘……我姓康。

公差某　松二爷，留点儿神，昨天神机营火药库炸了，把太后老佛爷的气儿给炸出来了，猴急了，抓人呢！

松二爷　我向来不赞成维新，维了新谁给我银子花，谁养活我，现在这样就挺好。（摘下鸟笼子）我不管你们逮谁，我还照样得上我的茶馆。

白天。大街。

乱哄哄的街面上。到处可见被逮走的百姓和文人模样的人。二德子夹杂在兵众中，充任打手的角色。宋恩子、吴祥子穿着灰长袍黑马褂在街上狗一样地溜达……

松二爷举着鸟笼四平八稳地晃。

白天。茶馆里。

茶客与往日比并未见少，伙计们招呼着客人，明师傅照旧做着烂肉面，烤着盐水焖炉儿烧饼，王利发柜里柜外地张罗。唐铁嘴趿拉着鞋，身穿一件极长极脏的大布衫，耳上夹着几张小纸片进了茶馆。

王利发　唐先生，您外边遛遛吧！

唐铁嘴　（惨笑）王掌柜，捧捧唐铁嘴吧！送给我碗茶喝，我就先给您相相面，手相奉送，不取分文。（不容分说，拉过王利发的手来）您的贵庚是……

王利发　（夺回手去）算了吧，我送你一碗茶喝，你就甭卖那套生意口啦！用不着相面，咱们既在江湖内，都是苦命人。（由柜台内走出，让唐铁嘴坐下）坐下，我告诉你，你要是不戒了大烟，就永远交不了好运，这是我的相法，比你的灵验！

唐铁嘴　（喝了一口茶，用手指头掐算，一惊一炸地）不得了！您这茶馆今日有牢狱之灾……

王利发　得了，得了，茶喝完了没有，喝完了走人，我没工夫陪着你神哨，我更不信有谁能把我这茶馆圈进顺天府大牢去。

唐铁嘴　你甭推我，让我再喝两口茶，告诉你，我有息库之术，大凡什么祸事，我能让你绕开走，祸是老天爷的安排，我唐铁嘴一介草民不能驳了上天的意思，但是我知道怎么躲……

王利发　我不躲，我躲什么。

这时，松二爷和常四爷各自提着鸟笼进来了。王利发赶忙过去打招呼，亲自接过二人自带的茶叶，给二人沏上茶。

松二爷　……一大早就不顺，那个捏面人的老康……

常四爷　知道，就是老把猪八戒捏成黑济公的那个通州人。

王利发　他是舍不得多使面。

松二爷　抓走了，说是康梁余党。

王利发　老康是康梁余党？（忍不住笑了）

松二爷　谁让他也姓康呢。

常四爷　（玩笑地）八百年前是一家子。

几个人笑。

李三一声响亮的招呼："里边请，两位——"穿灰大褂的吴祥子和宋恩子晃进来了。

王利发　（小声）说话留点儿神。那俩不是善茬儿。（说完走到柜后面去了）

常四爷　（不屑地）哼。

松二爷　喝茶，喝茶。喝完了咱们上鼓楼吃爆肚去，今儿个旗上关钱粮。

宋恩子　（踱到柜前）茶馆里有什么事吗？

王利发　没有。

吴祥子　有什么特殊的人吗？

王利发　没有。

宋恩子　你会不会说别的？

王利发　没有就是没有。来这儿喝茶的都是老主顾，谁怎么样，有什么家境，几口人，打我父亲活着的时候就知根知底儿，错不了。

吴祥子　你能担保这些人里头没有乱党？

王利发　这话怎么有点儿抬杠。

明师傅　（擦着手上的面）掌柜的，宋爷他们是为您好，茶馆里人杂，怕的是您出什么事，时刻提醒着您。两位爷公务了一早晨也是累了、饿了，李三，给两位爷挑个僻静座，端两碗面过去。

吴祥子　我们不坐僻静座，哪儿热闹我们扎哪儿。

宋恩子　告诉你们，我们今天来是有差事的，等会儿瞧。

王利发　那当然，二位是要人。

明师傅　（扯了一把王利发）你招惹他们干什么？

王利发　我就是看不惯这号人。

李　三　开茶馆的，什么也得看得惯。

后院一阵喧闹，吆喝声，“张家的”哭喊声传到茶馆中来，王利发和李三赶到后院。

白天。后院。

几个兵勇在用链子锁春和，“张家的”拖着春和的腿死活不撒手，有兵勇用脚使劲踹。

兵　勇　这小娘儿们劲还挺大。

春　和　姐，你松手！

王利发　这是怎么了？

宋恩子　（不知什么时候出现在后院）怎么了？这是太后钦点的要犯。

春　和　我到底犯了什么法？

吴祥子　您犯了什么法我们也不清楚，上峰的命令，我们照令行事，不管其他。

张家的　你们不能抓他，不能抓他。

兵勇们拽着春和欲从茶馆大门走，被王利发拦住。

王利发　走后门！光天化日从我的茶馆里锁出个人去，怎么档子事？我的生意还做不做了？

兵勇们拉着春和出后门，被宋恩子拦住。

宋恩子　走前门，张张扬扬地出裕泰前门，让大伙儿都看看，看他们谁还敢跟大清作对，谁还敢提改良俩字。

王利发　你们这不是寒碜我吗？

白天。茶馆内。

兵勇们在宋恩子们的怂恿下，声张着将春和从后院提出，经过茶馆大堂，从一个个惊愕的茶客身边走过，一时，喧闹的茶馆内鸦雀无声。

“张家的”本欲哭喊着追出去，看到茶馆里的客人，考虑到茶馆生意，压抑住哭声追到后院进入茶馆的门口，眼看着一行人押着兄弟，穿过一张张茶桌，消失在大门口。“张家的”靠着门框出溜下去。

吴祥子　（神气活现地）这就是康梁余党的下场，再有同谋，也是一样地抓。

茶客甲　康梁余党？

茶客乙　反正是犯了大事，要不，抓他干什么？

茶客丙　这俩仨月，有些做官的，读书的，乱折腾，乱闹，咱们怎么能知道他们捣的什么鬼呀。

茶客丁　得，不管怎么说，我的铁杆庄稼又保住了。前天杀的那个姓谭的，还有康有为，不是说叫旗人不关钱粮，去自谋生计吗？心眼多歹毒。

松二爷　一份钱粮倒叫上头扣去一大半，连小干炸丸子也吃不起了……

茶客甲　那总比没有强啊，叫我自己去谋生，非饿死不可。

常四爷　连捏面人的，砌墙的都进了监狱，我看这大清国要完。

并没有谁注意常四爷的话，但是宋恩子们注意了，两个特务会心地对望了一眼，在旁边坐了下来。几个茶客看出特务们在旁边，怕惹祸，一个个往外溜。

松二爷　四爷，咱们也该走了吧，天不早啦！

常四爷　嗻，走吧。

二人起来摘鸟笼子，特务们走过来。

宋恩子　等等。

常四爷　怎么啦？

宋恩子　刚才你说大清国要完？

常四爷　我爱大清国，我怕它完了！大清国完了我吃谁去？

吴祥子　（对松二爷）你听见了？他是这么说的吗？

松二爷　哥儿们，我们天天在这儿喝茶。王掌柜知道，我们都是地道老好人。

吴祥子　问你听见没有？

松二爷　哪，有话好好说，二位请坐！

宋恩子　你不说，连你也锁了走。他说大清国要完，就是跟谭嗣同一党！

松二爷　我听见了，他不是这个意思，他是说……

宋恩子　（对常四爷）走！

常四爷　上哪儿？事情得交代明白了！

宋恩子　你还想拒捕吗？我这儿可是带着王法呢！（掏出腰中带着的铁链子）

松二爷　可别使这个，怪吓人的。

常四爷　告诉你们，我可是旗人。

吴祥子　旗人当汉奸，罪加一等！锁上他！

常四爷　甭锁，我跑不了。

宋恩子　谅你也跑不了！（对松二爷）你也走一趟，到堂上实话实说，别以为没你的事。现今的钱粮，连小干炸丸子也吃不起了，是你说的吧？

松二爷　我嘴馋，好吃，花费大……

黄胖子同着两拨人由雅间出来。

黄胖子　（用大手巾擦着满脸汗）皆大欢喜，皆大欢喜，一天云雾全散完，算我黄胖子没白跑。

王利发　（拉住黄胖子，悄悄说）黄爷，那天的事我谢谢您了，没您我指不定还得挨多少打呢。

黄胖子　在世面上论，你还是个雏，往后学着点儿吧。

王利发　黄爷教训得是。黄爷，松二爷那边的事得麻烦您过去说和几句。

黄胖子　（大包大揽，很自负地）小菜一碟。西山高不高，我能把西山给抹平了。（眨着近视眼，向松二爷那边走过去）

松二爷　黄爷！黄爷！

黄胖子　（揉揉眼）我听着就是你的声儿。

松二爷　您过来，给说句好话儿！

黄胖子　（看清楚）哟，宋爷、吴爷，二位爷办案哪？请吧！

松二爷　黄爷，帮帮忙，给美言两句！

黄胖子　官厅儿管不了的事，我管！官厅能管的事呀，我不便多嘴！（问大家）是不是？

众　人　是。

王利发　这只老狐狸。

李　三　这就叫墙倒众人推。

王利发　让人寒心。

明师傅　寒心的事多了。

宋恩子、吴祥子带着常四爷、松二爷往外走。

松二爷　（对王利发）看着点儿我们的鸟笼子。

王利发　您放心，我给送到家里去。

王利发望着空荡荡的门口发呆。唐铁嘴从外面闪进来。

唐铁嘴　我说什么来着，裕泰今天有牢狱之灾，您还说茶馆不能圈到顺天府去，当初您但凡多听我两句，何至于现在……

王利发　出去！

傍晚。裕泰门外。

王利发手里攥个折子看伙计上板关门。明师傅下工从里面出来。

王利发　今儿个让您受累了。

明师傅　（看着王利发手中的折子）您准备挨家让铺户联保？

王利发　常四爷、松二爷都是熟人，是一顶一的大好人。我联络几家买卖，保保……

明师傅　得找几家有实力的大买卖，净是小油盐店、小酒铺什么的不行。

王利发　哎。

傍晚。药铺门口。

房檐上挂着药铺幌子，幌子是用锁链连缀起来的黄铜片，一尺见方，斜尖而缀，两头为半片，正中为整片，最下为双鱼，片中间涂黑，象征着膏药。“济仁堂”大匾挂在正中。

王利发推门而进。

药铺内。

王利发隔着柜台和掌柜的认真地说着什么。掌柜的抄着手摇头拒绝。

傍晚。茶叶铺内。

背景是各样茶叶罐子，也有包着白棉布盖防备跑味的木头箱子。罐子上写着西湖龙井、毛尖、雨前、川珍、雀舌、双熏等字样。

王利发跟茶叶铺掌柜的诉说。

茶叶铺掌柜的无动于衷的冷淡面孔。

王利发将折子恭敬地递过去，被掌柜的轻轻挡开了。

晚上。米面庄内。

店内挂有“陆陈广聚”的匾额。面柜是一木架，吊着一杆大秤，秤杆尾端插进一个木质大钱的方孔内，钱上刻有“招财进宝”的字样。店正中供奉着关帝神龛，龛上书“以义为利”的字条，两边分别是“趸八方之粮，聚四海之财”。几个伙计正忙着卸粮食，掌柜的在旁边记账。

王利发拿出折子让米面庄老板签名，被两个伙计很不客气地推出来了。

天色已黑尽。粮店门口。

王利发拍打着身上的面粉，望着鼓楼暮色中的黑影，眼圈红了。他疲惫地靠在一根木头电线杆上，一筹莫展。

王利发　人情薄如纸啊，这年月，还信得过谁?

李三打着灯笼找过来了。

王利发　给常四爷、松二爷家里送过信儿了?

李　三　两家都知道了。

晚上。茶馆后院。

李三和王利发回来，听见“张家的”在房内哭泣。王利发打开自家房门正要进屋，“张家的”眼睛红肿、头发披散地站在王利发身后。

张家的　王家兄弟，您得帮帮我……

王利发　我帮，我帮，我现在也不知道我能帮得了谁？

张家的　春和一进去，我的天就塌了，我就这么一个兄弟，往后我怎么活？

王利发　是啊……

张家的　您想想法子，帮我跑跑，找个能说上话的人，替春和说说，春和要是能出来，我让他好好谢谢您。

王利发　现在还说什么谢的话。

张家的　（哭）我一个女人家，现今是一点儿主意也没有了，全仗您了。

王利发　您以为我有主意？

上午。秦仲义家院内。

不是规整的四合院。院落中开着菊花，有石头雕的带有西洋味道的水池，有中式的月亮门，秦仲义靠在躺椅上，喝着咖啡，读着线装书，旁边卧着一只德国狼狗。整个儿给人的感觉是中西合璧，不伦不类。

秦太太抱着不满两岁的儿子秦利民来到丈夫身边。

秦太太　你又喝这药汤子一样的洋茶，有什么好？

秦仲义　（放下书）告诉你几回了，这叫咖啡，比中国茶提神，别老洋茶洋茶的，给我露怯。（接过太太手里的儿子）来，让爸爸抱抱。民民，你忒沉了，快赶上我的狗了。

秦太太　什么话！他姥爷说了，民民的名字得改，秦利民，不像个名字倒像个口号，名字系着人一生的命运，不能瞎叫。

秦仲义　怎么是瞎叫，利民，做事说话永远为着黎民百姓，这才是真正的先天下之忧而忧，是国家的大器。（举起儿子）爸爸的心肝宝贝哎！

秦太太　反正这名不好。

秦仲义　你不懂。

秦太太　你懂！

“瑞和祥”老板拿着布样（小布条贴在本子上）来到院里。

老　板　老爷，英国莱尔兹纺织厂的布样送过来了，请您过目。

秦仲义认真地看布样，不住称赞。

秦太太　都是棉花织出来的，你说人家的怎就那么细乎，甭说摸，看着都让人舒心。

秦仲义　机器先进，工艺精湛，咱们比不了，咱的布还是窄面手织粗布，印花也简单……

老　板　（又递过两个本子）这是毛呢样，这是丝纺样。

一本比一本漂亮，秦太太的眼睛都看直了。

老　板　我想，下个月先在上海和北京的两个铺子分别进三十匹英国色布和丝绸，看看行情再说。

秦太太　甭看行情，准都成为抢手货，这样漂亮的料子谁不稀罕。

秦仲义沉默不语。

老板等着秦仲义发话，秦仲义只是发呆。

老　板　老爷……

秦仲义　（突然回过神来）噢，你们看着办，你们看着办。

老　板　那我就让伦敦发货了。

秦仲义　发货，发货。

老板走后，秦仲义仍在思考中，对怀里的孩子也不在乎了，孩子在他的怀里哭，他也不哄。

秦太太　这是怎么了，刚才还心肝肉的，这会儿就不理咱们了。

秦仲义　我是想，等等，我是想……

秦太太　你想什么？

秦仲义　我是想，买布不如买机器，中国的棉花不比英国的差。

秦太太　你要办工厂！行吗？办厂子得要钱，要机器，要地盘，要人。

秦仲义　中国除了机器没有，其他都不缺。

秦太太　这事儿悬。

秦仲义　所以，我得好好想想。

下　人　老爷，裕泰茶馆掌柜的要见您，说有要紧事。

秦太太　就是租咱们房子的王利发？

秦仲义　就是他。（对下人）让他到这儿来。

秦太太抱起儿子进去了。

王利发满头大汗地进来，顾不得坐，开门见山地说了常、松的事情。

王利发　秦二爷，是这么回事，常四爷在茶馆里说了句“大清国要完”就给抓进去了，连带着还有松二爷，他二位是在我的茶馆里被带走的，您说，这事我不出头谁出头？这不，觍着脸来求您，您在东西城是有名望、有威信的主儿，您哼一声，北京城都得摇三摇，您说一句话，顶得上千百万人说一百句……

秦仲义　我说，你个犟小子什么时候也学会恭维人了？我以前还真小瞧了你。

王利发　不是恭维，是我真摊上事儿了，您说，这回我要不把那两位爷保出来，往后谁还敢上我的茶馆里来喝茶？

秦仲义　你把宝押在我身上，就知道我准当这个保人？

王利发　您仁义，讲交情，为朋友两肋插刀，可着全北京没有人不知道您的为人的。

秦仲义　甭给我戴高帽，我晕不了。

王利发　我说的全是真心话。

秦仲义　你是求着我了，能有一两分真心就不错了。

王利发　瞧秦二爷说的，我还不至于……

秦仲义　我是买卖人，时时事事讲的是利益，吃亏的事我不会干。你先坐下，喝碗我的茶，败败火。（给王利发倒了一碗咖啡，递过来）

王利发　（审视了半天碗里的黑汤，喝了一口，噗地全喷出来）什么呀，这是？龙胆泻肝汤似的，苦到嗓子眼儿了。

秦仲义　开茶馆的不懂咖啡，露怯了不是？这是洋人的饮料，叫咖啡，比中国茶提神。这杯你喝下去，保险半宿睡不着，精神头大得光想着怎么拆火车去。

王利发　这洋汤药……不行……喝不惯。

秦仲义　太后老佛爷饭后都喝这个。什么时候你把你的裕泰开得跟洋人的咖啡馆一个水平，你就成了！

王利发　您说老太后是什么人，我是什么人，差得码子大着呢。（将折子递过去）

秦仲义　（接过折子无意地翻着）我说小王啊，你裕泰茶馆的房占的地面不小，间量有二十七八间……

王利发　二十九间半。

秦仲义　怎么还有半间？

王利发　是茅房。

秦仲义　噢，茅房不算。这二十九间房每月的租钱是三两七钱银子。

王利发　是，三两七钱银子我爸爸月月交，没落过一回，往后我也按月给您账房送过来，您放心。

秦仲义　我不是担心这个，我是说二十九间房，三两七的租金，我是拿房子打水漂玩呢。

王利发　您是说租钱低了，要涨价？

秦仲义　你聪明。

王利发　可是，您家老爷子跟我们就是这么定的呀，那个契约我还收着呢。

秦仲义　有契约不假，那个契约是什么时候定的？同治三年。咸丰十年黄河决口，你爷爷推着小车从山东奔了北京，在我们家当了五年差，在我们老爷子的扶植下开了裕泰茶馆。要说啊，裕泰的名字还是我爸爸给取的呢。

王利发　这恩德我和我爸爸一直都记着呢，将来我要有了儿子，也一定告诉他，忘了什么也不能忘了秦家的好处。

秦仲义　记不记得是你们的事，我不在乎。这同治三年定的合同到今天是整整儿的三十五年了，三十五年前的三两七钱银子跟现在的三两七钱银子岂能同日而语……打我从我爸爸手里接过这一大摊子买卖起，我就琢磨这事，这亏我吃大了，我不能老当冤大头不是？

王利发　您头大身子也大，比我们大着几号呢，您的手指头比我们的腰粗。

秦仲义　你甭跟我绕，房钱我是要涨的，这没有商量的余地。

王利发　（紧张地）您说涨多少？

秦仲义　我得跟管账的合计合计，总之我不能吃亏。

王利发　可您也不能让我吃亏不是？

秦仲义　你要是怕吃亏，可以退房搬家。

王利发　这……

丫　鬟　老爷，太太和小少爷已经收拾好了，太太问老爷还得等多长时间，白云观的武老道在门房等着呢。

秦仲义　马上。（对王利发）今儿个要到白云观给儿子办个祈福道场，失陪了。（说罢站起）

王利发　（也赶紧站起来，从桌上拿起折子）秦二爷，您看这个……

秦仲义　（干脆地）我不管。

王利发　常四爷、松二爷都是熟人，您就行个方便。

秦仲义　他们是你的熟人，不是我的熟人。我没有熟人。（说罢扬长而去）

王利发　（愣愣地站在空椅子旁，终于无奈地转身走了，回首间看到桌上自己喝剩下的半杯咖啡，端起来品咂，后来索性一仰脖喝下

去，自言自语地说）后味还行。（一琢磨，又将一壶咖啡饮牛一样地喝光了，捏了一块方糖，舔了一下，确定可吃，扔进嘴里）

白天。秦府门外。

秦仲义招呼着太太、儿子、丫鬟上了骡车。自己跨在车辕上。骡车跑起来，秦仲义发现在路边走着的气哼哼的王利发。

秦仲义　（让车夫停了车）把折子给我。

王利发　干什么？

秦仲义　给我！

王利发　您不是不保吗？

秦仲义　现在我又想了呢。

王利发　您甭涮我，现在我这张脸已经蹭得秃噜（北京土话，“破了”“掉下来”的意思）皮了。这会儿，我谁也不信，谁也不求了。我算看透了，这世界上，除了我，没一个好人。

秦仲义　牛×呀你！

王利发　我不牛×，秦二爷头大身子大，胳膊腿粗，腰也壮，那玩意儿自然比牛的大。

秦仲义　你甭损我，（跳下车，抢过折子）笔。

王利发将事先备好的毛笔杵过去。

秦仲义从铜笔帽里拔出，试了试，没干，又揪掉一根奓出来的笔毛，在上面写了几行字。

秦仲义　有了我的保，别人就顺着在后头溜吧，他谁也压不过我去。

王利发　您这才叫牛×。

秦仲义　当然比你小子的大！

王利发　我把您桌上一壶洋药汤子都喝了。

秦仲义　怪不得这副模样。

白天。大街。

王利发攥着折子在街上走。

算卦摊前，“张家的”求唐铁嘴算卦。

唐铁嘴　（将卦钱收进褡裢）欲知流年气运行，男左女右各分清；天轮一二初年运，三四周流至天城。

张家的　您说的什么意思我不懂，我就想问问我兄弟能不能出来。

唐铁嘴　您兄弟贵甲子？

张家的　二十三。

唐铁嘴　哎呀，二十二走“丘陵”，二十三走“坟冢”，二十四岁正走“印堂”。相书上说得好啊，三岁、十三、二十三，上至山根下至发，有无生气两头消，二十四印堂仍带煞。

张家的　您能不能再说明白点儿？

唐铁嘴　还不明白？

“张家的”摇头。

唐铁嘴　您让我说明白了，就是泄露天机啊，泄露天机是要折福折寿的，为了您听几句真话，我划不来不是？

“张家的”褪下手腕的银镯递过去。唐铁嘴看着银镯不置可否。“张家的”又将头上的簪子拔下来搁在镯子旁边。唐铁嘴半眯着眼，不屑一顾的样子。“张家的”想了想，将两个耳坠摘下来。

王利发走过来，站在唐铁嘴身后。

唐铁嘴　真话可就不好听了，听了您别恼，怪我给您添堵。

张家的　哪儿能够，我是求卦来了，不是听吉祥话儿来了。只要是真的……能想个法儿救我兄弟……

唐铁嘴　说一千，道一万，您兄弟这一劫还出在您身上。

张家的　我?!

唐铁嘴　您见天照镜子，就没注意过自己的相貌?

张家的　我相貌怎么了?

唐铁嘴　妨夫。两个颧骨高，杀夫不用刀。我料定您当家的已经不在了。

张家的　（抚着自己的脸颊不知说什么好）是啊，三年前得痨病死了。

唐铁嘴　按说您的天庭、人中、承浆、地格都不错，是有福之人，但是您的额无主骨，眼无神，鼻无梁柱，嘴无唇，干东东不成，干西西不顺，妨完了丈夫妨兄弟，注定一生孤独守寡。

张家的　我孤独守寡不要紧，不要耽搁了我兄弟，您给看看有没有什么解救的办法?

唐铁嘴　您兄弟春和，属鼠的，光绪二年丙子生人，水命，水命逢土，生于木，木者囚也，应该是凶多吉少，为难解之兆。

张家的　求求您给我指条道。

唐铁嘴　克木者，非金不能，金者，钱也……（打哈欠，烟瘾犯了）

张家的　得多花钱……

王利发　我在后头听你半天了，你要真能说出个新鲜来我也服你，过来过去就俩字，要钱。

唐铁嘴　我们这儿说得挺好的，（一把将首饰抓在手里），她愿意听，我愿意说，不妨碍谁。不行，我挺不住了，得来一口去……

王利发　您怎么找他？

张家的　我是实在没辙了。

监狱。无所谓白天黑夜。

两边两排号子，分别用木头栏隔着，中间是条走道。有狱卒提着木桶和筐来送饭。

狱　卒　吃饭了，吃饭了。

犯人甲　什么饭？

狱　卒　白玉汤，黄金塔。

每人分了一个小窝头，一碗清可见底的“菜”汤。常四爷将自己一份和松二爷一份领了，送到靠墙坐着的松二爷跟前。两位爷破衣拉撒，已不是进来时的模样。关押的人众五花八门，老的少的，哭的笑的，有不住拿脑袋撞墙的，有窝在墙角暗自掉泪的，有题壁写诗的，有偷偷押宝的。同天抓来的捏面人的老康抱着栏杆，一直在“遥望远方”……

各人领了各人的饭，“遥望远方”的老康不领，仍旧站那儿“遥望远方”。

常四爷　（对松二爷）这是您的，这是我的，您请。

松二爷　窝头都拉黏儿了。

常四爷　拉黏儿它也是粮食，吃了就能活着。

松二爷　我要吃致美斋的奶油槽子糕。

常四爷　（哄小孩一样地）这就是致美斋的奶油槽子糕。

松二爷　馊窝头！（将那个窝头一下拨拉到一边）

一泼皮模样的立即将窝头拿过，立刻就往嘴里填。常四爷不客气地从泼皮手里抢过窝头，回过身来，发现松二爷的汤已不知被谁喝光了。

常四爷　谁把二爷的汤喝了？

犯人们没有言语。

常四爷　我再问一遍，谁把二爷的汤喝了？

犯人们你看我我看你。

犯人甲　爷您还在乎这碗清汤？

常四爷　爷在乎！把你的汤端过来。

犯人甲　我要是不愿意呢？

常四爷　（伸出拳头）它就会教给你怎么办。

犯人甲乖乖地将自己的汤端过来。

常四爷将窝头再一次递给松二爷。

松二爷　我要吃奶油槽子糕。（后来索性像小孩一样躺在地上，要槽子糕）

常四爷　吃!!（将松二爷从地上提起来）

松二爷立即停止了闹腾，很委屈地一口一口掰着窝头吃，噎着了，还会喝口汤，后来竟然也吃喝得有滋有味。

松二爷　再添碗白玉汤。

犯人乙　没了。一人一碗。

常四爷将自己的汤推过来，松二爷不客气地喝了。

常四爷　我得练练，老这么窝着胳膊腿都僵了。（常四爷在有限的空间里练开了“八段锦”）双手托天理三焦，左右开弓射大雕……

老　康　我看见我兄弟了，我兄弟来了。

狱卒过来，将一碗白米饭，一壶酒放在老康身边，还有一件无领的红褂子。犯人们见状，立即安静下来，大家都知道这意味着什么。

狱　卒　你是神机营大案的首犯，今天正午出你的大差，赶紧吃点儿喝点儿，想想看，还有什么需要，麻利儿说出来，就这一回了，都满足你。

老　康　我要吃致美斋的奶油槽子糕。

狱　卒　嘿！

很快，精美的槽子糕端来了，细腻的点心和周围地狱般的环境成了鲜明的对比，犯人们围坐成一圈，将老康围在当中，大家看着穿红衣裳的老康和那块点心，各想各的心事。

老康一脸木然。

时辰到了，狱卒将老康带出去了，走在通路上，老康突然挣巴着喊起来。

老　康　我不是乱党，我叫康富贵，我通州老家还有一大家子人，我有父母兄弟，有侄男弟女……我叫……康富贵……

王利发到监狱来领人，与喊叫着的老康擦肩而过，他看着老康被架着，踉踉跄跄走了出去。

狱　卒　领谁？

王利发　常四爷、松二爷。

狱　卒　条子。

王利发将条子和一封银子送过去。

狱　卒　（掂了掂银子）等着。（过去提人）

春　和　（从王利发背后的号子里探出头来，轻声叫）王掌柜。

王利发　是你，春和你也关在这儿?!

春　和　他们说我是乱党，把我和维新派关在一块儿了，结果，不是乱党倒真成了乱党。长话短说，王掌柜，跟您说，我是出不去了，顶放心不下的就是我姐姐，她太软弱，求求您多关照着点儿，来生若是有机会，我给您当……马……

王利发　快别说那话儿，我还是得想法救你出去。

狱卒领着常四爷、松二爷过来了。

春　和　（抓紧最后机会）您甭费事救我了，没用。我关的号子是“天字”大监，犯死罪，永不赦免的，到如今还没有一个活着出去的。蹲死监倒把我蹲明白了，王掌柜，有句话您永远记着：中国不改良就得死！

王利发　我记着，记着。

松二爷　王掌柜，您可想死我喽！

常四爷　（一抱拳）让掌柜的为难了！

王利发　委屈二位爷了，门外头我雇好了车，直接送二位回家。

松二爷　回家干什么，咱们照直上珍珠泉，好好泡一下午，再闷上一壶酽茶，叫只锅烧鸡……

下午。茶馆后院。

一声二踢脚，除夕来到了。

天空飘起了雪花，枣树在寒风中瑟瑟发抖。

“张家的”抄着手，站在房檐下，望着枣树枯干的枝丫发呆。

下午。茶馆内。

茶座空空。门面已经上了板，显得堂内光线很暗。

明师傅　谢谢掌柜的发了双份工钱，每人还多给了二两银子，我在裕泰干了这么些年，年根底下还是头回拿这么多。

王利发　辛苦了一年，都不易。

明师傅　那我就走了，给您蒸了一笼屉馒头，够您正月吃的啦。

王利发　谢谢您想着我，人家过年，我过蔫，一个人连口热乎饭也吃不上。记着正月初六开门。

明师傅　忘不了您哪。

李　三　（背着包袱从后院过来）掌柜的，我也回家过年了，跟饽饽铺几个山东伙计搭伙雇车走，赶前半夜就到家了。

王利发　这一年就数你累，（从怀里摸出一把碎银子）给孩子们买点糖豆大酸枣伍的，家里人巴巴儿盼了你一年了呢。

李　三　钱，柜上都给了。

王利发　柜上是柜上，我的是我的。问老家人好，在家多住些日子。

李　三　哎。

王利发　要是得便，就把女人、孩子都带过来，好歹也是一家子人哪。

李　三　北京嚼谷忒大，老家再怎么苦，一家老小能在地里刨食吃不是？掌柜的，我这儿给您拜个早年了，您明年吉祥，恭喜发财。

王利发　大家发财。

李三走了，王利发在空空的茶馆里巡视了一圈，挑出一篮馒头，一块肥肉，来到后院。

后院。天已黑尽。远处爆竹声此起彼伏。“张家的”灯还亮着。

王利发敲了敲“张家的”门。

张家屋里。坐在炕沿上的“张家的”正抚着给春和缝的棉袄伤感，听到敲门声，抹了抹眼睛，拢了拢头发，无意识地对着镜子照了照，应着声说：来了，来了。

晚上。张家门外。

王利发　（将馒头递过去）柜上蒸的，过年也没什么好的。

张家的　谢谢您了。您瞧，我也没什么给您。

王利发　甭客气，只要人好好儿的就好。

雪越下越大，两个人很尴尬地站着，都没有话说，似乎又都不愿意回去。半天，“张家的”低着眼皮开口了。

张家的　过完年我想看看春和去。

王利发　您看不着他。

张家的　可是您看见了他了。

王利发　那是偶然。

张家的　春和走的时候连棉袄也没穿……

“张家的”背着灯光站着，谁家放焰火，腾起一片红光，在红光的映照下，雪花的飘舞中，王利发觉得这个小媳妇挺美。

张家的　（不好意思地）我进去了……（却又不进去）

王利发目不转睛地看着“张家的”，“张家的”一脸羞涩，神情有些慌乱。刚要把门再开大一点儿，突然，后院的门被砸得山响……

两人一惊。

——第二集完

第三集

除夕之夜。茶馆后院。

王利发与“张家的”正隔门而立，彼此有话欲言又止，忽然被急促的敲门声惊动。

王利发　谁呀？

门外女声　我。

王利发开开街门，原来是大舅妈和一年轻女子冒着雪来了。

王利发　大舅妈，下这么大的雪，您怎么来了？

大舅妈　你爸爸今年不在了，大年下的，你大舅怕你一个人孤单，就打发我来了。好不容易雇上车，冒着雪，溜溜走了大半天，快把人冻死了。还不把东西麻利儿接过去，愣着干什么？

王利发接过大舅妈手里的年货，将两个人往屋里领，顺便扫了一眼西屋，西屋不知什么时候黑了灯。

晚上。王家北屋。

大舅妈扑打着雪花，将一个姑娘推到王利发跟前，姑娘不甚漂亮，皮肤黑红，细腻程度远逊于“张家的”，身量也比“张家的”粗壮，一双眉毛过于浓直，眼睛也太大，脸盘太圆，有“张家的”作衬托，王利发一搭眼就不喜欢这个姑娘。

大舅妈　这是我娘家侄女，王淑芬，打小爹妈就过世了，在我跟前长大，跟个亲闺女也差不多。（将王淑芬往前又推了一把）叫，叫哥。

王淑芬　（大大方方地）哥。

王利发　噢，应该加个“表”字。

大舅妈　什么表不表的，娘舅亲是真亲，打断了骨头还连着筋哪。

王利发　大舅妈来了真好，要不我这年还真不知道怎么过呢。

大舅妈　算计着你一人就得抓瞎，年货都给你备下了，你看，炖肉、豆酱、豆包、大白菜，都是淑芬张罗的。瞧，还有一件春绸的新棉袍。我告诉你，淑芬过日子可是一把好手，里里外外没有她拿不下来的活，有她在这儿帮衬着你，让你省一百个心。

王利发　我不要人帮衬。

大舅妈　胡说。大过年的，你的被卧拆洗了没有？房扫了没有？这么冷的天，屋里连个火也没有，瞧瞧你墙上这张画，前年我来就是它，两年了，还在墙上站着呢。明儿个大年初一，你带着淑芬上厂甸，买张好看的画把这张老掉牙的换下来。淑芬，你不是早盼着逛厂甸买绒花吗？让你哥带你去，好好挑几朵。

王淑芬　明天我先把哥的被子拆洗了。

王利发　不用，不用，大年下的不动针线。

王淑芬　还讲那个，老妈妈论早该改良改良啦。

王利发　啊……改良，是得改良。

清晨。茶馆后院。

雪停了，太阳出来了，院里充满了阳光。一个雪人，是王淑芬堆的，神气活现地站在南墙根。来了两个女人，院里立刻有了生机，有了笑声。北屋里，大舅妈在咚咚地剁白菜，准备包饺子。屋外头，王淑芬晾了两根绳子的被单，还在大绿瓦盆里噌噌地洗。

王利发穿着大舅妈给带来的新袍子，进进出出，坐也不是，站也不是，别扭极了。

外面传来傻杨的声音：

新年到，新年到，

穿新衣来戴新帽。

姑娘要花，小子要炮，

老爷子要顶新毡帽。

…………

白天。厨房内。

大舅妈在包饺子，拌饺子馅。

王利发　大舅妈，我还是把这身装裹脱了吧，忒别扭，它碍事。

大舅妈　（看了一眼外面的王淑芬，小声说）人家费心给你做了，就是装模作样你也得穿半天。

王利发　我短打扮惯了。

大舅妈　好我的王掌柜，连身掌柜的衣裳都架不住，将来怎么做买卖。

王淑芬　（在外面喊）哥，帮我倒水！

王利发　这是喊我呢吗？

大舅妈　难道是喊我吗？

王利发　（赶紧）来了，来了。

大舅妈会心地一笑。

白天。院内。

王利发帮着王淑芬倒水。“张家的”开门出来，抱着一个包袱，与王利发打了个照面，王利发显得很不自然，使劲地揪支棱着的新崭崭的衣裳。

王利发　（对“张家的”）这是我的娘家侄女。（对王淑芬）这是张春和的姐姐，老街坊了。

王淑芬听了偷偷抿着嘴笑。站起身向“张家的”打招呼，叫她“张大姐”。“张家的”并未应声，她一门心思在兄弟春和那边，已经顾不得许多了。

张家的　我给春和送衣裳去，三九天，他还穿着夹袄。

王利发　您甭去，您见不着。

张家的　那您怎么就见着了呢？

王利发　那是碰巧了……

张家的　今天是年初一，我就碰碰这个巧。

王利发　去了也是白搭。

“张家的”用期望的眼神看着王利发，王利发有点儿吃不住劲儿了。

王利发　要不，我陪着您去？好歹我还知道地方。

王淑芬　哥……

王利发　我一会儿就回来。

王利发跟“张家的”走了，院里剩下王淑芬，揪着晾衣服绳子发呆。

大舅妈　你大舅担心的就是这个小寡妇，一张狐媚子脸蛋，看着愁愁苦苦，其实这样更勾人，专勾你哥这样的傻蛋。

王淑芬　我哥可不傻。姑，您猜我哥说我是他什么？

大舅妈　什么？

王淑芬　他说我是他娘家侄女。他还有娘家呢……哈哈哈。

大舅妈　看来，咱们真来对了。

白天。常四爷家屋内。

一家人围着炕桌包饺子，常四奶奶擀皮，常四爷和十岁的儿子常喜贵包，六岁的小女儿妞妞在旁边抱着大黄猫看包饺子。气氛温馨和美。

妞　妞　阿玛，您给我包个小肥猪。

常四爷　行，给我们妞妞捏个小肥猪，大年初一，肥猪拱门，吉祥。

妞　妞　阿玛，您再包个耗子。

常四爷　再包个耗子。（边包边唱）天长了，夜短了，耗子大爷起晚了，耗子大爷起来没有哇？

妞　妞　起来了，耗子大爷洗脸哪。阿玛，我的黄黄儿要吃您包的小耗子。

常四爷　我多包几个，黄黄儿也得过年不是？正月初八，耗子成家，初八那天，妞妞得把黄黄儿看住了，别让它乱跑。

妞　妞　为什么？

常四爷　它把送亲太太吃了怎么办？

常四奶奶　瞧瞧你们包的饺子，有几个是正形？

常四爷　过年嘛，过的就是孩子。（对儿子）喜贵啊，你的戏学得怎么样了？班主让你们回来过年也算是给你们开了恩。

常喜贵　阿玛，我们班主说了，打明年我们这个班就有正式名字了，叫“喜连成”，徒弟按字排，正好我是“喜”字辈的，连名都甭改。

常四爷　你得给老郎神（戏班供奉的神明，即唐明皇）好好儿烧几炷香，唱戏这碗饭可不是那么好吃的，它得吃苦呢。

常喜贵　阿玛，我能吃苦，这几天我们练翻跟头呢，原地小翻，您瞧我的手，都破了。

常四爷　小翻要的是腰上的功夫，手上的准头，翻几个给阿玛看看。

常喜贵拍拍手上的面，在屋地上就要翻。

常四奶奶　屋里这窄憋地界能翻跟头？踢土攘烟的，再碰了东西。

常喜贵　额尼（读 ne ne，四声）放心，这地方宽敞着哪。

常四爷　唱戏的讲究在一张八仙桌上翻跟头，那地方不比你这儿小？

常喜贵在屋地上连续翻跟头。

常四爷　不错，将来当个头牌武生，爸爸天天坐在台底下看你演戏，给你叫好。

常四奶奶　在旗的孩子学唱戏，下九流，几辈子进不得考场。

常四爷　凭本事吃饭，正大光明。你爸爸在德胜门外头种菜，不领旗人的钱粮，我看过得也挺好，自食其力，踏实。

外面一阵喧闹。

常四奶奶　大过年的，外头吵什么呢？

白天。常家大门外。

常四爷一家跑出来看。三个人用西洋的皮卷尺在丈量地面，皮尺从常四爷家门口通过，一个人在夹子上记着什么。几个附近住户追着三个人说理。

住户甲　房是秦家的不假，可也不能说改就改。

住户乙　让咱们搬家，住哪儿去？

老太太　我就是在这胡同里落生的，老伴儿是在这条胡同里咽气的，我们的生生死死都在这儿，说什么也不能搬！

常四爷　这是怎么回事？

住户甲　秦二爷要把这片房拆了盖织布厂，圈了一大片哪。

常四奶奶　我们家的房可不是秦家的产业，他没理由拆我们的房。

住户乙　听说跟官面上疏通好了，都要买断呢。

常四奶奶　这不是缺德吗！（揪住测量者）甭在我们家门口瞎比画，敢碰我们家一块砖头，我让谁的脑袋当下开瓢。

测量者　众位，别跟我们过不去，是秦二爷雇我们来的，大年下的，谁不知道在家待着舒坦，可架不住工期压得紧哪，到年底，这儿就要变成一片工厂。

住户乙　这个秦二，他是找打！

常四爷　盖洋工厂，使洋机器，织洋布，现在什么都洋了，洋铁路、洋火轮、洋电线、洋取灯、洋教堂……把中国挤对得伸展不开了。山东、天津闹义和团，专门就是跟这些“洋”对着干，咱们也不能太软了，任着人说怎么就是怎么。

众　人　不能让人欺负！

常喜贵　（小声）阿玛，量地的这个秦二爷是不是就是保您出来的那个秦二爷？

常四爷　就是。只有他才干这号事！

白天。监狱门口。

站岗的　走走走！这儿不许探监！

张家的　我们就说两句话儿，大过年的，求求您了，让我们见一面！

站岗的　不行！不问问这儿是什么地方，关的都是什么样的犯人？

王利发　我们知道他是要犯，就见一面！

站岗的　不行！说不行就不行！

张家的　那……劳驾您想法把这件棉袄带给他……

站岗的　去你的吧！（夺过棉袄将它扔得很远，棉袄落在雪地的一汪泥水中）

“张家的”赶过去从泥水中捞起棉袄，蹲在地上，眼泪直往下流。

王利发　回去吧，我说别来……

“张家的”伏在王利发肩头伤心地抽泣。

白天。茶馆内。

仍旧是那些喝茶的人，仍旧是那些无聊的话题。松二爷、常四爷仍旧坐在自己的老位子上。

茶客甲　北京周围闹义和团，义和团刀枪不入，走到哪儿，哪儿一片红光，看不见人，所到之处，什么电线、教堂、车站全玩完。

茶客丁　那不是过义和团，那是过蚂蚱哪！

茶客甲　有个叫西摩尔的洋人从天津带着一群兵往北京打，这个西摩尔穿着大裤衩子，一身的红毛，眼珠子一只绿，一只蓝……

茶客丁　波斯猫？

茶客丙　洋鬼子都这模样，原先都是猫狗，变人没变利落就出来了，听说俩腿不会打弯，没有胳棱瓣儿（北京土话，膝盖的意思），走道是直的。

王利发焦急地在柜内走来走去，明师傅不动声色地烙着他的盐水焖炉儿。

王利发　李三他该回来了，打过年到现在，几个月了，就是不回，他也得带个信儿不是？他是个守时的人，不回来，准出事了！

明师傅　这年月，一个字：乱！晚上脱了鞋，不知道早晨还能不能穿上，谁也顾不上谁。

说话间，房子一阵晃动，有人喊：地震——

有往桌底下钻的，有往外头跑的，王利发紧紧抱着木头柱子，任着旁边茶碗噼里啪啦乱掉。明师傅抄起个笸箩，遮住刚出炉的火烧。

晃动过去，一切恢复原样，茶馆内茶客并没有因为地震而减少。几个伙计忙着收拾地上茶碗，王利发向四周询问。

王利发　有伤着的没有？

茶客甲　没有。都是不怕死的。

茶客乙　（问茶客丙）您不回家看看？

茶客丙　回什么呀，震死了就震死了，比活着痛快。

唐铁嘴　这是老天爷示警呢，朝廷要出大事了！

王利发　你什么时候钻进来了，跟你说，别给我这儿添乱。

唐铁嘴　我不怕犯忌，我这张嘴，什么不说啊，要逮我，十个也逮了，衙门他懒得理我。再说，就是逮进去，有您王掌柜四处求保，我在里头歇两天又出来了。听说那里头还给犯人吃奶油槽子糕呢，是吧，松二爷？

松二爷　（尴尬地）嘿嘿嘿……（从怀里掏出个小葫芦罐，解嘲地对常四爷）四爷，您瞅瞅我这七彩蝈蝈，橘红脑袋，红斑蓝花脖子，黑镜，紫肚，大筒子亮翅儿……

王利发　（也凑过去）这得不少银子。

松二爷　敢情，三十两我从南城鸣虫张那儿匀来的。

常四爷　我老丈人的菜地里这东西有得是。

松二爷　也没见你给我逮一个来。

秦仲义穿着讲究，满面春风，走进来。

王利发　哎哟，秦二爷，您今儿个怎么这样闲在，会想起下茶馆来了？也没带个底下人？

秦仲义　现在你也会说甜和话儿了，不跟我牛×了？

王利发　我那也是急大发了，我是得着教训了，在哪儿牛也不能在二爷府上牛，跟谁牛也不能跟二爷您牛。

秦仲义　学乖了，像个开茶馆的了。我就是来看看，看你这小伙子会做生意不会。

王利发　唉，一边做一边学吧，指着这个吃饭嘛。谁叫我爸爸死得早，我不干不行啊！好在照顾主儿都是我父亲的老朋友，我有不周到的地方，都肯包涵，闭闭眼就过去了。在街面上混饭吃，人缘顶要紧。我按着我父亲遗留下的老办法，多说好话，多请安，讨人人的喜欢，就不会出大岔子！您坐下，我给您沏碗小叶茶去。

秦仲义　我不喝！也坐不住！

王利发　坐一坐！有您在我这儿坐坐，我脸上有光！

秦仲义　那好吧。（坐下）可是，用不着奉承我。

王利发　（亲手将盖碗茶递上）二爷，府上都好？您的事情都顺心吧？

秦仲义　不怎么太好。

王利发　您怕什么呢？那么多的买卖，那么多的房产。

唐铁嘴　（凑过来）这位爷好相貌，真是天庭饱满，地阁方圆，虽无宰相之权，却有陶朱之富。

秦仲义　躲开我，去！

王利发　喝够了茶，您该到外边活动活动去了。（把唐铁嘴轻轻推开）

松二爷　（来到秦二爷跟前）秦二爷，今儿个我可见着您了。听说是您挑头首保，保我跟常四爷出来的，老说到府上当面道谢，就是逮不着机会，今儿个我得好好谢谢您。（说着给秦仲义请了个双安）待会儿，我请您，咱们上前门外东升楼……

秦仲义　这位爷，我生疏得很。

王利发　您就是东城老君堂的松旭、松二爷，祖上阿赤干做过礼部堂官，世家子弟。您保的就是他和常四爷。

松二爷　（感激又谦卑地）松旭，松旭，字兆启。

秦仲义　我不跟生人打交道，也不记得保过谁了。

松二爷　您不记得，我可记得呢，记一辈子，还得让我那三个丫头记着，救命之恩哪……

秦仲义　（不想继续和松二爷谈话，转过话头对王利发）小王，上回我跟你提过房租的事。

王利发　我还记着，您说三两七太少。

秦仲义　还是那句话，这儿的房租是不是得往上提那么一提呢？当年，你爸爸给我那点儿租钱，还不够我喝茶用的呢。

王利发　二爷，您说得对，太对了！可是这点儿小事用不着您分心，您派管事的来一趟，我跟他商量，该涨多少租钱，我一定照办。

松二爷在一边站着没趣，怏怏地回到自己的座位。

常四爷　碰了个软钉子。

松二爷　不管怎么说，咱们的礼数到了，哪儿能得了人家的济，不理人家的道理。

常四爷　秦二，那是个不懂常理的青皮，半个假洋鬼子。仗着有俩臭钱儿，瞎折腾，要拆我的房呢！

秦仲义　（对王利发）你小子，比你爸爸还滑，哼，等着吧，早晚我把房子收回去。

王利发　您甭吓唬着我玩，我知道您多么照应我，心疼我，绝不会叫我挑着大茶壶，到街上卖热茶去。

秦仲义　你等着瞧吧。

一个乡妇拉着个十来岁的小妞进来。小妞头上插着一根草标。她们慢慢地往里走，茶客们忽然都停止说笑，看着她们。

小　妞　妈，我饿。

乡　妇　哪位行行好，买了这孩子去，就当买个小猫小狗，让孩子捡条活命。乡下打仗，地全荒了，颗粒无收哇！

秦仲义　（冷酷地）轰出去！

王利发　出去吧，这儿不是你们待的地方。

乡　妇　哪位行行好，要这孩子，二两银子！

松二爷　比我的蝈蝈还便宜。可惜，我有仨丫头了……

常四爷　（对伙计）要两碗烂肉面，带她们到门外头吃去。

伙　计　是啦！（对乡妇）起来，门口等着去，我给你们端面来。

乡　妇　（抹着眼泪往外走，让孩子给常四爷磕了个头）孩子，谢谢这位爷。

王利发　快着点儿吧。

乡妇、小妞走出去，伙计随后端出两碗面去。

王利发　常四爷，您赏给她们面吃是积德行善，可是，这路事太多了，太多了，我在茶馆里，见天能碰见十几起，都给面吃？管不过来不是？二爷，您说我说得对不对？

秦仲义　行善不行善，并不在乎给穷人一碗面吃，要救就得从根上救他们。小王，说真的，我真想收回这里的房子。

王利发　您别这么办哪，二爷！

秦仲义　我不但收回房子，而且把乡下的地，城里的买卖也都卖了。

王利发　那是为什么呢？

秦仲义　把本钱拢在一块儿，开工厂！

王利发　开工厂？

秦仲义　嗯，开顶大顶大的工厂！那才救得了穷人，那才能抵制外货，那才能救国。（对王利发说而眼睛看着常四爷）唉，跟你说这些干什么，你不懂！你眼睛看的，就是一碗面！

王利发　我是不懂。您就专为别人，把财产都出手，不顾自个儿了吗？

秦仲义　说你不懂是真不懂，只有那么办，国家才能富强。好啦，我该走啦，我亲眼看见了，你的生意不错，你甭再要无赖，不涨房钱。

王利发　您等等，我给您叫车去。

秦仲义　用不着，我愿意溜达溜达。记着，每月6号，按时给我把房钱送过来，月租三十七两。

王利发　（一屁股坐在椅子上）……

秦仲义看也没看王利发，出去了。

王利发　……给我口水喝。

傍晚。茶馆后院。

小饭桌已经在院里摆好，绿豆粥在碗里凉着，疙瘩丝切得很细，一盘拌黄瓜搁在桌当间，一小碟炒鸡蛋放在一碗粥的旁边，看得出是专为王利发准备的。王淑芬在院里烙饼，动作熟练麻利，将饼烙得空前绝后。

“张家的”在房檐下借着傍晚的微弱光亮给人做补活（一种缝制贴花的工艺，是北京特有）。

大舅妈　你缝个单子能挣多少啊？

张家的　三吊。

大舅妈　买两斤棒子面。今儿个还没见你笼火做饭呢。

张家的　不饿。（突然眼睛一亮）

大舅妈顺着“张家的”眼神望去，是王利发进后院来了。

王淑芬　哥，今天怎么这么早就上板了？

王利发　没法开张了，秦二爷要涨房钱，这院房他张口就是三十七两，三十七两，攒一年我盖一院房。明摆着是挤对我给他腾房。

张家的　秦二爷没说我这房涨多少？

王利发　没说，反正也得涨。

张家的　这可怎么得了！

王淑芬　老天爷饿不死瞎眼的家雀儿，愁有什么用，得想法挣。

王家人围着小桌吃饭，王淑芬不时关照王利发。

王利发　（感觉不合适，对“张家的”说）过来一块儿吃吧！

张家的　屋里还有昨儿个剩的呢。

王淑芬不屑、不满的眼神。

正吃着，李三满身伤痕，蓬头垢面地从后门跌进来，众人吃了一惊。

王利发　李三，你怎么这样了？

李　三　掌柜的……不好啦……

王利发　李三，你喝口水，慢慢说。

李　三　我是从杨村逃回来的。正月十六我从山东往回赶，山东界面整个一个乱，我半道碰上了义和团，裹挟着我拆铁道，铰电线，让洋人又抓了去，帮他们运东西。好不容易跑出来，走到杨村，正赶上洋人跟朝廷在廊房打仗，洋人杀红了眼，看见有辫子的就搂火，啪的一声，人就躺下了，都不知道是怎么死的。我在死人堆里猫着装死……

王利发　回来就好，回来就好！

李　三　掌柜的，北京待不住了，赶紧逃吧，我进城的时候洋人在我后头紧跟着就进了东直门，听街上逃难的人说，皇上跟太后早逃出北京了，北京成了空城啦！

街上传来骚乱的声音，夹杂着枪声。

张家的　（带着哭声）这可怎么办呢……

王利发　洋人进城了，现在往哪儿也跑不成了。（急得在原地转磨）只有在家等死了。

王淑芬　反正也跑不了啦，哥，你招集前头的伙计们把茶馆看住了，把火灭了，外头再乱，咱里头不能乱。姑，您把家里但凡能值点钱的东西都收拾起来，塞炕洞里。李三叔，您和我把住后门。（顺手卷了一张烙饼鸡蛋，给李三）您先垫垫饥，等消停了我给您做打卤面。（说完，抄起一根木杠顶住后门）

夜色中。街面。

火光四起，许多房屋店铺被点着了。洋兵进进出出，满街乱窜，见人就杀，见东西就抢，不少无辜百姓倒在洋兵的枪口下。

北京城内成了地狱。

刘麻子不惧危险，套着一辆车活跃在刀光剑影中，满街捡孩子。车上已经载了几个，刘麻子还背着、抱着孩子，子孙娘娘一般。

端着枪的洋兵　（英语）干什么的？（What for ?）

刘麻子　（比画着，说着半通不通的英语单词）教会！上帝！（Church ! God !）

洋　兵　（英语）好！好！（ok ! ok !）

刘麻子赶着车走出一段路。

洋　兵　（突然回过味来，冲着刘麻子就是一枪）（英语）上帝死了！（The God is dead !）

刘麻子臂上中弹。他将身上的孩子全扔到车上，纵身一跨，吆着马车消失在黑暗中。

夜色中。胡同里。

一年轻女子被洋兵拖出家门。女子的弟弟追出胡同，嘶声裂肺地喊。男孩：姐——姐——……

男孩在乱糟糟的街上漫无目的地跑，一声声地喊着“姐”。

夜中。茶馆后院。

“张家的”不顾一切冲到门边，拽顶门杠，拔门闩，眼睛都直了。

王淑芬　你要干什么？

张家的　我兄弟在街上喊我呢。

王淑芬　喊也不能让你出去！

“张家的”突然变得力大无比，一把推开王淑芬，冲出门去。

大舅妈　（拿着切菜刀站在屋檐下，一副准备和洋人拼一死活的架势）你拦住她，拦住她呀！

王淑芬　我拦得住吗？她眼睛都直啦！

王利发　（和李三赶到后院）谁让你放她出去的？

王淑芬　她自个儿要出去的。

王利发　外头有多乱，你不是不知道。（说着，开门就往外走）我得把她找回来！

王淑芬　（当门一拦）我不许你出去！

王利发　你不想想，她到了洋人手里能有好儿吗？

王淑芬　你走了，洋人进来，我到了洋人手里能有好儿吗？

王利发　柜上有一大帮伙计呢。

王淑芬　一大帮伙计我就靠你！

王利发和王淑芬在门口撕扯，大舅妈也来加入，王利发将王淑芬推倒在地，顺势打开门。

王利发　李三，跟我走。

大舅妈　（冲着王利发背影喊）王利发，你个小兔崽子！

王淑芬　（哭着）他心里就没咱们！

夜中。街面上。

“张家的”在混乱中东张西望。喊着“春和”。

夜中。街面上。

王利发和李三在寻觅。

刘麻子赶着车匆匆跑过，车上的孩子大哭小叫。刘麻子的臂上渗着血。

王利发　（冲着刘麻子喊）刘麻子，你缺德带冒烟儿啊你！什么财你都发！

李　三　你不得好报！

夜中。街面上。

叫姐的男孩被洋兵一枪打倒在地上。

“张家的”被两个洋兵纠缠住，逼到一个墙角。一个兵把枪给了另一个，毫不迟疑地向“张家的”扑过去。“张家的”衣裳被扒下来，被按倒……

“张家的”欲哭无泪，绝望的脸。

王利发和李三发现了这情况，赶过来。李三从后头一把掐住拿枪的兵，和那兵滚作一团。王利发一脚蹬开搂着“张家的”的洋兵，跟他厮打起来。洋兵会拳术，将王利发打得鼻青脸肿。情急中，王利发顺手抄起一根正燃着的木头，冲着洋兵的脑袋狠狠地打去，洋兵脑浆迸裂，倒了下去。王利发反倒吓得不知所措了，一下蹲在地上。

李　三　（背起“张家的”）掌柜的，快跑啊！

王利发　噢。

夜中。茶馆后院。

李三背着“张家的”和王利发进了院子。“张家的”身上只剩了一个兜肚，一条裤衩。

大舅妈　怎么把人糟蹋成这样！

王淑芬看了王利发的惨样，又气又心疼，弄来一盆水给王利发洗伤，王利发疼得直哎哟。

王淑芬　知道疼了吧，知道疼你别出去呀？活该！

王利发　（直着眼睛）……我杀人了。

王淑芬　敢情这血不是你的血！

清晨。街面。

到处余烟袅袅，到处血迹斑斑，家用东西、衣物散落各处，尸体横陈街头。

傻杨一遍一遍敲着牛骨头，看着四周的情景，含着眼泪嘴里说不出一句词。

唐铁嘴带着几个洋兵到大宅门抢掠。

马五爷站在路边向每一个路过的洋兵鞠躬。

二德子、宋恩子们也夹在抢劫洋兵中。

二德子　洋人司令下命令在北京公开抢劫三天，这规矩立得好，人家洋人打回仗，国家、个人都能得好处。人家的皇上就能替老百姓着想。

吴祥子　咱们跟着捡洋落（读 lào），也不赖。

白日。松二爷家。

一家人躲在厕所里，挤着，不能挪地方。

松二奶奶　熏死我了，都待一宿了，我得出去。

松二爷　人家说了，洋人不怕别的，就怕这个味儿，臭点儿怕什么，都是从咱们自个儿肚子里出来的，没外人的。

松二奶奶死活不在厕所待了，抱着三秀出去了。刚走到院当中，大街门被砸得咚咚响，一颗枪子叭地飞进院里，松二奶奶“妈”地叫了一声，又跑进厕所。

白天。常四爷院里。

常四爷和常喜贵在和洋兵们厮打，兵们在抢常家的东西。常四奶奶搂着妞妞躲在一边，不住地央告。

常四奶奶　他爹，让他们拿，咱们不要了，咱们什么也不要了。

常四爷　我的东西，一根草也不能让他们碰！

窗台上的大黄猫向洋兵龇牙，一个兵举起了枪，瞄准大黄猫。

妞　妞　黄黄儿！（向大黄猫冲过去）

枪响了，妞妞倒下了。

常四奶奶疯了一样扑过去，抱起了死去的妞妞。

常四奶奶　妞妞！妞妞！……我的妞妞啊！

常四爷　我跟你们杂种操的拼了！

洋兵又举起了枪。

常喜贵　（一把抱住父亲）阿玛！

洋兵们集合的哨子响了。

常四爷　狗日的们，你们等着！我得替我丫头报仇！

白天。街面。

看着这劫后惨景，傻杨敲着牛骨头，终于念出了词。

傻　杨　光绪皇帝坐龙廷，
　　　　福如东海太阳升。
　　　　四海平安民欢乐，
　　　　东洋西洋来朝贡。
　　　　北京城咚不隆咚，
　　　　敲锣打鼓齐欢迎。
　　　　路不拾遗夜不闭户，
　　　　大清江山真太平。

夜晚。胡同里。

常四爷穿着义和团的服装，与义和团一起借助夜色和熟悉的环境，和洋人展开巷战。

洋兵被义和团从后面勒死。

藏在门后的常四爷将洋兵一棒子打死。

常四爷捡起一把手枪，不知怎样使用，一抬胳膊，一个洋兵应声倒下，又一抡，洋人的一匹马惊了，将洋人甩下来，在马后头拖着。常四爷很高兴，再抬胳膊，枪不响了（没子弹了），吹了几下，抬了几回胳膊，就是不响。常四爷舍不得扔，将枪揣怀里了。

常四爷和义和团在北京与洋人厮杀的一个个镜头。

白天。裕泰茶馆门外。

茶馆着过火，烟熏火燎的门面，匾额也歪下来了。王利发在指挥伙计们收拾。秋风吹过，树叶哗啦啦，灰尘扬起老高，附近铺户有烧的，有砸的，多已不成样子。整个环境一片萧瑟悲凉。

秦仲义坐着马车过来，利索地跳下车。王利发赶忙迎上去。

王利发　二爷，您看看，都糟蹋成这样了！

秦仲义　还好，没伤了筋骨。我东城前永康那两百间房全烧成了平地。

王利发　您别光看表面，里头烧得房顶露天了。

秦仲义　露天怕什么，它不是还站着呢嘛。

王利发　是啊，它要是趴了窝，我倒省事儿了。我就怕它这么半死不活，娘娘驾似的歪歪着。

秦仲义　你说，你到底是什么意思，甭跟我绕。

王利发　租房的交房钱，修房的是房主，二爷，您得帮我把茶馆修整起来，这可不是三五十两银子的事。

秦仲义　我要是不修了呢？

王利发　您不能不修！

秦仲义　你还管着我了？

王利发　您不修，不出半年它就得塌，您每月那三十七两银子朝谁要去。您前永康那个大火场可是一点儿进项也没有了，据我知道，您北京“和瑞祥”“瑞和祥”两家铺子也都让人抢了，现在您可是在瓶子口那儿吊着呢。

秦仲义　你先甭管我瓶子口不瓶子口，先说说怎么堵你西墙那个大窟窿吧。修房是应该，要钱，我不给。

王利发　难道我还得把我爸爸从棺材里搁起来，亲口跟您张嘴？

秦仲义　一到关键时候你就牛×，跟我较劲你是寸步不让啊你！这么着吧，这俩月房钱免了，你拿它修房，赶腊月初六，把当月三十七两给我送账房来。

王利发　……七十四两，修茶馆……

秦仲义　就这么着啦，我还得上北边看看去。（上车走了）

李　三　看把他忙得，屁眼子朝天，生生让产业给累的。

王利发　李三，你说我怎么回回让他给算计了。

李　三　没让您搬家就算给面子了。

常四爷来了。

王利发　常四爷！里边坐会儿。

白天。茶馆内。

桌子歪斜，桌上灰尘老厚。王利发擦出一块干净地方让常四爷坐了。

李　三　茶叶都潮了，四爷您凑合着喝碗白开水吧。

王利发　四爷您脸色不好。府上都安康？

常四爷　我差点儿弯回去。

王利发　什么病？

常四爷　心病。……妞妞不在了……让洋人一枪打死了……

王利发　这怎话儿说的……挺好一个小闺女……

常四爷　我对闺女的心比儿子都重……为了只猫……

王利发　四爷，您喝口水。

常四爷　跟你说，我参加了义和团，开了杀戒，杀了洋人这个数（竖起四指），四命抵我闺女一命，就这我也觉得不值。

王利发　（小声）您可千万别提义和团的事，就当您从来没见过他们。让宋恩子们知道了，大麻烦。

常四爷　（将衣襟亮开一点儿）你瞧，我还得来这个。

王利发　（吓得倒退几步）常四爷，……（小声）在我这儿，您可千万别把这个露出来。（大声）您看看我这茶馆，成了五凤楼（紫禁城午门顶上的阁，北京老百姓形容四面透风的房子为“五凤楼”）了，晚上能看见星星。

常四爷　松二爷那儿不知怎么样了。

王利发　好像没什么，前几天有个送煤的，说看见松二爷在西山门头沟修道呢。

常四爷　他活得自在。

白天。茶馆后院。

“张家的”抱着给春和缝的棉袄一动不动地坐在房檐下。

王淑芬系着围裙里里外外地忙碌，尽管还梳着大辫子，俨然以小主妇自居了。

王利发从前面回来，王淑芬迎上来，用布掸子给王利发抽土。

王淑芬　看你这身土吧，哪儿像个掌柜的。

王利发　不是收拾房嘛，我不盯着，他们就偷工减料，现在的人……（看了“张家的”一眼）

王淑芬　（附在王利发耳边）一大早起来就这样，坐了一上午了，不吃不喝的。

王利发　（走向“张家的”）您没事吧？

张家的　前些日子趁着乱，多少关着的人都借机会跑出来了，我想春和也会……那天晚上，我真真儿地听见他在胡同里喊我……

王利发　回头我让淑芬给您端碗面来。

张家的　……按说，我再没脸活着，可我要是死了，春和回来连个落脚的地方也没有了……他找谁去呢？

王利发　您记着一条，好死不如赖活着。现如今，没有谁活得痛快的，包括咱们的皇上。

张家的　事到如今我也顾不得脸面了，原先我还想着能跟您……（苦笑）那是一场梦，但凡梦都有醒的时候……我是什么人，我清楚。

王利发　您别这么想，您得活着，为了春和，也为了……

王淑芬　哥，吃饭！

白天。王家屋内。

八仙桌上简单实惠的饭已经摆好，王利发的位置仍旧有明显的特殊供应。

王淑芬　（边摆筷子边说）跟那小寡妇有什么好说的，成天哭丧个脸，神里神经的。哥，我可不喜欢看见你跟她在一块儿嘀嘀咕咕的啊！

王利发　你就不觉得她可怜吗？

王淑芬　可怜？让洋人拾掇过了的……她完全是自找。

王利发　你……

大舅妈　吃饭，吃饭。吃完了我有要紧话说。

白天。王家里屋。

大舅妈盘腿坐在炕桌前，抽着旱烟。

大舅妈　（对王利发）你坐下。

王利发　我站着就挺好。

大舅妈　坐下！我这话长！

王利发坐在炕沿上。

大舅妈　我跟淑芬住这儿有小一年了。

王利发　您帮了我不少忙。

大舅妈　你大舅那边儿次催我回去，我想呢，老住你这儿也不是长事儿……我打算这两天回去。

王利发　您再多住些日子。

大舅妈　我回去，我把淑芬给你留这儿。

王利发　这……

大舅妈　让她给你当媳妇，你也看出来了，这个家没有她不行。当初带她来，就有留她在这儿的意思，是你大舅的主意。

王利发　我不要！

大舅妈　（不理会王利发的话）我跟明师傅说好了，后天是初十，好日子，让淑芬从明师傅家上轿，权当是明师傅嫁外甥女。新房就是这间，回头我让伙计们给收拾出来，找个棚匠糊它个四白落地，费不了什么事。我知道你喜欢西屋那小媳妇，那小媳妇秀气，漂亮，没脾气，不像淑芬这么风急火燎的，可她不是个过日子的人儿啊，关键时候她能替你戳着吗？她能给你生儿养女吗？她能帮着你把里外杂活都打点利落了吗？她不能，她就会小猫似的依靠着你，让你摩挲她，哄她……

王利发　这么大的事，您就不跟我商量商量？

大舅妈　我跟谁都商量了，就是没跟你商量，我知道，商量也白搭。男大当婚，女大当嫁，父母之命，媒妁之言，你爹妈不在了，我就是你的老家儿，你敢不听我的！

王利发　我不听怎么的？我就不听！

大舅妈　你又犯犟！

白天。茶馆后院。

王利发一摔门从屋里出来。

王利发　我就不听！

正在院里刷碗的王淑芬直起身来看着王利发。王利发冲着她喊："我就不听！"

王淑芬　你跟我嚷嚷什么？

王利发径直到前边去了。

白天。茶馆内。

工匠们正在修房。王利发气哼哼地进来。

李　三　掌柜的，咱们借修房的机会打出俩单间来，将来当雅座。

王利发　（神经质地）我就不听，我就不听！茶馆的事以后甭问我，（指着后头）问她去吧！她是掌柜的！（出了茶馆）

李　三　掌柜的疯了。

明师傅　他是得疯一回。

傍晚。街面上。

天色暗了，王利发漫无目的地疾走，他气蒙了，横冲直撞。

被撞甲　嘿，撞人啦！

王利发　我撞你了吗？

被撞甲　还挺横！我的麻豆腐都让你撞地上了，你抢着挨头刀去呀！

王利发　（比被撞的还横）我替你抢孝帽子去！

路　人　年轻人，说话别那么冲。

王利发　我就愿意冲，我就冲了，你说怎么着？

被撞甲　整个一浑得噜儿（“得”轻轻带过，“噜”读平声），没熟！

路　人　甭理他，是个混混儿。

王利发　你才是混混儿哪！

夜色中。什刹海。

王利发在海子边坐着，一脸无奈。

老　者　孩子，我看你在这儿坐半天了，有什么难事往前看，千万别往这里头（指着水面）走。那里头又黑又冷。

王利发　我就是从那里头出来的。

老　者　那你是……在这儿拉替身儿的？

王利发　我要是能拉替身儿就好了。

老　者　小子，我明白了，你是走到死胡同了，鬼打墙这样的事，谁这辈子都得遇上几回，当局者迷啊，不知怎么走的时候你静下心想想，退后几步你绕着走，未必走不到家……

白天。街面上。萧条、冷清。

一乘单调的花轿，几个没精打采的吹鼓手，呜里哇啦地走过街道，没有谁注意这“热闹”，一切简单得有些寒碜。但是傻杨的快板却是敲得热闹。

傻　杨　一条大街喜气先，新媳妇走在正当间。

八抬轿，大换班，旗锣伞扇锣鼓喧。

金瓜钺斧朝天镫，黑红帽子老虎拳。

走喜街，穿喜巷，走到裕泰喜门前。

揭轿顶，撤喜杆，新人下轿贵人搀。

王掌柜，福不浅，娶了一个美天仙。

白天。后院。

茶馆前面还在修缮，后院的门口挂上了红绸子，贴了喜字。常四爷和茶客甲、乙等人到后面来凑热闹，二德子也在其中，充分体现了王利发的好人缘。来客几吊几两的礼钱不等，常四爷充任记账的角色。

王利发长袍马褂，披红挂绿，机械地将新娘子迎进屋内。

热闹的院落中，西屋的门紧紧闭着。

白天。新房内。

王利发机械地挑开新娘子的红盖头。

王淑芬　（冲着王利发淡淡一笑）德行！

王利发　我德行，我是德行。

二德子们冲进新房。

二德子　今天有重要公务在身，吃不成喜酒，我得先看看新娘子！（冲着王淑芬）嫂子，兄弟这厢有礼了，往后您有用得着兄弟的时候，比如想揍谁，给谁拍黑砖，您尽管言语，甭客气……

王利发　行了，行了。（往外推二德子）

二德子　这酒我是真想喝，可惜，今儿个朝廷出大差，斩杀康梁余党！

王利发　啊?!

——第三集完

第四集

白天。监狱。

春和和几个“乱党”被提出。

乱党甲　（对春和）咱们的时候到了。

春　和　能有您几位就伴一块儿走，我这辈子也值了，没白活。

乱党乙　（玩笑地对狱卒）也不给酒喝，不给红衣裳穿了？

狱　卒　现在改良了，一切从简，不但没有上路酒饭，也不给几位在菜市口搭台子了，地点改齐化（朝阳）门外东大桥。列位有什么话要说，有什么事要交代，趁机会麻利儿办。

乱党甲　改良改良，没想到从咱们自个儿先改起。

春　和　大爷……我有点儿事……

狱　卒　有话快说，甭大爷，我没你大！

春　和　我有个寡妇姐姐，您把这个带给她（将脖子上一个拴着红绳的麻钱摘下来），让她活着，无论多么难也得活着。只有她活着，我才闭得上眼。

白天。街面。

两边是看热闹的人众，人们的脸上，麻木、兴奋、恐惧、悲哀……

几辆木笼囚车在兵们的押解下缓缓走过，车上载着“乱党”。

准备收尸的家属远远地跟着，“张家的”夹着那件棉袄跌跌撞撞地追着囚车。

宋恩子们在人群中，眼神向周围放射，寻找着新的捕捉对象。

二德子在维持秩序。

人群中有人喊　唱一个！要个豪横！

白天。东大桥空旷的河滩。太阳惨白，四野风起。

河滩的一边搁着几口棺材，上面贴着条子：张春和、何基成、韩明启、季大侠……

教会的马五爷坐着下人给端来的板凳，望着河滩，悠闲地抽着雪茄。

张家的　（给马五爷磕头）马五爷，春和的事全交给您了……

马五爷　愿上帝宽恕我们的罪过，上帝时刻与我们同在。你放心，上帝怜悯一切受苦受难的人。

张家的　您替我谢谢上帝。

一声炮响。

“张家的”向人群中心疾奔。嘴里喊着“春和”。

炮声中，监斩官将桌上的布告，勾出一个大大的钩。

监斩官　斩！

传令官　斩——

有副手端着盘子上，站到刽子手旁边，盘子里放着一个硕大的白馒头。刽子手举起鬼头刀。人众张着嘴，屏息地等待着。

乱党甲　（对乱党乙小声说）下辈子再见！

乱党乙苦笑。乱党丙泪流满面，无奈地将脑袋垂下去。春和闭上双眼。

张家的　（挤到前面）春和——

春和刚睁开眼，鬼头刀落下。人们纷纷后退，“张家的”晕倒在地。

唐铁嘴不顾呵斥、推搡、拳头，挤到监斩官身后，紧张地等待着。

刽子手将砍下的人头提到监斩官前，监斩官用朱笔在每个人头上一点，将点人头的笔顺势向脑后一丢，许多人都去抢，唐铁嘴跳起接住，一脸得意。

人们围住刽子手的副手，出银子购买那浸透了血的馒头。

副　手　五十两，少一两不卖。

观　者　贵得邪乎。

买　主　（用绵纸仔细包那血馒头）堵枪子的馒头焙干了治痨病，比什么药都灵验，花钱难求不是？

唐铁嘴　（拽住一男的）这位爷，这支笔不是一般的笔，它是走过阴阳界的朱笔，避邪镇宅，祛灾免祸，是世间不可多得的宝贝。

男　的　多少钱？

唐铁嘴　纹银三百两。

男　的　三百两银子我买几车笔。

富商模样的　我要了。

唐铁嘴　您有眼力，识货！

富　商　回家我把它供上。

晚上。王家新房内。

王淑芬正麻利地铺炕。她没有新媳妇的拘谨，将褥子下头人们塞的枣、栗子、花生（为新人讨吉祥的做法，取果子的谐音“早、立、子，花着生”为祝福）一一扫出。铺开两个被卧，想了想，改成了一个，在被头放两个枕头时，突然脸上显出一片羞涩，偷偷看了王利发一眼，王利发抄着手，还披着红，木然地坐着。

王淑芬　（走过来亲切地）摘下来吧，傻拉呱唧的还挂着它干什么？

王利发　（躲闪着王淑芬）我愿意。

王淑芬　今儿个好像是倒过来了，我成了新姑爷，你是新媳妇。

王利发　……

王淑芬　你甭跟我犯劲。我知道你心里怎么想的。

王利发　我能怎么想？我敢怎么想！……您（加重“您”的语气）是裕泰茶馆的内掌柜的……我得到前头看看去。

王淑芬　不许你去，今天是什么日子，你还……

王利发　天天上了板我得去转一圈，要不睡不踏实，今天也不能例外。

王淑芬　我就不让你去，就不让你去！

王利发　（冷冰冰地）你甭给我撒娇，我这人，天生性子冷。

王淑芬　（生气地一下将屋门打开）你去吧，有本事今天你别回来！

王利发一句话不说，走了出去。

王淑芬用脚踢上门，闩了，赌气倒在炕上掉眼泪。不敢大声哭，怕人听见笑话。哭了一会儿，又起来，悄悄将门闩拔开。

夜色中。茶馆后院。

“张家的”一身灰土，披头散发，神情呆滞地走进院中，刚好和正从屋内走出的王利发相遇。“张家的”看到王利发身披红绸，又看到院内的红灯、红喜字，想及今日的刑场，百感交集，说不出一句话。

王利发　（看到“张家的”这副模样，料定凶多吉少，嘴唇哆嗦半天，说出话来竟是平淡的）您回来了，今儿个给您添乱了。

张家的　（比王利发还平淡）给您道喜了。

王利发　同喜。（一想不对，赶紧改嘴）不，不，不同喜，不同喜。瞧我这嘴……

张家的　（没在乎王利发的言语，向自家的门走去，临进门回过身来）春和走了。

王利发　哦……

夜。茶馆内。

空空的茶馆，有月光从外面照进来。王利发在桌前坐着，仍是新郎官打扮，在月光下如同一尊雕像。

街上传来傻杨的快板。

傻　杨　一更（读 jīng）里，月影照花台，

忽听得郎君今晚来。

奴家打了四两酒，

四个菜碟桌上摆。

一等也不来，二等也不来，

不知道郎君在哪儿打上牌。

手拿着睡鞋没有心肠换，

一阵心酸疼，掉下眼泪来。

二更里，月影照窗棂，

天高风紧燕儿惊。

菜也凉，酒也冷，

不见郎君只听见风，

哥哥耶，莫不是肚子疼。

半夜。新房内。

王淑芬在炕沿前呆坐着。

白天。茶馆内。

茶客们仍像往常一样，闲扯、喝茶。

松二爷的位子空着，常四爷一个人默默地喝着茶。

刘麻子　……我当下就跟那个洋鬼子扭到一块儿了，人家是洋种，比我高，高一半，熊似的，力大无比，身上的黄毛这么长，那胳膊，打这儿一搂能搂过仨柱子。我当下给他来了个雄鹰展翅，他出了个野马分鬃；我飞起一脚，照着他的门面蹬了个泰山惊雷，他躲过身子做了个金龙摆尾；我一个恶虎扑食，他一个灵猫上树；我一个巨蟒吸兔，他一个青鱼卧底……

茶客甲　您这是说谁哪？

刘麻子　说谁？说我呢。说我跟洋人在东四牌楼大战三百回合。

茶客甲　我以为是孙悟空大战二郎神呢。

刘麻子　（意犹未尽）末了，旁边一洋人掏出个银柄牛角撸子来，朝着我的脑袋一勾手指头，撸子口冒出一团火光。我一看，大事不好，抬起胳膊一搪……（撸起袖子）你们看，你们看，这就是那个银柄牛角撸子打的！

王利发　说完了没有？

刘麻子　（一看王利发，立刻泄了气）说完了。

王利发　说完了您请，找您的银柄牛角撸子去吧。（来到常四爷桌前）这小子趁火打劫，他趁乱往外地卖了多少孩子，只有老天爷知道。

常四爷　你这茶馆修缮了一回，没修好，西边墙窝进来一大块儿。

王利发　我也知道这样不合格局，他没法子不是，就那点儿钱，我只能这么着修。

常四爷　看着别扭。

王利发　您甭别扭，只要不影响您喝茶就行。我想过了，那面墙不是堵得慌吗？我让松二爷画幅梅花贴上，一边喝茶一边赏梅花，尽管这梅花是假的……

常四爷　说起松二爷可是有日子没见了，打庚子之乱完了，我就没见过他。前儿个上他府上寻，问是不是还在门头沟，松二奶奶说他的确在西山延生观跟老道练内功。

王利发　什么内功？

常四爷　求生儿子的内功。松二奶奶说一丸“延子丹”就是二十五两银子，还不让回家，不能跟亲人见面，家里金银财宝往道观填还不少了。

王利发　他怎么上的西山呢？

常四爷　说是唐铁嘴介绍的，唐铁嘴和延生观的侯道长是把兄弟。

王利发　完了。什么事要和唐铁嘴搅到一块儿，准没好儿。四爷，快到年底下了，我分不开身，您还是得上西山跑一趟，瞧瞧松二爷到底怎么回事。

常四爷　我现在就去。

王利发　我派个机灵伙计跟着您，到城门脸驴窝子给您雇条腿脚好的驴。

白天。西山。

大雪纷飞。天寒地冻。崎岖的山道上空无一人。常四爷骑着驴，小伙计在后头跟着，在风雪中艰难地走在山路上。

伙　计　四爷，天快黑了，咱们会不会遇上狼啊？

常四爷　我就是狼。

伙　计　走了大半天儿了，连个人家儿都没看见。

常四爷　别说话！

两个人站住，静下来听，只听得杂树棵子里有响动。

伙　计　妈耶，还真遇上了！

常四爷　你在这儿等着，我过去看看。

伙　计　您别扔下我，我跟您一块儿过去，我不一人在这儿待着。

常四爷　你得看着驴！

白天。树棵子后面。

雪地里，松二爷衣衫单薄，面黄肌瘦，光着脚抖抖索索在搂柴火。

常四爷　是松二爷吗？

松二爷吓得一屁股坐在地上，待看出是常四爷，喊叫着连滚带爬地扑过来。

松二爷　四爷耶，您可来了，我盼星星盼月亮，可把您盼来了，您再不来，咱哥儿俩这辈子就见不着了。

常四爷　二爷您怎么成这样了？

松二爷　一言难尽哪，我做梦都想有个儿子……我让那个侯老道欺负惨了……他不让我回去，让我见天儿给他干杂活，您瞅瞅，我还有个人样儿吗？

常四爷　（脱下自家的棉袍给松二爷穿上）走，咱们找那个鬼老道说理去！

松二爷　我的柴火。

常四爷　去他的！（一脚将那捆柴踢下山去）

松二爷　那是我半天儿打来的……我不背回去，晚上不给饭吃。

常四爷　他敢！

傍晚。延生观外。

雪已经停了。松二爷骑在驴上，常四爷和伙计在后头跟着。松二爷几乎是趴在驴背上，把小驴挣得一步三滑。到门口，松二爷下了驴，三人走进道观，松二爷走在最后。

傍晚。道观内。

常四爷　在哪屋？

松二爷指指配殿。

常四爷大步流星走过去，一脚踹开配殿的门。

里面，唐铁嘴和侯老道还有一妖冶女子正在围着火吃涮锅子。见了常四爷，几人慌忙站起来。

傍晚。配殿内。

常四爷　你们倒舒坦自在，暖暖和和，吃香喝辣，让松二爷出去砍柴火，还有脸在这儿吃锅子！（说着将桌子掀翻了）

唐铁嘴　常四爷，这就是您的不是了。松二爷到延生观来练功，可是自愿的，谁也没强迫他。您说是吧，松二爷？

松二爷　……嗯……这……

常四爷　没这么练功的，差点儿把人练死，明摆着，你们在合伙坑人，唐铁嘴，我再看见你跟我们爷们儿犯坏，把你的狗宝打出来！（对侯老道）把二爷的衣裳还他，我们下山！

侯老道　他还欠我两丸延子丹的钱。

常四爷　屁！一个子儿也不给！延子丹，你骗谁呀？你个花老道，我没把你这房点着了就是便宜你了！

老道不服气，拉开架势准备打。

唐铁嘴　道长，您别动手，您不知道，四爷的武功……

唐铁嘴话未说完，侯老道不可一世地点着禹步扑上来，被常四爷兜下巴一拳，倒退几步，后脑勺撞在墙上。

唐铁嘴　我说什么来着。

侯老道　这主儿他不接招，我这一身功夫使不上！

常四爷　（揪住老道脖领子）我再说最后一遍，你把二爷的东西还给他！

侯老道　还！还！我还还不行嘛！（说着将身上棉袍脱下来，给松二爷拿来皮帽子，松二爷穿戴了，老道又拿来个小包袱）

常四爷　（对松二爷）点点，看少了什么？

松二爷　（查看）还少个安妮侯爵夫人肖像鼻烟壶。

常四爷　鼻烟壶！

侯老道　（不情愿地从怀里摸出鼻烟壶，喃喃道）说好了，这是送我的……

松二爷　现在我不送了。

常四爷　咱们下山！

松二爷　还有我的毛窝。

常四爷　（对老道）给他！

侯老道很不情愿地脱下脚上的棉鞋，松二爷穿上了。

松二爷　还热乎着哪！

老道的装束全回到松二爷身上，现在的侯老道精着身子成了“一无所有”，抱着胳膊靠墙打哆嗦。

常四爷　合着你吃的、穿的，全是松二爷的，松二爷成了你的衣食父母。

松二爷　让他也尝尝挨冻的滋味。

常四爷　（对唐铁嘴）顶不是东西的就是你，你的账咱们回去再细算。

深夜。松二爷家院内。

街门响。女佣开门。门外站着松二爷、常四爷和王利发。

女　佣　太太，老爷回来了！

深夜。松二爷家屋内。

松二奶奶举着灯从里屋出来，后面跟着刚从被窝里爬出来的三个秀儿。屋内光线温暖，女儿们一口一个“阿玛”地叫着……

松二奶奶　你可回来了……

松二爷　（嘴一咧，哇哇大哭起来）秀她妈，我可受了大罪啦！呜呜……

松二奶奶　回来就好，回来就好！咱不要儿子了！不要……

大　秀　阿玛，我给您热疙瘩汤去。

王利发　不用了，刚才二爷在我那儿吃了三碗烂肉面，我倒是担心他撑着。

常四爷　不是我说您，二爷，闺女小子都一样，生男生女是老天爷安排的，由不得人。

松二爷　四爷是站着说话不腰疼，敢情您有儿子。

松二奶奶　你怎么还不死心哪?

王利发和常四爷告辞走了，孩子们睡去了，屋里灯下只剩了松二爷两口子。松二爷左掏右掏，艰难地掏出一个药丸来。

松二爷　我多了个心眼，留了一个没吃。

松二奶奶　什么呀，黑乎乎的。

松二爷　延子丹。

松二奶奶　（拿过来，掰开，闻了闻）一股鸡屎味儿。

夜色。松二爷家屋外。

干枯的海棠树影映在窗棱上，静谧的院落。

松家屋内的灯息了。

冬日白天。紫禁城长春宫。

慈禧在殿内走来走去，查看着各种摆设。

慈　禧　能赶在过年前回来这是我没想到的，也是李鸿章差事办得利落，七号条约一定，十七号洋人就撤出了北京。可恶的是义和团，挑事的是他们，捅乱子的也是他们，没有他们折腾，洋人不至于这样。什么刀枪不入，神灵护佑，整个一草民流寇，乌合之众。我看，还是眼面前儿的军队可靠，真到没什么抓挠的时候，手底下有把切菜刀也是件家伙。小李子，小李子……

李连英跟随慈禧西安一行，眼神、耳朵、精神都已不济，显出了力不从心的老态。

庞太监　（在门外低声提醒）总管，老佛爷叫您呢。

李连英　（慌忙到慈禧跟前）老佛爷要传膳吗？奴才这就吩咐。

慈　禧　才几点哪，就传膳。我是说传铁良来。让他预备份加强操练紫禁城的护卫，扩充京城旗兵的折子。

李连英　嗻。（退出）

慈　禧　还有……

庞太监　李总管，老佛爷的话儿还没吩咐完哪。

李连英又匆忙进屋。

慈　禧　告诉袁世凯对各地仍旧在闹腾的义和团跟乱党一样对待，严行查办，务尽根除。我不能让他们再由着性儿闹，不杀几个领头的跟洋人也没法交代不是？

李连英　嗻。（站在原地不动，怕慈禧还有话说）

慈　禧　（看着李连英也觉奇怪）办差去吧。

李连英　嗻。

慈　禧　（对旁边小太监）李总管是累了，这趟西安跑的，多好的身子骨也架不住这么折腾，我就说，金窝银窝，不如草窝，哪儿能比得了家里舒坦。还好，我屋里的物件没丢什么，洋人没上我这屋里翻腾。

庞太监　老佛爷，是奴才带着人守在老佛爷的院子门口，挡着洋人，不让进来的。奴才拿了把刀，架在脖子上，奴才打算好了，要是洋人往这院里走一步，奴才就死给他们看。奴才跟他们说了，奴才站着，他们就别想进老佛爷院子一步，他们要进去，除非是从奴才身上迈过去。

慈　禧　行，你这条狗还会看门。把我的家看好了，也算功臣，我得赏给你点什么……

白天。茶馆内。

喝茶的聊天的，热热闹闹。

二德子　……我顶佩服的人就是康小八，巴掌一伸出去，不用挨人的脸，对方的牙就掉了。踢桩子、摔跤、拿大顶，比黄天霸厉害。我现在是没人，我要有几百喽啰兵，我就把住西边的居庸关，打劫来往客商，抢钱抢东西……

茶客甲　土匪呀！

二德子　先当土匪，把钱攒多多的，插起杏黄旗，独霸一方。

茶客甲　成窦尔敦了！

二德子　窦尔敦能跟康八爷比？人家康八爷没有山寨，没有喽啰，就敢在北京城里打人、抢东西！做了案之后，大摇大摆地走进茶馆酒楼，连办案的巡缉暗探都得赶过来，张罗着会八太爷的钞。一语不合，八太爷抡起拳头，甭管你是公子王孙，还是平民百姓，八太爷是毫不留情的！官面上能拿人家怎么样？人家八太爷入了北衙门，照样是脚上没镣，手上没铐，自自在在地喝酒吃肉要娘儿们。在南衙门定案之后，连西太后都要看看这个英雄。到了菜市口，八太爷自己跳上凌迟柱子下头倒放着的筐，面不改色。不准用针点心，不准削下头皮遮住眼睛，人家八太爷自己看着自己的乳头，自己的胳膊被刽子手割下，而含笑高声问道：八太爷变了颜色没有？成千成万的人一齐喝采：好！

茶客甲　二德子，咱们还真不知道你有什么本事？就光是打人？

二德子　本事？瞧我这身肉，这是练的！

茶客乙　你都练些个什么功呢？

二德子　（吹嘘地）拧棒子、抖麻辫子、扔沙袋子、举石锁、弓刀石、马步箭、刀枪棍棒、拐子流星、一十八般兵器，带钩儿的、带尖儿的、带刃儿的、带刺儿的、带环儿的、带链儿的，全都拿得起放得下！跟你们说吧，光拳我就会两套！

茶客甲　怎么个两套？

二德子　内家拳、外家拳。

茶客甲　什么叫内家拳？

二德子　无极、有极、皇极、太极、两仪、四象、形意、八卦。

茶客乙　外家拳呢？

二德子　大红拳、小红拳、八仙拳、罗汉拳、地躺拳、小架子猴拳，远了长拳，近了短打，猫蹿、狗闪、兔滚、鹰翻、蛤蟆蹦、骆驼纵……

秦仲义鹤立鸡群地看着众人，品着茶。

王利发一筹莫展地站在旁边。

秦仲义　工厂的地方我已经定好了，现在是把手底下的不动产业变成资金，小王啊，茶馆这院房我是卖定了，待会儿买主就来看房。

王利发　二爷，您卖了房我就得喝西北风去了。

秦仲义　你喝什么风我不管，我就知道，办起了工厂，有多少喝西北风的就能喝上稀粥了。

王利发　二爷，我这儿央告您了，不看我，看在我爸爸跟您老爷子多年的交情上，您您侧侧身儿，让我过去。

秦仲义　（喝着茶，做出等人的姿态）不成。

王利发急得围着秦仲义转，没一点儿办法。

常四爷　秦二爷，这是我们那片的老街坊联名给您递的折子，请您收回圈地建厂的计划，另选地界。按说，老百姓给官府才能递折子，没有给秦二爷递折子一说，可是您在西城，压根儿听不见下边人的说法，特别是听不见被您圈进去的住家户的说法。

秦仲义　这些话你们甭跟我说，折子我也不看，有事你们找管事的……

白天。茶馆至后院门口。

王淑芬　（招呼正在茶馆内蹭茶喝的唐铁嘴）唐先生！

唐铁嘴　您叫我？

王淑芬　可不是叫您嘛。

唐铁嘴　您叫我先生？

王淑芬　难道您不是先生？

唐铁嘴受宠若惊地过来了。

王淑芬　我请您到后头喝茶。

唐铁嘴　不敢，王掌柜看见我就轰，我还敢上后头。

王淑芬　我呀，我给您沏壶香片，喝透了茶，您给我好好看看这院房，唐先生，这个忙您一定得帮我。

唐铁嘴　冲嫂子这么看得起我，您的事就是我的事。

王淑芬　这事要是办成了，我不但要谢你，往后喝茶您尽管喝，他轰您，我不轰您。

唐铁嘴　您说，什么事？

王淑芬　是这样……

白天。茶馆内。

庞太监让人簇拥着进来了。庞太监一扫在主子面前的低矮谦卑，此时变得不可一世，大有一人之下，万人之上的派头，说话也哼哼呀呀起来。总之，给人的感觉是判若两人。

有些人看见庞太监进来，纷纷躲避。

秦仲义对庞太监采取不卑不亢的态度。

庞太监对眼前这个不太把他放在眼里的年轻人直瞪眼。

王利发　（一见这情景，赶紧打圆场）庞总管，我给您介绍介绍，这位是秦仲义，秦二爷。（对秦仲义）这位是九城闻名的宫内庞总管。

庞太监　秦二爷。

秦仲义　庞老爷。

庞太监　虽然没见过面，可是早就听说过秦二爷，全北京谁不认识您哪，您手里的钱赶上半个国库啦，您比那做官的还厉害呢。

秦仲义　我那点儿钱不值一提，我要是有钱也不至于卖祖上的房子。

庞太监　太客气了吧，听说您要办工厂？

秦仲义　中国要在外国人跟前戳得住，必须有自个儿的工业，工业救国，这是大清帝国必走之路。

庞太监　干吗要救国，咱们大清不是好好儿的吗，还用谁去救？听您这话儿我现在倒是不明白您了，怎么有点儿康有为的味道……谭嗣同问斩了，余党也杀了，告诉您，谁敢改祖宗的章程，谁就掉脑袋！

茶客们忽然全寂静起来，几乎是屏住呼吸地听着。

庞太监　听说，好些个有钱的财主都讲维新。

秦仲义　不能这么说，我不问政治，就是想干点儿实事儿，大总管在紫禁城里跺跺脚，全北京城都得颤三颤！我这点威风在您跟前就施展不出来了。

庞太监　哼……

底下人　庞公公，看看房子吧。

秦仲义　我给您领路。（先走在前面）

庞太监　（对底下人小声）刚一进来就气儿不顺。哼，就凭这么个小财主，也敢跟我逗嘴皮子，年头真是改了！

后院门口处。

王利发　庞老爷，是您要买房啊？

庞太监　我就不能买房了吗？许你开茶馆赚钱，就不许我安家立业了吗？

王利发　您建多少宅子都是应该的。

唐铁嘴　（蹿出来）庞老爷，唐铁嘴给您请安了。我说刚才瞧着南边一阵阵打闪，还带着点儿雨星儿，原来是您老出了紫禁城了。

庞太监　甭在这儿跟我犯贫，我不是龙，我在北京转十圈也下不了雨！咱们大清的那条病龙在瀛台卧着呢，他出不来！唐铁嘴，我这会儿正用得着你，帮我看看这院房。

唐铁嘴　庞老爷要制宅院？

庞太监　（得意地，带有夸耀性质）是老太后赏的，洋人进了紫禁城，我守住了老太后的宅子，老太后就赏了我一处宅子，这在太监里也是破天荒的事儿。他李总管在后永康，在北长街有几处宅子，那是别人孝敬的，不是主子赏的，我呢，自个儿凭本事挣……

唐铁嘴　凤有高梧鹊有巢，您这一步走得是太对了。俗话说，“家有一院房，便是自在王”，置产为业，是人一辈子太重要的事情！我看庞老爷印堂发亮，眼睛有神，下颌骨宽阔，兜住了五官，必主大富贵。

庞太监　好像你真懂似的。

唐铁嘴　庞总管，不瞒您说，我不但谙熟《麻衣神相》，还精通揣骨相，善观气色，揣摩骨骼，隔皮看瓤，抚外知内，用当通神，百发百中。看您的骨相……

庞太监　怎么着？

唐铁嘴　您眼下正走红运，如同红日当天，有诗说，红日当天照万方，无幽不烛遍余光。君子进身要显达，荣华富贵又安康。

庞太监　猴崽子，你卖的就是这张嘴。我问你这院房……

唐铁嘴　房是好房，厅堂宽大，磨砖对缝，规矩严整……

王淑芬紧张地听着。

王利发一脑门汗，庞太监在他的茶馆里目中无人地走来走去，他既无能为力又无地自容。

唐铁嘴　房不错，可小毛病也有点儿，不知总管愿不愿意听？

庞太监　你说！

唐铁嘴　首先，大街门开的位置不是地方，……偏中，犯上，有牢狱之灾，西边儿间厦房低于前堂又高于后院正房，犯小人，有血光之祸。没记错，西边房主不久前就是让朝廷砍了脑袋的。

庞太监　这问题不大，我把这些房子拆了重新盖。什么牢狱之灾，血光之祸，全免了。

王淑芬着急地看着唐铁嘴。

唐铁嘴　（不慌不忙地陪着庞太监满院转）老爷贵庚是……

庞太监　兔，蟾宫之兔。

唐铁嘴　那就是乙卯生人，（用手指掐算）今年是壬寅，甲寅、乙卯、丙辰……（又算一遍）丁巳、丙午、庚申……倒不过来，怎么也倒不过来……

庞太监站下来认真地看着唐铁嘴。

唐铁嘴　我要说几句不受听的了。

庞太监　我听着呢！

唐铁嘴　乾坤兑艮为西，坎离巽震为东，这院房在北京中轴偏东北，正是巽震的位置上，和您的命宫相克，也就是说，这片地方像个大兔笼子，整个把您这蟾宫之兔给扣到地上了，让您上不了天。

庞太监　什么！我扣兔笼子里那还行！

秦仲义　都是迷信。

庞太监　我信这个，太后老佛爷也信这个，把我这个兔扣在这儿，谁伺候老佛爷呀？

正说着，西屋踢里哐啷一阵响。

王淑芬停顿了一下，一想，不是好响动，立即奔西屋，门反扣着，她急得用脚蹬门。

这一闹腾，将所有人的注意力都集中过来。

王淑芬　（蹬开门，进去，大喊）不好了，有人上吊啦——

王利发跑进去。

秦仲义　快救，别脏了我的房！（也跑进去）

唐铁嘴　上吊的女人姓张，属兔的。不是蟾宫之兔，是草莽之兔。

庞太监　你小子还有点儿真本事。

白天。张家屋内。

被救下的“张家的”在床上流泪。王淑芬给她端来一碗水，“张家的”摇摇头，将脸扭过去。

王利发　（将春和从狱中带出的麻钱递到“张家的”跟前）春和把这个钱托人带给您，就是让您活着。他不是说了，您要是不活着，他就闭不了眼……您得让春和走得安心。

张家的　我实在是活腻歪了……

王利发　现如今，谁都活腻歪了。

晚上。王家屋内。王利发两口在屋内说话。

王利发　今天我丢人丢大发了。

王淑芬　张家的上吊，你丢什么人？

王利发　跟西屋的没关系。是当着那么多喝茶的面，人家来看房，买的卖的，没我什么事，我只能眼巴巴看着人家在茶馆里点着房子说东道西。你想想，这是在哪儿，是在我的裕泰茶馆里！那会儿，地上但得有个缝，我都想钻进去。

王淑芬　关键时刻你脸都绿了，连个屁也放不出来。

王利发　秦仲义这人忒怪，说他没人情，他可搭救常四爷；说他有人情，他可要强买四爷的房，不接折子，驳了所有老街坊的面子！他要卖这院房，你就不能跟他讲理，有理没理他就是理，永远跟你没商量。

王淑芬　我看出来了，他压不过庞太监去，他有钱，但是他没势，势力还是在朝廷这边。

王利发　朝廷……一打就往西安跑的朝廷，把老百姓扔下不管……你看看庞太监那个德行，小人得志的张狂模样……我一看就想给他俩嘴巴！

王淑芬　你呀，耗子扛枪，窝里横！在庞太监跟前连硬仗话儿都不敢说，还打俩嘴巴子呢？不管怎么说，唐铁嘴给帮了大忙，要不，这会儿咱们正收拾家伙准备搬家呢。

王利发　唐铁嘴绝不是什么好东西，你那是小聪明，扛得过初一你扛得过十五去？打发了庞太监你打发得了秦二爷？

王淑芬　好好，我是小聪明，你是大聪明，也没见你的大聪明在关键时刻把人家挡住了。

王利发　我是想……买下这院子，这样，我就能做主，茶馆的命运才能掌握在自个儿的手里，我才是真真正正的王掌柜的。

王淑芬　钱呢？

王利发　攒！使劲攒！

傍晚。茶馆后院。

下了班的伙计们累了一天，拖着疲倦的身子到后面来舀饭。王淑芬沉着脸给每人舀了一碗疙瘩汤。

伙　计　师娘，有窝头吗？

王淑芬　问你们掌柜的去！

王利发　大晚上的，喝点儿稀的就行了，以后啊，我跟你们师娘一块儿在大灶上吃，跟大伙儿一样。

伙　计　人家隔壁棺材铺吃得比咱好，人家老吃菠菜常吃韭菜，一年到头吃饺子。

王利发　咱们的疙瘩汤是货真价实的，稠得能插住筷子，你以为棺材铺就真如他们伙计说的？伙计们是在损掌柜的哪，老吃菠菜，菠菜老了才给伙计们买，韭菜长了才让伙计们吃，一年到了头，年三十给大伙儿包一顿饺子。跟大伙儿说个掏心的话，我这么抠，是为了把茶馆盘下来，不是自个儿的，什么时候让你来个卷包儿会你都不知道。茶馆要让人给关了，大伙儿想喝疙瘩汤也没地方了。

伙　计　（小声）从大伙儿嘴里往外抠。

小伙计　（小声）拉完屎，擦了屁股还得嘬嘬手指头。

王利发　大伙儿多包涵，咱们是一根线上的蚂蚱。

白天。茶馆内。

松二爷　（神秘地对常四爷说）我告诉您，还真灵，秀儿她妈怀上了。

常四爷　不会又是个丫头？

松二爷　小子，绝对是小子！

常四爷　您能保险？

松二爷　我和秀儿她妈的感觉都是。

常四爷　我先给您道喜了！

白天。松二爷家院内。

松二爷在院内石头桌上擦他的鼻烟壶，各式各样鼻烟壶摆了一桌子，有近百个。

三秀扒着石头桌子看。

松二爷　好看吧？这是咱们家老祖先几辈儿攒下来的。咱们家的人爱玩鸟，玩虫子，玩鼻烟壶，鸟跟虫子不能攒，只有这个，一代一代，越积越多。

啪，三秀碰掉了一个鼻烟壶，碎了。三秀吓得要哭。

松二奶奶挺着肚子过来，捡起碎片。

松二奶奶　是乾隆玛瑙的，值百十两银子呢。

松二爷　（将三秀抱在怀里，哄着）别把孩子吓着！那些个碎块，找玉匠磨磨，还能给孩子们当抓（chuǎ）子儿玩。（三秀仍旧哭）三秀不哭，三秀不哭，摔了就摔了，你说咱们还摔哪个？

唐铁嘴进院。松二奶奶的脸耷拉下来，赶紧收拾鼻烟壶。

唐铁嘴　松二爷，您家奶奶有喜了，这是上延生观修内功的功劳，您也不谢谢我？

松二爷　我谢，你说，让我怎么谢。

唐铁嘴　给我一个鼻烟壶。（说着将桌上松二奶奶没收利落的最后一个抄在手里）

松二爷　拿去，小玩意儿一个。

松二奶奶　玩意儿？他拿的那个是康熙用过的紫水晶壶。

唐铁嘴　一个水晶壶换一个儿子，烟壶有价儿子无价，二奶奶，您值。

松二奶奶　我们怀的就是个儿子，用不着拿鼻烟壶换。

唐铁嘴　那不见得，您肚子里要还是个丫头呢？

松二奶奶　不可能。

唐铁嘴　怎么不可能！松二爷您跟我来。（拉着松二爷煞有介事地在院里转）

唐铁嘴　二爷，不是我说，二奶奶怀的仍旧是个姑娘。

松二爷　我是服了延子丹的啊。

唐铁嘴　延子丹不管用了，您想，您把人家老道的桌子都掴了，把人家身上扒了个精光，您还指望着人家帮您生儿子，不生个豁嘴吊眼的怪胎就够对得起您了。

松二爷　依你说，还是个丫头？

唐铁嘴　可不。

松二爷　你有什么凭证？

唐铁嘴　症结就在您的院子里。

松二爷　在哪儿？

唐铁嘴　您看，您房子的墙上，花墙边沿，我数了数，一共十个钱眼。

松二爷　那是瓦堆的花样，为了出气儿，为了好看。

唐铁嘴　算算吧，一个瓦钱百金，十个瓦钱……

松二爷　……又是“千金”哪！明天我让瓦匠把这些钱眼都糊死！

唐铁嘴　糊死也不行。

松二爷　为什么？

唐铁嘴　晚啦！松二奶奶的胎都坐下了，肚子里的千金早定了。

松二爷　那就没法子啦？

唐铁嘴　没法子改能白要您的鼻烟壶吗？

松二爷　只要你有法子让二奶奶肚里的丫头变成小子，我再给你一个壶都行。

唐铁嘴　教您个方……（伏在松二爷耳朵旁叽叽咕咕）

松二爷　就这么简单？

唐铁嘴　可不就这么简单。但是一定得货真价实，要不生出的孩子是“二尾（yǐ）子”。

松二爷　什么是“二尾（yǐ）子”。

唐铁嘴　就是不男不女。

白天。当铺。

当铺内，门面五间，迎门有通面拦柜，柜台高有一米五六。伙计在柜里踩在踏板上接待顾客，就有了一种居高临下的势头。柜房是过堂式的，两边有门。

松二爷进来，将小包袱在柜上打开，亮出五个鼻烟壶。

伙　计　二爷，您这东西我不敢作价，得让掌柜的来。

掌柜的　（端着水烟从后头出来，不动声色地看着鼻烟壶）这里头就这个还是件东西，其他都是水货。

松二爷　怎么是水货，都是老家儿上辈子传下来的。

掌柜的　上几辈子就有水货，乾隆爷在宫里头带头领着工匠们造假。

松二爷　乾隆那时候造的假，到现在也成了真的。我还有事，没工夫跟你细论，无论真假，你给个价儿吧！

掌柜的　二爷是活当还是死当？

松二爷　当然是活当，钱用过了我立马就来赎。

掌柜的　（对伙计）二爷是老主顾，给个高价，一百两。

松二爷　一百两，不够我堵一个窟窿的。二百两！

掌柜的　您也甭跟我争了，我也不跟您费口舌了，一言为定，一百二十两。

松二爷　就这么着吧。

白天。金店。

松二爷　（将一百二十两银子拿出来）打十个金锞子（锞子就是很小的元宝，老百姓通常将银子铸成大拇指盖大的小银锞子，给孩子们做压岁钱等物）。

店　主　掂着银子，十个金锞子，小了点儿。

松二爷　多大不管，得是纯金的，要货真价实。每个锞子都打上一只公鸡的记号。记着，要公鸡，千万不要母鸡。

店　主　我们还得打模子，有福禄寿的现成模子，没有公鸡的模子，也从来没打过这样的模子，要不，把公鸡给您换成福字儿？

松二爷　我就要公鸡。

店　主　我们得重新铸模，您大后天来取。

松二爷　我今天就要。

店　主　急茬儿的。

松二爷　要不然他变不过来了！

店　主　什么变不过来了？

松二爷　肚里的孩子！

店　主　让孩子变公鸡，那下蛋就行了……

松二爷　不跟你说，费劲！

半夜。松二爷家。

松二爷两口子将十个小金锞子一个个认真地用绵纸包好。

松二奶奶　这到底灵不灵？别又是上当受骗，唐铁嘴的话可不能当真。

松二爷　真不真的，这回又不是上西山，在自个儿家里头，能怎么着呢，不挡吃，不挡喝的。

半夜。松家院里，山墙下。

松二爷　（做贼般）底下人睡了没有？

松二奶奶　睡了。

松二爷　丫头们睡了没有？

松二奶奶　睡了。

松二爷　巴儿狗跟花猫睡了没有？

松二奶奶　睡了。

松二爷搬梯子上墙，松二奶奶挺着大肚子在下头扶着。松二爷将一个纸包塞到钱眼里去。

松二奶奶　你往里头塞塞，别让家雀（qiǎo）儿给叼出来。

松二爷　（在梯子上颤颤巍巍，哆里哆嗦，平时哪儿干过这蹬梯爬高的勾当）你放心，我半截胳膊都进去了，再使劲该把我塞钱眼里了。

松二奶奶　要那样，生不出儿子生出个你。

半夜。松家院里，花墙下。

松二爷和松二奶奶将最后一个纸包塞进墙上的钱眼。

松二爷　（下了梯子，拍拍松二奶奶的肚子）儿子哎，阿玛把路都给你铺垫好了，你踌来就是了。

松二奶奶　他在肚子里踢我呢！

松二爷　那是他在变哪！

夜晚。王家屋内。

王利发　我想着，把明师傅辞了。

王淑芬　辞明师傅？他可是你爸爸时候的老人儿。

王利发　人家是喝茶来了，要吃饭上馆子，在茶馆里能吃出什么好来？再说了，人家明师傅一把好手艺，窝在茶馆里成天打火烧，下面条，亏了人家不是？

王淑芬　让明师傅走，张不开嘴。万一有喝茶的要吃点儿什么呢……

王利发　我得往下一步想，不能老抱着我爸爸的摊子不放。前一段茶馆生意还行，为的什么，为的是我把分钱的章程改了，柜里柜外谁都能分着点儿，大伙儿都铆着劲干。前些日子我一直留着心眼儿，明师傅那点活儿我也看出来了，烂肉面是大路货，学会了谁也能做，我想你做得不一定比他差。

王淑芬　我一个女人家，在大庭广众当中做烂肉面？

王利发　那有什么，（指着墙上《文君抚琴》的年画）卓文君还当庐卖过酒呢。去一个人就少开一个人的工钱，明师傅的开销是三个伙计的总和……

王淑芬　你是挣钱挣昏了，给你媳妇上套。

王利发　明天你就按我说的办。

早晨。茶馆门口。

伙计在下板。有送水的驴车在茶馆门口停了。水车是个横着的大木桶，尾部有塞子，送水的将塞子一拔，把水接在木桶里，挑到院里去。

李　三　李师傅，今天这水有点儿浑。

李师傅　天旱。三个月没下雨了，北京城的井水都快干了。

李　三　这水沏出茶来犯苦，发咸，碱性忒大。

李师傅　玉泉山的水好，专供皇上太后的不是？连王公大臣都喝不上。

李师傅挑水进茶馆。

早晨。茶馆内。

李师傅将水倒进茶馆后头一个个大水缸里，数水缸墙上画的“鸡爪子”，一个“鸡爪子”是五道。

李师傅　（对王淑芬）内掌柜的，今儿个该交水钱了。

王淑芬　（帮着数）一五，一十……

李师傅　一共是三十五吊。

王淑芬　这个数目可不小。

李师傅　说明您柜上生意好。

王利发　开销可大了呢，原先一两高末两大枚，现在得半吊，茶钱可是没长。

李师傅　您的日子总比我好过，这不，朝廷下旨，命京师多开水井，这就堵了送水的路了。

王利发　（若有所思）是啊，朝廷都让多打井呢。

明师傅系上围裙准备生火烤烧饼。茶客们陆续进入。

王淑芬　明师傅　我来帮着您。（插手干活儿，把明师傅晾在一边，不知干什么好）

松二爷早早坐在位子上，等待常四爷。

王利发　二爷，您今天怎么没带小黄鸟啊？

松二爷　小黄鸟，我让它上广济寺听和尚念经去了。前些日子上西山没带着它，它在家里跟我赌气，学了一口猫叫春。

王利发　脏口了。

松二爷　可不，这回我让它上佛爷跟前陶冶陶冶性情。

王利发　您就不怕它念金刚经？

松二爷　那也比猫叫春强。

常四爷　来晚了。

松二爷　您晚了有一个时辰。

常四爷　我是打德胜门外来的。东城那院房到底让我卖了，我一看见那院，就想起妞妞，想起她躺在窗户下头的情景。就这，还这个也惦记那个也惦记，这个要盖工厂，那个要修豪宅，卖了吧，卖了心静，我索性搬到老丈人家去，那儿宽敞。

松二爷　您卖谁了？

常四爷　庞太监。

——第四集完

第五集

半夜。松二爷家院里。

松二爷蹬着梯子上去够钱眼里的纸包，松二奶奶在下头扶着梯子。

松二奶奶　摸着了没有哇？

松二爷　我这不是使劲够呢吗。够着了，够着了。

松二奶奶　快看看，还在不在。

松二爷　（打开纸包）在，还是它！

松二奶奶　在就好。

大　秀　阿玛，这么晚了您跟我妈在那儿干什么哪？

松二爷　摸家雀儿呢！

白天。茶馆后院。

一阵鞭炮响。后院打出了一口甜水井。井绳上拴着红绸子，第一桶水打上来，伙计们争抢着舀水喝。

王淑芬　（将一碗水捧到王利发跟前）掌柜的，尝尝，这第一碗水应当是你的，提议在院里打井是你的主意，往后咱们省大事了。

王利发　（心满意足地笑着）得改，一点儿一点儿往合适了改，不改不

成。（下意识地看了西屋一眼）

张家的　（端着盆过来）我也用点儿水。

王利发　用，用，尽管用。（帮“张家的”往上绞水，往盆里倒）

张家的　够了，够了，再倒糟践了。

王利发　痛痛快快使吧，咱们什么时候这么用过水。

王淑芬　（看着王利发和“张家的”，突然一脸醋意）它再不值钱也是咱辛辛苦苦打出来的不是，就值当这么洒？

王利发和“张家的”立刻一脸窘相。

明师傅　掌柜的，您过来一下。

白天。茶馆烧饼炉前。

王利发　什么事？

明师傅　掌柜的，是这样，我兄弟给我在春华楼找了个差事，我想过去试试……

王利发　（预料之中却又装作吃惊）这……是我哪儿对不住您了？

明师傅　王掌柜，哪儿的话？我看，柜上人手不缺……给您能省出点儿是点儿……

王利发　明师傅，您别多心……我让她给您打下手是想让您能轻省点儿，您一天到晚围着炉子转，太累！

明师傅　我体会许多日子了，裕泰没我也行。

王利发　您是我的主心骨，裕泰没谁都行，没您不行。

明师傅　……我还是上春华楼看看。

王利发　春华楼是大馆子，挣得肯定比裕泰多，您真往高处走，我不能拦着您。我跟您说，您什么时候想回来，我随时候着您。

明师傅　谢谢您啦，那我现在就收拾东西去了。

明师傅走了，王利发脸上有些小得意。

白天。王家屋里。王淑芬正在缝制小鞋。

王淑芬　你到底把明师傅给挤对走了，这回踏实了！

王利发　怎么是挤对，我可没说一个“请”字，是他自己要走。

王淑芬　他不走行吗，你老把他晾一边。那是个对咱们实心实意的老人儿，别忘了，我出门子还是从他们家上的轿。

王利发　要做买卖就得跟秦二爷学，人家那是新派儿，什么都拿得起来，放得下去，哪怕是亲娘老子呢，该改也得改，该变也得变……你手里缝的是什么？

王淑芬　小老虎鞋。

王利发　谁的？

王淑芬　还能是谁的？你儿子的。

王利发　我儿子？我有儿子了？该高兴啊，可是我怎么高兴不起来？

王淑芬　你是高兴不起来，明知道将来要有孩子，还把明师傅弄走了，这不是跟将来的儿子过不去吗？

王利发　我把孩子送乡下去。

王淑芬　谁带？

王利发　你姑姑，我大舅妈。

王淑芬　呸，八竿子打不着的，让人家给咱们带孩子，你好意思？

宋恩子、吴祥子　王掌柜在家吗？

王利发　二位有话前头说。

宋恩子　后头说，后头说方便。

吴祥子 跟你打听点事，上边追查下来了，听说常四爷参加过义和团，杀过人，你知道？

王利发 ……不知道。

吴祥子 真不知道还是假不知道啊？

王利发 真不知道。

宋恩子 敢对着老天爷发誓吗？

王利发 别人的事，干吗要我对老天爷发誓？

吴祥子 不发誓，你的腿哆嗦什么？

王利发 （信口推到王淑芬身上，王利发认为王淑芬比他更能应付这种场面）是我媳妇把我吓的。

王淑芬 是这么着，我刚告诉他要当爸爸了，就把他害怕成这样了，您说这男人，什么阵仗也没经过过。

吴祥子 有孩子是好事啊。

王利发 您知道，现在的孩子有几个是孝子？都是冤家对头。

宋恩子 说正经的吧，以后要看见常四爷上茶馆来，立刻报告，这个人上回就不该放出来。太后回了北京，一看北京这样，心疼得掉眼泪，说北京糟蹋成这样都是义和团闹的，四处抓义和团，抓了就地正法。

王利发 行，见着常四爷我一准给二位个话儿。

宋恩子 我们再上别处打听打听去。

宋恩子、吴祥子出去了。

王淑芬 （踹了王利发一脚）你哆嗦什么呀？

王利发 我想的是我（小声）也杀过人哪！

王淑芬　（小声）你作贼心虚。（大声）你清清白白的，连只鸡也没杀过。

王利发　我得给常四爷通个信儿去，让他躲躲。

白天。街面上。

王利发急急地走。松二爷晃着鸟笼子远远过来了。

松二爷　王掌柜，您出来溜达溜达？

王利发　有点儿事。

松二爷　给您请安了。

王利发赶忙应承。

松二爷　问您太太好。问明师傅好。问李三好。问伙计们好。问您那口井好。问您生意好……（给王利发没完没了地请安）

王利发　（想说，又忍住了）二爷……您知道常四爷现在住哪儿吗？

松二爷　他在城外头。

王利发　具体在什么地方？

松二爷　我没问过。有什么事明天再说，他一早准上茶馆来。告诉您，东岳庙来了俩神仙，大仙爷跟二仙爷，能消灾免难，去朝拜的人多了。其实就是俩小长虫，摆在玻璃柜子里，柜子前头的钱，扔得海了去了……

王利发　二爷，我真有事……

松二爷　要这样我就不耽搁您了，赶明儿我陪您一块儿去看小长虫。

王利发匆匆走去。

唐铁嘴　松二爷，怎么样啊？

松二爷　什么怎么样啊？

唐铁嘴　我是说二奶奶呀。

松二爷　好着哪。

唐铁嘴　上回忘了告诉您，墙上那东西您不能老打开看，那就跟肚子里的孩子似的，跑了胎气就不灵了，闹不好还是个死的。

松二爷　真的呀！

唐铁嘴　二奶奶就这两天的事儿吧？

松二爷　可不。

白天。喜连成科班门外。一个大宅门，关着。

王利发　（问路人）劳驾，跟您打听一下，这是喜连成吗？

路　人　不知道。

王利发在宅门前转磨。听到里面传出了胡琴声，他大着胆子去敲门。

看门的　你找谁？

王利发　找常喜贵。学武生的。

看门的　学徒不到年节，不让会客。（关门）

王利发　（硬往里挤）是这么回事……这事它急……急得等不到年节……

看门的　（揶揄地）有人要咽气啦？

王利发　（急中生智）还让您说着了，是常喜贵他爸爸……

看门的　（通融地将门开大了一点，王利发进来了）今天你是第一个进来的人。我是看在老家儿要咽气的份儿上。

白天。院里。

孩子们在练功。有的排了队在踢腿下腰，有的穿了袍子在练唱。师傅用板子敲打一个孩子的脑袋，孩子含着眼泪不敢吭。

师　傅　打你个不长记性，教三遍了，还记不住。

王利发　师傅，我找常喜贵。

师　傅　不知道。

王利发无目的地在院里转，一群孩子靠着墙在拿倒立。王利发歪着身子一个一个地看过去。

倒立着的各式各样的脸。

常喜贵　王叔。（从墙上翻下来）

王利发将常喜贵拉到一边，悄悄地说什么。

班主屋里。传统的摆设。班主坐太师椅上抽烟袋。

常喜贵眼泪汪汪地站在王利发旁边。

王利发　孩子的爹病得重，拖不了几个时辰了，临了，无论如何得跟孩子见一面……

班　主　你是谁？

王利发　我是……

常喜贵　是我阿玛的叔伯兄弟。

班　主　（训斥）多嘴！没规矩。问你了吗？

常喜贵　是。

白天。喜连成大门口。王利发和常喜贵出了门，立刻换了一副脸。

王利发　别说，你装得还真像，眼泪说来就来。

常喜贵　要不怎么是学戏的呢。

王利发　快走吧，特务要知道你们家，早把你爸爸逮去了。

白天。城外常四爷家。

一幅农舍景象。周围有菜地，常四爷正跟着岳父编篱笆，常四奶奶坐在屋门前挑豆，准备下种。

常四爷　哟，王掌柜，您怎么来了？还有喜贵？

常岳父　准是有大事儿。

王利发　咱们屋里说。（跟常四爷进屋）

常喜贵　额尼，您给我阿玛快收拾东西吧，他得走。官面上抓他呢。

常四奶奶一篮豆洒在地上。

白天。常家屋里。

常四爷　（拿出那把手枪）王掌柜，这东西我想来想去还得您替我收着，我不能随身带着它满世界走，我也不能把它撂家，人家一搜出来，全家倒霉。

王利发　那……只有我……拿……拿着啦。（接过枪，差点儿没掉地上）这东西还挺沉……实话说，我胆小。您往那儿走啊？

常四爷　说不准，走哪儿算哪儿……

王利发　要不上我们山东老家，李三的家眷还在那儿。

常四爷　我往南走吧，南边相对比北京还松泛。

王利发　（掏出点儿钱）这个您道上用，我知道您走得仓促，没备下钱。

常四爷　我就不客气了……

傍晚。常家屋外。

常四奶奶　（将包袱给常四爷拿来）孩子他爸，你无论到了哪儿，都记着往家捎信儿来！

常四爷　我知道。

常岳父　（拉来一头驴）往南，南边乱！（将驴牵给王利发）掌柜的骑驴进城吧，眼瞅着关城门了。

傍晚。城门口。

兵们盘查很严。城门口等着几个人，一个一个解开衣裳接受兵丁检查。

王利发早早跳下驴来，用手摸着怀里的枪，不知怎么办才好。后来看到那头驴屁股上搭着的褥子，灵机一动，将包着布的枪塞到驴与褥子之间。

进城时，兵们摸王利发的衣裳，王利发腿直发抖。

兵　丁　你哆嗦什么？

王利发　打小落下的毛病，见当官的就哆嗦。

兵没检查出什么，放王利发进城。

王利发　（对驴说）哥儿们，多亏了你。以后有谁问你姓什么，你就说姓王，我认你这本家了。

晚上。王家屋内。

王淑芬听了王利发讲了他和驴说的话，乐得直不起腰。

王利发　这个（枪）还得你替常四爷收起来，千万别告诉我你把它搁哪儿了，要不然，谁往它跟前一走，我就得打哆嗦。

王淑芬　你真不应该把它接过来，这是个大祸害。

王利发　我这人面子软，常四爷把它递过来了，你说我能不伸手嘛。你甭让我看见它，就自当没这么回事。

“张家的”敲门。

王淑芬　谁呀？（赶紧藏枪，塞了几个地方，两口子慌乱成一团）

张家的　我。

王淑芬开门。也不往里让，站在门口说话。

张家的　王太太，王掌柜，我明天一大早就走了，刘麻子带了话来，说马五爷那儿要雇个裁缝，做全家的衣裳，让我过去试试。

王利发　马五爷……刘麻子介绍的，可靠吗？

张家的　说是马家的确要用人。管吃管住，把全家老少春秋的衣裳都做出来，一个月一两五银子。

王利发　（走到门口，两人隔着王淑芬说话）马五爷也到茶馆喝过茶，凡人不理，老端个架子，让人不知深浅，到现在我看不透他。

张家的　春和的后事是马五爷料理的，到现在我还欠着马家的人情。

王淑芬　马家信教，讲的是善良，大谱上错不了哪儿去。

王利发　我还是担心……

王淑芬　咸吃萝卜淡操心，是好是坏，没去怎么知道，就是龙潭虎穴你也得走一遭不是？

张家的　太太说的是，我在马家干着，那儿毕竟是东家、外人，我还是把这儿当个家，有你们在这儿托着，我心里不发虚。我就知道，裕泰这儿还有太太惦记着我呢。

王淑芬　嗯……

王利发　一个愿雇，一个愿干，这是两相情愿的事，谁别勉强谁。有难处就回来，干不下去也回来……

王淑芬将正说着的王利发拽到身后。

王淑芬　明天早晨我们就不送了。

张家的　不敢麻烦您。

王淑芬　（关门，转过身对王利发）哪儿那么多话？我几回都发现，一见了她，你就活了！你那腿怎么不哆嗦了？

王利发　你想哪儿去了！

王淑芬　（向门外）小扫帚星。

清晨。张家的门口。

早早儿的，“张家的”挎着小包袱就出了房门，她将房门锁了，走到街门口，轻轻地拔开门栓，打开街门。

王利发　这么早就走啊？

张家的　（吓了一跳，回身看，是王利发）瞧我，到底把您吵醒了！真是的！

王利发　昨天我睡不着，我一直在想，马五爷家这差事你到底该不该应承。我怎么想，怎么觉着不踏实。

张家的　谢谢您惦记着，您知道，到了我这份儿上，我什么也不论了，大不了是个死，您想想，还有什么更可怕的呢？

王利发　您千万别净想着死，有个老头儿跟我说过，谁都能遇着鬼打墙这样的事儿，遇着这样的事儿，只要后退几步，坐下来好好儿想想，总能找着家。

张家的　外头凉，您回去吧！我走了……

清晨。大门外。

张家的　（出了街门）您回去吧！

王利发　（送出大门）多留神自个儿！

王利发目送着“张家的”消失在胡同口。自己在门口站了许久才回去。

白天。马五爷家屋里。

马五爷和马五奶奶双双歪在榻上点烟泡。

老女佣　老爷，那个姓张的媳妇来了。

马五爷　你直接把她领到后院去，给她拾掇出一间屋子，打明天开始，先给太太量身量，接下来是小少爷。

老女佣　是。

马五爷　把后院门锁严实了，让她踏实干自己的活儿，别随便走动，告诉她，我这院里出出进进的教民多，人杂，碰着了不合适。还有，无关紧要的人不许随便往后头走，规矩跟以前的一样。

白天。马家后院。

“张家的”跟着老女佣走过一道幽深的过道，来到一个不大的，很僻静的小偏院，院里有两间房。老女佣用钥匙开锁。

张家的　这院里就我一个人?

老女佣　就您一人。待会儿我把料子给您抱来，明天给太太量身量，选样子，然后是老爷，小少爷。每天的饭有人给送，没事别四处走动，这前院里的人杂。

张家的　那我跟您一块儿抱料子去吧。

老女佣　老爷说，您就在这个小院活动，有事没事都不许出去。

张家的　闲了不能回去看看?

老女佣　不能。

张家的　……

白天。后院马五爷小屋内。开了锁，“张家的”随着老女佣进了屋，屋内光线很暗，有西式的床，墙上挂着十字架。

老女佣　（指着靠窗一张案子）您就在那张案子上做活儿。

张家的　（指着十字架）大姐，那是什么？

老女佣　（态度缓和了一些）那是神，遇到了难事可以请求他的帮助。

张家的　那就是观音菩萨了。

老女佣　（欲说又止）您这么好的小媳妇……

张家的　大姐，有什么不对吗？

老女佣　向主祈祷吧。

老女佣走了，“张家的”打开房门，坐在门前，看着外面寂静的院落，心里七上八下，非常不安。她走到墙跟前，仔细看着墙上钉在十字架上的耶稣像，耶稣垂着头，一脸的受苦受难……

张家的　（自言自语）你跟春和一个样，死了连件衣裳也穿不上……

（“张家的”想了想，拿出自己的白手绢，摘下十字架，比画半天，飞针走线，给耶稣缝了件白袍子）

晚上。宫内庞太监住室。

庞太监的住室摆设简单一般，土炕桌子，两把椅子，靠墙有个木头箱子。

庞太监点上灯，插上房门，打开木箱，从里面取出一个匣子，小心地打开。匣子里面是积攒的各样珠宝，他一样一样取出，仔细品玩，又展开几张银票，都是数千两的大额……

外面有人敲门。

小太监　庞总管。

庞太监　（赶紧将财宝拢到一块儿）谁？

小太监　是我，三喜儿。

庞太监　这么晚了，什么事？

小太监　总管，刚才神武门侍卫传来话儿，说刘麻子在门房等着您呢。

庞太监　这黑灯瞎火的，有话明天说！

小太监　他说有要紧事。

庞太监　让他等会儿。（收拾东西，装好，锁好，将钥匙别在腰里）

晚上。神武门侍卫室。

庞太监进门，刘麻子迎上。

刘麻子　庞总管，宅基地给您办妥了。

庞太监　不就是干面胡同那片地方吗？

刘麻子　是，就是那块地方。今天我把院子的图样给您拿来了，请您过目，您要是愿意了，咱们明天就破土动工，明天是个不能错过的好日子，没您的首肯，谁敢轻举妄动！

庞太监　拿来我瞧瞧。

刘麻子　（打开图样）您先从大门这儿瞅，广梁的大街门，上有门灯，门洞里有春凳，门两边是海水江涯，刻着八宝的大石鼓，对面是磨砖对缝，八字大影壁，门口有上马石，拴马环，轿子屋，有回事房，管事处。进了大门有二门，二门宝莲垂花，四扇屏风，绿油漆洒金星，四个红斗方，写的是“斋庄中正”，背面是“严肃整齐”。进二门方砖墁地，海墁的院子，夏景天高搭凉棚三丈六，四个红堵头是“吉星高照”。院子里有对花盆，石榴树，海棠树，茶叶末色的金鱼缸，三叉九顶的夹竹桃。北房五间为上，前出廊后出厦，东西厢房，东西配房，东西耳房。三进院深，西边是套院，有戏台，有敞轩，东边是花园，有花厅，有凉亭，南边倒座儿为待客厅，明支夜阖的窗户，可扇儿的大玻璃。夏景天虾米须的帘子，冬景天子口的风门儿……

庞太监　屋里头就四堵墙吗？

刘麻子　哪儿能够！房一起来，屋里的摆设全给您置办齐，迎面摆丈八条案，上摆均窑瓶，郎窑罐，碧玺酒陶，珊瑚盆景，风磨铜金钟儿，翡翠的玉磬，当中摆二尺多高的广座钟。案前摆一张紫檀八仙桌，镶石心，挂螺钿，一对花梨太师椅……

庞太监　行啦，干脆说要多少钱吧？

刘麻子　里里外外算上得三千四百两。

庞太监　你吃我多少？

刘麻子　我一文没赚您的！

庞太监　那你大晚上的跑我这儿来图了什么？

刘麻子　我胸口里蹦着的是一颗孝敬您的真心！

庞太监　呸，你骗谁呀？

刘麻子　您要是没有别的吩咐，明儿个就开工啦？

庞太监　就这么干吧，多放几挂炮仗，杀只大公鸡，让我那四个侄子盯着，别偷工减料！（摸出一小块碎银子）给你，这是你的跑腿钱……

刘麻子将银子拿在手里，明明知道少，还不敢说。

傍晚。松二爷家屋内。

松二奶奶要生了，隔着门帘在里屋叫唤。

松二爷和三个秀儿在外面焦急地等待。

松二爷　姥姥（北京人管接生婆叫姥姥，并非是真的外祖母），出来了没有？

姥　姥　（里屋）姥姥我早出来了，你没出来的时候姥姥就出来了。

松二爷　我是问我儿子出来了没有？

姥　姥　（里屋）等着吧！二奶奶这儿干打雷不下雨。

松二爷　姥姥，我们能帮上忙不？

姥　姥　（里屋）你能帮个屁忙。

松二爷　（对三个秀儿）听见没有，咱们帮不上忙。

姥　姥　（里屋）二爷您把孩子们领远点儿，再吓着孩子们。

傍晚。松二爷家里屋。

松二奶奶满头大汗在床上努力，姥姥和女佣在旁边忙活。

姥　姥　再努把劲儿。

松二奶奶　我是一点儿劲儿也没有了。

晚上。松二爷家屋里。

儿子还没有生出来，松二爷和三个秀儿垂头丧气地坐在外屋等。

胡同里传来卖水萝卜的吆喝：萝卜赛梨哎，辣了换！

二　秀　阿玛，我要吃心里美。

三　秀　三秀也要吃美美。

松二爷　姥姥，这会儿，一时半会儿出不来吧？

姥　姥　（里屋）我说不准。

松二爷　我带着孩子们出去买萝卜去。

松二奶奶　（里屋）给我带一个，……现在就想吃口凉的……

松二爷　走，买萝卜去。

大　秀　阿玛，我在这儿守着妈。您去吧，有事我喊您。

松二爷领着两个秀儿，欢蹦乱跳地出门买萝卜去了。

晚上。幽暗的胡同里。

卖萝卜的挑着担子，点着小灯。松二爷领着孩子们过来。

松二爷　卖萝卜的，萝卜地道吗？

卖萝卜的　地道货，您看，这边是北京的“心里美”，那边是天津的“卫青儿”，下晚才从地里启出来。

松二爷　这挑子萝卜我都要了。

卖萝卜的　（高兴地）给您挑家去。

松二爷　挑家去倒不急，我问你，会刻萝卜花不？

卖萝卜的　这位爷您算找着人了，雕萝卜花是我的看家本事，您说雕个什么吧？

二　秀　雕个牡丹。

卖萝卜的　行咧，就依着姑娘，雕个牡丹。（三下五除二，一朵活灵活现的牡丹雕成了）

二　秀　阿玛，真好看。

三　秀　三秀要……美美。

卖萝卜的　美美是什么？

松二爷　就是仙女。

卖萝卜的　这好办。（刀子三转两转，转出了一个古代美人）

三秀抱着美人再不撒手。

松二爷　没看出来，你还真是个行（háng）式。

卖萝卜的　实话跟您说，我是个瓦匠，春夏秋盖房雕砖，师傅教的，砖头讲究透三层，飞禽走兽，八宝花草，主家要个什么，你得给人雕出个什么。这不，冬天了，没有泥水活儿了，就用这把刀来雕萝卜，做个卖萝卜的小买卖，维持生计，要不人家怎么管我们叫“二把刀”呢。

松二爷　（索性在萝卜挑子跟前坐下来）我说，把你的拿手活儿都给我亮出来，这两担萝卜够不够？

卖萝卜的　不够我喊我兄弟，他在东边胡同卖呢。

松二爷认真地，饶有兴趣地看着卖萝卜的雕玩意儿，雕了一个又一个，松二爷个个说好。一会儿，两个筐里的萝卜都变成了各式各样的萝卜花。

大　秀　（从家门急奔出来）阿玛，您快回来吧，我额尼不行了。

松二爷一听往家就跑，后头跟着二秀、三秀。三秀走不利落，摔了个马趴，哇地哭起来。大秀夹起妹妹，跟在父亲身后跑。

卖萝卜的　（看着两担子雕刻的萝卜）嘿！嘿！钱！（自言自语）这叫我怎么卖呀？

晚上。松二爷家里屋。

惨白的灯光下，松二奶奶面色苍白，已经咽了气。

姥姥在做最后的收拾，地上、盆里到处是血。一个婴儿，啼哭着，包裹着，被抱在女佣的怀里。

松二爷　秀儿她妈，秀儿她妈，你怎么说不行就不行了呢？你睁开眼，睁开眼看看我们哪！

大　秀　阿玛，我额尼她死啦！

二　秀　额尼，您不是要吃水萝卜吗，给您买来啦，您看看哪！（将那个萝卜牡丹花摆在母亲枕边）

松二爷　秀儿她妈啊……

女　佣　老爷，您添了个大儿子。

松二爷　人都没了，我要儿子干吗？

姥　姥　孩子这双眼，又黑又亮，小脸儿多周正啊，我这辈子接了多少孩子啊，数这个漂亮。

松二爷　漂亮有什么用，要了他妈的命！

白天。街面上。

出大殡的仪仗。店铺买卖凡是有鲜亮色彩的幌子、匾额一律用白布罩上，百姓也禁穿红绿，一律的素色。连骡马也戴了白绒球。绣着龙凤的素色棺罩、影亭、旗幡、箱笼，浩浩荡荡地行进在北京街上。

光绪皇帝驾崩。

慈禧太后驾崩。

白天。茶馆里。

喝茶的人们无言地看着外面走过的仪仗。

茶客甲　这老太太活了七十四，把大清国统治了四十多年，够本了。

茶客乙　小皇上溥仪登基了，后头又坐着一个太后。

茶客丙　宣统，取个什么年号不好，叫宣统，老让人想到“饭桶”这个词儿。

宋恩子、吴祥子竖起耳朵四下搜寻“情况”。

王利发将一条墨迹未干的“莫谈国事”，很夸张地贴在茶客甲、乙、丙旁边的柱子上。茶客们很自觉地闭了嘴。

茶客甲　松二爷，听说您家钱眼里的金锞子都变成了砖头瓦片。

松二爷蔫了，一人坐在那儿低头想心事，常四爷的位子空着。听见茶客们说他的事，憨厚地朝茶客们嘿嘿一笑。

茶客乙　您又上了唐铁嘴的当了。

茶客丙　变成砖头瓦块就对了，要不，准得是个四秀。

茶客甲　听说，您这个公子长得比那几个秀儿都漂亮，什么时候抱来让我们看看？

松二爷　一个臭小子……

柜台里，王利发在算账，王淑芬的身子已经很重，仍旧坚持在面案上。

王利发　歇歇吧，看你的脚肿得连鞋都穿不上了。要不，我把明师傅叫来帮几天忙，明师傅不在春华楼干了，在家闲着呢。

王淑芬　我能行。这大半年，我让你历练得成了金刚不坏之身了，我不能自个儿娇自个儿，买房的钱还差得远呢。

王利发　看着你这样，你以为我就好受？

吴祥子、宋恩子来到柜台前，一脸郑重。

宋恩子　王掌柜，有件事儿我们不能不往上报了，虽然咱们有多年的老交情，可到底是公大于私，上峰真追查下来，我们俩是担待不起的。

王利发　我有什么不是，您二位尽管说。

吴祥子　现在是国丧期间，外头的大殡还没过完呢。您知道，戏园子连戏都不让唱了，全国上下任什么响声都不准有，大红大绿一概属于大不敬之列，卖菜的连红秦椒都不敢往城里挑……

王利发　这我知道。

吴祥子　您看看您的茶壶茶碗。

王利发　茶壶茶碗怎么了？

吴祥子　还怎么了？犯了大忌了您。

王利发　您说，它怎么就犯了大忌了呢？

柜上，茶壶茶碗传统红色福寿团花特写。

王淑芬立刻看出了门道。

王淑芬　（赔着笑脸）多亏了二位爷细心，外人看出来让咱们吃不了兜着走。还不赶快收了！李三叔，您让伙计们把带红花的碗换下来。

李　三　都是带红花的。

王利发　这……快买新的去！要纯白素瓷的。

李　三　现在上哪儿淘换纯白素瓷去，不是我说，这两天纯白素瓷比金子都贵。

吴祥子、宋恩子有意看着王利发为难，等待着下文。

王淑芬拽了拽王利发的袖子，使了个眼色。

王利发　吴爷，您看要不这样，我把买素茶碗的钱给您二位，您替我淘换淘换，我知道这茶碗不好买。

吴祥子　（对宋恩子）那也只好这样了。

宋恩子　买得来，买不来，我们尽力而为。

王利发　上边要是查……

宋恩子　我们先替你搪一阵子。

白天。马家后院。

“张家的”在院里给马五奶奶量身量。“张家的”用尺量马五奶奶，马五奶奶用眼量“张家的”，眼前这个削肩、细腰、平胸、薄而小的细皮嫩肉的女人像是传统中国画上的美人。

马五奶奶　大袄要七镶七滚的，袖口要镶七寸花边，挖空镂出福字，领口钉水钻盘的蝴蝶。

张家的　我记住了，太太。

马五奶奶　中袄要雪青软缎的，绿丝边绣黄梅花……

白天。小屋里。

“张家的”低头剪布料，马五奶奶从侧面看“张家的”。

这个小寡妇的确很耐看。

白天。马家正屋。

马五奶奶　小娘儿们真是要身材有身材，要模样有模样，标准的美人坯子，这回看他威利士还说什么。

马五爷　让刘麻子访了多少日子才找着的。她兄弟就是那个砍了脑袋的工匠，教会给出的棺材。

马五奶奶　敢情那个时候你就有算计她的心了。我跟你说，威利士是威利士的事，我不许你沾她一指头。

马五爷　你把我看成什么了？

马五奶奶　你，贪腥的猫。

马五爷　威利士来北京还得些日子，先稳住她，让她在后头做活儿。

老女佣端茶上来。

马五爷　“张家的”在后头怎么样啊？

老女佣　她成天做活儿。

白天。紫禁城某宫内。

隆裕太后在案前写大字。庞太监在一旁伺候。

庞太监　您这字在宫里几位女主儿里头首屈一指，没人能比的。我还是头一回看见您写字。

隆　裕　我做姑娘的时候就在家练字，要论长相，我算不得女人里最好，可要论字，她谁也比不上我。

庞太监　万寿山园子里的匾额大部分是皇上跟老佛爷题的，按着宫里习惯，是谁住谁题匾。太后您既然有笔好字，不妨把有些匾换换。

隆　裕　我还是先给你换换吧，听说你给你老母亲在东城干面胡同盖了一院房，雇了几个人专门伺候老太太？

庞太监　奴才的母亲不愿跟着别人过，就愿意跟着奴才过。

隆　裕　把这个拿去，贴新房子也能凑个数。（将案上“中德和之和”的“中德”二字裁下来）没写好……

庞太监　（磕头）奴才给主子谢恩，奴才替奴才母亲谢太后了。太后，您还没用玺哪！

隆　裕　忘了，我这脑子啊，也是一阵阵犯糊涂……（往字上盖印）不管怎么说，你是个孝子，时刻能想着老家儿……

庞太监　奴才不光想着老家儿，还想着主子呢。老家儿和主子，主子永远在前边。

隆　裕　是啊，在东陵给老佛爷下葬，要不是你提前知道信儿，咱们拢着皇上早一步回来，太后的位子大概也不是我的了。皇上溥仪，兼祧德宗、穆宗两个皇上，同治的几个太妃也都不是好说话的主儿，眼巴巴地想跟我争呢。

庞太监　那是太后英明果断，人家都说，您有当年老佛爷的魄力，不愧是老佛爷的娘家人。

隆　裕　往后，你就在皇上宫里头管事，皇上小，身边得有个老成的人儿，把你放那儿，时刻能替我操心着皇上。

庞太监　嗻。

白天。庞府。

在新盖的大宅子里，庞太监带着他的四个侄子一群老虎一样地在新宅子里转，唐铁嘴、刘麻子也在其中。

庞太监　（对唐铁嘴）你帮我看看，看哪儿不合风水。

唐铁嘴　您放心吧，庞老爷，都好着呢。

转到哪屋哪屋有丫鬟接应着。里面的摆设阔绰而庸俗。正厅里，“中德”两个字裱好了，挂在最显著的位置上。

四个侄子中，老四是个瘸子，走路一踮一踮地跟不上趟，老落在后面，一脸坏相，眼珠一转一个主意。

四瘸子　（对刘麻子）外头人说，树小房新画不古，此人必定内务府。是说内务府的人把国库的银子捞美了给自己盖宅子，我们家这位老爷子不是内务府的，比内务府还内务府，皇上听谁的？听太后的。太后听谁的？听我们家老爷子的。权势越来越大，脾气也越来越大。知道外头怎么损我们家老爷子吗：溜须得钱买宅忙，狐朋狗友聚华堂。看他营造看他卖，身前身后空荡荡。

刘麻子　这都是勒令搬家的那些户嫉妒，选这块地方我费了大劲了，拆了多少户啊，哪户都不是省油的灯。

四瘸子　甭在我这儿念秧，里外里得了多少好处你自个儿心里明白。

刘麻子　真没得什么，你们家老爷子手忒紧。

四癞子　老爷子念的什么经我最清楚，他打着给老母亲盖房的名义建了这座宅子。“老母亲”在哪儿呢，老母亲三十年前就到地里听蝲蝲蛄叫唤去了。哄谁呢，哄紫禁城城圈里的主子呢。敛财、看财、守财是老爷子这辈子最大的喜好，你知道老爷子什么时候最高兴？

刘麻子　什么时候？

四癞子　是晚上一个人打开他的小箱子的时候……

白天。庞府正屋。

庞太监大模大样地进屋，坐下。

庞太监　（对下边的使唤人）以后得长眼力见儿，得不远不近地伺候着，远了我够不着你，近了欺乎得慌，得掌握住分寸，知道吗？

下　人　知道了。

庞太监　说“嗻”，“知道了”是怎么个答应？没规矩！

下　人　嗻。

庞太监　我走道，站起来，坐下，你得伸出胳膊让我扶着，得吃得住劲儿，不能闪了我。

下　人　嗻。

庞太监　以后我在院里转，你们得捧着茶壶茶碗，捧着雨伞、痰盂、漱口杯，还有点心匣子，冷暖衣裳……在后头跟着，看我需要什么，别等我张嘴，立马就得送上来。跟你们这群笨蛋说没用，这得是几十年练就的本事，关键是当差得有心计。

四癞子　（小声）得，把伺候皇上那套全搬家来了，闹不好，哪天高兴，把我们也全骟了。

庞太监　（坐在太师椅上）我还觉着屋里少点儿什么……

唐铁嘴　庞老爷，道大，天大，地大，人亦大，国人向来讲天人合一，上为天，下为地，男为阳，女为阴，阴阳序次才能风雨时至，才能嘉生繁祉，您这屋里，缺个当家的奶奶。

四瘸子　嘿……

庞太监　对啊，我说呢，这事交给……

刘麻子　您交给我。

白天。北京城门。

捏面人老康的兄弟康六带着闺女康顺子进了城。康六大约四十岁左右，可是看着很老，头发花白，腰已经弯了。他的女儿康顺子十五岁。明显的，康六病了，病得不轻，走路摇摇晃晃的。康顺子将父亲扶到墙根，让父亲靠墙坐了。

康顺子　爸，您歇歇吧，我到那边打听打听，看谁知道我大爷的消息，顺便我给您要碗水喝。

康　六　要是有碗面吃，我还能走。

康顺子　（从包袱里翻出最后一块黑馍馍）爸，您吃了吧，最后一块了。

康　六　你妈到死都没舍得吃它……（接过黑馍馍却舍不得吃，在手里攥着）

康顺子　（问过路人）大爷，您见过一个捏面人儿的吗？姓康。

过路人　没有。

康顺子　（问在城根给人剃头，旁边摆着剃头挑子的师傅）大爷，您见过捏面人儿的吗？姓康。

剃头的　他要是在附近，准得在我这儿剃过头，可是没有。

康顺子问拉着小孩的妇女，问摆摊的老头儿，问焊铁壶的汉子，问磨剪子磨刀的师傅……

磨刀的　北京城捏面人儿的多了，谁知道哪个姓康。

康顺子　矮个，方脸膛儿。

磨刀的摇头。

康顺子灰心丧气地回到父亲身边。

康六正在和一只大狼狗较量，狼狗看上他手里的馍馍，康六左挡右拦，保护着那块不大的馍馍。狗的主人，流氓头子黄胖子在一边看热闹。有些人也在看人狗争馍馍，当乐子看，没有谁出来阻止。

康顺子过来，帮着康六打狗，她捡起一块砖，向狗拍过去。黄胖子不干了，一把拽住康顺子。

黄胖子　你敢用砖拍我的狗，吃了豹子胆！

康顺子　你的狗抢我们的馍馍。

黄胖子　你个丫头片子，用不着我收拾你。（一使眼色，上来两个混混，撸胳膊挽袖子就要打）

康　六　她一个姑娘家家的，你们就饶了她吧。

混　混　去你的！（一脚踢过去，康六摔倒在地上，黑馍馍摔了出去，狗呜地一声叼在嘴里）

黄胖子　老虎，给我！

狗将嘴里的馍馍吐出来，黄胖子拿到康六跟前，康六鼻子往外蹿血，倒在地上已经起不来。

黄胖子　给你，吃吧。吃！说白了，不就为了这块糠饼子吗？

混　混　吃，不吃打你闺女。

康六将狗嘴里吐出来的饼子就着血吃进嘴里。

刘麻子 （拨开众人）有什么好看的，一个逃荒的！

黄胖子 刘麻子，你的买卖又来了，见一面分一半。

刘麻子 哪儿能回回都赚，真有好处绝忘不了你黄胖子。（对康六）我说老头儿，老头儿！（摸康六）这老东西烧得厉害。（对康顺子）快把你爸爸搀到背风的地方去。

白天。大户人家大门外。

康　六 我走不动了。

刘麻子 就这儿吧，先在这儿歇歇。

康顺子将康六搀到大门外的石鼓前，让父亲靠了。

刘麻子 你爸爸这是饿的。你们等等。（匆匆走了）

康顺子 爸，我看这人不像好人。

康　六 我现在连命都顾不过来了，还好人坏人……

刘麻子 （买了两斤大饼）给，吃吧，谁让我遇上你们了呢。（将饼给康六，又从康六手里夺回来，掰了一块给康顺子）

康顺子犹豫着不敢吃。

康　六 吃吧，孩子，活命要紧。

刘麻子 让你吃你就吃，放心，这里头没有迷魂药。

康顺子看了看父亲，开始吃饼。

刘麻子 （对康六）慢点儿，噎死你，这儿没有水。

康　六 你这位爷怎么就这么仁义呢？

刘麻子 我这一辈子向来是积德行善，光做好事，不做坏事。

康　六 我们爷儿俩今天是遇上活菩萨了。

大门开了一道缝，有人探出身子轰他们。

门里人　走，走！这儿不是叫花子呆的地方。

刘麻子　我们在这儿背背风，吃完饼就走。

大门砰地关上了。

刘麻子　我说老头儿，你们爷儿俩满街瞎窜，太危险了，特别是还有个大姑娘。

康　六　我是来北京找我哥哥，他是捏面人儿的，姓康。

刘麻子　捏面人的老康是你哥哥？那你们是找不到了，神机营一挨炸，他当要犯被抓了进去，再没见出来，八成是被……嚓！

康　六　嚓是什么？

刘麻子　你非要我说出来吗？掉脑袋！

康　六　啊?！……

康顺子　爸，咱们怎么办哪？

刘麻子　怎么办？你们是遇上了我，也是天无绝人之路。老康，活下去是最重要的，有了命就有了一切，依我看，不如给姑娘在北京找个好人家儿，正儿八经过日子。您呢，得笔钱，做个小买卖，也是一条生路。

康　六　我闺女虚岁才十五。

刘麻子　十五，不小啦，人家十三都抱上俩孩子了。

康　六　哪能找个好人家儿？

刘麻子　保准能。

康　六　我闺女得给个有根有底的正经人，年龄得相当，得有进项，日子过得去，不能给人当小……

刘麻子　这条件我有闺女都嫁了。

康顺子　爸，我不嫁人！

康　六　（痛苦地）孩子，要真是嫁人还好了呢，咱们这是……卖……

康顺子　爸，您甭卖，卖了我谁伺候您哪？

康　六　孩子，爸爸是给你寻条生路哇，跟着我，咱们俩谁也活不了！

刘麻子　老头儿说得对，今天有人给你们买烙饼吃，明天就不见得还有人给烙饼了，北京人不都像我似的，是傻子。

康　六　您给孩子找个能吃饭的地方……可千万不能进窑子。

刘麻子　你放心，我要把你姑娘弄到那地方去，我不是人养的。这么着，明天早上，我在裕泰茶馆里等你，我给你个准话。

康　六　裕泰茶馆？

刘麻子　就是这条街东头路北的那个。

——第五集完

第六集

上午。裕泰茶馆内。

王利发在柜台内外忙活。伙计们招待茶客。

刘麻子领着康六进来，刘麻子先向松二爷等人打招呼。

刘麻子　二爷真早班！（掏出鼻烟壶倒烟）您试试这个，刚装来的，地道英国货，又细又纯。

松二爷　我没看上鼻烟，我看上你这个壶了。

王利发　连鼻烟也得从外洋来，这得往外流多少银子啊！

刘麻子　咱们大清国有得是金山银山，永远花不完！（领着康六找了个座）

李三拿过一碗茶来。

刘麻子　（对康六）说说吧，十两银子行不行？你说干脆的，我忙，没工夫专伺候你。

康　六　刘爷，十五岁的大姑娘，就值十两银子吗？

刘麻子　卖到窑子去，也许多拿一两八钱的，可是你又不肯！

康　六　那是我的亲女儿！我能够……

刘麻子　有女儿，你可养活不起，这怪谁呢？

康　六　那不是因为乡下种地的都没法子混了吗？一家大小要是一天能喝上一顿粥，我要还想卖女儿，我就不是人！

刘麻子　那是你们乡下的事，我管不着。我受你之托，叫你不吃亏，又叫你女儿有个吃饱饭的地方，这还不好吗？

康　六　到底给谁呢？

刘麻子　我一说，你必定从心眼里乐意！一位在宫里当差的！

康　六　宫里当差的谁要个乡下丫头呢？

刘麻子　那不是你女儿的命好吗？

康　六　谁呢？

刘麻子　庞总管！你也听说过庞总管吧？侍候着太后，红得不得了，连家里打醋的瓶子都是玛瑙做的！

康　六　刘大爷，把女儿给太监做老婆，我怎么对得起人呢？

刘麻子　卖女儿，无论怎么卖，也对不起女儿！你糊涂！你看，姑娘一过门，吃的是珍馐美味，穿的是绫罗绸缎，这不是造化吗？怎样？摇头不算点头算，来个干脆的！

康　六　自古以来，哪有……他就给十两银子？

刘麻子　找遍了你们全村儿，找得出十两银子吗？在乡下，五斤白面就换个孩子，你不是不知道！

康　六　我，唉，我得跟姑娘商量一下。

刘麻子　告诉你，过了这村可没有这店，耽误了事别怨我！快去快来！

康　六　哎，我一会儿就回来。

刘麻子　我在这儿等着你！

康六慢慢地走出去。

刘麻子　（凑到松二爷这边来）乡下人真难办事，永远没有个痛痛快快。

松二爷　这号生意又不小吧？

刘麻子　也甜不了哪儿去，弄好了，赚个元宝。

王利发　乡下是怎么了？会弄得这么卖儿卖女的！

刘麻子　谁知道！要不怎么说，就是一条狗也得托生在北京城里呢。

王利发　刘麻子你真有股狠劲儿，给拉拢这路事！

刘麻子　我要不分心，他们也许找不到买主呢！（忙岔话）松二爷（掏出个小时表来）您看这个！

松二爷　（接表）好体面的小表！

刘麻子　您听听，嘎噔嘎噔地响！

松二爷　（听响）这得多少钱？

刘麻子　您爱吗？就让给您！一句话，五两银子！您玩够了，不爱要了，我还照数退钱！东西真地道，传家的玩意儿！

王利发　我这儿正咂摸这个味儿，咱们一个人身上有多少洋玩意儿啊！刘麻子，就看你身上吧：洋鼻烟、洋表、洋缎大衫、洋布裤褂……

刘麻子　洋东西可是真漂亮呢！我要是穿一身土布，像个乡下佬，谁还理我呀？

王利发　我老觉乎着咱们的大缎子、川绸更体面。

刘麻子　松二爷，留下这个表吧，这年月，戴着这么好的洋表，会叫人另眼看待！是不是这么说您哪？

松二爷　（真爱表，但又嫌贵）我……

刘麻子　您先戴两天，改日再给钱。

李　三　（对王利发）掌柜的，您到后头看看去吧，内掌柜的好像……有动静了。

王利发　大舅妈不是来了？我过去也帮不上忙。

松二爷　王掌柜，您还是在跟前儿好……

王利发　哎……（看见松二爷，想起松二爷家故去的二奶奶，王利发有些黯然）您瞅瞅，哪儿走得开？

黄胖子　（横着进来）掌柜的，预备烂肉面，有我黄胖子，谁也打不起来！（往里走）

二德子　（出来迎接）两边已经见了面，您快来吧！

黄胖子和二德子一同进去了，茶房们一趟又一趟地往里头送水。

王利发　（急）这边要烂肉面，她那边要生，这不是让我抓瞎嘛！

李　三　掌柜的，甭急了，人家明师傅知道内掌柜的这两天不方便，一大早就赶过来给咱们帮忙了。

王利发朝柜内一看，明师傅系着围裙已经在忙碌了，刚要过去道谢，秦仲义进来了，王利发赶紧遥遥地向明师傅作了个揖，向秦仲义迎过去。

李　三　（赞赏地）人家明师傅仗义，看的是老掌柜的面子。

有老人进来，拿着些牙签、胡梳、耳挖勺之类小东西低着头慢慢地挨着茶座走，没人买他的东西。他要往里去，被李三截住。

李　三　老大爷，您外边遛遛吧，里头正说和事哪，没人买您的东西。（顺手把剩茶给老人一碗）

松二爷　（低声）李三，（指后头）他们到底为了什么事，要这么拿刀动杖的？

李　三　（低声地）听说是为了一只鸽子，张宅的鸽子飞到了李宅，李宅不肯交还……唉，咱们还是少说话好。（问老人）老大爷，您高寿啦？

老　人　（喝了茶）多谢！八十二了，没人管！这年月呀，人还不如一只鸽子呢！唉！（慢慢走出去）

秦仲义　（坐下）甭给我倒茶，我是打这儿路过，来看看。

王利发　您的工厂……

秦仲义　办起来了，用的是我那片旧火场。有工夫你看看去，机器轰隆隆响，白布哗哗地，水似的往前流，工人系着白围裙，干净，精神，跟洋大夫似的。

王利发　听您说，我还真没见过。您挣的钱也一定哗哗的，水似的，您现在是腰大气粗了。

秦仲义　那是你们小人物的想法，告诉你，我用挣的钱又开了一个工厂，火柴厂，就是洋取灯。小王啊，什么时候你的茶馆开不下去了，就上我的工厂来当工人，比你开茶馆有意思。

王利发　秦二爷，我有点小事，茶馆的房租呢，我是月月一天不落都给您送过去了，我盘算着，用手里攒下这点钱，先把这院房的前头买下来，您得成全我。

秦仲义　聪明啊，小王，我以前真小瞧了你啦。买了前头，后头早晚是你的，你这笔账算得精。

王利发　我这也是没法子的法子。

秦仲义　成与不成，我现在不答应你，卖房，我未必就没附加条件。

王利发　我琢磨着，您心里已经答应我了，您不会跟我为难……

秦仲义　我没工夫跟你为一二两银子细抠哧，这样吧，前面的房价，你跟账房去商议，后面的房租，我每月再加五两。条件是，我的丹枫火柴厂，你得入点股。

王利发　一股是多少？

秦仲义　十两。年底有红利按股分，没利，白搭，赔了认倒霉。

王利发　那我入一股。

秦仲义　你是成心逗我呢。入十股吧，真赔光了也不至于让你上吊。

王利发　我不知道我是不是又亏了？

秦仲义　你回屋里掰着脚指头慢慢算去吧。我该走了。

王利发　我送送您，给您叫辆车。

秦仲义　我自个儿有车。

白天。茶馆门口。

王利发将秦仲义送到门口，才发现门口停着一辆洋马车，马车零件锃光瓦亮；紫红大绒的弹簧坐垫是北京头一份；马是洋的，高大威猛，昂着头，凡人不理地骄傲着；赶车的穿着洋制服，挺着小腰坐在车前头，细看竟然是个洋人。不少北京人围着车看。

王利发　（惊奇得嘴也合不上了）秦二爷，我这辈子是头回看见这么好的车，您打哪儿弄来的？就是咱们前边王爷府的轿子也没您这气派。

秦仲义　跟洋机器一块儿进口的，我东西南北城地跑，没辆好车不行。

王利发　那个赶车的洋人也是您跟车一块儿进口的？

秦仲义　我上租界里雇的，这年月，只要有钱，鬼都能给你守门。

王利发　明儿我弄俩洋人来当茶房，保准有人来看稀罕。

秦仲义　你还不如弄俩猴来呢……走了，不说了。

秦仲义潇洒上车。

王利发　秦二爷，火柴厂我入十股啊！

茶客甲、乙、丙　还有我们……

马车轻快地朝前驶去，留下一片赞叹。

庞太监的蓝轿在茶馆门前落轿，庞太监从里面走出来，望着远去马车的背影，五官气得挪了位。

庞太监　（咬牙切齿地）这叫犯上！皇上还没有洋马车呢，他凭什么？一个臭商人，君子言义不言利，他是个见利忘义的小人！（进了茶馆门又出来，冲着已经不见影的马车）小王八蛋！小兔崽子！

白天。茶馆内。

庞太监　（进了茶馆，气仍不平）这年头真是改了，一只墙缝里蹦出来的小老咪嘴，敢在我跟前奓翅！（问王利发）刘麻子在这儿哪？

王利发　总管，您里边歇着吧。

刘麻子　呵，我的老爷子，您吉祥！我等您好大半天了。（搀着庞太监往里走）

庞太监　吉祥这话儿不是你说的，这是宫里头家内人儿才能问的话儿，大臣跟太后都不能说吉祥，只有王爷才有资格！你是谁呀，你能跟我是一家子？

刘麻子　我一见您，就高兴晕了，话儿都不会说了呢。

庞太监　你不是见我高兴晕了，你是见钱高兴晕了。

刘麻子　瞧您老说的。我哪儿能那样！

白天。茶馆雅座。

所谓雅座，就是用隔扇隔开了，桌椅相对细致些。墙上贴了幅唐伯虎的仕女图。庞太监进来，看墙上的画。

王利发　是松二爷摹的，有人说能乱真。

庞太监　我说你这破茶馆架不住这宝贝呢，真有唐伯虎的画，你能开茶馆？

王利发　那我就开了古玩铺子了。

庞太监　回头叫松二爷，给我摹十幅，我那府里头，一幅像样的画也没有。告诉他，该多少钱我给。

白天。茶馆内。

松二爷　（傲气地）我一幅也不摹，我不是造假画的。

王利发　您别硬顶，那人现在正在势头上。

松二爷　我不能因为钱坏了名声。尽管我没钱。

王利发　得了，您提着您的小黄鸟先回家吧，那边要问，我就说没找着您。

松二爷　我不回家，我回家干什么？

王利发　二爷，我求求您了，您外边转转去，听说北新桥精忠庙岳飞座儿底下发现了一口井，井口有根铁链子，几个人拽了几天了，铁链子还没倒到头呢，就听见井里哗哗水响，说是里头是海眼，锁着条猪龙，您不看看去？

松二爷　这倒还有意思。（站起来准备走）

白天。茶馆雅座。

庞太监　这么说，一个乡下丫头，要二百两银子？

刘麻子　（侍立）乡下人，可长得俊呀！带进城来，好好地一打扮、调教，准保是又好看，又有规矩！我给您办事，比给我亲爸爸做事都更尽心，一丝一毫不能马虎。

庞太监　我得亲眼见见人。不漂亮的不要，身子骨有毛病的不要，不是黄花闺女的不要。

刘麻子　人早在外头候着呢。

白天。茶馆内。

康六带着康顺子进来，立在柜台前。

康　六　姑娘，顺子，爸爸不是人，是畜牲！可你叫我怎么办呢？你不找个吃饭的地方，你就得饿死！我不弄到手几两银子，交不上东家的租钱，就得让人家活活打死！你呀，顺子，认命吧，积德吧！

康顺子　我，我……爸……（说不出话来）

在柜上算账的王利发长长地叹了口气，同情地看着康家父女俩。

明师傅　这叫什么世道啊！能把人憋死。

刘麻子　（跑过来）你们回来啦？点头啦？好，来见见总管，给总管磕头！

白天。茶馆雅座。

康顺子被领进来，低头跪在庞太监跟前。

庞太监　抬起头让我瞧瞧。

康顺子　（抬头，看见不人不鬼的庞太监）啊……（昏倒了）

康　六　（扶住女儿）顺子！顺子！

刘麻子　怎么啦？

康　六　又饿又气，昏过去了！顺子，顺子！

庞太监　我要活的，不要死的！

白天。茶馆门外。

庞太监用一乘小轿将康顺子抬走。康六扶着门框望着渐渐远去的女儿，眼前一片模糊，扶着门框的手慢慢出溜下去。

伙　计　掌柜的，这人不行了！

王利发　抬进来快给碗糖水喝。

李　三　不能往里头抬！

王利发　人都到这份儿上了，顾不得那么些了。

李　三　这个我见得多了……

白天。茶馆后院。

康六被安放在后院台阶上。

伙　计　（试了试）掌柜的，没气了。

王利发　怎么可能，刚才还说话来着。

李　三　是真没气了。刚才是硬撑着一股劲儿。

王利发　那怎么办，快抬出去呀！

李　三　抬？大白天的茶馆往外扔死人？找事！得找地保，跟地面儿上把这事说清楚了，人家得来人验尸，还得给他置办副棺材，找地方埋了，谁让他死你院里呢！

王利发　你说我……

李　三　你要往里抬，我拦都拦不住啊！

吴祥子　（和宋恩子出现在后院）这是人命案子。（搜检康六的身上，摸出十两银子，不客气地装进腰包）后边事的挑费得王掌柜您担着。

王利发　事就是这么个事，二位爷想法给我了了吧。我发誓，以后再多管一点儿闲事，我不是人！让我们全家都死光了！

一声响亮的儿啼。

大舅妈　（从屋里兴奋奔出）利发，恭喜你，得了个大儿子！

二德子　得，我们还得讨王掌柜的喜酒钱。

白天。庞府，太监的新房。

红的灯，红的蜡，红的喜字。

康顺子穿着红衣服闷闷地坐在床上，眼睛已经哭肿了。

晚上。新房外。

丫头提着红灯笼，引着庞太监到新房来。庞太监打扮成新郎官模样，让其中一个侄子搀着，其余几个围在左右。

四瘸子　老爷子，今儿个是您大喜的日子，一辈子才这么一回，咱们得真跟回事儿似的。

庞太监　办了几十桌酒，还不像回事？

四瘸子　（一脸坏笑，指指新房）我是说，屋里的事也得像回事儿。

庞太监站住，不解地看着四瘸子。

大侄子　四弟，有话你就直着说，咱老爷子是童男，屋里的是黄花闺女，他们闹不清你说的事是什么事儿。

四瘸子　我是说，新婚之夜得有点儿响动……（伏在庞太监耳朵边低语）

庞太监　嘁，我在宫里什么阵仗没见过，还用你个四瘸子教！

几个侄子将庞太监拥到新房门口，止住脚步。

侄子们　老爷子，我们就到这儿啦，回客啦。

庞太监回身向侄子们挥挥手，进屋，关了门。

外面，侄子们捂着嘴，窃笑。

晚上。新房内。

庞太监怪模怪样地笑着一步步向康顺子走来，康顺子吓得往一边躲。

突然，庞太监脸一变，一个巴掌扇在康顺子脸上。

庞太监　你是我媳妇，你躲什么？

康顺子捂着脸，低头暗泣。

庞太监　把衣裳给我脱光了，跪地上，冲着我说一百遍“我是你媳妇”！

康顺子磨磨蹭蹭地脱衣裳，庞太监盯着使劲看，康顺子脱得只剩了个兜肚和裤衩，不脱了。

庞太监　脱！

康顺子将兜肚脱下。

庞太监　还有下边！

康顺子将下边也脱了（想必摄影师会处理这些镜头），一丝不挂地直面着庞太监。

庞太监　说你是我媳妇。

康顺子　（含着眼泪）我是……你……媳妇……，我是……你……媳妇……我是你媳妇我是你媳妇我是你媳妇……

庞太监脸上的肌肉抽搐起来。他拿起桌上挑灯芯的铁扦，向着康顺子光滑的胴体扎去。

毫无防备的康顺子大叫一声歪在地上。

庞太监的铁扦，雨点般地扎下来。

康顺子　老爷，饶命啊！我是您的媳妇，我给您当媳妇还不行吗？

庞太监变了形的脸，他已经不是人了。

晚上。新房外。

庞太监的几个侄子听着屋里传出的康顺子的惨叫，无不兴奋异常。

四瘸子　人家这才叫洞房花烛夜。

清晨。新房内。

早晨的阳光从窗户中射进来。庞太监一大早到宫里去了。康顺子看着屋里陌生的摆设，一脸茫然。她脖子以下，满是伤痕……她等着人们给她送饭来。

从窗户往外看，有丫头、小子在走来走去，但是没有人来理睬她。

时钟指向了十点。

康顺子饿得不行，在屋里找吃的，发现所有的柜子都上着锁。

时钟指向了两点。

时钟指向了四点。

（注意，钟上的点数不能是1、2、3、4、5，应该是Ⅰ、Ⅱ、Ⅲ、Ⅳ、Ⅴ……）

康顺子　（向外面喊）有人没有？

过来过去的人像没听见一般。康顺子走出房门。

白天。庞府院落。

康顺子走走看看。迎面有过来的人，也不理睬她，直着身子走过去，就好像她是空气，不在院里存在一样。

康顺子 （迎着一个丫头过去，将她堵在游廊上）我以为我真成了一股气，你们看不见我了呢。

丫　头 （紧张地左右窥视，确认周围没有人）奶奶，老爷有吩咐，让谁也不许跟您说话。谁说话了就撕谁的嘴。

康顺子 你叫什么？

丫　头 奴婢叫玉凤。

康顺子 玉凤姐姐，能给我点吃的吗？

玉　凤 您上那边看看去，那边有厨房。

白天。庞府厨房。

康顺子来到厨房。厨房里没有人，空荡荡的，笼屉里是空的，灶是冷的。康顺子在墙角找到一个干萝卜，擦巴擦巴，坐在台阶上啃了起来。

厨　师 （从另一处过来）您是新来的奶奶吧？

康顺子点点头。

厨　师 府上吃饭是有钟点的，平时老爷在宫里当差，府上就是一顿饭，下午未时开，自个儿到厨房来打饭。

康顺子 那我要饿呢？

厨　师 平时没有吃的，这是老爷定的规矩。

白天。马五爷家后院小屋。

“张家的”给马五爷量衣服，被马五爷抱住。

马五爷 你真美，我打看见你的第一天起就想跟你……

张家的 （心如枯井，并不挣扎）五爷您别这样，您是有身份的人，我是个雇来的裁缝……

马五爷　我的乖乖，我是真舍不得你。

马五奶奶悄悄地站在马五爷身后，咳嗽一声。

马五爷回头一看，很尴尬地松了手，搭讪着出去了。

马五奶奶　骚货！

“张家的”无言地低下头。

马五奶奶　好在你明天就要走了。

张家的　明天？

马五奶奶　明天。

张家的　上哪儿去？让我回家吗？

马五奶奶　比家的地方好多喽，坐大火轮，漂洋过海。

张家的　（一脸疑惑）究竟要把我弄哪儿去？

马五奶奶　享福去呗，多少人想去还去不了哪！

张家的　到底上哪儿？

马五奶奶　美利坚合众国。

张家的　我不去！

马五奶奶　不去？你兄弟的收殓钱，棺材钱，坟地的地皮钱……拿来吧！

张家的　你们不是上帝的慈善吗……

马五奶奶　上帝没有钱也办不了事儿……（走出去）

“张家的”将目光转向墙上的耶稣……

傍晚。马王爷家后院小屋。

老女佣来收饭碗，发现“张家的”一点儿饭没吃，跪在十字架前祷告。

张家的　大姐，我知道，问您，您也不会告诉我，我也不问了。您给我送了这些天饭，我也看出来了，您是个好人，我最后求您一件事，您得机会把这个（拴着红绳的麻钱）交给裕泰茶馆的掌柜的，就说我走到天涯海角都活着，可是我的心死了。

老女佣接过麻钱，一句话没说，端着碗出去了。

晚上。马五爷家一间西式房间内。

马五爷、马五奶奶、刘麻子和一个叫威利士的洋人坐在沙发上喝茶。茶几上铺着世界地图。

威利士　（英语，点着地图）这次我要带六个妇女从天津走，福建那边有二百三十个马崽，我们在高雄会合，然后，混合装船，沿北回归线往西，过火奴鲁鲁，在美国西部圣佛朗西斯科上岸……（This time l will leave Tian jin with 6 women. There are 230 labors in Fu jian . We' ll pass Honolulu and disembark in San Francisco in the west of America...）

马五爷　（英语）你的六个女人里，这个是最好的。（This is the best one of your 6 women.）

刘麻子不懂装懂很认真地听两人用英语对话。

刘麻子　（看地图）道挺远，火轮船走得再快，大概也得十几天。

马五奶奶　三个月。

老女佣　（站在门口）老爷，她来了。

马五爷　让她进来。（对威利士，英语）这是典型的中国美女。（This is a typical Chinese girl .）

“张家的”低着头走进来。端庄、收敛、白净、清冷，垂眉敛目地站在威利士面前。

威利士　（激动地吹了一声口哨）（英语）这个我要自己用。（ I Will take her for myself .）

马五爷　（英语）所以，我要的价码并不是胡说。（ So the price which I gave is not bullshit .）

刘麻子　五爷，您一定是跟他说价钱呢，趁着这个机会，赶快往上涨。

马五爷　我这儿正抬着呢。

威利士　（英语）你们甭跟我要花招，她是化过妆的，其实她不值那么多，而且她有病。（ Don't play tricks on me, in fact she didn't cost so much money, and she has illness .）

马五爷　（英语）中国人讲的是病态美，大洋马似的女拿破仑不是中国的出产。（Chinese women are morbidity beauty , woman Napoleon like huge horses are not Chinese produce .）

威利士　（英语）我在原基础上再加1%。（I add 1% to the customary price .）

马五爷　至少得9%。（At least 9% .）

威利士　2%！（two percent ！）

马五爷　8%！（eight percent ！）

威利士　4%！（four percent ！）

马五爷　5%，成交！（5% , that' s ok！）

威利士　ok！

两人在谈论价格时，“张家的”麻木地站着，好像一切与她无关。刘麻子的脑袋像个拨浪鼓，谁说话就转向谁，小眼睛紧张地眨巴着。

马五奶奶拿来酒杯，四个人一人一杯，庆祝成交。

刘麻子　（对马五爷）我不要洋钱，我还是要银票。

马五爷　你是一个怯八邑。（老北京词汇，意为今日“土老帽”之意）

威利士　（英语）今天晚上我要和她性交。（I will make love with her tonight！）

白天。茶馆后院。

今天王家的儿子洗三。即婴儿三天的时候要洗澡、取名。是个热闹而重要的日子。

来了不少添盆的人，有茶馆伙计，有走得近的朋友。应该还有亲戚，但王利发在北京除了大舅妈，再没别的人了。

大舅妈里里外外地张罗。

姥姥就是给松二奶奶接过生的姥姥。

上午。王家屋内。

正屋八仙桌上摆了金银锞子，锁、小镜子、葱、梳子等等乱七八糟没有名目的东西。

大舅妈　（端着铜盆进来）蒲艾水熬好啦。

姥　姥　（用手试了试水温）搁八仙桌上吧。（向周围巡视）亲戚朋友都来齐了吧？

大舅妈　齐了。

姥　姥　抱孩子去吧。

上午。王家里屋。

大舅妈从王淑芬怀里将新生儿抱出去。

上午。王家外屋。

姥　姥　（从大舅妈手里接过孩子）先请本家给孩子添盆啦。

大舅妈捅捅王利发，王利发摸出一块银子扔进盆里。接着，大舅妈也扔了一块。

姥　姥　请亲戚朋友给孩子添盆啦。

站在旁边的伙计、某些茶客开始稀里哗啦往盆里扔东西，有扔几个铜钱的，有扔银镯子的，松二爷扔了个玉扳指……

姥　姥　（看扔得差不多了，拿起个棒槌，在盆里和弄，嘴里念叨）一搅二搅连三搅，哥哥领着弟弟跑；七十儿，八十儿，歪毛、淘气，稀里呼噜都来啦。（念罢将孩子小包打开，婴儿哭）好哇，响盆！

王利发　冻的。

姥　姥　（将婴儿沾着水洗，洗到哪儿，念到哪儿）先洗头，做王侯。后洗腰，一辈倒比一辈高。洗洗蛋，做知县。洗洗沟，做知州。

王利发　（小声）没那么些缺。

姥　姥　（用梳子象征性地梳头发）三梳子，两拢子，长大了戴个红顶子。左描眉，右打鬓，寻个媳妇就四衬。

王利发　打光棍未必不好。

大舅妈　（瞪了王利发一眼）就你话多。

姥　姥　（把孩子捆好，拿葱在身上打三下）一打聪明，二打伶俐。（将秤砣放在孩子左边）秤锤儿小，压千斤。（用锁在孩子身上比画一下）头紧，脚紧，手紧。

王利发　我就不信服，我就信服手紧，要不我这辈子怎么老没钱花。

姥　姥　（将盆里的东西捞出来）洗三的程式就完了，小小子配合不错，给取个荣华富贵的名儿就齐啦。

王淑芬　（在里屋）别让孩子他爸爸给取，他说不出好听的来。

王利发　松二爷，您给取。

松二爷　等我回去查查书，《渊鉴类函》上的好词多着呢。

大舅妈　穷家小户的孩子，没那么金贵，名太雅了配不上，我看就叫个大栓吧，门栓，结结实实地守着家。

王淑芬　（里屋）大栓挺好。

姥　姥　（将盆里的东西捞在大茶盘里，端过来对着王利发）王掌柜，洗的可是你们家的孩子，您瞧您说的那些话儿。

王利发　（发现茶盘里有条拴着红绳的麻钱，一把揪出来）这是谁扔里的?!（目视众人，有人已经离去）谁扔里的?

没人回答。

白天。天津塘沽码头。

阳光灿烂，晃得人睁不开眼。码头上，运货的轮船，大大小小挤挤挨挨的。有苦力背着货物在装船。

威利士站在船梯口，将他带来的中国妇女一个一个地往船上拨拉。"张家的"挎着小包袱也在其中。几个"狗腿子"样的人物拢着几个妇女。

威利士　（英语）一、二、三、四……（one，two，three，four...）

女甲、女乙们哭哭啼啼。

"张家的"没有眼泪，没有表情，上了船，垂着眼睛背靠码头站着。

女　丙　（对"张家的"）回头再看一眼家吧，指不定什么时候回来呢！

张家的　我永远也不看，永远也不回来了。

“张家的”脸特写，凄美、冷漠。

海风吹乱了她的头发，细看，眼的深处，分明有一丝泪光。

船行了许久，“张家的”一直背靠船舷站着。

张家的　（问旁边一女子）还看得见岸吗？

女　子　看不见了。

“张家的”转过身，面向大海，将包袱扔了下去。趁人不备，越过栏杆，跳入海中。

女　子　有人跳海了！

威利士跑到船边往下看，船舷下，几朵洁白浪花。

戏园子。舞台上在演《长坂坡》。

常喜贵扮演赵云，动作利落，扮相俊美，博得池座楼座一片叫好声。

后台。松二爷带着儿子秀岑在后台转悠。秀岑约四五岁，一个很清秀的小男孩，他对花旦很喜爱，扒在桌边 ，全神贯注地看着演员上妆，将那水钻的头饰往自个儿脑袋上插。

扮花旦的　这小子，鸭蛋脸，大眼睛挺活泛，将来是个唱青衣的材料，给我当干儿子吧？

秀　岑　您那朵花给我，我就给您当儿子。

扮花旦的　你的条件不高。我以为你得跟我要身行头呢。拿去吧。

秀　岑　（拿了花，高兴地）干爹！

松二爷　（将秀岑拉过来）别在后头捣乱，一会儿你喜贵哥哥说你，再不让你进后台了。

常喜贵由下场门下来，秀岑不管不顾地扑上去，亲热得不行。管事的过来。

管事的　喜贵，那边有个人等您多时了。

常喜贵　送花的、叫条子的、唱堂会的一律不见！

管事的　都不像，那人说是您的朋友。

常喜贵　都说是我的朋友，他们都认得我，可我不认得他们。回了！

管事的　那就回了。

管事的走了，常喜贵卸妆。

常喜贵　松二爷，您没到前头看戏呀？

松二爷　看了，你的戏我几乎回回都看，秀岑这小子非到后台来，他对后边的兴趣比前头大。

秀　岑　喜贵哥，你教我唱戏。

常喜贵　我可教不了你，你是谁呀，你是二爷家的小少爷，宝贝疙瘩。

秀　岑　喜贵哥，你给我化个脸！

常喜贵　我给你化个三花脸。

秀　岑　我不要三花脸，我要化青衣。

一会儿，管事的又来了。

管事的　那人死活不走，他说了，您见了他准认得。

常喜贵　谁呀？（跟着管事的走过去）

常四爷坐在后台一僻静角落里。和前两年比，有了明显变化，长袍马褂变成了短打扮。

常喜贵　阿……

一个“阿玛”没喊出来，被常四爷捂了嘴。

常四爷　你穿着这身行头，不喊我，我还真认不出来了。高了，成大人了。

常四爷　（小声）我从南边来，南边革命党正准备起义呢，广州死了不少，北京这儿迟早也得变。

常喜贵　那您……

常四爷　我看看你就走，你娘好吗？

常喜贵　娘好着呢，常念叨您。

常四爷　等北京举事成功了我就回家。我的事，别跟你娘说。

常喜贵　知道。松二爷在后台呢，您不见见他？

常四爷　老朋友了，挺想他。他胆小，我远远儿地看看他就行了。

常喜贵将帘子掀起一角，常四爷看见松二爷拢着秀岑在桌子旁边坐着，秀岑往脑袋上插花……

晚上。庞太监屋。

庞太监将柜子锁打开，拿出一个箱子，又打开锁，拿出一个匣子，又开锁，取出一个更精致的匣子，又开锁，打开匣子，里面是他那些金银珠宝。

庞太监用手抓着那些珠宝，满足、欣慰，幸福得泪流满面。

窗外扑通一声响。

庞太监　（警觉地）谁？（走到门口，推开门，外面是一院月光，树影在风中微微摇动。庞太监回到桌前，将匣子一个套一个，一个锁一个地收了）

晚上。庞太监卧室里。

康顺子在床上脸朝里躺着，庞太监躺在床外侧，动手扒康顺子的衣裳。康顺子露出了圆圆的肩膀。

庞太监用手摩挲着，温柔无比。突然，太监一口咬住了康顺子的肩头，下狠劲使劲咬。

康顺子忍着，咬牙不吭声。庞太监继续使劲。

康顺子哇的一声坐起，将庞太监掀下床去，康顺子的肩膀和庞太监的嘴，都是鲜血淋淋。

白天。茶馆内。

哗——镁光灯一闪，冒了股白烟。

秦仲义请来照相馆的照下了茶馆营业的情景。主要是照房子。

王利发见照完了，要从柜台后走出来。

秦仲义　等等，再照一张！

于是各就各位，又照了一张。

王利发　（对秦仲义）秦二爷，不瞒您说，我这辈子还是头回照相！

秦仲义　你以为是给你照哇？我是照我祖父留下来的房子，照得上你照不上你还两说着呢。

王利发　合算没我什么事儿？

秦仲义　你以为！

王利发　即便没有我，您也把相片给我洗一张，怎么说父子两辈儿总是在这座房子里开了几十年茶馆不是？

秦仲义　这好说。（对管事）老张，多给他洗一张。

白天。茶馆内雅间。

秦仲义带着账房先生在跟王利发算账。

账　房　（很郑重地将茶馆的房契交给王利发。王利发接房契的手有点儿颤抖）王掌柜您收好了，这是前院的房契。

王利发　（激动地）我做梦都想着这个。

账房拨拉算盘。

王利发　我再给您添多少？

账　房　您甭添，我再倒找您五十两。

王利发　（吃惊地）为什么？

秦仲义　就为你入那十股，火柴厂建起来了，利润比织布厂大多了，火柴家家都得用，谁家不笼火点灯抽旱烟，那些火镰纸捻到底不方便不是？

王利发　所以，您又大赚了。

秦仲义　不是我大赚了，是你也大赚了，我那个厂是股份制，也就是说，大家伙都赚了。

王利发　那我赚了多少？

秦仲义　翻了四倍。

王利发　四百两！我这辈子……哪儿挣过这么多，我怎么觉乎着跟做梦似的，是真的吗？

秦仲义　房契该不是假的吧？

王利发　钱就这么容易挣？

秦仲义　钱就这么容易挣。

王利发　我再入股，入……十二股。

账　房　现在一股可不是十两银子了。

王利发　现在是多少？

账　房　一股四十两。

王利发　我把全部家当都拢到一块儿……

秦仲义　这是有赔有赚的事，你得想好了。

王利发　您说得对，洋取灯谁家都得用，它永远是老百姓离不开手的东西，赔不了！

白天。茶馆后院。

王利发拿着房契兴冲冲走过院子，向自家屋走去。

白天。北屋里。

王淑芬、大舅妈正将大栓放在炕上"抓周"。大栓的周围摆了钱、胭脂粉、茶碗、油饼、算盘、书、图章等许多东西，看大栓抓着哪个，就预定孩子一生的命运走向。其实都是迷信，但彼时却是孩子周岁时很重要的一个节目，就是在今天，许多家庭仍旧给孩子进行"抓周"的游戏。

周岁的大栓坐在炕当间，他的前面是书、钱、图章（官印的代用），都是大人希望孩子抓到，也是孩子极容易抓到的东西。而咱们的大栓，两只小手晃晃悠悠，左右胡噜，没个准头。终于看准了近处亮闪闪的铜钱，冲着铜钱扑过去，翻了个跟头，抓起了一个茶碗。进了门的王利发在旁边看得很入神。

大舅妈　又是个开茶馆的。

王淑芬　孩子他爸爸后继有人哪。

只见大栓将个茶碗啪地扔出去，掉到地上，碎了。

王利发的房契也掉到地上，房契和碎茶碗构成一幅画面。

王利发、王淑芬和大舅妈你看看我，我看看你。

晚上。庞太监府，正屋。

马五爷和一名洋商人在和庞太监谈交易。洋商人送了很多西洋的玩意儿，如到点会出小人的自鸣钟、八音盒、洋绸缎、洋瓷器等等。庞太监对自鸣钟非常感兴趣，爱不释手。

马五爷　洋人看重的是您，您在太后跟前是说一不二的人物，连那几个王爷都没法跟您比，他们就是求您，给引荐一下。

庞太监　太后是那么好见的？

马五爷　所以才求您呢。

庞太监　我没那么大能耐。

马五爷　（从怀里掏出银票）这一千二百两是洋人给您的，这三百两是我孝敬您的，快过八月十五了不是？

庞太监　你小子，真能揣摩人的心思，要是你进宫当差，我他妈准输在你手里头。

马五爷　您德高望重，我哪儿能和您比。我这也是给人帮忙，我的洋朋友不是多嘛。

庞太监　甭把我当糊涂耍，你在他（指洋人）那儿得的好处比这个（拍着银票）多。

马五爷　买卖这事，就是您挣点儿，我挣点儿，他挣点儿。没有咱们，他俩眼一抹黑。

白天。皇宫里，御花园。

小皇上在跟太监藏猫猫。

隆裕、端康太妃（即瑾妃）和另外两个太妃在看一匹匹洋人送来的进口布料。洋缎子轻柔、精美，淡青、嫩绿、桃红、淡紫……比国产的漂亮。

端　康　（很胖，四五十岁）我一直以为咱们中国的缎子是最好的，苏杭江宁，供着北京，供着宫里，几十辈子传下来的，都是上好的。没想到，跟外国的缎子一比，咱们就不行了。这颜色，怎么染上去的？

某太妃　滑得跟水似的，轻得一点儿分量没有，穿上舒坦。

洋商人　（说蹩脚中国话）这里还有呢子，羊绒呢子。

隆　裕　大清国的人从来不穿呢子，它倒可以做轿子，防水，能染成金黄色吗？

洋商人　什么颜色都可以，我们国家的印染业是最发达的。这里有花布，印花的布。

隆　裕　这倒没见过，中国布上的花都是绣上去的，还没见过印的呢。

各样美丽的花布在太妃们的手里铺展开来。

洋商人　都是送给夫人们的。

庞太监　不是夫人，是太后。

洋商人　对不起，送给太后。

隆　裕　拿下去，给宫女们做衣裳玩吧。（对庞太监）他干吗送咱们这些洋料子？

庞太监　他们要通过朝廷，从各口岸大量进口这些料子，给咱们中国人穿。

隆　裕　老百姓买得起？

庞太监　比咱们中国的料子便宜很多。

隆　裕　那他们不是亏了吗？漂洋过海地运过来，纸似的卖出去，他们图的是什么？

洋商人　我们为的是友好，和大清国的友好，我们热爱大清的朝廷和百姓。

隆　裕　话说得不错，可洋人的心思让人总揣摸不明白。

某太妃　这么好的料子，能多进就多进，用不着限制人家。

洋商人　夫人说得对。

庞太监　是太妃。

洋商人　对不起，太妃。

白天。街面上，茶馆门口。

满街的洋布，小贩们在吆喝。

小　贩　便宜咧，便宜咧，洋布洋绉洋呢子，三钱五尺，买花洋缎，白送青呢子二尺啊！

大姑娘、小媳妇们围着布摊抢购。

拉洋车的　（停住看热闹）这真是捡洋落儿呢。

老太太　（抱着呢子和花布从人堆里钻出来，占了便宜般）简直就是白捡哪，洋人傻，不会算账，他们哪儿精明得过咱们啊。

王利发　（站在茶馆门口看抢购场面，见王淑芬也进入其中）哎，你跟着起什么哄？

王淑芬　你不懂！

秦仲义　（坐在马车上看傻了）老太太，您买这个……

老太太　便宜呀。和瑞祥的缎子是好，一两多一尺，除了有钱人以外，家常的没个大穿头，这多实惠。

王利发　（见到车上的秦二爷，过来说话）秦二爷，我看这卖洋布的不是个好买卖。这些人是疯了。

秦仲义　……

王淑芬　（拿着几块料子过来）秦二爷也在呢，秦二爷您是开绸缎铺的，您看看这洋绉，比咱们北京的元青染得好多啦，色多正。

秦仲义　（拿过布料仔细看）唉，比不上人家呀，咱们的杭绸、湖绸是好，就是经纬线头泡，一毛一大片。

王利发　秦二爷，您的织布厂用的机器不也是外国买来的吗？

秦仲义　机器也分好坏，我那些洋绉虽然也是双梭加重，到底不如人家发展得快，工艺好。比如（拿过王淑芬手里的一块雪青料子）这个，它经线是雪青，反过来纬线可是蓝的。咱们的里面都一样，边也不如人家的齐整。

王利发　那您改呀，随着他们改。

秦仲义　改？再怎么改，我再改也比不过洋人的连扔带卖呀。

茶馆后院。

枣树的叶子黄了，落了，枝桠上落了雪花。

白天。茶馆里。

喝茶的依旧是那些人。松二爷和他的小黄鸟坐在老位置上发蔫。

王利发　松二爷，我给您看个新鲜！（拿出秦仲义照的茶馆相片）

相片特写是茶馆的厅堂，王利发在柜里站着，看着镜头；李三提着茶壶在桌边站着，看着镜头，照片中所有的人都看着镜头。

松二爷　这不是咱们茶馆吗？当时我在哪儿哪？

王利发　您在这儿哪，在这个角上，正跟您的鸟说话哪！

松二爷　瞧瞧我的小黄鸟照上了没有？

王利发　连鸟笼子都看不清楚。

常四爷大摇大摆地提着画眉笼子进了茶馆。

王利发　（惊喜地迎上去）常四爷！

松二爷　（突然来了精神）常四爷，这些年您上哪儿了？可把我想坏喽！

常四爷刚要说话，吴祥子、宋恩子狼一样地扑上来，一根铁链套住常四爷。

宋恩子　我们在这儿等你多时了。

吴祥子　我们找你也找了多时了。

王利发　（打圆场）有话咱们坐下慢慢说，都不是外人，咱们里边请，别在大堂……

吴祥子　王掌柜，你甭和泥了，我们掌握的情况，你跟他早有联系，你是知情不报，同谋！（将王利发也用链子套上了）

茶客们围拢来，有的看热闹，有的指责吴祥子们。

常四爷　哈哈哈……你们听——

外面一阵鞭炮响。

宋恩子　没到过年哪？

常四爷　宣统退位了！

传来傻杨敲牛骨头的快板：武昌城头炮连天，
打得清兵乱一团。
宣统皇上退了位，
清朝政府被推翻。
五族共和立民国，
国父就是孙中山。

——第六集完

第七集

数年后。五月的早晨。

裕泰茶馆。

袁世凯已死，中国军阀割据，内战不断。裕泰掌柜的王利发留起了小胡子，多了些圆熟，依旧的精明干练。但是今日的茶馆已经不是王利发当年从父亲手里接过来的模样了，虽然还叫“裕泰”，可已经既不“裕”也不“泰”了。前边仍旧卖茶，已经没有了烂肉面一类的吃食，茶桌也减去了许多，喝茶的人少，雅间也取消了，桌椅板凳也不甚齐整，整个茶馆显得空旷而清冷，像久失香火的庙宇。茶馆内没有茶客，王利发抄着手在柜里站着，望着这越来越没有起色的茶馆，心里有些悲凉。早晨的光照进茶馆，光线经过老房子的吸收，变得暗淡浑浊，光柱中有细微的尘埃在飘浮……

没有客人，茶馆的伙计们都辞了，只留下了李三。李三的头发白了不少，背也驼了。脑袋后头的小辫，不知是舍不得还是懒得铰，耗子尾巴一样地拖着。李三懒得动弹，坐在桌子旁边，和掌柜的遥遥相对，支着腮帮子发呆。

王利发　我想不明白，他现在为什么没人来喝茶了？

李　三　没铁杆庄稼了，吃饭都没有着落了，旗人们自然不来了。剩下的，有钱的没闲，有闲的没钱。有身份的人、新派儿的人，人家上洋茶馆，说事儿的人家上饭庄，吃大菜，谁来这茶馆光喝水。

王利发　生意越来越难做，连咱们自个儿的嚼裹儿都顾不上了。

李　三　顾不上就关张。北京城里关张的茶馆多了，弘极轩、大来坊、恒顺居、听雨楼……都是首屈一指的大馆，关了不就关了？

王利发　是啊，北京的大茶馆如今关一个少一个，像恒顺居，买卖比咱们大多了，用着好几百间房，灶上响勺，后堂都听不见，多大的地方，说关了人都不信。

李　三　咱们裕泰虽然不大，可位置好，依着我的想法，把它改成饭馆，比现在这个上算得多啦，就苦于您没钱，又不肯招外股儿，又是产业不可擅动，那么您就慢慢耗着吧。

王利发　开一天门，多少还有一天的进项，你说关了裕泰咱们吃什么去？

李　三　这话您要搁前几年说，我还有辙，我能回老家，再不济租几亩地种种，也能活。现在，人也老了，力气也没了，老家的亲人也死了，到了就指着裕泰的时候了呢，裕泰反而问我“吃什么去”了。

王利发　李三，你别多心，你放心，只要有我吃的，绝对饿不着你。

李　三　不光是吃饭，我得要工钱，当初我是老爷子雇来的伙计，不是买来的小子。

王利发　工钱不是月月给吗。

李　三　就那点儿钱……

王利发　你说，咱们俩在这儿嚼什么舌头，关键是咱们得想着法儿挣。咱们得改，得变，不变咱们俩就得这么你看着我，我看着你地等死！

李　三　我看人家弘极轩、恒顺居的掌柜的也没上吊，弘极轩掌柜的在天桥说相声呢，恒顺居掌柜的在隆福寺卖灌肠呢。

王利发　李三，你刚才说什么来着，洋茶馆？

李　三　我是听松二爷的少爷秀岑说的，他跟他爹上天津其士利去过，说喝碗黑汤子茶得排队等座。

王利发　噢……

王利发的儿子大栓穿着长衫从后头进来了，大栓十四五岁，上中学，老实憨厚，言语不多，是个本分孩子。

大　栓　爸，李三爷。

李　三　下学了？

大　栓　嗯。

李　三　今儿个学校又学了什么新鲜玩意儿？

大　栓　数学。*A* 方加 2*AB* 加 *B* 方等于括弧 *A* 加 *B* 的平方。

王利发　（熟练地拨弄着算盘）你们就没学学四上一去五进一，三一三十一，三下五除二？

大　栓　（老实地）没有。

王利发　就您那个 *A* 加 *B*，能算出来咱们这月用了多少度电，棒子面多少钱一斤，人头税、治安税、卫生税、营业税、地皮税、乱七八糟税咱们得交多少？

大　栓　不知道。

王利发　我看，用不着念完中学，你就回来帮助李三爷干吧，念那些时髦的 A 加 B 听着唬人，真跟有多大学问似的，其实屁事不顶。

大栓低头不语。

王利发　二栓哪去了？下学不直接回家，又上哪儿疯去啦？

大　栓　二栓看游行的去了，学生们反对二十一条。

王利发　（训斥儿子）我不管什么二十一条、七十二条！告诉你多少回了，上学下学一块儿走，把二栓看住了，那不是个省油灯，你就是记不住！昨天，他把街口的凉粉车子给撞翻了，前儿个把隔壁油盐店的狗尾巴点着了……

李　三　那是油盐店掌柜的往酒里搀凉水，太坑人。

王淑芬　（从后边拿着醋瓶过来，王淑芬已是中年妇女模样，梳着圆髻，穿着丹士林蓝布旗袍）二栓，二栓，帮我上隔壁小铺买一绺白棉花线，打仨小钱的醋。

大　栓　（急切地）妈，我去！（接过瓶子往外跑，在门口与跑进来的二栓撞上）

二栓一脸一身烟灰，衣服撕成条条，激昂兴奋。

二　栓　爸！我回来了。

王淑芬　儿子，你怎么成了火神庙的小鬼儿了？瞧瞧这身灰吧！

二　栓　妈，大伙儿把赵家楼曹汝霖的房给点了！

王淑芬　儿子，你点油盐店的狗尾巴还不够，还要点人家的房，杀人放火，那是犯法的事，妈不许你去！

二　栓　妈，曹汝霖是大汉奸，他把咱们青岛给卖了！

王淑芬　他卖青岛是他趁（老北京话，“趁”是拥有之意）青岛，我想卖北京呢，卖得了吗？

王利发　你一个中学生，刚知道个 A 加 B 的平方，你说你跟着那些大学生起什么哄，能落下什么好？

二　栓　国家有难，匹夫有责！都像您似的，就知道开茶馆赚钱，咱们中国早就亡了国了！

王利发　我不赚钱你吃什么？国家亡了大前门还是大前门，老裕泰还是老裕泰……

二　栓　不跟你们说了，整个一帮糊涂！

王利发　你精明，饿你三天，你更精明！

王淑芬　书包呢？

二　栓　是啊，书包呢？

王淑芬　我问你哪！（一巴掌拍过去，二栓浑身冒烟）

白天。油盐店内。

一栏柜，柜内有货架，上面草纸、碱面、大大小小的罐，装着芝麻酱、韭菜花，也有烟叶、蜡烛、火柴等杂货。货架下是几个大缸，分别装着酱油、醋、黄酱什么的。栏柜下有油篓子，栏柜上有酒缸，酒缸盖是红布包着沙子……

大栓闪进油盐店，看见胖胖的掌柜的正靠在椅子上打瞌睡。油盐店的大黄猫也跟着掌柜的在呼呼大睡。一只被烧了尾巴的狗，冲着大栓龇牙。

大栓蹑手蹑脚从掌柜的身后绕进去。

白天。油盐店后院。

后头是个不大的小院，一个女孩，十三四岁，背朝着门在院里打格褙。女孩梳条大辫子，扎着红头绳，小碎花袄，紫条裤子，是个收拾得很利落、很中看的丫头。

大　栓　二姑娘！

二姑娘　（回过头一笑）是你呀，大栓。带来了吗？

大　栓　哪儿忘得了呢！（从怀里摸出四个羊拐），看，我给你拾掇得多干净，还染了色呢。

（镜头：四个羊拐的特写，羊拐被大栓染成了红、绿、黄三色，很可爱的四块羊腿关节处的小骨头）

二姑娘　包我早缝好了，就等这个呢。（从屋里拿出缝好的沙包，坐在台阶上玩抓（读 chuǎ）拐。这是北京女孩们常玩的游戏，将沙包抛起，在接住的瞬间，将四个羊拐翻成同一个面，四个面翻完，四个拐一把抓起。一般是两个或更多女孩一块儿玩，以沙包没接住为输）

二姑娘玩得很认真，出神入化，大栓也被二姑娘的投入而感染。

二姑娘　（见大栓看她，一分神，沙包没接住）大栓，该你了。

大　栓　我不玩这个，丫头们玩的。

二姑娘　大栓，你在哪儿找的这么漂亮的羊拐？

大　栓　在马师傅的羊肉床子。

二姑娘　那个马师傅呀，他可不好说话儿了。

大　栓　我帮他刷肉案子，他让我在骨头里头挑的。

二姑娘　一个女孩能有副好羊拐可不容易呢，我大姐有一副，她出门子带婆家去了，说将来给她的闺女留着，可到现在她也没生出闺女来。她那副拐，磨得透亮。我这副，将来保准比她的还漂亮。

大　栓　你中意就好。我得走了，我妈让我来打醋的。

二姑娘　跟我来。我给你打。

大　栓　给你钱。

二姑娘　见外了不是?

白天。油盐店内。

掌柜的还在酣睡，打着呼噜吹着哨。

二姑娘领着大栓进来，悄悄拉开醋缸的板，用提子往瓶里灌醋。

大　栓　（见二姑娘灌了一提子）行了，我妈说就打仨小钱的。

二姑娘推开大栓，又灌了两提子，直灌得顺着瓶子口往外流。

掌柜的　（突然睁开眼）嗯?

二姑娘　爸，您睡着了，大栓来打醋，喊了您几声都没听见。

掌柜的　打多少钱的醋?顺瓶流!

二姑娘　一吊五。

掌柜的又闭上眼。

白天。茶馆后院的厨房。

大　栓　（将醋瓶子递给王淑芬）妈，给您。

王淑芬　仨小钱打了这么多?

大　栓　（得意地）所以嘛，以后上油盐店都得我去!人家看着我顺眼!

王淑芬　那个抠门掌柜的看你顺眼?

大　栓　嗯哪!

王淑芬　是他们家二丫头看你顺眼吧？

大　栓　（脸通红）瞧您说的，您别想太多了啊！

王淑芬　有什么事可别瞒着妈！

白天。茶馆内。

松二爷和秀岑坐在一桌喝茶。秀岑的衣裳鲜亮考究，很有风度地坐在那儿。品着茶，松二爷直着脖子听他的小黄鸟在笼子里哨。

茶客甲　关少爷，您的戏学得怎么样了？

秀岑莞尔一笑，颇有少女害羞模样。

松二爷　给他们唱一段！

茶客甲　对啦，给我们唱一段！

秀　岑　（推托不过，只好站起来，清了清嗓子）今天没吊嗓子，嗓子没开，今天我不唱，给大家念一段京白，大伙儿凑合听，多多指教，献丑了！（念《霸王别姬》中的虞姬道白）看云敛晴空，冰轮乍涌，好一派清秋光景。唉！月色虽好，只是四野俱是悲愁之声，令人可惨！正是：沙场壮士轻生死，凄绝深闺待尔人。适才听得兵丁谈论，只因救兵不到，大家均有离散之心。唉呀，大王啊大王，只恐大势去矣！

秀岑的念白较歌唱更具魅力，表现了他的深厚功底，博得了一阵阵叫好声。

王利发　（端起茶碗送到秀岑面前）念得真好，以前是听唱，没想到听念也这么过瘾，润润嗓子吧！

松二爷　没有我的小黄鸟叫唤得好听！

秀　岑　我上礼拜去天津，演的就是这出，跟邢老板一块儿去的，唱完了堂会主家请我们在其士利喝咖啡吃点心。

王利发　（有心地）其士利真像人说的，得等座儿，就那么红火？

秀　岑　不光等座，还得事先预约呢。

王利发　不就是个洋茶馆吗？

白天。王家里屋。

从玻璃窗可以看见外面干枯的枣树在寒风下摇晃，是个大冷天。

屋里生着一炉火，黄色的火苗一蹿一蹿地在炉膛里燃着。王淑芬站在火炉边为二栓烤棉袄，二栓赖在被窝里不起来。

王淑芬　还不起呀，再不起来棉袄烤糊啦！

二　栓　学校放寒假了，寒假就是让人睡觉的。

王淑芬　看人家大栓，天不亮就起来，在前头帮着三爷收拾呢。

二　栓　他爱干这个。

王淑芬　那你怎的就不爱干这个呢？

二　栓　人各有志不能强勉。

王淑芬　（将二栓拽起来，帮着他穿衣裳）那您的志向是干什么呢？

二　栓　我当老虎，天天儿能吃肉，炖肉、白肉、米粉肉、红烧肉、回锅肉还有条子肉，饿急了也吃人，专吃坏蛋。

王淑芬　这叫什么志啊？说大了天去也是个畜牲。说你小吧，你可是个中学生，说你大吧，还得让妈给烤棉袄，说的那话跟三岁小孩似的。

大　栓　（从外面跑进来）真他妈冷哎，把我的耳朵都快冻掉了。

二　栓　冻掉了安个驴的，又大又好看，还会转。

大　栓　看我不冰死你！（扑上炕去，用手冰二栓）

二栓在炕上躲闪。

王淑芬　大早晨起来就闹腾，你们什么时候开学呀？

二　栓　我们昨天才放假。

二栓拿起墨笔描墙上的“九九消寒图”。民国初年的“消寒图”是双钩“九字文”，“亭前垂柳珍重待春風”，竖读，每行三字，共九格。每格用朱笔写成双钩馆阁体的一个楷字，字约二寸见方。字都是九画，每字代表一个九。自冬至起，每天描一画，什么时候九个字都变成黑的，冬天就过完了。描“消寒图”是北京人过冬的内容之一。

二　栓　（将“垂”的第一笔描上）妈，三九了！

王淑芬　三九四九冰上走，正是冷的时候了。

二　栓　妈，我爸呢？

王淑芬　上天津了。

二　栓　他上天津怎么不带着我？！我想那大麻花都想疯了！

严冬的白天。天津租界。

天气很冷，西北风呜呜地响着，街上的电线在风里摇荡。王利发戴着皮帽子，抄着手，背着褡裢走在租界的街上，看着周围洋房，看着外国巡捕，处处新鲜，不知自家究竟在中国还是外洋。想问人，打听其士利，人来人往，他朝人“哎”了几声，没人理他。好不容易挡住一个，西服革履的。

王利发　这位爷，跟您打听一下，其士利茶馆怎么走？

西服革履　（日文）巴嘎！

王利发　敢情是个鬼子。

王利发　（又拦住一个长袍马褂）劳驾，跟您打听其士利茶馆……

对方瞪着眼看着王利发，一言不发。倒把王利发看害怕了。

王利发　对不起您哪，我不问了还不行吗！您请，您走您的道。（自语）是个哑巴。

长袍马褂　你他妈是哑巴！

王利发　……

王利发疲倦地靠在背风的墙拐角处，还没站定，一外国巡捕用警棍敲敲他的肩，示意他走开。

白天。天津街头。王利发冻得哆嗦。

王利发　（看见墙角一个混混儿模样的）这位大爷，您知道其士利茶馆怎么走吗？

混混儿　（天津话，指着旁边的早点摊子）给买套烧饼油炸鬼就告诉你。

王利发摸出几个铜板，买了一套，给混混儿递过去。

混混儿　（天津话）您老搭眼瞧，就在我身后头。

王利发抬头一看，混混儿身后是一座非常洋气的小白楼，高台阶，窗户上垂着白纱帘，两个穿制服的站在门口。他简直不能相信这就是洋茶馆。

混混儿　（天津话）您老看嘛哪？

王利发　我找茶馆的匾呢。

混混儿　（天津话）那不是在墙上刻着呢嘛。

白楼的门楣上有几个英文字母：KINDLYCOFFEESHOP

王利发　谢谢您啦。（欲向白楼走去）

混混儿　（天津话）再给我碗豆浆，我告诉您一个天津的机密。

王利发　（给了几个铜板）您自个儿买豆浆去吧。

混混儿　（收了钱，天津话）我跟您说，以后再问道，别管人叫大爷，天津没有大爷。

王利发　那天津的大爷都哪儿去了？

混混儿　（天津话）天津的大爷都在庙里头娘娘跟前儿糗着呢，是泥娃娃。真大爷得在它后头排着。您叫谁大爷，明摆着是说人家不是人。

王利发　谢谢您指教，二爷。

混混儿　（天津话）这就对了。

白天。其士利门前。

王利发来到门口，两个穿红制服的门卫一动不动在大风里站着。玻璃门是转动的，王利发进了几回都没"进"去，终于好不容易"扑"进去了，又给转出来了。

两个"制服"面无表情地看着王利发。

王利发终于掌握了进转门的诀窍，他进去又转出来。

王利发　（对两个"制服"）你们是一对真正的天津大爷。（说罢很轻松地转进去，"制服"们没有表情）

白天。其士利吃茶店内。

王利发转进其士利，里面竟然温暖如春，响着优雅的音乐，穿黑礼服的侍者举止高雅地端着盘子走来走去。靠墙的沙发上，坐着几个等座的人。王利发的装扮举止，明摆着跟其士利的氛围不协调。

侍　者　（拿着登记簿）先生贵姓？几位？

王利发　姓王，一个人。

侍　者　王先生先在沙发上候一会儿，有了空座位我来请您。

王利发坐在沙发上，仔细观察茶店的内部。

小桌，铺着洁白桌布，有鲜花插在瓶子里。藤椅，垫着丝绒厚垫。墙上挂着洋画，精着身子的女人横躺在绒布上。地上铺着地毯，踩上去，厚而软。吃茶的都很文明，小声地说着话，也有的在看书、看报。几乎所有的茶座都是满的。店里没有鸟笼子，没有蝈蝈的鸣叫，也没有人在这儿大声唱戏……

坐了一会儿，王利发热了，他摘下帽子，解下围巾。旁边女士一双纤细的脚，丝袜子，小皮鞋，跟王利发那双带云头的老头儿大毛窝成了鲜明对比。王利发把自己的脚往后缩了缩。

纤细脚的主人冲他笑了笑，那是一个蓝眼睛的女人。

侍　者　王先生。您随我来。

白天。其士利靠窗的座位。

在侍者指引下，王利发来到座位上，摘下肩上的褡裢，和皮帽子、围巾都抱在怀里，不知搁在何处才好，寻了几个位置，都不合适，最后终于放在脚底下。

侍　者　（将一杯凉水搁在王利发跟前，将一个精致本子递上）这是MENU，先生看看点点儿什么？

王利发朝硬纸片上一看，都是外文，他一个也不认识。看了半天洋字母，点不出一个。

侍者很有耐心地等待着。

王利发　（眼一闭，指着菜单最上面的一行）就是它！

侍　者　您稍等。

王利发很认真地拿起侍者送来的凉水，品了一口，咂摸了半天，乐了。原来就是凉水！往四下看，那个洋女人举着凉水在大口大口地往肚子里灌，王利发摇摇头，把凉水推一边儿去了。

一会儿，侍者端来一大杯白色的冰激凌，上面插着一面英国小旗。

王利发咬了一大口，冰得龇牙咧嘴。

一份冰激凌好不容易被吃光。英国小旗子被挑出来，搁在了一边。

侍　者　（过来）先生再要点什么?

王利发　（这回学乖了，指着下边一行）换个吧，来这个。

一会儿，侍者端来一大杯绿色的冰激凌，上面插着一面英国小旗。

王利发不动声色地吃了。吃半截围上了围巾。桌上放了两面英国小旗。

王利发再点。侍者端来一大杯粉色的冰激凌，上面插着一面英国小旗。

王利发吃得很艰难，脸都青了，戴上了帽子。桌上放了三面英国小旗。

王利发　（对侍者）有没有茶，热乎的?

侍　者　有 COFFEE 、BLACK TEA、COCOA、JUICY……

王利发　你能不能说它的中国名字?

侍　者　先生，它们没有中国名字。

王利发　你就给我来壶苦药汤子一样的洋茶。

侍　者　那就是 COFFEE 了，我们这儿的 COFFEE 论杯不论壶。

王利发　那就一杯 CO……O……OE，要烫的，越烫越好。

侍　者　先生要奶和糖不要?

王利发　该搁的你都给我搁齐了。

一会儿，侍者将一个碟子托着精致的小杯放到王利发面前，里面有大半杯棕色液体。

王利发　这就是CO？怎么颜色浅啦，我喝过，它应该是黑的！

侍　者　这是搁了奶的，先生。您刚才不是吩咐了要搁奶和糖吗？

王利发不便再说什么，一扬脖，将咖啡全倒进肚里。

王利发　算账。

侍　者　（将账单早已准备好）一杯牛奶冰激淋，一杯香草冰激淋，一杯草莓冰激淋，一杯热咖啡，一共是六十九块，先生。

王利发　什么什么，这会儿怎么有中国名了？还这么齁贵！三杯甜冰碴子，一口热药水，就是小七十，比我北京天津来回的车钱还贵两倍……

侍　者　上面都有价格，我们是明码标价，先生。

王利发　行，行，买卖做到这份儿上，是成了精了。（将三面英国小旗装进褡裢）

白天。其士利门口。

王利发站在小摊跟前，大口嚼着烧饼夹油条，大口喝着热豆浆，烫得直吸溜，热烈而酣畅。

晚上。常四爷家。

常四爷和王利发坐在炕桌前喝酒，王利发讲了天津所见，常四爷哈哈大笑。

王利发　（将三面英国小旗子在饭桌上排开）……我一下吃了三个英国，吃得我透心凉。

常四爷　你是彻底做了回冤大头，让人实实在在宰了一回。

王利发　也不能说是冤大头，您说，那么些人，排队，他都愿意当冤大头？未必。回来这一路上我就琢磨，有两点是我以前开茶馆没想到的，第一是潮流，第二是气氛。您说，我要是把裕泰也改良一下，弄出个气氛来，不能跟其士利相比，也有那么点意思，也明码标价地在各个桌搁一份 MENU，说不定人们也得上我这儿来排队。

常四爷　行，您脑子活，反正赔不了什么。我做买卖不行，种菜卖菜，送的比卖的多。喜贵他妈，我们的酒热好了没有啊？

常四奶奶　早给你们搁桌上了。（向王利发）王太太近来好吗？

王利发　穷忙。成天为俩儿子操心，老大太木，不撞南墙不回头，撞了南墙也不回头；老二太淘，一天不给你惹出点乱子来他一天不上炕睡觉。

常四奶奶　您知足吧！不错了。要像松二爷家的秀岑，一天到晚描眉画眼儿的，您不也得受着。

常四爷　也是松二爷心大，没了钱粮，过得恓恓惶惶，靠卖家底过日子，儿子来得晚，吃喝玩乐样样精通，可这儿子松二爷怎么看怎么好。

王利发　说到底，秀岑本质不坏，还是个好孩子。

常四爷　秀岑现在在跟着喜贵班里的邢老板学青衣呢，要拜师，邢老板死活不收，他知道这些少爷秧子的脾气，高了兴，他恨不得成宿成宿地给你唱，不高兴，打着他都不带张嘴的。少爷们学戏，多是为了将来能玩票，出人头地，耗财买脸，没几个是认真学的。秀岑那孩子，按说条件相当好，要出息了是个好角。

可惜，长不了，他怕吃苦。

白天。邢老板家。

邢老板坐在桌旁抽烟。看着秀岑在屋地上表演《四郎探母》。

秀　岑　芍药开，牡丹放，鲜花一片。

艳阳天，春光好，百鸟声喧。

我本当，与驸马，同去游玩，

怎奈他，这几日，愁锁眉间。

邢老板　停！停！应该是“红花一片”，你怎么把人家词改了？

秀　岑　师傅，芍药、牡丹不全是红的，也有白的、粉的，还有绿的呢，怎能是红花一片，皇宫里就种一个品种不可能，要这样萧太后得把花匠给开了。这身段设计得也不对，铁镜公主不应该来回转圈，她得这么着……（边唱边比画）

邢老板　你说得有道理，可是师傅历来就是这么教的，你没权利改，我也没权利改。要是你改我改他也改，改来改去它就不是《坐宫》，成《坐帐》了。

秀　岑　师傅，这是戏，不是裱匠裱的画，说晾三天就得晾三天，少一天起包，多一天裂缝。这戏就得不断完善，不断改进，经得住改，才是玩意儿！

邢老板　我现在都闹不明白了，咱们俩究竟是谁跟谁学戏呢？

秀　岑　当然是我跟您。

邢老板　不错，你还知道这个。明天上午，锣鼓巷2号，叶家有堂会，记着把行头给我准备了。

秀　岑　备哪一出？

邢老板　《贵妃醉酒》。

秀　岑　在您之前，我能不能来一出《祭江》？

邢老板　不行。人家是给老太太做寿，不是小寡妇奠夫。

白天。秦仲义家西式的客厅。织布厂经理在座。

经　理　秦老板，三个织布厂平均的亏损率是百分之四十五，其中南城的盛义厂最严重，百分之七十六。照这样下去，用不了半年，咱们的三个厂子就得宣告破产。

秦仲义　百分之七十六！合算它什么也不生产，就是在那儿一天天耗费！

经　理　主要原因是积压，外国洋布对咱们的冲击太大，英国人、日本人，几个国家都在江南建了纺织厂，用咱们自己的原料，生产出来的布再卖给咱们自个儿，门也没出就把钱赚了。现在连军队的军服用的都是洋人工厂出的洋布，把咱们挤得只剩下了百分之四的市场，而且这百分之四随时有可能丢。

秦仲义　形势有这么严峻？

经　理　形势就这么严峻。产得多，赔得多。

秦仲义　有什么补救办法没有？

经　理　没有。

秦仲义　你再帮我好好想想。

经　理　有一条谁都不愿意走的道。

秦仲义　你说！

经　理　大量裁人。像盛义厂索性关门，其余厂裁掉百分之六十到百分之六十五工人，使生产呈半休眠状态，维持最低量生产，以待将来恢复生机。

秦仲义　它将来要是恢复不了生机呢？

经　理　那就是死。

秦仲义　（吟沉半天）……织布厂休了眠，就意味着我的工人都失了业，辞掉百分之六十五……这，不好办哪……

秦二奶奶拿着一封信进，听两个人说话。

经　理　秦老板，现在您也别说实业救国这一类的话了，您救不了国，您连您的百分之六十五都救不了。不裁这么多人也有办法，就是降工资。您想，要是每人降他百分之五十，就是您裁了一半人。

秦仲义　看来我得挨骂了。（想了半天）也只好这样了。

经　理　那我就立即办去了，您拿主意，是裁还是降？

秦仲义　裁人，降工资同时！

经理出去了。

秦二奶奶　工厂真到了要关门的程度？

秦仲义　要真能关门就好了。

秦二奶奶　刚才我听到了破产的话，你真破了产，咱们不会沦落到大街上要饭吧？

秦仲义　你想哪儿去了，要轮上咱们要饭，那中国百分之九十八的人都得去要饭。织布厂受洋人挤对，不景气，咱们还有火柴厂呢，一个丹枫火柴公司的利润，抵得上三个织布厂。

秦二奶奶　利民从法国来信了。他说这月要回来。

秦仲义　他出去还不到一年，就要回来？

秦二奶奶　你自己看吧。（将信给秦仲义）年轻人有年轻人的想法，跟老家儿想得不一样。

秦仲义　（看信）……大展宏图，轰轰烈烈干番事业，救民于水火……呸！我让他出去学纺织，把宝都押在他身上，他倒好，自动退学，他不干了，他要回来了！放着好好的道不走，他要回来大展宏图，中国是他大展宏图的地方吗？这哪儿是我的儿子！你说他随谁？随谁？

秦二奶奶　随谁？随你！

秦仲义　都是你惯的！

秦二奶奶　怎么是我？

秦仲义　我告诉你，他回来，我不许你去接！

白天。北京前门火车站，站台。

秦二奶奶带着下人翘首等待着进站的火车。

三秀、秀岑和松二爷也在车站等待火车进站。松二爷老了许多，衣裳也不如过去鲜亮讲究，小黄鸟的鸟笼子还是提在手里，尽管是到车站接人，也不能和小黄鸟有须臾的分离。三秀出落成一个漂亮的姑娘，言语不多，总是笑眯眯的，梳妆打扮透出了秀气和淡雅。秀岑是整个人群中的亮色，无论穿戴还是长相，都是出类拔萃的。站台上，不少女士的目光都向秀岑身上扫荡，秀岑清楚地知道这一点，把势奓得更足。

秀　岑　（不住地看表）怎么还不来？

松二爷　火车轮子得一圈一圈地转，它不能在天上飞。火车要是换成我的小黄鸟，它这会儿就到了。

秀　岑　不就是个回娘家吗，还得全家出动来接。（对松二爷）我跟您请假，待会儿我万福居有个饭局，我不到人家开不了席，我得先走。这儿就是点到为止的事儿，甭指望我扛着行李把人送到家。

松二爷　你当我愿意来？我原本是上花市给我的鸟买肉虫子去，这一来全耽搁啦。待会儿，我从前门拐花市去，顺道。

三　秀　二姐是头回带着孩子从上海回来，要不是亲家也跟着过来，我自个儿就把姐姐接了，用不着你们。二姐的公公婆婆老公母俩一下车，见不着咱们家的当家的，不合适不是？

秀　岑　老头儿、老太太不在自个儿家待着，跟着儿媳妇逛北京，也就是他们上海人能做出这事来。三姐，将来不管你嫁到哪儿，我绝不会跟着你上你婆家逛去。

三　秀　哪儿跟哪儿啊！

秦二奶奶　是松二爷吧？

松二爷　您是——噢，秦二奶奶！老没见了，您还是那么少相！（给秦二奶奶请安，问一个人请一个安）二奶奶您好！秦二爷好！您家少爷好！

秦二奶奶　（忙不迭地还安）松二爷还是老模样，没大变化。

松二爷　腿脚不利落了。人老先老腿，以前我能从后海到珠市口，打来回，现在出门就想坐车，多一步都不愿意走。

秦二奶奶　这是二秀吧？

三　秀　二太太，我是三秀。

松二爷　待会儿下火车的是二秀。

秦二奶奶　那这个鲜亮的人儿就是秀岑了。

秀　岑　二太太。

秦二奶奶　早听说松二爷的少爷秀岑出落得出类拔萃，没想到是这么个英俊的人儿，我刚才站在旁边就想，这个人大半是从画上走下来的吧？看哪儿有哪儿，你就挑不出毛病来。

秀　岑　瞧二太太说的，我就是个平常人儿。

松二爷　您甭夸了，您没见他犯浑的时候，能把人气死。您今儿个是接谁呢？

秦二奶奶　接儿子。从法国回来。

松二爷　留洋回来，比他（秀岑）有出息。

下　人　太太，车来了。

火车进站。乘客陆续走下来。

秦二奶奶在各个窗口寻找秦利民。

秦利民　（提着箱子下车，一个带点儿洋派的很精神的青年）妈！

秦二奶奶　利民！

秦利民　妈，您怎么亲自来了，我不是说不让接吗？

秦二奶奶　儿子大老远地回来了，我能不接吗？

下人将秦利民的行李提走。

秦利民　妈，爸好吧？

秦二奶奶　好，成天耷拉着脸，不说一句话，现在啊，混得一点儿人缘也没有，他不理别人，别人还不想理他呢。

秦家娘儿俩边说边往外走。

这边三秀也接到了上海来的亲家和姐姐，二秀抱着孩子，松二爷晃着他的鸟笼子，秀岑当着甩手大爷，东西几乎都让三秀拿着，也随人流朝外走。

秦利民　（看见被东西累得不堪重负的三秀）小姐，我帮您拿，您不介意吧？

三　秀　（不好意思地）谢谢，我能行。

秦二奶奶　（对秦利民）这是三秀，松二爷家的三格格。

秦利民和松家的几个人认识寒暄，帮助三秀拿东西。

白天。前门火车站外。松家的东西和人被拢在一堆。

秀　岑　亲家，对不住，几个朋友在万福居等着我，有点儿事，我就不陪了，让三秀送你们回家吧。

亲家公　（上海话）侬去，侬去。

松二爷　人接到了，到了北京就算到家了。我到东边花市转转，晚饭甭等我。

亲家母　（上海话）侬去，侬去。

松家爷儿俩走了。

三　秀　姐你看着东西，我去雇车。

二　秀　这爷儿俩还是这样，亏得我来的时候跟公公婆婆打过招呼，压根儿就没指望他们。

秦利民的马车停在路边。

秦利民　三秀，一块儿走吧，把你们先送到家。

三　秀　不用了，我就去雇车，方便。

秦二奶奶　这姑娘，客气什么呀！

秦利民下来帮着搬东西，三秀抢着搬。

秦二奶奶　利民你把三秀送回去，我先坐洋车走！

三　秀　二太太，这多不合适！

秦二奶奶　你们人多，亲戚又是头回来北京。

白天。街上。

大学生王成、张大宾在街上散发进步小册子，被宋恩子们发现。两人和特务吴祥子、宋恩子周旋，企图摆脱特务们的跟踪。

白天。棺材铺门口。

傻杨敲着牛骨头念着快板要钱。二栓在旁边跟着一块儿起哄。

傻杨、二栓　打竹板，迈大步，眼前来到了棺材铺。

棺材铺的棺材做得好，一头大来一头小。

棺材铺的棺材摞得高，装上死人跑不了。

棺材铺里一盆凉水泼出来。

傻　杨　（小声对二栓）你的朋友让吴祥子盯上了。

二栓溜走。

傻　杨　你不给，我不要，犯不着凉水把我浇。

又一盆水泼出来。

傻　杨　竹板一响噼里啪啦，四个掌柜死了仨。

四掌柜的去抓药，伙计全得了子午煞！

火神爷当空把令发，一把天火败了家！

白天。胡同口。

二　栓　（探出身子，对王成）跟我来。

二栓带着两个大学生在胡同里绕来绕去。两个特务跟踪越来越艰难。

王　成　甭说特务，我都转糊涂了。

二　栓　这条胡同叫九道弯。出口有四个，谁也堵不住咱们。

白天。裕泰后门。

二栓拉着大学生进了家门。

白天。王家后院。

大栓正提着壶开水往前头走。

二　栓　这是我哥，跟我在一个学校念书，每回考试都得抄我的。

大栓憨厚地嘿嘿一笑，到前边去了。

张大宾　二栓，你们家房挺多。

二　栓　原先是茶馆，现在喝茶的少了，都空着呢。我爸爸成天价为他这些房发愁。妈，来人啦——

王淑芬　（迎出来）来啦，屋里坐，屋里暖和。（小声对二栓）来人你往茶馆领，往咱家带什么？

二　栓　人家是来吃饭的，不是喝茶的。

王淑芬　（小声）我拿什么给他们做？

二　栓　咱们吃什么，他们吃什么。

王淑芬　你就知道给我找事！

白天。王家正屋。

王淑芬　你们坐，我给你们做饭去。

王　成　伯母，不麻烦您。

二　栓　做吧，做吧，妈您做去吧！

王淑芬出去做饭。

二　栓　（对大学生小声）你们瞎客气什么，就当是在我们家泡这一顿饭，省得我妈多心，能多待就多待会儿。外头特务找不着咱们，冻得抗不住，准得走。

张大宾　这多不合适。

二　栓　这有什么，我爸我妈没有文化，可都尊重知识人。我知道你们是北京大学的。赶明年我就该念高中了，上完高中，我也考北京大学。

王　成　你叫什么？

二　栓　我叫王二栓。……这名儿特土是吧？我爸给取的，顺着我哥往下排，省事儿。我知道你们是发小册子的，这个册子我也有，我们学校好些同学都在收集呢，你们看！（从炕毡底下摸出两本油印小书）这是《觉醒》第一期，这是《觉醒》第二期……

白天。茶馆内。

王利发、李三在张罗茶客。沏茶换水。

大　栓　（从外面端着炒饼进来）孙大哥，您要的炒饼。怕凉了，我扣了个碗，用棉手套包着，跑回来的。

孙大哥　谢谢你啦，兄弟。

大　栓　我上后头给您倒点儿酱油醋，抓我妈点儿香菜，给您沏碗高汤。

孙大哥　你真会当差，上什么学呀，跟着你爸爸开茶馆得了。

大　栓　我爸爸他看不上我。大哥，这是给您找的钱。

孙大哥　整的给我，零的归你了。

大　栓　谢大哥了。

大栓给孙大哥沏了碗高汤。

茶客甲　大栓，给我叫十个肉包子来。

大　栓　您是要大肉的还是羊肉的？

茶客甲　都行。

大　栓　您别都行啊，您要羊肉的，我得往西口跑，您要大肉的，我得往东口跑。

茶客甲　我要羊肉、大肉两样。

大　栓　那我就先往西再往东。

茶客乙　你别难为孩子了。

茶客甲　（将钱扔给大栓）跟你闹着玩呢，你还挺认真，十个羊肉的！

宋恩子、吴祥子进来。

宋恩子　王掌柜，我们上你这儿查俩人。

王利发　您二位查，喝茶的卖茶的都在这屋里。刚才出去那小子是我儿子，给客人买包子去了，一会儿就回来。

宋恩子们将茶馆环视一遍。

宋恩子　王掌柜，我们还得上后头看看去。

王利发　后头全是内眷，没外人。

宋恩子　没外人最好……

王利发　那就请吧，您进去自个儿看，我不陪着您二位了。

二特务进了后院。

白天。茶馆后院。

宋恩子、吴祥子进了院，站在院当中。

吴祥子　有人没有？

王淑芬　谁呀？（沾着一手面从厨房出来）噢，是宋爷跟吴爷，屋里请。

宋恩子　谁在屋里哪？

王淑芬　孩子，孩子在哪！（指着门帘）我占着手，不方便，您自个儿掀。

吴祥子掀开棉门帘，推开门。

屋里空空的，连茶碗也收拾得干干净净，就像从没有人待过一样。

王淑芬　咦，刚才还在这儿坐着呢。二栓！二栓！

二　栓　（从茅房一边提裤子一边出来）屎也不让人拉痛快，喊什么呀？

吴祥子　茅房里再没别人了？

二　栓　有屎。刚拉的。

吴祥子不信，走进去看，捂着鼻子出来。

吴祥子　吃的什么，拉得那么臭！

宋恩子　（不放心地进屋转了一圈，出来问二栓）真没见外人来？

二　栓　要说外人，就是您了。

宋恩子　废话！

两特务走。

王淑芬　你怎么满嘴瞎话？

二　栓　跟他们这些人能说实话吗？哥！

大栓领着大学生从空屋子里出来。

王　成　大栓，谢谢你！

大　栓　他们一进门我就知道没好事，赶紧绕到后头来给你们报信。你们坐，我还得给客人买包子去呢。

白天。茶馆内。

大栓将包子给茶客甲。

茶客甲　怎么去了这么半天？

大　栓　我到的时候包子刚上屉，有凉的，我没敢要，买回凉包子来您准说我不会办事。……等了半天。

茶客甲　不错。

白天。王家正屋。

二栓和两个大学生在吃热汤面，吃得满头大汗。

王淑芬　大冬天的也没什么菜，凑合着拿酸菜做了点儿热汤面，也不知合不合口味？

张大宾　王婶，太好了，我有半年多没吃到这么可口的家常饭了。

王　成　一吃这饭，我就想起我妈来了，有点儿想掉眼泪。

王淑芬　你是想家了。家在哪儿？

王　成　黑龙江。

王淑芬　冰天雪地的地界。以后想吃家常饭就来，这算什么呀！

张大宾　王婶，我有个想法……

王淑芬　你说。

张大宾　您这儿离我们学校不远，房也空着，我和我们同学商量商量住您这儿，您管饭，我们交伙食费，交住宿费。您看行吗？

王淑芬　这个……我得跟当家的商量……

晚上。王家里屋。

王利发夫妇俩的卧室。

王利发　他们说的这就是公寓性质了。

王淑芬　房子空着也是空着，我做一个人的饭是做，做十个人的饭也是做，能多挣点儿是点儿，孩子们的学费是个大头，二栓还一门心思上大学呢，没钱不行！

王利发　不知这些人可靠不？弄几个抽大烟的，设套坑人的，把个后院弄得鬼哭狼嚎，能把人窝囊死。

王淑芬　都是大学生，知识人，通情达理的。你还不相信我的眼光，好人坏人我分得清清楚楚。

王利发　我想，应该是行。（一会儿，王利发起身披衣）我到前边看看去，这么晚了，还亮着灯……

晚上。茶馆内。

大栓从栏柜后面拉出一个扑满罐，将白日所得零钱一个一个装进去，大栓听到前一个钱叮当响过以后才扔第二个，叮当叮当，对大栓来说，无异于好听的音乐。

李　三　（悄悄来到大栓身后）攒多少了？

大　栓　不多。

李　三　（摇晃扑满）也不少了。小子有心眼儿，现在就开始攒钱准备娶媳妇了？

大　栓　哪儿啊，我是为好玩。

李　三　我知道，你喜欢油盐店的二姑娘。

大　栓　三爷，您可别瞎说，人家姑娘还小呢。

李　三　她过几年就长大了不是？

大　栓　我爸爸来了。

——第七集完

第八集

春日的白天。茶馆内。

茶馆原来隔出的雅间及厅堂的一部分都改成了公寓。后面的空房也住了大学生和小职员。茶馆最大的改变是窗户纸变成了玻璃窗，这样一来，里面一下亮堂了许多。地方小了，茶桌也减了，一律是小桌藤椅，小茶桌上铺着绿格子桌布，墙上贴着时装美人——外国香烟公司的广告画。这些使人隐约感到了天津其士利的风格，很有了些现代气息。“莫谈国事”的字条可是留下来了，而且字写得更大。

王利发弄来了几个绫子面折子，让松二爷给写 MENU（价目单）。松二爷坐在绿布小桌前，拿出大学问的样子，掭笔，凝神。

松二爷　这第一笔看家的茶……

王利发　自然是茉莉双熏。

松二爷　楷书、隶书还是章草？

王利发　人家能看明白就行。

松二爷　那就一般馆阁体吧。（很认真地写）下头呢？

王利发　茉莉双熏下头写上价格，一壶三毛六。

松二爷　三毛就得了，还多个六！

王利发　六是煤水钱……再下头是杭州龙井三毛九、福建铁观音三毛四、云南普洱两毛六、君山银毫……

松二爷　你说得有点儿乱，应该是花茶跟花茶归拢到一块儿，清茶跟清茶归拢到一块儿。

王利发　就依您的。您慢慢写，茶给您沏好了，上好四川蒙顶，过去给皇上上贡的，现在也落入寻常百姓家了。中午我给您预备了炸酱面，小碗干炸。

松二爷　再叫份儿小干炸丸子，椒盐要多搁花椒少搁盐。

王利发　您放心，我叫两份儿，您吃一份儿拿一份儿。

松二爷　要是拿就拿红烧的，干炸丸子凉了就皮。

李　三　（教大栓擦茶碗）看着谁都会，简单，可干好了不容易。搌布叠成四寸长条，里边一寸，外边三寸，转着圈擦，转碗不转布……你得使劲。

二　栓　爸，我上学去。

王利发　下学早点儿回来，帮着你妈和三爷把该收拾的地方拾掇拾掇，茶馆明天开张。大栓，你怎么就不急着上学去呢？

大　栓　哎哟，我把上学这茬儿忘啦！二栓，等等我，我拿书包去！

二　栓　爸，您把这屋摆得还挺洋活的，叫裕泰就不合适了，您得叫MOTOR。

王利发　什么意思？

二　栓　假摩登。

王利发　我揍你！多大了，老没正经。后头住了那么些大学生，有的不比你大多少，你跟人家学学。

外面竹板响。

二　栓　傻杨！（箭一样地蹿出去）

白天。茶馆外。

街上有穿各样军服的兵走动，分不清谁跟谁。老百姓对此已无动于衷。街上摆摊的，走道的乱哄哄的。

傻　杨　打竹板，我又来，数来宝的还是没发财。

现如今，到民国，剪了小辫还是没有辙。

王掌柜，动脑筋，他事事改良讲维新。

（见二栓出来，低声对二栓）

讲维新，白费力，胳膊拧不过大腿去。

王掌柜，大改良，把茶馆变成大学堂。

后边住，大学生，说话文明真好听。

二　栓　（接着傻杨的辙口往下说）

大学生，真聪明，念书念得戴眼镜。

出了门，直往东，北京街上去游行。

排子枪，大水笼，警察军队齐出动。

啪啪啪，轰轰轰，棍子抡来凉水冲。

…………

二栓还要继续念，大栓从茶馆里跑出来，硬拽着上学去了。

白天。茶馆内。

王淑芬和李三在王利发的指挥下搬弄桌椅，一会儿靠窗摆，一会儿斜着摆，以期尽善尽美。

二三学生由后面出来，与他们打招呼，出去了。

王淑芬　（看着李三的辫子好笑）三爷，皇上早就没有了，咱们的茶馆现在也改了良，您的小辫也该剪了吧？

李　三　改良！改良！越改越凉！

王淑芬　也不能那么说，三爷您知道，别的茶馆先后脚都关了门，咱们的还开着，为什么，不就因为栓子的爸爸懂得改良嘛。

李　三　皇上没啦，总算大改良了吧？可是改来改去，袁世凯还是要做皇上。袁世凯死了，天下大乱，今儿个打炮，明儿个关城，改良？哼，我还留着小辫，万一哪天把皇上改回来呢？

王淑芬　别顽固啦，三爷！人家给咱们改了民国，咱们还能不随着走吗？您看，咱们这么一收拾，不比以前干净好看？专招待文明人，不更体面？可是，您要还带着小辫儿，看着多么不顺眼哪！

李　三　您觉得不顺眼，我还不顺心呢！

王淑芬　您怎么会不顺心呢？

李　三　我跟掌柜的说过多少回了，咱们现在是前面茶馆，后面公寓，全仗着掌柜的和我两个人，无论怎么着也忙不过来呀！原先咱们裕泰，伙计十好几个，做饭的有明师傅，烧火的专门有火工，现在呢？

王淑芬　前面的事归他，后面的事不是还有我帮着您吗？三爷，您帮着我压几桶水。

白天。茶馆后院。

原先王利发打的井现在已经安上了压水机，两人来到压水机前，李三压水，王淑芬拿桶接，往旁边的大水缸里倒。

李　三　（接着刚才的话题）就算有您帮着，打扫二十来间屋子，伺候二十多人的伙食，还要沏茶灌水，买东西送信，问问您自个儿，受得了受不了？

王淑芬　三爷，您说得对！可是呀，这兵荒马乱的年月，能有个事儿做就得念佛。咱们都得忍着点儿。

李　三　我干不了，天天睡四五个钟头的觉，谁也不是铁打的。

王淑芬　唉，三爷，这年月谁也舒服不了！您等着，俩栓子暑假就毕业了，他们一有用处，咱们就清闲点儿啦。从老掌柜的在世的时候，您就帮助我们，老朋友，老伙计啦！

王利发从前面过来。

李　三　老伙计？二十多年了，您问问他可给我涨过工钱？什么都改良，为什么工钱就不跟着改良呢？

王利发　您这是怎么个话儿？咱们的买卖要是越做越好，我能不给您涨工钱吗？得了，明天咱们开张，取个吉利，先别吵嘴，就这么办吧！

李　三　就怎么办哪？不改我的良，我干不下去。

房客崔久峰拿着一套西服走过来，崔久峰是住在东屋的一个闲散房客，外国留学回来，有技术，懂外文，可就是不出去做事，是个自信“将一切看透了”的人。

崔久峰　李三，我这套西服你给我拿出去洗了。

李　三　干洗铺子只有王府井有，从这儿到王府井打来回得大半天。

崔久峰　你雇车去，我给你车钱。

李　三　您给车钱，我搭不起那工夫啊。

崔久峰　怎么，你不愿意去？那好，你先跑个近的，我家里汇钱来了，李三，你给我取来，这不远，隔条街。

李　三　我没工夫。

王利发　崔先生，等大栓回来让他替您跑一趟，小孩子腿快，连洗衣裳带取钱，一会儿的事。

王淑芬　崔先生，您从外国回来，有技术，懂外文，像您这样的人各衙门请都请不到，您怎么不出去找点儿事，挣大钱呢？

崔久峰　你们不懂，中国马上就要死了，没希望了，谁愿意给一个将死的人擦胭脂抹粉呢？

王淑芬　可咱们都活着呀？

崔久峰　国家死了，人们就成了行尸走肉，没有思想，没有目的。可悲，可悲极了！

王淑芬　我还是弄不明白。

崔久峰　心无挂嗑，五蕴皆空，什么都是虚的，包括我们的心。

王利发　照您这么说，咱们活着还有什么意思呢？

崔久峰　世间白走一遭罢了。（唱）我本是卧龙岗散淡的人……

屋里有人喊　李三，李三，给我壶热水，我洗头！

王淑芬　我说，昨天就关了城门，今儿个还说不定关不关，送热水的事交给我，三爷，您去买点儿菜吧！别的不说，咸菜总得买下点儿呀。

李三嘟嘟囔囔出去了。

王利发　岁数是大了……

王淑芬　三爷抱怨大半天了，可人家抱怨得对！当着他，我不便直说，对你，我可得说实话：咱们得添人！

王利发　添人得给开工钱，我赚得出来吗？咱们改装门面，修理房子把全部老底花完了不说，还拉了一堆亏空，还不都得我一个一个去堵！我要是会干别的，再开茶馆，我是他妈孙子！

王淑芬　你跟我嚷嚷什么，这些钱又不是我花的！

两人越说声越高。

王利发　我就烦你娘儿们家没事穷叨叨。

王淑芬　我穷叨叨，哪天我不是比你早起晚睡，哪天我干的比你少？我也不是白吃你，白喝你的！（眼里泪光闪烁）

远处隐隐有炮声。

王利发　听听，又他妈的开炮了！外头开炮里头吵架，你就闹吧，闹，闹，明天开得了张才怪！这是怎么话儿说的！

王淑芬　明白人别说糊涂话，开炮是我闹的？

房客甲　王婶，我要在屋里拴条搭手巾的绳，您给找俩钉子。

王淑芬　哎，我这就来！（对王利发）早晚不是累死，就得叫炮轰死，我看透了！（慢慢地往房客屋走）

王利发　（温和了些）栓子的妈，甭害怕，开过多少回炮，一回也没打死咱们，前两年，打张勋，炮弹落在咱门口，它竟然没炸响，北京城是宝地！

王淑芬　心哪，老跳到嗓子眼里，宝地！我给人找钉子去吧。

白天。庞太监正屋。

庞太监自从被从宫里遣散回来以后在家无所事事，每天的娱乐就是折磨康顺子和看他的小匣子宝贝。康顺子名为当家奶奶，实际充任下人角色，她要收拾屋子洗衣裳，扫院子，每天有干不完的活儿。

庞太监将门关得死死的，将匣子里的宝贝一件一件细细赏玩。

白天。庞府院中。

海棠树下，康顺子穿着粗布衣裳，在大盆里洗衣裳，洗出了一大堆，旁边还堆着更大的一堆。

白天。庞府正屋。

桌上自鸣钟的小人到点出来敲钟。

庞太监一边收拾宝贝一边朝外喊。

庞太监　传膳——

外头的丫鬟、小子一个传一个。传膳——

一会儿，丫鬟、小子们排成一队，各托着食盒依次而入。

庞太监的四个侄子也鱼贯而入，毕恭毕敬地站在桌旁各自的位置上。

康顺子在衣襟上擦着手，最后一个进来，站在自己的位置上。

庞太监坐在长桌主位的太师椅上，很有派头地看着佣人们将一个个盒子摆在桌子上。这阵势跟皇宫里皇帝、太后用膳几乎没有两样。

庞太监　都坐下吧，现在是民国了，讲平等，你们在我跟前也能大模大样地坐着啦。搁有皇上那会儿，你们都得站在旁边伺候着，我吃剩下才能轮着你们。现在呢，改良啦，无论谁跟谁都能平起平坐，哼！人心不古，世道衰微……你们都吃着我，喝着我，靠着我来养活，再大的家当也架不住你们这些张嘴！一到吃饭的时候，你们一个不少，都来了，没请假的！吃吃吃，知道坐吃山空吗?

侄子们坐着低头不语。

庞太监　我上辈子不知造了什么孽，摊上你们这四个迟累，（对康顺子）还有你！早晚有一天，我把这家当一卖，拍屁股找皇上去，让你们抓瞎，把你们都饿死，到那时候，你们就知道念我的好啦！

庞太监在教训侄子们的时候，有丫鬟熟练地将黄色方餐巾围在他的脖子上。

庞太监　我知道你们心里想什么，你们是盼着我早死。告诉你们，我死不了，我硬朗着哪。（咳嗽，喘不过气，四瘸子赶紧过来给捶背）你们靠着我，我就是你们的主子，你们记着，无论什么时候都不能违背先主……这个餐巾，是皇上用过的，你们不能用，明黄色，你们用了是越位，杀头的罪。有一天，皇上吃饭，吐了，我拿衣裳襟兜着，皇上就把这块手巾赏我了。朝廷赏黄马褂能穿，赏我黄手巾就能围……（咳嗽）开膳！

桌上大小盒子被周围伺候着的佣人们掀开，清水熬白菜帮、老腌萝卜、窝头，戏剧性地展示在众人面前，人们见怪不怪，习以为常地看着这些简陋吃食。

庞太监　今天是太后生日，告诉厨房，每俩人添一个菜。

小　子　大师傅问添什么菜?

庞太监　俩人一个咸鸭蛋。

众人吃得狼吞虎咽。

三个咸鸭蛋被切成两半，每人一个小碟，内装半个咸鸭蛋。

庞太监　（看着众人的吃相）我早晚有一天，让你们这帮狼吃穷了！老二，你是第几个窝头了？

二侄子　第二个。

庞太监　够啦！

晚上。某饭庄雅间。

一桌子丰盛的鸡鸭鱼肉，吃得满嘴流油的太监四个侄子和几个花枝招展的女人。

李玉凤是妓女中稍有姿色和心计的，她坐在四癞子旁边给他剥荔枝，将一个肥肥胖胖的荔枝填进四癞子嘴里。

李玉凤　你们几个把老头子哄得一愣一愣的，一个个在老头子跟前装模作样，跟真的似的，我不明白，到头有你们什么好？

四癞子　将来老头子手里那点儿产业，那点儿钱还不都是我们的，还能指望老头子生出儿子来？

众人大笑。

大侄子　（舌头喝得已经不听使唤，对跑堂的）账，记在老头子头上。

三侄子　老头子是咱们的衣食父母。

晚上。妓院门口。

四个醉醺醺的侄子下了马车，被妓女们拉进院里。

晚上。庞府康顺子住的小屋。

康顺子独坐在窗前，望着天上的月亮发呆。

白天。庞府正屋。

管账的先生拿着账簿匆匆来到屋里。

管　账　老爷。

庞太监　什么事？

管　账　我河南老家儿捎信儿，说老父亲病危，我得赶回去瞧瞧。人要是真留不住，我也就不回来了，剩下老娘，跟前不能没有人。府上的账我都收拾利落了，给您收好了，这上头一笔一笔都记得清清楚楚。

庞太监　账簿我不看，你把它交给老四，让老四接着管。

管　账　老爷，交给四先生也行，交之前您得先过过目，这样，两边的账各是各，不打乱账不是？

庞太监　行啦，搁这儿吧。

管　账　那我就走了。

庞太监　给老人带个好。

管账退出。庞太监在屋里东转转，西转转，想不出干什么事，拿起账簿无目的地翻，突然表情定住。

庞太监　清吟小班：大洋50；瑞芳斋：大洋20；东兴楼：大洋40；南洋洪盛烟土：大洋500；英国鼻烟：大洋260；锦春院：大洋30……

庞太监脸白了，一屁股坐在地上，将桌上的茶壶茶碗全带在地上。

康顺子湿着手跑进来。

康顺子　老爷，您怎么了？

庞太监　（呼噜半天）败家子！败家子！（用手使劲掐康顺子）

康顺子忍着。

庞太监　传膳！传膳！给我传膳！

康顺子　（朝外喊）老爷要传膳！

外头丫头、小子一个接一个。传膳——

白天。庞府偏院。

几个侄子衣裳鲜亮，油光水滑刚进门。前院传来“传膳”的喊声。

二侄子　才几点哪，就传膳？

四癞子　八成老东西有事。

大侄子　快换衣裳！

几个人飞快脱下鲜亮衣服，换了平时那一套行头。

白天。庞府正屋。

侄子们垂手站立。

庞太监　……吃我的，喝我的，回过头来算计我，合算我养了一群狼！白眼狼！我是谁？我是当年太后跟前堂堂的大总管！什么坏我没见识过，你们几个小玩闹还想跟我玩花活？休想！（拍着账簿）瞧瞧吧，锦春院、清吟小班、大烟土。我庞太监玩得多全乎，多热闹……我早看出了你们肚子里的狼心狗肺，你们当中没一个好东西！

四癞子过来给庞太监倒了杯茶。

庞太监接过茶碗摔得老远。

庞太监　滚！

几个侄子忙不迭地往外走。

庞太监　回来！

侄子们不得已，又转回来。

庞太监　你们给我站好了，认真听着，我现在对天发誓：我这辈子一直到死，绝不会给你们这些狼崽子留一个子儿！从今往后，咱们恩断义绝，谁不认识谁！

侄子们面面相觑。

庞太监　（对下人）给我找刘麻子来。

晚上。庞府院落。

刘麻子从庞太监屋里出来。四瘸子从假山后头闪出，拉住刘麻子。

四瘸子　老头子叫你有什么事？

刘麻子　（伏在四瘸子耳边，小声）给他找一个儿子。

四瘸子　嘿，这只老狐狸！

白天。松二爷家院里，小石头桌前。

秀　岑　爸，金家二爷那只黄金蝈蝈要出手。说了，您要是肯拿小黄鸟换，他乐意让给您。

松二爷　小黄鸟是我的命。

秀　岑　那黄金蝈蝈是我的命！您知道，我上金家看了好几回，那蝈蝈，它简直就不是蝈蝈，是窦尔敦，蓝脸红牙，黄头、黄脖、黄腿、黄肚、黄须，背生金黄翅，只有膀墙那点儿是翠绿，通体金盔金甲，金光闪烁，叫唤起来，宽厚低沉，苍劲有力，就跟金少山的唱儿似的。

松二爷　产在哪儿？

秀　岑　狼牙山山顶黄石头下边的黄金洞里。

松二爷　嗯……东西是好东西……

秀　岑　价可也不低呢，要这个（俩手指头一捻），金二爷说了，给我半天时间回来跟您商量，咱们过了午饭要是不回话，他就出手了。

松二爷　……好东西还是得抓在自个儿手里……

白天。松二爷家厨房。

三秀将面口袋翻了个个儿，将里面的面扫尽，也没盖过盆底儿。

白天。松二爷家屋里。

三秀将所有抽屉一个个拉开，企图找到可以典当的东西，结果各抽屉都空空如也，家里什么能拿得出去的东西也没有了。

她坐在椅子上长长叹了口气。

白天。松二爷家院里。小石头桌前。

爷儿俩你看着我，我看着你，在为黄金蝈蝈发愁。

三　秀　（端着托盘过来）爸，吃饭了。

松二爷　我想喝碗南京春笋炖鸭汤。

三　秀　咱们有北京清水疙瘩汤。

三秀将一个个小碟在桌上摆了，碟里有各样咸菜，看着很热闹，其实没什么内容，北京的穷旗人向来爱摆谱，所谓的倒驴不倒架，再没吃的，几碟咸菜得撑在那儿。三秀将两碗疙瘩汤给父亲和弟弟一人一碗。

秀　岑　汤里缺点儿嫩羊肉。

三　秀　吃吧你！

松二爷　味儿不错，赶上天兴居的炒肝啦，有香菜吗？

三　秀　我上隔壁张家给您淘换点儿去。

白天。松二爷家厨房。

三秀将锅里的剩余用手指抹了，将水倒进锅里，把刷锅水喝了。

外面秀岑的声音。

秀　岑　三姐，再添一碗！

白天。金二爷家。

拥有黄金蝈蝈的金二爷看起来家当一般，北京普通人家的摆设，甚至有点儿寒酸。松二爷和秀岑看金家的黄金蝈蝈，小蝈蝈在葫芦罐里叫得很欢实。

松二爷　真好哎，你看它那俩大夯（北京话，即鸣虫的大腿），透明的！

秀　岑　阿玛，这蝈蝈是上了《鸣虫谱》的，不是一般蝈蝈，几十年才遇上一个。

金二爷　把它出手，我是真舍不得，可老太太死活不让留，说有蝈蝈没她，有她没蝈蝈，非要把这么好的蝈蝈给淹死。

松二爷　那是为着什么呢？

金二爷　我们老太太是木命，娘家又姓丛，葱、丛谐音，黄金蝈蝈，金克木，蝈蝈吃葱，老太太哪儿容啊！成天跟蝈蝈掐，您想，蝈蝈是老太太的个儿吗？没办法，忍痛割爱吧。信儿一传出去，多少人惦记哪，我知道您家秀岑少爷喜欢这个，先跟他说了，尽着他。

松二爷　蝈蝈喂黄豆面跟猪肝，不吃葱。上火了，给喂点儿菠菜秆伍的。（“伍的”是老北京话，意思为“一类”“等等”）

金二爷　乡下人给蝈蝈喂葱，都以为蝈蝈吃葱，其实蝈蝈是吃肉的，羊肠子、猪脑子、鱿鱼、鸡胸脯、嫩里脊、馒头、豆腐、面条、粥，人吃什么，它吃什么。

松二爷　我再看看这个小黄蝈蝈……

白天。当铺。

三秀将自己的棉衣送上柜台。柜里伙计翻了一下，将衣服推出来。

三秀将自己的一对耳环摘下来，添上。

伙　计　一块五。活当死当？

三　秀　死当。

伙　计　一块八。

白天。当铺外。

三秀出了当铺，走了没几步，一阵头昏，扶着墙站住。

秦利民　三秀！

三　秀　秦少爷，是您哪？

秦利民　三秀，你脸色不好。

三　秀　没什么，累的，我歇会儿就好啦。

秦利民　我带你上个能歇着的好地方。

白天。陶然亭茶社。有水面，有柳树，有茶座。

秦利民和三秀相对而坐，秦利民为三秀买了奶油蛋糕一类吃食。

三　秀　我喝点儿茶就行了。

秦利民　哪儿有光喝茶的？吃吧，我看你有点儿营养不良。

三秀低下头去，眼泪在眼圈里转。

秦利民　秀岑少爷还没找着合适的事由？

三秀微微点点头。

白天。金二爷家。

金二爷将松二爷送上的地契很认真地看过。

松二爷　明天我找来中保，咱们正式过户。地是好地，在东郊八王坟，北依燕山，山脉势如降龙，南抵坝河，河水滢润，景致清和，主三公九卿之贵。

金二爷　（很不乐意地）我是亏了。

松二爷　金二爷您还在乎这个？都知道您是顺亲王的本家，您祖上是努尔哈赤的叔伯兄弟，您家里有着吃不完用不尽的新奇玩意儿，不计较这一点儿。

金二爷　那也只好这样了，谁让咱们是老交情了呢。

松二爷　那我就谢谢您了。

白天。金家门口。

松二爷和儿子捧着蝈蝈喜滋滋地出了门。蝈蝈突然叫起来。

松二爷　瞧它高兴的！

秀　岑　（跟着松二爷一块儿欣赏蝈蝈，爷儿俩蹲在墙根，完全陶醉在蝈蝈的声色之中，突然，秀岑抬起头问）阿玛，卖了坟地，咱爷儿俩死了埋哪儿呢？

松二爷　（看着儿子）是啊，咱们俩埋哪儿呢……

蝈蝈欢快地唱着。

白天。陶然亭茶社。

秦利民　我爸爸工厂的事务室还缺个科员，我想不妨让秀岑来试试，就是抄抄写写，对他不难。

三　秀　那敢情好，我回去就跟他说。

秦利民　有工作就有了进项，至少能顾住一家人的嘴。

三　秀　秦少爷，您……您不像少爷，更不像留过洋的。

秦利民　你说说少爷应该是什么样？

三　秀　就是我兄弟那样的。

秦利民　你兄弟是代表了一批人，但是咱们中国的年轻人不都是那个样子的。就是他，也在慢慢变。记住了，明天早八点，让秀岑上事务室来找我。

晚上。松二爷家正屋。

秀　岑　给我戴上嚼子，让我拉磨，我不去！当科员，受人管制，看人眼色仰人鼻息，咱爷们儿向来是使唤人的人，受不了那个！

松二爷在摆弄他的黄金蝈蝈，根本不管秀岑上班不上班的事。

三　秀　秀岑，你去吧，秦少爷说了，抄抄写写的不难。你好歹挣点儿钱回来，咱们还能喝得上棒子面粥。要不……

秀　岑　要不怎么着？

三　秀　咱们明天中午就断顿了！

松二爷　我的小黄鸟和小黄蝈蝈不能断顿！

上午。工厂事务室。

职员们在各自的桌子上做事，墙上的大钟已经指向了十点半。

几个工人模样的进来。

工　人　我们是工人代表，是秦利民秦先生让我们来的。

一职员　秦先生在里面。

工人们进入秦利民办公室。

上午。秦利民办公室内。

秦利民　（站起来，跟大伙儿握手）欢迎诸位，都坐！

工　人　一共是三个车间，十六个小组，我们推举了十名代表，今天除了有一个因为昨天机器轧了手没来，九个都齐了。

秦利民　好，咱们好好商量商量反对裁员，反对减薪的事，工厂是大家的工厂，大家吃饭穿衣，养家糊口，都跟工厂牢牢地系在一块儿，劳工神圣，应该是我们工人说了算，不是资本家说了算……

上午。工厂事务室内。

秀岑托着小茶壶一步三摇地进来了。

秀　岑　都忙哪？我来了，我在哪儿办公啊？

职　员　您是关秀岑先生吧？

秀　岑　不错，在下关秀岑，祖上瓜尔佳，辛亥革命后改姓关，旗人不计姓，叫我秀岑就行了。

职　员　您的办公桌在我旁边，科长等您一早晨了，您没来，把表搁您桌上了，让您把名单上画圈的誊抄一份。

秀　岑　小事一桩。（坐在自己的位子上，折腾椅子，总觉得椅子不舒服，折腾了半天，总算坐了下来）

秀　岑　茶房！茶房！

职　员　这儿没茶房。

秀　岑　（指着小茶壶）我要续水。

职　员　那边桌上有暖壶。

秀岑自己懒得起来拿暖壶，所以也不喝水了。抓耳挠腮地张望了一会儿，感到无聊。

职　员　（好心地提醒）让您誊那个表。

秀　岑　（拿起表看）裁员人员登记表。（对职员）谁给我打格？

职　员　得您自个儿打。这是尺子。

秀　岑　写中国字还用尺子，笑话！（拿起毛笔，蘸了墨，很潇洒地在纸上画出方格，自然比原来的大了许多，然后抄名字）盛义织布厂裁员名单，（在上面找着画圈的写了）周大鹏，（在纸上写了周大鹏）成德超，（在周的下面写了成德超）窦学宏，（写出来成了“窦尔敦”）杨莉英，（写成“杨玉环”）曹红泉，（写成“曹孟德”）……边写边哼起了京戏。

职员一伸脖子，看到了那些名单，直做鬼脸。

墙上钟指到十一点一刻。

秀　岑　到点儿了，你们不吃饭哪？

职　员　还有半个钟头呢。

秀　岑　半个钟头算钟点吗？我饿了，先走一步。下午吉祥有尚小云的《摩登伽女》，谁去看？我请客！没人去？这么着吧，三点我准时在吉祥门口等大伙儿，谁看谁来。（端着小茶壶出去了，又探进头）过时不候啊！

职员们轰地笑起来，大家围过来看秀岑画的表格，笑得更厉害。

工人代表出去，秦利民从里间走出来。

职　员　科长，您看看……（将表格给秦利民）

表上，“盛义织布厂裁员名单”下面是杨玉环、窦尔敦、曹孟德、诸葛亮、孙玉娇、穆桂英……

秦利民　（扑哧一乐）好，老爷子不是圈出人来了吗，就把这个给他送上去！

白天。秦二爷家。

秦二爷　（将穆桂英、曹孟德们的名单往桌上一拍）简直是胡闹！他这是成心跟我对着干！

秦二奶奶　谁跟你对着干？

秦二爷　你儿子！秦利民！

黎明，东方刚刚泛白。常四爷家院里。

隐隐传来隆隆的炮声。常四爷已经将各样蔬菜整了两挑子，准备进城去卖。

常喜贵在院里练功，常四奶奶将鸡从鸡窝里放出。

常喜贵　阿玛，今儿个您别进城卖菜了，城里忒乱。

常四爷　乱了才能卖上价，都怕乱，都要攒米攒面攒煤球，菜也是必攒不可的东西。

常喜贵　那我帮您挑吧。

常四爷　（对常四奶奶）抓两只鸡，要肥的，我给王掌柜送去，咱们家还有老腌萝卜没有？捞点儿，一块儿带去。

常四奶奶　你等等。（抓鸡、捞萝卜去了）

常喜贵　（一边调整菜挑子一边说）我现在闹不清这些人，世道越乱他越找乐子，戏园子里场场爆满，将军、官僚、伤兵、商人、闲人，什么人都有，起哄架秧子，打架骂咧子（北京话，甩风凉话的意思），台下折腾得比台上还热闹。说我在台上演戏，倒不如说我在台上看戏，世间这些戏，编都编不出来。爸，我跟几个要好的伙伴仿照桃园三结义，拜了把子，我们叫“燕子会”，大伙儿都佩服燕子李三，有福同享，有难同当，绑在一块儿，不受人欺负。

常四爷　燕子李三，说破了不过是个有侠义心肠的贼，不值得你们成立什么会，你的禀性随我……记着，不受人欺负，也不欺负别人这就行了。现如今，让人拔刀相助的事情忒多，你们管不过来！

常喜贵　知道。我们就是求得一个心里头过得去。

常四奶奶将捆着的两只鸡和咸菜递给常四爷。

常四奶奶　早点儿回来，少管闲事。

常四爷提着鸡，常喜贵挑着担子向城里走去。

清晨。茶馆内。

李　三　今天开张怎么也得弄出点儿什么响动吧，就这么蔫不溜儿地就开张了？

王利发　放炮仗？一万响，我给我自个儿找事哪！

王淑芬　让傻杨在门口说几段。

王利发　甭请他，你一下板他就来。

早晨。茶馆门口。

晨光中，王利发卸下闸板，露出了茶馆的玻璃窗和里面的白窗帘。随着闸板的落地，一声沉闷的炮响。

王利发　（打趣地对李三）比放炮仗响动还大，替咱们省大钱了。

王淑芬拿着笤帚在扫茶馆门口，她看见大栓从后门溜出胡同，奔油盐店方向去了。

王淑芬　（对王利发）瞧瞧，瞧瞧，又找那个丫头去了！

王利发　你管那么多，累不累呀！

王淑芬　我儿子，我不管谁管？大栓！大栓！

王利发　他听不见！

傻　杨　（走过来，噼里啪啦敲打着他的牛骨头，打出了花样）

老裕泰，新开张，财源茂盛达三江。

老裕泰，大改良，一天准比一天强。

老裕泰，改得好，金银财宝都来了。

老裕泰，新面貌，文明卫生搞得好。

王淑芬将几个铜子塞给傻杨。

傻　杨　（小声）少了点儿。

王利发　够了！

傻　杨　老裕泰，改动大，玻璃窗户上就挂白纱。

就害怕，兵野蛮，进来几个茶馆就玩完。

先别说，丧气话，给您道喜赏我俩钱花。

您开张，我道喜，财神进到了您的大门里。

傻杨继续张手跟王利发要钱，王利发摆摆手，表示没有。

炮声轰鸣。

傻　杨　您开张，他开炮，明天准唱《八蜡庙》！（玩完的意思）

王利发　去你的吧！

一群难民过来，在门口央告。

难　民　掌柜的，行行好，可怜可怜吧！

王利发　走吧，我这儿不打发，今儿个还一个生意没有哪！

难　民　可怜可怜吧，我们都是逃难的！

王利发　别耽误工夫！我自己还顾不了自己呢！

巡警过来。

巡　警　走！滚！快着！

难民们散去。

巡警搭讪着进了茶馆。

早晨。茶馆内。

王利发　怎样啊，六爷，又打得紧吗？

巡　警　紧！紧得厉害！仗打得不紧怎能有这么多难民呢！上面交派下来，你出八十斤大饼，十二点交齐！城里的兵带着干粮才能出去打仗啊！

王利发　您圣明！我这儿现在光包后面的伙食，不再卖饭，别说八十斤大饼，一斤也交不出啊！

巡　警　你有你的理由，我有我的命令，你瞧着办吧！（要走）

王利发　您等等！我这儿千真万确刚开门，一个生意还没做呢，这您知道！开张以后，还得多麻烦您呢！得了，您买包茶叶喝吧！（递钞票）您多给美言几句，我感恩不尽！

巡　警　（接票子）我给你说说看，行不行可不保准。

三五个大兵，军装破烂，都背着枪，闯进门口。

巡　警　老总们，我这儿正查户口呢，这儿还没开张呢。

大　兵　屌！

巡　警　王掌柜，孝敬老总们点儿茶钱，请他们到别处喝去吧！

王利发　老总们，实在对不起，还没开张！（递钞票给巡警）

巡　警　（转递给兵们）得啦，老总们多原谅，他实在没法招待诸位。

大　兵　屌！谁要钞票？要现大洋！

王利发　老总们，让我上哪儿找现大洋去呢？

大　兵　屌！揍他个小舅子！

巡　警　快！再添点儿！

王利发　（掏）老总们，我要是还有一块，你们把我这房点着了！（递

钞票）

大　兵　屌！（接钱下，顺手拿走两块新桌布）

巡　警　得！我给你挡住了一场大祸！他们不走呀，你全玩完，连一个茶碗也剩不下！

王利发　我永远忘不了您这点儿好处。

巡　警　可是为这点儿功劳，你不得另有份意思吗？

王利发　对，您圣明，我糊涂！可是，您搜我吧，真一个铜子也没有啦！（掀起褂子让巡警搜）您搜！您搜！

巡　警　我干不过你！明天见，明天还不定是风是雨呢！（走出去）

王利发　您慢走！（看巡警走出去，跺脚）他妈的，打仗！打仗！今天打，明天打，老打！打他妈的什么呢？

传进外面傻杨的快板声。

傻　杨　闹军阀，乱打仗，长虫刺猬都扛枪。
洋快枪，砰砰响，黑脸的下来白脸的上。
赵打钱，孙打李，赵钱孙李谁都不讲理。
为打仗，要枪炮，争抢着给洋人送钞票。
为卖炮，为卖枪，你占黄河他占扬子江。
老百姓，遭了殃，粮食牲口让人一扫光。

王利发坐在椅子上静静地听傻杨的念叨。

唐铁嘴进来了，还是那么瘦，那么脏，可是穿着绸子夹袍。

唐铁嘴　王掌柜，我来给您道喜。

王利发　哟，唐先生？我可不再白送茶喝！（打量，有了笑容）你混得不错呀！穿上绸子啦！

唐铁嘴　比从前好了一点儿！我感谢这个年月！

王利发　这个年月还值得感谢？听着有点儿不搭调。

唐铁嘴　年头越乱，我的生意越好。这年月，谁活谁死都得碰运气，怎能不多算算命、相相面呢？您说对不对？

王利发　也有这么一说。

唐铁嘴　听说您后面改了公寓，租给我一间屋子好不好？

王利发　唐先生，您那点儿嗜好，在我这儿恐怕……

唐铁嘴　我已经不抽大烟了。

王利发　真的？您可真要发财了！

唐铁嘴　我改抽"白面儿"啦！（指着墙上的香烟广告）你看，哈德门烟是又长又松，（掏出烟来表演）一蹾就空出一大块，正好放"白面儿"。大英帝国的烟，日本的"白面儿"，两大强国伺候着我一人，这点儿福气还小吗？

王利发　福气不小！不小！可是，我这儿已经住满了人，什么时候有了空房，我准给您留着。

唐铁嘴　你呀，瞧不起我，怕我给不了房租！

王利发　没有的事！都是久在街面上混的人，谁能看不起谁呢？这是知心话吧？

唐铁嘴　你的嘴比我的还花哨。

王利发　我可不光要嘴皮子，我的心放得正！这十多年了，您白喝了我多少碗茶？您自己算算！您现在混得不错，您想着还我茶钱没有？

唐铁嘴　赶明儿我一总还给你，那一共才有几个钱呢！（搭讪着往外走）

白天。大街上。

人们到了世间末日般，匆匆往家赶。隆隆的炮声越来越近。

一队队的兵跑步往东西南北各处奔。

卖报的　看咧，长辛店大战新闻！尸横遍野，血流成河！瞧长辛店大战的新闻咧！（向茶馆里闯）

王利发从门里出来，赶紧将卖报的挡在门外。

卖报的　掌柜的，长辛店大战的新闻，买张瞧瞧！

王利发　有不打仗的新闻没有？

卖报的　也许有，您自己找！

王利发　走！不瞧！

卖报的　您不瞧也得打仗！（对唐铁嘴）先生，您照顾照顾！

唐铁嘴　我不像他，（指王利发）我最关心国事！（拿了一张报，没给钱就走）

卖报的　（追唐铁嘴）先生，您还没给钱呢！

王利发　（自言自语）长辛店！长辛店！离这里不远啦！（向屋里喊）三爷，三爷，你倒是抓早买点儿菜去呀，待会儿一关城门，就什么也买不着啦！

常四爷　（提着两只鸡，一串老腌萝卜走来）王掌柜！

——第八集完

第九集

白天。茶馆内。

外面乱哄哄，枪子乱飞，喊声不断，王家人和李三躲在茶馆里不敢动弹。有流弹从窗户飞进来，把墙上香烟广告的美女肚子钻了个窟窿。

李　三　也就是把她肚子钻了个眼儿罢了，要是钻了我的，这一百多斤就交待了。

王淑芬　三爷您放心，您福大命大造化大，打不着您。

又一颗子弹打进来，全家缩到墙后头。

外面有兵砸各家各户的门。

大　栓　（掂着根棍守在门后头）谁要是敢进来抢，我就跟他拼了！

王利发　你甭拼，千万甭拼，人家要什么咱们给什么。

后院西屋传来崔久峰自拉自唱的声音。

白天。后院东屋内。

屋内乱得下不去脚，墙上贴着崔久峰自己抄写的观音菩萨的《心经》，字迹歪七扭八。崔久峰悠闲地拉着胡琴，唱《空城计》。

崔久峰　我正在城楼观山景，

耳听得城外乱纷纷。

旌旗招展空翻哪影，

却原来是司马发来的兵。

白天。茶馆内。

王淑芬　这位崔先生是怎么了，成心给咱们找事吗？栓他爸爸，这样不成，你得过去说说。

大　栓　这人忒怪！

王利发　我说他不一定听。（到后院去）

白天。后院东屋内。

崔久峰　（唱）……

你就来来来，请上城，

听我来抚琴……

王利发　崔先生，外头兵荒马乱，您在里头小点儿声，别把兵给招进来。

崔久峰　我不怕他们，什么兵，来好了，我心静如水。他们进来，我给他们读《心经》。

王利发　那他们要是把您打死呢？

崔久峰　顺其自然。

王利发　您自然了，我们可自然不了啊！

崔久峰　你们不必害怕，把世间一切都看透，就无所畏惧了。

王利发　我们现在还没看透！求求您，别唱了。

崔久峰　好好，我念经，念经总可以吧！

王利发　您念，您念，您大声念，求求菩萨保佑咱们大伙儿平安！（回

到前面）

白天。茶馆内。

王利发回到前面。

王淑芬　（突然醒悟）二栓哪？二栓哪儿去了？

李　三　一大早晨就没看见他。

王利发　（问大栓）你弟弟呢？

大　栓　我哪儿知道！

王淑芬　外头这么乱，你说他跑哪儿去了？哪个也不让我省心！

大　栓　我怎么不让您省心了？

王淑芬　你跟油盐店的二丫头打连恋，别当我不知道！我都看见了！

大　栓　（脸一下红了）您看见什么了？

王利发　你们别吵了，够乱的了！有本事出去把老二找回来呀！

外面有兵砸门。屋里的人一下都屏住了气。

白天。茶馆门外。

几个兵在砸茶馆的门。

刘麻子　那边，那边还有个后门！

一群兵朝旁边胡同涌去。

半天，茶馆的门开了一道缝，大栓探出脑袋。

王淑芬　（在门里）有老二的影儿没有哇？

大　栓　这会儿街上没人，连个鬼也看不着。妈，我出去找找吧！

王淑芬　先别忙，看看再说。

白天。街面上。

寂静而空旷。一个行人也没有，偶尔有零星的枪声。

静悄悄的街口，走来了晃着鸟笼的松二爷和他修饰齐整的儿子秀岑，爷儿俩是出来遛弯，冲着茶馆迤逦而来。

白天。茶馆内。

正向外探头的大栓回过身来对王利发说：爸，松二爷他们来了。

王利发　嘿，你说这爷儿俩，这是什么日子口啊？（拽回大栓，自己探出半个身子）

白天。街面上。

松二爷　（远远地向王利发打招呼）王掌柜，老没见了……

一排枪打得松二爷脚前的土地直冒花。

松二爷爷儿俩吓一跳，东张西望寻找开枪的主儿。

松二爷　（挺着肚子）谁呀，这是？

秀　岑　（比他爹还横）没长眼睛是吧？那俩瞎窟窿是留着出气儿的吗？

又一排枪扫在他们的前面。

王利发　（小声而严厉）趴下！快趴下！

松二爷　趴？怎么趴？

王利发　往地上趴！

秀　岑　那衣裳不都脏了！

一排枪打过来。

松二爷和儿子不得已，慢腾腾先蹲下，再坐下，仰躺在地上，脸看着天。

从松二爷爷儿俩的视觉望上去，是北京街道的天空，槐树、太阳、电线……

秀　岑　阿玛，以前咱们从来没这么看过天，挺有诗意。

松二爷　从来都是天在上头看咱们。

王利发　翻过来！肚子朝下！

爷儿俩莫名其妙地翻过来。一时枪声大作。爷儿俩被打得抬不起头。

王利发　（指着牌楼的石座）往石头后头爬！把脑袋先顾住！

松二爷爷儿俩将屁股撅得老高，往石头后爬，爬得非常不“专业”。

一只蛐蛐在墙根振翅鸣叫，被爬在前面的秀岑发现了。

秀　岑　阿玛，这儿有一只大金头！

松二爷　别惊着它！给你这个！（从怀里摸出铁丝罩子）

秀岑接过罩子，向蛐蛐爬过去，也不用人教，这次进入了角色，爬得相当“专业”，灵活无比。秀岑用罩一罩，蛐蛐蹦了。又扑过去，一罩，罩住了。

秀　岑　阿玛，逮住了！

松二爷　先别掀，等等我。（爬过来，拿出张纸，熟练地卷成手指粗的筒，一头窝死，一头张着口，准备装蛐蛐）

秀　岑　是个金刚头，七音儿的，我听得真真儿的。

松二爷　（熟练地从铁罩子下摸出蛐蛐）怎么拉拉夯啦？准是你给扣折啦！

秀　岑　没准是它自个儿咬的。

爷儿俩趴在北京的街道上全神贯注地欣赏着他们的蛐蛐。

王利发冲过来，拽起松二爷就拉进茶馆，秀岑倒是不忘他爸爸的鸟笼子，夹着鸟笼子跟在后面。

又是一排枪。

白天。茶馆内。

王利发　（将松二爷爷儿俩拽进茶馆）什么时候了，您二位还在大街上逮蛐蛐！不要命啦！

秀　岑　不是我们逮蛐蛐，是蛐蛐逮我们，它愿意跟我们不是？

王淑芬　这日子口你们在外头转悠什么呀？

松二爷　我们出来的时候还没打枪。北京的街道不就是让人走的吗，你打你的枪，我走我的路，谁碍不着谁。

秀　岑　折腾一早晨还有点儿饿了，有什么吃的吗，王掌柜？随便垫补一点儿，什么都行。

王淑芬　早饭过了，午饭没到……火还封着呢。

秀　岑　什么早饭、午饭哪，我跟我阿玛从昨晚上就没吃饭。

王利发　栓子妈，做饭，做饭去！

王淑芬　哎。

松二爷　别麻烦，有打卤面伍的凑合凑合就行了。

王淑芬　就是老腌萝卜跟棒子面。

王利发　不是还有常四爷送来的鸡嘛，松二爷回去时给他拿一只。

松二爷　今儿个还是出来对了，得了一只大金头，得了一只老母鸡。

王淑芬　是公鸡。

松二爷　公鸡也行。

二栓和张大宾、王成冲进茶馆，二栓的胳膊耷拉着（脱臼了），直喊疼。

王淑芬　我的祖宗，您上哪儿撞丧游魂去啦？

二　栓　妈，我的胳膊，动不了啦……哎哟……

王利发　活该！

王　成　我们在学校听讲演，让军队给冲了，逮人，就跑，他的胳膊是让二德子给卸了。

王利发　这乱七八糟的世面，躲还躲不过来呢，你还成心往事上撞，真是吃饱了撑的。

二　栓　爸，您得找人给我捏胳膊，我老这么着不行。

王利发　你就这么着吧，挺好，踏踏实实给我屋里待着。

二　栓　哎哟嘿！有您这么当老家儿的吗？

王利发　有你这么当儿子的吗？

秀　岑　常四爷的儿子喜贵会捏胳膊。

王利发　现在上哪儿找他去？

秀　岑　我知道他在哪儿。

王利发　那也得等外头消停了再去。

白天。茶馆后院。

二栓吊着胳膊在压水机前坐着，和张大宾、王成及几个青年听从上海回来的贺绩成讲述“五卅”惨案。

贺绩成　上海工人五月三十号大罢工，英、日帝国主义勾结中国汉奸、买办屠杀了大批手无寸铁的无辜工人，上海滩血雨腥风，生灵涂炭……

二　栓　打倒帝国主义！哎哟，我的胳膊！

贺绩成　帝国主义是一定要打倒的，可是那些汉奸卖国贼，和帝国主义一样可恶，对他们我们必须给予严惩，血债要用血来还！

崔久峰　（从旁边路过）没用的，根本没用的。喊喊口号而已……

白天。茶馆的角落里。

大栓悄悄拉出了他的扑满罐，一个一个地往外抠钱。

大　栓　三爷，您说一张戏票得多少钱？

李　三　那得看什么角儿演的，还得看你买什么座。

大　栓　站座。

李　三　横是没多少钱。我猜着了，你是要请二姑娘听戏。

大　栓　您怎么知道？

李　三　你干什么也瞒不过我去。

大　栓　二姑娘最爱听《小放牛》，前边铺子一放唱片她就跑去听，可是老听唱，没看过表演。

李　三　所以，你就请人家看戏啦！

王利发　老大，你把老二给我请屋里去，在那儿吆吆喝喝干什么呀！说多少回了，少跟学生往一块儿掺和，人家都是有钱的主儿，没钱能上大学？人家吃喝不愁，不干点儿革命闲得慌，咱们呢，将来不还得跟我一样，沏茶倒水伺候人，挣钱养家。

晚上。戏园子外面。

里面戏正准备开演，锣鼓家伙已经敲起来。外面戏报上写着“京城头牌武生”常喜贵“罗成叫关”字样。

大栓拉着二姑娘的手，进了戏园子。

青年甲　（神秘地问验票的）来了没有？

验票的　来了。老地方。

晚上。戏园子里。

前戏已经开始。台上正演出《小放牛》，小姑娘和牧童在问答。

牧　童　天上的娑罗什么人来栽，

　　　　地下的黄河什么人来开，

　　　　什么人，把守着三关口，

　　　　什么人，出家就没回来。

小姑娘　天上的娑罗王母娘娘栽，

　　　　地下的黄河是老龙王开，

　　　　杨六郎他把守着三关口，

　　　　韩湘子出家他就没回来。

二姑娘紧紧拉着大栓的手，站在旁边过道，看得激动投入，幸福极了。

楼座上，马五爷被前呼后拥着，坐在那儿听戏。马五爷旁边的桌上点着盏灯笼，摆着各样小吃。

某要人过来寒暄。

要　人　五爷，才从上海回来？

马五爷　（爱搭不理地）嗯。

要　人　听说您这趟差事办得很漂亮，我儿子在英国领事馆工作，他对您佩服得简直五体投地。咱中国，像您这样又懂外洋，又有本事的人太少了，要不，咱们早就不是现在这模样了……

马五爷　七爷有什么事吗？

要　人　没有，没有。您看戏，您看戏。我在隔壁，我在隔壁。（没趣地退了出去）

晚上。后台。

常喜贵正在扮戏。

青年甲径直来到后台，看看前后左右，将一把枪偷偷给了常喜贵。

常喜贵　没人看见吧？

青年甲　没有。

常喜贵　你快走！（将枪掖进怀里）

青年甲　他还在老位置，到时候咱们的人一拉闸，你就朝着楼上灯笼左边的人开枪。

常喜贵　知道了，你放心。

青年甲走了。常喜贵将衣服收拾了又收拾，生怕有差错。

二栓和秀岑到后台来了。

秀　岑　喜贵，我算着今天晚上就是你的戏。

常喜贵　你们怎么来了？快走！

秀　岑　我怎么不能来，我也是半个票友。

常喜贵　走！走！今天我没工夫。

二　栓　喜贵哥，我的胳膊掉了，人家说你会安。

常喜贵　我不会！快走吧你！

秀　岑　（索性坐下来）我说喜贵，你现在还不是个角儿哪，就不认识我们啦！

常喜贵　求求你们，别在这儿待好不好？刘爷，把他们轰出去！

秀　岑　哎，轰我们啦？咱们把话说清楚，咱们也不是非得扒着你才能进戏园子，咱们也不是非得看你的什么“叫关”，咱们自个儿也能演，咱们是不唱，咱们要唱也是个角儿！二栓，咱们到台口上看去。

二　栓　我的胳膊……

常喜贵　我给你装上，条件是你赶快回家。

二　栓　行。

常喜贵　（抓住二栓的肩膀，一托胳膊）行了。

二　栓　哎哟！（将胳膊抡了两圈）真行了嘿！就这么简单？明儿我得跟你学学，把二德子胳膊也摘下来。

二栓说话不算数，胳膊捏好了，却一钻，跟秀岑钻没影了。

晚上。戏台上。

常喜贵扮演的罗成出场。边唱边做，眼睛时时扫定楼上的马五爷。

晚上。楼座。

马五爷听戏品茶，身旁的灯笼放着幽幽的光，他旁边坐着马五奶奶。

晚上。戏台上。

常喜贵边唱边注意马五爷。他在寻找机会。

晚上。楼座。

马五爷站起身出去了。

晚上。后台。

准备拉闸的青年甲着急地问后边的青年乙。

青年甲　怎么办？

青年乙　沉住气！

秀岑领着二栓上楼。保镖在楼梯口将二人拦住。

保　镖　哪儿的？

秀　岑　三爷那儿的。

保　镖　哪个三爷？

秀　岑　紧西边的那个三爷……

跑堂的　是邢老板徒弟，唱青衣的。

保　镖　（一歪脑袋，示意秀岑们上去，秀岑过他身边时，被他着实捏了一把）挺俊的脸蛋儿，是不是三爷的……那个……

二　栓　（一把将保镖拨拉开）给爷让开！

保　镖　嗬，横啊！

晚上。楼座。

马五爷又回来了，仍旧坐在原位。

晚上。后台电闸处。

青年甲紧张地注视着台上的演员和楼上的马五爷。青年乙在旁边指挥。

青年甲　现在拉？

青年乙　再等等，待会儿罗成有个亮相，等他一抬胳膊就——拉！

青年甲将电闸朝下一扳，剧场内一片漆黑，只有马五爷楼上的灯笼有一点儿光亮。

全场顿时大乱。

晚上。舞台上。

常喜贵在灯灭的刹那掏出枪，朝着灯笼旁边啪啪两枪。

黑暗中人挤人，大家纷纷往外跑，乱成一团。

混乱中，大栓拉着二姑娘随着人往外涌。

二姑娘　大栓，大栓！你在哪儿？

大　栓　攥紧了我！

秀岑和二栓在楼上摸黑寻路。二栓被什么绊倒了。

二　栓　好像是个人！

秀　岑　二栓，楼梯在这儿！咱们下去！

晚上。戏园子内。

灯亮了。

戏园子里一片狼藉。马五爷躺在血泊之中，身上有张纸，上面写着

洋人走狗之下场！

为死难者报仇！

——燕子会

黑夜。街面上。

大栓拉着二姑娘一路狂跑。

二姑娘　过了，过了，咱们跑过了。家在那边呢！

大　栓　没人追咱们吗？

二姑娘　谁追呀？

大　栓　我吓坏了，东南西北都分不清了。

二姑娘　瞧你那胆儿！

大　栓　下回再不听戏了，忒乱。真有好歹，我没法跟你们家交代。

二姑娘　听戏是人家愿意的，人家也没怨你……我这回看见了真的《小放牛》，小姑娘演得真好，（唱）牧童哥，你过来。

大　栓　（学牧童）哎！你叫我干什么？

二姑娘　（唱）我要吃好酒哪里有？嗯哪哎嗨咿呀吆……

大　栓　你要吃好酒就在杏花村。

两人高高兴兴往家走。

夜晚。北京街头。

二栓在抱头鼠窜，往家飞奔。两个灯笼将他拦住。是吴祥子和宋恩子。

宋恩子　王掌柜家的老二。

吴祥子　好一身血啊，杀人啦？

二　栓　什么血？这……这……不是我的血！

宋恩子　是不是你的血，是你的血还能满街跑？跟我们走一趟吧！

二　栓　上哪儿？

吴祥子　你说上哪儿？还能上哪儿？

白天。庞太监府。院落。

刘麻子抱着个一两岁的小男孩，在众目睽睽之下，堂而皇之进了庞府。

四个侄子面面相觑。

下人们交头接耳。

白天。庞府正屋。

刘麻子抱着孩子进了屋。

庞太监　带来了？

刘麻子　您托的事，能不认真办嘛，为淘换这个孩子我把河北、河南都跑遍了。为了您的长久之计，我不能在跟前找，在眼前找将来后患无穷，这孩子，我告诉您，是从……（伏在太监耳朵上叽咕）

庞太监　（点头）嗯……嗯……好，好。多少钱哪？

刘麻子　三百块大洋。

庞太监　三百块！我买十个儿子！

刘麻子　儿子不要多，一个顶十个。龙多了旱，儿子多了乱。这理儿您比我明白。您先别嫌贵，您看看这孩子，大手大脚大脑袋，天庭饱满，地阁方圆，眉清目朗，唇红齿白，胳膊腿没一点儿伤残，连碰破皮儿的地方都没有，欢蹦乱跳，全须全尾，将来不是个军机翰林就是个总理大臣。三百块，您买个国家栋梁……

庞太监　我没工夫细查你，你指不定赚了多少哪！

刘麻子　我还没向您讨赏呢。

庞太监　该挣的你挣了，没有赏钱。

刘麻子　庞总管，孩子我是交给您了，您可看好了，真有什么闪失那可不关我的事。

庞太监　你什么意思？

刘麻子　我是让您看好了，好东西谁都惦记不是？

庞太监从刘麻子手里接过孩子，小孩子一看见庞太监的模样，哇哇大哭。

庞太监　（不耐烦地）一见我就号丧，我还能吃了你？

孩子越发不干了，在庞太监身上打挺。

庞太监　（气恼地将孩子扔给刘麻子）这孩子我不要，讨厌！

刘麻子　（将孩子交给旁边的丫鬟）庞总管，您没带过小孩，自然不了解小孩，这样的孩子将来才是孝顺孩子，要是谁抱就跟谁乐的，十有八九，长大了不是什么好东西！再说，您买只小狗，它进家还得汪汪两天呢，哪能进门就给您摇尾巴！

小孩子在丫鬟怀里已经不哭。

庞太监　（细细打量孩子，特意看了孩子的小鸡鸡，觉得也的确是个挑不出毛病的小男孩。对下人）给下边传话，后天我要给我儿子过生日，我儿子……几岁了？

刘麻子　满打满算，两岁。属狗的，九月生日。

庞太监　我就定他是后天的生日，两岁。（对下人）我要在家里，开二十桌席，唱三天戏，大操大办，越热闹，响动越大越好。我不怕花钱，钱是什么，钱是王八蛋，我不会给那些兔崽子们留一个子儿！我就让他们看着我折腾，不折腾干了不算完！我要让全北京都知道，我后继有人！

刘麻子　庞少爷的大名……

庞太监　庞继祖！

白天。庞府庭院。

庞太监在为儿子庆祝生日，实际是在给侄子们示威。数十桌宴席在院里摆开，台上正唱着《行善得子》，又名《朱砂痣》。来客中，西装革履，长袍马褂，遗老遗少，达官显贵，三教九流，各色人等，使庞府一时热闹非常。

庞太监坐在显要处，接受着来人的恭贺，老妈子抱着庞继祖站在太监身后。庞继祖的穿戴与庞太监一模一样，都是古铜春绸夹衫，黑礼服呢马褂，镂空黄铜纽扣，黑缎圆帽头，红顶。两人的如此装扮，给人感到如出一辙的相似，不是爷儿俩也是爷儿俩了。

来人纷纷夸着孩子。

客　甲　孩子大耳朵垂儿，福相。

客　乙　庞总管有福气，有这么个儿子，全齐了。

客　丙　孩子这相貌，多仁义，越看跟总管越像。

客　丁　庞总管，什么时候让我也给您当儿子吧？我保证孝敬您！

客　甲　庞总管，您有太太有儿子，日子越过越红火啊！我们这些人跟您比，真是差了一大截子呢。

客　乙　请太太出来，也让我们见识见识孩子的母亲啊。

众　人　是啊。

庞太监　（拗不过，对旁边老妈子）叫她出来。

老妈子　是，老爷。（抱着孩子欲走，客甲顺势将孩子接过来）

客　甲　我抱抱，让我也沾沾大少爷的福。

白天。庞府后院屋里。

简单的摆设，是康顺子的住屋。康顺子坐在炕上补衣裳。

老妈子　老爷叫您。

康顺子　知道了。（跟在老妈子后头往前面来）

白天。庞府庭院。

秀岑替邢老板拿着行头进来了。秀岑俊美的相貌引起在座男女的关注。

官　员　天底下竟生出个这样的尤物。

胖军官　睡他一宿花多少也值！

某太太　（推着旁边的女伴）哎，那个小白脸儿……

女　伴　瞧你，眼睛都直了！

李局长捻着小胡子，透过眼镜，用淫邪的眼光盯着秀岑。

在众人的眼光中，秀岑颇有些小得意。

邢老板　（小声）你得稳住了自个儿，这是一群狼。

秀　岑　我看得出来，这群狼喜欢我。

白天。庞府南屋。

这里被当了演员临时化装室和休息室。

常喜贵正在化装吕布。

秀　岑　喜贵，今天你演吕布，唱哪一出？

常喜贵　《小宴》，邢老板的貂蝉。

邢老板　我后面还有一出《三娘教子》，重头戏。今天嗓子不舒坦……

秀　岑　师傅，我替您演貂蝉，《小宴》里貂蝉没什么唱，就是要眼神。

常喜贵　邢老板您让秀岑试试，他还没扮过戏哪！

邢老板　那就试试，不过到哪儿也别说是跟我学的。

秀　岑　（高兴地）谢谢师傅！

邢老板　别叫师傅，我从来也不是你师傅。

秀　岑　（忙不迭地坐在桌前扮戏）喜贵，你知道吗，二栓那天晚上被抓进去了。就是你演《罗成叫关》那晚上。

常喜贵　二栓？那天跟他有什么关系？

秀　岑　他弄了一身血，可他又说不清是怎么回事，马五爷的事就摊他身上了。局子里说了，什么时候供出元凶，什么时候放他。

常喜贵　他哪儿知道什么元凶？

秀　岑　说也是呢。可我想，你知道。

常喜贵　你为什么说我知道？

秀　岑　你要不知道，那天晚上你不能那样赶我们！

常喜贵　……

秀　岑　我没说错吧？我不傻！二栓也不傻。

白天。庞府正屋门口。

台上在演出《小宴》。人们的目光随着吕布、貂蝉这一对俊俏的男女转。

在庆贺的人群中，康顺子一介布衫，来到屋门口。

康顺子　老爷，您叫我？

庞太监　（一看康顺子这装扮，立刻变了脸，小声呵斥）成心给我丢人哪你！看看你这样，披头散发，破衣烂衫，比老妈子还老妈子！

康顺子低头不语，好在来客并未注意这边，大家的视线全被台上的秀岑吸去了。台上貂蝉秀美的扮相，柔美的举止，成为今天的亮点。

老妈子　（抱着庞继祖急跑过来）老爷，小少爷不行了！

庞太监　什么？刚才不还好好儿的？

看老妈子怀里的孩子，面色铁青，口流白沫，直翻白眼。

老妈子　我就是到后头叫太太这一会儿，孩子就成这样了！

庞太监　这是有人跟我过不去！（抬眼向人群中一扫，发现四个侄子正在游廊里扎堆，向着这边笑）好小子，咱们走着瞧！

这边康顺子接过孩子，掰开孩子嘴，用手在里面抠，抠出了一个大核桃。孩子还是没有呼吸，康顺子嘴对着嘴，给孩子吸气。

半天，孩子哇地哭了出来。

庞太监　活了就好，活了就好。（想了想，对康顺子）这孩子我交给你，你给我一步不离地看住了，你在，孩子在，孩子死了，你也活不了！

白天。庞府院落僻静处。

康顺子抱着庞继祖往自己房里走。前院传来吹拉弹唱和人们阵阵喝彩声。

孩子咿咿呀呀地哭。

康顺子　你应该是今天的主角呀，前头那些热闹都是给你准备的，可你却差点儿送了命，在后头哭……

庞继祖听不懂康顺子的话，哭着向四面寻找，嘴里不停地叫着妈妈。

康顺子　哎，跟我一样，苦命的孩子。

白天。庞府临时化装室。

秀岑回来正要卸装，李局长和手下进来了。

手　下　这是李局长。

秀　岑　李爷。

李局长　演得不错！扮相也好。（绕着圈地欣赏秀岑）天女下凡了，没想到咱们北京有这么漂亮的男旦。

秀　岑　我是玩票，唱得不好，全靠李爷捧场呢。

李局长　本来呢，我该送个花篮，来不及了，送你把扇子留作纪念吧。

常喜贵在局长背后示意秀岑，不要接，秀岑公子哥儿劲上来了，根本不听他的。

秀　岑　谢谢李局长。

李局长　以后，我还得听你的戏。（看着秀岑，点着头）好，好！

晚上。王家正屋。

王淑芬　要紧的是得把二栓弄出来，他在里头待着还不让人蹉磨死？

王利发　那是他自找，让他认识认识什么是监狱，也好长点儿记性！

王淑芬　万一他要是死了呢！

王利发　死了就死了，自当我没这个儿子！

王淑芬　你不待见他我待见他！（哭泣，边哭边数落大栓）你说你这个当哥哥的，你当时就不知道把二栓揪回来？你揪个油盐店的二丫头不撒手，把自个儿的亲兄弟扔一边不管，你还是哥哥吗？你兄弟有个三长两短，就是你把他害了，你记着，我这辈子跟你没完！（推王利发）你赶快出去找人哪！

王利发　你让我找谁去呀？

王淑芬　找秦二爷，上回常四爷他们不是秦二爷给保出来的吗？

王利发　那是什么时候，现在是什么时候，再说，如今的秦二爷也不是过去的秦二爷了！

王淑芬　谁有权势你找谁去！

王利发　我要认识权势，我还开茶馆吗？

常四爷　王掌柜！

王淑芬　常四爷来了！（赶紧擦眼泪）我给您沏茶去。

常四爷　别着急，二栓的事我都听说了。

王利发　您说这孩子，他哪儿像我的孩子？我这一辈子躲事，怕事，轮到我儿子，他找事！

常四爷　这事咱们得细细儿商量，像你这么光在屋里转磨，谁也救不出来。首要的，是让二栓在监狱里头先别吃苦，然后再说怎么往外救他。

王利发　他在里头吃点儿苦好。不用我收拾他，自有人替我收拾他。

常四爷　您那是气话……

白天。警察局刑讯室。

各种刑具具备，气氛阴森。二栓被带了进来。

警　官　认识这地方吗？

二　栓　不认识，没来过。

警　官　问了你三四天了，就没从你嘴里掏出一点儿有用的东西！

二　栓　那是因为我就知道些没用的事儿。

警　官　我的耐性可到头了。

二　栓　我也住够了，咱们俩都腻烦了，干脆您放我回家。

警　官　我放你回老家！

二　栓　那您还得给我打车票。我们老家山东已经没人了，回去也没人理我。

打　手　认得这个吗？

二　栓　鞭子。

打　手　待会儿我拿它抽你，这是最轻的。看见墙上这些东西了？告诉你，在这些家伙里，它就跟痒痒挠似的。

二　栓　您别价，我细皮嫩肉的，没用过痒痒挠。

打　手　你不是没见识过，你就是个老油条！告诉我，谁指使你杀人的？

二　栓　我还想问您呢，我真不知道！

打手啪地将鞭子在地上抽了个响，二栓吓得一激灵。

二　栓　我怕挨打，可是我编不出瞎话来呀！我说是我杀的，我确实没杀，我说是您杀的，我亏良心呀！那天晚上，黑灯瞎火，我让那个死鬼给绊倒了，趴他身上，弄一身血……

啪——鞭子抽在二栓后背上，二栓杀猪一样叫起来。

二　栓　这滋味不好受哎！火烧火燎的！妈耶——我再不听戏了还不成吗？

啪——又一鞭子。

二　栓　还打呀！我真不知道！

啪——又一鞭子。

二　栓　我操你们姥姥！二爷也不是好惹的！

二栓越挨打越横，声越骂越小……

白天。监狱。

二栓被架回号子，扔在干草上。趴在草上的二栓后背血肉模糊。

老　者　唉，还是个孩子，就这么打？

连鬓胡子　小兄弟，你行，还能挺得住。

二　栓　我是不知道，本来还拿他们当人，这一打，把我打灵醒了，都是一帮畜类，真知道也不会告诉他们，这帮丫挺的！

连鬓胡子　趴着，别动弹，一动弹更疼。

监狱开饭了。明师傅提着饭桶给各个号子分饭。连鬓胡子打饭时，明师傅偷偷塞给他一个包。

明师傅　治伤药。告诉二栓，外边正想法救他出去。

白天。李局长办公室外。

秘　书　局长现在不在。你改日再来。

秀　岑　我改日当然还要来的，跟你们局长说，我有个兄弟，叫王二栓，在局子里头押着，说他是杀人犯，冤枉得很，他一个学生，能杀人吗？会杀人吗？跟《六月雪》似的，这是个冤狱，当然，王二栓不是窦娥，可是他跟窦娥一样冤枉。您看过《六月雪》吗？关汉卿编的。关汉卿姓关，我也姓关，可是我们这两个关不是一码事，他是汉人，我是旗人，他是为窦娥鸣不平，我是为王二栓申冤！

秘　书　你这是公事还是私事？

秀　岑　要是私事我早上家去了，还用上局子来吗？

秘　书　你叫什么？

秀　岑　说出来吓你一跳，京城但凡爱看戏的都知道我。你把这扇子给李局长，他一看扇子就知道我是谁了。（走了，又转回来）告诉你们局长，我在扇子背后给他画了幅画。

秘　书　（小声）整个一娘娘腔。

白天。李局长办公室内。

李局长打开扇子，扇面上画的是工笔仕女“貂蝉拜月”。

李局长　想不到，这个戏子还挺有品位。他来就是为马五爷案子关的那个学生？

秘　书　是，局长。那个学生叫王二栓。

李局长　多大了？

秘　书　案卷上说十四。

李局长　他一个十四岁的小孩能杀人？我要的是真正的凶手，不是垫背的小孩，好好在戏班子里给我查，说灭灯就灭灯，说打枪就打枪，怎么就那么“寸”（北京话，“凑巧”的意思）？没内线行吗？把那个王二栓放了。（又看扇子）你应该让他进来，怎么让他走了呢？

秘　书　他说他是公事。

李局长　他能有什么公事！

白天。监狱号子内。

连鬓胡子　二栓，你要出去了，我看得出，你是个好孩子，将来一定是条汉子，求你点儿事。

二　栓　老胡你别客气。

连鬓胡子　（拿出一个包）它牵扯着多少人的性命，是顶重要的东西，你出去，把它交到西送年胡同 2 号王老盛手里。

二　栓　（收好文件）老胡你放心。

连鬓胡子　万一要是交不出去，你就毁了它，记住，千万不能落在别人手里。过门口的时候留神，他们要检查。

二　栓　我记住了。

白天。监狱内。

二栓在秀岑的陪同下往外走。

二　栓　（对警官）二爷记着你的痒痒挠，咱们后会有期！

警　官　（低声下气）二爷您别跟我们计较，您这不是回家了吗？

二　栓　回家？（撩起后边衣裳）我后脊梁上的嘎巴儿还没掉呢！

警　官　（对下边）算了，不检查了，二爷您请。

两人往外走，二栓时时地摸肚子。

秀　岑　你肚子疼？

二　栓　肚子着凉了。

白天。街面上。

二栓和秀岑分别坐着洋车往回赶。

二栓用手捂着肚子，他知道，裤腰里文件的重要。

卖报的　看咧，看新闻！织布厂、造纸厂、发电厂工人要求增加工资，反对裁员，大罢工咧！

卖报的　看咧，全北京停电！电车停开，电灯不亮咧！

白天。茶馆内。

秦仲义和织布厂的工人代表正在谈判。两张铺着桌布的茶桌被并成一个长条，一边坐着秦仲义一个人，一边坐着以秦利民为首的工人代表们。

王利发和大栓为他们倒水添茶。

秦仲义　有话咱们到厂里谈，到办公室谈，这里不是谈判的地方。

秦利民　这里很PRO（英语简略“大众”意思），也很透明，这是再好不过的谈判地点。

秦仲义　我跟你，在这儿……我还是不习惯……

秦利民　您现在必须明白一点，我跟您，不是父子关系，我的背后是一千多工人，我是工人的代表，我们是对立关系。

王利发　（在一边，小声）行，儿子跟爸爸对立了，这世道什么新鲜事儿都有。

秦仲义　你跟我对立？你敢跟我对立！我揍你个兔崽子！

工人代表　反对资本家侮辱工人代表！

代表们与秦仲义争论。

王利发　（无奈地摇摇头）热闹！（对王淑芬）看人家的笑话，咱们家还不是一样？家家都有本难念的经啊！

王淑芬　秦二爷怪可怜的，下棋两边的子儿还一样多呢，这倒好……

大　栓　这是老虎棋。老虎一个，羊一大群。

王利发　刷你的茶碗去！

工人代表　（读条件）第三，不许随便打骂工人，尊重工人的自主和人格；第四，严格执行八小时工作制度，反对无偿加班加点，加班要按钟点付予报酬；第五，不许单方解雇工人，裁减工人必须通过工会；第六，保证工资按时发放，不得无故拖延拖欠；第七，资方不得随意减低工人工资……

王淑芬　人家提得也在理。

李　三　要按这些条款，我早应该罢工。

王利发　茶馆是茶馆，工厂是工厂！

李　三　它道理一样不是？当初您辞明师傅，辞那些伙计，办得多不仗义，人家是看在老爷子份儿上，没跟您计较罢了。

大　栓　爸，我得跟您要工钱。

王利发　我怎么觉着咱们也在这儿下老虎棋呢，是不是咱们也并两张桌子，我坐这头，你们坐那头？

工人代表　……要是没意见，您就在上头签字。（将条件推过来）

秦仲义　你们这是逼宫！

秦利民　咱们这是公平谈判，谁也没强迫谁。我们是提出我们的正当条件，您有条件您也可以提，只要合情合理，我们也签字遵守。

秦仲义　我一条也不同意！不签字！

外面的工人一下涌进来不少。

工人们　不签字我们就继续罢工！

王利发　我说诸位，咱们都消消气，有话好商量，其实都是一家人，这爷儿俩，翻过来姓秦，调过去，还姓秦。秦二爷是我多年的老主顾、老房东、老朋友了，好人！大好人！

秦利民　王掌柜，这儿没您的事，您别掺和……

王利发　我是怕你们爷儿俩僵了，掰不过来。要不，我找黄胖子来，他调解这些事比我在行。

秦利民　这不是我们爷儿俩的事，这是无产阶级和资产阶级的斗争。

王利发　那你们能不能不斗争？

秦利民　不能。

工人们围着秦仲义七嘴八舌，秦仲义被围在当中，汗也下来了。

王利发拧了一个手巾儿送进人群中去。秦仲义被迫在条件上签字。

工人们欢呼着散去。秦利民留下来。

秦利民　爸。

秦仲义抡起巴掌狠狠地抽了秦利民一个嘴巴。秦利民捂着脸坐在秦仲义对面，半天谁也不说话。茶馆里静悄悄的。

秦利民　爸，有时候我们必须做出牺牲。

秦仲义　我的牺牲够大了，不但是工厂，我连儿子都搭进去牺牲了！

白天。茶馆门口。

门口站着许多织布厂的工人，工人们三三两两地谈论着，宋恩子和吴祥子以及二德子也混在其中。

宋恩子　嗬，王掌柜的二少爷回来了？

二　栓　你把爷弄进去的，爷记着你！

吴祥子　少爷别跟我们记仇哇，我们也是奉命行事。

二　栓　奉你个姥姥！又在门口等着逮谁哪？

宋恩子　碰上谁逮谁！

　　二栓和秀岑兴冲冲进门。

二　栓　爸，我回来了！

　　王利发走到儿子跟前，一言不发，学着秦仲义的样子，给了二栓一个大嘴巴。

秀　岑　干吗呀，这是怎么啦？

——第九集完

第十集

白天。茶馆后院。

二栓被王利发锁在小屋里，很着急地扒着窗户往外看。

房客们进进出出，拿二栓开玩笑。

房客甲　哟，二栓今天成了万牲园（动物园前身）的猴啦，进笼啦？

二　栓　老丁你想法把门给朕弄开！

房客甲　我把你从这屋里弄出来了，王掌柜的就把我从这院里弄出去了。

二　栓　不能，朕给你说好话。

房客甲　万岁爷，先给您自个儿说好话吧。

二　栓　白眼狼，下回我要再跑腿给你买烟，我是孙子！

房客甲　我让大栓买去！

二　栓　大栓！大栓！王大栓——

白天。茶馆内。

大栓张着大嘴看得入神。

几个“救世军”的人在伺候他们的“大统领”穿戴。其中也有西山延生观的侯老道。

唐铁嘴已经穿戴好，长及脚面的紫色袍子，上面绣着北斗七星，戴着黑方帽，帽上钉着一个阴阳鱼，系着腰带，带上垂下四条绣着“符”的装饰，干瘦的长脸，两撇老鼠须，小眼睛滴溜溜乱转。

“大统领”肥而胖，没脖子，大脑袋直接长在肩膀上。一动就喘，穿衣换鞋全得别人伺候，就像橱窗里的假人，胳膊腿连打弯也不会。“大统领”被人套上了一件黑袍，上面绣着八卦，脖子上套着一串很夸张的大念珠。有意思的是大脑袋上的头发，光脑袋在左右各留两撮，不长不短，像耷拉的狗耳朵。

其余人的服饰也怪诞超群。

唐铁嘴　（将十块大洋一溜划在桌子上）王掌柜，我这辈子的茶钱这回都给了，省得我一进茶馆门你就往外打发我。当然了，以后我也是不会再来了，什么都讲个缘分，我跟裕泰的缘分尽了。

王利发　您怎么这么说呢，好像明儿咱们谁跟谁就见不着了似的。我斗胆问一句，诸位唱的是《草船借箭》还是《借东风》啊?

唐铁嘴　说你是个开茶馆的你就是个开茶馆的，你这辈子也就配开个茶馆混混日子，整个一肉眼凡胎!

王利发　那，你们这是……

唐铁嘴　我，“救世军”的军师，那胖子，“救世军”的大统领，王掌柜，你难道就没觉着你这茶馆里这会儿紫气升腾，祥云缭绕吗?

王利发　我倒是觉得眼花缭乱，头昏目眩。我说，袁世凯登基那会儿也没你们穿得花哨。

唐铁嘴　以后你尽可以跟人吹，中国“救世军”就是从裕泰茶馆走出来的。发祥地啊，多少地方争还争不来呢。待会儿穿戴齐整了，我们要到天坛、地坛、日坛、月坛去拜祭天地日月，从今往后，全北京，全中国，所有的算卦的、相面的、看风水的统一归“救世军”领导，你想想，那是什么阵势，什么水平？都是中国的精英，可以说“救世军”掌握着中国发展的命脉。我们让中国往东，它绝不能往西，我们让它今天下雪，它绝不能出太阳。

王利发　末世出妖孽。这话我信了。这十块大洋，您自个儿收着，我也不当什么发祥地，您几位在别人还没看见之前，趁早离开我这儿，别让人以为精神病医院的后墙塌了，都跑我这儿来了！

常四爷背着空菜筐，松二爷拎着鸟笼子进了茶馆。常四爷换了短打扮，完全是劳动者的装束；松二爷衣裳寒酸，可鸟笼子还是没扔。

王利发　（迎上去）松二爷，常四爷！

松二爷　（给王利发请安）王掌柜，您好？太太好？少爷好？生意好？

王利发　（回礼一个劲地说）好。托福。

常四爷　以后别行这老礼儿，麻烦。

松二爷　他改不过来了不是？

王利发　松二爷一请安，我也由不得请安了。

常四爷　卖完菜在街上碰到松二爷，一块儿来喝喝茶。现在你这茶馆，越改良越洋活，里边还扮上戏了？

松二爷抬头找挂鸟笼子的地方，找了半天，没找着，只好把鸟笼子搁在脚旁边。

松二爷　是不是哪儿过庙会，扭大秧歌的都上你这儿打茶围来了？

王利发　几个半疯……我给二位弄壶茶去。（拿来茶）二爷，您老没来喝茶了，还都好吧？

松二爷　好什么呀，我想大哭一场！看见我这身衣裳没有？我还像个人吗？

常四爷　二哥，您能写能算，难道找不到点儿事做？

松二爷　谁愿意瞪着眼挨饿呢！可是谁要咱们旗人啊，就说秀岑吧，在哪儿干上半天，就让人给辞了。今天换个地儿，明天又换个地儿，换了不知道多少。都说得客气着哪，另寻高就，可哪儿有那么多高就啊……想起来，大清国不一定好啊！可是到了民国，我挨了饿！

常四爷　都难哪。没有铁杆庄稼了，我所幸还有膀子力气，起早贪黑也不容易。

王利发　秦二爷，知道吧？前天跟儿子在这儿唱了出《风云会》，爷儿俩反目。

小黄鸟在笼子里扑腾。

王利发　二爷，还是黄鸟吧，哨得怎么样？

松二爷　还是黄鸟！我这辈子只养黄鸟！有缘，我饿着，也不能叫鸟饿着！（有了点儿精神）你看看，看看。（打开罩子）多么体面！一看见它呀，我就不想死啦！

王利发　松二爷，不准说死！有那么一天，您还会走一步好运！

松二爷　好运，现在谁信那个啊，我看你也快成了唐铁嘴了！

正说着，唐铁嘴一帮人穿戴完毕，踢里哐啷要往外走。唐铁嘴见到常四爷和松二爷，吃了一惊，有心回避，想顺墙溜。

常四爷　站住！

唐铁嘴　是常四爷呀，松二爷也在。松二爷，您家少爷好吗？

松二爷　唐铁嘴，一看见你我就想起我那十个金元宝来了，你坑人坑到家了！

唐铁嘴　松二爷，都这么些年了您还记着呢，您家秀岑少爷都快娶媳妇了。

王利发　唐铁嘴，你就积点儿德吧！

唐铁嘴　我让松二爷得了个大儿子，难道不是积德？

常四爷　你给我滚，以后别让我再看见你！还有你！（从人后头一把揪出延生观老道，提着脖领子）你这个花老道，我一看见你就想揍你！（到墙边去拿扁担）

“救世军”们夺门而逃。

常四爷　一帮乌合之众！

王利发　在这儿闹腾半天了，轰都轰不走。

常四爷　二哥，走！找个地方喝两盅去，一醉解千愁！王掌柜，我可就不让你啦，没有那么多钱！

王利发　我也分不开身，就不陪了。

白天。地坛。

唐铁嘴一帮“救世军”在地坛演出祭地闹剧。“大统领”带领众人向“地母”行三跪九叩大礼。老百姓在旁边指指点点，哈哈大笑，“救世军”们庄严肃穆，煞有介事。

一声哨子响，警察挥着棍子来了。

“救世军”作鸟兽散。

白天。胡同里。

唐铁嘴穿小巷，过短桥，顺墙根一通猛蹿。边蹿边脱袍子，黑冠，绣花带子，全扔了……

白天。南城大杂院。

旧北京的杂院，房屋低矮，杂乱无章。住的多为引车卖浆者，也有妓女、骗子、流氓。大杂院北屋门口躺椅上坐着个男人，举着茶壶嘴对嘴在喝茶。他姓赵，人称赵三爷，是这院子的二房东。

唐铁嘴熟练飞快地跑进自家屋门。

赵三爷　又熬不住了吧，没人追你！

白天。唐铁嘴家内。

家徒四壁，一无所有。

唐铁嘴哆哆嗦嗦掀开炕席，拿出一张锡纸。

唐铁嘴儿子，一个十三四岁的小子，长相酷似唐铁嘴，帮着父亲从小瓶里倒出点儿“白面儿”，唐铁嘴从下头点了，贪婪地吸着。

小唐铁嘴　爸，我明儿也支个卦摊，一天不多赚，赚他个三五块。

唐铁嘴　你太嫩。世道变幻无常，全凭着咱们一张嘴，是圆是方，是黑是白，能蒙就蒙，能骗就骗，得回手也不容易。

小唐铁嘴　有话说是青出于蓝而胜于蓝。咱们这是仨月不开张，开张吃三年。

唐铁嘴　甭给我上眼药，咱们家还有什么吃的？

小唐铁嘴　什么也没有了。

唐铁嘴　我这儿还有“救世军”的大洋，三百多块……

小唐铁嘴　都是假的！

白天。茶馆后院。

王利发从院里走过，如没看见锁在屋里的二栓。

二　栓　开门！我拉屎！

王利发　拉屋里！

二　栓　我拉不出来！

王利发　那是你还没憋到家。（到前面去了）

李三悄悄把锁打开。

二　栓　他管天管地，管不了拉屎放屁。

李　三　拉完就回来，我再给你锁上。

二　栓　那当然。

白天。茶馆内。

王利发　（对李三）你又上当受骗了，他这会儿要是还在茅房，我把“王”字倒过来写。

大　栓　倒过来还是个“王”。

白天。茅房门口。

王淑芬和李三在外面叫。

李　三　二栓，二栓！

里面没人答应。

李　三　我进去看看。（进去很快出来）得，“王”字倒过来了。下边还长了两只脚，跑了！

王淑芬　这小王八羔子！

白天。西送年胡同。

北京的胡同。墙上蓝底白字的搪瓷牌子已经破烂残旧，凹凸的砖墙显出了岁月的痕迹……

二栓一路小跑，来到西送年胡同，他要把从监狱带出来的“东西”交给王老盛。

胡同里没有一个行人，有警察把着胡同口，2号的门口有警察端枪站立，二栓意识到不好，已经迟了，眼见着宋恩子、吴祥子从2号院里走出来。两个特务见到二栓也感到意外。

吴祥子　嗯？你怎么来了？

宋恩子眯着眼睛看着二栓不说话。

二　栓　我来找二德子。

一警察　（没心没肺地）二德子刚才还在这儿哪，拿了钱就走了。

吴祥子　你找他干什么？

二　栓　我要报仇！

吴祥子　报什么仇？

二　栓　我要把他的胳膊也卸下来。

吴祥子　嘿……（踢了二栓一脚）

二栓借机会走了。

宋恩子　（若有所思）这小子怎么会找到这儿来呢……

晚上。锁二栓的屋里。

二栓悄悄拿出老胡交给的文件，在盆里点着了。

晚上。王家正屋。

王利发　（在灯下打算盘，愁眉不展的）学生们常说什么“平等”，铜子儿不平等，什么也不用说。

王淑芬　甭算了，算过来，算过去就这点儿钱，我数过，一整天上咱们茶馆来喝茶的也没十几个。

王利发　我是在算公寓的租钱，等于说咱们是把秦二爷后头的房都租下来开公寓，连房租带水电加上二十人的吃，到头来每月咱们没赚着几个……

王淑芬　秦二爷那儿的房租是一大块。原本把茶馆的房买下来是养后头，到现在，不但没养了后头，反倒成了负担……还是得把后头的房买下来，秦二爷的房租就省了，咱们就能赚点儿。

王利发　现在可不是前几年了，现在我手里一点儿积蓄也没有，就是当天的菜钱，我也得当天挣出来。

王淑芬　咱们不是在秦二爷的丹枫火柴厂还入着股吗？十几年了，咱们那些股肯定不少了，火柴厂是个赚钱的工厂。你去跟秦二爷说说，那些股咱们不要了，咱们换成后头的房。

王利发　秦二爷正在难处，我张不开嘴不是？那年入他火柴厂十股，不到两年，就翻了多少倍。这回咱们入了一百股，十几年了，我憋的就是后头这房。

王淑芬　明天我在前头顶着，你上秦二爷家提提这事。（嗅嗅）什么味儿？好像哪儿着了！二栓！

晚上。锁二栓的屋里。

王利发两口子心急火燎地打开锁，盆里的文件已经燃完。

王淑芬　你在屋里造什么哪？

二　栓　这叫烽火戏诸侯，跟殷纣王学的，要不然你们怎么能给我开门呢？

白天。秦二爷家客厅。

秦二爷　火柴厂是有小赚，由原来的年生产两千五百万包火柴扩大到了四千万包。这些年你没说提股的话，我就把它滚到扩大生产里头了。你知道，仗再怎么打，世道再怎么乱，火柴厂是永远不会亏本的，老百姓离了什么都行，离了火柴不行，你总不能让人再回到钻木取火的年代去吧？人但凡往前迈了一步，你让他再退回去，是万万不可能的。

王利发　我现在有多少股了呢？

秦仲义　我得让管账的算。刘妈，你让老张来一下。

老　张　二爷，您叫我？

秦仲义　算算王掌柜在丹枫的股份。

老　张　是。（查簿子，拿算盘算）二百三十七股。

秦仲义　不少了，再买一个茶馆都够了。

王利发　（按捺不住喜悦）秦二爷，我得谢谢您。西洋的规矩也不都是坏的，搁到厂子里，钱就能生钱，它就成活的了，比我辛辛苦苦开茶馆强。

秦仲义　你来不光是问我股份的吧？

王利发　（很张不开口地）我想拿这钱把您茶馆后头的房抵下来……

秦仲义　……

王利发　您刚才不是说再买一个茶馆都够吗！

刘　妈　老爷，有军械局的人来找。

王利发　我明儿再来。（站起欲走）

秦仲义　（拉住）你就坐这儿。我还没给你话儿呢。（对刘妈）让他们进来。

一小官僚和一军人进来。彼此寒暄。

秦仲义　这是裕泰茶馆王掌柜，丹枫的股东，（对王利发）虽然没几股。

王利发　（谦虚地）我那叫什么股东。

小官僚　（跟王利发点点头）现在的局势秦二爷想必也知道，直奉战争越打越紧，曹大帅、冯大帅，还有东北的张大帅，各不相让，北京这块风水宝地，谁占住了谁就是王。咱们的军队，武器是没的说，地道汉阳造，人家湖北那边供着家伙，这火药还得咱们自个儿出，我们是想，您的丹枫生产火柴跟生产火药是一码子事，您要是改了火药，那利润是翻着倍地往上涨，这是一笔大生意啊，秦二爷。

秦仲义　（看着王利发）是啊，现在他哪儿不打仗呢？打仗比笼火做饭还家常便饭！

王利发看着秦仲义，一脸严肃。

军　人　秦老板，打仗也是一桩挣钱的买卖，能挣大钱！

秦仲义　不错，要不然怎么那么多人不爱干别的，他就专爱打仗呢！

小官僚　生产军火能发大财，而且来得快，大炮一响，黄金万两，只要秦二爷点个头，金条洋房那是小事，上边再委任个什么名分，大宗的钱还不又翻着跟头来！

秦二爷　王掌柜，您看这头点还是不点呢？这里头也有您的股份，要发大财咱们一块儿发？

王利发　秦二爷，丹枫是您创起来的，您自个儿拿主意……您，您老跟我较什么劲！

秦仲义　我现在就要听听你的主意。我要看看你是怎么个人！

王利发　钱是好东西，谁都爱，顺顺当当来钱谁都盼着。

军　人　王老板看得明白。

王利发　可我怕的是半夜睡不着觉。

秦仲义　（会心一笑）我跟你一个毛病，越到半夜越精神，一趟一趟地起夜，晚上不敢喝水，什么天王补心丹，什么枣仁安神丸，敢情都是白搭！

王利发　在被窝里一个劲儿地放大屁！

秦仲义　臭得我不敢掀被窝！

军人跟着一块儿哈哈笑。

小官僚的脸色不好看了。

小官僚　秦二爷……

秦二爷　你是没到这岁数，没这体会。

小官僚　秦二爷，您考虑考虑，我明天再来，听您的回话。

秦二爷　明天，明天我跟太太上戒台寺看松树去。

小官僚　那就后天。

秦二爷　后天商会在东安市场有活动。这么着，什么时候我想把火柴改火药了，我自个儿上军械局找你们。

小官僚　告辞了。秦二爷再考虑考虑，一步棋走错了，满盘皆输呀！

秦二爷　棋子儿输光了它还有棋盘呢。

小官僚们走了。

秦仲义　他愣没听明白。

王利发　他心里明白得很。

秦仲义　咱们接着刚才的说，你说什么来着？

王利发　我要用股份把茶馆后头的房买下来。

秦仲义　我不卖！

王利发　……

秦仲义　怎么？不行吗？买不买是你的事，卖不卖是我的事，得两相情愿。小王啊，茶馆后院住着的崔久峰崔先生最近还闲着？

王利发　闲着，每天念《心经》，傍着他，那经我都快会背了。

秦仲义　那是个人才。

王利发　看不出来。

秦仲义　他在外国是学工业的，是我这个工厂用得着的人，不知道他愿不愿意上我的工厂来干。

王利发　我回去给您问问。

秦仲义　还是我自己瞅机会去跟他说好。

王利发　秦二爷，您真的不卖房？

秦仲义　你怎么又绕回来了？我说过了，不卖！

王利发　您就不能通融通融，成全我一回？

秦仲义　我不成全你！知道吧，这会儿你在我眼里，跟刚才那小子一个样！

白天。京畿高碑店。

奉军在小镇大肆抢掠。鸡飞狗跳墙。

老百姓的驴被兵们赶着走了，老汉在后头追赶哭喊着要。

一个兵与女人从屋里为一件衣服撕扯出来，女人揪住不放，兵身上已经披挂了不少，拖着女人在街上走。

兵们在住家户屋内搜刮抢劫。

白天。一富户屋内。

两个兵用枪逼着主人拿出“值钱的”来。主人和老婆跪着求饶，第三个兵翻出首饰匣子，倒在炕上，三个兵哄抢。

白天。一穷户屋内。

一个兵将屋主炕桌上的油灯、铜锁全收拾进包袱，说是“也能卖点儿钱”。

白天。当铺内。

老林、老陈两个人正用枪逼着掌柜的“把钱拿出来!”老林和老陈是拜了把子的两个兵，老林小，是弟，老陈稍长，是哥。老陈的头像个木瓜，脸皮并不很粗，只是七棱八瓣的不整庄。老林肥头大耳朵的，是猪肉铺的标准美男子。

掌柜的　老总，真的没……没钱了，我才开张没三天……

老　林　（陕西话）你看见喔狗了吧，你要是不给，就和喔一个样!

（叭地一枪，叫唤的狗应声而倒）

老　陈　（一拉枪栓，山西话）我的枪可不是吃素的!

掌柜的　我给!我给!（从怀里掏出两块大洋）

老林抢过来，看了看。

老　林　妈拉个皮，啬皮得很，老子知道你有钱!

老　陈　（一把拽过掌柜的妈）要是不给，你妈就像那条狗一样!

老太太　孩子，你别给他们，妈早晚得死，钱可是早晚挣不来。

老　林　看你妈重要还是钱重要?

掌柜的　得啦，爷爷们，我给还不行吗?（从炕洞里拉出个口袋）都拿去！

老　林　（打开口袋，惊喜地）哥，现大洋！

两人将口袋揣怀里，临出门，回过头，一人一枪，将掌柜的和他妈打死了。

白天。街面上。

有兵在吹哨，喊“集合了！集合了！”

各种“装备”的兵们五花八门地从各家各户走出来，向着集合地走去。边走边掉，边掉边捡。

白天。当铺门口。

老林和老陈从里面跑出来。老林要往西跑。

老　陈　（指了指东边）那边。

老　林　在那边集合！（指西边）

老　陈　（指了指怀里）有了这个，还集他妈个×！

两人往东跑，几个集合的兵与他们迎面而过。

白天。田野。

两个人背着枪在青纱帐里猫腰猛跑。

黑夜。田野。

老　林　（疲惫地停下来）我（读俄）走不动咧，跑啥哩，跑啥哩嘛，后头没人追咱们。

老　陈　你懂个啥，咱这是逃兵，让当官的逮了，罪过大得很呢。

老　林　我饿得很，抢了那么些钱，咋就没有想着抢个馍哩！

老　陈　我也饿了，这荒郊野地上哪儿找吃的去呀？等一下！看，咱们坐的是啥地？

老　林　（向周围一摸）哈！巴它家的，西瓜地！

两个人摸黑摘了西瓜，砸碎了，在黑夜中高兴地吃起来。

老　林　哥，我算服了你了，到啥时候你也有办法！没有你，现在我是死是活还不知道哩。

老　陈　谁让咱俩是拜了把子的兄弟呢，这就叫交情。

老　林　哥，你啥时候都是我的哥，我往后就听你的！

老　陈　哥亏待不了你！咱有了钱，回到山西老家，买他几十亩地，盖一院房，娶个老婆……

老　林　哥，在陕西买地、盖房、娶老婆。陕西比山西好！

老　陈　俺们山西宁化府的醋，香得让人发软。

老　林　我们陕西凤翔县的酒，美得让人成仙！

老　陈　山西好！

老　林　陕西好！

老　陈　（一笑）妈的，咱们这是做啥哩，睡觉！

老　林　睡觉！

两人在瓜地倒头大睡。

早晨。田野，西瓜地。

太阳升起来了。万道金光。阳光照在酣睡的老陈、老林身上，无遮无挡，他们完全暴露在光天化日之下。一人一身黄军装，一人一杆步枪，那么突出，那么显眼。

地头上有瓜棚，看瓜的年轻人从棚里走出来，伸了个懒腰。很快，他发现了这边的情况，提着铁锹走过来。

看瓜的望着地上呼呼大睡的两个人，莫名其妙。

老林和老陈打着呼噜，高高低低，有声有调。

老陈突然一睁眼，看见了头顶的看瓜的，哇的一声坐起来，跪在地上不住磕头。老林也醒了，先给看瓜的认认真真地敬了一个礼，然后稀里糊涂跟着老陈一块儿磕。

老　陈　这位爷，饶兄弟一命，兄弟实在是万不得已呀！

老　林　我们下次再不敢了！

老　陈　求爷高抬贵手，让我们过去！

老　林　我们这辈子也忘不了您老的大恩大德！（看着老陈）不对呀，哥，咱们这是做啥哩？

老　陈　是呀，咱们这是做啥哩！

两个人突然意识到什么，同时哗啦一下站起来，抄起枪，换了一副嘴脸。

老　林　举起手来！

看瓜的举起了手，还是没闹清怎么回事。

老　陈　前边是哪儿？

看瓜的　德胜门。

老　林　德胜门是哪儿？

看瓜的　德胜门就是德胜门。

老　林　它为啥叫德胜门？

看瓜的　因为我爷爷告诉我它叫德胜门！

老　陈　脱！

看瓜的　脱什么？

老　陈　脱衣服！

看瓜的犹豫。

老　林　脱！让你脱，你就脱！

看瓜的一件一件脱，剩了个裤衩。

老　陈　脱！

看瓜的很不情意地将裤衩也褪下来了，拿了个草帽捂住下部。

老　陈　（对老林）快换！

老　林　咱俩人一套衣服？

老　陈　能换多少是多少！

两个人扒下军装抢着换看瓜的衣服。老陈光着脊梁穿了条裤子，老林穿着裤衩套了件衣裳。老陈将那口袋钱拴在裤腰上，拽起老林就跑。老林跑几步回来要拿枪。

老　陈　还要那干啥，快走！

老　林　能卖不少钱哩！

老　陈　那是秃子头上的虱！

老林觉着不能白跑回来，抓过看瓜的挡在前面的草帽就扣在头上。

看瓜的　（醒悟过来）抓逃兵啊！

两个人跑得更快。

常四爷挑着菜担子过来。

常四爷　二宝？怎么这模样了？

二　宝　（指着跑远了的林和陈）逃兵把我衣裳抢了！

常四爷　（拾起地上的枪扳了几下）没子弹了。（对二宝）把地上的衣裳拿回去，用颜色煮煮，给孩子们穿。

二　宝　眼下我怎么回去？

常四爷　我今天不卖菜了，回村叫你媳妇给你送衣裳来。这东西我拿回去了（将枪插进菜担子），记住，今天你什么事也没遇到，（指枪）也没见过这玩意儿！

二　宝　哎。

德胜门城墙。墙根。

老陈和老林来到城根。早晨，城根几乎没有人，只有一个剃头的，将剃头挑子在城墙下摆开，收拾家伙准备迎接买卖。

老　林　（对着城墙敬礼，摸着城砖）好我的北京哩，这就是皇上住的地方，我大（陕西话，父亲的意思，读“达”）做梦都想看看金銮殿哩，他老人家就是没喔福哩。大呀，我看见紫禁城啦！我摸着北京啦！

老　陈　剃头的，给你一块钱，我要买你这身衣裳。

剃头的　你这人怪，把衣裳卖给你，我穿什么？

老　陈　你这身衣裳它不值一块钱吧？

剃头的　甭管值不值，它是我身上的衣裳，卖你我就得光着。

老　陈　（看看四周没人）你不要敬酒不吃吃罚酒！

老林从背后就给剃头的一拳。把剃头的打蒙了。

老　林　跟他费那些话做啥哩！（扒了剃头的衣裳裤子，两人夹着跑进了城）

白天。胡同口。

两人从胡同里出来，都穿齐整了。老林的衣服是剃头的，太小，露着肚脐眼。裤子捞鱼的一样，露着小腿肚子。

老　林　（使劲抻着衣服）哥，小了点儿。

老　陈　先凑合着！

白天。街面上。

老林、老陈乡巴佬进城，看什么都新鲜，在街上瞎撞。撞了人不管是谁，老林都要给人家敬礼。

看见穿旗袍的摩登小姐走过，那眼睛就像安了钩，追着不放。

有耍猴的也要站下来看，有卖凉粉的车子也要站下来看，有卖兔爷的也要站下来看，有电车路过，也要站下来看，嘴张着，眼直着，傻得让北京人看他们。

墙根避风处安了张桌子的唐铁嘴，将两个宝拢住了。

唐铁嘴　二位请留步，我有话送二位几句。

老　林　（给唐铁嘴敬礼）要钱不要？

唐铁嘴　白送。

老　林　白送就听。

唐铁嘴　我看得出来，二位爷不是一般人。

老　陈　我们怎么的不一般了？啊，你看出我们是做啥的了？

老　林　对，你说我们到底是做甚的？

两个人的口音暴露无遗。老陈时不时都摸摸裤腰，也引起了唐铁嘴的注意。唐铁嘴对二人已摸透七八成。

唐铁嘴　二位祖籍在西边，可却打东边来。初来乍到，还没落下脚跟。面孔红润，头顶瑞气盘旋，主身带大财，但是二位爷财气虽旺，可心中动止不安哪！

老　陈　娘的，还有点儿门！（索性坐下来）你有啥法子让我们动止不安的心定下来。

唐铁嘴　（指着老林）就说这位大哥，面庞敦厚，五行中带有土相，可想而知，大哥的老家别的不多，土多，土还不是什么好土，生黄土，盖房子没砖，挖洞起碹，八百里地见不着一棵树，没有木头，拿木头当宝贝，那地方的知县出来，才戴木头顶子，后头还跟着四个“救火会”，端着水唧桶（清朝一种救火装置）保着，怕顶子着火，烧坏了没地方趸去！开玩笑了，咱们言归正传，您看这位爷（指老林）这个儿，这高矮胖瘦，可着全北京找，您就找不出第二份儿，您瞧，肩胛骨高，能担事儿；后背骨厚，不怕压；胳膊肘骨深，手腕活；再往脸上看，眉骨宽，性聪慧；颧骨隆起，居高位；方面大耳颌骨肥，必主大富大贵，将来不是位督军就是省长！

老　林　娘的，我能当督军！

唐铁嘴　我是直言无隐，绝不是奉承。二位的面相里带着财气、喜气，可这气只限于京城，别出城圈，二位只要一出了北京城门，什么气也没了，就剩下入库了。

老　陈　啥叫入库？

唐铁嘴　库即墓也。

老　陈　就是说，离开北京我们就得死？

唐铁嘴捻须不语。

老　林　哥，他说得对，咱们在城外当兵，说打就打，脑袋在裤腰上别着，只不定啥时候挨枪子，不死才怪哩！

老　陈　（瞪了老林一眼，又问唐铁嘴）那你说，我们在北京怎么才能发财？

唐铁嘴不语。架子端起来了。

老　林　（捅了捅老陈）哥！（朝唐铁嘴努努嘴）

老陈很不情愿地掏出一块大洋。给唐铁嘴推过来。唐铁嘴拿过大洋，吹了一下，放在耳朵上听。

老　林　真货。当铺里出来的！掌柜的都验过了。

老陈又瞪了老林一眼。

唐铁嘴　说说生辰八字。

老　陈　啥八字？

唐铁嘴　出生年月日和时辰。

老　陈　我是属猪，腊月二十三生的。

唐铁嘴　正好是过年杀猪的时候。时辰？

老　陈　怎么叫时辰？

唐铁嘴　你妈生你的时候是几点钟？

老　陈　我们乡下没有几点钟，我娘说她生我的时候正往地里送粪，我是生在粪堆里的。

唐铁嘴很神秘地掐着指头算，老陈、老林傻张着嘴看着唐铁嘴，等待结果。

唐铁嘴　要想发，往南插，甭往远处走，水沟旁边就是家……

老　陈　咋走？

唐铁嘴　（伸出手来）我领你去，也不能白跑腿吧？

老陈很心疼地又给了一块大洋。

白天。大杂院的某间小屋。

唐铁嘴和赵三爷将老陈、老林领进来。小屋是里外间，烂旧不堪。

老　林　这房塌不了吧？还没有我们那墶儿的窑洞结实。

赵三爷　这是这一带最结实漂亮的房，您可着东南城找，要找着两间比这好，比这便宜的，我豁出去，不要您的房钱。

老　林　哥，你看哩？

老　陈　就这样吧。

老　林　哥，你睡里屋，我睡外屋。

唐铁嘴　回头我带二位上估衣铺买两套衣裳，上小市儿买点儿手使的东西，您这家就齐了。

老　林　哥，这么说咱们也算北京人咧！

唐铁嘴　敢情，您不是北京人谁是北京人呢？二位要想真在北京落下脚跟，每人还得有个叫得响的名字，像您二位叫林栓驴、陈狗剩不行。

老林、老陈　你说，我们叫啥？

唐铁嘴　你叫林得胜，字占元，你叫陈国藩，字永成。

老林、老陈　记不下，根本就记不下。

唐铁嘴　给我两块大洋，我明天给你们一人印一盒名片，往后见了谁，递上一张名片，透着那么规矩、那么派头、那么北京。

老林、老陈　行，行！

夜晚。茶馆后院。大雨滂沱，雷声隆隆。

王利发打着雨伞站在院里指挥大栓和二栓，往客人的房顶上遮盖雨布，哥儿俩浑身精湿，在风雨中费劲地铺盖着。王成、张大宾、贺绩成也上去帮忙。

王利发　盖严实了，把缝子拿砖压住……

房客甲　王掌柜，我跟您正式提出，我的生命财产现在受到了严重威胁，我的书都湿完了，这笔损失是无法用金钱计算的……

轰鸣的雷声。

王利发　您说什么？我听不见！

房客乙　（从窗户探出头）就这房，水晶宫，每月还四块大洋的房钱哪？

房客丙　天一晴我就搬走！

王利发　各位，多包涵吧，我也没想到它下这么大的雨……

晚上。王家屋里。

王淑芬用盆用碗用一切能盛水的家什在接房顶上滴下来的雨水。

王利发　（进来，擦身上的水）打着伞都湿了，这雨，跟从天上往下倒似的。（又不放心地看看外面，看看在房上和风雨搏斗的栓们）还是儿子管用，关键时候老大、老二真能顶上事！

王淑芬　所以呀，平常你对孩子们好点儿，别动不动就抽嘴巴子！

王利发　（看自家屋里的情景）漏得跟筛子似的，今天晚上没地方睡觉了。

王淑芬　这日子口你还敢睡觉，我这心一直在嗓子眼提着呢，哪座山墙塌了都让你吃不了兜着走。

王利发　秦仲义这老狐狸，他不修房也不卖房，让我干受着。有时候气得我恨不得咬他一口！

王淑芬　秦二爷是按规矩办事，买与卖是两相情愿，你买他不卖跟他卖你不买是一个理儿，你犯得上咬人家？你不是还从他的火柴厂赚了一笔嘛，人家要想把你的钱匿了，还不是轻而易举的事？

王利发　我明天把股份提出来，咱们不入了还不行！

王淑芬　跟孩子似的，你当时为什么不说？

外面轰隆隆红了半边天。

雨夜。茶馆后院里。

大栓们站在房上往东看。轰隆的响声夹杂着雷鸣电闪，响成一片。

二　栓　放焰火喽——

东边爆炸不断。

王利发　这让我想起了当年神机营军火库的爆炸。

早晨。茶馆后院。

天晴了。王淑芬在院里为大伙儿晾被子。

李　三　（提着两捆小白菜进来）就这么两捆菜，净是虫子眼，八大枚，顶四个烧饼！

王成、张大宾　（出门）王婶我们上课去了。

王淑芬　昨天让你们受累了！

上午。茶馆内。

几个茶客在喝茶。王利发在招呼客人。

卖报的　卖报，瞧新闻咧——（探进头）王掌柜，今天没有打仗的新闻，您买不买？

王利发　今天有什么新闻？

卖报的　昨晚暴雨，城南三万户进水，全城倒塌房屋五百二十三间，淹死仨老太太四个小孩。

王利发　倒真不是打仗的。

卖报的　还有哪，丹枫火柴厂爆炸，厂房夷为平地，炸死工人十二名。

王利发　（呆了）这比打仗还可怕……（停了一会儿）栓他妈！栓他妈！

王淑芬　（从后头跑过来）什么事呀，把你急的，语声都变了。

王利发　我得上秦二爷那儿一趟！

白天。丹枫火柴厂废墟。

王利发扶着秦仲义站在还冒烟的场地上。秦仲义满身满脸烟土，看着自家的工厂，欲哭无泪。

一小车在火场停留了一下，开走了。

白天。小车里。小官僚和军人并坐在后面。

小官僚　余旅长，您干得很利落。

军　人　这是我的本行。

白天。火场。

秦仲义　（语不成声地）它爆炸是早晚的事！不怕贼偷就怕贼惦记着……

王利发　秦二爷，咱们从头来，咱们从头来还不行吗？

秦仲义　我有多少家当，经得起这么炸啊……

两个人站在火场边，默默无言。秦利民赶来。

秦利民　爸。

秦仲义冷淡地，看也不看儿子。

王利发　秦少爷，您看看这……

秦利民　爸，怪我，我和工人们没把厂子保护好。

秦仲义　你斗争去吧，你罢工去吧！这是你最想要的结果，是吧?!

秦利民　爸！

白天。北京庙会。

庙会上热闹非常。拉洋片的、卖大力丸的、耍中幡的、卖糖葫芦的、卖风车风筝的、卖各类小吃的。

老林、老陈在唐铁嘴带领下在庙会上周游。两个人都换了长袍马褂，一个嘴里啃着一串糖葫芦，一个啃着半只烧鸡，东张西望，兴致极高。他们最爱看的还是女人。

拉洋片的　（唱）往里瞧吧又是一片，来到了苏州大街您再观上一观。一条大街长十里，招牌幌子挂在两边。钱庄当铺两对过，茶楼酒肆紧相连。路南有座美人书寓，画栋雕梁好门面。楼上坐着听书的客，跑堂的过来又把茶端。有几个官人会弹唱，怀抱琵琶定准了弦。开口唱的是马头调儿，然后改了太平年……

老　林　哥，我要看这。

唐铁嘴　这叫拉洋片。里头热闹着哪，净是光屁股大美人。

老　陈　我也看。（向拉洋片的递过名片）这是我的名片，我的字号都在上面写着哩，多少钱看一回？

拉洋片的　（接过名片莫名其妙）一大枚一回。

两人给钱。

唐铁嘴哈欠连天。

唐铁嘴　逛庙会用不着给名片，你（指老林）也用不着敬礼。二位自个儿慢慢看着，我到那边歇歇。

老　林　你去！你去！

唐铁嘴　这个……（用手做钱状）

老　陈　（塞他几张票子）你咋老要钱哩！

大栓和二姑娘也在逛庙会。

两人在灌肠摊吃灌肠，到戏台前看评戏。

二姑娘　没意思，还是《小放牛》好看。

在卖绒花的摊子前，大栓给二姑娘买了一朵红绒花。

大　栓　戴上，现在就戴上。

二姑娘　（很喜爱地把花收好）你懂什么呀，这是小媳妇戴的，插在后边的纂上。哪儿有大姑娘戴红绒花的？

大　栓　那你就当小媳妇时再戴。

二姑娘　我不理你了！

白天。庞府正屋。

康顺子在擦桌子，收拾屋子。庞继祖有六七岁模样了，穿着粗布衣裤在屋里玩。看来他并没有享受到真正的少爷待遇。

康顺子边干活儿边注意庞继祖的行踪。

康顺子　千万别出这院！

庞继祖　知道。

康顺子　乖，帮妈把这两块搌布在盆里投投（投，北京话，“洗”的意思）。

庞继祖　妈，给您。

康顺子　儿子真好，能帮着妈干活儿啦！

庞继祖　妈，我劲大着哪！不信，我跟您掰腕子。

庞继祖跟康顺子掰腕子，康顺子故意输给庞继祖。

庞继祖　怎么样？

康顺子　力气真不小，以后我就叫你大力得了。

庞继祖　大力好，大力比庞继祖好，妈，我姓您的姓，我叫康大力。

康顺子　小点儿声，别让他听见。

康大力　妈，他对咱们真狠，人家说他不是我爸爸，他是太监，太监是什么呀？

庞太监拄着棍进来，两人都没发觉。

康顺子　小孩子，别问，等你大了就知道啦。

康大力　妈，我看见他坐着撒尿，他不是男的吗，他怎么跟我不一样？

庞太监悄悄走过来，猛地掐住康大力脖子，往死里掐。

庞太监　我让你说！我让你说！

康顺子　你松手！

康顺子和庞太监争抢康大力。庞太监松开康大力拿拐棍抡开了打，康顺子护着康大力，棍子打在她的身上。

康大力一下挣开康顺子的保护，挺立在庞太监面前。

康大力　我不是你儿子！

庞太监气得一句话说不出，面孔抽搐着，浑身哆嗦着，拿棍子狠狠地打康大力。

康大力不躲闪，不喊叫，也不哭，死盯着庞太监。

康顺子　孩子，你躲躲啊！

康大力　我让他打！打多少我都记着！

庞太监　又是一只白眼狼！白眼狼！

康顺子　（给庞太监跪下）求求您，别打了！别打了！

康大力　妈，您别求他！（对庞太监，一字一字地说）我叫康大力！

晚上。常四爷家。

常四爷和常喜贵在灯底下擦拭得来的两杆枪。

常四爷　我这辈子好像跟枪有缘，义和团那会儿白捡过一支洋枪，没子弹，根本没法用，像个玩意儿，我把它放王掌柜那儿了，过城门的时候吓得他差点儿尿了裤子！这回，又白得两杆汉阳造，还行！

常喜贵　我看，我命里注定就是个使枪的角色，您知道，连我自个儿都没料到，我的枪打得那么准。这几天，为马五的案子查得厉害，弟兄们让我躲躲，大概以后我再不能出头露面地唱戏了。

常四爷　别告诉你妈。

常四奶奶　（进来）喜贵，你怎么还在家坐着呀，今天晚上不是有你的戏吗？

常喜贵　昨天在台上胳膊抻了一下，请几天假，歇了。

常四奶奶　也该歇歇了。（对常四爷）又摆弄这俩招祸的玩意儿，人家朝外扔，你倒好，往家捡，搁在顶棚上，让我成天提心吊胆。

常四爷　有了它你应该安心。

常四奶奶　让官面上的人搜出来是死罪。

常四爷　瞧着，早晚我有用着它的时候！

常喜贵　爸，有了它，我就什么也不怕了，我们燕子会有它能干不少事儿！

晚上。饭馆门口。

某要人被簇拥着出门，正要上汽车，冷不丁一声枪响，要人倒下。

晚上。某官府门口。

一声爆炸，两个站岗的被炸上了天。

白天。树林里。

一班军人，押送着物资走在僻静处，一阵爆炸，枪响，军人四处逃散。常喜贵领着一帮燕子会的人杀出来，抢走物资。

晚上。郊区某住户。

在枪的威逼下，一个胖胖的大地主，哆嗦着拿出一箱钱来，交给常喜贵和他的燕子会。

——第十集完

第十一集

白天。茶馆内。

王淑芬　那轰隆一下，什么都没了?

王利发　可不没了!

王淑芬　咱们得跟秦二爷把咱们的要回来!

王利发　娘儿们家，你懂什么，当初赚了的时候你上赶着加入，现在赔了，你就撤，他赔你也赔，一根绳上的蚂蚱!是赔是赚，你都得睛受着。

王淑芬　那天你上他们家，要是坚持着退，咱们不也把钱拿到手了?一念之差，你就丢了一院房!

王利发　你不也是事后诸葛亮吗!

王淑芬　咱们现在什么盼头也没有了。(抹眼泪)

王利发　栓子他妈，咱们还有茶馆，咱们还有俩儿子……咱们还能挣……

王淑芬　要是年轻，说这话我还信，现在都入土半截了，不是折腾的时候了，老了老了，咱们成了一无所有了!

白天。陶然亭茶社。

十几个人围着桌子开会。秦利民也在其中。

老　李　今天，咱们北京市总工会正式成立了，这是咱们北京工人阶级第一个全市性组织。我们下一步的任务是要组织工人和资本家继续展开斗争，争取我们工人的合法权益。要提高工人的觉悟，让工人们认识到，工会是工人自己的组织。秦利民同志，你看你还有什么要补充的？

秦利民　回去以后，几个大厂互相之间要多加强联系，定期举办职工训练班，培养工运骨干，推动工运进一步开展。

老　李　谁还有什么说的？

众　人　没有了。

老　李　没有就散会，回去分头行动。

众人散。

老　李　利民，你父亲最近怎么样啊？

秦利民　他不甘心，硬撑着要办什么银号呢，说织布厂洋人挤，火柴厂，中国人炸，他要弄份挤不垮、炸不烂的买卖。整个儿一不屈不挠。

老　李　我们要争取他，团结他，不要跟他搞得太僵了。

秦利民　老头子太倔，对我的意见大了。

老　李　多回家，多跟他聊聊。

秦利民　哎。

晚上。老林、老陈的小屋。

两个人搞来很多大美人的画，有宣传老刀牌香烟的，有宣传“双妹花露水”的，有宣传百货公司的。有年画，有画报封面……各式各样的美人。忙忙碌碌两个人贴了一墙，很得意地欣赏着。（作者提醒美工：此类画琉璃厂中国书店有作为明信片出售，一套十张）

老　林　哥，这个穿红旗袍的我喜欢，看喔飞机头烫的，洋活得很。

老　陈　我不要喔，我要这个，银盘大脸，大屁股大奶，富态得很，你看喔样子就能生娃，能生小子娃。

老　林　行，那就归你。我刚才那个不能生娃，那我还得挑。……我要这姐儿俩……

“双妹花露水”的广告画上是两个穿着旗袍，一绿一粉，烫着头发，并排站着的美人。老林用手在美人们的身上摸来摸去。

老　林　……让姐儿俩轮换着来。

老　陈　这些美人全部大轮换！

老　林　对，全部是咱们的，轮着来！

两人尽情地垂涎着美人画。

老　林　哥，真美呀，现在咱们有了自己的家，晚上住大院，白天逛大街，命全由咱们自己管着，不用再随着口令转，皇上也不过这样咧。

老　陈　皇上有七十二妃，那都是真的，不是墙上的谝闲传（西北话，“扯淡”的意思）！人家皇上天天吃条子肉，吃然面，钻热被窝，搂着美娘娘……

老　林　这有啥嘛，咱也吃条子肉，咱也钻热被窝，搂着……妈的，搂个屎！

晚上。王家正屋。

王利发在八仙桌前算账。王淑芬在用袜子板补袜子。

王淑芬　北京的电灯从来就没好好儿亮过，一闪一闪的，跟鬼火似的，可电费从来没少收过。帮我把这针纫上。

王利发接过针线，很艰难地穿。

王淑芬　补袜子，补袜子，我一天到头补袜子，你们爷儿仨那脚，就跟长了牙似的，我这双还没补上，那双又破了。

王利发　（赌气地将针还给王淑芬）你以为我能纫得上？我的眼神还不如你呢！

王淑芬　眼一花，就该使唤儿媳妇喽。

王利发　老大还早着呢。

王淑芬　早？他跟油盐店的二丫头越来越近乎了，那丫头我是不喜欢。

王利发　主要是她爸爸不好，没人缘。

王淑芬　我先不说她那个抠门儿爸爸，单说这丫头，她是属狗的，咱们大栓属鸡，鸡狗不到头，你看丫头那俩耳朵，往后背着，猴似的，妨人哪！

王利发　妨谁？

王淑芬　妨婆婆。

王利发　我知道，一个女人要是看不上另一个女人，那就是活对头。

王淑芬　你什么意思？

王利发　没意思。

晚上。胡同里。

电线杆子下边，北风里，大栓和二姑娘冻得哆哆嗦嗦地在幽会。

二姑娘　这几天我爸爸张罗着给我找婆家呢。

大　栓　谁家？

二姑娘　还没定，反正不是你。

大　栓　那怎么办？

二姑娘　这话你怎么问我，我哪儿知道那怎么办？

大　栓　我是说，你们家要是把你嫁给别人了，我怎么办？

二姑娘　……你说呢？

大　栓　在你找到婆家之前我先把你娶我们家来，我回去就跟我妈说，我妈在这事上比我爸爸有主意。

二姑娘　得快着，要不然……我就让人娶走了。

大　栓　明天我就跟我妈说。

二姑娘　还能等得到明天哪，你真是！

大　栓　今天晚上说，可我怎么张嘴呢，跟我妈说，我要娶二姑娘……挺羞人的……

二姑娘　怕羞？怕羞你别娶媳妇！在戏园子里你拉我的手，怎么就不怕羞啦？

大　栓　那不就咱们俩吗，现在又加上一个我妈，仨啦！

二姑娘　你不敢说是吧？不敢说就算了，我明儿嫁给谁，你甭管！

大　栓　生气啦？我说，我现在就说去还不行吗？告诉你，我连将来给你买首饰的钱都攒下了，我要把你打扮成一个漂漂亮亮的小媳妇！

二姑娘　德行！不理你啊！

　　晚上。王家正屋。

王淑芬　不行！你看看她那个爸爸，再看看她那个妈，跟他们家当亲家，我嫌丢脸！

大栓低头站着一句话不说。

王淑芬　穷富咱不论，咱们讲的是人品，讲的是礼性，你可着胡同打听打听，有几家街坊跟他们家有来往，有几个人说他们好的？就她那个妈，成天趿拉着鞋，头不梳，脸不洗，说话直门大嗓，没一点儿妇道人家的规矩！有什么样的妈就有什么样的闺女，将来我的儿媳妇要也那样，我们老王家的门风成什么了……

大　栓　妈，二姑娘不那样。

王淑芬　现在不那样，保不住将来有了孩子，让家务一拖累就得那样！妈是过来人，看得比你远，二姑娘是漂亮，漂亮脸蛋它不能当饭吃不是？我还跟你说，儿子，找媳妇不能找长得太出众的，她招事儿！大宅门里都讲得是丑夫人，俊太太，姨太太可以漂亮，夫人不能过于亮丽，你看看二丫头那双眼睛……

大　栓　您是让我娶她当姨太太？

王淑芬　（乐）你连媳妇都八字没一撇呢！说你不开窍你真是不开窍！跟你说，油盐店的二丫头不行！他们家跟咱们是两路人。

大　栓　怎么个两路人呢？她跟我挺对付的。

王淑芬　我跟她妈不对付！

大　栓　我又不娶她妈！

王淑芬　你跟我抬杠是吧？

王淑芬在数落的时候，王利发走进里屋。

夜晚。里屋。

王利发从箱子里取出拴着红线的麻钱，那是“张家的”留下的物件。时间长了，红绳已经变黑，看着手中的麻钱，王利发不由得隔着窗户向西屋望去。西屋的灯亮着，恍惚间，天上落下了雪花，“张家的”从西屋走出来，站在黄色的光亮里。

“张家的”向王利发走来，站在枣树下，扶着枣树定定地看着王利发，似有千言万语要说。

王利发伸出手去……

“张家的”淡化了。

王利发发现自己还在屋里，外面没有下雪，也没有什么“张家的”，枣树孤零零地在寒风里站立着。再看西屋的灯影里，有人在高谈阔论。

王利发　（看着麻钱，自言自语）你准是不在了……

夜晚。王家正屋。

王利发进屋，王淑芬还在唠叨。

王淑芬　……你们俩属相不合，成了亲也过不到一块儿！世上好姑娘多着呢，你是只看见眼面前儿这个，就认上她了，你要是再把眼光撒远点儿，说不定还有什么三姑娘、四姑娘、五姑娘呢……

王利发　（对王淑芬）你说完了没有？说完了容我说两句。

王淑芬　不是，你说这孩子他怎么越大越不懂事。

王利发　大栓，你也不小了，有些事自个儿心里应该有主意。男人的心思，我懂。他要是真喜欢上谁，十头牛也拉不回来。我问你，你心里是真喜欢那个二丫头？

大　栓　是二姑娘。

王淑芬　姑娘、丫头一个样！

王利发　（对王淑芬）你别掺和。（对大栓）你是真喜欢她？

大　栓　（脑袋更低）我们都……

王淑芬　（紧张地）都怎么了？

大　栓　都拉过手了。

王淑芬　你说你这个小子，你拉她手干什么？你可真是！

王利发　跟你说，你别掺和！（对大栓）这么说她也喜欢你？

大栓点头。

王利发　你想过没有，把她娶进咱们家，是要跟咱们一块儿过穷日子，当个人用的，不是你们今天看《小放牛》，明天逛白云观。

大　栓　二姑娘说了，她愿意。

王利发　娶了她，你将来不后悔？

大　栓　不后悔。

王利发　不变卦？

大　栓　不变卦。

王利发　说话算话？

大　栓　算话。

王利发　好，儿子，爸爸明天一大早就给你说和这件事去！

王淑芬　这事我还没答应呢！

王利发　儿子答应就行。（小声对王淑芬）娶你，我答应了吗？

王淑芬　好你个老东西，都这么多年了，孩子都该娶媳妇了，你还惦记着她，你个没良心的！

大　栓　爸，“她”是谁呀？

王利发　“她”是你妈的心病。

晚上。王家卧室。

王淑芬躺在炕上，背对王利发。

王利发　还生气哪？

王淑芬　……

王利发　老陈醋坛子翻了，你闻闻这酸……

上午。油盐店。

王利发衣帽齐楚地提着两个盖了红纸的蒲包很郑重地进了门。

王利发　（朝油盐店掌柜的一作揖）杨掌柜！

杨掌柜　哟，王掌柜，您早啊。

王利发　（将礼物递过去）我过来跟您商量件事儿。

杨掌柜　有事您就说，带什么礼呀，街里街坊地住着。

王利发　这事要是说妥了，我还得送大礼哪！

精明的杨掌柜眼睛一转，心里已经明白怎么回事，有了主意。

杨掌柜　王掌柜，里边请。

上午。杨家屋里。

两人进屋。

杨掌柜　（吩咐邋里邋遢的媳妇）给王掌柜沏茶。

媳　妇　没开水。

杨掌柜　烧啊！

媳　妇　（抠着眼上的眵目糊）火还没笼哪！

杨掌柜　起来这么半天，你都干吗了？

媳　妇　瞧树上老鸹打架呢！

二姑娘　（端着茶壶麻麻利利地进来）爸，茶沏好了。

王利发　这就是二姑娘吧？

杨掌柜　是，这个是老二，门口站着那个是老三。（杨家的三姑娘大约五六岁）（对二姑娘）叫，叫大爷。

二姑娘　大爷。

王利发　哎，这一声啊，不能白叫，（拿出块大洋）拿去，买点花儿粉儿伍的。

二姑娘不好意思接。

杨掌柜　拿着，大爷给你就拿着。

二姑娘　谢谢大爷。（下）

王利发　闺女好，我这辈子就喜欢闺女，老天爷偏偏给了俩儿子！杨掌柜，我就是为您的二姑娘来的……

白天。茶馆内。

大栓一边擦茶碗一边向门口张望。他身后的月份牌上清楚地显出“三月十八”日。

李　三　（看月份牌）三月十八，应该是个好日子。大栓，着急了吧？我敢说，这是你一辈子最着急的时候。

大　栓　三爷，您说他们家能答应吗？

李　三　我说不来。你扔个铜子问问。

大　栓　怎么扔？

李　三　花的那面是成，字的那面是不成。

大　栓　为什么字的那面不成？

李　三　背字嘛！人要是走了背字儿，干什么都不成。

大　栓　（挑了个新钱）三爷，我扔啦。

李　三　扔。

大栓扔钱，钱在桌上转转转。大栓的眼睛也随着钱转转转。钱啪啦啦地倒下了。

大　栓　（高兴地）三爷，是花！是花！

李　三　（捅了大栓一拳）我老头子要喝你的喜酒啦！

白天。杨家屋里。

王利发　三根金条！我，我把茶馆全卖了也值不了这么多家当！杨掌柜，咱们再商量商量，我那大小子呢，也是您看着长大的，本本分分的一个孩子，没坏毛病，将来我老了，他就接我的这一摊……

杨掌柜　王掌柜，您甭说了，闺女是我的，养这么大，出落得一朵花似的，我们也不容易啊！

王利发　可您是聘姑娘，不是卖姑娘啊！给姑娘找个和心意的人儿，也是姑娘一辈子的着落不是？

杨掌柜　王掌柜，我跟您不一样，您有俩儿子，我呢，没儿子，仨姑娘，我全凭着聘姑娘的钱养老呢！跟您说掏心窝子的话，我现在不多要，将来老了，爬不动了，有我喝西北风的时候。

王利发　您说，要是大栓当了您的女婿，您有个什么，大栓能看着不管吗？我们能看着不管吗？咱们住得这么近，将来要成了亲戚，互相照应着多好！

杨掌柜　我养大这么个姑娘，难道还不值三根金条？

王利发　要拿钱说，三十根金条也值，可咱们这是个欢蹦乱跳的大活人，咱们不能这么论价儿！

杨掌柜　王掌柜，话说到这儿，咱们打住。聘礼拿得出，咱们是亲家，拿不出，咱们还是街坊。

王利发　您这是回绝我。

杨掌柜　谁来我都是这个话儿。

白天。杨家屋门外。

二姑娘听着屋里的谈话，眼泪唰唰往下流。

白天。杨家屋里。

王利发　行了，我把您这话回去跟儿子说说，反正我这个当老家儿的心是尽到了。这个事呢，您再琢磨琢磨。告辞了，杨掌柜。

杨掌柜　不送了。

王利发走了。

二姑娘从屋外冲进来。

二姑娘　爸，您怎么能这样呢？您这是卖我！

杨掌柜　别人养姑娘是赔，我养姑娘要赚，我不能折本。我不从你们身上捞从谁身上捞？把刚才那块大洋拿来！

二姑娘生气地将大洋扔地上。

杨掌柜弯腰捡起来。

二姑娘　我看透了，早晚有一天，您得把我卖了！（哭着进里屋）

杨掌柜　姑娘大了不可留，留来留去结冤仇。我会把你嫁出去的，你等着！

杨掌柜的媳妇迫不及待地打开蒲包，掏出里面的槽子糕大口大口往嘴里填。

三丫儿　妈，我也要吃……

白天。茶馆。

王利发灰溜溜回来了。

大　栓　（满怀期望地）爸，行了？

王利发　人家要三根金条。

大　栓　是吗……（愣在那里）

王利发　小子，恨你爸爸吧！你爸爸没有三根金条！

白天。王家后院。

大栓蔫头蔫脑地在井台上坐着。

王淑芬　他们还看不上我们？我们还看不上他们呢！有什么呀，三根金条，三根金条算什么，他们就值三根金条！我们大栓是个金人儿呢！从头到脚都是金的，足赤！

大　栓　妈！

二　栓　哥，我教你个法儿。

大　栓　什么法儿？

二　栓　私奔！带上二姑娘跑远远儿的，让那个财迷掌柜的鸡飞蛋打！

大　栓　这叫什么狗屁法儿？

二　栓　你看哪，七仙女跟董永是私奔的，卓文君跟司马相如是私奔的，潘必正和陈妙常是私奔的，人家不都结成了美满姻缘？也有老老实实听命父母的，像梁山伯与祝英台，最后化了蝴蝶了，其实就是死了。罗密欧与朱丽叶，更他妈惨……

大　栓　那都是戏！

二　栓　生活未必不是戏，在生活里，咱们每个人都演着一个角色，你怎就不想着把你这个角色演得轰轰烈烈的呢？

大　栓　去去去！

公寓里的学生们打着糊好的旗子、标语准备往外走，横标上写着“反对八国最后通牒”，旗子上写着“打倒日本帝国主义”“抗议日本杀害我无辜同胞”“血债要用血来还”等字样。

贺绩成　二栓，去不去呀？

二　栓　（一跃而起）去！能少得了我吗？

王利发　（突然拦在后院门口）不许去！（指着学生）你们也不许去！

王　成　王叔，您别拦着啊，今天天安门前头开国民大会，不光是学生，还有工商各界，人多着哪！

王利发　我也听说，段祺瑞的军队把枪都准备好了！

张大宾　王叔，您是通情达理、有正义感的人，前几天，日本人在天津大沽口，拿大炮轰咱们，炸死咱们多少人哪！这是欺负到咱们家门口来了，您想想，要是有人进了您的茶馆，拿着棍子横抡一气，您能咽得下这口气吗？您不是也得跟他们干？

王利发　我不跟他们干，我给他们塞钱，请他们走人。

二　栓　您这是典型的亡国奴，跟过去的清政府没两样。中国人要都是您这样，十个八国联军也进来了。您也学学人家常四爷……

王利发　甭跟我讲大道理，我就知道，活着比什么都要紧，人要是死了，什么也没了。

贺绩成　我们向政府去请愿，去表达我们中国老百姓的愤怒心情。

王利发　那得看是什么政府。你们在我这儿住着，我就得替你们操心，真有个三长两短，你们让我跟你们的父母说什么！

贺绩成　王叔，我们都是大人啦！

学生们涌出去了，王利发拦也拦不住。

王淑芬　（赶过来）二栓呢，你把二栓拉住啊！

王利发　我拉得住吗？（无奈地）随他去吧，随他去！起哄架秧子，干什么都得有他一份儿！

王淑芬　我是觉乎着，今天要出点儿什么事。

王利发　你哪天没觉乎着要出事？你天天都觉乎着要出事！

白天。大杂院。

老林、老陈拿着大包小包回到院里。恰逢赵三爷家老伴儿刚给赵三爷捞出一碗面，赵三爷端着面碗一边吃一边在院里招呼他的鸽子。一群孩子大的光着脊梁，小的光着屁股，在院里疯跑。赵家的三个孩子也是光着，站在他们的妈跟前等着捞面。

老林、老陈看着那碗面馋得走不动了。

赵三爷　二位，回来了？

老　林　回来了。（喜爱地抚摸其中一个光屁股小子）小子娃，就是好。

赵家女人　好什么好，张嘴吃的时候管你叫妈，平时压根儿就不着家。这院里，钱不多，孩子多，乱乱哄哄的！谁是谁家的，大人根本分不清，男女倒好分，反正能光着就光着。二位在院里走道总得留神一点儿，一慌，指不定就碰着哪个呢。碰了谁都得闹一场气，大人都憋着一肚子委屈呢，可不就抓碴吵一架吗！越穷，孩子越多，养一群小光眼子，有什么用？可话又说回来了，难道穷人就不该养孩子吗？

赵家女人边唠叨边将出锅的面条捞在碗里，浇上卤汁。

老林、老陈看得口水直流。

老　林　嫂子，啥卤，这么香？

赵家女人　醋卤。穷人还敢打卤，有醋就不错啦。

老　林　再放些油泼辣子就更美了。

赵家女人　北京人不吃油泼辣子。

赵三爷　下月的房钱该交了。

老　陈　交，交。

白天。老陈屋里。

老陈、老林将大小包在桌上打开，净是些猪头肉、豆腐干、干烧饼之类。两人各倒了一碗酒，吃得有一搭没一搭。

老　陈　（看着墙上美人）今天谁值班？

老　林　𡳞，爱谁是谁。

老　陈　都轮过三四回咧。

老　林　（看着桌上的一堆猪头肉）没意思的很，都是些啥吃食嘛，我想吃他喔面！

老　陈　我也想吃，可没人给咱做。

老　林　哥，……咱这咋也不像个过日子人家……咱墙上喔们些女人，都中看不中用。

老　陈　咋叫中用，我明白你喔意思。可不敢逛窑子，我出来时候我大反复给我交代，做啥也不能进喔地方，那是个无底洞，我小时候村里娃就唱：叫你学好你不学好，杨梅大疥长上了，哎哟哎哟……

老　林　哥，我想，咱们要是有个媳妇……给咱做饭洗衣裳生娃，把咱伺候得美美儿的……那时候，咱天天吃然面（然面，陕西话，干面的意思）！油泼辣子梆梆面，再给咱剥一头紫皮蒜，吭噌那么一咬，把他个老赵的醋卤算啥哩！

老　陈　对呀，你咋不早说哩！娶媳妇，这主意好！为人要是没成过家，总是一辈子的大缺憾。

老　林　哥……

老　陈　啥？

老　林　成家的事还得赶快办，咱们的钱花得比军队出发还快，别等到最后就剩下铜子了，就啥也办不成了。

老　陈　就是哩，咱弟兄不能不往远处想，可也不能太往远处想。该办的也就得办，谁知明天是个啥样子嘛！生儿养女，谁不想生儿养女？可是，那是日后话，日下先乐下子是真的！可……俩媳妇，得不少钱哩。也不能口袋底朝上，把洋钱都办了喜事，刚入洞房就白瞪眼，耍空拳头玩，不像句话。

两人都不说话了。

老陈躺在炕上，跷着腿望着房顶发呆。

老林拿着背后有金玉兰（20年代女明星）相片的小圆镜子，细看自己的牙。牙很整齐，很白，很没劲。翻过来再看金玉兰，也没劲，胖娘儿们一个！不知怎么忽然想起来。

老　林　哥，小洋凤的《玉堂春》，妈的，才没劲！

老　陈　野娘儿们都他妈没劲！

老林又翻过镜子看牙。

老　陈　咱们要的是另一种女人，沏茶灌水的，洗衣做饭的，生儿养女的，老想着你的，死了埋一块的。

老　林　野娘儿们就是没劲，咱们还是得有个正经的老婆。要不，咱们……就像墙上那些美人……轮！

老　陈　啥球主意嘛，轮？咋轮？

老　林　媳妇是咱俩的，一人一天。

老　陈　咱们是狗皮袜子，没有反正，可是有肯这么干的女子没有呢？

老　林　总比她当窑姐强！哥，你想想那枪弹满天飞的光景，先前咱们没死，活该。以后谁敢保不死？死了不也是活该？合伙娶媳妇不也是活该？难处自然不少，比如，生了儿子算谁的？刚才你不是说了，也不能“太往远处想”嘛！

老　陈　说的也是……管他舅子的，先这么干了再说吧！

两人相对而笑。

晚上。大杂院。

老林、老陈的小屋里传出了歌声。

老　林　（唱）人人都说，咱们两个好，

咱们俩的事情，只有天知道！

…………

老　陈　（唱）过了回黄河就没喝上一口口水，

交了回朋友就没亲上一口口嘴。

打了回伙计就没一搭搭睡，没一搭搭睡，

你看这事情后悔嘛不后悔……

赵三爷　什么野调？

白天。唐铁嘴屋。

老陈、老林和唐铁嘴说想娶媳妇的事。

唐铁嘴　上阵打仗，立正预备放的事儿，你们弟兄是内行，行伍出身，那不是瞎说的！（声音放低）至于要娶妻成家的事儿，我姓唐的说句大话，这里边的深沉你们大概还差点儿经验！

老　陈　（兴致极高）你说说，你说说！

唐铁嘴小声跟老陈、老林叽咕，两人淫秽地嘿嘿笑。

老　林　这必定是一件极重要，极有味道，极其“妈的”事情，必定跟立正开步走不同。一个人要没尝过这个味儿，就是打一百回胜仗也是瞎掰！

唐铁嘴　那当然。（指使他儿子）一边去！这些话你甭听！（对老陈）这事我只能当个中介……

老　陈　啥叫中介？

唐铁嘴　就是这事不直接归我管，我当介绍人，把你们的事托付给能应承这事的人。

老　陈　只要能办事，谁都行。

唐铁嘴　我是要收中介费的。

老　陈　这应该。

白天。一普通小院。

唐铁嘴带着老陈、老林敲门。

小刘麻子开门。

小刘麻子　找谁？

唐铁嘴　找你爸爸。

小刘麻子　我爸爸不在家。

唐铁嘴　什么时候回来？

小刘麻子　不知道。

唐铁嘴　留个话，你爸爸回来让他到裕泰茶馆来一趟，有要紧事。

小刘麻子　什么要紧事，我能办不?

唐铁嘴　你办不了!

小刘麻子　那不见得。

白天。街上。

枪声响起。学生们四处逃散。那些小旗、标语被扔在地上，无数的脚在上面踩过。

二德子和一些打手抡着棍子见学生就打。

一些学生应着枪声倒下。

地面上摊摊血迹。

白天。茶馆内

贺绩成满身鲜血，被二栓、王成们抬进茶馆。

王利发一面招呼学生们赶紧往后头抬人，一面到门口左右看，看有人注意没有。

王利发　老大，拿搌布快把地上的血擦干净了!

大　栓　爸，我一看见血就……害怕。

王利发　(给了大栓一脚) 也不看看什么时候!(一抬头，看见宋恩子、吴祥子进来了，王利发将搌布往地上一扔，用脚碾地上的血迹)

宋恩子　(用鼻子使劲嗅) 屋里什么味儿？

李　三　(拿着一只刚割断脖子的鸡从后头进来，鸡血滴滴答答洒一地) 掌柜的，内掌柜的问这鸡是炖还是烧?

王利发　又来了，你拿着滴血的鸡满世界走什么，弄得哪儿都是血！我刚才不是说了吗，蒸，清蒸。

李　三　您急什么，我老了，耳朵背，听不真。（到后面去了）

王利发　（对大栓）把地擦干净。

宋恩子　听说你后头住的都是学生，今天都上街了吗？

王利发　都在后头温习功课呢，学校今天没上课，都没出去。

吴祥子　不可能吧，就你那二小子，大活跃分子，他能不上街？

王利发　我说话您不信，（对大栓）叫老二。

大　栓　（进去一会儿又出来了）二栓不来。

宋恩子　是来不了了吧？

王利发　这孩子！（朝后头喊）老二！

二　栓　（奓着手从后头来）干什么呀，人家正帮着三爷拔鸡毛呢！水凉了毛就拔不下来了。

宋恩子　我们还是得上后头看看。要不，不放心。

王利发　您甭看，保准都是靠得住的人。我有登记簿子，随时报告给"巡警阁子"。我拿来，二位看看？

吴祥子　我们不看簿子，看人。

王利发　这……

宋恩子　怎么？

王利发　打扰房客……不合适不是……

吴祥子　我们也是公事。（对宋恩子）对吧？

宋恩子　公事。

两人往后头走，王利发惴惴不安地跟着。

白天。茶馆后院。

宋恩子们站在院里，用鹰一样的目光搜寻。

二栓和李三蹲在水井旁边正笨拙地对付那只弄得满地是血的鸡。开水烫鸡毛的味道很不好闻，宋恩子们不自主地捂了鼻子，向正屋走来。

王利发　这是我们家住的。

白天。王家正屋。

八仙桌、椅子，一切都是家常样子。屋里没人。

宋恩子们往东套间看，里面没人。

王利发　这是俩儿子的屋。（指西套间）那是我跟孩子他妈的屋。

正说着，王淑芬从西套间一掀门帘出来了。

王淑芬　是宋爷和吴爷啊，坐，坐啊。（往起掀门帘）

宋恩子　不啦，公事，看看。

吴祥子　到学生们的屋里看看。

白天。茶馆后院。

宋恩子、吴祥子将每一个房间都看过，挨屋查看。

学生们在各自的屋里干自己的事情。

特务们查一间屋子，王利发紧张一阵子，他的手又哆嗦了。

宋恩子们没有发现什么情况。

宋恩子　王掌柜，我就不明白，你为什么爱把房租给学生们呢？学生不是什么老实家伙呀！

王利发　这年月，做官的今天上任，明天撤职，做买卖的，今天开张，明天关门，都不可靠！只有学生有钱，能够按月交房租，没钱的就上不了大学啊！您看，是这么一笔账不是？

宋恩子　都叫你咂摸透了！你想得对！现在连我们也欠着饷啊！

三人边说边来到前面茶馆。

白天。茶馆内。

吴祥子　（接着院里的话题）是啊，所以，非天天拿人不可，好得点津贴。

宋恩子　就仗着有错拿，没错放的，拿住人就有津贴。往后，咱们得常上王掌柜的后头来看看。

王利发　二位放心，我这儿保准没错儿！

宋恩子　就是错拿，我们也得拿几个啊，要不，谁给我们津贴呢？

吴祥子　王掌柜的既然不愿意咱们经常查看，王掌柜必会给咱们想办法！对吧，王掌柜？

王利发　我……

宋恩子　我出个不很高明的主意：干脆咱们来个包月，每月一号，按阳历算，你把那点……

吴祥子　那点意思！

宋恩子　对，那点意思送到，你省事，我们也省事！

王利发　那点意思得多少呢？

吴祥子　多年的交情，你看着办！你聪明，还能把那点意思闹成不好意思吗？

刘麻子丢了魂似的跑进来，和提开水的李三撞了个满怀。

李　三　怎么回事呀？吓掉了魂啦？

刘麻子　（喘着）我的妈呀，吓死我啦，我差点儿叫他们抓了去！

宋恩子　还吓死你，你活着，也不过多卖几个大姑娘！

刘麻子　有人卖，有人买，我不过在中间帮帮忙，能怪我吗？（把桌上

茶杯里的茶先后喝净)

吴祥子　我可是告诉你，我们哥儿们从前清起就专办革命党，不大爱管贩卖人口、拐带妇女什么的臭事。可是你要叫我们碰见，我们也不再睁一眼闭一眼！还有，像你这样的人，弄进去，准锁在尿桶上！

刘麻子　二位爷，别那么说呀，我不是也快挨饿了吗？您看，以前，我走八旗老爷们、宫里太监们的门子，这么一革命啊，可苦了我啦！现在，人家总长、次长、团长、师长，要娶姨太太讲究要唱落子的坤角，戏班里的女名角，一花就三千五千现大洋！我干瞧着，摸不着门！我那点芝麻粒大的生意，算得了什么呢？

宋恩子　你呀，非锁在尿桶上，不会说好的！

刘麻子　得啦，今天我孝敬不了二位，改天我必有一份人心！

吴祥子　你今天就有买卖，要不然，兵荒马乱的，你不会出来！

刘麻子　没有，没有！

宋恩子　你嘴里半句实话也没有！不对我们说真话，没有你的好处！王掌柜，我们出去绕绕，下月一号，按阳历算，别忘了！

王利发　我忘了什么，也忘不了您二位这回事！

吴祥子　一言为定啦！(和宋恩子出去了)

王利发如释重负，长嘘一口气。

王利发　(急着想到后面看看)刘爷，茶喝够了吧？该出去活动活动了！

刘麻子　你忙你的，我在这儿等两个朋友。

王利发　咱们可把话说开了，从今以后，你不能再在这儿做你的生意，这儿现在改了良，住的都是文明人！

刘麻子　再文明它也是公众场合不是？不到你这儿来，你让我到哪儿去呢？我不是说过了吗，等两个朋友。

王利发　你呀，叫我说你什么才好呢！

刘麻子　有什么法子呢，隔行如隔山，你老得开茶馆，我老得干我这一行！到什么时候，我也得干我这一行！

唐铁嘴领着老林和老陈笑容满面地走进来。

刘麻子　（看陈、林都比他年轻，但还是叫大哥）两位哥哥！（看王利发不满意，赶紧说）王掌柜，现在这儿没人，我借个光，下不为例！

王利发　你呀，哼！（到后面去了）

唐铁嘴将刘麻子拉到一边。

唐铁嘴　买卖是我给你拉来的，对半分。

刘麻子　哪儿有这规矩，最多也是二八开。

唐铁嘴　四六！

刘麻子　三七！顶了天了！

唐铁嘴　一言为定！（走过来对老陈、老林）有话你们尽管跟他说，他专管这类事，我走啦，嫂子娶进门，别忘了谢我。

老林、老陈　那是，那是。

唐铁嘴出门。

白天。茶馆后院。

王利发　（急急进到后院，问二栓）人呢。

二栓指指北屋。

白天。王家正屋内。

王利发一掀门帘，看见贺绩成在自家炕上躺着，处在昏迷中。两个女学生在给他洗伤口。

王淑芬　抬咱们屋我也是没法子的法子，这么个大活人，往哪儿藏啊？

王利发　没让他们看见就好，我还纳闷呢……

王淑芬　那俩人一进来，我这心里就直突突，一咬牙，豁出去了！

王利发　你还行！（问女学生）他伤着哪儿了？

女学生　胸口。现在还止不住血。

王利发　得请大夫。

白天。茶馆内。

刘麻子　（对老陈、老林）谈谈吧！

老　陈　你说吧，老二。

老　林　你说吧，哥！

刘麻子　谁说不一样啊！

老　林　你说吧，你是大哥！

老　陈　那个，你看，我们俩是把兄弟！

老　林　对，把兄弟，两个人穿一条裤子的交情！

老　陈　我们有几块现大洋！

刘麻子　现大洋？

老　林　对，有几块现大洋！

刘麻子　多少块呢？说个数目！

老　陈　那还不能告诉你咧！

老　林　事儿能办才说咧！

刘麻子　有现大洋，没有办不了的事！

老林、老陈　真的？

刘麻子　说假话是孙子！

老　陈　那么，你说吧，老二！

老　林　还是你说，哥！

老　陈　你看，我们是两个人吧？

刘麻子　嗯。

老　林　我们两个人是拜过把子的盟兄弟，一块儿上过阵，一块儿入过伤兵医院，一块儿吃过睡过抢过，现在一块儿住在大杂院，两个人穿一条裤子的交情吧？

刘麻子　嗯。

老　陈　没人耻笑我们的交情吧？

刘麻子　交情嘛，没人耻笑！

老　林　也没人耻笑三个人的交情吧？

刘麻子　三个人？都是谁？

老　陈　还有个娘儿们！

刘麻子　……

老　林　论岁数，我们都三十多了，谁也不是小孩子，论交情，过得着命，谁肯自己成了家，叫朋友愣着翻白眼。把钱平分了，各自奔命，谁也不能这么做。十几年的朋友，一旦忽然散伙，连想也不能这么想！

刘麻子　嗯！嗯！嗯！我明白了！可是不好办，我没办过！你看，平常都说小两口，哪儿有小三口的呢！逛窑子还不能哥儿俩挑一个人呢！

老　陈　不好办？

刘麻子　太不好办啦！

老　陈　（问老林）你看呢？

老　林　还能白拉倒吗？

老　陈　不能拉倒！当了十几年兵，连半个媳妇都娶不上！他妈的！

刘麻子　不能拉倒，我千方百计也得让二位把媳妇娶到手。

老　陈　那么，得多少钱呢？

刘麻子　那得要看什么样的人。女人也有三六九等，价钱自然不一样。比如前些日子给陈团长说的那位，专说放定时候用的喜果就是一千二百包，每包三毛五分大洋。三毛五，十包三块五，一百包三十五，一千包三百五，一共四百二十块大洋。这只是喜果！此外，还有小香水一打、金刚钻戒指四个！还有……当然，咱们弟兄不要那些花哨的，咱们图个会洗衣裳做饭的，不挑吃不挑喝的，不拉舌头扯簸箕的，不偷不摸的，不叫咱们戴绿帽子的，会生儿子的，家贫志气高的大姑娘。

老　林　这样的大姑娘得多少钱一个呢？

刘麻子　也得三四百，岳父还得是拉洋车的。

老　陈　老丈人是拉洋车或是拉驴车的倒没大要紧，三四百，有点儿……

刘麻子　娶媳妇花钱，天经地义。两位聪明，合伙娶，挺划算，这办法根本就挺不错……其实这也不是你们的新发明，阔人也有这么办的，不过手续上略有不同而已。比如丁督办的太太，常上方将军的家里去住着，虽然方将军府并不是他的娘家……我还是得问二位一句实话，你们手里到底有多少大洋？

白天。街面上。

宋恩子、吴祥子狗一样在街上遛。

唐铁嘴匆匆走来。

宋恩子　唐铁嘴！

唐铁嘴　宋爷、吴爷！

宋恩子　前些日子你的“救世军”闹得满北京城都知道，这是扰乱治安哪，知道不知道？

唐铁嘴　我不过是跟着跑跑龙套，掌事的是人家“大统领”。

吴祥子　听说你在里头还混了个什么军师，腰里的洋钱一把一把的。

唐铁嘴　哪儿的事啊，您知道，我不是有那个嗜好嘛……多少钱到我手里，全哗啦啦了！

宋恩子　我们要是也想听听你的哗啦啦呢？

唐铁嘴　现在我身上是镚子儿没有哇，不信，您二位搜。

吴祥子　我们不搜，在大街上我们当众搜你，你多没面子，我们就请你跟着我们后头，到执法处去一趟，把那天的事说清楚就行了。

唐铁嘴　别价，二位爷，进了执法处我得横着出来！

吴祥子　那你说怎么办？

唐铁嘴　我身上真没有，这么着，我告诉您一个生钱的道……（伏在特务耳边说了些话）

宋恩子　我说他刘麻子到裕泰就不是白去！

——第十一集完

第十二集

白天。茶馆内。

宋恩子、吴祥子又进了茶馆。

王利发　（迎上去倒茶）二位，外头有什么消息没有？

宋恩子、吴祥子不语，坐在靠近门口的地方，看着刘麻子和老陈、老林。

老陈、老林本来要说有多少大洋，一见来了外人，不便露白，只好和刘麻子相视无言。沉默了有一分钟。

老　林　哥，走吧？

老　陈　走！

宋恩子　等等！（立起来，挡住去路）

老　林　咋？

吴祥子　（也立起）咋？你说咋？

四人呆呆地相视一会儿。

宋恩子　乖乖地跟我们走！

老　林　上哪垯儿去？

吴祥子　逃兵，是吧？有些现大洋，想在北京藏起来，是吧？有钱就藏起来，没钱就当土匪，是吧？

老　林　你管得着吗？我一个人揍你这样的八个！（要打）

宋恩子　你？可惜你把枪不是卖了就是扔了，是吧？没有枪的干不过有枪的，是吧？（拍拍身上的枪）我一个人，揍你这样的八个！

老　陈　都是弟兄，何必呢，都是弟兄！

吴祥子　对啦，坐下谈谈吧！你们是要命呢？还是要现大洋？

老　林　我们那点钱来得不容易！谁发饷，我们给谁打仗，我们打过多少次仗啊！

宋恩子　逃兵的罪过，你们可也不是不知道！

老　陈　咱们讲讲吧，谁叫咱们是弟兄呢！

吴祥子　这像句自家人的话。谈谈吧！

王利发　（在门口）诸位，大令过来了！

老陈、老林　啊！（惊慌失措，要往里边跑）

宋恩子　别动！君子一言，把大洋分给我们一半，保你们俩没事！咱们是自己人！

老陈、老林　就那么办，自己人！

“大令”（宪兵的一种）进来，二人捧刀，刀缠红布。背枪者前导，手捧令箭的在中间，四个持黑红棍的在后。军官在最后押队。

吴祥子　（和宋恩子、老陈、老林一齐立正，吴从帽中取出证章，叫军官验看）报告官长，我们正在这儿盘查一个逃兵！

军　官　（指刘麻子）是他吗？

吴祥子　（指刘麻子）就是他！

刘麻子　（惊奇地）我？

军　官　绑！拉街上，就地正法！

刘麻子　老爷，我不是！不是！

军人们拉着刘麻子出茶馆。

白天。茶馆外，街面上。

刘麻子被架出来。军人们排开阵势。

不少人围过来。

刘麻子　我不是！不是！老爷……

军　官　斩！

缠着的红布唰啦啦被解开，刀落下……

白天。茶馆里。

王利发看着门口的一幕，在刀落的刹那，闭上眼睛。

白天。庞太监卧室。

庞太监越发老了，头发眉毛都白了。大概是中了风，头摇晃，手哆嗦，最近新添了嗜好，抽大烟。

风雨飘摇的庞太监躺在炕上呼噜呼噜抽大烟。

门帘一动，庞太监恍惚间感到外间屋有人影一闪。

庞太监　（警觉地）谁？

外面没人答腔。

庞太监　谁在外间屋哪？

外面有轻微的“嗵”的一声。庞太监哆里哆嗦爬下炕来，趿拉着鞋到外间屋看。

白天。外间屋。

庞太监用目光巡视，屋里空空的，没有人。他不放心地朝柜子走去，打开柜子，看到里面的匣子还在，又把柜子锁了。走了几步，不放心，回来又打开柜子，取出匣子，抱进里屋。

白天。庞太监卧室。

庞太监抱着匣子进来，打开看看，里头东西都在，放了心。想了想，索性搁在自己睡觉的枕头旁边。

女　佣　老爷，唐先生来了。

庞太监　让他进来。

小唐铁嘴进来了，十七八岁，跟他爸爸如一个模子刻出来的，眼神比他爸爸更灵活，嘴比他爸爸更能说。小唐铁嘴穿着雪青大褂，青礼服呢布鞋，手里拿着一个油纸包，很精神地进来了。

小唐铁嘴　庞老爷。

庞太监　来了，你爸爸怎么没来？

小唐铁嘴　我爸爸这两天精神不好，前天摔了一跟头，不愿意出门，一出门老觉着身后有人跟着。

庞太监　他是让鬼拿住了。掉了脑袋的刘麻子能那么轻而易举地饶了他？

小唐铁嘴　我爸爸让我把这个给您送来，是才到的云土。我爸爸提请您换白的，说白的比这个方便，过瘾。

庞太监　我是老派儿，抽这个就行。搁前清那会儿，我要是抽这个，宫里非把我的脑袋摘了去不可！你别以为我多稀罕它，我就是造，在我闭眼之前把家当造光了。人家说眼一闭，什么也带不走。我偏不，眼一闭，我什么都带走！现在我谁也信不过！这世上，没一个好人！

小唐铁嘴　您应该信得过我！庞老爷，我一直把您当亲爸爸看呢……

庞太监　行了，行了，这话我都听腻了。你记住，这话你不是头一个人跟我说！

小唐铁嘴　不管您怎么看，我可是真心向着您。（边说边在屋里转）比如说，您这屋里，什么都挺妥帖，就是棚顶上有群耗子。每天晚上嗑，每天晚上嗑，嗑得您心烦意乱。

庞太监　不错，是有耗子，晚上咚咚地在顶棚上跑。

小唐铁嘴　这就对了，那耗子是您的顺星。耗子在，您就一切都顺，耗子不闹了，您就得留神着，别出什么事。

庞太监　（似信非信地）我不信那一套，都是瞎掰。

小唐铁嘴　（看着庞太监枕边的匣子）我建议您在这座房后头，南墙跟，砌个小砖洞，专为供奉您的耗子大仙爷，每天由您亲自供养。

庞太监　我没那工夫！

小唐铁嘴　不难，一个净水碗而已。能耽误您多少事呢？老百姓家信奉的比您多，狐、黄、白、柳、灰，就是狐狸、黄鼬、刺猬、长虫、耗子，五大仙家，这是家神，怠慢不得……

庞太监　宫里头没这些讲究。

小唐铁嘴　宫里头他不是有龙嘛，龙旁边能容得下这些小玩意儿？我是好心，为您祈求个平安罢了。

庞太监　……

白天。庞府游廊。

小唐铁嘴从正屋出。

四癞子　怎么样？

小唐铁嘴　有点儿动心。下一步……

半夜。庞太监卧室。

庞太监抱着匣子，听着顶棚上耗子的窸窣声，睡得很安心。

突然，他坐起来，极清醒地倾听。顶棚上十分安静。庞太监赶紧寻找他的匣子，确认仍旧抱在怀里，才有些放心。头顶又响起耗子的声音，庞太监彻底放心睡去。

白天。大街某店铺前。

铺子在橱窗里展示一台留声机，里面播放着脍炙人口的京剧《甘露寺》唱段：

长板坡救阿斗，

杀得曹兵个个愁。

这一班武将哪个有？

还有诸葛用计谋。

你杀刘备不要紧，

他弟兄闻听怎肯罢休！

许多人围在旁边专为听唱而驻足。

王利发正好路过，他为这种现象而动了心思。

晚上。茶馆内。

大栓的扑满罐被放在桌上。王利发和大栓在进行一次谈判。

王利发　儿子，爸爸也知道你攒了这么多年不容易，就算是爸爸借你的，以后有了钱，爸爸一定还你。爸爸买个留声机在茶馆里放，不是还能多招点儿客人，多挣几个？

大栓咬着牙不答应。

李　三　孩子这是给自己准备娶媳妇的，你给他留着！

王利发　（指着扑满罐）它值三根金条？

李　三　它总是个盼头啊！

二栓从后头跑进来。

二　栓　爸，贺绩成死了！

王利发　……

晚上。老陈、老林屋内。

两个人在灯下对坐，桌上空空如也。

老　林　哥，让那两个人一闹，咱俩没多少钱咧。

老　陈　把命保住就算不错咧，你还不知足？

老　林　咱喔媳妇难道就算拉倒咧？

老　陈　可不拉倒！我想的是下一步，咱在北京住惯了，咱也是见过世面的了，再让咱回乡下，抡大锄，吆喝牲口，咱下不了那苦咧。

老　林　就是的。

唐铁嘴和小唐铁嘴带着一个陌生人进来了。

老陈、老林　唐先生。

唐铁嘴　我就知道你们两个在为媳妇发愁呢，这是金小八，金二爷的儿子，慕名来拜访二位。

老林、老陈　我们有啥名，还值得他来慕？

唐铁嘴　现在有桩买卖，不知道你们肯不肯干？

老　林　只要能来钱，我们啥都干！

唐铁嘴　这是要有胆子的事。

老　林　该不是杀人吧？杀人对我们来说就跟捻个臭虫似的。

唐铁嘴　得手了可是一大笔，得不了手也没什么损失，就是得有胆子。

老　陈　你说啥事吧？

唐铁嘴　盗墓。

老　林　哎呀，我以为是啥了不得的大事哩，挖坟吗，我们那垯儿古墓多得是。南方的才子北方的将，自古陕西埋皇上。大坟小坟我挖过几十！

唐铁嘴　这回不是挖，是盗。

老　林　挖、盗一个样，要的是里面的宝贝嘛！

老　陈　盗谁的墓？

唐铁嘴　顺亲王。那是清朝进北京埋的第一代王爷，立下赫赫战功的，里边的东西少不了。

老　陈　得有内线。

唐铁嘴　当然有，金小八就是，顺亲王是他们家的老先祖。

老　林　盗自家的祖坟?！头回听说！

金小八　隔了十几代了，他不认识我，我也不认识他！

老　陈　你就不怕遭报应？

金小八　要说报应，老祖先让我来挖他，就是他的报应。

老　陈　要这么调过来想，也对。

老　林　啥时候办事？

唐铁嘴　（掐指头算）明天子时。

白天。松二爷家屋内。

这个家除了手使的桌椅板凳，其他摆设什么也没有了。松二爷头脑有些糊涂了，但是对他的小黄鸟还是一往情深。

松二爷　我的小黄鸟金条直打蔫，三秀，今天你给我的鸟买点儿肉虫儿来。

三　秀　爸，人连饭都吃不上了，您就舍了那鸟吧！

松二爷　还是那话，宁可我饿死，也不能让我的鸟饿死。你是没养过鸟，你要是养只鸟，你就懂得鸟啦，这小东西，能把人的心给化了。

三　秀　我甭养鸟，我养您就够了。

松二爷　三秀，你多大啦？

三　秀　您说我多大了？我多大了您还不知道吗？

松二爷　你怎么还没出门子呢？

三　秀　（眼泪汪汪地）亏得您还能想起这事来问我……

秀　岑　（打扮得齐齐整整准备出门）不是秦二爷家的少爷秦利民对你挺有好感吗，当初他念着你的情儿还给我介绍了个差事。

三　秀　你倒是好好干哪！

秀　岑　那个工作不适合我，我比较向往自由、艺术……（说着往外走）

三　秀　你又上哪儿去？家里的事你一点儿都不管！（追出来）

白天。松家院里。

三　秀　咱们家卖房的钱眼瞅着又光了，这种坐吃山空的日子下一步怎么过，你得拿主意。

秀　岑　我有什么主意？你跟咱阿玛要主意去呀！

三　秀　能靠他吗？除了蝈蝈就是鸟，他就没活在现实里！

秀　岑　可我今天跟西城阮三爷有个约会。

三　秀　你那些狐朋狗友，就不能不来往吗？

秀　岑　这是应酬！是老爷们儿生活当中很重要的一部分，你们女人不懂。

三　秀　今天你哪儿也不准去，你给我找喜贵哥去，让他帮着介绍你进戏班！

秀　岑　你让我下海？

三　秀　你就这点本事，为了我和阿玛，你就认认真真地干回事情！

白天。常四爷家的菜园。

常四爷　（一边给黄瓜搭架一边说）秀岑，你也是一家之主了，那些提笼架鸟的营生该撂也得撂撂了。有铁杆庄稼那会儿，年轻轻晃着个鸟笼子在街上走，那是派；现如今，年轻轻再晃着鸟笼子在街上走那是懒，是落伍，是没出息，让人看不起……

秀岑站在地里听常四爷教训。

常四爷　喜贵早就不在戏班唱戏了，这事儿可能帮不上你。

秀　岑　喜贵哥现在在哪儿呢？

常四爷　他在南口。

秀　岑　在南口干什么？那儿是荒山野岭啊！

常四爷　他愿意在那儿呆着。秀岑，你要决心下海，唱戏这事就得另说着了，它不是你过去玩票，自个儿想怎么着就怎么着，你得当个事儿……

秀　岑　我是被我姐逼得没法子了，我们家连房子带坟地全卖完了。

常四爷　我把你下海的事跟邢老板好好说说或许成，他年纪大了，顶不上劲，听说戏班里正缺个青衣。

白天。常家厨房。

常四奶奶给三秀装了一篮子菜，还不住往上添。

常四奶奶　再带几个茄子，茄子能搁。

三　秀　四奶奶，够了，拿不了啦！

常四奶奶　拿不了让秀岑拿，他一个大老爷们儿能空着手？

三　秀　您以为，他什么时候都是甩手掌柜的。

常四奶奶　唉，旗人家的姑奶奶都是挑大梁的，不是姑奶奶们愿意干，是爷们儿忒不争气！看见你，我就想起我们家的妞妞，要活着，应该也是你这么大了……

三　秀　四奶奶，往后您就把我当您亲闺女吧，上您这里来，我也有个说话的地方……

常四奶奶　苦命的孩儿！

白天。常四爷家门口。

常四爷和常四奶奶将秀岑和三秀送到门口。

常四爷　秀岑，你明天就到戏班找邢老板，我上午送菜的时候给他递个话儿。好好奔吧，你阿玛你姐姐都指望着你呢！

秀　岑　四爷您放心，这回您瞧我的，我一准不让我阿玛操一点儿心。

常四奶奶　这才像个老爷们儿！

秀　岑　（对三秀）咱们走吧。（说罢在前头大摇大摆扬长而去）

三秀在后台挎着一大篮子菜，吃力地跟着。

常四爷　（摇摇头）唉！

常四奶奶　江山易改，禀性难移。大清朝几代给坐下的毛病。

晚上。老陈、老林屋里。

两个人一身土，头发上，脸上全是土，整个是从土里钻出来的。他们将一个花包袱在桌上打开来。包袱里是从墓里挖出来的东西，是他们分得的一份。那些东西大部分是金光闪闪的金货。

老　林　巴他家的，都是石头砌的碹，比咸阳原上皇上砌的坟还结实，费劲得很！那个老王爷躺在棺材里头，竟然没烂，还有模有样的，我就把他嘴里的这个（掏出一个大珠子）给挖出来揣怀里了。哥，死人嘴里含的都是宝贝，这我知道！

老　陈　（对那个珠子不感兴趣）我说了，咱们就要金的。

老　林　哥，对着哩，那些珠啊玉啊，咱们不认识，咱们就认黄的。

老　陈　老二，你看这是个啥？（将一个雕刻着兽头的饰物挑出来）

老　林　啥呀？大半是狗头金，值钱得很！

老　陈　（用手掂）有一两！

老　林　（也用手掂）一两不止，半斤！

老　陈　你喔差得码子太大！

此时电灯忽闪忽闪，半明半灭，灯泡挣扎了一会儿终于灭了。

老　陈　又他妈停电咧！

老　林　哥，你看！你看！

桌上，那颗珠子放出莹莹的光。

老　陈　夜明珠啊！

白天。油盐店杨掌柜家。

小刘麻子掏出“狗头金”搁在桌上，杨掌柜眼睛一下亮了。

小刘麻子　不止三根金条吧？

杨掌柜　（拿过金子使劲看，咬、掐、掰，已经惊喜得不会说话了）行！行！

小刘麻子　这里头有我一半！

杨掌柜　不行！

小刘麻子　不行就拿来，我不信拿这些钱找不到别的下家。

杨掌柜　（不撒手金子）行，就依你，一半！

小刘麻子　什么时候过门？那边等得急！

杨掌柜　得让姑娘准备准备呀！

小刘麻子　准备什么呀，夜长梦多，就是明天！

白天。杨家里屋。

二姑娘在炕上大哭。

二姑娘　我不嫁！就是不嫁！

杨掌柜　人家有钱，我要金子人家就给金子，不还价！现在有哪个姑娘的身价是用金子来算的，你够有福气啦！

二姑娘　谁愿意去谁去，我不去！

杨掌柜　你甭惦记茶馆那个小子，他有什么呀？他什么也没有！嫁给他们家，就是把你当苦力使唤，这辈子没出头之日。

二姑娘哭得上气不接下气。突然从炕上蹦下来，往门外跑。

杨掌柜　（将二姑娘抱住）你想找那小子去，没门儿！（堵在门口）二丫头，我告诉你，这事成也得成，不成也得成，就这么定了！凡是姑娘，都有出嫁的那一天，嫁谁不是嫁，男的女的到了一块儿就那么回事。你哭啊闹啊，号两嗓子就行了，别过分啊！

二姑娘　打死我也不去！

白天。杨家正屋。

杨掌柜将里屋用锁锁了，搬了个凳子搁在门外边。

杨掌柜　（对媳妇）你今天一整天就坐这儿，给我看住了，只要过了今天，咱们就全齐了！

白天。大杂院。

老陈、老林在自家旁边又租了一间屋子。赵家女人正往窗户上贴喜字。

赵家女人　看看，正不正？

老　陈　（喜滋滋地）正，正着哩！

小孩子们起着哄地嚷嚷“娶新媳妇喽”“呜里哇，当当”！

老　林　发糖咧！（将一大包糖果扔给孩子们）

孩子们闹哄哄地满地捡糖。

赵家女人　林兄弟，早了点儿，等新媳妇进了门再散不迟，图个热闹。

老　林　那时候再散！有的是呢！

赵家女人　这院里娶过不少媳妇，还从来没有像你们这么热闹，这么有排场的呢！新媳妇是谁家的姑娘啊？

老　林　油盐店杨掌柜的二姑娘。

老　陈　（得意地补充）是个黄花大闺女！

白天。老陈、老林屋内。

老林在试穿新做的天蓝大褂，黑缎子马褂。

老陈进来了。

老　林　哥，你看咋样？

老　陈　像个新郎官。

老　林　你喔衣裳在里屋放着哩。

老　陈　老二，咱这屋不能退，还得照旧租着。

老　林　为啥？

老　陈　咱们得轮流入洞房不是，留着这房，好让换下岗的有地方驻扎，咱不能同时上前线不是？

老　林　对呀，咱不能同时上，得一个一个来。哥，你是哥，明天你先上！

老　陈　我咋服从你的命令呢，当哥的应该让着兄弟，明天你先上！

老　林　我不上，你上！

老　陈　当然是你上！

老　林　你上！

老　陈　你上！

老　林　哥，谁先上前线，咱俩也甭争，咱抓阄！

老　陈　抓啥阄哩，兄弟，就是你！

老　林　啥都得长幼有序，咱乡下杀猪，还得讲头窝的先挨刀哩，哥，你先来，咱兄弟，客气啥哩！

老　陈　那我就先上咧，老二，我觉得通过娶媳妇，咱兄弟的交情更厚咧！

白天。杨家里屋。

二姑娘　（趴在窗户上朝外小声叫）三丫儿，三丫儿，到姐这儿来。

三丫儿　爸不让我过去。

二姑娘　没事，咱不让爸知道。

三丫儿　（过来）姐……

二姑娘　三丫儿，你赶快到裕泰茶馆去，找大栓，告诉他，明天我就要出门子了，让他赶快想个法子，把我弄出去！

三丫儿　出门子是什么呀？

二姑娘　就是嫁人，会说不？

三丫儿　会！

二姑娘　那就快去！

三丫儿　姐，你得把那副羊拐给我。

二姑娘　行，你回来就给。

三丫儿跑了。

白天。茶馆后院厨房。

王淑芬在案板上切水疙瘩丝，一锅疙瘩汤已经做好。李三将笼屉掀开，热腾腾一锅窝头冒着热气。

张大宾　（探进头）真香啊，我在前头就闻见窝头的香味了。要是有点臭豆腐，滴上点儿香油，我能吃四个。

王淑芬　一人俩，臭豆腐香油要吃自个儿准备，就这，我能顾上大伙儿窝头疙瘩汤已经是勉为其难了。你知道现在一斤棒子面多少钱吗？三毛六，比以前长了三倍，喝碗茶才三分钱，就这大伙儿还喊贵。每天我得为三个钱的油，两个大子的醋使劲筹划，难着哪！得啦，不唠叨啦，快叫大伙儿吃饭吧。

张大宾　（向各房喊）开饭喽！

房客们轮流来端饭，一人一碗疙瘩汤，俩窝头，一碟炒疙瘩丝。

王　成　现在能吃上这个算不错了，家里来信说有小半年没吃过干的了。

二栓也凑在其中来端饭，伸出的手被王淑芬扇了一巴掌。

王淑芬　你的在那边。

旁边案板上搁着棒子面菜粥和咸菜。

二　栓　（端了一碗）全是稀的，一个钟头就饿了。妈，让我吃一个窝头吧？……半个？……一牙儿……

王淑芬　你爸跟三爷都吃这个，你怎么就不行？

李　三　（对王淑芬）你就让他吃一块，正是长身子的时候！

王淑芬　不行！这入不敷出的日子得紧着抠着，前头的茶钱顾不住水电费，后头的收入顾不住秦二爷的房租，更架不住掌柜的标新立异，想起一出是一出，又要改良，要买留声机……

白天。茶馆内。

几个茶客在喝茶。

王利发　（指着扑满罐问大栓）还没想好？我跟刘掌柜把货都定下了，美国“百代”牌，虽说是二手货，但人家用了没多长时间，一点儿毛病没有，还捎带着送五张唱片。

大栓低着头硬是不说话，跟王利发死抗。

王利发　就算我借还不行？等有了钱我还！

大　栓　您还不上。

王利发　嘿，现在我才知道，敢情从儿子手里要点钱就这么难，把你从小拉扯到大，你从我这儿花了有多少……

三丫儿　（跑进来）大栓，我姐让我告诉你，她明天要出门子！让你想个法子，把她弄出去。

众人哄笑。

一茶客　大栓，英雄救美女哇！

一茶客　大栓，二姑娘出门子干吗找你呀？坦白！

众人七嘴八舌，大栓窘得满脸通红。

三丫儿仰着脸，闪着亮晶晶的眼睛看着大栓，等待回答。

大栓头上冒出了汗，脸色通红。在众人和父亲的目光下，他迈不开脚步。

王利发　（对三丫儿）闺女，回去跟你姐姐说，大栓知道啦。

三丫儿　哎！（跑了）

大　栓　爸……

王利发　这事你不能掺和，人家那边，娶媳妇，聘姑娘，跟咱们一点儿事没有，你横插一杠子算怎么回事？（看看大栓的脸色）也是爸爸对不住你，拿不出那些个聘礼，爸爸也是打年轻时候过来的，知道你心里是什么滋味，孩子，你这才是头一遭，人这一辈子该忍的地方多着呢！慢慢熬吧……

大　栓　爸，我……我……

茶客们都不说话了，他们看着大栓，或许在心的深处还都希望大栓有所举动。

王利发　老大，听爸爸的，没错儿。

晚上。大栓、二栓卧室。

大栓捂着被子低声呜呜地哭。

二　栓　（从被窝钻出来）就知道哭，你真窝囊，出去跟他们干哪！

大　栓　我跟谁干哪？

二　栓　杨掌柜的，那个卖女儿的老抠门！
大　栓　咱们不占理。
二　栓　你爱她，她爱你，这就是理！走，我跟你去！
大　栓　干什么去？
二　栓　找您的二姑娘去！
大　栓　我不。
二　栓　告诉你，过了这村可就没这店了，这是最后的机会了。给句话，去还是不去？
大　栓　……

半夜。二姑娘卧室。

月亮照在窗棱上。二姑娘靠着躺箱（过去北京炕上挨着墙的矮柜，箱子一样，从顶上掀盖，白天上边摞着被子），手里捏着大栓给买的红绒花，毫无睡意。

二姑娘　（推醒三丫儿）那个大栓，他……真没说话？
三丫儿　（睡意蒙眬）没有，他什么也没说。

半夜。大栓、二栓卧室。

二栓打起了轻轻的呼噜。大栓喊了两声“二栓”，不见回音，披衣下炕，打开屋门走出后院。

半夜。街上。

大栓走在空旷的街上，来到油盐店门前。

夜色中，王成、张大宾和几个进步学生在贴标语“反对军阀政府”“支持北京工人大罢工”“我们要自由”……

大栓鼓起勇气，要砸油盐店的门。这时，一阵哨响，王成们飞快跑过，后面有警察追赶和二德子的喊声。

二德子　你们跑不了！

王　成　大栓，愣着干什么，快跑！（不容分说，拽起大栓就跑）

大栓不由自主地接过王成的糨糊桶跟着他们一块儿钻胡同。那些糨糊洒了大栓一身。

清晨。街上。

人们停住脚步看那些鲜亮的标语。常四爷挑着菜也在人群中。

警　察　看什么看，该干什么干什么去！（撕标语）

清晨。茶馆门口。

王利发在下板。

常四爷挑着担子过来。

常四爷　王掌柜，早啊！

王利发　您比我还早。进来喝口茶！

常四爷　不啦，我得赶太阳出来把这些菜卖出去，天这么热，晒蔫了没人要。（从菜担子上拉出几捆菜给王利发）今天早晨才下的小白菜。

王利发　（摸出票子递过去）也不知道够不够。

常四爷　（看也没看地塞进怀里，小声说）满大街的标语，真过瘾，北京城明白人大有人在！

王利发　现在的年轻人，比咱们那会儿有胆子。

常四爷　咱们那会儿也不算孬……

王利发　对，对，还有义和团那档子事……我那儿还有你的一杆洋枪……

清晨。大栓、二栓卧室。

大栓折腾一夜，还在酣睡。

清晨。茶馆后院。

王淑芬准备洗衣裳，二栓帮着压水。王淑芬拎起大栓的褂子，左看右看。

王淑芬　（对二栓）瞅瞅，这是怎么穿的，一身的糨子，干吗去了？

房客甲　王婶，我这大褂您给洗洗，还有这条裤子。

王淑芬　行了，您搁这儿吧。

房客甲　大褂您给我浆浆。

王淑芬　知道了。

房客甲　（掏出几个铜板）这是上礼拜的洗单子钱。

王淑芬　按说您在这儿住着，我给您洗洗衣裳是应该的，接您这钱脸上实在臊得慌，可这里里外外的开销，让人实在拉不开栓……

房客甲　您别客气，应当给的。

又有几个学生将衣服送过来让王淑芬洗。

清晨。大栓、二栓卧室。

二　栓　（风风火火跑进来）哥，你也参加了？

大　栓　（迷迷瞪瞪）参加什么？

二　栓　街上的标语！

大　栓　什么标语？

二　栓　得了，你甭跟我装了，我什么都知道！

街上传来呜哩哇啦的唢呐声。

大　栓　……完了。（呜呜地哭）

上午。街上。

花轿穿街而过。

上午。花轿内。

二姑娘扯下盖头，表情木然地坐在花轿内。她手里攥着那朵红绒花。

上午。茶馆后院。

大栓疯了一样抱着他的扑满罐从茶馆跑到后院，大叫一声，将扑满罐摔在地上。攒了多少年的各样铜板、票子随着罐子的碎裂散落一地。

王淑芬　（从洗衣盆旁边赶过来）这是怎么啦？

大栓抱着脑袋蹲在地上，眼里几乎冒火。

王淑芬　（张开围裙，将地上的钱一点儿一点儿往一块儿捡）儿子，别难过，明儿妈给你娶个好的，娶个跟二姑娘一模一样的。

二　栓　天底下，没有一片树叶是相同的。

王淑芬　滚！哪壶不开你提哪壶！

白天。大杂院。

在小刘麻子、唐铁嘴人等的张罗下，花轿进入院中。

鞭炮轰鸣，糖果飞散，老陈在众人簇拥下喜笑颜开，红光满面。

晚上。新房内。

二姑娘穿着红衣裳蒙着盖头坐在炕上。周围静悄悄的，没有人，她掀开盖头一角用目光巡视房内，令她奇怪的是，屋里除了炕上一床被窝，什么也没有。她心里不禁犯疑惑，不知这日子将是怎么个过法。

晚上。老陈、老林屋内。

两人围着炕桌喝了不少酒，彼此的舌头都有些不利落。

老　林　哥，快过去吧，那边等着你哩！

老　陈　过去先说啥，后说啥？

老　林　啥也甭说，打完仗再说。

老　陈　这仗咋个打法？

老　林　还让我这个当兄弟的教你吗？你看看你！

老　陈　比如咱在队伍上，干啥都有个步骤，稍息立正齐步走，对那娘们儿……

老　林　先按倒了，再扒衣裳！

老　陈　那我就过去了？

老　林　你去！你去！

老　陈　先按倒了，再扒衣裳？

老　林　扒衣裳！

老　陈　再以后呢？

老　林　妈拉个×，你得是个骡子？

老陈过去了，老林一人在屋里，看着满墙的美人，突然觉得很不是滋味。

老　林　这是啥事嘛？他用过的东西再让我用，凭啥哩！那女人和他睡过了，就是我的嫂子了，等于说我明天和我的嫂子睡哩，要是我先过去，明天就是他和兄弟媳妇睡了，巴他家的，我好像上当咧……

一气之下，他将墙上的画撕了个稀巴烂。

晚上。新房内。

老陈小心翼翼地揭开二姑娘的盖头。在他眼里，炕上坐的是个有血有肉的温热的女人，不再是墙上那些不会动弹的假模假式。他用手指头点了点二姑娘的脸，二姑娘身子闪了一下，并没有太躲。

老　陈　（笑了）真的，你是真的，还热乎着呢！（说着紧挨着二姑娘坐了）

二姑娘别过脸去，她受不了这浓重的酒气，但是她得忍着，她知道所有的男人都喝酒，就跟她爸爸爱喝酒似的，将来她不但得忍受这气味，还得像她妈一样，忍受挨打受气。

老　陈　嘿嘿，你真好，我想抱抱你……跟你在一个炕上睡觉……你是我的媳妇……我想怎么睡就怎么睡……先按倒，再扒衣裳……下头的不用教我也会了！

二姑娘木头人一样，任着老陈摆布。

老陈吹了灯……

晚上。老林屋内。

老林豹子一样在屋里走来走去，一刻也不能停歇下来。他时而听听墙隔壁，时而喝一口酒，眼瞅着天亮了。

老　林　不行，不行，我受不了咧！

早晨。新房内。

睡在炕上的老陈紧搂着二姑娘不愿意起来。

老　陈　天咋这么快就亮了？

二姑娘　（要起床，被老陈拽住）我得起来笼火做饭。

老　陈　做啥饭？睡！睡！

二姑娘　我饿。

老　陈　老二那儿有吃的，睡起来上他那吃点儿酱驴肉。

二姑娘　驴肉能当饭？

老　陈　（自言自语）我扛了十几年的枪，现在才抓到一个比枪杆还活软可爱的东西，在暖和的被里躺着，旁边有个会出气的，能服从你的女人，这是那些枪林弹雨不能相比的。这样的福气必须是我一个人的，我不能把舒坦刚刚种到地里又拔出来，就是种豆子也不能这么办！（很扫兴地起床）妈妈的，今天还得换防，这不是换防，是退却，是把阵地让给敌人！

二姑娘不解地看着嘟嘟囔囔的"丈夫"。

白天。茶馆内。

"百代"留声机在欢快地转着。里面放着《小放牛》唱片。唱片里：

牧　童　赵州的桥来什么人儿修，

玉石的栏杆什么人儿留。

什么人，他骑驴桥上走，

什么人推车压了一条沟？

小姑娘　赵州桥是鲁班爷爷修，

玉石的栏杆是圣人留，

张果老他骑驴桥上走，

柴王爷推车就压了一条沟。

…………

因为有了留神机，茶馆里果然多就许多听唱的茶客。王利发笑呵呵地招呼着客人。

大栓越听脸色越不对，他冲过去，从留声机上拿下唱片就要撅。

王利发　你这是干什么呀你！（从大栓手里抢唱片）

大　栓　我不许你们放这个！

茶客乙　听得好好儿的，他不让听了，这怎么话儿说的？

茶客丙　还有什么，换一张！

王利发　还有《苏三起解》《盗御马》《洋人大笑》……（解嘲）这孩子，动不动就犯驴脾气，谁是爸爸谁是儿子到现在连我也分不清楚了！

茶客甲　家家儿都这样！

茶客乙　听《盗御马》。王掌柜，你还得多准备点唱片，不能听来听去就这几张。

王利发　那是，人家不是就给我带了这几张吗！

茶客丙　买去呀！东安市场，有得是。

王利发　不便宜呢，半块大洋一张，我一天茶钱的收入不够半张唱片的。

大栓抱着《小放牛》不撒手。

王利发　得，得，往后我再不放这张还不行？您自个儿把它收好了。我看你是着了病了！

晚上。大杂院新房。

老林穿着新衣裳进来了。二姑娘坐在炕上正对着小煤油灯发愣。老林在她跟前认认真真敬了一个礼。

二姑娘　你哥他还没回来呢。

老　林　我知道。……你看，我是不是比我哥……漂亮一些……比如，比如我的牙……

二姑娘不知怎的忽然微微一笑。

老　林　（似抓住救命稻草一样，一把搂住二姑娘，把嘴凑过去）跟我说，你是爱我还是爱他？

二姑娘　（挣扎）干什么呀你！

老　林　嚷嚷啥哩，我就是干你来了！你是他的，也是我的，我们俩一人一半！

二姑娘　（脸气得通红）我不干！

老　林　看你脸红的，好看得很很，我就要你这样子的……（扑过去，和二姑娘一起滚在炕上）你是女人，女人，女人！

二姑娘挣扎着推开老林。

老　林　（气喘吁吁）你的劲大得很很，你越挣我越爱你！现在我啥也顾不上咧，啥夫与妻，朋与友，兄与弟，我眼前只有男人女人！没有将来，只有现在……你让他干，咋就不让我干哩！（又扑上去）

二姑娘哇的一声，将老林的脸上抓了几条血道子。

老林捂着脸坐起来。

老　林　做啥哩，做啥哩，我又不是强奸你，昨天你让我哥睡过了，已经是个破货，还做啥样子嘛，让人扫兴得很很。这要是在战场上，我早把你给日弄完咧！我哥他昨天没跟你说？

二姑娘摇摇头。

老　林　个驴日的，他不说，让我说，他故意叫我来碰钉子，他把便宜占完咧！

二姑娘还是想不明白。

老　林　跟你说透了，你昨天是陈大嫂，今天就是林二嫂，明天又是陈大嫂，后天又是林二嫂……

二姑娘　……你们不怕造孽吗？

老　林　（再一次扑过来）我们就是孽，用不着造……

二姑娘大声喊叫。

晚上。老陈的屋内。

老陈不安地走动着，听着对面的响动。

老　陈　这不行，这不行，这老二他在做啥呢，他别把她给用坏了！

夜景。北京城。

傻杨的快板

出前门，往北走，

看见一个人咬狗，

拿起狗来砍砖头，

又让砖头咬了手。

出后门，往南走，

天上下雨出日头，

艳阳高照风雨骤，

荷花开在冬三九。

…………

——第十二集完

第十三集

夜晚。庞太监府。

庞太监亲自端着一碗清水来到屋后面的小神龛前，为他的耗子大爷上供。庞太监的精神身体已经很差，哆嗦的手将那小碗水很艰难地摆在仙爷的面前。

庞太监　求大仙爷保佑奴才身体硬朗，福寿绵长，让我能活三百岁；每天吃饭三大碗，眼神敏锐，腿脚利落，力大无比，全身上下一点儿毛病没有；让我的钱一天比一天多，永远花不完。让府里内外人等一个个都不得好死，让他们脑瓜顶生疮，脚底下流脓，让他们穷，让他们饿，让他们的眼睛都瞎了，让他们……让他们……让耗子把他们都咬烂了！

庞太监也不知从哪儿来的那么大仇恨和火气，他越念叨越来气，竟然气得浑身颤抖，嘴角呙斜。最后颤颤巍巍地跪下去，给他的保护神大仙爷磕了个头。

晚上。庞府院里。

在太监嘀里咕噜祷告的时候，他的几个侄子已经在花坛后头埋伏好了。

四癞子　老头子出去了。赶快！

大侄子飞快地进到太监卧室，将装宝贝的匣子抱出来。

二侄子　东西在里头吗？

大侄子　沉着哪！

三侄子　老东西没看见吧？

四癞子　他还没骂完人哪！且得一会儿呢。走！

晚上。四癞子屋内。

灯光下，几个侄子将匣子撬开，将那些珍珠玛瑙一类哗啦倒在桌子上，一时珠光宝气充盈满屋，几双手同时伸过来。

四癞子　谁也别抢，咱们按份分。咦，那个翡翠簪子呢，刚还在这儿。老三，你拿出来！

三侄子不情愿地从袖口里拿出簪子。

传来庞太监狼嚎一样的哭声。

侄子们偷偷笑。

晚上。庞太监卧室。

庞太监坐在屋地上，为他的匣子的丢失而伤心，他已经不会哭了，在机械地号叫。没有人过来，他实在太没有人缘了。一会儿，太监的号叫变成了呼噜，他口吐白沫，两眼翻白，四肢抽搐，小便由臀下徐徐渗出。

康顺子　（进来）老爷，老爷。（往起扶庞太监，哪里扶得起）大力！大力！

康大力　妈。

康顺子　快帮帮我，把他扶炕上去！

白天。庞太监卧室。

大夫、侄子们和康顺子、康大力围在庞太监炕前。

大　夫　是气急攻心，郁火触动痰气，痰随火升，阻闭心窍，心神失守。病人一定遇到了着急上火的事。用涤痰降火，理气解郁的法子，开几十服汤药，慢慢调养，症状尚许还能有所和缓。不过要回到原来的身体状况是根本不可能的。

四癞子　可不是着急了嘛，枕头边的东西丢了！（看着康顺子）枕头边的东西没了，就得问枕头边的人哪！

康顺子　我跟你把话说清楚了，他是他，我是我，我们就没在一个屋里待！

大侄子　你说不清楚！

庞太监躺在床上，看着几个侄子，嘴里要说什么，手脚挣扎。

大　夫　（递过方子）先开几服汤药，让病人喝了，安心静养吧。

白天。陶然亭茶社。

秦利民和三秀坐在靠窗的位置上喝茶。

秦利民　我这次到南边去，得走很长时间……回不来了也有可能……

三　秀　不许你说这样的话！不能不去吗？

秦利民　不能。

三　秀　去打仗？

秦利民点点头。

三　秀　（眼圈红了）我就怕打仗。

秦利民　打仗也有正义和非正义之分。其实我顶不放心的就是你，你不能老这样，你得走出家门，融入到社会当中来，做一个觉醒了的，掌握自己命运的现代女性。

三　秀　我何尝不愿意做现代女性，是命把我定在这儿了。

秦利民　别信命，什么都得自己争取。要按命运走，我应该是我爸爸的乖儿子，帮着他管理工厂，帮着他一块儿剥削、压迫工人……可偏偏的，我就站到了他的对面。很尴尬不是？但是他毕竟是我爸爸，我还是尊重他、爱他。我们爷儿俩，自打我回来，就没好好坐下来谈过。这次到南边去，是组织安排，我不能告诉他，我得悄悄走。

三　秀　秦二爷和我阿玛是朋友，你放心，我会常过去看看秦二爷和二太太。

秦利民　谢谢你。你是替我照顾他们。

三　秀　你怎么忽然客气起来了？

白天。陶然亭园子内。

秦利民和三秀信步而行。两人来到一新坟前。

秦利民　知道这座坟是谁的吗？

三　秀　不知道。

秦利民　这是不久前才埋葬的一个女子，她叫石萍梅，一个因为爱人去世愁闷而死的才女。三秀，你记住，不论我发生什么情况，你都要坚强地活下去！

三　秀　瞧你说的，跟真的似的。

秦利民　和反动派的斗争是残酷的，许多事，是你根本想不到的。

三　秀　利民，我等着你……你一定得回来！

秦利民　我会给你写信。

白天。茶馆内。

茶馆里留声机唱得很热闹，听唱喝茶的人不少。“莫谈国事”的纸条下，茶客们在大谈“国事”。

茶客甲　昨天晚上，阎老西儿的军队缴了国民党北平总司令行营卫队的械。阎锡山、冯玉祥在北平组织军政府啦。瞧吧，北平又有戏看啦！

茶客乙　这回又得开打了！上回打仗，我把靠街的窗户都用砖堵了，还没来得及拆。又打了，得了，倒省事儿！

茶客丙　阎老西儿老奸巨猾，是我大舅子在士官学校的同学，山西人，精明，会算计，不吃亏，一天能喝一斤醋。

茶客丁　今天这日子口可不寻常，“三一八”，还记得民国十五年的“三一八”惨案吗？铁狮子胡同段祺瑞政府门口，枪朝着学生堆里打，死了多少啊……

茶客乙　我亲眼看见了，学生们就不跑，还喊着口号硬往上冲，人一排一排地倒！傻不傻！难道他们不知道撞上枪子就得死？

茶客甲　人家讲的是精神！

茶客乙　精神顶什么？顶饭吃？顶钱花？

茶客丁　今天，我看见外头又集合了不少人，举着旗子要开纪念会呢……

吴祥子、宋恩子进茶馆。

王利发咳嗽。众人换了话题。

茶客甲　齐化门外东岳庙门口的一对石头狮子，东边那只昨天夜里走了。刚走几步，碰见一个卖硬面饽饽的，张嘴跟卖饽饽的要吃的。卖硬面饽饽的说，我的饽饽比你的石头还硬！一句话道破了狮子本相，走不了啦，就站那儿了。不信您看去，东岳庙门口俩狮子不一般齐了，东边的比西边的往南挪了一大截。

茶客乙　不用看我也知道，早就是那样，那条路是斜的！

王利发　吴爷、宋爷，喝碗高的？

吴祥子　不啦，今天又忙。

王利发　您二位老是忙，什么时候您二位不忙了，就天下太平了。

宋恩子　这话听着有点儿刺，可细想想，也对。王掌柜……（用手做捻钱状）

王利发　意思给您备着呢，阳历一号，忘不了！（给钱）

吴祥子　我们就……不上里边检查了……今天你得多留神后头的学生，又要闹事。

王利发　您二位放心，住我这儿的学生都是老实巴交的规矩学生。

宋恩子　学生就没有规矩的。你那个爱招事的二小子在后头吗？

王利发　在。这几天哪儿也没去，老老实实在屋里温书呢，今年一门心思要考北大。

吴祥子　北大的学生闹得最欢。

王利发　说实话，考上也不能让他念，我这家当，哪儿供得起大学生呀？再说了，我们家祖坟上压根儿就没长大学生这根蒿子。

吴祥子朝后头瞄了一眼。

白天。后院。

几个女学生开着门在糊标语。

白天。茶馆内。

吴祥子　王掌柜，我看几个学生在那儿糊……

王利发　糊风筝。三月天，风高，昨天就吵吵着上安定门外放风筝呢。

吴祥子们多一事不如少一事，拿了钱也懒得细查，搭讪着出去了。

王利发赶紧朝后院走。

白天。后院屋内。

王利发　（对糊标语的女学生）姑奶奶们，你们少给我找点事行不行？这门，大敞窑开，城门似的，招得特务两眼使劲往里踅摸。咱们犯不上不是？（看屋里）二栓呢？

二　栓　（攥着一把旗从里屋出来）爸。我在这儿。

王利发　跟你说，今天哪儿也不许去，特务早把你盯上了。

二　栓　我上街为死了的贺绩成喊两嗓子还不行吗？贺绩成死得多惨，您也不是没看见，您当时不是也掉了眼泪吗？

王利发　当时是当时，现在是现在！李三，找锁，还把他给我锁小屋去！

李　三　（提着铁链子和锁）请吧，二大爷！

白天。后院小屋。

二栓被关进小屋。李三用铁链子锁了门。

王利发　甭说你再拉屎，你就是拉金子我也不会再让你出来！李三，把钥匙给我。（接过钥匙拴裤腰上。一抬头，见秦仲义进来了）秦二爷，您怎么上后头来了？前边请，李三，给秦二爷清出个好座。

秦二爷　我就在后头，这是我的房，前边是你的，我在我的地界待待还不行？

王利发　行！行！您屋里请。（将秦仲义往自己的正房让）

秦仲义　（指着小屋）你甭锁他，你锁不住！

王利发　这是个惹事的根苗。

白天。王家正屋。

王利发　（给秦仲义端来一盖碗茶）二爷，您有日子没来了。

秦仲义　是啊，打炸了丹枫，咱们俩就再没见面。小王啊，前头茶馆的事你先让你大儿子替你支应一会儿，你在后头呢，协助我办点儿事。

王利发　办什么事您尽管吩咐。

秦仲义　让你当个证人。

王利发　证明什么？

秦仲义从怀里掏出两张纸递给王利发。

王利发　（看了一行脸色就变了）二爷，这万万不行啊！

秦仲义　我的脾气你知道，只有我说了算的事，没有别人说了算的事。要不，丹枫也不至于落那么一个下场。

王利发　丹枫是丹枫，这事是这事！

秦仲义　甭说啦，他一会儿就来，到时候你在证人那儿签个名字就行啦。

王利发　我不签！

小屋传来二栓的歌声，他在唱《国际歌》，两个女学生也加入了他的歌唱。

王利发　您听听，是给我示威呢，您别以为就您的儿子是孽种！

秦利民　（进屋）爸，王叔。

秦仲义　我让老李给你捎的话都带到了？

秦利民　带到了。爸，咱们得好好谈谈。

秦仲义　用你们的话说是，资产阶级和无产阶级是不可调和的矛盾，咱们没什么好谈的。

秦仲义　爸，可您是我的爸爸呀，走到哪儿您也是我爸爸！

王利发　孩子说得对。

秦仲义　从今往后，我不是你的爸爸，你也再不是我的儿子。咱们的关系到此为止了！

秦利民　爸，您不能这样！

秦仲义　如果你是一般人，领着工人跟我对着干，我或许还能接受，或许还会敬重你，佩服你。可一想到你是我的儿子，我就从心里凉到外头，一件事一件事地凉，一层一层地冻，我已经成了冰人，化不了啦……我这辈子干的一件最后悔的事情就是不该把你送出国去，不该有你这么个儿子！

秦利民　爸，您应该为有我这样的儿子骄傲！

秦仲义　骄傲也罢，后悔也罢，都过去了。你在这上头签字吧，断绝父子关系，往后咱们谁不认识谁。对了，再不许你姓秦，你爱姓什么姓什么！

秦利民　爸……我还有妈呢……

秦仲义　父子不存在了，母子自然就没了。

秦利民　我得见我妈！

秦仲义　要见你妈也不难，要让我收回断绝书也不难。条件是跟我回家，在家老老实实待上半年，和你的无产阶级断绝一切来往。做到这点跟我走，做不到，签字！

秦利民　……爸，您能不能换个条件？

秦仲义　不能！

秦利民的脸上出了汗。

王利发　秦少爷，还犹豫什么，跟你爸爸回家呀！

桌上的座钟滴嗒滴嗒。三个人谁也不说话。

秦利民脸憋得通红。

秦仲义内心有些小得意。

王利发看看这个，又看看那个，不知怎么办才好。

秦利民　（低声）我……签字。

如同一声惊雷，秦仲义浑身一哆嗦。王利发张大了嘴，看着秦利民，脑子转不过弯来。

秦利民很冷静地在断绝书上写下自己的名字，写的时候停顿了一下，省去了“秦”字，只写了“利民”两个字。这一下，反倒使秦仲义处于被动地位。他顾及着面子和尊严，沉着劲儿，装作毫不在乎地写了“秦仲义”三个字。秦仲义将字据推到王利发面前。

秦仲义　王掌柜，你在中人上签个字。

王利发　我……不！不能签！二爷，您爷儿俩不能逼着我干这事！

秦仲义　已经成了既成事实，你签与不签我们都没关系了。

王利发　那也不签！你们爷儿俩的事，让我往里掺和什么！

秦仲义　（突然脾气大发）你给我签！不签我收房！你明天就给我搬家！

王利发　您这是要挟我。

秦仲义　我就是要挟你，你住着我的房，在我的手心里攥着！

王利发无可奈何在字据上签了字。

秦仲义　（对秦利民）你走吧，爱上哪儿上哪儿！

秦利民　爸爸……（含着眼泪慢慢转身）

秦仲义　（气急地）等等，把你身上的衣裳给我扒下来，这是你出国我花钱给你做的，你得把它还给我。

秦利民　爸……

秦仲义　脱！

秦利民将西服、裤子脱下，上身是衬衫，下身短裤。

秦仲义　还有衬衣！

最后秦利民脱得只剩下了一条裤衩。

秦仲义　你走吧！

秦利民向门口走去。走到门口，回过身给秦仲义跪下了。

秦利民　爸，不管您认不认我，我永远是您儿子。我走了，您就当我……死了……您跟妈多多保重，您到了该用儿子的时候，儿子不在了……爸，我现在只有往前走，不能后退，前头是火，是血，我也走到底。

王利发　这是什么话呀！听着让人瘆得慌！

秦仲义　我永远也不会想起你！

秦利民光着身子走出去，再没回头。

王利发　这……你说你们这爷儿俩……（追出去）秦少爷，你等等！老二！老二！

白天。后院。

王利发追秦利民。

王利发　老二！老二！

二　栓　（从小屋里发出声音）爸，我在这儿哪！

王利发　咳！老大！老大！

大　栓　爸，什么事？

王利发　找身衣裳，给秦少爷。

大　栓　我的衣裳，秦少爷……穿我的？

王利发　他都这模样了，还讲究什么？

大　栓　哎。秦少爷跟我来！

二　栓　（在小屋里）秦大哥，好样的！（唱）莫要说我们一钱不值，我们要做天下的主人……

王利发　你给我住嘴！

白天。王家正屋。

王利发进了屋，看见秦仲义抱着衣裳在默默地流眼泪。

王利发　（给秦仲义倒了一碗茶）秦二爷，您这是何苦呢，把自个儿的亲儿子扒光了，推大街上去，自个儿在这儿一人掉眼泪……得了，也甭说您，我还不如您呢！军械局要您的火柴厂，您给顶了。您一说要我的房，我就得乖乖儿给您当中人，到这会儿我还后悔，刚才为什么没把您顶回去？

秦仲义　因为房是我的！（站起身，掸掸身上的灰）没儿子了，倒也清省利索。（背着手走出去）王掌柜，明年我准备把后头这房改了做仓库。

王利发　啊?!（送出门口）二爷……

秦仲义　你还有事？

王利发　……秦少爷留下那些衣裳，您不带走？

秦仲义　替我烧了！

白天。松二爷院内。

松二爷在院里放风筝。一个漂亮的沙燕在天上飞翔。沙燕的眼睛会转动，身上带着哨。

白天。松家屋内。

秀岑才睡起来，对着镜子抹他的大油头，三秀坐在炕桌另一头缝衣裳。

三　秀　秀岑，这月的包银哪？

秀　岑　昨天请了客了。

三　秀　那咱们这月吃什么？

秀　岑　我天天有饭局，我现在正节食呢。要不我的腰粗得水桶似的，甭唱铁镜公主，改唱金钱豹得了。

三　秀　你有饭局，我和阿玛得吃饭哪！

秀　岑　李局长说了，明天送我四百块大洋，让我上苏州办行头，四百我用不了，给你们五十不就结了。发什么愁，我就信一条，车到山前必有路，老天爷饿不死瞎家雀儿，更何况咱们还不瞎！

三　秀　你往脑袋上抹那么些油，好看怎么的？我说过多少回了，少跟那个李局长打连恋。你记着，谁也不会白送谁钱，钱的背后指不定有什么坏心眼子呢！

秀　岑　人家爱的是戏，局长说了，让我下个月上他府上给他的千金教戏，人家知道从小就培养孩子当名媛。

三　秀　（对秀岑）我得搜搜你身上！（动手搜）我现在知道怎么对付你了，说没钱没钱，指不定在哪个兜里就掏出几块钱来。

秀　岑　（张开胳膊让三秀在身上找）那是我对钱不感兴趣，没数。三姐，昨天我在火车站看见秦家少爷了，穿着下苦力的衣裳，上了去南边的车。

三　秀　你们没说话？

秀　岑　没有。

三　秀　瞧瞧，我说什么来着，夹袄里头有两块钱。

秀　岑　那是兜破了，什么时候滚进去的我也不知道。

三　秀　咱们中午吃顿饺子吧，西葫芦馅的，你爱吃。

秀　岑　我跟李局长说好了，今天上午上靶场打枪。

三　秀　怎么又是李局长？

白天。松二爷家院里。

秀岑出门，看见父亲在放风筝，马上参与进来。

秀　岑　东南风，您把线儿往回拽拽，我得送个小屁帘上去！（说着，拿来一个屁帘风筝，借助风筝线和风力，嗖嗖嗖将小屁帘送了上去）

松二爷　能在院里放风筝的也就是我，别人没这本事，他们都得找空场，其实未必……

三　秀　（出来）秀岑你怎么又在这儿玩上了？你不是有事吗？

秀　岑　哎呀，我给忘了！（跑出门去）

松二爷　（突然地）三秀，我要吃糖葫芦，山药夹豆沙沾瓜子的糖葫芦……

三　秀　现在哪儿有糖葫芦哇？冬天卖糖葫芦的才出来呢。

松二爷　现在我混得连串糖葫芦也吃不上……你们就这么虐待老家儿吗？

三　秀　（无奈地）您现在跟个孩子似的，我从秀岑衣裳里搜出了两块钱，刚够咱们这几天的饭钱……

松二爷　（将钱拿在手里）我得给鸟买虫子去。

三　秀　您别都花了，一个警察一月薪水才六块！

松二爷　我准给你剩回来，就买几条肉虫子，能花你多少？瞧小气的！（对鸟笼子）我的乖鸟儿哎，今儿个你过节！

白天。靶场。

秀岑和李局长练习射击。

晚上。大杂院的新房。

二姑娘为今天是哪个来而忐忑不安。门开了，进来的是两个已经醉得站立不稳的男人。

老　林　今天该轮着我！

老　陈　我不能轻易下火线……我还……还没胜……胜……够！

老　林　哥，说好的嘛，一人一天，你咋变咧？（往外推老陈）

老　陈　她是我媳妇，她愿意跟我睡，（对二姑娘）是吧，你愿意跟我……

老　林　（对二姑娘）我漂亮，我的牙白……

二姑娘　你们谁也别靠近我！

晚上。杂院内。

赵三爷和赵家女人及几个街坊站在院里，听屋内的争执。

赵三爷　敢情世间什么新鲜事儿都有。

赵家女人　伤风败俗！

晚上。新房内。

老　林　哥，咱们今天一块儿睡她！

老　陈　老二，这主意好。

两个人现在目标一致，共同转向二姑娘。

二姑娘看着两个越靠越近的男人，忽然大叫起来，接着又笑，唱《小放牛》。

二姑娘　（唱）牧童哥，你过来，我要吃好酒哪里有，嗯哪呀呼依呀嗨。

老陈、老林一下愣了，俩人对看了一会儿。

老　林　咋咧？

老　陈　咋咧，她疯咧！

白天。茶馆内。

二姑娘头上插着红绒花，目光呆滞，一声不吭进了茶馆。正在擦桌子的大栓见了，颇觉意外，赶忙招呼。

大　栓　你来啦！对了，今天应该是你回门的日子。坐，坐，那什么……我给你倒茶去……

王利发　（将大栓拽到一边，小声）有点儿不对劲儿。叫你妈去！

大　栓　（不满地）怎么不对了？

王利发　你看看她那眼神儿！

二姑娘　（扑哧一笑，唱）牧童哥，你过来……

大　栓　妈！妈！

王淑芬　（从后头过来）怎么了，这么喊？（看到二姑娘）闺女……（抚摸着二姑娘的头发）你这是受委屈了……才几天哪，给蹉磨得还有个人样吗？坐下，先喝碗茶。

大栓赶忙拿来《小放牛》唱片，搁在留声机上转起来。

熟悉的《小放牛》音乐响起。

大家期待地注视着二姑娘。

二姑娘　嘿嘿……

王利发　（失望地）没用！

王淑芬　还是给杨家送回去吧。闺女，走，跟我回家！

正说着，杨掌柜和小刘麻子闪进来。

小刘麻子　让我们在后头躲躲，那俩二拨愣子追来了！

王利发　哪两个二拨愣子？

小刘麻子　（指杨掌柜）他的俩姑爷！

王利发　一个闺女俩姑爷？！

杨掌柜　王掌柜，以后给您细说，看在街坊的份上，替我们挡一挡！

王淑芬　（胳膊一伸，将通向后院的门挡住）我们后头是公寓，住的都是文明人，不能让乱七八糟的人进去！

小刘麻子　得咧，我管您叫奶奶。奶奶您把胳膊抬一抬，让我进去，那俩货一个老陕，一个老西儿，都是趟过人血不要命的。我在人家的拳头底下，还不得跟砸蒜似的。

王淑芬　说不能进就是不能进！

老陈和老林气哼哼地进来，撸胳膊挽袖子，不容分说追着小刘麻子和杨掌柜就打。小刘麻子绕着桌子跑，老林一掀桌子，茶壶茶碗全摔到地上。

王利发 （使劲揪住老林）我说怎么个碴儿？我招你们惹你们了？你逮你的媒人，砸我的东西算怎么档子事儿！

老　林 这小子骗人！他拿个疯丫头糊弄我们，欺负我们是外地人儿！

老　陈 我们给的是金子，我们事先说好的，有毛病的不要，他偏偏给我们弄来个有毛病的！还有他（指杨掌柜）收了我们一块狗头金，一个夜明珠，送来个疯子，睡了两晚上就出了毛病，我们不要咧，我们退货！

杨掌柜 我收了你们半块金子，压根儿没见夜明珠，小刘麻子，你得给我说清楚！

小刘麻子嘴里呜啦着，往墙根缩。杨掌柜逼住不放。

老　林 退货！我们退货！（从后头揪住杨掌柜衣裳领子，照着杨掌柜的脸就是一拳）

杨掌柜 （鼻子立刻蹿出了血）这……这……娶媳妇没有退货的……

老　林 咋没有，买支枪还得试巴着打两下子呢！用不成，不退货，咋？（又是一拳）

王利发 报应！真他妈是报应！

老陈追着小刘麻子打。

留声机幸灾乐祸似的唱 三月里来桃花儿开。

杏花儿白，石榴花儿红，

…………

宋恩子、吴祥子领着几个背枪的警察进来。

宋恩子 真热闹啊！

茶馆内的双方停止了打斗。

宋恩子　（掏出狗头金，在杨掌柜眼前一晃）这个是从打小鼓的方六手里缴来的，他交代是从你这儿出手的。没错吧？

杨掌柜　没错。那是我闺女的聘礼。

宋恩子　谁给你的？

杨掌柜　（指着小刘麻子）他！还有一颗夜明珠，他自个儿匿起来了！

小刘麻子　怎么是我给你的？我也没聘你的闺女，是他们的！（指老陈、老林）

宋恩子　又是你们俩，看样子在北京混得不错啊！

老　陈　还行，还行！

老　林　行啥呀，净是上当受骗！

宋恩子　这个是你们俩的？

老林、老陈　就是的。

宋恩子　捆了！

几个警察把两人捆了。

老林、老陈　（挣扎）为啥嘛，这是为着啥嘛？（两人的“啥”字，读成“仨”）你们说过，咱们不是一家人吗？

吴祥子　谁跟你们是一家人？别挣蹦，捆你们的是法绳，法绳懂不懂？代表着国家法律！

老　林　我们犯仨（啥）法咧？我们老实得很！

宋恩子　犯仨法，犯一个就是掉脑袋的罪！我问你，这金子是从哪儿来的？

老　林　挖来的。

宋恩子　从哪儿挖来的？

老　林　墓子里挖来的。

宋恩子　谁的墓？

老　林　㞞，谁的墓我咋知道！

宋恩子　告诉你们，你们盗的是顺治皇上的叔叔顺亲王的墓，现在这个案子是北平的大案要案。上边有话，抓住盗墓贼一律定死罪。

老　林　是他们家的后人领着我们挖的，也不是我们自己非要挖！

老　陈　对，还有喔唐先生……

吴祥子　是唐铁嘴吗？

老　陈　就是，就是，算卦的，我们的邻居。

老　林　你们要抓应该抓他，他是穿线儿的。

吴祥子　一个也跑不了！走！

警察推着老林、老陈往外走。

老　林　（对杨掌柜）喔账咱回来再细算！

吴祥子　你回不来了！（对杨掌柜）便宜了你，咱们的账，回头再细算！

杨掌柜擦着脑袋上的冷汗，说不出一句话。

小刘麻子早已溜得没影了。

王利发　（对杨掌柜）还不快回去！我跟你的账明天咱俩再细算，数数地上碎了的茶壶茶碗，烂了的桌椅板凳，你得一件一件给我赔清楚了。是你把这帮人带进来的，不能由我摊。

杨掌柜似没听见一般，机械地朝门口走去。

王淑芬　（将一直躲在她怀里的二姑娘领过来）把你的闺女领回去！

杨掌柜领着二姑娘走了。

王淑芬看着乱糟糟的茶馆，长长地叹了口气。

大栓收拾地上的碎碗。

王利发　儿子不认父亲，俩人娶一个媳妇，自己盗自己的祖坟，这世道乱得没了纲常……

一个穿长袍，提着箱子，有着连鬓胡子的中年人进了茶馆。

连鬓胡子　这里是裕泰茶馆吧？

王利发　是裕泰……

连鬓胡子　您是王掌柜？

王利发　是，王利发。您是……

连鬓胡子　我姓周，叫周立达，大学的讲师，是明师傅介绍我来的。

王淑芬　明师傅啊，那是我的娘家人儿！您里边请——

白天。茶馆后院的某间房。

周立达　房还不错，光线挺好，读书人就讲个光线，看书省眼睛。顶棚不漏吧？

王淑芬　北京哪儿找得着不漏的房啊，这间就是漏得少点儿，东北角的鹅湴（北京话，水印的意思）您看见了吧，下大雨的时候，稍微有点儿滴嗒。

周立达　看得出来，您是个实诚人儿！要不明师傅不会介绍我上您这儿来。

王淑芬　（边帮着整理房间边说）明师傅还在东城监狱做饭哪？

周立达　听说现在调到草岚子监狱去了，那儿关的都是政治犯。明师傅在那儿干，一个月也不让回家一趟。

王淑芬　您说，明师傅一个有手艺的大厨，沦落到给犯人做吃的，亏不亏？这是褥单子，我一个月给您洗一回，这是暖壶，灌水您自个儿上灶那儿灌。人手少，本来应该照顾到的，全顾不上了。吃饭您可以跟着我们吃，也可以自个儿外头叫，让大小子给您跑一趟就行了。灶上的伙食差点儿，是学生们吃的，怕周先生您吃不惯。

周立达　吃得惯，我也是穷日子过惯了，老家还有老妈和妹妹呢。

王淑芬　说句让人脸红的话，我们这儿连吃带住，一个月四块钱，头一个月交双份。您手头要是不方便……

周立达　啊，有，有，给您，八块钱，是吧？（给钱）

王淑芬　这后头归我管，有什么事您叫我一声就行了，开饭时间是早晨七点，中午十一点，晚上六点。

周立达　行，我记着。

王淑芬　没什么事我就做饭去了，您歇着。

周立达　您忙去，我把东西拾掇拾掇。

王淑芬走了，周立达打开箱子收拾东西，箱子里是油印机。

二栓从窗户外头过，看见周立达，推门进来。

二　栓　嗨，老胡！是你呀！你怎么来了？

周立达　小点声！我现在不是老胡，我叫周立达，是学校里的教书先生。

二　栓　你原来是个老师呀！在监狱里我还以为你是个杀人越货的土匪呢，瞧你这大胡子……

周立达　千万别跟别人说在监狱里见过我的事！

二　栓　知道！周先生！（小声）跟您说，那个东西，我给烧了，那个叫王老盛的让人逮了。

周立达　小子做得对。

二　栓　周先生，您住这儿太好了！我可以随时请教，跟文化人交往，我爸我妈都不反对。周先生，往后您有什么要我办的就喊我！

白天。松二爷家院里。

松二爷提着一堆东西回来了。虫子微乎其微，更主要的是山药、山楂、红小豆，大块冰糖、瓜子、荸荠、竹签等等。也买了不少其他吃食。

松二爷　三秀，快来接接，我拿不了啦！

正打扫院子的三秀赶紧迎上来。

三　秀　您不是说就给鸟买几条虫子吗，怎么买了这么多吃的呀？

松二爷　买了虫子我就四处淘换糖葫芦，走了半个北京，没有卖糖葫芦的。越没有我越馋，非要今天把糖葫芦吃到嘴不可！买了材料，我自己做。

三　秀　您真是，想起一出是一出！让我说您什么好，糖葫芦是说做就能做的？剩的钱呢？您给我，搁您那儿一会儿又没了。

松二爷　剩？这酱肘子跟艾窝窝还是我赊来的！

三　秀　酱肘子也是做糖葫芦的？

松二爷　它不是现在就能吃吗！你立马熬锅红豆粥，我这儿有烧饼酱肘子，咱们这顿中午饭不就齐了？

三　秀　咱们晚上吃什么？

松二爷　晚上再说晚上的呗。像你这种吃着上顿想下顿的活法，忒累！

白天。松二爷家厨房。

松二爷一人在厨房认真地做他的糖葫芦。其认真的程度，不亚于画一幅工笔画。松二爷把糖葫芦是作为一件艺术品来处理的，从果料的选择，造型的制作都讲究到极点。他将山楂破开去核，使每个山楂都半开半合，有的填上自做的澄沙，有的填上枣泥，有的填上豌豆黄。再将瓜子仁按在吐露的馅上，成为一朵朵精致的小花。山药蒸后去皮，挖出不同形状的窟窿，填上各种馅，按上红山楂糕和绿青梅丁，成为色彩斑斓的圆柱……冰糖熬得恰到火候，一根一根蘸了……

充满艺术品位，精美绝伦的糖葫芦在松二爷家的厨房里诞生了！（松二爷的糖葫芦要较一般糖葫芦粗大，无论从色彩搭配到造型，都无可挑剔，举起来如同一串美丽花束）

三　秀　（进来，为父亲的杰作惊呆了）阿玛，这是您做的吗？

松二爷　（得意地）你以为阿玛就会玩鸟？大丈夫非不能也，是不为也！

三　秀　这么好看的东西让人都舍不得吃了！我以为只有冬天才能吃上糖葫芦呢！

松二爷　糖葫芦一年四季都能吃，只要会做。丫头，尝一根！

三　秀　（小心地咬下一朵“花”）嫩脆，您这糖蘸得比外头卖的好吃多啦！

松二爷　外头卖的是专为赚钱的，做糖葫芦的都是小商小贩，他懂得什么是讲究，做出来只要是糖葫芦，有人买就得啦。我小时候，常跟着你老祖做糖葫芦玩，不为买，专为送亲戚朋友。用的签字都是象牙的，连皇上在上朝的时候还点着名让你老祖给做糖葫芦呢。

三　秀　您也教教我。

松二爷　做这个得有心情，就跟写字画画似的，高兴了能见天连着做，做一堆；不高兴了，兴许几十年想不起做一根。

白天。松二爷家屋里。

松二爷和三秀坐在炕桌前吃糖葫芦。

松二爷　你吃几根了？

三　秀　几根？这一根就够我吃半天的。

松二爷　这几根别吃了，我给王掌柜送过去，老白喝人家的茶。

三　秀　我给您包上。

松二爷　傻丫头，这还能包？（举着几根糖葫芦，提着鸟笼子朝外走去）

白天。大街上。

松二爷举着糖葫芦招摇过市，引来不少赞赏目光，一女人，拉着孩子在后面追着看。

女　人　这位爷，您的糖葫芦哪儿买的？我长这么大从没见过这样的糖葫芦！

松二爷　我做的！

女　人　卖吗？

松二爷　不卖，给裕泰的王掌柜做的。

女　人　王掌柜的真有福。

孩　子　（哭）妈，我要吃那个糖葫芦！

女　人　人家不卖！

松二爷　给孩子拿一根去吧！

女　人　谢谢您，不能白要您的，这得不少钱，（掏出一把票子，硬塞给松二爷）光这料就得几十个大子儿！

孩子接过糖葫芦就要往嘴里填。

女　人　不许吃，拿回家看几天再吃，你见过这么漂亮的糖葫芦吗？

路人一下将松二爷围了，纷纷举着钱要买他的糖葫芦。

松二爷　（将糖葫芦举得高高的）这是王掌柜的！是王掌柜的！不卖！

突然从高处伸过来一只手，将糖葫芦一下掳去，一个钱袋唰地扔过来，打在松二爷身上。

松二爷　谁呀，这是？

一辆车远去了。

路　人　是冯将军。

松二爷　哪个冯将军？

路　人　冯玉祥！现在北京城里顶天的人物。

路人乙　冯玉祥也爱吃糖葫芦？

松二爷　连皇上都爱吃糖葫芦哪！

白天。松二爷家院里。

三秀坐在石头桌前挑豆子。松二爷回来了。

三　秀　阿玛，您怎么这么快就回来了？我想着您说不定又得在王掌柜家蹭顿饭，晚上正不打算做了呢。

松二爷　还没到裕泰呢，糖葫芦就没了。

三　秀　让人抢了？

松二爷　抢了倒不是，给了我钱哪！（摸出一把票子）

三　秀　这连您的糖钱都不够。

松二爷　别急，还有呢！（又掏出钱袋）

三　秀　（掂掂）一口袋铜子，更不值钱！（将钱袋的钱哗啦倒桌上，竟

是白花花十几块大洋）

爷儿俩都愣了。

三　秀　阿玛，我不是做梦吧？怎么全是大洋啊？

松二爷　他冯玉祥就应该给大洋！给我铜子儿他掉份！

三　秀　钱，这钱咱们别乱花，咱们拿它当本，您教我做，您拿出去卖，说不定能顾住咱爷儿俩的嚼谷。

松二爷　满大街卖糖葫芦，那多丢人！

三　秀　丢什么人，您瞅人家常四爷，也是旗人，满大街吆喝菜，谁说他丢人啦？王掌柜，也是个买卖人，卖茶，那不也是您朋友，您觉着他丢人吗？咱们不偷不抢，不丢人！

白天。松二爷家厨房里。

松二爷手把手教三秀蘸糖葫芦。

晚上。戏园子内。

戏台上，秀岑在演《贵妃醉酒》。连舞带唱的秀岑将醉酒后的杨玉环表现得惟妙惟肖，在一群宫女的簇拥下，长长的一列五彩缤纷，忽而左，忽而右，秀岑已入化境。（唱）

…………

这景色撩人欲醉，

不觉来到百花亭。

同进酒，

捧金樽。

宫娥力士殷勤奉，

人生在世如春梦，

且自开怀饮几盅。

…………

台下的人也醉了，喝彩声不断。

楼上包间，李局长和他的二姨太太以及八岁的女儿李宝薇在看戏，三个人都被秀岑所吸引。李局长对身边的副官悄声吩咐了些什么。

晚上。戏园子后台。

秀岑从台上下来，正准备卸装，两个人抬着一个大花篮到后台。

送花的　关老板，这是给您的。

秀　岑　谁送的？怎么没挂款啊？放台口上去，别往后台搁！

送花的　是李局长的二姨太太送的，特意不叫加款。说了，就摆后台，摆在关老板的化妆台子旁边。

秀　岑　替我谢谢二太太。

送花的　二姨太太说了，明天中午在六国饭店请您吃饭，请您务必赏光。

秀　岑　谢谢二太太，告诉她，我明天十一点半准到。

送花的走了。

秀岑望着那些娇美的鲜花，十分陶醉。

李局长身边的副官来到后台。

副　官　局长给您在京华大饭店定了套房，让您散了戏就过去，这是钥匙。

秀　岑　有饭局？

副　官　没有，专为您一人。

秀　岑　让我住饭店？（自言自语）人要是成了角儿，怎么捧你的人都有！

晚上。饭店华丽套房。

侍者给秀岑开门，秀岑为里面的豪华震慑。房间内没人，他这里看看，那里摸摸，推开窗户，清凉的晚风吹进来，望着窗外的夜景，他真有些飘飘欲仙了。

盥洗室的门开了，穿着睡衣的李局长踱进来，李局长望着秀岑笑，那笑不是什么好笑。

秀　岑　（似乎意识到什么）李局长，您也来了？

李局长　我等你半天了。（步步逼近）

秀　岑　（没有退路）局长，您……您……

李局长　（伸出手，抚摸秀岑的脸蛋）我一看见你在台上唱，就想，这个人他究竟是不是真的，就想摸摸你……

秀　岑　我是真的！我是肉体凡胎……

李局长　肉体凡胎怎么会生出你这么个尤物来？（解秀岑的纽扣）

秀　岑　您别……别价……我从来没干过那个……没有……从来！

李局长　（从袖口里拉出折扇，哗地打开）从来没干过那个，送我这把扇子是什么意思？《貂蝉拜月》，貂蝉为什么拜月？你的意思我清楚极了，你懂，你什么都懂……

秀　岑　我真没别的意思！

李局长　难道这两年我的意思你竟没体会出来？你能体会到杨贵妃独守空房的惆怅，不会体会不到我的意思。

秀岑的衣衫被局长慢慢剥光，连最后一点防线。

李局长　（眯着眼睛欣赏着）好美的身段，比穿着衣裳的杨贵妃美多了……

秀　岑　求求您，饶了我！这让我阿玛知道了，得打死我！

李局长　我就爱看你这小样。

秀　岑　局长，局长……

晚上。饭店走廊。

空荡荡的走廊里传来秀岑撕心裂肺的一声喊：

秀　岑　阿玛——

半夜。松二爷卧室。

松二爷　（躺着睡觉，突然一激灵坐起来）秀岑，秀岑喊我。

三　秀　阿玛，秀岑还没回来呢。您睡癔症了，瞧您出的这身汗！

松二爷　都两点了，秀岑怎么还没回来？

三　秀　指不定又跟哪个朋友喝酒去了，阿玛，您先睡吧，我等着门。

松二爷　（往被窝里出溜）他从来没这么晚回来过，有事耽搁了，他事先会言语一声，这是怎么了？

三　秀　您放心，他一个大活人，还能怎么着？饭我在锅里给他温着，热水给他预备着，连被窝都铺好了……

松二爷　天都快亮了，什么酒能喝到这份儿上！

天刚亮。街上，

周围景色朦胧，有送水的车呀呀地在街上走，卖小吃的开始在街上支摊子。炸油饼的将第一个油饼扔进锅里，卖炸豆腐的大锅已经开锅……

秀岑面容憔悴，衣裳不整，失神落魄，游魂似的在街上走。

常四爷　（在喝老豆腐，看见秀岑，放下碗）这不是秀岑吗？

卖老豆腐的　那是个睡懒觉的主儿，今儿个这么早就出来溜达了，新鲜。

常四爷　我把菜担子在你这儿放会儿。

卖老豆腐的　您忙您的去！

常四爷　（追上秀岑）秀岑！秀岑！（叫了好几声）

秀　岑　常四爷，是您哪！

常四爷　你这是……

秀　岑　回家。

常四爷　打哪儿回家？

秀岑眼泪在眼圈里转。

常四爷　受了什么委屈跟四爷说，我帮你去论理！

秀　岑　谢谢您啦，没受委屈。您忙吧！（边说边往家走）

常四爷　是不是你阿玛……

秀　岑　（头也不回）他挺好。

常四爷　（看着秀岑背影，不解地）这孩子，怎么了？

早晨。松二爷家院里。

三秀在铁丝上晾被子，秀岑跌跌撞撞地进了门。

三　秀　一宿不着家，你昨天干什么去了？

秀岑一言不发，直奔自己的屋。

屋里传出秀岑的哭声。

白天。秀岑卧室。

三秀来到卧室，看见秀岑趴在床上哭。

三　秀　怎么了，你倒是说话呀！

秀岑仍旧哭，越哭越伤心。

三　秀　你小点儿声，留神把阿玛吵醒了，他溜溜儿等你一宿，刚睡着。

秀岑声音小了些，压抑着哭声。

三　秀　你要急死我了！别哭了，好好说，到底怎么回事！

秀　岑　姐……那个李局长……

早晨。松二爷家院里。

小黄鸟在房檐下唱，石头桌上搁着三秀没做完的糖葫芦。

廊子上躺着松二爷爷儿俩玩过的风筝。

白天。秀岑卧室。

三　秀　（掉眼泪）这是把人欺负到家了……我就说，那个姓李的不是好东西！秀岑，要不以后咱们不唱戏了，咱们卖糖葫芦。

秀　岑　卖糖葫芦？你让我卖糖葫芦？咧着大嘴在街上吆喝？

三　秀　那有什么？

秀　岑　我不干。也干不了。

三　秀　那你就心甘情愿让人家糟蹋？

秀　岑　我没别的办法，咱们惹不起人家……我还得唱戏，还得在世面上混……

三　秀　我老说女人命苦，敢情男人也不容易。（擦眼泪）秀岑，往后能躲尽量躲，少跟他们来往。

秀　岑　我往哪儿躲呀？……姐，几点了？

三　秀　十点半。

秀　岑　我还得上六国饭店去。

三　秀　（气愤地）你还去呀？

秀　岑　我敢不去吗？姐，千万别让阿玛知道……

白天。庞府庭院。

大雪初晴，天气寒冷。康顺子和康大力衣衫单薄，冻得瑟瑟地在扫雪。

康大力　妈，真冷！

康顺子　肚里没食，能不冷吗？瞧把孩子手冻的，都烂了。来，妈给你焐焐。

康大力　妈，一天就给一顿饭吃，还不让吃饱，别人家是不是也这样？

康顺子　这是老东西定的规矩，现在他是自作自受了。

白天。后园花房。

庞太监被他的侄子们从正屋请出，安置在破烂花房里。房子四面透风，没有床，临时搭了几块木板，铺了些草。庞太监盖了一床比叫花子盖的强不了多少的破棉被，孤寂地躺着。靠墙是一溜空花盆和堆得乱七八糟的枝枝叶叶。太监嘴里呜啦着，明显地表示他要吃东西，他饿。

康大力端了一碗水，放在庞太监的旁边，被庞太监顺势抓住，用长指甲使劲地掐康大力。

康大力　（把胳膊往回抽）你要干吗呀你？

康顺子拿着一块极小的菜饼子进来，见到这情景，将康大力从太监手里救出。

康顺子　你都这样了，还蹉磨孩子，你的心怎么这么毒哇！你看看，这么大的院里，给你送吃的的也就我们娘儿俩，谁还管你？

庞太监指着康顺子手里的饼子急不可待地要吃。

康顺子　给你！这是从我们娘儿俩嘴里省出来的！

庞太监吃饼子，噎得喘不出气儿来。

康顺子　（端过水去）你慢点儿。

白天。庭院里。

四癞子和他新婚的妻子在踏雪赏梅，一群丫头小子簇拥着。新娶的四奶奶穿着貂皮，捧着手炉，首饰闪亮，肥艳无比。

四癞子　（讨好地）这几年，园里的树是长起来了，花还是不行，你看这蜡梅，又瘦又小，明年得请个好花匠。

四奶奶　还是天不冷。开春在园子里多栽些芍药、牡丹，热热闹闹，红红绿绿才像个过日子的模样。这个院子让个没根的老家伙鼓捣得跟庙似的，不阴不阳，没有一点儿热火气儿。明儿个我得放一百挂鞭，崩崩这阴气。那个小屋怪败兴的，是干什么的？

四癞子　花房。

四奶奶　我看看去。

四癞子　别看了，现在老东西住着。

四奶奶　怎么着，他还没死吗？（边说边往花房走）

白天。花房内。

四奶奶　（一猫腰，进了花房低矮的小门）喝，里头一家子还挺团圆哪。有老子，有夫人，有儿子，舒舒坦坦地躺着，吃着。老四啊，甭说你，这日子我都过不上！

康顺子和康大力低头站在一边。

四奶奶　按规矩，你是我婆母，他是我的小叔子。可是我怎么看你怎么像街上缝穷的穷老婆子，他呢，就是个捡煤核的野小子。你们都是拿钱买来的，跟庞家没一点儿关系。不是在大宅门里住着，你们成了街上的倒卧（北京话，在街上冻饿而死的无家可归者）也轮不上我看你们一眼。

庞太监死盯着四奶奶手上的大宝石戒指，大概是认出了是自己匣子里的东西，手指着四奶奶的戒指要说话。

四奶奶　（脸上露出厌恶的颜色）你活着就是多余！看见你我就恶心。打明天起，谁再给他饭吃，就跟他一块儿挨饿！

太监在铺上挣扎，要骂，说不出话。

四奶奶冷笑几声扬长而去。

白天。花房外。

四奶奶　把门锁上！

康顺子　……这会把人饿死啊……

四奶奶　你心疼啦，你心疼连你一块儿锁进去！

庞太监在里面呜啦。

人们都走了，门口只剩下康顺子娘儿俩。

康大力　妈……

康顺子　孩子，咱们连自个儿都顾不了啦！

庞太监在屋里牛一样地吼叫，声音渐渐低沉……

白天。康顺子娘儿俩简陋的小屋。

四瘸子和大侄子进来。

四瘸子　康老婆子，老东西咽气了，这家里再没你们什么事了，您二位请便吧！

康大力　妈，咱们上哪儿啊？

康顺子　上大街要饭也比在这儿强，孩子，咱们走！

大侄子　老婆子还挺有骨气，别以为我们占了你的便宜。养活了你们这些年，买你们的钱本都没赚回来！

康顺子　你们还有没有天理良心？老天爷不是没报，是时机还没到！

四瘸子　你再嘴硬，我把你给卖了！

康顺子　看看哪儿有买老婆子的？你甭吓唬我！

白天。庞府大门口。

雪地里，康顺子和康大力被推出来，一个小布包袱随着扔出来。

大门砰地关上了。

康顺子从地上捡起包袱，掸掸上面的雪，向四周看。

康大力　妈，咱们上哪儿啊？

康顺子　上哪儿呢？这几十年，我从来没出过门。当初我是从一个茶馆里被卖出来的，北京咱们一个认识的人也没有哇。走吧，顺着这条道往前走吧……走到哪儿算哪儿。

康大力　妈，咱们找找当初卖您的那个茶馆，或许还有人记得您。

康顺子　咱们走着，找着……

——第十三集完

第十四集

白天。茶馆后院。

周立达　（从窗户探出头）二栓，二栓！

二　栓　（过来）周先生，您叫我？

周立达　这会儿忙不忙？

二　栓　我妈让我帮她压几桶水，压完水就没事了。

周立达　压完水过来给我帮帮忙。

二　栓　行！

白天。周立达屋内。

周立达和二栓在推油印机。油印的册子封面上是“先驱”两个字。

二　栓　这个册子我以前看见过，万没想到是您印的，更没想到我今天还会推油印滚子。

周立达　想不到的事儿多着呢，将来革命胜利了，你成了国家主人，自己做自己的主，顶天立地，舒舒坦坦地活着，多好！二栓，将来你要干什么呢？

二　栓　我当兵。

周立达　为什么呢？

二　栓　我喜欢当兵。

周立达　（提醒二栓）该膏油墨了。

二　栓　（将盒里的油墨往墨滚子上抹）您印这些册子怎么发出去？

周立达　到时候有人来拿。二栓，这是提着脑袋干的事，你怕不怕？

二　栓　周先生您小瞧了我，我什么时候怕过？

周立达　这事就咱们俩知道……无论遇到什么情况，也不准出卖朋友！

二　栓　拉钩！

白天。茶馆内。

二德子进来了。

二德子　王掌柜，来碗高的！

王利发　二德子，老没见了，在哪儿得意呢？

二德子　国民党市党部。

王利发　在市党部干什么差事呢？

二德子　武术教官。

王利发　……（琢磨了半天）党部的官员学武术……嘁，让人听着怎么……

二德子　什么叫武术，武术就是打，既可以打人，也可以防身。

王利发　最好什么时候也别讲打，打人是顶没理的事。

二德子　王掌柜，您在街面上开了这么多年茶馆，难道还没悟出这么一个道理：拳头硬会使矮个变成高个，黑的变成白的。这年头，说话的不是嘴，是这个！（拳头）我就仗着这个吃饭，打人就有钱，不打，就没钱。

王利发　您圣明！

二德子　我把我儿子送进洋人办的拳术学校去了，人家的教育都是科学的，天天蹦着打沙袋，左勾拳，右勾拳，顶门心子又一拳。他比我厉害，比我会打！

王利发　您少爷将来准比康八爷有出息。

二德子　康八算什么，充其量一个散兵游勇，我们这是有组织的，团结起来力量大。一个康八，让人给凌迟了。我们一群康八，就把别人给凌迟了！

王利发　您说得真对！

小刘麻子　（进来）知道吗，大新闻！唐铁嘴让当局给枪毙了，昨天夜里执行的！

二德子　枪毙唐铁嘴？当局？

小刘麻子　为盗墓的事！一块儿毙的还有那俩逃兵，其实是为了分赃不匀。弄出那么多值钱东西，应该想着给该孝敬的孝敬点儿，结果这些人以为没人知道，偷偷分了。你想想，能有不透风的墙吗！

王利发　这里头就没你一点儿事？

小刘麻子　我压根儿就没参与！这真是一报还一报哇，当初唐铁嘴不跟当局告我爸爸的密，大概不至于有今天的结局。不是我报的仇，是老天爷替我报的仇。

二德子　你这是迷信！

康顺子提着小包袱，带着康大力，向茶馆里边探头。

康大力　妈，是这儿吗？

康顺子　地方对呀，怎么改了样儿呢？（进来，细看，看见了小刘麻子）大力，进来，是这儿！

康大力　可找着了，妈！

康顺子　没错儿！有他在这儿，不会错！

王利发　您找谁？

康顺子　（不语，直奔小刘麻子）刘麻子，你还认识我吗？（要打，但是伸不出手去，一个劲儿颤抖）你，你，你个……（要骂，也感到困难）

小刘麻子　你这个老娘儿们，无缘无故跟我捣什么乱呢？

康顺子　无缘无故？你，你看看我是谁？

小刘麻子　我知道你是谁？

康顺子　一个男子汉，干什么吃不了饭，偏干伤天害理的事！呸！呸！

小刘麻子　（擦着脸上的口水）我好男不跟女斗，德二爷，您帮我料理料理！

二德子　给多少？

小刘麻子　赶明儿我给您家少爷好好说房媳妇！

二德子　（收拾东西准备出门）那是虚的！

王利发　这位大嫂，有话好好说！

康顺子　你是掌柜的？你忘了吗？二十年前，有个娶媳妇的太监？

王利发　您，您就是庞太监的那个……

康顺子　都是他，（指小刘麻子）做的好事，我今天跟他算算账！（又要打，仍未打成）

康大力　妈，我帮您打！（上去扑打小刘麻子，被王利发拦住）

王利发　那是他爸爸刘麻子干的事，眼前这个是他儿子，跟他没关系！

康大力　父债子还！（要打）

王利发　他爸爸的脑袋都掉了，难道还不够还的？

康大力　活该！

小刘麻子　（见二德子走了，不敢久留，赶紧跟出去）您等等我！

王利发　大嫂，你坐下，有话慢慢说。庞太监呢？

康顺子　（坐下喘气）死啦。叫他的侄子给饿死的。一改民国呀，他还有钱，可没了势力，所以侄子们敢欺负他。他一死，他的侄子们就把我们轰出来了，连一床被子都没给我们！

王利发　这，这是……

康顺子　我儿子！

王利发　您的……

康顺子　也是买来的，给太监当儿子。

康大力　妈，当初您爸爸就是在这儿卖了您的？

康顺子　就是这儿，那时候有个里间，把我带进去，我一看见那个太监就气晕过去了……我永远忘不了这个地方！

康大力　我可记不住我爸爸是在哪儿把我卖出去的了。

康顺子　那时候你才两三岁。（对王利发）掌柜的，当初我在这儿叫人买了去，咱们总算是有缘，您能不能帮帮忙，给我找点儿事做？我饿死不要紧，可不能饿死这个无依无靠的孩子！

王淑芬出来，立在后边听着。

王利发　你会干什么呢？

康顺子　洗洗涮涮，缝缝补补，规整屋子扫地，做家常饭，都会！我是乡下人，我能吃苦，只要不再做太监的老婆，什么苦处都是甜的！

王利发　要多少钱呢？

康顺子　有三顿饭吃，有个睡觉的地方，够大力上学的就行。

王利发　好吧，我慢慢给你打听着！你看，二十年前那回事，我到今天还没忘，你父亲在抬走你的当天，就死在我们家了，一想起来心里就紧得慌！

康顺子　我想着他也不在了，当时他病得那么厉害……（黯然神伤）可是，现在我们母子上哪儿去呢？

王利发　回老家，回你们通州乡下去。

康顺子　出来的时候老家就没有亲人了，回去找谁呀？

王利发　马上就找事，可不大容易！

王淑芬　（过来）她能洗能做，又不多要钱，我留下她了！

王利发　你？

王淑芬　难道我不是内掌柜的？难道我跟李三爷就该累死？

康顺子　掌柜的，试试我，看我不行，您说话，我走！

王淑芬　大嫂，跟我来！

康顺子　当初我是在这儿卖出去的，现在就拿这儿当作娘家吧！

王利发　（一脸苦笑）好家伙，一添就是两张嘴！太监取消了，可把太监的家眷交到我这儿来了！

白天。茶馆后头厨房。

康顺子麻利地蒸窝头，王淑芬在旁边插不上手。

康顺子　往后，这些活儿你都交给我，这点儿事算什么呀，我在太监府里干得比这个累多了！

王淑芬　太监还打人？

康顺子　打是轻的，拿烟签子扎，掐、拧、咬、烧，他看谁都不顺眼，跟谁都有仇。大力小小年纪，给他蹉磨得，身上就没有一块好地方！我们娘儿俩从来就没吃饱过，老是饿着，一天一顿，限量，什么人受得了？这下好了！

白天。李局长家内。

二姨太太慵懒地坐在沙发里，无所事事。

女　佣　太太，给小姐教戏的关老板来了。

二姨太太　（激动地站起来，拢拢头发）请他进来。

秀　岑　（进入）二太太。

二姨太太　坐下，快坐下！跟你说多少回了，别叫我二太太，叫我漪霞，黎漪霞。刘妈，上茶！

秀　岑　谢谢二太太那天在饭店的款待，还有往后台送的花篮。那些花都是名贵的好花，其实用不着……

二姨太太　我往后台送花篮，不是为别人看的，是专为你看的。只要你能赏心悦目，心情舒畅，我就高兴。你呀，是唱得真好！我不是男的，我要是个老爷们儿，非把你娶回家来不可！

秀　岑　二太太开玩笑呢！我唱戏是为混口饭吃，实在是不得已而为之，细想想挺没意思。不想唱，可又没别的本事。家里的老阿玛和姐姐全指望着我养活。

二姨太太　听说你还是个世家子弟？

秀　岑　旗人，镶白旗，瓜尔佳氏，祖上在礼部任过侍郎。几代人出了我这么一个戏子，也是家门不幸。

二姨太太　看你文文静静的气质就是有教养的家庭出来的，举手投足跟一般唱戏的就不一样。有时候命就跟人对着干，你想干什么，它偏不让你干什么。比如我吧，原来一门心思当女画家，也考上了美术学校。结果半道辍学，我当了舞女，当了人家姨太太……看看墙上这些画，都是我画的……

墙上一幅幅很有品位的美术作品。

秀　岑　真没想到，您画得这么好。我父亲也会画，他是老派儿，有时候是写意山水，有时候是工笔人物。现在虽说眼神不行了，还是有人请他描个扇面，画个斗方什么的。当然，有时候也能挣俩小钱。

二姨太太　我倒是真希望有个会画画的父亲，可惜没有。我爸爸是东直门外东升店的账房，没多少文化，就会记个账。年纪不大得了痨病，只好在家闲着。老头子一病，我妈就抓了瞎，脾气也变了，把我当成了多余，想法儿拿着我变钱。画是学不成了，只好嫁人……说这些干什么，好像真把你当了娘家兄弟似的！刘妈，叫小姐来。

女佣将李宝薇领来。李宝薇穿戴洋气入时，一看就是个被娇宠坏了的小姑娘。

二姨太太　宝薇，这就是在戏台上演杨贵妃的关老板。从今往后，你跟着关老板学戏，得管关老板叫先生！

李宝薇　我这会儿不想学唱戏，我要跟着老赵去遛狗。

二姨太太　咱们昨天不是说好了的吗？一礼拜两个半天。

李宝薇　昨天是昨天，现在是现在，我改主意了。

二姨太太　这孩子，让我给惯坏了。关老板，您看……

秀　岑　头一趟，原本也正经讲不了什么东西。这么着，我给小姐清唱几段不同的板式，让小姐有个粗略体会？小姐爱听就听着，不爱听就去遛狗。（掏出胡琴）我先拉段最简单的西皮原板《打渔杀家》：（拉唱）老爹爹清晨起前去出首……

李宝薇　我不听戏，我要听《桃花江》，我们学校的小孩子都会唱！

二姨太太　别胡闹，关老板不会唱歌！

李宝薇　那我就走了，连唱歌都不会，还要当人家老师……

秀　岑　你别走，我来试试。（清嗓，唱）

我听得人家说，

桃花江是美人窝。

桃花千朵万朵，

比不上那美人多。

（注：这是三十年代著名作曲家黎锦晖创作的一首很有名的歌曲）

李宝薇　（鼓掌）唱得真好！我还要听！要听《采槟榔》《毛毛雨》！

秀　岑　我不会了，给你唱一段流水板的《苏三起解》吧。

李宝薇撅起了嘴。

二姨太太　关老板您唱，我爱听！

秀　岑　（唱）苏三离了洪洞县，

将身来在大街前。

二姨太太听得如醉如痴。

李宝薇的椅子上空空如也。

白天。松二爷家厨房。

三秀将蘸好的糖葫芦摆在木头方盘里，端出来。

院里。松二爷家。

松二爷站在房檐下，背着手听他的小黄鸟哨，后来跟着小黄鸟一块儿哨，原来松二爷还要一口超凡的口技。小黄鸟叫几声，松二爷叫几声，像是人鸟对话。

三　秀　（将木头方盘放在石头桌上）阿玛，别哨了，您把这糖葫芦拿出去卖了行不行？

松二爷　不行。我什么时候卖过糖葫芦？

三　秀　咱们不是说好了吗，我在家做，您在外头卖……

松二爷　一句玩笑话就当真？

三　秀　您是玩笑，我可不是玩笑，为这些糖葫芦，我半夜就起来了。

松二爷　你还真让我出去卖呀？

三　秀　可不是怎么的，难道还让我出去卖？

松二爷　我得先练练怎么吆喝，（一只手捂着耳朵）葫芦来咳，冰糖儿的来——

三　秀　您吆喝得真地道，跟卖糖葫芦的没两样！您记着，三十个铜子一串，少了不卖，再少咱们就赔了！

松二爷　三十个铜子儿？

三　秀　三十个铜子儿！（拿个带子，拴住盘子，套在松二爷脖子上）

松二爷　这不是个样，我成什么了？

三　秀　卖糖葫芦的都这样，还没让您挑担子呢。

松二爷　我也得挑得起来呀。行了，我端着吧！

白天。大街。

松二爷端着糖葫芦四下张望。

路　人　二爷，又给王掌柜送糖葫芦去啊？

松二爷　嘿嘿……（看路人走远，咳嗽了一声，小声吆喝）葫芦……葫芦……（自言自语）怎么找不着调了……（看俩小孩在拍洋画）三儿！三儿！过来！

三　儿　干什么呀，二爷？

松二爷　帮我卖卖糖葫芦！

三　儿　那您得犒劳两串。

松二爷　没问题，三串也行！

三　儿　二爷您瞧好呗！（麻利地套上盘子，大步流星地朝热闹处走去）

松二爷在后头跟着。

松二爷　三儿，你得吆喝！

三　儿　我会！（唱）松二爷的葫芦哎，大串儿的来——

松二爷　不对，是“葫芦咳，冰糖的来”。

三　儿　松二爷冰糖儿的来——

松二爷　这小子，你涮我！

过路人　多少钱一串？

三　儿　俩铜子！

过路人　我买十串！

三　儿　就许买一串！

过路人　什么买卖？

三　儿　玩票的买卖！

松二爷　不是俩铜子儿，是……是几个铜子儿来着，我也忘了……嗨，看着给吧，看着给！（给买的请安）不为卖，为的是酬谢老街坊们，让大街尝个新鲜！

人们纷纷来买。一边买一边给松二爷道谢。

松二爷越“卖”越得意。

傻　杨　（敲着牛骨头）

东岳庙舍粥，白云观舍饭，

松二爷舍糖葫芦外带着请大安。

松二老爷耍半膘，

卖糖葫芦是玩票。

一玩玩到大太庙，

气得孔老夫子上了吊。

上了吊，真不妙，

二爷回家闺女闹。

又是哭，又是叫，

急得二爷没抓挠。

…………

松二爷　嘿嘿……有点儿意思。

白天。茶馆内。

秦仲义来到茶馆，和王利发谈论腾房的事情。

秦仲义　小王啊，我今天得跟你动真格儿的了，不是说着玩的。

王利发　秦二爷，您有话尽管吩咐，不管是多么难，我一定照办。

秦仲义　真的？

王利发　对您我向来是真心实意。

秦仲义　那好，下个月我要收回后院的房，我把它们拆了盖仓库，我订购的东洋棉纱，下季度到天津，我不能老在码头的货栈搁着。

王利发　东洋的棉纱就比咱们中国的好？现在可是到处都抵制日货呢！

秦仲义　东洋棉纱质量好，他们用的是真正印度棉花，比咱们的便宜一半。织出布来穿在身上，都知道是我的织布厂出来的东西，谁还管它东洋西洋！

王利发　您的意思是，为了您的棉纱，我在下月之前搬家，给您把房子腾出来。

秦仲义　你理会得没错。

王利发　那我住哪儿，我那些房客们住哪儿？

秦仲义　你跟我讨论这个问题是不是有点儿可笑，我难道还要管所有房客的安置？

王利发　您早点说也让我有个准备。

秦仲义　我一年以前就告诉你了，还记得吗，在后院签字那天……

王利发　我以为您那是气糊涂了……

秦仲义　我什么时候也没糊涂过，我清醒得很！

王利发　您这么干不行，我得动员后头住的房客集体请愿，上您的家门口打着旗子坐着去，捎带着还得喊口号。学生们要是高兴了，兴许还能把您的房点着了。

秦仲义　这几年你跟学生打交道，把他们玩的那套花样全学会了。可惜，你没理，房契在我手里。别说静坐，你就是告到法院，也只能落个败诉，还得花一大笔钱！当初你几次要买后头的房，我就是防着这一手。要讲生意上的精明，小王啊，你还不是我的对手。

王利发　我比您差远啦。可是，我全家老少不能都住茶馆里吧？白天卖茶，晚上晾开铺盖睡觉，我们过的还叫日子吗？

秦仲义　我想过了，我给你留靠南边的东西厢房各两间，实在不够住，你在你的茶馆上找补。

王利发　挤对茶馆，那叫什么格局呀？

秦仲义　规矩方正的大四合院谁不想住，你得有条件……这事就说定了。

崔久峰从后院出来，准备出门去。

秦仲义站起身迎上来。

秦仲义　崔先生，在下秦仲义，久闻先生大名，仰慕已久。

崔久峰　不敢，不敢。崔久峰，一闲散布衣，虚度日月而已。

秦仲义　我找过崔先生好几次了，一直无缘相见。今天崔先生要有空，我请先生到外头谈一谈，可否赏光？

崔久峰　免了吧！我没那兴致。

秦仲义　崔先生在日本留学多年，有管理经验，我是想请崔先生助我一臂之力，帮助我把两个纺织厂管理管理。当然，一定也不会亏待了先生。

崔久峰　我没那精神，也没那水平，请秦二爷另请高明！

秦仲义碰了一鼻子灰，有些下不来台。

王利发　秦二爷，您先忙去，崔先生的事我慢慢跟他商量，一准给您个话儿。

秦仲义　（借机会下台阶）那我先走了，（对王利发）咱们的事就那么定了！（走出茶馆）

王利发　真他妈窝囊，他挤对我，我还给他帮忙，我怎么这么贱！（见崔久峰还在屋里）崔先生，秦二爷来请您，您怎么不去呢？您这么有学问，上知天文，下知地理，前些年还做过国会议员。可是住在我这小院，天天念经唱戏，干吗不出去做点儿事呢？您这样有本事的人，应该出去当工程师，做官！有了您这样的清官，我们小民才能过太平日子。

崔久峰　惭愧，惭愧！做过国会议员，那真是造孽呀！今天有工夫，不妨跟你多说两句，革命有什么用呢，像后头那些学生，不过是自误误人而已！唉，现在我只能修持，保证自己不再误入歧途就可以了，至于其他，管不了那么多喽。

王利发　您看秦二爷，他又办工厂又开买卖。一句话，让我下月腾房，我连个屁都不敢放！像这样的人我连巴结都巴结不上，您还把他回了？

崔久峰　办了工厂，开了买卖又能怎么样呢？他说实业救国，他救得了谁？救得了他自己吗？未必！就他那点儿实业，哼，外国人伸出一个小指头，就能把他推倒在地，再也爬不起来！

王利发　您别这么说呀，连秦二爷都不行，难道咱们就一点儿盼望也没有了吗？

崔久峰　难说，很难说！你看，今天王大帅打李大帅，明天赵大帅又打王大帅。是谁叫他们打的？

王利发　谁？哪个浑蛋？

崔久峰　洋人！

王利发　洋人？为什么？

崔久峰　慢慢地你就明白了。有那么一天，你我都得做亡国奴！我干过革命，留过洋，我的话不是随便说的。

王利发　那么，您就不想想主意，卖卖力气，别叫大家做亡国奴？

崔久峰　我年轻的时候，以天下为己任，的确那么想过。现在，我可看透了，中国非亡不可！

王利发　那也得死马当活马医呀！

崔久峰　死马当活马医，那是妄想！死马不能再活，活马可早晚得死！好啦，我到弘济寺去，秦二爷再派人来找我，你就说，我只会念经，不会干别的。（要出门）

天上有数架日本飞机在飞，嗡嗡的声音为北平老百姓所新奇。

白天。大街。

有不少人从房里跑出来，很兴奋地“看飞机”。

白天。茶馆内。

崔久峰　（回过身对王利发）我说，中国人迟早当亡国奴，瞧，序曲已经奏响了。

王利发　什么是序曲？

崔久峰　就是开场锣！

白天。后院西屋。

周立达　日本人占领了咱们的东三省，窥视我华北中南大地，其狼子野心已经昭然若揭。各学校都成立了抗日救亡组织，我们要捍卫国土收复失地，反对汉奸卖国贼。我们要走出校门，走出家门，上街游行、讲演、散发传单，动员全国人民，筑成民族统一战线的坚固长城，奋起抗战！

二栓、康大力和许多住在后院的学生听周立达讲话。

二　栓　（激动地）北平危急！华北危急！中华民族危急！咱们要赶快行动起来！周先生，我帮着您刻写《告全国人民书》！

施一平　（一个女师大的学生）周先生，我和同学们去散发！

众　人　大家行动起来！

王利发　诸位，我说抗日本的事情咱们先放放，首要的首要是咱们先给人腾房，秦二爷要把后头改仓库。各位赶紧给自己找下家，别到时候让人把铺盖扔街上去！

二　栓　爸，什么时候了，国家民族危在当头，您还在这儿裹乱，（推王利发）您快张罗您的茶馆去吧！

王利发　小子，不是我裹乱，是你这会儿真正的危在当头啦！

白天。后院西屋。

在周立达的指挥下，二栓和学生们印刷《敬告全国同胞书》。

白天。茶馆后院。

施一平和女学生们在院里制作大横幅标语“全民团结抗战，打倒日本帝国主义”。

白天。王家正屋。

王利发和王淑芬在收拾东西，准备搬家腾房。

王淑芬　（擦眼泪）你看看咱们过的……还叫日子吗？

王利发　我有什么办法，秦二爷让腾房，那就是不可更改的圣旨，咱们没理由不腾。

大　栓　（进屋）爸，前头有人找您。

王利发　谁？

大　栓　二德子。

王利发　说我不在。

大　栓　他说要把咱茶馆砸了。

王利发　李三呢？

王淑芬　在屋里躺着呢，说胸口憋得喘不出气儿来。

王利发　找大夫了？

王淑芬　哪儿来的钱……

王利发　唉——（跟大栓到前边，数落大栓）你什么时候才能当个人用？

白天。茶馆内。

王利发　二德子，有事？

二德子　交治安费，不多，一人一块。

王利发　我们是……

二德子　你们家四口，四块！加上老伙计李三，加上住着的甲乙丙丁，册子上都有记录……

宋恩子、吴祥子　（不知什么时候进来了）还得加上康老婆子娘儿俩。

二德子　对，再加上俩，一共是二十八！掏吧，这是国家定的，不是给我二德子。

王利发　我……我拿不出来……（下意识地摸口袋）

二德子　（过来很轻松地一扭王利发的胳膊，就将钱掏出来了）我知道你有。

吴祥子　（称赞）你倒是很麻利。

二德子　天天练的就是这个！

王利发　那是今天给大家伙儿买面的钱！

二德子　治安比白面重要！（出门去了）

宋恩子　（心平气和地凑过来）他那宗完了还有咱们这一宗呢。

王利发　今天是十号，离一号还有日子呢。

宋恩子　咱们来收抗战捐，抗击日本，是每个国民的义务，谁不出钱谁就是汉奸！

王利发　应该出，应该出，出多少？

吴祥子　一人十块，按人头算！

王利发坐在椅子上。

宋恩子　咦，你怎么不说话了，刚才不是还"应该出"吗？

吴祥子　人家抗战争着抢着出钱，官太太们把首饰都捐了，到你这儿怎么好像拉不出屎似的！

王利发　我要是官太太我不但捐首饰，我把爷们儿都捐出去！可我不是官太太，我是个顾不过嘴来的小老百姓！要说交个三块五块，我还凑合，这一下就几百……

吴祥子　一颗炮弹就是上万，咱们一天还不打它个几十万发……挡住日本人，不是那么容易的。

王利发　合算打的都是小老百姓的钱，那国家干什么去了？

宋恩子　国民一体，你分那么清楚干吗？瞧瞧你这觉悟，都像你这样，中国非都当亡国奴不可！

王利发　这话我不是头回听说。

吴祥子　拿钱来！看你这样，日本人来了你第一个得投降！

王利发　等我把后头的桌椅板凳，手使的家伙卖了，有多少算多少行了吧？

吴祥子　不行！你不出钱，让军队拿什么抗日？

巡　警　（进来）王掌柜，卫生局来了命令，让各家交清洁捐哪！

王利发　得，又来了一路神仙。我不清洁，我愿意脏。我怎么脏是我自个儿的事，谁也管不着！

巡　警　不是你愿意不愿意，上头有盖着大印的文件，日本贵族院视察团来北平视察，咱们的环境得好好捯饬捯饬（北京话，“化妆、修饰”的意思），不能丢了北平人的脸。比不上巴黎的“香梨大街”，也得比过英国的“伦敦大道”去。这就要求买卖家家家窗明几净。门口清水洒扫，摆上花盆，点上盘香。主要大街的清洁费用，由大家摊，按人头算。

王利发　（指着宋恩子）这边要打，那边（指巡警）要迎，这打，老百姓也出钱。迎，老百姓也出钱，我真闹不明白了，这到底是闹钱呢还是闹日本呢？

宋恩子　这叫先礼后兵！

王利发　哑！我就是这么个摊子，你们看着办吧！

战火的背景。

卢沟桥战事的号外。

一队队日本兵进入北平。

傍晚。常四爷家门口。

常喜贵背着枪，带着一帮弟兄准备上山跟日本人对着干，他在跟父母告别。

常四爷　燕子会改名叫“除奸团”，好！儿子，好好干，要是早几年，爸爸也跟你们上南口了。

常四奶奶　喜贵，能捎信就给妈捎个信，省得妈惦记。

常喜贵　您别送了，回去吧！

常四爷　多留神！

常喜贵　我派二宝当联络，这回我们一块儿上去八个，加上原来几十人，势力不小哪，您放心！

常四爷　东北丢了，北平也丢了，没想到咱们真过上了亡国奴的日子！北平城门一天就开四个钟点，比当年八国联军进北京的形势还严峻。学校、机关都迁了，爸爸不能光顾自个儿。

常四奶奶　走了好，待在家，指不定又出什么事，让我又想起妞妞来……

青年甲乙丙丁　喜贵哥，走吧！他们几个在鹫峰等着呢。

常四爷　趁着黑，赶紧走吧！

常喜贵和青年们走了，向西，向着天边灿烂的晚霞。

白天。街面上。

空旷无人。一个日本军官骑着高头大马，领着一队日本兵在街上巡逻。傻杨旁若无人地敲打着牛骨头。

鬼子军官　（日语）干什么的？（なにを やってる？）

傻　杨　东城下大雨，西城刮大风，

耗子要搬家，长虫要钻洞。

满天跑的是火烧云，

满街飞的是萤火虫。

傻杨放了一个出溜屁，

惊动了东山的小猴精。

拿着鸡毛当令箭，

光着眼子进北京。

直着眼睛满街闯，

分不清南北和西东。

…………

鬼子军官莫名其妙地看着这个并不怕他的中国人。

汉　奸　（日语）队长，这个是要饭的，是中国特有的要饭的。（たいちょう これはこじきだ，ちゅうごくどくとくの こじきだ。）

鬼子军官　（日语）他说的是什么？（かれは なにを いってる？）

汉　奸　（日语）中国儿歌。有关蛇、老鼠和屁的。（ちゅうごくの うただ。へび，ねずみ、おならについての うただ。）

鬼子军官　开路！

白天。庞太监府正屋内。

现在这座庭院换了主人，投靠了日本人的李局长鸟枪换炮，成为北平维持会副会长。从四瘸子手里将院子买了下来，重新粉饰装修，房间内，摆设比太监时代更为华丽阔绰。新上任的李会长陪着来祝贺的汉奸“临时政府”最高顾问团顾问日本山口三郎观赏屋内的装饰。

山　口　（一口流利的中国话）李会长，我喜欢中国风格，喜欢中国文化。（观赏着屋内古玩字画）你说，这座房子过去是太监的住宅？

李会长　是的，姓庞。这座宅院是我从太监的四侄子手里买下来的。庞太监有妻子，有儿子，当然都是买来的，他本人是不能，不能干男人的事情的。您虽然是咱们临时政府的最高顾问，可是对中国深层的事未必都了解。您知道，中国皇宫里的太监都是被阉过的，以保证皇宫内女眷们的安全。

山　口　太监我知道点儿，真的是阉？阉马一样的？

李会长　对，割掉睾丸，去掉一切男性特征，使人成为中性。

山　口　（日语）有趣！（おもしろいなぁ）日本在明治以前……好像也有。

李会长　咱们再到园子里看看。

白天。庞太监府第。

带戏台的中国庭院。

管事的指挥着下人在戏台前摆设鲜花水果，来了很多伪政府官员，大家恭敬坐等。二姨太太领着李宝薇坐在次要位置上。

李宝薇　妈咪，我不听戏。

二姨太太　乖，这是应酬，你得学。你爸爸当了维持会会长，把园子买下来，得告诉大伙儿从今后这就是咱们家不是？哪儿能悄默声就住进来？等客人来了，见过面，就让刘妈领你走，你自个儿玩去。

李宝薇　大伙儿是等日本人吗？日本人是不是杀人放火的坏蛋？

二姨太太　（赶紧捂住李宝薇的嘴，注视四周）谁告诉你的？

李宝薇　学校同学都这么说，大家还说我爸爸是汉奸。北平维持会的人都是汉奸！

二姨太太　在你爸爸和日本人跟前千万别说刚才的话，让他们听见了，咱们俩谁也活不了！记住了没有？

李宝薇　记住了，那我要是想说呢？

二姨太太　不许想！

李会长陪着山口三郎从游廊转过来了，这边纷纷起立鼓掌。

李会长　山口先生请，请！

山　口　大家不要客气，不要客气！北京的秋天是很美丽的，和我的老家山口一样，天空湛蓝，气候凉爽。我到北京来，就像回到山口一样，有种回家的感觉。

李会长　这里就是您的家，北京、山口，一衣带水，一衣带水……

胖官员　（献媚地）山口先生的中国话说得比中国人还好，真是天才，天才！

山　口　我父亲在中国满洲工作了很长时间，我们家都会说汉语。

瘦官员　山口先生是中国通，对中国的一切可以说了如指掌。

山　口　不要说什么什么通的话，中国日本同文同种，是一家人，是父亲和儿子，中日亲善，建立大东亚共荣是我们共同的目的……不对吗？

众　人　是，是……

一官员　（私下）咱们成了儿子了……

李会长　山口先生请，知道先生喜欢中国的文化，今天特意给先生准备了中国的京戏……

白天。后台。

秀岑扮的铁镜公主已经穿戴好。

检场的　关老板，您得提着精神演，没看出来吗，台下头坐着的那位是个有来头的。

秀　岑　管他谁是谁，我唱我的戏。

白天。李局长府第院落。

戏台上，秀岑和一老生演员演出《四郎探母》“坐宫”一场戏。

秀岑一出场，全场为之喝采，二姨太太的神情也为之一振。李宝薇趁机溜走。

秀　岑　（唱）……

夫妻们打坐在皇宫内院，

猜一猜驸马爷袖内机关。

莫不是我母后将你怠慢？

莫不是夫妻们鱼水少欢？

…………

山　口　这个女演员叫什么名字？

李会长　他不是女的，是个男的，唱念做比女人还女人。

山　口　也是阉了的？

李会长　那可是个妙不可言的尤物。山口先生有兴趣，待会儿他下了台我让他过来见见？

山　口　（日语）约西！（よし！）（目不转睛地看着台上的铁镜公主）

秀　岑　（唱）莫不是思想那秦楼楚馆，

莫不是抱琵琶另有别弹？

…………

山　口　好！

白天。李会长大门口。

二栓和康大力两人抬着食盒来到门口。

卫　兵　干什么的?

二　栓　致美斋送点心来的。

卫　兵　检查!(打开食盒，一层层查，都是点心)进去，厨房在东边!

康大力　知道，原来太监在这儿住着，我常来送点心!

白天。李会长院落。

二栓和康大力七转八转，转到了看戏的人群后边。

台上，秀岑和老生正有滋有味地对唱。

铁镜公主　(唱)听他言不由我心中暗算，

十五载才露出木易机关。

怪不得每日里愁眉不展，

思家乡想骨肉不能团圆。

我这里走上前再把礼见，

尊一声驸马爷细听咱言。

十五载恐咱家多有怠慢，

不知者不怪罪海量放宽。

二栓和康大力从怀里掏出传单，哗啦啦向人群撒去。

听戏的一时大乱。

李会长　(拾起一张念)“严惩汉奸卖国贼，卖国求荣，死路一条!”

(大呼)抓，抓刺客!

——第十四集完

第十五集

白天。李会长院落。

台上铁镜公主和杨延辉正唱得有滋有味，台下人也听得如醉如痴。

二栓和康大力从怀里掏出传单，朝着人群哗啦啦撒开来。趁着乱劲，两个人撒腿就跑。有卫兵发现了，在后面紧追不舍。

康大力借助环境熟悉，领着二栓与敌人巧妙周旋，穿夹道，钻假山窟窿，过月亮门，把卫兵搞得昏头转向。

李会长　东边！人在东边！水池子那儿！

一些人往东追。

李会长　往北边，我看见有人往北跑了！

人们又往北追。

山　口　李会长的园子太大了，藏几个人是轻而易举的事。

李会长　我也是才买过来，里边的角角落落还没走过来呢！

山　口　李会长对自己的家还没有撒传单的人熟悉。

李会长　是啊……这人对园子里头知道得怎这么清楚？

二栓和康大力来到园子后头的小角门，李宝薇正在花坛前摘花，看见他们二人，神经质地尖叫起来。二人借着一块假山石攀上墙头。康大力翻越过去。

二　栓　（骑在墙头上对李宝薇狠狠地）再叫唤打死你，小汉奸！

李宝薇更大声地叫起来。

兵们赶来。

二栓跳下墙去。

李会长　宝贝，你看见谁了？

李宝薇　红眼睛，长嘴巴，老马虎子！

一卫兵　好像是两个半大小子。

李会长眯着眼睛思索。

山　口　小毛贼。

白天。大街上。

二栓和康大力很兴奋地奔跑。

墙根的阴影处，宋恩子和吴祥子很阴险地看着跑过去的二栓和康大力。

白天。李会长院里。戏台前。

李会长　一场虚惊，大家接着看戏，接着看戏！

众人议论着坐回原处。

李会长　叫铁镜公主别卸装，过来坐在山口先生旁边。

台上演出《群英会》。秀岑来到山口桌前。

李会长　秀岑，你陪陪山口先生。山口先生给你叫了好几个好呢。

秀　岑　谢谢山口先生。（给山口道了个万福）

山　口　好一个美妙女子！

秀岑掩口一笑，媚态百生。

白天。李会长家客厅。

卸了装的秀岑被叫到李会长和山口面前。

李会长　秀岑，山口先生想看看你在台下是什么模样。过来，让先生看看。

山　口　他不化装比化了装还要漂亮，（站起来围着秀岑看，把秀岑弄得很尴尬）我怎么看怎么觉得他就是个女人，（不客气地对秀岑）你不是像太监一样被阉了的吧？

秀　岑　我是旗人，旗人不允许做阉人。

山　口　你们那个旗人皇上在东北，难道和阉人还有什么差别吗？

秀岑不再说话。

李会长　他不是阉人，我敢保证他不是。

山　口　我要看看。我不相信一个男人，会把女人演得那样惟妙惟肖。

秀　岑　这……

李会长　脱了裤子让山口先生验验，要不然山口先生不信咱们中国的玩意儿。

秀　岑　李会长……

李会长　（小声）当着我的面你能脱，当着日本人的面怎么就脱不下来啦？其实都一样，他的那东西跟咱们差不了哪儿去！（大声）都是爷们儿，没什么害羞的，山口先生让脱就脱，这有什么？

山　口　他害羞？他要害羞说明他更是个女人啦，哈哈……

李会长　快脱呀，让山口先生看看。

秀岑不动。

山口在期待。

李会长　（有些难堪，对秀岑）你就当是下了回澡堂子。

秀　岑　下澡堂子大家都脱。

李会长　他让咱们大伙儿都脱！（笑）

山　口　（开始也笑，后来突然收敛了笑容，恶狠狠地说日语）他这是侮辱日本，拿大日本帝国开涮！（これは にっぽんに たいしての ぶじょくだ！ だいにっぽんていこくを ばがにするな！）

李会长　（看山口变了脸，赶紧让旁边的用人）帮关老板脱了！

用人上来解秀岑的裤子，秀岑脸色苍白，任着人将裤子褪下来。

镜头特写：地面，秀岑的双脚，裤子掉下来，露出下半截光腿。

山口很得意地坐在太师椅上欣赏秀岑的尴尬与难堪。

山　口　（日语）中国，有很多意想不到的事情哪！（中国には たくさんの びっくりさせることが あるね！）

白天。大街上。

秀岑很扫兴地低着头走。

有认出他的戏迷　关老板，今天没戏呀？您的《武家坡》我看了八遍，那叫过瘾！

秀　岑　嗯……

戏　迷　关老板，您演的王宝钏真绝了……

三　秀　（急急慌慌跑来）秀岑，咱阿玛找不着了！

秀　岑　啊，是吗……

三　秀　一大早就出来了，带着他的鸟，到这晚了，还不见人。花市、海子边，我都找过了，没有……

秀　岑　他能上哪儿呢？

三　秀　你问我，我问谁去？

秀　岑　……那就找吧……

三　秀　你怎么不着急不着慌的，你傻啦？那是咱阿玛，不是你的狐朋狗友！

秀　岑　找……找……

三　秀　你往北，我往南！

秀　岑　我回家……

三　秀　你，你，回家？你不帮我找啊？

秀　岑　找也没用。

三　秀　你说的是人话吗？咱阿玛的事你从来不闻不问，（眼泪唰唰往下掉）家里家外的事，什么都推给我。告诉你，再这么下去我……我真活够了！

秀　岑　活够了就死。

三　秀　……

白天。城门口。

城墙上刷着"中日亲善"的大标语，墙上、电线杆上贴着"味の素"和"仁丹"一类招贴。日本兵把守着城门，凡是进出城的人路过城门一律要给日本兵鞠九十度大躬，然后接受搜身。常有因鞠躬不合格和认为带了犯禁物件的被拉出，或一通暴打，或被拉走。

松二爷举着鸟笼子踯躅而来。一路走，一路东张西望，他寻不到回家的路了，不知怎的，走到了城门口。自然不知道应该鞠躬，照直着往城外走。

日本兵　你的，过来！

松二爷　您叫我？

日本兵用手指头让松二爷过来。

松二爷　正好，劳您大驾，您告诉我上棉花胡同怎么走。我转迷瞪了，找不着家了……

日本兵　你的，什么的干活？

松二爷　我不干活，我回家。

日本兵　你的，良民大大的不是！

松二爷　我不是良民，那您说我是什么呀？打小我就生在北京，连城圈都很少出过，最远就上过一趟门头沟。咱们犯法的不做，犯恶的不吃……

日本兵　你的，鞠躬！

松二爷　鞠躬，我从来没玩过那礼。我给您请安得了，请双安。

没等松二爷的安请利落，日本兵的巴掌就抡过来了，只一巴掌，就将松二爷打倒在地上，爬不起来了。

小黄鸟在笼子里叽叽喳喳地叫，被日本兵用大皮鞋哗啦踩扁了。

松二爷躺在地上，满面是血，心疼地看着他的小黄鸟。

松二爷　鸟哎，我的小黄鸟……

日本兵用皮鞋踢松二爷，松二爷全部精神都在他死去的鸟身上，将烂笼子和死鸟搂在怀里，任着日本兵踢打。

常四爷挑着担子进城，见到这情景，赶紧过来护住松二爷。

常四爷　（对日本兵）他的，大大的良民，（指脑袋）有毛病的干活。

日本兵　什么？（なに?）

常四爷　我是说，这老头儿是好人！

翻译官过来了。

常四爷　（偷偷塞了些钱给翻译）您先生给美言几句，这位，松二爷，老北京，老住户，老糊涂了。

翻　译　（日语，对日本兵）让他们走。（いかせよう）

日本兵　开路！

松二爷　（抱着鸟笼子站起来）开路？没那么容易，（指日本兵）你赔我小黄鸟！

常四爷　（拉松二爷）二爷，咱们不要鸟了行不行？

松二爷　不行！这鸟是我的命，我不要命了也得要我的鸟！

常四爷　二爷，您听我的，他们是日本人。日本人您懂吗？日本人不讲赔东西。

松二爷　日本人就兴打人？他小小年纪就打老人？他日本国就兴这个？他有爸爸没有？他爸爸是怎么教他的？他在他们日本国也动不动就敢打他的二大爷？

常四爷　松二爷，您甭说了，他们听不懂！

松二爷　听不懂？他是人不是？（悲伤地）我从小长这么大，从来没挨过打，现在竟挨了这个小……（常四爷捂住松二爷的嘴）兔崽子一个大嘴巴！

日本兵　（日语，问翻译）他说什么？（なにをいってる?）

翻译官　（日语）他说东亚共荣，武运长久，日本皇军，万岁。（だいとおあきょうえい ぶうんちょうきゅう だいにっぽんこうぐん 万岁。）

日本兵　哟西！（立正，给松二爷敬礼）（よし）

松二爷　哟你妈个腿！

晚上。周立达屋内。

周立达　你们太没有组织纪律了，这是蛮干，等于是把自己暴露在敌人面前……

二　栓　我们是让汉奸们知道，北平的人心没有死，抗日的志士们一刻也没停止斗争。

周立达　那就钻到敌人的窝里去，拿着自己的生命去冒险？

康大力　周先生，您是没看见敌人那㞞样儿，一下乱了，跟没头苍蝇似的，他们怎么也没想到在他们的家里会出现革命的传单。

周立达　你们这样做是胡闹，敌人是不会善罢甘休的。日本人刚刚占领北平，他们正瞪着眼睛在寻找抗日的地下组织，你们偏偏在这个时候，送上门去了。你们现在的处境太危险，得赶快转移！

二　栓　我们上哪儿啊？

周立达　西山有平西游击队，是共产党的抗日组织。（写条子）拿着这个，给他们，先想法打听到他们的具体地点。

康大力　我们先上城外常四爷家躲几天，打听清楚平西游击队的地方再上山。

周立达　就这么定了，现在就走！

二　栓　关城门了。

康大力　明天天一亮我们就出城。

晚上。日本宪兵队门口。

一队摩托车开出来，后面跟着一辆呜呜叫唤的囚车。

晚上。李三的小屋。

被临时割出的小屋里，躺着李三，他病得很沉重了。王利发坐在他的床头，给他一勺一勺喂药汤。

李　三　王掌柜，甭费那事了，好不了啦。我知道，该找老掌柜的去啦……

王利发　您别说这话，我不爱听。您瞧，这不是紧给您看着哪，好好吃几服药，歇几天，就什么事没有了。

李　三　抗得过病，抗不过命。我这人就跟你那茶馆似的，没起色啦，秦二爷把仓库一盖，把咱们挤在一堆儿，鸽子笼似的，睡觉连个翻身的地方都没有。买卖不像个买卖，日子不像个日子，秦二爷把咱们祸害惨了。学生们走的走，散的散，虽说留了两三间厢房，周先生和崔先生住着，谁也看得出，那是临时，长远不了。咱们的大茶馆给割得七零八落，进门就撞墙，窝心……

王利发　三爷，我都不窝心，您窝什么心？病好了，咱们一块儿干，我不信它茶馆起不来。咱们北京人，哪个爷们儿都得上茶馆喝茶！

李　三　但愿吧……

王利发　三爷，您歇着，我上前头看看。

晚上。茶馆后头。

后院变成了仓库，只留下紧靠南边的两间东西厢房，形成了一个狭长阴暗的天井，出了茶馆的穿堂门就得撞上仓库的灰砖墙，显得窄憋窝囊。原来宽敞的茶馆大堂，东西两头被割出几间小间，住着王利发夫妇、大栓、二栓和康家母子。做饭、烧水就在院子的房檐下。

崔久峰　（在西屋里自拉自唱《空城计》）……

我诸葛怎比得前辈的先生。

闲无事在城楼亮一亮琴音，

哈哈哈

我面前缺少个知音的人。

王利发从李三屋里出来，正碰上周立达。

王利发　周先生，真对不住，仓库一盖，把茅房也圈进去了，大黑天的害得您还得出院子上官茅房。

周立达　王掌柜，我不是上茅房，是跟您说个要紧的事，您得赶快做个准备。

王利发　什么事，值得您这样？您在我这儿住了不少日子了，您的人品，我的禀性，咱们互相之间都了解，有什么您就直接说。

周立达　王掌柜，二栓和大力都是好青年……

王利发　这我知道，自个儿的儿子是什么人还能不知道？

周立达　他们抗日没有错……可是有点儿冒失，他们今天跑到北平维持会会长家里散传单去了……

王利发　我揍他！他活腻歪了！

周立达　您也别生气，让他们赶紧出去躲些日子。我在这儿也可能住不长……

王利发　孩子们不懂事，给您添麻烦了。这些日子我也看出来了，您不是一般人，周先生，我敬重您。

崔久峰　（在屋里）李三，李三，给我出去买几个硬面饽饽来。

王利发　（隔着窗户）崔先生，晚上大街戒严了，街上一人没有，卖饽饽的没出来。

崔久峰　（唱）眼见得红日坠落在西山后，

叫一声解差把店投。

王利发又听了会儿，确认崔久峰再不提卖饽饽的事了，才回身要跟周立达说话，忽然茶馆的门被砸得山响。

晚上。茶馆外。

日本兵和伪军将茶馆团团围住。宋恩子、吴祥子也在其中。

日本人砸门、踹门。

晚上。茶馆内。

二栓、康大力从屋里跑出来。

二　栓　（紧张地）周先生，是日本人！咱们怎么办？

康大力　拼了吧，打死一个够本，打死俩赚一个！

王利发　周先生，您快跑吧，从后墙翻出去，别管他们！

周立达　这个时候跑是跑不出去了，让我想想办法……王掌柜，您去开门，您要保住自个儿，记住，您什么也不知道！二栓、大力跟我来！

王利发去开门。

十几个日本兵不容分说，荷枪实弹进入茶馆。

王利发　这是干什么这是？

宋恩子　捉拿抗日分子！王掌柜，今天我可保不了你了！你儿子把案犯到日本人手里了。

日本人在茶馆里翻腾，砸东西。

晚上。周立达屋内。

周立达从容不迫地烧毁着文件。

日本兵进来，周立达将手里最后一张纸扔进火盆。敌人将周立达架出门去。

宋恩子　逮着了一个大家伙，我说两个小毛孩子没那么大道行（捡出一张没烧净的文件）嘿嘿，该着我宋恩子立功！

晚上。茶馆内。

周立达被捆绑着，走过茶馆厅堂，走过王利发和大栓们身边。

王利发　这……

周立达　王掌柜，还欠您一个月房钱，您给我记着账。

王利发　嗐，都什么时候了，您还说这见外的话！

周立达被押上门口的囚车。

伪军头目　还有那俩小子，前后仔细搜！

康顺子、王淑芬架着李三，都被集中到茶馆内来。

晚上。后院。

日本兵和伪军在前后搜查。

日本兵和伪军砸东屋崔久峰的门。

崔久峰　（在屋里）谁？

伪　军　日本人，搜查抗日分子！

崔久峰　（在屋里，地道而粗野的日语）巴嘎呀鲁！（ばがやろう！）

伪军和日本兵都愣了。日本兵叫来了队长。

鬼子队长　（日语，口气稍微和缓了一些）开门，我们例行公事！（あけてください，われわれはめいれいできています。）

崔久峰　（一脚蹬开门，流利日语）啰唆！太失礼了！（うるさい！しつれいなぁ!)

鬼子队长　（鞠躬，日语）对不起，我们来查找罪犯！您是日本人？（もうしわけございません，われわれは はんにんを さがしています。にっぽんの かたですか?）

崔久峰　（日语）我当过东京帝国大学的教官，士官学校的教头，怎么，还不够教训你吗？滚开！（おれは とおきょうていだいの ぎょうかん しかんがっこうの きょうとおを やってた，なんか もんくでも あるか? どけ!）

鬼子军官　（向屋里扫了一眼，看屋里确实是没人）打扰先生休息，实在是对不起！（おじゃましました，もうしわけございません!）（回身对兵们）かえろ回去！

黎明。茶馆门口。

伪军和日本兵上车，离开茶馆。剩下吴祥子和宋恩子。

王利发　（厌恶地）二位现在又给日本人干了？说句多余的话，不怕你们去报告，二位难道就不想想自个儿的将来？

吴祥子　活一天算一天。有皇上的时候，我们给皇上效力，有袁大总统的时候，我们给袁大总统效力，有段祺瑞的时候，我们给段祺瑞效力。而今，宋恩子，该怎么说啦？

宋恩子　谁给饭吃，咱们给谁效力！

吴祥子　哎，我说王掌柜，你究竟把你儿子藏哪儿啦？

王利发　那俩大活人我能藏得住？这一向我压根儿就没见他！不知道他跑哪儿去了呢！

宋恩子　今天白天我们还看见他了呢。

王利发　你们怎么不把他给我揪回来？

吴祥子　我们认为你知道他在哪儿！

王利发　我要是知道这兔崽子在哪儿，我……不是人！

　　黎明。茶馆内。

康顺子　（对王淑芬）您说这俩孩子哪儿去了，没见他们出去啊？

王淑芬　院里就这么大地方，他们能藏哪儿？

　　黎明。崔久峰屋内。

　　二栓和康大力从床底下爬出来。

二　栓　谢谢崔先生。我这辈子也忘不了您！

康大力　崔先生，您是个好人！

崔久峰　滚，甭跟我套近乎！

　　两人道着谢从崔久峰屋里退出去。

　　黎明。茶馆后院。

王淑芬　（看见二栓，一把抱住）我的儿啊，你把妈吓死了！

康顺子　（要打康大力）在人家家住着，得知恩，你倒好，给人家往家招灾！

王利发　（拦住康顺子）大嫂，现在顾不得计较这个了，得赶快想法子让他们走！（向崔久峰屋走去）

王淑芬　上哪儿去呀？

王利发　先上常四爷那儿躲几天。

　　早晨。崔久峰屋内。

　　崔久峰点着一炉香，闭着眼睛在背诵经文。

王利发　（推门进来）崔先生……

崔久峰　……观自在菩萨行深般若（此二字读作“拨热”）波罗密多时，照见五蕴皆空，度一切苦厄。舍利子，色不异空，空不异色，色即是空，空即是色，受想行识，亦复如是。舍利子是诸法空相，不生不灭，不垢不净，不增不灭。是故，空中无色，无受想行识，无眼耳鼻舌身意，无色声香味触法。无眼界，乃至无意识界……

王利发　谢谢您了，崔先生。

崔久峰　……无苦集灭道，无智亦无得……无有恐怖，远离一切颠倒梦想……

王利发关上房门，悄悄离去。

白天。茶馆内。

二栓和康大力化装成小伙计模样。

二　栓　爸，我走了。

王利发　走吧，走远远儿的！（从怀里掏出裕泰的照片）这个带去，想家了，就看看它！这上边有我，有李三爷，有咱们老裕泰……

王淑芬　管好你自个儿，别净惹事！

二栓和康大力走了。

白天。城门口。

康大力和二栓混出城去。

白天。常四爷家。

康大力和二栓在常四爷家汇合。二栓从草帽下头拿出当年那把洋手枪，给大家看。

二　栓　四爷，您看，我把我爸爸的这个偷出来了。他掖着藏着，老以为我不知道，其实我早就贼（读 zēi，北京土语，意为偷偷盯上了）上它了。

常四爷　这是当年我藏你爸爸那儿的。现在看，是个古董了，没用。

康大力　带枪过哨卡，你的胆子真大。过城门的时候让鬼子查出来，你的小命早没了。

二　栓　他不是没查出来嘛！四爷，周先生是因为我们被逮进去的，咱们得想法把他救出来，得出这口气！

常四爷　救人可不是一两句话的事，也不是你们能干得了的。关键是先得把宋恩子跟吴祥子干掉，这俩人忒坏！

康大力　就是，那俩人顶不是东西！

常四爷　除掉那俩特务，这事儿非喜贵莫属，他们的除奸团专干这事！

二　栓　喜贵哥是共产党？

常四爷　喜贵什么党也不是，他就是个不服软儿的老百姓。我的儿子，有我的禀性，谁欺负我，我就跟谁干！

二　栓　常四爷，怎么除掉宋恩子他们哪？

常四爷　容我想想，得智取，不能蛮干。这事儿啊，还得王掌柜帮忙，请王掌柜，还得我出面……

白天。松二爷屋内。

窗外下雪了，松二爷披着被子在炕上坐着，身子摇晃着，嘴里神经质地念叨着。

松二爷　我的小黄鸟，我的小黄鸟，我的小黄鸟……

白天。松二爷家院子。

三秀在雪地里用筛子扣家雀儿。一个筛子用小棍支着，筛子底下撒点米粒，一根绳，拴着小棍，慢慢延伸，绳子的一头攥在三秀手里，三秀藏在水缸后头。

几只麻雀飞来，蹦到筛子下头。

三秀一拽绳子，筛子扣在雪地上，麻雀轰地一下飞了。三秀跑过去，小心地将筛子掀开一条缝，将手伸进去，摸出一只小小的雀儿来。

三　秀　（高兴地）阿玛，阿玛，您的小鸟！我逮着啦！（跑进屋去）

白天。松二爷屋内。

三秀捧着小麻雀，小心翼翼地递到炕上松二爷的手心里。

麻雀很小，嘴角的黄还没有褪去，它不怕人，小尾巴一撅一撅，冲着松二爷叫唤。

松二爷　（喜欢地）它认得我，你瞧，它跟我说话儿呢！我知道了，它就是我那只小黄鸟托生的。瞧，它嘴上的黄还留着呢……小黄鸟啊小黄鸟，你怎么托生成一只家雀儿了呢？哪怕变个蓝靛颏也比家雀儿好啊……行了，甭管变什么，你还是我的小黄鸟！三秀，给我找个鸟笼子来！

三秀拿来鸟笼子，二人将麻雀装了进去。

外头有人敲门。

白天。松二爷家大门内。

三秀打开门，门口没人。门内地上有封信。三秀拿起信，朝门外左右张望，胡同里没有行人。她插上街门，拆开信看。

秦利民的声音　三秀，我现在在安徽南部的一个小城镇给你写信，我现在很好，工作很忙，战斗间隙给你写信。日本占领了大半个中国，北平也沦陷于敌手，无数同胞生活在水深火热之中。每每一想起这些，就感到肩上任务的重大，救民于水火，是我们中国青年的责任。很想念北平，想念那些绿树红墙，想念那清脆的鸽哨声和湛蓝的天空，我也很想念你……

三秀脸一红，将信贴在胸前，想了想，又展开来继续看。

秦利民的声音　……明天，我们将北上，向北集结，直接与日本军队作战。往后大概要很长时间不能再写信给你了，希望多多保重。若有空闲，请代我去看望一下我的母亲。利民。十一月九日。

三　秀　（自言自语）十一月九日，三个月以前的信……

虽然信的日期是三个月前的，三秀还是很高兴。她抬起头看天，看树，树枝上堆积着白雪，映衬在天空下，使她的心情变得舒朗。仔细看，树枝上已经微微现出了嫩芽，春天不远了。

白天。茶馆内。

王利发　（对常四爷）您说的这件事，得让我好好想想，这不是件小事。

常四爷　你只要把那两条狗约到饭庄……

王利发　周先生进去以后，宋恩子、吴祥子老在我门口转，不错眼珠地盯着，老主顾们来喝茶一个个提心吊胆的。这年月，谁愿意找事！

常四爷　你不找事事找你！

王利发　……

傍晚。全聚德烤鸭店。

王利发请宋恩子和吴祥子吃饭。

宋恩子　（喝得有点儿多，嘴巴上已经没了把门的）王掌柜，我怎么也想不通，你会请我们哥儿俩吃饭。你个老抠门，今天花了不少，说吧，真正的目的是什么？

王利发　为我那个二小子，他真不是省油的灯，给二位添了多少麻烦哪！跑得没了影，孩子妈见天哭，跟我要儿子，二位是有本事的人，消息灵通，帮我把他找回来！

吴祥子　王掌柜你真是老奸巨猾，上我们爷们儿这儿打听消息来了，你不想想，我们爷们儿是谁，什么阵势没经过？就凭你几杯酒，能告诉你？

宋恩子　（警惕起来）你那二小子是共产党，是交通员。才从情报处得的消息，在你们家住的那个姓周的，是共产党的头目，你儿子跟着他跑，早上了缉拿的名单了。

王利发　这可怎么办呢？

宋恩子　把你儿子叫回来，让他投案自首，我们哥儿俩保证他性命无忧，我们给他官做，给他钱花。

王利发　可我上哪儿叫他去呢？

宋恩子　你甭跟我们兜圈子了，儿子在哪儿你能不知道？反而来问我们，这叫欲盖弥彰！你再这么慎着，下一个缉拿对象就是你！

王利发　我哪儿能跟二位兜圈子，是真不知道孩子在哪儿，特意让二位帮着打听。赶快把那小子弄回来，我还是得把他锁上。再不，就跟秦二爷似的，断绝关系，省心！

吴祥子　有共产党的儿子你省不了心！

王利发　摊上这么一个儿子让我有什么法子呢？喝酒，喝酒，不管怎么说，我拜托二位了，帮我找找儿子！（给两个人敬酒）

夜晚。全聚德门口。

常四爷在门口迂回，不远处的街口，常喜贵化装成的洋车夫将草帽压得低低的，在静候着。

王利发陪着步履不稳的宋恩子和吴祥子走出来。

王利发　我给二位雇个车。（朝街口喊）洋车！

常四爷的邻居二宝拉着辆车过来了。

二　宝　拉哪儿您哪？

王利发　二位是回家还是上衙门？

吴祥子　上衙门，夜里还还有……事……

王利发　再来一辆，上分司厅！

二　宝　再来一辆！

常喜贵拉着车过来了。

宋恩子、吴祥子想也没想就上了车。

王利发　（给了车钱）抄近道，把两位爷拉到，钱我多给了！

二　宝　放心吧您哪！

两辆洋车跑进黑暗中。

常四爷紧跟而去。

王利发坐在全聚德台阶上擦汗，浑身一点儿劲儿也没有了。

小伙计　这位爷您怎么出这么多汗？不舒服了？给您叫辆车？

王利发　我热。

小伙计　才二月，您就热成这样？

王利发　我心里有火。

夜晚。什刹海。

吴祥子和宋恩子被二宝和常喜贵拉着，沿着什刹海边沿快跑，越走越荒凉，越走越没人。

宋恩子　（在车上觉出不对，掏出枪来）站住！上哪儿来了这是？咱爷们儿是老北京，犄角旮旯认得！

常喜贵将车停下，转过身来，掀去头上草帽。

宋恩子　是你！（刚要开枪，背后被枪口抵住）

二　栓　不许动！

宋恩子　不动，不动！

二栓下了宋恩子的枪，两人将宋恩子绑了。

宋恩子　别价呀，我跟你爸爸是多年的老交情了，咱们不看僧面看佛面！

二　栓　少费话！

宋恩子　你放过我，日后自有你的好处……

常喜贵　别做梦了，你的末日就在今天！

宋恩子　你们要弄死我？（跪下）爷，饶了我……

那边，常四爷和二宝、康大力也将吴祥子捆起来。吴祥子要喊。

常四爷　你喊，这一大片水面没有一个人影，就是有人听见，他也不敢过来。

宋恩子　常四爷您饶命，我知道，从前清那会儿我就对不住您，您大人不记小人过，高抬贵手放我一马，日后我一定好好报答您。

常四爷　要是为我个人的私仇，我还真懒得理你们，我是给让你们暗中坑害的无数无辜的人和革命志士报仇的！

宋恩子、吴祥子　四爷饶命！

常喜贵　让你们死个明白，我们是除奸团，专门清除你们这些特务、汉奸，中国人的败类！

宋恩子　我们也是不得已而为之，饶命饶命，除奸团的爷爷们！

常喜贵、二宝将两个特务拴上石头，推入湖水中。

二　栓　喂王八去吧！

康大力　王八都不吃！

晚上。茶馆王利发屋里。

王利发上牙打下牙，不住哆嗦。王淑芬给他盖了两床被他还喊冷，大栓在床头伺候。

王淑芬　瞧瞧你这胆儿！又没让你怎么着，里头的夹袄都让汗溻透了……你说你哆嗦个什么劲儿啊！

王利发　我打小就这毛病……

王淑芬　指望着你，什么也干不成。就知道改良，改良，改来改去，茶馆越改越小，钱越改越少……

大　栓　妈，您少说两句吧。

晚上。茶馆里。

康顺子一人在黑暗中坐在厅堂里。

王淑芬　（过来）大嫂，您还没睡哪？

康顺子　睡不着。也不知他们怎么样了。

王淑芬　您放心，栓他爸爸今天不是看见他们了，说挺好的。

康顺子　唉，还是让人担心哪！

凉亭内。李会长后园。

春天来了，繁花似锦。秀岑在亭子里“教”唱，二姨太太在听。李宝薇在花丛里逮蝴蝶。

秀　岑　（唱《霸王别姬》）看大王在帐中和衣睡稳，

我这里出帐外且散愁情。

注意，这个“愁”字要唱得婉转悠长，“愁～情～”要轻柔自然，不要直白简单，你来唱一遍。

二姨太太　（唱）我这里出帐外，且散愁情。

秀　岑　注意“我”的发音，不要全散开了，要拢住音儿。挺好，今天就教到这儿吧，李会长让我早点儿到前头去，说要陪几个重要客人。

二姨太太　又是日本人？

秀　岑　是的。是日本人。

二姨太太　我总觉得……不踏实……

秀　岑　……

李宝薇　（指着秀岑）不许你走，给我唱首歌！

秀　岑　我最近还真是学了几首，好应付你这个小东西。你说吧，要听什么？

李宝薇　《蔷薇蔷薇处处开》。

秀　岑　好！（唱）蔷薇蔷薇处处开，

青春青春处处在。

挡不住的春风吹进胸怀，

蔷薇蔷薇处处开。

李会长　（走来）秀岑，人都齐了！想不到你还会唱流行歌曲……

秀　岑　哄小姐玩呢。

李宝薇　我还要听《何日君再来》。

秀　岑　（唱）好花不常开，好景不常在，

今宵离别后，何日君再来。

…………

白天。酒席间。

饭桌上坐了许多日本人，有穿军装的，有不穿军装的，秀岑一个个给他们敬酒，其中有人捏他的手。

日本人在唱日本歌曲。

李会长　我也是刚才才知道，关老板不但会唱戏，还会唱歌，下边请关老板给咱们唱一首。关老板，唱首最时兴的。

秀　岑　不知道哪首是最时兴的。

李会长　就你方才唱的就很好。

秀　岑　我唱首《毛毛雨》试试看。不一定全唱得下来。（唱）

毛毛雨下个不停，

微微风吹个不停。

微风细雨柳青青，

哎哟哟，柳青青。

小亲亲，不要你的金，

小亲亲，不要你的银，

奴奴呀只要你的心，

哎哟哟只要你的心。

在座的人发出怪叫，有人搂着秀岑往他嘴里灌酒，有人在他身上乱摸……

白天。油盐店附近。

大栓和康顺子拿着布口袋去买混合面。

康顺子　到那儿咱们看看排队的长短，要是人多，我就先排着。下午四点才卖哪，你到两三点钟来换我，省得占俩人不是？

大　栓　我排着，您回来吧。

康顺子　公寓撤了，崔先生也搬走了，你回来还能帮帮你爸爸，我回来什么事儿没有。

大　栓　您一站站大半天，行吗？

康顺子　小日本给咱们安排了这日子，不行也得行。一个人五斤混合面，还得让咱们排大队……

二姑娘　（头上插着红绒花，靠在油盐店门口的电线杆上，目光呆滞地唱）牧童哥，你过来，我要吃好酒哪里有……

大栓止住脚步，看着病重的二姑娘。

大　栓　二姑娘，二姑娘……

二姑娘　嘻嘻，牧童哥！（很警惕地看着大栓，护住头上的绒花）

康顺子　她不认识你了。

大　栓　她应该认识！

二姑娘　（不再看大栓，继续唱）牧童哥，你过来……

大栓一步三回头地看二姑娘。

白天。茶馆内。

留声机有气无力地唱着，还是那几张老唱片。没有人喝茶，王利发坐在一边打盹。

松二爷提着鸟笼子一步三挪地蹭进了茶馆。茶馆的布置让他陌生，他不知坐哪儿好，站在屋里原地转圈。及至看见打瞌睡的王利发，才自信没走错地方。

松二爷　王掌柜，王掌柜！

王利发　（惊醒）哎哟，松二爷！您自个儿来的？

松二爷　（要请安）可不，我自个儿来的！

王利发　（将要请安的松二爷拦住）甭来那些虚礼儿了。您怎么想起上我这儿来了？

松二爷　三秀今天串门子去了，没人管我，我寻思着来看看你，就来了。买卖还行？

王利发　行什么呀，肚里没食儿，谁还来喝茶？粮食都配给了，吃混合面，天不亮就得去排队，那也叫粮食？攥都攥不到一块儿，吃下去拉不出来，连屁都放不出来！（指着松二爷的鸟笼子）还是小黄鸟？

松二爷　可不！一大家子啦！

王利发掀开遮盖鸟笼的罩子，鸟笼里有三四只欢快的麻雀。

王利发　（笑）……这好，皮实……二爷，我给您沏碗茶去。

松二爷　甭沏茶，不渴，你这儿要是有热粥伍的，给我一碗，我这两条腿有点儿发飘。

王利发　您这是饿的。（扭过脸去，努力不使眼泪掉下来）二爷，说什么我也得让您喝上这碗热粥！栓他妈！

王淑芬　二爷来了！

王利发　给二爷熬碗粥。

王淑芬　……

王利发　你去呀，快去呀！

王淑芬　哎。

白天。屋内。

王淑芬将所有的口袋翻过来用笤帚扫，混合面、棒子面、高粱面……将扫下的面小心地收集到一块儿，不到一把。王淑芬用这半把面煮了一碗“稀粥”，给松二爷端出来。

白天。茶馆内。

松二爷接过稀粥，狼吞虎咽，看得出许久没吃到过正经粮食了。

外面有日本兵排队走过。

王利发将碗接过来，拉着松二爷往后走。

王利发　二爷您得上后头吃，要让日本人看见您吃这个，咱们俩都得蹲宪兵队。

白天。茶馆外。

汽车停在茶馆门口，秦仲义走下车。

秦仲义　（对司机）你先回去吧，我在茶馆坐会儿。

汽车开走。秦仲义并没有马上进茶馆，他有些憔悴，退后几步，观看着日渐破败的茶馆。

王利发　（送松二爷出来，将鸟笼子递到松二爷手里）二爷您慢慢走，半道多歇几回，甭着急。

王淑芬　（追出来）二爷您认得路吗？丢不了吧？

松二爷　别的道都记不得了，就是上裕泰的道，怎么也忘不了。（慢慢地往东去了）

秦仲义　王掌柜。

王利发　秦二爷，您来了！里边请！

秦仲义　我从外边看，你这茶馆前边门脸儿整个有点往西扭。

王利发　里边的椽子都烂了，西墙的立柱也吃不住劲儿，都该换了。

秦仲义　（和王利发一起看茶馆外面的木质）我祖父时候盖的，才百十来年儿，它怎么就不行了呢？

王利发　架不住折腾，洋人来了，放火，军阀来了，打炮……

王淑芬　（插嘴）还有您秦二爷，在后头大兴土木，把夯砸得咚咚的，多么结实的房也架不住这个。

王利发　（瞪了王淑芬一眼）二爷，您里边喝茶，歇歇脚。

秦仲义　我来看看我的仓库……（进了茶馆）

白天。茶馆内。

秦仲义进了茶馆四下查看。

秦仲义　紧憋了点儿，不过还行。

王淑芬　怎么是“还行”啊，您看看我们住的，跟窝棚似的。后头这院子，五步宽，一年四季见不着太阳。没地方盖茅房，老老少少内急了都得往外头跑！原先的茶馆再怎么不济也还有个茶馆样，您看看现在，刀把儿似的。告诉人家说这是茶馆，谁认！您跟我们老王家，从老辈上就有交情，按说，彼此都该互相照应着。可是我们得了您什么济？落了什么好？是啊，您是发达了，阔了，难道您阔了就该着我们穷吗？我从您儿子那儿也学会了一个新词，叫“剥削”。您说您这不是剥削我们又是什么？

王利发　你少说两句行不行？

王淑芬　平时见不着秦二爷，今天见着了，我得把憋了多少日子的话说出来。秦二爷，您口口声声说救国，救国，您救您的国，我们不拦着您。可您挤对我们干什么呢？您瞅瞅，为了您的仓库，把我们弄得人不人，鬼不鬼的，我们招着您了吗？（语声哽咽）我知道，跟您说这些个没用，您的心里装不下一点儿人情。您连自个儿的亲儿子都生掰了，写了谁不认谁的字据，更何况我们！

王利发　（往后推王淑芬）大嫂！大嫂！

大　栓　康大婶排队买混合面去了。

王利发　扶你妈上屋里歇歇。

大栓扶王淑芬进屋。屋里，王淑芬呜呜的哭声一时不能止住。

王利发　秦二爷，您别跟栓他妈一般见识……老娘儿们家，不懂规矩……她也是让日子拿捏的……（给秦仲义沏茶）不过您看，这房子一改，也确实伤了茶馆的元气，要想恢复成我爸爸操持的那样，绝不可能了！当然，后头房子是您的，您愿意怎么改就怎么改。甭说仓库，您就是把它改成个车库，改成个火药库，我们都说不出什么来。可毕竟是一个互相关联的整套院子，成了眼下的不伦不类……得了，不说了。我不能跟栓他妈似的，没完没了净是埋怨。

秦仲义没有说话，坐在桌前有些失神。

王利发　（将茶杯搁在秦仲义面前）秦二爷，秦二爷……

秦仲义　（突然回过神）啊，你说什么来着？

王利发　我说栓他妈不懂规矩，不该跟您说那些不受听的话……

秦仲义　我是在想，她说的也不全错。这些年，我救国，发展实业，想让国富民强。到了，究竟是怎么个结果呢？国也没富，民也没强，我自个儿闹个……（从怀里摸出一个信封）看看这个吧，我还不知道怎么跟老伴儿交代……

王利发　（看内容）……阵亡！（看着秦仲义）秦少爷……阵亡了！（坐在秦仲义对面）

秦仲义　还记得吧，那天他是打你这儿走的，走的时候让我扒得精光……我……唉……一闭眼就看见他光着身子叫我，爸爸，爸爸……

王利发　秦少爷，那是个好人。

白天。屋内。

王淑芬止住哭声，静静地听着外面谈话。

白天。茶馆内。

秦仲义　（小声，悲愤地）你说，他要是跟日本人打仗，让日本人打死，也算是为国捐躯。可他是让中国人给打死的……自个儿打自个儿……我想哭，我连眼泪都掉不出来……什么事儿啊这是，让我说什么好？这孩子仁义，签字据的时候，他签了“利民”俩字，我不让他姓秦，他故意把秦字省了。其实他心里明白，这样不完整的签名压根儿就不能算数！孩子是给我留着面子呢……

王利发　二爷，您别太难受了。

秦仲义　你们再窄憋，再不好，再有怨气，你们还有俩儿子！我呢，我什么也没有了！没有了！

王淑芬　（眼睛通红，从屋内走出）秦二爷，真对不起您，您瞧我，刚才……忒糊涂……

秦仲义挥挥手，示意王淑芬不要再说。

白天。秦家内宅室内。

三秀来看望秦二奶奶。秦二奶奶房内是三十年代的西式布置，为了打发想念儿子的寂寞，秦二奶奶养了一只白猫，总是抱在怀里。秦二奶奶的壁炉上放着秦利民的照片。

秦二奶奶　（看秦利民给三秀的来信）这孩子，走了以后托人给我捎过几回话，一直没来过信，怕他爸爸知道了跟我闹。老头子太没人情，好好的儿子，硬给赶跑了，不让回家！你们家多好，松二爷有福气，儿子闺女都在眼面前儿，冷啊热啊有人照应……

三　秀　我们家的秀岑也不回家，说是人在北平，可你根本见不着他。我每月到戏班去领他的包银，也见不着他人，不知道他是怎么活着的。阿玛越来越糊涂，逮了几只家雀儿，当宝贝养着，他的心，全在家雀儿上。

秦二奶奶　也别说你们家老爷子，我也一样。他养家雀儿我养猫，全把个猫当儿子伺候呢。这猫一看见我趴在那儿看相片就喵喵叫唤，它知道我想儿子了。要是利民在，多好！把你娶过来，老太太我还有什么不知足的呢？

三秀害羞地低下头去。

秦二奶奶　孩子，有什么难处就过来，直接找我，甭理那老头子。越活脾气越各色，跟谁都没好话。底下人一看见他，都躲！

三　秀　（笑）时候不早了，二太太，我该回去了，要不我阿玛又该到处找我了。

秦二奶奶　你家里还有个老爷子，身不由己，我不留你了。要是利民再来了信，你就给我拿过来。你放心，我不看，你把里边能挑出来说的，给我讲讲就行了。（从首饰匣里拿出来一个戒指）孩子，难得你上我这儿来。来，戴上这个，是我母亲留给我的。我没闺女，准备留给儿媳妇的……应该是利民给你戴上，他没在，我当妈的替代了……（将戒指套在三秀的手指头上）挺好，挺合适。

三　秀　（不好意思地）谢谢二太太。

秦二奶奶　再叫二太太可不行啦！

三秀低头含笑不语。

女　佣　太太，老爷回来了。

秦仲义进门。

秦二奶奶　松二爷家的三姑娘来了。

三　秀　秦二爷。

秦仲义　是三秀。你那个宝贝兄弟还在北平丢人现眼吗？

三　秀　（不知如何回答）……他，他……

秦仲义　给维持会会长当相公，跟在日本人屁股后头转，哪儿还有一点儿人味儿，（对三秀）你抽工夫得说说他，叫他别给咱们北平人丢脸！

三　秀　（眼泪在眼圈里转）不能怪他，是我跟我阿玛拖累了他。

秦仲义　拖累？没有拖累他也不是正经干事的人！贵兄弟曾经在我的事务所里干过……半天……松松垮垮，吊儿郎当……整了一帮杨贵妃什么的让我开除，涮我！

秦二奶奶　仲义！有你这样当长辈儿的吗？姑娘跟我在这儿坐了大半天

了，为她的阿玛跟兄弟，掉了多少眼泪，你还嫌不够？利民给三秀写了信，孩子好心好意拿来给我看，你却这样对孩子！

秦仲义　什么信？我看看！（跟三秀要信）

秦二奶奶　（护住三秀）不给！凭什么给你看？

秦仲义　（着急地喊）把信给我！

三秀吓得往后退了一步。

秦二奶奶　你是怎么了？吃枪药了吗？你在跟谁犯横啊你！儿子你容不得，儿子的信你还容不得，你要怎么着啊你？

秦仲义　（缓和了一些）他是什么时候写的信？

三　秀　去年十一月。

秦仲义痛苦地闭上了眼睛。

三　秀　二太太，秦二爷，没事，我回去了。（往外走）

秦二奶奶　没事就来！

三　秀　哎。

白天。秦家院里。

三秀从房内出来往外走。

秦仲义　（追出）三秀，你等一等。

三　秀　（站住）秦二爷……

秦仲义　（想说什么，还是没说出来，看到三秀手上的戒指，更是欲言又止）以后再告诉你吧，（突然变得很亲切）孩子，以后多来陪陪利民的娘……

三　秀　（满是狐疑的目光，她不能走了，她要把事情弄清楚）秦二爷，您有事瞒着我？

秦仲义　……

三　秀　秦二爷，您肯定有话要说。一定是跟利民有关的……

秦仲义　你非要知道？

三　秀　（意识到什么）我应该知道。

秦仲义　对，你应该知道，瞒着老伴儿可以，瞒着你，不应该……孩子，你跟我来。（领着三秀进了正屋）

白天。秦二奶奶屋。

秦二奶奶　（对女佣）什么，老头子半道把三秀叫他屋里去了？这老东西准没好话。不行，我得看看去，别让人家姑娘受委屈。（站起身出门）

白天。秦家正屋。

秦仲义将秦利民阵亡的消息告诉了三秀。

三　秀　（冷静地）什么时候？

秦仲义　十天前。

三　秀　怎么死的？

秦仲义　行军半道上遭到了伏击，他的那个团没有几个人生还。

三　秀　（低头坐着，半天一句话不说。后来，慢慢地将手上的戒指摘下，搁在桌上）秦二爷，我回去了。

秦仲义　（看外面秦二奶奶正往这边走）利民他娘来了，我不留你了。这事老伴儿还不知道……你别告诉她。

三　秀　知道了，秦二爷。

三秀走到门口，正碰上秦二奶奶进来，跟老太太打了照面。三秀不知说什么好，眼泪一下夺眶而出，捂着嘴跑了。

秦二奶奶　（看到桌上的戒指，抓在手里，要追三秀，终是回过身对秦仲义）对儿子喜欢的姑娘你也要拒绝，你不是跟儿子过不去，你是跟我过不去！你这个……没人味儿的老头子，你就活你自个儿一个人儿吧！你死了，连个摔盆的人都没有……（边说着边往下溜）

秦仲义　刘妈，刘妈……把太太搀回屋去！

白天。大街上。

有人走着走着倒下了。街角可以见到病倒在地的人。

日本人穿着白大褂指挥着几个苦力将奄奄一息的病人从住家户里抬出，扔上汽车拉走。

穿白大褂的日本人拿着喷雾器，挨着铺子喷洒药水。

大栓背着混合面，后头跟着康顺子往家走。

大　栓　（回过身等康顺子）大婶，您走不动了？

康顺子　我肚子有点儿疼，直犯恶心……

大　栓　您脸色不好，咱们站下歇歇。

几个人慌慌张张迎面跑来。

路　人　快跑，日本卫生队查虎烈拉来了！

眼见着四个日本人排成一横队，挂着喷雾器，端着枪过来了，大栓和康顺子想跑也来不及了。

大　栓　大婶，您挺住！千万挺住，别让他们看出来！

大栓和康顺子贴墙站着，日本人过来了，将他们围成半个圆，审视着他们。大栓看着对方，汗小虫子似的顺着脸流下来。康顺子忍着腹痛，一动不动地迎着日本人的目光，双方僵持了近半分钟。日本人走了。康顺子一转身，哇地吐出来。

大　栓　（惊慌地向四周看）大婶，快走，让他们看见就把您拉走了。

康顺子　大栓，我挺不住劲儿了！

大　栓　您挺不住也得挺，病在这儿就是死！

康顺子　病在家未必就是活。

大　栓　我架着您走！

白天。茶馆门外。

大栓扯着康顺子，背着粮口袋刚转过街口，刚看到茶馆，立即停止了脚步。

茶馆门口停着一辆拉“病人”的卡车，卡车里，横七竖八地躺着从各处搜罗来的病人，有的已经死了，有的还有一口气。几个日本兵戴着口罩，荷枪实弹地站在茶馆外面。

茶馆内传来王利发和日本人的争辩声。

王利发　他不是虎烈拉，他是老了，你们不能拉他走……

大栓和康顺子停在墙角。

白天。茶馆内。

两个日本人拽着李三的腿正往外拖。

李三用手死死抓住门框，死活不离开。

王淑芬　（拽住李三一只胳膊不撒手）他不是传染病！不能拉走他！

王利发　起不来炕的老人都得拉去活埋吗？这是谁定的规矩！我不能让你们带走他！

鬼子不理王利发，将他拨拉到一边，一个鬼子抄起李三两条腿，另外两个一人扯一条胳膊就往外搬。李三仍旧抓住门框不放，一个鬼子对着李三的手举起了刀。

王淑芬 （惊呼）**三爷快撒手!**

李三看着举刀的敌人，执拗地攥着门框。

鬼子的刀落下。

李三一声惨叫。

王利发、王淑芬不忍地转过脸去。

日本人拉着李三朝门外拖去，李三的身后，是一条长长的血痕。

白天。茶馆门外。

李三被扔上卡车。

王淑芬和王利发追出门外。

王淑芬、王利发　三爷！三爷！

卡车开动了。李三压在一堆奄奄一息的人身上，走了。

白色的药水向王利发、王淑芬二人一通猛喷，将二人喷洒得喘不出气。

白天。街上。

卡车驶过大栓身边，大栓扔下面口袋，猛追卡车。

大　栓　三爷！三爷！三爷！……（叫得嗓子岔了声）

李三吃力地抬起头，向着大栓求援似的伸出一只手！

——第十五集完

第十六集

白天。茶馆门口。

敌人走了，王利发夫妇被喷得白无常一样地站在太阳地里。周围的铺子一个一个悄悄掩了门，一个孩子站在门口看，被大人拽了进去。王利发转过身，看见茶馆大门上被贴了“虎烈拉传染重地”的告示。

白天。茶馆内。

王利发夫妇进了门，他们几乎认不出这就是自己经营的茶馆了。桌椅板凳底朝天，茶碗茶壶没有完整的，墙上、地上，所有的家具上，全被喷上了药水，白花花的。

王淑芬一屁股坐在后头的台阶上，失声痛哭。

王利发　栓他妈，你别哭了……

王淑芬照旧哭。

王利发　（在王淑芬旁边坐下来）李三跟了咱们一辈子，临了临了，落了这么一个下场……拉出城去活埋……

王淑芬　你对不住李三爷，他跟你张了会子嘴，到了你也没给人家涨工钱！

王利发　你别说了行不行？

…………

大栓架着康顺子进来了。

大　栓　妈，康大婶病了，又拉又吐！

王利发　快扶屋里去！

康顺子　让我走吧，我不能连累你们……

王淑芬　都什么时候了，您还说这样的话，要死要活咱们都在一块儿！大栓，快烧点儿热水来。

大　栓　哎。（一会儿跑来了）妈，壶底儿掉了。

王淑芬　（气恼地）拿锅！

大　栓　锅给戳了个大窟窿。

王淑芬　这是成心不让咱们活呀！二栓跟大力走了，走得好，在这儿也是一个等死！

王利发将大栓悄悄拉到一边。

王利发　大栓，你看见门口上的告示了吧？这就是绝了咱们开茶馆的路，谁敢上传染重地来喝茶，一家人的嚼裹儿没了，咱们得另想辙……

白天。紫禁城城墙下。

松二爷提着鸟笼子围着红墙使劲转，转了一圈又一圈。

松二爷　得，又找不着家了。我从王掌柜的裕泰出来是往东来着，怎么转筒子河来了……

天色渐暗，松二爷蜷缩在一棵树下。

小宋恩子和小吴祥子从路边经过。

小宋恩子　老头儿，什么鸟？

松二爷　我不是鸟，我是人。

小吴祥子　问你笼子里是什么鸟，谁问你了！

松二爷　（来了精神）小黄鸟。让我调教得好着哪，认得人，在家不搁笼子里，让它们随便飞！

小宋恩子　小黄鸟，是那种能叫八个音儿的金丝雀？

松二爷　能叫全十二个音儿！

小吴祥子　（给小宋恩子使了个眼色，小声）一只金丝雀能卖二百大洋。（对松二爷）老头儿，卖不卖？

松二爷　家养着自个儿玩的，不卖。

小宋恩子　给你个铜子儿，把你的鸟买了！

松二爷　看见我后头的金銮殿了吧，你们就是把我扶那上头坐着去，我也不卖。

小吴祥子　嗬，站都站不稳，还挺拧！扶你上金銮殿坐龙椅，有那精神我们俩还想上去哪，轮得着你？

小宋恩子　（伸出拳头）老头儿，认得这个吗？

松二爷　认得，我还认得你跟他！

小宋恩子　我们是谁？

松二爷　你是宋恩子宋爷，他是吴祥子吴爷。

小宋恩子　别看眼睛迎风流泪，眼神儿倒挺好。告诉你老头儿，宋恩子是我爸爸，吴祥子是他爸爸，我们的爸爸为国捐躯了，现在我们子承父业，接着干上了！

松二爷　别像你们爸爸似的，再把我弄进监狱去！

小吴祥子　那难说。

一队日本宪兵队，排着队，戴着“宪兵”袖章沿着城墙巡逻。日本人在他们旁边停住。

队　长　什么的干活？

翻　译　（走过来）黑灯瞎火的你们几个在这儿干什么呢？

小宋恩子　（将证件递上）侦缉队的干活。（将鸟笼子事先拿在手里，对翻译）这么晚了，这个人蹲在暗处，嫌疑大大的，良民的不是。

翻　译　你他妈给我说中国话，我懂！（俯在队长耳朵跟前嘀咕）

队　长　（揪住松二爷脖领子）抗日分子的？

松二爷　我是谁，他们可以证明。

小吴祥子　我们不能证明。

翻　译　你晚上在这儿干什么？

松二爷　我找不着家了！我常丢，丢得连自个儿姓什么，老祖宗是谁都不知道了。

翻　译　这老头子，骂谁哪！（照着松二爷胸口就是一拳）

松二爷　我说的是实话。

翻　译　绕着弯儿骂人，你不是抗日分子谁是抗日分子！（在松二爷身上猛打）

松二爷一声没吭，顺着树出溜下去了，嘴角淌出一丝血迹。

翻　译　他装死！

队　长　开路！

巡逻队走了。

小吴祥子　（用手试了试松二爷的鼻子）老头子没气儿啦！真他妈不禁打！

小宋恩子　鸟是咱们的啦！

两人小心地掀开罩布——

小吴祥子　操，他妈的三只老家贼！

小宋恩子　嘿，老头子，有你的啊，涮我们！

两人扔下鸟笼子走了。

清晨。李会长家。

三秀啪啪地拍大街门。

看门的　（打开一道缝）干什么，干什么？这儿不是衙门！

三　秀　劳您驾，您帮我叫叫关秀岑。

看门的　这里没有关秀岑。（关门）

三　秀　我打听了，昨天他住在这儿没回去。

看门的　没这人！

三　秀　大爷，您行行好，我给您跪下了，求求您，叫他一声，他爸爸昨天晚上殁了！

看门的　瞧这晦气，大早晨的！等着！

早晨。李会长卧室外。

看门的将李会长从卧室中叫出，说明了情况。

李会长　（穿着睡衣）跟谁也别说这事，关老板昨天在山口屋里歇了，搅了日本人的兴致，没咱们的好。

看门的　怎么跟他们家的人交代？

李会长　就说没见他。

早晨。李会长卧室。

二姨太太　（抽着烟）这样的事你都瞒着，你就缺德吧！

李会长　爸爸算什么，他把他自个儿都卖了，还在乎个爸爸！

早晨：李会长大门外。

看门的打开门。

三　秀　（迫不及待地往里看）他出来了？

看门的　李会长说关老板昨天没在这儿。

三　秀　那他在哪儿呢？

看门的　在哪儿我怎么知道！（关门）

三秀沉重地转身走了。

早晨。李会长的客房。

李会长悄悄来到房门外，侧耳倾听里边的声音。

早晨。客房内。

山口在床上酣睡，他旁边躺着秀岑。秀岑睁着眼，定定地看着天花板，不敢动弹，不敢发出一点儿声响。

白天。茶馆内。

茶馆两天没有开张，桌子上落了灰尘。从屋里传出康顺子的呻吟声。

大栓在擦拭留声机，将那张《小放牛》的唱片抹来抹去。

王淑芬　（着急地对大栓）都什么时候了，你还鼓捣那东西！

大　栓　不鼓捣这个您让我干什么？

王淑芬　两天没开张了，一点儿进项也没有，眼瞅着连买混合面的钱都没了，一大家子人莫非真要饿死？

大　栓　死就死，好像谁多爱活着似的！

王淑芬　甭跟我斗气，你爸爸哪儿去了，一早晨起来就没见他人影！

大　栓　我哪知道他上哪儿了，我又不是他的保镖！

王淑芬　我说你怎么老跟我别扭着？要不就一天不说话，一说话就抬杠！

王利发领着打小鼓的方六进来。

王利发　（指着大栓手底下的留声机）这个唱匣子还有屋里的藤椅什么的，你捡好的拿，钱上你不能亏了我。

方　六　（看留声机）老掉牙的破烂！（看藤椅）都秃噜了（北京话，松散开的意思），北京气候干，藤椅用不了三五年儿就得扔，您这些藤椅用了有十年了，还是藤芯儿的，要是藤皮儿的说不定还能多卖几个……这三张榆木桌子还行，那几张不要……

王利发　当然，你要想在我这茶馆里憋宝是不可能的。

方　六　这么着，连唱匣子，总共十二块钱。

大栓一听，将留声机抱进屋去。

王利发　少了。不卖！

方　六　王掌柜，您别慎着了，看看您屋里的东西，有哪样是值钱的？说句您不爱听的话，都是揭不开锅才卖东西，哪家要是一跟我们这行打交道，哪家就快败家了。

王利发　我已经败家了。

方　六　十二块，我给到顶了，我是济人之危，救人之急。

王利发　你是乘人之危，趁火打劫。

方　六　一部唱匣子、三张榆木方桌、十六把藤椅，十二块钱！

王利发　（无奈地）拉走拉走！

大　栓　留声机是我的，我不卖！

王利发　（小声严厉地）你不卖咱们都得饿死！

大　栓　不卖，就是不卖！

王利发　（对方六）拿走！

大　栓　我砸了它！

王淑芬　大栓，别价！妈知道你心里怎么想的，听妈的话，留声机让方六拉走，那张《小放牛》咱们留下。等将来挣了钱，妈给你买台好的！

大　栓　妈！

王利发示意方六将东西拉走。

白天。茶馆内。

大栓一人坐在台阶上赌气。

王利发　（坐在大栓旁边）老大，爸知道你喜欢那部留声机，可咱们眼下没法子不是！茶馆让日本人给封了，什么时候让咱们开张是猴年马月的事，咱甭指望。可是咱们不能让日本人给压死，咱们得变个法儿活下去！

大　栓　变个法儿活，怎么活？您除了开茶馆还能干什么？

王利发　我就是不愿意服输，我不就会开茶馆吗？我想过了，咱们出城摆茶摊去，干吗非得在这几间门面上找吃喝？

大　栓　摆茶摊，大茶馆的掌柜的摆茶摊……您不嫌掉价？就跟绸缎庄的掌柜的在路边卖布头一个样，寒碜到家了！

王利发　我不嫌寒碜。

大　栓　我嫌！

三秀进来。

王淑芬　闺女，怎么这么早就来了？

三　秀　（扑通跪倒，给王利发、王淑芬磕了头）王掌柜，您得帮帮我，我阿玛殁了！

王利发　松二爷？什么时候？

三　秀　前天晚上，让人打的，在筒子河。

王利发　秀岑在哪儿哪？

三　秀　我找不着他！四爷，我屋里外头一个钱也没有，我得装殓我阿玛……

王淑芬　（擦着眼泪）闺女，别着急，让栓他爸爸替你想法子！

王利发　二爷现在在哪儿停着哪？

三　秀　在法隆寺庙里。

白天。油盐店内。

三秀头上、腰上缠着白布，哭泣着，给杨掌柜磕头。

王利发　（捧着一个纸盒子站在后面）杨掌柜，看在松二爷活着时候的份儿上，咱们大伙儿凑俩钱儿，给他买副棺材，让他体体面面地走。

杨掌柜拿出四个铜子，一个一个搁在王利发的盒子里。

王利发　杨掌柜……这不够一壶醋钱……

杨掌柜　松二爷不是没钱，他们家的大少爷是专门出入豪门望族的主儿，跟日本人穿着一条裤子，跟维持会会长勾肩搭背，势力大着哪！他吃香喝辣，认日本人当爹，百般孝敬奉承，却把他的中国爹交给大伙儿发送，道理上说不过去呀！

王利发　杨掌柜，您说的在理，咱们不管他关家大少爷，他不是人，可您看看眼前这个没依没靠的丫头，一个大姑娘家的，抛头露脸，挨门磕头求告，您就不替她想想，她但凡有法子，能这样？

杨掌柜　我再添俩。（扔进一张纸票子，对三秀）将来我见了你兄弟得让他还我。

三秀磕头。

白天。钟表铺门口。

钟表铺门前挂一大木头表，是买卖幌子（招牌）上面写着"精修钟表"字样。钟表铺旁边是香蜡铺，有大型盘龙蜡烛在门外插着。香蜡铺旁边是药铺，是两挂用锁链连缀起来的黄铜片，正中涂一黑饼，象征着膏药，一尺见方，斜尖而缀，两头为半片，正中为一整片，最下为双鱼。

三秀和王利发在钟表铺、香蜡铺、药铺门口分别求告，三秀逐一向各铺户磕头。

白天。小汽车内。

秦仲义坐在车后，看到窗外的三秀。

秦仲义　停车。

白天。药铺门口。

秦仲义下车。

秦仲义　三秀！

三　秀　秦二爷，我阿玛殁了！（跪下给秦仲义磕头）

秦仲义　唉，你这孩子，怎么不来找我呢？（对王利发）还差多少，我包了！别让孩子满街要了！

王利发　还差得远，磕了一条街，没要来一个棺材挡头。

秦仲义　（对三秀）上车！

王利发　（将盒子交给三秀）这是我的十二块钱（搁在盒子里），我还得去告诉常四爷一声。

秦二爷拉着三秀走了。

傍晚。药铺内。

小伙计　掌柜的，该上板了。

掌柜的　再耗会儿，说不定还有买卖呢。干药铺这行，能晚上板就晚上板，有的半夜还开着小窗户呢。看病抓药，没有时辰一说。你看，说着说着就来了一个。

药铺的蓝布夹门帘（镶着很宽的黑布边，中间是一块长条横木板，门帘冬为棉，春秋为夹）一掀，三秀走进来。

小伙计　您来点儿什么？

三　秀　（表情木然）砒霜。

小伙计　您要那个干什么?!

三　秀　我有用。

掌柜的　（不声不响包了一包砒霜递过来）要是药耗子拿手指头捏点儿就成，要是药头牛，半包足够了。

三秀接过包撂下钱走了。

小伙计　掌柜的，我浑身怎么直发凉？

掌柜的　这年月，凡是来买毒药你就甭问为什么。他买你卖，问明白了于咱们没好儿。

小伙计　跟着您我长见识，您连用多少量都告诉她了。

晚上。戏园后台。

秀岑在扮戏，今天晚上他演的是《游龙戏凤》里的李凤姐。他的身前身后摆满了鲜花。

门口有人在跟后台管事的说什么，不时指指秀岑。

管事的　（走过来，轻声地）关老板，刚才有人带话来说您家老爷子不在了。

秀　岑　（愣了）阿玛……（愣了一会儿，脱衣裳）我得回家！

管事的　（拦住）本来我是想等戏散了再跟您说，没想到您这么扛不住事儿！您瞅瞅，台下头都坐满了，有头有脸的人都来齐了，人家专等着看这出正生正旦打情骂俏的戏哪。您回家了，我上哪儿找抓挠去？

秀　岑　我爸爸在那儿挺着，我在这儿打情骂俏，我俏得出来吗？

管事的　戏比天大。戏散了再说您爸爸的事，您就算是现在回了家，您家老爷子也不能起死回生不是！您听听，家伙点儿都敲起来了，正德皇上在台上已经开唱了，专等着您哪，您没退路啦！（将秀岑一推）

晚上。戏台上。

秀岑被推出了上场门，只好随着胡琴唱。

李凤姐　（唱平板二黄）自幼儿生长在梅龙镇，（下边一片叫好声）

兄妹们卖酒度光阴。（擦眼泪，下边有议论声）

我哥哥他也曾对我论，

他言道前庭有一位军人。

李凤姐端茶，客堂进……

（以下是大段的生、旦调情戏。秀岑饰演的李凤姐不能到位，神思恍惚，泪光滢滢，有几次接不上茬儿，被正德君巧妙地遮掩过去了）

晚上。后台。

管事的　（从旁边看秀岑演出。对拉胡琴的）您劳驾托着点儿，别把今天的戏演砸了。

琴　师　关老板今天神色不对。

管事的　他老家儿死了，刚得的信儿。

琴　师　难为他了，这时候演这出戏。

晚上。台上。

李凤姐　（唱流水西皮）骂声军爷理太差，
不该调戏我们好人家。

正德君　（唱流水）好人家来好人家，
不该头戴海棠花。
扭了捏了人人爱，
风流就在这朵花。

李凤姐　海棠花来海棠花，
反被军爷取笑咱。
我还是将花丢在地，
踏来踏，从今后，
不戴这朵海棠花。

正德君　（唱流水）大姐做事理太差，

不该踏碎这海棠花。

为君与你来拾起，

我与你插，我与你插，

我与你插上了这朵

海棠花……

在与正德皇上的对唱中，秀岑眼泪在眼眶里转。他几次要哭出来。

台下已经有人喊倒好了。

李会长和山口在交头接耳。

台上。

正德君 （小声）关老板，您得打起精神，得乐，您得乐！

李凤姐 呜咿呀呀！

台下起哄。

听戏的 嗨，当了娘娘怎么哭啦？

晚上。后台。

秀岑走下台，匆忙卸装。

副 官 山口先生的车在前面等着您呢，说今天在洪福楼为从东京来的视察员接风。

秀 岑 麻烦您跟山口先生替我请个假，说我家里有事……

副 官 嗯……好吧，我向山口先生转告关老板的意思。（走了）

秀 岑 （连脸也没洗，对演正德君的老生）刘老板，您帮我拾掇一下……

刘老板 您快走，这儿交给我啦！

秀岑带着彩装穿上大褂，一边扣衣服扣一边向门外走。

晚上。戏院后门。

秀　岑　（出了后门，向左右巡视）洋车！

一洋车过来，秀岑跳上去。

秀　岑　棉花胡同，要快！

洋车驶向黑暗。

晚上。街面。

拉着秀岑的洋车在晚间的北京胡同里穿行。

坐在车上的秀岑泪流满面。

一辆汽车在洋车旁边停下，下来几个大汉，不容分说，将秀岑从洋车上拽下来，拉进汽车，汽车呼啦开走了。

拉洋车的　妈呀，比老虎都厉害！

晚上。洪福楼华丽单间。

秀岑被架到单间门口，门口有带枪的兵站岗。门推开，里面坐了东京来的要员，还有李会长和山口等许多人。见秀岑进来，大家都很兴奋。

李会长　好，还没卸装，这个样子很好，让他们猜猜你是男的还是女的。

山　口　来，靠着小泽君坐，他是我大学同学。让小泽君看一看中国的美人！

秀岑落坐，但是神情恍惚，偶有人跟他说话也是机械地笑笑。

在座的日本人喝得脸红脖子粗，齐唱日本歌曲《樱花》。李会长也打着拍子装得很投入地跟着遛（意为跟着唱，此处有贬意）。

小　泽　（日语）为大日本干杯！（にっぽんに 干杯！）

众　人　干杯！

秀岑愣愣地坐着。

镜头依次展现出在座的每一个人的丑陋嘴脸。

秀岑站起身出去。

晚上。卫生间。

秀岑来到卫生间，对着镜子里的自己愣愣地看，那是一个带着京剧浓装的男子，一个俊美清秀的男子。秀岑用水将脸上的装洗去，取出小梳子，将头发梳理得一丝不乱，将衣服扣子一个个整理好，将衣服收拾得齐齐整整。镜子里，一个标准规整的中国男人形象与他对立着。那个男子的形象渐渐地幻化成松二爷，松二爷高兴地笑着，朝着秀岑举起手里的鸟笼子，笼子里有一只地道的小黄鸟……

秀　岑　（对着镜子里的影像，轻声地叫着）阿玛，阿玛……（他慢慢地跪了下去，认认真真地对着镜子磕了四个头。站起身，他的面部变得平静舒展，他向着镜子里的自己摆了摆手，从容地转身出了卫生间）

晚上。洪福楼单间门口。

秀岑轻松地从卫生间走过来。

卫兵向他立正。

秀岑向卫兵笑笑。出其不意地，秀岑以无比敏捷的动作，夺下卫兵的枪，一脚踹开门，朝着房间内就是一通猛扫。

杯盘碎裂，菜汤与血花飞溅，那个叫小泽的中弹，胸口开了花。

卫兵和卫队从秀岑后面开了枪，秀岑的血抛洒开来，响起了京剧胡琴声。秀岑微笑着倒下去。

枪声平定。许久，山口和李会长从桌底下伸出脑袋……

白天。街面。

卖报的　看报，看报！昨天晚上洪福楼发生血案，京剧名伶关秀岑酒宴开枪，射杀日本人，被当场击毙的特大新闻哪！看报，看报，关秀岑身中十余枪，倒在冰糖肘子当中……

松二爷的简单殡葬队伍从卖报的身边走过。

八个杠夫抬了口棺材，三秀打着幡，王淑芬搀着她，后头跟着常四爷、王利发。王利发提着松二爷的鸟笼子，笼子上蒙着布，慢慢地走在北京的大街上。

三秀披麻戴孝，走得很艰难，几次支持不住要往下倒，都被王淑芬架住。

王淑芬　三秀，你顶住，马上就到坟地了。

路人甲　谁的殡？

路人乙　松二爷。关秀岑关老板的爸爸。

路人甲　那我得送送。

沿途不断有人自觉地加入到送殡的行列中，茶客甲带着一帮吹鼓手也走进队伍，各自掏出家伙吹打起来。

路人纷纷传告　关老板他爸爸、关老板他爸爸……

卖报的　关秀岑枪杀日本人，自己身中十余枪……

队伍越走越长。

途中路过铺子，有的铺子端出板凳，在棺材头里横了，端出酒杯，路祭松二爷。

一队辉煌壮大的送葬队伍行进在北京的大街上。

白天。送殡队伍后头的汽车里。

秦二奶奶坐在车里。

管事的　（坐在前面，回过头来）二太太，老爷说了您身体要是吃不住咱们就回去。

秦二奶奶　我能行。葬了松二爷我就把三秀直接接回家去，一个孤女，她不能再回那个家了。

白天。坟地。

实际是块乱葬岗子。棺材下到坑里，王淑芬抓着三秀的手，抓了一把土，有气无力地扔进坑里。三秀跪在地上，头抵着黄土，一言不发。

王利发　（往坑里扔土）二爷，您跟秀岑就着伴儿，踏踏实实儿地走吧，到那边照旧养您的鸟，玩您的蝈蝈，吸您的鼻烟。您这一辈子活得洒脱，活得自在，活得值。其实人就应该活成您这样，您是上天的仙儿。跟您比，我们是俗人，是让日子压得喘不上气儿的俗人，没出息，窝囊，倒霉……所幸的是这辈子交了您这么个朋友，知心知底儿，让我的灰日子活出了点儿颜色。我想着您，想着秀岑少爷，您在那边等着我。到时候，您还喝我的茶，我还听您聊，咱们舒舒坦坦地重新活一回！（拿出茶壶倒了一碗茶，认真地在坟前奠了）我最后再给您沏碗您爱喝的茉莉双熏。二爷，您尝尝……

常四爷　二爷，我把您的鸟放了，让它们爱上哪儿上哪儿吧！（掀开遮布，打开鸟笼，将麻雀们放了）

众人向松二爷的新坟鞠躬。人们纷纷将纸钱扔进燃烧的火焰中。

秦二奶奶　（对三秀）孩子，别难受了，跟你爸爸告别吧，跟我回家。

三秀跪在地上一动不动。

秦二奶奶 （奇怪地）三秀，三秀！

常四爷 （将三秀的身子翻过来，才发现三秀已经气绝）这是怎么了，这是！

王淑芬 她临出门的时候告诉我，她已经喝了药了。

秦二奶奶 （抱住三秀尸体哭泣）你这孩子，你说你……你怎么走这条道哇，你是我的闺女，我的儿媳妇。可是你，竟然抛下我走了。孩子，孩子，你睁开眼睛看看妈……

三秀面色青白，眼睛半睁，没有任何气息了。

常四爷 唉，爸爸死了，兄弟死了，那个什么（看了一眼秦二奶奶）死了，她活不下去了，活着太苦。

常四奶奶 那也别走这条道啊！

王利发 就近找领席，就埋在松二爷旁边，让她陪着她爸爸吧。

秦二奶奶 （脱下手上的戒指，很郑重地戴在三秀的指头上）孩子，戴上这个，将来让利民到那边找你去吧。

风起了。

满树林的麻雀突然叽叽喳喳地叫起来。

上午。城外路边。

王利发和大栓支了个布篷，摆了个茶摊，卖大碗茶。有过路的买卖人在这里歇脚，喝茶，一个子儿一碗，薄利多销。

卖瓦盆的 （推着车子路过，停下）天真热，伙计，来碗茶。

大栓给卖瓦盆的倒了一碗。

王利发 按说这天不应该这么热，才几月呀，端午节还没过呢。

卖瓦盆的　人间乱了，天时能不乱吗，（指着路上排队跑过的日本兵）瞅瞅，横的，不在自个儿家里待着，上咱们这儿干吗来了？（喝了一口茶）老伙计，您这茶味儿正，也酽，不像别的摊卖的大叶儿茶。

王利发　我这是好茶，是从吴裕泰买出来的清扫茶叶箱子的茶叶沫，两大枚半斤。我沏两遍就扔，您喝的实际上是上好的茉莉花茶。我呢，也没花多少成本，半斤茶我能在这摊上应付一整天。

卖瓦盆的　您真会做卖卖，照您这么卖下去，不出两年，您能开个大茶馆。

王利发　得嘞，借您的吉言！

茶客甲　哎哟，王掌柜，您怎么在这儿摆开摊儿了？

王利发　四爷，是您哪，在我这儿凉快凉快，喝碗茶！您现在在哪儿得意呢？

茶客甲　别提了，我原先在中学教英文，一礼拜六堂课，挺好。日本人来了，撤了英文换日语，我没事干了，又没别的本事，您猜我干什么了？

王利发　横是比我强。

茶客甲　比您强？姥姥！我在安定门里杠房给人当吹鼓手呢。当今这会儿，别的不多死人的多，谁家死了人都得埋，都得弄出个响动，我就给人家吹那个小喇叭。还挺忙，一天赶几起儿，钱没挣下，肚子不饿了。这年月，当英文先生也未必能混得饱肚子。行，我挺知足！

王利发　现在能吃饱肚子，比什么都实惠。

茶客甲　王掌柜，您的老裕泰关了？

王利发　眼下是开不了门了，我那儿成了“重地”，让日本人给封了。

茶客甲　日本人也是，跟茶馆较什么劲！

王利发　李三爷，知道吧？

茶客甲　知道，裕泰的老伙计。

王利发　让日本人拉走活埋了！（眼圈红了）硬说他是虎烈拉！

茶客甲　我上裕泰喝茶后几回就没看见李三爷，说是喘，在屋里歇着呢。

王利发　病了有大半年了呢。谁都有个老，谁都有个起不来炕的时候，不能这样啊……眼睁睁地拉走，手腕子都折了……

过来个穿制服的。

制　服　摆摊的，收税！

大　栓　我们交过了。您刚才不是收过……

王利发　老大，给他，他要多少别还价。（小声对茶客甲）这是今天早晨第四回要钱了，其实就一个人儿，一会儿换一套衣裳，充当一个部门，哪个部门也惹不起。您说，咱们这个国家，他是怎么了？

茶客甲　王掌柜，我每天给死人吹吹打打，看的都是闭了眼的。跟他们比，咱们还行！得了，我该走了，给您，这是茶钱。

王利发　别价，老主顾了，一碗茶，我还能收您钱！

茶客甲　谁都不容易。

卖瓦盆的　我收拾收拾也该走了，刚才只知道您的茶好，不知道您是裕泰的掌柜的。要搁平常，我们这号做小买卖的哪能上裕泰喝茶？这回遇上了您也是缘分，送您个盆拿回去和面用吧。

王利发　谢谢您了，我要有面拿它和就好喽。

卖瓦盆的　这是个聚宝盆，有了它您盆里的大白面老挖不完。

王利发　您这几句吉利话儿比什么都好听！

客人们都走了，茶摊前一时变得很安静。

白天。城外茶摊。

王利发和大栓在照看茶摊。有警察将一张印着缉拿照片的布告贴在茶摊的席棚内。

警　察　老头儿，把眼睛睁大点儿，这是当局缉拿的要犯。从你的眼皮底下过去，你不报告，逮着了，把你喂日本军犬。当然，你要是报告了，皇军钞票也多多有赏，够给你儿子娶仨媳妇的。

王利发　我老眼昏花，看不真。

警　察　看不真你也得看。上峰有命令，这布告酒肆、车站、旅社、门脸、电线杆、犄角旮旯广为张贴。让你磕头碰脑都得撞见这张脸，由不得你记不住。（提着糨糊桶到别处贴去了）

大　栓　爸，您来看。

王利发　我不看，我看那个干什么！

大　栓　这人我看是……喜贵哥！

王利发　（小心地往四下看，确认没人听见才凑到布告跟前）可不是常四爷的喜贵嘛。

大　栓　这上头说，他当了土匪头子了！

王利发　上头有老二的信儿没有？

大　栓　（一行行往下看）没提。说了好些人，都不认识。

王利发　老二走了这些日子，连个信儿也没有。

康大力　（戴着压低了的斗笠，挑着一担菜过来）掌柜的，来碗茶。

王利发将茶端过来，想仔细打量喝茶的人，他觉得声音很熟，左看右看，看不到茶客的脸。

康大力　掌柜的，您甭看了，熟人。（将斗笠往上掀了掀）

王利发　是你！

大　栓　大……大……兄弟！

王利发　上家去看过你娘了？

康大力　看过了，我给她带了些药，山上药物短缺，队伍上还是紧出来一点儿让我拿回来给娘。

王利发　你娘的病这会儿正是上紧的时候，但愿她能熬过这一关。

康大力　多亏了大婶照应。叔，我在这儿等一个人，他一会儿就来。

大　栓　谁呀？

王利发　不该问的别问。知道得越多越没好儿。

康大力　叔，我们是商量游击队配合第二监狱越狱的事，这还跟您有关系呢。

王利发　跟我？

康大力　当年住在您后头的周立达周先生就关在那里头。

王利发　周先生，那是个好人。救他出来，我得帮忙出把力！

明师傅　王掌柜，您好啊！

王利发　哟，明师傅，有日子没见了！都好？

明师傅　王掌柜，这年月您见了谁都甭问“好，不好”的话儿，现在谁好啊？谁都不好！

王利发　可也是。还在草岚子呢？

明师傅　现在到了德胜门外第二监狱了。

王利发　（明白了什么）那您忙，您忙！

明师傅和康大力在茶摊的长条矮桌面对面坐下，小声说着什么。

王利发　（嘱咐大栓）留神来往的人！

大　栓　哎。

白天。茶馆门口。

周秀花挎着个布包袱来到茶馆门口。在门口犹豫。

周秀花　（问旁边一摆小摊的）大爷，劳驾跟您打听一下，这儿是裕泰茶馆吗？

摆小摊的　是，关门了，王掌柜的带着儿子出城摆茶摊去了。

周秀花　那里头还有人吗？

摆小摊的　有，有俩老太太。

周秀花　噢，谢谢您了大爷。（上去敲门）

王淑芬　（开门）你找谁呀？

周秀花　我找周立达，他是我哥哥。

王淑芬　周立达已经不住这儿了。

周秀花　他搬哪儿去了？我是按着他给家写的信封上的地址找来的。

这时街上一阵大乱，日本人的汽车缓缓开过来，有在街上单独走的年轻姑娘、媳妇被他们硬拽上车。二姑娘正在电线杆下呆呆地站着，也被扯了上去。

摆小摊的　（关照地）姑娘快躲躲，鬼子拉慰安妇呢！

日本人的汽车越来越近了。

周秀花　（着急地）大婶，您让我进去吧！

王淑芬犹豫着，周秀花一下挤了进来。

周秀花　谢谢大婶了。

白天。大街。

拉着妇女们的卡车驶出城门。车上女人们又哭又闹，行至王利发的茶摊附近，有个女的从行走的汽车上跳下来，当时气绝身亡。汽车停了，汉奸从车驾驶室里出来，试了试鼻息。

汉　奸　妈的，没气儿了，自找！（对哭泣的女人们）哭什么哭，送你们到俱乐部去娱乐，应该高兴。

王利发　（小声）造孽呢！

二姑娘　（看见摆茶摊的大栓，大声唱）牧童哥，你过来……

大　栓　二姑娘！（跃起身就要过去）

王利发将大栓使劲拽住。

大　栓　（对王利发）您松手！（回过头喊）二姑娘！

王利发　（拽着大栓）你不能过去！不能过！

大　栓　二姑娘！

汽车开走了。

大栓挣出王利发的拉扯，站在公路上望着远去的汽车，眼泪簌簌而下。

暄土中，有朵红绒花。

晚上。茶馆内。

王利发在准备第二天摆摊要用的东西，将一摞摞大碗放进箩筐……

大栓沮丧地坐在台阶上，一言不发。

周秀花　（低着头，泪光闪烁）老接不着信，我娘不放心，就让我来北京找，她做梦老梦见我哥浑身是血……没想到，还真是出事了……（抹眼泪）

王利发　别哭，别哭，这两天或许就有什么消息……

周秀花　大叔，真的吗？

王利发　我骗你个丫头有什么用？

周秀花　那我就等等。（对王淑芬）婶，我等等，我能帮您干活儿！（接过王淑芬手里的碗进屋）

晚上。康顺子屋。

周秀花　康婶，今儿个我给您喂药。

周秀花给康顺子喂药。

白天。茶馆内。

周秀花很麻利地擦桌子。

周秀花在大盆大盆地洗衣裳。

周秀花将康顺子扶在院里晒太阳。

周秀花在晾晒被褥。

周秀花在洗用过的大碗。

周秀花在擦茶壶。

王淑芬赞许的目光。

白天。第二监狱牢房内。

明师傅送饭，送到周立达门口。

明师傅　（看看左右）游击队今天晚上十一点二十开始行动，让大伙儿做好一切准备。

周立达　各牢房都已经准备就绪，以号子为小组，做到有组织撤离……

明师傅　上边指示，要迅速、准确，速战速决！

周立达　明白了。

晚上。第二监狱牢房墙外。

平西游击队悄悄埋伏在周围。由二栓指挥，队伍中有二栓和康大力，以及曾经在裕泰茶馆居住过的几个学生。

二　栓　（看表，时间已经到了十一点二十）还没给信号？

游击队员　还没换岗呢。

众人伏在暗处，耐心地等待。

二　栓　注意——

晚上。监狱岗楼。

伪军甲上，换伪军乙下。

伪军甲用手电向另一角的哨兵打信号。对方有回应。又向墙外打信号。

晚上。监狱门口。

门口哨兵　谁在上头打手电哪？

两个伪军从里面蹿出，摸到哨兵背后，将其处理了。

二　栓　（指示康大力）你带一个排在外头接应！其余人上！

游击队员们进入监狱。

晚上。监狱院里。

游击队依据地势隐蔽好。解决了几个游动哨。

晚上。牢房内。

明师傅用钥匙将牢门一个个打开。犯人们有组织地迅速走出牢房。

明师傅　别出声，往东，朝南拐！

周立达　（从牢里出来）明师傅，（招呼邻近牢房）二小组，跟上！

明师傅　敌人现在还没觉察，抓紧时机！

晚上。监狱院里。

犯人们无声地跑出牢房，向大门跑去。游击队员在墙根掩护。

有伪军从营房里迷迷瞪瞪走出来，要到厕所解手，撞见正出来的犯人。

伪　军　嗨，这院里怎么这么多人哪？（大声疾呼）犯人越狱啦！犯人都出来啦……

康大力一枪打倒喊叫的伪军。

营房的灯亮了，墙上的大灯打开了，警报器拉起来了。

有敌人从屋内冲出来。

二　栓　打！

双方交火。

犯人们迂回着，有组织地冲出大门，也有人倒下。

晚上。监狱门外。

康大力　（接应出来的犯人）快，快，往西，下沟，沿着沟跑！

出来的人迅速往西去了。

晚上。监狱后边小营房。

几个敌人在一小官指挥下，进入牢房。

晚上。牢房内。

进来的敌人向着正在撤离的犯人开枪，不少人应声倒下。

明师傅　（捡起地上敌人的枪）敌人发现了，老周，你快走，我断后。

周立达　明师傅，你走！（对其他人）快，快！

一梭子枪扫过来，周立达闪在一边，不断还击。

周立达　撤！快撤！

明师傅　你也走！（将其一推，射击）

周立达　前边封锁住了，你熟，你带着大伙儿另找一条道，我掩护！

明师傅　老周……

周立达　快走！

明师傅　（对大家）跟着我！别落下！（向另一方向跑去）

周立达和敌人枪战，子弹用尽，被枪击中，壮烈牺牲。

——第十六集完

第十七集

夜晚。监狱外。

二　栓　（跑到康大力跟前）都出来了，撤！

二栓和一部分队员掩护着众人边打边撤。

黎明。西山某地。

二栓等人带着一队人上山，有人在半山处接了。

二　栓　刘政委！

刘政委　回来了！（对众人）欢迎大家！

二　栓　报告政委，这次袭击德胜门外第二监狱，一共解救出一百七十九名被敌伪关押人众。绝大部分要求参加咱们平西抗日游击队，有个别要求回家的，已经走了。

群众甲　回家等着敌人再抓回去吗？索性跟他们干！

群众乙　没家可回了。

群众丙　赶走了日本鬼子再回家！

刘政委　（问二栓）明师傅安置好了？

二　栓　安置好了。周立达同志为了掩护大家，壮烈牺牲了。

空镜头。

苍翠的群山。

白天。街道。

敌人加紧治安。巡逻队、马队在街上一队队地走。

警察、宪兵挨家检查。

下午。茶馆内。

王利发扛着茶摊的遮阳布单子，大栓挑着两个大筐进门。

王淑芬　今儿个怎么这么早就收摊了？

大　栓　街面上这个紧，差点儿进不了城。鬼子一个一个跟刚死了爸爸似的，急红了眼了。大街上连个行人都没有，谁还敢坐那儿喝茶呀！

王利发　他们准是吃了亏，德胜门外头尤其查得严。

周秀花扶着康顺子坐在椅子上。见王利发爷儿俩回来，赶紧接过王利发背着的东西。

王淑芬　（拿布撣子给王利发撣土）瞧瞧这一身土。

王利发　成天在门脸坐着，别的吃不上，尘土管够！（问康顺子）您今儿个好点儿？

康顺子　病是好了，就是浑身发虚，腿上吃不住劲儿。

王利发　病来如山倒，病去如抽丝，得慢慢养着。

康顺子　心里急呀……你们就够紧巴的了，还得顾着我……

王利发　您这就见外了不是？

周秀花端洗脸水给大栓，大栓洗脸。

王淑芬　亏了有常四爷不住地周济，要不，咱们连点儿菜都吃不上。

常四爷　（进来，提了只兔子）说曹操，曹操就到，我这不是来了吗！（将兔子递到王淑芬手里）

周秀花　（高兴地）四爷！

王利发　我想着今天您就得来。

王淑芬　回回来您给我们拿东西，现在什么都配给，连洋火都按根卖。您送来的东西，解决大问题啦！得，给您钱。

常四爷　（接过钱，装兜里）乡下到底比城里活泛一点儿。这兔子，是我养的那条狗黑子逮来的，黑子也知道帮我。怎么样，康大嫂，好点儿了吧？

康顺子　你一来我心里就痛快，就没病了。

常四爷　看来以后我得常来。再给您说点儿好听的，跟您说，（小声）昨儿个半夜，德胜门外头监狱枪声大作，是游击队来救犯人了，我估摸大力、二栓他们都回来了！

王淑芬、康顺子　真的啊？怎不回家看看？

常四爷　人家是执行任务！

王淑芬　孩子走了这些日子，真是怪想的……

王利发　听四爷说！

康顺子　他们都好？

常四爷　当然都好，听看监狱的军警早晨说，昨天半夜共产党平西游击队打开了第二监狱，救出了几百政治犯，城外头现在一提“平西”，老百姓就伸这个！

王淑芬　共产党？

常四爷　他们是这个（用手比“八”字）。

王淑芬　八爷？

常四爷　（小声）八路。

王淑芬　八路，八路的，听着跟黄牌蓝牌的当当车似的。

康顺子　只要他们好，我就放心，就踏实。

周秀花　四爷，我哥哥也被救出来啦？

常四爷　你哥哥……

众人都看着常四爷。

周秀花　四爷，您快说呀，我哥哥是不是也上山了？

常四爷　秀花，你哥哥没走了……

周秀花　那他……

常四爷　孩子，你听了别难过，他让敌人打死了……

周秀花　（哭）我猜就是这么回事！（跑进去哭）

王淑芬　秀花，秀花！（对常四爷）我劝劝去！（进屋）

常四爷　外头风声紧极了，过往人员加紧盘查，我得赶紧走了，要不该关城门了。

康顺子　道上多留神。

常四爷走了。

康顺子一人坐在椅子上，想着康大力，脸上露出喜滋滋的笑容。

门外一阵噪乱，小宋恩子、小吴祥子和几个日本兵进来。

小宋恩子　我们调查人口，凡有外来人员，一律提走审查。

王淑芬　都在家里呢。

小宋恩子　（装模作样地翻本子）户主王利发，妻王淑芬。

王利发　甭翻本了，我叫王利发，从你爸爸那儿就认得我。

小宋恩子　（不理王利发，照旧翻本）长子王大栓，次子王二栓。咱们是公事公办，我爸爸那会儿是我爸爸，我是我。我爸爸他那会儿立下的规矩，到我这儿得重新来，该抹的抹，该添的添……

王利发　你的意思我明白，就是说“那个意思”得比你们的爸爸多点儿。

小吴祥子　不是多点儿，是很多。

王利发　这很多是多少？

小吴祥子　一倍。每月一号，按阳历算。

王利发　倒也干脆。你们比你们的爸爸们直接多了，连那点儿遮着的“意思”也用不着了。

小宋恩子　麻烦不是，我们要的是实际，不玩虚的。

王利发　钱是涨了一倍，可我的买卖比从前是降了几倍，我现在不开茶馆了，我在城门脸摆茶摊。一个摆茶摊的小买卖能挤出多少脓血呢？

小吴祥子　王掌柜，谁都知道你们家的老二，王二栓，下落不明，我想你要跟宪兵队说清楚这档子事不是那么容易，没我们给你遮挡着你怕早就不在这儿待着了……

王淑芬　我们家二小子前天托人捎话儿回来，说是在济南当学徒呢。

小吴祥子　学什么，哪个铺子，哪个的铺保？

王淑芬　学木匠，在永成记棺材铺，跟着他二大爷学，没有铺保。

小吴祥子　你这嘴还挺利落，你以为我真信？（伸出手来）

王淑芬　自家这点儿事儿，都在眼面前儿摆着，（掏出钱来给小吴祥子，小吴祥子嫌少，伸出的手老在王淑芬面前张着，王淑芬一咬牙又在上面加了一张大票），赶过年二栓回来，我让他请请你们二位。

小吴祥子把手缩回去。

小宋恩子 （指着康顺子）你就是那个太监老婆？儿子哪？

康顺子 在城外跟常四爷种菜呢。

这时，两个日本兵将周秀花从屋里拉出来。

周秀花 你们干吗？你们干吗？

王淑芬一下将周秀花护住。

小宋恩子 （翻了一下本子）上头没有，带走！

王淑芬 这是我才过门的大儿媳妇！

大栓、周秀花惊愕的面孔。

白天。茶摊。

茶摊上有几个人在喝茶，从茶摊可以遥遥看见城门口进出的人和站岗的日本人。四个人抬着一具简陋的棺材走过来。棺材后头跟着一个穿重孝的半大孩子，凄凄惨惨的一幅景象。

王利发 （问茶客）这是谁出殡，这么凄凉？

茶　客 四爷。

王利发 哪个四爷？

茶　客 吹鼓手四爷。

王利发 就是拒绝教日文的那个？

茶　客 可不，吹吹打打送走多少死鬼呀，临了，到自个儿，没人送。

王利发 老主顾了，打我这儿过就是他还想跟我告个别……我得送送他。

王利发端了个条凳，横在棺材跟前。

抬杠的　怎么，穷到这份儿上还有人路祭？（不情愿地停下来）我说，您快点儿，我们就四个人在这儿撑着哪，连个换肩的都没有。

王利发　（将三碗茶在凳子上依次摆开，对着棺材作了揖，将水洒在地上）四爷，您在我这儿喝了一辈子茶，照顾了我一辈子。您走了，我王利发敬您碗茶，您歇歇脚，解解乏。我忘不了您，就跟忘不了上裕泰喝茶的老主顾一样，我谢谢您了……

孝　子　（给王利发磕头）谢谢您了，大爷！

杠　夫　行了，行了，哪儿那么啰唆！（抬着棺材向前走去）

王利发　（回到茶棚，看见小宋恩子和小吴祥子也在喝茶）二位来了。

小吴祥子　王掌柜，这茶棚里也不挂个月份牌？

王利发　我挂那个干什么！（猛然醒悟）哟，今儿个是一号！瞧我这记性！大栓！（示意大栓拿钱）

大栓不太情愿地将钱掏出。

王利发　（小声）噘什么嘴，这叫舍财免灾。

小宋恩子、小吴祥子拿了钱并不急着走，将在茶摊喝茶的茶客一个个仔细审视。看到一个正就着大碗茶吃菜窝窝的小伙计。

小吴祥子　你，叫什么，打哪儿来的？

小伙计　你管我打哪儿来的！

小宋恩子　嘿，戗茬儿的！站起来！

小伙计　我凭什么给你站起来？

小吴祥子　（揪住小伙计领子）我让你站起来你就得给我站起来！

小伙计　讲理不讲理？

小宋恩子　（打小伙计嘴巴）老子就是理！

王利发　（过来劝解）二位息怒，这小子是外地来的，您一听口音就知道，跟个傻二哥生气犯不着不是？

小吴祥子　（将王利发推了个趔趄）你甭在这儿挡横，我得问问他，干什么的？

小伙计　你管我干什么的哪！

王利发　这小子，忒不知深浅，这两位是……（小声）侦缉队的爷，快赔个不是！

小伙计　二位大哥，小子不知道，冒犯了二位，别跟小子一般见识。

小宋恩子　这还差不多。哪儿来的？

小伙计　山西太原。

小宋恩子　上北京干什么来了？

小伙计　给铺子拉皮子。

小宋恩子　什么铺子？什么皮子？

小伙计　步云斋鞋铺，拉黄牛皮。

小宋恩子　鞋铺拉牛皮？

小伙计　做鞋。黄牛皮的底儿，英国黑礼服呢的面，上海细白布的里儿。

小宋恩子　黄牛皮是北京地区皇军严格控制的军用物资，你知道吗？

小伙计　这……掌柜的让来拉，没说是军用物资……

小吴祥子　它在这儿就是军用物资，谁倒腾军用物资谁就是死罪！

小伙计　（吓得不知所措）二位爷，我真不知道！早知道这个我说什么也不来了！

王利发　（示意小伙计掏钱）还不赶快让二位给遮掩遮掩！

小伙计　（对王利发）掌柜的没多给钱，就给了点儿脚钱……

小宋恩子　那就公事公办吧。

小伙计　别价，爷，我把一车皮子留下不要了还不行吗？

小吴祥子　我们要你的臭皮子干吗？真没钱？

小伙计　真没有。

一队日本人路过。

小吴祥子过去跟日本人说了什么，日本人过来。

日本人　你的，八路的！

小伙计　我不是八路！我不是八路！

日本人　（将一车牛皮掀开）八路，大大的！死了死了的！嗯！

两个日本兵将小伙计绑起来，推到城墙根，靠墙站着，举起了枪。

有人站住观看，有人不忍，匆匆离开。

王利发手扶着支撑遮阳棚的棍，气愤得瑟瑟发抖。

小吴祥子、小宋恩子得意的表情。

小伙计面对敌人的枪口，恐惧、无助、绝望、愤怒，表情复杂极了。

鬼子队长　预备——

鬼子将食指做好扣动扳机的准备。

小伙计　（突然地）众位爷们儿，大哥、叔叔、大爷，我姓张，叫张大生，求求哪位往山西太原双塔寺村给我娘捎个话，告诉她我在北京让日本鬼子给杀了……

鬼子队长　放！

枪响。

小伙计睁着眼睛倒下。

王利发 （无声地长叹一声，沉默了半天）大栓，收拾收拾，咱们回家，今儿个收了，不摆了。

白天。油盐店门口。

王利发和大栓挑着担子走到油盐店门口，看见油盐店门口围了一群人。宪兵队将杨掌柜五花大绑地捆着，跪在当街，二德子没绑，却也陪跪在旁边。

王利发 （问看热闹的）这是干什么呢？杨掌柜犯了什么法？

看热闹的 杨掌柜的卖洋火，犯到了日本人手里。

王利发 杂货铺卖洋火，是正常买卖，敢情也是罪？

看热闹的 刚才宣布了，杨掌柜囤积了两箱子，超出了人家的允许范围，属于私囤限制物资，有通匪嫌疑，就地正法！

王利发 那二德子呢？

看热闹的 跟着哄抢店铺，扰乱治安，陪法场。

正说着，砰，一声枪响。

人们轰地后退。

日宪兵散去。

杨掌柜倒在血泊中，二德子躺在杨掌柜旁边闭着眼。

某　人 （踢了二德子一脚）二德子，起来吧，甭装啦！

二德子不动。

某　人 走啦！日本人走啦！

二德子还不动。

某　人　（蹲下，看了看二德子）他没气儿啦！

看热闹的　就响了一枪啊，怎么死了俩？

一老头儿　吓死啦！

某　人　瞧这胆儿！吓破啦！平常可是见谁打谁的主儿！

大　栓　爸，快回去吧！

白天。茶馆内。

王利发　今儿个不知道是什么日子，死人是一个接着一个，都躺在我眼前。我想啊，说不定哪一天，就轮上我了！

周秀花　（已经挺起了大肚子）爸，您别老说这样的话，听着怪吓人的。

王利发　不说，不说。（看着周秀花的肚子）我就盼着能有个小孙女儿，膝护在跟前儿，小嘴甜甜儿的，一口一个爷爷地叫。从松二爷家的三秀身上我就看出来了，闺女比小子实惠。那秀岑，那秦利民，那喜贵，包括咱们的二栓，抵不上一个三秀……

周秀花　人家都盼小子，就您盼丫头。

王利发　你到了我这个岁数就知道有丫头的好处了。

王淑芬和康顺子在压水井前洗衣裳。

王利发　（心疼地）甭洗了，洗十件才三毛钱，还不够胰子钱！

康顺子　挣点儿是点儿。好在咱们自家院里有水，咱们有力气……

王淑芬　靠你跟大栓卖茶那点儿钱，早喝西北风去了！

王利发　还是得开茶馆，老摆摊不是个事儿……

白天。秦仲义家。

桌上摆着秦利民和秦二奶奶的相片，都用黑框围着。下人们在收拾东西，秦二爷明显地现出了老相，精神大不如以前了，背也有点儿驼。

管事的　秦二爷，这是厂子的账，咱们库存的纱锭前年就用完了，新的进不来，棉花属于军用物资，日本人检查太严。

秦仲义　我的机器不能空着转，它总得维持着！

管事的　现在是维持不住了。

秦仲义　那怎么办？

管事的　只有关门。

秦仲义　……关门……（苦笑）我操持了二三十年的企业，上千的工人，就这么关门了？（看秦利民和秦二奶奶照片）你们说说，就这么关门了？（照片上，秦利民和秦二奶奶无言地看着秦仲义）你们倒好，眼睛一闭，什么不管，一了百了，我还得在这儿苦苦支撑。上千个工人就是上千户人家，都靠着厂子活命哪，我说关门就关门啦？

刘　妈　（挎着小包袱来告别）老爷，我走了，往后您有什么事言语一声，我就过来，（抹眼泪）您好好儿的……

秦仲义　走吧，走吧！（对管事的）你也走吧，都走……我一个人待会儿。

秦仲义一个人在空荡荡的房间里闷坐着。

王利发走进来。

王利发　秦二爷。

秦仲义　你怎么蔫不声儿地进来了，吓了我这一大跳！

王利发　您这儿连个传话儿的使唤人也没有，我不进来怎么着。（看相片）二奶奶不在了，您也没给个信儿！

秦仲义　活活儿是让我给气死的。

王利发　不是我说您，您这脾气也是得改改。少年的夫妻老来的伴儿，以前我没这个体会，现在眼瞅着栓他妈成了个小老太太，身体一天不如一天，我才觉乎出身边有这么个人儿是多么的必要……

秦仲义　这话该我说，这体会我应该比你深刻！直接说吧，你找我有什么事情？

王利发　您那个仓库全空着。

秦仲义　你怎么知道它空着？

王利发　我留神过，您有快一年没过去拉货了。小一年不开门的仓库只有一种可能，它里边没有东西！

秦仲义　王利发，你他妈精到家了！（话锋一转）像你这种小精明，也就配开个茶馆什么的，把我这摊儿给你，你照样赔！我知道，你一直惦记着后院那块地方，以前没卖给你，你是耿耿于怀，嘴上不说，心里头指不定怎么骂我呢。

王利发　哪儿能够！

秦仲义　你说它空了是什么意思？难道你要买那个仓库？

王利发　我不买，现在我一点儿钱也没有，我连一天三顿饭都顾不住，哪儿买得起您的大仓库。

秦仲义　你要是买，我现在可以卖给你，圆你一个开大茶馆的美梦。

王利发　做梦的时候已经过去了，现在我失眠，连觉也没有，半夜里成宿成宿地睁着眼睛看顶棚，就是没瞌睡！

秦仲义　你既然不买，就甭惦记它。

王利发　当然，仓库不在您跟前儿，您眼不见心不烦，可它就堵在我的房后头，我是抬头不见低头见，什么时候见了什么时候想把那墙拆了！

秦仲义　说了归齐，你还是惦记着它。

王利发　空着也是空着，要是把它在院里开个门，那可是个大厅堂，能摆下多少张桌子啊！秦二爷，我跟您说，不是想让您把它卖给我，是想让您拿它入我茶馆的股。您难道还没看出来，日本人他长不了啦，咱们不会老这样！

秦仲义　你想得挺好，难能可贵的是这么些年，你碰得头破血流，可是还在不停地想主意。比我强啊，我是没有一点儿心劲儿了！

王利发　时势在不断地变，咱们就得不停地改，要不没法活。

白天。茶馆内。

王利发　（拿着镐，站在仓库的墙跟前，激动地对大栓）老大，刨！先刨出个门来！（刨了几下，见大栓没过来）老大！

大　栓　爸，我妈那儿闹心慌呢，您这儿咚咚的，干吗呀？再说，小花刚睡着……

王利发　就你的孩子养得娇贵！我跟你说，小孩子你越惯她毛病越多！

伪警察　（进来）王掌柜，交税！

王利发　我都不想问你是什么税，这税多得怕连你这收税的也记不清。

伪警察　这回是“公益会”的税，国家的税，必须交。上边说了，谁不交就封谁的门，饿死谁。

王利发　上边的主意可真好，老百姓都饿死了，谁养活他们！

伪警察　甭费话，拿钱来吧！

王利发　没有。

伪警察　看见外边的车没有？没钱就拉东西！

王利发　最好是连人一块儿拉走，省事！

伪警察　嘿，我说王老头儿，你这是成心抗捐哪！这可是共产党干的营生！

王利发　我不管什么党，要钱没有，要命有一条！

小唐铁嘴　（进来，穿着不标准的和服，怪模怪样）王掌柜，我不是来喝茶的，是来募捐的，募捐，知道吗？

王利发　知道，就是拿钱！看见你这身衣裳我就想起你爸爸在我这儿当“救世军”的扮相来了，你们爷儿俩真是一个模子刻出来的！

小唐铁嘴　我爸爸他们那一代人有他们那一代的局限，我们这一代有我们这一代的追求。就说这募捐吧，我跟人说，好些人愣不知道募捐是什么意思。

王利发　那你说是什么意思？

小唐铁嘴　就说主动拿钱的意思！我们是“维持会总会”，总会要大家伙募捐，筹划“献机款”，表示出我们对大东亚和平的热切关注和期望。

王利发　献什么机？

小唐铁嘴　献飞机。

王利发　给谁献飞机？

小唐铁嘴　给日本人献！还能给谁献？

王利发　让日本人开着咱们献的飞机，在咱们脑瓜顶上转悠？

小唐铁嘴　是这么回事！

王利发　我嫌闹得慌！

小唐铁嘴　闹归闹，钱您还是得交！如今“维持会”跟我们“三同”会合并了，在中日亲善的前提下定了新章程。凡是跟我们对着干的，一律按抗日分子论处。

王利发　小唐铁嘴，你比你爸爸有本事啊！你爸爸再怎么坑蒙拐骗，他还没跟掌权的搅到一块儿……

小唐铁嘴　要不怎么说他有局限哪！

小刘麻子　（进来，穿了一身日本人的黄呢子军装）嗬，都在这儿哪！王掌柜，我是来……

王利发　要钱的！

小刘麻子　有见识，王掌柜您真有见识！我代表“新民会”，收取餐饮业的吃喝税。税收一半慰劳军队，这是积德行善的事业。王掌柜，您这茶馆是我们管理内容的一部分，重点的重点。

王利发　餐饮业它有没有不是重点的呢？

小刘麻子　没有！饭庄茶社就甭说了，像什么卖凉粉的、吹糖人的、卖硬面饽饽、蘸糖葫芦的、卖落花生的、卖香菜芹菜辣秦椒的、卖糖豆大酸枣的，都是我们的重点。跟您说吧，连夏日天街上卖冰核儿的，都在我们的业务范围之内！

王利发　还真难为你们了！凡是进嘴的，你们都包圆儿了！

小刘麻子　那可不，忙着哪！掌柜的，拿钱吧！

王利发　没有。那几位都还张手儿等着哪！谁都是要紧的，谁都是急茬儿的。

小刘麻子　我这份儿您得优先，您是我们“新民会”的会员。

王利发　我什么时候又入了你的“新民会”？

小刘麻子　是统一集体加入的。

王利发　我不认这个账！

小刘麻子　白纸黑字，我替您按的手印儿！

王利发　你还替我，你怎么不替我交钱呢？

小二德子　（进来，后头带着几个壮汉）掌柜的！我瞧您来了！

王利发　这会儿我还真让人惦记着。

小二德子等人进门四处踅摸。

王利发　你们在我这儿找什么？

小二德子　找铜。我们是“征铜队”，政府号召咱们北京老百姓给日本人征铜一百万斤！

王利发　征铜造子弹？

小二德子　造什么我不管，我就负责到各家各户搜罗，铜锁、铜盆、铜香炉，铜镲、铜锣、铜痰桶，铜佛、铜壶、铜墨盒，看见铜的就拿，就撬，不给就抢，就打！

屋里小花哇哇地大哭。

周秀花　这个你们不能摘！这是小孩子的东西！

壮汉提着一个小铜锁出来，康顺子抱着孩子追出来，后边跟着包着脑袋的周秀花。

康顺子　连孩子的长命锁也要，你们是不是人哪？

大栓要跟壮汉抢。

王利发　你跟他们争什么，让他们拿走！瞧瞧这一屋子人，都是来要的，把我分成八瓣也不够他们分的！（把桌子一掀）这日子，没法活了！

空镜头。

北京筒子河的树木披上银装。

树木发芽。

绿树成荫。

…………

白天。茶馆外。

日本投降了。北京城却没有多大起色。王利发在茶馆外头下窗板。王利发老了，成了个地道的老头儿，衣裳也没有过去利落了，长衫换成了短打扮。

傻　杨　（敲着牛骨头远远走来）

树木老，叶儿稀，人老猫腰把头低。

甭说我，混不了，王掌柜的也过不好。

他钱也光，人也老，身上剩了一件破棉袄。

自从那，日本兵，八年占据老北京，

人人苦，没法提，不死也得掉层皮。

盼星星，盼月亮，盼到胜利有希望，

（小声）国民党，进北京，横行霸道一点儿不让日本兵。

（大声）王掌柜，委屈多，跟我一样半死半活着。

老茶馆，破又烂，想尽法子也没法办！

有人将茶馆斜对面的大正斋饽饽铺的“大正斋”的匾额往下卸。

傻　杨　打竹板，进街来，一街两巷好买卖。

也有买，也有卖，也有幌子和招牌。

金招牌，银招牌，大正斋的招牌稀里哗啦摘下来。

一转身，摆三摆，抬头看见了老裕泰。

这二年，我没来，王掌柜的您发了大财！

王利发　别处要去，别处要去！我这儿什么也没有！

傻　杨　您就不赏碗茶喝？

王利发　没有！走走走！

傻　杨　（唱）叫我走，不能走，走到天黑空着手。

一分钱，也没有，今天我得饿一宿。

王利发　走吧，走吧，我两天没开张啦！

一辆吉普车，美国兵拉着摩登女郎在街上风驰电掣般驶过，将路边的积水溅起多高，把王利发的身上溅满脏水，水顺着头往下流。一个挎着筐子卖沙果的半大孩子，为了躲闪车，摔了个马趴，将一筐沙果撒在路上。

孩　子　（坐在地上，冲着吉普车）呸！急着抢孝帽子去哪！

王利发　大早晨起来，真不顺！（抬头看，大正斋饽饽铺门口，掌柜的和伙计们被警察赶出来，门口被贴上了封条）

王利发　（问傻杨）饽饽铺好像惹事了？

傻　杨　说掌柜的是汉奸，您没看那块匾，大正斋。上边说了，大正是上一个日本天皇的年号，现今昭和他爸爸。

王利发　可是大正斋打明朝天启年间就有啦！那时候昭和他爸爸还不知道在谁腿上转筋呢！

傻　杨　还管那个，现在不是查汉奸，查逆产吗？当局说大正斋做的白缸炉（老北京烤制的一种用点心渣做成的饽饽）上边打的红戳，正好是日本国旗！

王利发　这么说药铺的膏药也得改样式，要不然也有怀念日本的嫌疑？

傻　杨　要是这么着，他全北京都是汉奸！

大正斋掌柜的被押上车，从王利发眼前开过去了。王利发唉了一声，进到茶馆去了。

白天。茶馆内。

现在的裕泰茶馆也不像以前那么体面了，藤椅已经不见，代替的是破桌子烂板凳，红花细瓷茶碗换之以粗瓷茶碗。玻璃上残留的防空纸条还没有撕干净，自房屋至家具都显得暗淡无光。假若有什么突出惹眼的东西，那就是“莫谈国事”的纸条更多，字也更大了。这些条子旁边还贴着“茶钱先付”的新字条。灶上的壶噗噗地开着，王利发擦拭着一个话匣子，一看就是从旧货摊上买来的日本货，里面一男一女正嗲声嗲气地唱着流行歌曲《麻将经》：

女　（唱）闲来无事真烦恼，

男　（唱）撮撮那麻将解心焦。

没撮那麻将先说好，

平和断幺嘛一般高。

女　（唱）三元四喜十三老，

男　（唱）杠上开花海底捞。

隔壁的周姑娘生得好，

女　（唱）韩大哥心里乱七八糟。

明斗那七梭斗二饼，

庄家一色一个人儿包。

…………

王利发　老大，老大！

王淑芬　大栓一大早就出城摆摊去了，你喊他干什么？

王利发　没事。

白天。茶馆后院。

后院秦二爷仓库的墙，被王利发凿出一个门，里面仍旧是仓库原样，并没有收拾利用。那个门没有门框，如同一张狰狞的嘴。一只小老鼠，从仓库里溜出来，沿着墙根跑。

小　花　（大栓的女儿，一个七八岁的小姑娘，将猴皮筋一头拴在凳子上，一头拴在门上，一边跳一边唱）：

一个毽儿踢八踢，

马莲开花二十一，

二五六，二五七，

二八二九三十一。

三五六，三五七，

三八三九四十一。

小　花　（看见顺墙溜的小老鼠，停下来，蹲着跟老鼠说话）哈，你又出来啦？今儿个我可没东西给你吃啦，给你唱个歌吧，小耗子上灯台，偷油吃下不来，吱吱哇哇叫奶奶，快点儿把我抱下来……

康顺子　小花你今天不上学啊？

小　花　学校老师罢课，我们放假！

周秀花　别蹦了，越蹦吃得越多，一天到晚老嚷嚷饿。

小　花　妈，咱们中午吃什么呀？

周秀花　早晨搁下碗才多大工夫啊，又想着中午了，你一门心思就是吃！

康顺子　孩子饿！正是长身体的时候，老喝棒子面粥，顶不住！

小　花　奶奶，我不喝棒子面粥，我想吃热汤面！

王淑芬　（抚摸着小花的脑袋）乖孙女，奶奶想尽法子，说什么也得让你吃上这碗面。

周秀花　妈，您别惯着她！娇得都不像个样儿了！

康顺子　里里外外，跑进跑出就这么一个小丫丫，她不娇谁娇啊？她是咱们老掌柜的心尖儿！

周秀花　妈，我上摊上帮着大栓料理料理去。

王淑芬　你去，今天早点收摊！

周秀花　哎。

康顺子　（对王淑芬）你上前头帮着掌柜的照顾生意吧，里头有我呢。小花，帮着我把这些烂铺衬撕撕，待会儿我拿它打袼褙，给你做花鞋。

王淑芬　（来到王利发跟前，擦桌子）卖了留声机，换了话匣子，还是不上座。

王利发　现在的人，你就摸不准他稀罕什么……（调话匣子）

话匣子　（唱）三轮车上的小姐真美丽，

西装裤子短大衣，

眼睛大来眉毛细，

张开了小嘴笑嘻嘻，

浅浅的酒窝叫人迷。

…………

王利发　听听，都是些什么呀，没一点儿正经！甭说喝茶的不爱听，我听着都牙碜！

王淑芬　你发那么大火干什么，怪不得大栓宁可在外头摆茶摊也不愿意在你手底下干。动不动就吹胡子瞪眼，谁受得了！也就是我罢了，忍气吞声，跟了你这么些年……

王利发　你忍气吞声？好像你多委屈似的！

王淑芬　什么都得依着你，看看仓库墙上那个窟窿，大嘴似的张着，看着比那堵墙还别扭！我真不知道你到时候怎么跟秦二爷交代。

王利发　我倒是有钱哪？但得手里有点儿富裕，我不知道把它利用起来好？你别逼我啊，你把我逼急了我上吊！

王淑芬　（笑）看看咱们家找得着一根结实绳子不？

早晨。茶馆外。

警察和几个官面上的人物押着秦仲义从车上下来。秦仲义的头发全白了，毛哔叽长袍也磨毛了边儿，围巾破了窟窿……

官　僚　（喝斥秦仲义）是这儿吧？进去！

王利发　这是怎么了这是？

官　僚　查封逆产！

王利发　（挡着）我这儿没逆产！

警　察　老东西靠边，别妨碍公务！（将王利发推开）

白天。茶馆内。

官　僚　就是这个仓库？

秦仲义　就是。

官　僚　（问王利发）里边的日本棉纱都哪儿去了？

王利发　我压根儿没见过什么棉纱！

官　僚　你跟他穿一条裤子！到现在了还替他说话！封了！（对秦仲义）你，在这上边签字吧！

秦仲义　你们不把我也封了？

官　僚　封你干什么，封你这个老帮子我们还得管饭！

警察将仓库的门钉死，贴上封条，众人离去。

王利发　秦二爷，您怎么就不跟他们论论理？

秦仲义　我的厂子都给封了，这个破房子算什么！亏得当初我把前头卖给了你，要不然，封条就贴到大街上去了！（凄苦地笑，咳嗽）王掌柜，你怎么样啊，买卖还行？

王淑芬　秦二爷，您喝茶！

王利发　混呗，这不，两天愣没开张。话匣子天天开着，想的是连喝茶带听话匣子，可是招不来人，就是没人来。

秦仲义　那里头播的东西有多少是真的？全是骗人的玩意儿！

王利发　它不是新潮吗，我这辈子就爱追个新鲜！变哪，翻过来倒过去地变，变成了现在这个样。我想过了，还是咱们的老玩意儿招人。匣子里这些小姐、姑娘伍的软绵绵的唱儿，不是给咱们正经老百姓听的，咱们还是得在老玩意儿上找辙！

秦仲义　你打算怎么找？

王利发　我想在茶馆里添评书。

白天。破旧小院。

卫太太，一个穿长袍梳元宝髻的女人在院里生煤球炉子。将刨花点着，塞进炉膛，放入细劈柴，待火苗稍旺，放入粗劈柴，火大旺，倒入煤球。一时浓烟大起，罩上拔火筒。女人做这些事情的时候麻利熟练。(这是旧时北京妇女每日早起必须的劳作之一，作为民俗，电视剧演出时不妨将它表现得细致一些)

王利发　(提着点心匣子进门) 劳驾，打听一下，卫福喜卫先生是住这儿吗?

卫太太　是这儿，请问您是……

王利发　裕泰茶馆的掌柜，王利发。

卫太太　是王掌柜啊，您里边请，里边请! 他爸爸，王掌柜来啦!

白天。卫家屋内。

卫福喜在桌子前边手把着手教儿子描红模子。"一去二三里，烟村四五家。亭台六七座，八九十枝花"。卫家的堂屋墙上挂了幅水墨牡丹。

王利发　(进屋先看画) 好画!

卫福喜　好什么呀，是我自个儿瞎描的。王掌柜，什么风儿把您吹来了?

王利发　没事就不能过来看看您? 瞧瞧您，提笔画牡丹，教儿子描红，小日子过得多清闲哪。

卫福喜　清闲什么呀，(对孩子) 上那边自个儿描去。跟您说，自打东安市场的书馆被查封，我就一直在家闲着。一出《明清野录》明明说的是李自成、吴三贵的事，硬说影射了当今……这是哪儿跟哪儿啊? 不错，说评书的常常根据时势即兴调侃两句，姑妄言之，姑妄听之，一笑了之罢了。要是真跟说评书的较了真儿，那咱们可就得戴上嚼子，张不开嘴了。这不，待会儿太阳上来我得和煤末子做煤茧儿，连买煤球的钱也没了，您说这日子过得惨不惨？

王利发　卫先生，我是来请您给我帮忙的……裕泰是老字号了，也就是跟您这儿说，不怕您笑话，跟外头人说我都嫌寒碜。裕泰到现在一天也卖不出十碗茶去，一个电匣子，每天不是瞎话连篇就是哥哥妹妹，没人听……我想添评书，知道您有能耐，在家闲着，您无论如何得帮帮我。

卫福喜　可裕泰不是个正式书场啊……

王利发　咱们可以改呀，亏不了您。书钱您拿全份儿，我一分不要，我挣的是茶钱。我知道您是个正经的腕儿，讲究的是大书馆，非得勾连搭六间大瓦房，竹子编的篱笆墙，上支下摘的窗户，里边明快敞亮，砖砌的小台，罩绣围子的小桌……不错，这些咱们裕泰茶馆都没有，可咱们茶馆有的是好名声，好位置。拾掇得像样了，听书的也少不了。一句话，事在人为，全凭着卫先生跟我一块儿干哪！

卫太太　他爸爸，王掌柜是个厚道人，你出去干点儿事也好，省得老窝在家里唉声叹气的。

卫福喜　这么着，王掌柜，我说几天试试，真要是挣了钱，我跟您三七分成，我拿七，您拿三，这是书场的老规矩，咱们还是按规矩来。

王利发　卫先生您是提携我，我谢谢您了。

卫福喜　老裕泰添书场，这主意您想得好。

王利发　这也是让穷给逼的。我到今天还记着当年让西太后处死的张春和跟我说的话，不改良就得死！什么时候都得想着变，跟着时局变……我想来听书的大部分是有点儿钱有点儿闲的人，来这儿是为了消遣解闷儿。虽然花钱不多，可是得天天花。偶尔来听一段的不多，咱们挣的是熟人的钱。

卫福喜　评书能拉人，伸缩自由，能看人下菜，得有“蹭”的功夫。您比如我师傅双厚坪说《隋唐传》，“秦琼卖马”，从秦琼被困天堂县说起，一连说了几天，马就要卖了，有个听书的要出差，说我明天起程，卖马听不着了。双厚坪说，放心吧，等着您。过了二十多天，听书的回来了，问秦琼的马卖了没有，双厚坪说，一直等着您，还没卖呢！这二十多天，全凭书外书撑着，吊着人的胃口，提着人的心劲儿，这就靠功夫了。还比如，我师傅说《水浒传》，“武松杀嫂”，邀请四邻，这四邻是酒色财气，酒是酒铺，色是妓院，财是赌局，气是算卦的。光一个开酒铺，一个“酒”字，从清末崇文门外十八家酒店说起，到大街上的大酒缸、黄酒馆子西四牌楼北的柳泉居，东四牌楼的天宝楼，胡同里的小酒铺，以及贩卖私酒的如何半夜过城，兑水掺假，喝醉了怎样撒酒疯，到京剧《贵妃醉酒》《醉打山门》，刻画得惟妙惟肖，逗得人肚子疼，您说这样的书外书谁不爱听！

王利发　人恋人，大伙儿老在一块儿听书就有了感情，时间长了就成了书友。每天都想着到我的茶馆来见见面，谈谈天，我这茶馆就成了大伙儿的外书房，听书就得喝茶。我呢，就捎带着挣了茶钱……

白天。茶馆内。

王利发和大栓在搬砖，砌小平台。

大　栓　爸，至于这么折腾吗？咱们又不是正规书馆。

王利发　干吧你，既然要添评书，就得有个说评书的气氛，不能凑凑合合，委屈了卫先生。

小　花　（抱着三块砖）爷爷，砖来了！

王利发　快搁那儿，别砸了脚！

白天。茶馆内。

七八个无聊茶客听卫福喜说评书。茶馆西墙前边的小砖台砌好了，摆了张小桌，蒙上桌布，小桌后西墙上挂了一幅水墨牡丹，这幅牡丹我们在卫福喜家的墙上见过。两边是卫福喜书写的对联“言易招尤且谈风月；客多知己不着衣冠”。

卫福喜　一去二三里，烟村四五家。亭台六七座，八九十枝花。（一拍醒木）话说北宋天圣年间，四帝仁宗赵祯在位，驾坐东京汴梁。那时朝中人才济济，文能治国，武能安邦，把江山治理得一片生机。这天，皇上早朝，满朝文武三跪九叩，三呼万岁已毕，文东武西，站立在金銮殿两厢，鸦雀无声。侍臣喊话：众位大臣听了，有本奏本，无本散朝啊！这时，就听文官队伍里有人高呼：臣，有本奏上！话音一落，只见一人，撩袍端带，噔噔噔几步，跪倒在九龙口前……

茶　客　（开玩笑地）是袁世凯吧？

卫福喜　您听我慢慢说，这个人，年过六旬，肉头脑袋，蒜头鼻子，两撇花白仁丹胡，一说话这味儿的（学河南话）我把恁个龟孙三孙剁碎了熬一锅糊辣汤!

茶　客　就是袁大头!

卫福喜　宋仁宗坐在龙椅上，闪龙目朝下观看，只见那个人头戴长翅相貂，身穿白缎子蟒袍，上绣着蟒翻身，龙探爪，下绣着海水江涯，腰横玉带，大红中衣，厚底朝靴，怀抱象牙笏板……

有老头儿坐在一边打呼噜，其余人也是听得有一搭没一搭。

王淑芬　（焦急地）这几个人的茶钱还抵不上电钱呢！老这么耗下去可不行!

王利发　你别急，这不是刚开头吗?

白天。织布厂门前。

秦二爷来到自己的厂子前，织布厂的牌子已经被摘下，门口有两个圆台，上边分别站着两个戴着钢盔的美国兵，门口有吉普车和美国兵出入。

这里变成了美国兵营。

秦二爷悲伤地看着他的工厂，瑟瑟秋风掀起他单薄的夹袍，和那破了边儿的围巾，吹乱了他的白发……

夕阳中隐隐传来英国电影插曲《友谊地久天长》的歌声，像是嘲笑，像是调侃，像是安慰，像是告别。

晚上。茶馆。

昏黄的灯光下，卫福喜说到最后只剩下了那个打呼噜的老头儿。

卫福喜　……就见他钻天鼠一纵身，噌地上了房梁，来了个金钟倒挂，从怀里掏出个小钩子来……掏出个小钩子来……三爷，您听着吗?

老头儿呼噜呼噜睡得很香。

王利发　得了，三爷，您回家睡去吧，躺炕上伸直了比窝这儿舒坦。

老头儿　我没睡，我一直听着哪！钻天鼠上了房梁，从怀里掏出个小钩子来，对不对？

王利发　卫老板，今儿个咱们就到这儿吧。

卫福喜　（歉意地）王掌柜，真对不住，上座还是不行，我不是不使劲！

王利发　不怨您，真的不怨您！您想想，这些人连《三侠五义》都觉乎着没劲，还有什么能抓得住他们的呢！

卫福喜　王掌柜，您也别急，其实哪儿都这样。去年我在会仙馆，开三侠四义五霸十三雄九老十五小，大破凤凰山，百鸟朝凤，棍打凤腿。您猜上了多少座？

王利发　多少？那点儿书现在除了您，没有人会说！

卫福喜　您说的在行，才上了五个人，还有俩听蹭儿的！

王利发　没辙！

卫福喜　我心里头常想，咱们哪，全叫流行歌曲跟《弹棉花》这些淫词滥调给顶夸喽！我是这么看，咱们死，咱们活，还在其次，顶伤心的是咱们这点儿玩意儿，再过几年都得失传！咱们对不起祖师爷！常言道，邪不侵正，这年头就是邪年，正经东西全得连根烂！王掌柜，我明天把我的师兄弟邹福远请来，他是说单口相声的，咱们相声加评书，轮着上，不愁没人听。

王利发　那就试试看吧。

早晨。茶馆内。

一清早，茶馆还没有下板。大栓在垂头丧气地收拾他摆摊的东西。

周秀花领着小花从屋里出来，小花背着书包。

小　花　妈，晌午给我做点儿热汤面吧，上回奶奶答应我了，到现在我也没吃上。

周秀花　我知道，乖！可谁知道买得着面买不着呢！就是粮食店里可巧有面，谁知道咱们有钱没有呢？

小　花　就盼着两样都有。妈！

周秀花　你倒想得好，哪能那么容易！去吧，小花，路上留神吉普车！

王利发　下学早早回来！

小　花　知道了，爷爷！

小花出门，小刘麻子挤进门来。

大　栓　（往外挡）还没开门呢！

小刘麻子　我不喝茶，进来看看不行吗？

大栓　（倔强地）不行！

小刘麻子　我是给老掌柜找买卖来了！（进茶馆）老掌柜！

王利发　小刘麻子！你比你爸爸穿得阔多了！满面红光，满脑肠肥，好像混得不错。

小刘麻子　这也是托这个时代的福，我爸爸混得不如我，是他心眼忒死，不知道找个靠山。现如今这会儿，不借着谁的势力，要想发展，要想赚大钱，就根本没门儿！（东张西望）

王利发　你看什么哪？

小刘麻子　我是想跟王掌柜联手开茶馆，把这块地方好好儿利用一下！

王利发　太阳打西边出来了。跟我联手开茶馆，您也看得上我这块地方？

小刘麻子　我爸爸吃亏就吃在他没有搞点儿实业，所以他一辈子也没发起来！现今我要凭智慧，筹划资金，借助您的地方，咱们联合把老裕泰办得红红火火的！

王利发　我听着云遮雾罩的，你办那些事，十件有九件落不到实地儿上！哄我老头子……

小刘麻子　王掌柜，我是没钱，可是我的靠山沈处长有钱。咱们大家伙这么一捏咕，买卖不就起来了吗？

王利发　我可不敢高攀什么沈处长，我就老老实实开我的茶馆，挣多挣少，靠我的本事。

小刘麻子　行，地方我看准了，心里大概有了谱，我很忙，还要去见沈处长，我把话给您搁这儿，没事您好好琢磨琢磨，您这便宜占大了，吃不了亏。（往外走）

早晨。茶馆门口。

几个妇女拿着口袋往西跑。

妇　女　西口粮店来面了！

小刘麻子从粮店出来。

王淑芬也拿着笤帚出来，准备扫门口。

妇　女　西口粮店来面了！（跑去）

王淑芬　（扔下笤帚）等等我！（对里面喊）大栓，给我送面口袋来！（追妇女）

——第十七集完

第十八集

白天。小丁宝家。

这是一个杂院中的普通东房，一明两暗。应该说小丁宝是个长得不错的姑娘，本质不坏，但是现实的生活将她引上了另一条路。小丁宝烫着飞机头，穿着呢子短大衣，衩开得很高的艳丽旗袍，描眉画眼，摩登之极。小丁宝就是当年的李宝薇，她的父亲维持会的李会长，在抗战结束后被政府以汉奸名义枪毙。她跟着母亲二姨太太被赶出大宅门住进了大杂院，嫁了一个姓丁名武来的无赖，遂改名丁宝薇，人称小丁宝。小丁宝母亲以当暗娼为生，小丁宝则以“女招待”为业，母女俩养活着丁武来。丁武来抽白面，没有职业，是个像鼻涕虫儿一样的男人。

小丁宝在对镜梳妆。

丁武来　（趿拉着绣花缎子鞋，衣衫不整地掀开门帘进屋）丁宝，还没捯饬好哪？

小丁宝　（没好气地）我今天可没钱孝敬你！

丁武来　跟你爹就这么说话吗？

小丁宝　谁是我爹？你？撒泡尿照照，看你也配！

丁武来　不管怎么说你跟着我也姓丁，你原来那个干维持会的会长爸爸倒是有钱，架不住他是汉奸，吃了沈处长的黑枣！要不是我收留了你们娘儿俩，你们在大街上早冻饿而死啦！

小丁宝　你甭在我跟前老念这个经，我压根儿就不领你的情。没有我跟我妈养着你，你早冻饿而死啦！

丁武来　（烟瘾犯了，打哈欠，流鼻涕）我就是有这口嗜好，除此以外我没别的毛病。跟你妈结婚的时候，我还是个童男子呢……（翻小丁宝钱包）

小丁宝　（一把抢过钱包）甭动我东西！丁无赖，以后我再看见你偷偷翻我包，姑奶奶跟你丫挺的没完！

丁武来　（觍着脸，低三下四）你妈那儿不是有客人嘛。（掀起门帘看）哟，出来了！

一个男人一边系着长袍的纽扣一边从丁太太屋里走出去了。

丁武来　（点头哈腰地）您不再待会儿？

客人不理他，径自出去了。

丁武来　您走好！有工夫来！（迅速而灵活地钻进对面屋里）

小丁宝　老王八！

白天。丁太太卧室。

半裸着的丁太太躺在炕上还没来得及穿衣服，正要把刚刚得到的钱偷偷往褥子底下塞，丁武来蹿进来，奔着钱就扑过来了。丁太太攥着不给，两个人在炕上抢夺起来，最终钱被丁武来抢在手里，丁太太呜呜地哭起来。

丁武来　（点钱）就这点儿！那小子在这屋里磨蹭了俩钟头……

丁太太　这是我看病的钱……我身上都烂了……

小丁宝　（一掀门帘，站在门口，对屋内的情景无动于衷）妈，我出去一趟！（说罢撂下门帘走了）

白天。丁家门口。

小丁宝　（出门上了三轮）宪兵队。

丁武来也出了门，破衣烂衫，穷途潦倒的模样，一路向另一个方向跑去。

白天。丁太太卧室。

丁太太一动不动地坐在被窝里，一双失神的眼睛看着桌上的剧照。

秀岑的剧照。

白天。沈处长府邸。

沈处长的住处其实就是当年庞太监修建的宅院，亦是当年李会长的官邸。现如今成了国民党宪兵队的地方，门口有宪兵站着岗。

两辆三轮车分别拉着小丁宝和小刘麻子在门口停下来，两人下了车。

小丁宝看着熟悉的大门一脸感慨。

小刘麻子　（穿着花哨的西装，油光水滑，拽着小丁宝到大门前，对站岗的宪兵）您辛苦，我们找沈处长。

宪　兵　证件。

小刘麻子　（拿出一个蓝皮的小本递上，讨好地）我有蓝本，秘密的。

宪兵示意小刘麻子二人进入。

白天。宪兵队院落。

小刘麻子和小丁宝过垂花门，走游廊，绕假山，奔沈处长办公地点而来。他们经过的地方都是我们已经熟悉的景致。

小丁宝一路走一路看。走到凉亭前面，她恍惚看见老师关秀岑和母亲在里面唱戏……

小刘麻子　看着挺有感触吧，这曾经都是你们家的。告诉你，跟着沈处长好好干，说不定它还能回来！

小丁宝　我不做那个梦！该怎么着就怎么着。书里头说得好，“你方唱罢我登场，反认他乡是故乡”。

小刘麻子　你倒是想得开！

小丁宝　这年月，活一天算一天。它就是明天让我咽气，我也没什么遗憾，没什么留恋的。我把这个世界早看透了！

小刘麻子　你怎么跟个小老道似的。告诉你，待会儿见了沈处长，可别说这些丧气话。

小丁宝　那我说什么？

小刘麻子　您就说咱们跟处长一个心眼，为处长好好儿效力，为党国好好儿效忠。

小丁宝　都是他妈的扯淡！

白天。沈处长屋内。

里面的摆设和庞太监时候比没什么大改变，沈振龙沈处长和三皇道的大坛主庞顺海即当年的四瘸子称兄道弟谈得很热火。沈处长穿着国民党宪兵队军装，四瘸子穿着明黄绸子裤褂，剃着光头，练武不像练武，唱戏不像唱戏，很有些不伦不类。

沈处长　那天共产党晋察冀的部队跟北平地下党配合，竟然打了清河，抢了900多杆枪，里边还有11挺机枪。裹走了一批士兵，这事上边很恼火，闹得我脸上很没有光彩。顺海兄，咱们是拜过把子的人，你得帮我一把，作为大坛主，你得替我操操心！有你三皇道在妙峰山住着，把西山一大片地界替我看住了，他共产党想折腾也没那么容易。

四瘸子　我得要枪，要人！

沈处长　小事一桩，你放心，这事我不会让你吃亏。

四瘸子　这叫鱼帮水，水帮鱼。没有你沈处长的支持，我三皇道也发展不起来。往后我们三皇道对沈处长一定另有孝敬。

沈处长　听说这院房还是你们家老爷子盖的，如今在北平要找这么规矩敞亮的大宅院可是不容易喽！

四瘸子　老爷子盖了院子不假，可是他是个守财奴，抠抠缩缩，省吃俭用。实话说，他过那日子，没有拉车的实惠。一句话，没沈处长有福。

卫　兵　处长，刘先生来了。

四瘸子　振龙兄有事，我告辞了。刚才小弟拜托振龙兄的事情，还望兄长多多提携关照。

沈处长　顺海兄放心，你的事就是我的事，咱们是一家人……

四瘸子退出，小刘麻子领着小丁宝进。

小刘麻子　处长，我来了。

沈处长傲慢地爱答不理地嗯了一声。

小刘麻子　处长，这个是我新找的秘书，叫丁宝薇，外号小丁宝，会说英文，还会唱戏，舞跳得也很棒！

沈处长瞥了小丁宝一眼。

小丁宝不在乎地转过身去。

沈处长　舞女？

小刘麻子　女招待。

沈处长　其实都一样。说说吧，咱们的计划实施得怎么样了？

小刘麻子　报告处长，我就是来汇报的。地方我选好了，在北平东城隆福寺附近，南靠头条，西边抵钱粮胡同，旁边有药铺、饽饽铺、杂货铺、蒸锅铺、京纸铺、香蜡铺、大饭庄、大澡堂子，一溜儿的大买卖。地点好，道路四通八达；名声好，老裕泰茶馆开了六十多年，九城闻名。借着这个老字号，作为我们的一个据点，一定能成功！

沈处长　说得具体一点儿！

小刘麻子　我算计好了，把茶馆戗到手，咱们继续卖茶，派小丁宝带领着小心眼、小咪咪儿做招待。有我在那儿监视着三教九流，各色人等，一定能够得到大量的情报！另外，茶馆开起来了，也是您私下的一笔不小收入……

沈处长　说详细点儿！

小刘麻子　茶馆后面原来是仓库，房主秦仲义，开织布厂的，日本人一投降就让咱们把库房给夺过来了，现在空着。我打算修理一下，中间做小舞厅，两边布置几间卧室，都带卫生设备。处长清闲的时候，可以来跳跳舞，玩玩牌，喝喝咖啡。天晚了，高兴住下，您就住下。这就算是处长个人的小俱乐部，由我管理，一定要比公馆里更洒脱一点儿，方便一点儿，热闹一点儿！

沈处长　好（蒿）！

小丁宝　（在旁边一边修着指甲一边问）那茶馆原来的老掌柜怎么办？

小刘麻子　借着拾掇房子的名义让他搬出去，到时候让不让他搬回来就另说着了。

小丁宝　缺德了点儿！

沈处长　这个丫头倒还有点儿辣味儿，我喜欢。

小刘麻子　丁宝，既然处长喜欢你，你就留在处长身边陪陪处长。

小丁宝　您跟我在一块儿，难道就不怕我杀了您？

沈处长　我不怕，我什么也不怕！

小丁宝　我爸爸可是您亲口下命令给毙了的，他是大汉奸！我和我妈也是您从这院里给赶出去的。当然了，名义上我现在还有个爸爸，大烟鬼的爸爸！

小刘麻子　小丁宝，怎么跟处长说话呢？

小丁宝　处长有权不假，有权的我见得多了，上至市长、总长、局长，下至团长、连长、保甲长，光干爹我就认了二十四个。怎么样，听了这话沈处长还让我留下来吗？

沈处长　留！

小刘麻子　处长有魄力，真英雄也！

小丁宝　（勾住沈处长脖子，对小刘麻子）那就拜拜了！

白天。粮店门口。

人们排着长长的队伍等待买粮食。王淑芬也排在其中，半天不见队伍挪动，她焦急地朝前面观望。排的队伍前面有点儿乱，挤成了一个疙瘩，后面的人在喊“不许加塞儿”！

排队人　按顺序来！一个接一个站紧了！

有人拿着粉笔，在每个人的衣服袖子上依次写下号数。

王淑芬在人群中被拥来拥去。

王淑芬一阵头昏，直往下蹲。一妇女将她拽起来。

妇　女　大妈，千万别蹲下，踩着您！

王淑芬　我头昏……

妇　女　我扶您上旁边台阶上坐会儿去。

王淑芬　不行，出去就进不来了，胳膊上还有号哪！

妇　女　要不然您回去吧！

王淑芬　谁知道什么时候还来面呢？孙女就盼着这口面哪！

白天。学校教室。

学生们在上课，语文教师于厚斋在给学生们交代作文要点。

于老师　同学们，我们这堂课的作文题目是“我的理想”（在黑板上将题目写出），应该说这是一个题材很宽泛的题目，同学们可以自由发挥，可以是论述文，也可以是记述文，谁怎么想都可以往上写。比如说，崔佩涛同学将来想当大夫，王小花同学的理想是当教员，刘大可同学要做一名飞行员……

这时，天上的美国飞机成群低空飞行，掠过教室上空，轰鸣声搅得于老师无法继续讲课，同学们将耳朵纷纷捂起来。

刘大可　（大声喊）老师，我不当飞行员！不当飞行员！不当……

小花趴在桌上嘤嘤地哭起来。

于老师　王小花，你哭什么，有人欺负你了吗？

小　花　于老师，我不当教员了，我……我……

于老师　那你将来想干什么？

小　花　我……什么也不想当，我……我要吃碗热汤面，我有半年多没吃到面条啦！

教室里同学们静下来。一会儿，突然爆发了一样，大家七嘴八舌地喊：我也要吃热汤面！我也要吃！

于厚斋　同学们，我知道大家都饿，老师也饿。昨天城里的大米每斤是法币一千块，到今天早晨就已经变成三千五了，还挤得人山人海！咱们是人，咱们得吃饭，得活着，要活着，就得改变眼前的状况，就得反饥饿，反内战……

一同学　老师，什么是内战？

于厚斋　内战就是中国人打中国人，坏人打好人！同学们，为了能吃饱饭，为了美国的飞机不在咱们头顶上嗡嗡地飞，老师们要罢课，要游行，大家也要支持老师……

同学集体　反饥饿，反内战，美国飞机快滚蛋！

反饥饿，反内战，美国飞机快滚蛋！

…………

白天。粮店门口。

仍旧是拥挤的人群。

王淑芬背着小半口袋白面艰难地从人群中挤出。

妇　女　（也背着面挤出）大妈您行不行啊？要不，您在这儿等着，我让您家里人来接您。

王淑芬　不用了，就几步路。（喜滋滋地）今天晚上小孙女就能吃上热汤面了，嚷嚷了多少回了！

妇　女　那我先走啦？

王淑芬　您先回！

白天。茶馆内。

邹福远在说单口相声，卫福喜坐在旁边，听的人仍旧是稀稀拉拉。

邹福远　……这北京有多古老呢？跟您这么说吧，打有刺儿菜那年月，就有北京了。那位问了，什么时候有的刺儿菜呢？嗯，起码有三千多年了吧！您先别乐，我有根据。司马迁的《史记》上有记载，武王伐纣以后，封召公于“燕”，燕国的京城叫作“蓟”。单讲这个“蓟”字儿，是“蓟草”，蓟草俗称叫刺儿菜。燕国的京城叫刺儿菜，不好听啊，干脆也甭叫“蓟”啦，光叫“燕京”吧！哎，燕京这俩字儿，从那时候就留下了。直到今天，北京的别称还叫燕京哪。这不是打有刺儿菜那年月就有北京了嘛！不信，您问……司马迁去呀……

茶客甲　邹师傅，您给我们说点儿荤的！我们不爱听刺儿菜！

茶客乙　北京现在没刺儿菜啦，刺儿菜都让老百姓挖光啦，吃不饱，光喝刺儿菜粥，拉的屎都是刺儿菜汤！

茶客丙　干脆北京叫酱肘子得啦，解馋！邹师傅，来段荤的吧！

邹福远　说荤的也可以，您得先把祖宗这点儿事儿闹明白了。知道自个儿是打哪儿来的，要到哪儿去，来龙去脉倒腾清楚了，咱们再低下头来说脐下三寸……

王利发　（心神不定，一会儿到门口看看，一会儿到后头转转，自言自语）怎么还不回来呢？

白天。后院。

康顺子在做饭，锅里煮了一锅绿菜，她正把棒子面往锅里倒，一边倒一边搅。

王利发　栓他妈还没回来？

康顺子　大栓回来说了，排的队长着呢。要不我接接她去。

王利发　我这心里头这会儿怎么老疙疙啦啦的发飘，乱糟糟的。

康顺子　准是饿的！等会儿粥熬好了，您先喝一碗。

王利发　你那不叫粥，叫猪食！

康顺子　能有猪食吃就不错啦，就这点儿东西，再怎么变也是万变不离其宗。待会儿小花她奶奶买回白面来，给您爷儿俩好好做顿面吃，葱花炝锅，锅儿挑。

王利发　炸点儿辣椒油。

康顺子　这么说着，我的哈喇子都流下来了。

白天。大街。

王淑芬背着面口袋往回走。她虚得满头大汗，头一阵阵发晕，几次停下来，站住定定神再走。过马路，走到当中，一辆吉普车飞快驶来，王淑芬躲闪不及，被车撞倒。

吉普车停也没停，照直驶去。

街面上一时大乱！

有人喊　轧死人啦！

人们轰地围过去。

白面与鲜血混杂在路面上。

白天。茶馆内。

王利发在屋内团团转。

邹福远　皇上是万岁爷，王爷称千岁，这就差行市啦。不但是这个，连大门上的门钉全分等级。皇宫门上的门钉，每扇门九排，一排九个，一共九九八十一个。在古代呀，九是最大阳数，象征"天"，所以皇宫的门钉是九九八十一个。哎，唯独东华门的门钉少一排，是八九七十二个。为什么呢？那时候，文武百官上朝都走东华门，这门是给文武官员预备的，所以少九个门钉，剩七十二个啦。王府的门钉是七九六十三个；公侯，四十九个；官员，二十五……到咱们老百姓家，一个不个！不信，您瞅呀，只要不是官员，多阔的财主，磨砖对缝影壁，朱漆广梁大门，那门上一个门钉没有！要不怎么管平民百姓叫"白丁儿"呢，哎，就从这儿留下的……

傻　杨　（跑进来）王掌柜，快，您家内掌柜的让吉普车撞了！

王利发　啊！（往外跑）

白天。大街。

王利发拨开众人，低头一看，愣了。

王利发　栓他妈……咱们这是怎么了？这是！

白天。沈处长门口。

大栓和于厚斋跟门口警卫论理。

于厚斋　你这儿不是宪兵队吗？美国兵的吉普车轧死了中国人，这事归宪兵队管！

大　栓　我来告状！

警　卫　走走走！（推大栓们）这儿是你们随便来的地方吗？

大　栓　还有没有王法？我妈死了，你们知道不知道！（往里硬闯）

警卫用枪托殴打大栓，打得大栓满地打滚。

于厚斋　怎么随便打人？嗨，不许打人！

傍晚。庙内。

王淑芬的棺材停灵在法隆寺内，依着老北京的规矩，死在外面的不能将尸体拉进家门，所以只好借庙中一个地方停放。王利发坐在老妻棺材前，欲哭无泪。

周秀花在棺材前头一张一张地烧纸。

卫福喜　王掌柜，摊上这事儿，您得挺起来。走的已然走了，咱们活的还得活……

大　栓　（脑袋上缠着绷带）我就纳闷，咱们硬是没地方说理去！我妈她说没就没啦？我咽不下这口气！我还得往上告他们！

常四爷　你告不赢，咱们头顶的政府，不是老百姓的政府，指望它给你说话申冤，没门儿！

于厚斋　我们学校的几个教员今天上“中美警宪联络室”申诉，要求严惩肇事的美国兵。联络室的人根本不管，他们说美军在北平肇事由美国宪警处理，中国只有旁听权。

邹福远　就是说，中国政府管不了美国人！

常四爷　不是不管，是不敢管，美国人是中国政府的干爸爸！

于厚斋　报上登着，美国兵在北平肇事，五天之内就死伤了十三个市民，北平的老百姓已经忍无可忍了！

常四爷　简直是老虎进城了！大栓，这仇咱们迟早得报！有人给咱们报！（对王利发）王掌柜，你心里要是憋得慌就大声哭两声，周围都是你知己的人儿，没人笑话。

王利发　……

外面一声响亮的哭喊，康顺子领着小花奔进来。

小　花　奶奶！（扑到棺材跟前）奶奶，您怎么了？奶奶，我不吃热汤面了！我永远不吃热汤面了……不吃了……不吃了……奶奶……

康顺子　我苦命的老姐姐啊……

小花拍着棺材痛哭。

王利发　（对大栓）你倒是把她拉开呀！

常四爷　（对王利发）回去吧，天要下雨了。

王利发　我再陪陪她……

常四爷　我明天一大早就过来。

半夜。王淑芬灵柩旁。

秋雨哗啦哗啦地下着，王利发披着衣裳守在棺材旁，大栓趴在棺材前头的桌上打瞌睡，盆里烧纸的灰烬闪着残余的火光，偶尔传来沉闷的雷声。

王利发长叹一声，将几张纸在盆里点着了。火光中，王淑芬生前的许多音容笑貌闪现出来：跟着大舅妈晚上来到茶馆；当新娘子；抱着大栓洗三；帮着料理茶馆；和王利发争论而伤心地抹眼泪……

王利发　（忧虑地看看黑暗的天空，自言自语）这雨一时半会儿停不了，明天你得冒着雨上路了……跟了我这么多年，吃苦受累……没享一天福，到了还是为了儿女，为了一碗热汤面……把命搭进去了，不值！我知道你死不瞑目，我也想不明白不是……善善良良的一个老娘儿们家，没招谁没惹谁，死在车轮子底下……

连家门也进不了……儿子替你论理，挨了一顿打。看看咱们过的是什么日子？细想想，没劲……没劲极了……你走了，早走早托生。你记着，下辈子无论托生在哪儿，也别嫁给开茶馆的……（苦笑，走到大栓跟前把自己的衣裳给儿子披上）唉，人没死这心早死了，一点儿热和劲儿也没有了，凉透了……一场秋雨一场寒，往后是越来越冷了……（靠着廊下的柱子坐下来）

一个穿长袍戴礼帽的人无声进来。

王利发惊愕地看着这位半夜来客。

客　人　（摘下帽子）爸！

王利发　（费劲地认出来）老二！你怎么回来了？

二　栓　我回来看看您和……妈……妈的事儿我都知道了。

王利发　咱们家，你妈最疼的就是你。打你走了，你妈天天想你，成宿成宿地睡不着，就盼着能见上你一面儿……也是天意，让你们娘儿俩见着了……

二　栓　妈……

王利发　我叫醒大栓。

二　栓　甭叫了，爸，让他睡吧。

王利发　你们哥儿俩怎么着也得见上一面。

二　栓　爸，我马上就得走……随着部队转移，这回要走得很远。

王利发　越走越远……咱们爷儿俩怕是见不着了……

二　栓　爸，将来我来接您。

王利发　哎，我等着！

二　栓　爸，我走了。我记着您，您也别忘了我，我走了……（转身朝外走）

王利发　老二！

二　栓　（回过身）爸……

王利发　（含着眼泪挥挥手）走吧，走吧……

二栓走了，消失在树影里，王利发望着儿子去的方向有些失神。

一个闷雷，王利发睁开了眼睛，原来是个梦。

大栓爸，您刚才跟谁说话？

王利发　跟老二。老二回来了。

大　栓　您想二栓想迷瞪了。

白天。野外山边土路。

才下过雨，天是阴的，道路满是泥泞。路是那种接近山前的道路，一边是土山，一边是斜坡。送殡的王利发、常四爷、大栓、康顺子、周秀花、小花等人随着拉棺材的大车往坟地行进。对面过来一行抬着花轿吹吹打打的娶亲队伍，四癞子骑着高头大马，十字披红，走在娶亲队伍的前头。娶亲的队伍很排场，其中有不少背枪的民团，看得出势力很大。

常四爷　是三皇道的人。（示意车把式将车拢到路边停住，给娶亲队伍让出大路）

王利发　怎么会遇上了他们！

四癞子示意娶亲队伍停下来。

花轿内　怎么停啦？

一个管事儿模样的，走到花轿旁边。

管　事　回七奶奶，碰上个送殡的。

七奶奶　（轿内）真晦气，这不是成心给我添堵吗？

管　事　七奶奶您别动气，咱们坛主自然有法子对付他们。

四痨子　天师，天师哪？

小唐铁嘴　坛主，我在这儿哪！

四痨子　你说，眼下这情景怎么办？

小唐铁嘴　把送殡的队伍打乱，赶路底下去，把这股邪气冲散了！

四痨子　（对王利发）让道！糟老头子！

王利发　我们已经让到边上了。

四痨子　还得让！

小　花　（吓得钻到康顺子怀里）康婆婆！

四痨子　（发现康顺子）原来是你这个老帮子，你还没死哪？

康顺子　我活得硬朗着哪，死不了！

四痨子　看见你我就气不打一处来，来人，把他们给我挪开，别挡了我的道！

王利发　红白喜事，婚丧嫁娶，这是老天爷安排下的，谁也拦不住谁，你们得讲理！

常四爷　大路朝天，各人半边，你走你的，我走我的，没有让我们挪出去的道理！

小唐铁嘴　（伏在四痨子耳边）坛主，棺材里的死鬼是凶死，大不吉利呀！

四痨子　啊呸！弟兄们，上！

一帮人连推带搡，将王利发们推下坡去，棺材和车也滑下来。

白天。野外坡下。

王利发的头也磕破了，衣裳也撕了，被大栓拥起坐在地上。

大　栓　爸，爸，您没事吧？

王利发　看看你妈……

周秀花　（给王利发擦拭额头的血）爸，您放心，常四爷在那儿拢着呢，还好，棺材没翻个儿。

坡上，三皇道继续吹吹打打向前走去。

小花吓得哇哇地哭。

康顺子　（对着坡上）四癞子，你不得好死！

常四爷　（过来，指着不远处一个已经长满蒿草的坟包）我说这块地方怎么这么熟，王掌柜，您瞅，那个不是松二爷的坟吗？旁边是三秀……

王利发　（走到松二爷坟前）松二爷，您瞅瞅，瞅瞅我王利发让人欺负的……我没干对不起人的事儿，一家老小，给折腾成这个样儿！一辈子没听说过的事儿都让我遇上了……您好，您躺这儿挺消停，这不，一个一个慢慢地都跟您做伴来了……

几只麻雀在树梢叽叽喳喳。

晚上。四癞子家屋内。

肥胖的已经人老珠黄的庞四奶奶和另外三个姨太太坐在八仙桌前打麻将。

四姨太太　我的牌真不错，手气真好！

三姨太太　三饼。

二姨太太　我和了。

庞四奶奶　（不高兴地）我没你们运气好，年轻、漂亮、脑袋瓜灵活……讨坛主喜欢……

三个姨太太互相使眼色。

庞四奶奶　小唐哪？

小唐铁嘴　四奶奶，我在这儿。

庞四奶奶　坛主登基的事儿准备得怎么样了？

小唐铁嘴　龙袍、龙椅都预备好了，各部官员也安排就位。九月挑个好日子，在西山就可以举行登基大典了。

庞四奶奶　我关心的是皇后的寝宫盖好了没有，里边的钢丝床，抽水马桶，大穿衣镜采办齐了没有？（一边跟小唐铁嘴说话，一边跟那几位姨太太打着牌）

小唐铁嘴　还差点儿，依着您的吩咐，咱们采办的是美国钢丝床，英国穿衣镜，德国抽水马桶。别的都来了，就是德国马桶还没到位。

庞四奶奶　你怎么不催催？给我办事就这么拖拖拉拉的，是看我不像皇后怎么的？（对那几位姨太太）你们几个听着，将来坛主登基当了皇上，我是皇后，你们就是嫔妃，我是正宫娘娘，我的位置谁也替代不了。别看你们年轻美貌，能讨坛主的喜欢，后宫真拿权的压得住阵的还得是我。小唐，给我办事你得尽着全力，投机取巧不行。什么时候我要是知道了你搪塞我，我就下道懿旨把你的脑袋砍了。

小唐铁嘴　哪儿敢，哪儿敢……我哪儿敢搪塞娘娘您哪！我这几天是真忙！

庞四奶奶　给我说说，你都忙些什么？

小唐铁嘴　咳，就是忙坛主的事情呗！

庞四奶奶　这几天我没上山，几个姨太太也都被我拢到城里来了，他在上头是不是又成精啦？

小唐铁嘴　（眼睛一转）没有，坛主天天念叨娘娘您哪！

庞四奶奶　放屁！我一听你这就是瞎话，老实给我回话，不说实话我撕烂了你的嘴！

小唐铁嘴　反正纸里包不住火，我就跟娘娘直说了吧，咱们坛主昨天又娶了一位玄女！

庞四奶奶眼睛一瞪。

二姨太太　我又和了！

庞四奶奶一抬手，将一桌子麻将牌往地上一胡噜，那几位姨太太吓得赶紧站在旁边不敢言语了。

庞四奶奶　他这是娶第几个了？第七个！

小唐铁嘴　坛主说了，天是九重，他每重天娶一个玄女，在每重天盖一院宫室。

庞四奶奶　哈，这是第七个，在七重天，将来娶第九个就安在九重天？我他妈在第几重？我在第一重，在尽底下压着，王八驮石碑一样地驮着上头八个！四瘸子，你的算盘打得忒精！小唐铁嘴，我问你，这个老七是怎么个来路？

小唐铁嘴　回娘娘，新太太是河北三和清水庵的女住持。

庞四奶奶　怎么跟姑子扯一块儿了，给我退回去！

小唐铁嘴　退不回去了。

庞四奶奶　为什么？

小唐铁嘴　新太太身怀六甲，已经有了四个月身孕。更何况人家会使双枪，能走梅花桩，有百步穿杨，单指倒立的本事。

庞四奶奶　天桥耍马戏的吗？她会耍中幡不会？

小唐铁嘴　小的不敢这么说新太太。

庞四奶奶　呸！（啐了小唐铁嘴一脸）甭在我跟前装着玩，这肯定是你的主意！我还不知道你？来人，套车，我上西山！

早晨。西山某处一道观门口。

庞四奶奶昂首挺胸来到大门口，后面跟着四个姨太太。

小唐铁嘴窥着机会，溜得不见了人影。

庞四奶奶　（问院门口东边站岗的）臭婊子在哪个屋里窝着哪？

站岗的　不知道！

庞四奶奶啪地一个巴掌扇过去！

庞四奶奶　（问西边站岗的）那个烂骚货在哪儿？

站岗的指了指东屋。

早晨。道观院内。

庞四奶奶　（寻找有利地势朝东站好，接过丫头端过来的茶，咕咚咕咚喝了两口，清了清嗓子，运足了气）我说，那个还在屋里挺尸的不要脸的烂货，你听着！本娘娘站在这儿跟你叫阵来了，有本事你出来，让娘娘我也看看你是个什么做（读 zòu，做相，骂人秽词）相！你个三和县的小秃驴，竟然敢到娘娘我跟前来尥蹶子，不打听打听，娘娘我是什么人，我是威震九城的……

啪啪啪，一排盒子枪打过来，颗颗打在庞四奶奶脚前三寸的石头地上，石头渣崩起多高。

庞四奶奶哇的一声，躲到王八驮石碑后头。

众位姨太太也各找地界藏了。

四瘸子　（来到庞四奶奶身后）我说，你闹什么闹，还有点儿皇后身份吗？

庞四奶奶　（一把抓住四瘸子，撒泼打滚地哭闹起来）你就看着人家这么欺负我，你个没良心的，娶一个，娶两个，娶六个你还不够，你又弄回个母夜叉来，这往后还有我的活路吗？你把这娘儿们给我送回去，你不送，我就撞死这块碑上！跟你说，今儿个是有她没我，有我没她！

四瘸子　你真糊涂啊，你怎么就不想想，我马上就是皇上了，皇上得有皇上的机构不是？三宫六院，七十二嫔妃，是必须的。咱们先不说这七十二，单说三宫六院，三宫，是东宫、西宫、中宫，六院是东院、西院、南院、北院，还有，还有……前院、后院。总之，各院得有各院的主子不是？照这么算，我还差两院呢。说了归齐，你还是小家子气，你也跟人家真正的娘娘学学。你看人家皇上立妃，哪个娘娘不是前后张罗着，没有跳着脚堵着门骂的……

庞四奶奶　我是皇后，这个一百年也不能变！

七姨太太从东屋里走出来。面无表情一步一步向着四瘸子和庞四奶奶走来。

七姨太太披着黄军装，里面的衬衫雪白，下边是马裤，高鞠儿马靴，擦得锃亮。上边的光头刮得发青，同样锃亮。七姨太太走到庞四奶奶跟前站下，居高临下，冷冷地看着庞四奶奶。

庞四奶奶退后一步，看着光头穿军装的新姨太太，咧了咧嘴，她实在不知怎么表示。

七姨太太　（淡淡地）哼，整个是一块傻肉！（转身轻松地走了）

庞四奶奶　她说什么？她说什么……

白天。山顶道观内。

观内各样旗子飞舞，香烟缭绕，乐声嘈杂。四癞子穿着龙袍，坐在大殿案桌前面的"龙椅"上，人模狗样一脸庄严。他身旁两侧站着六个姨太太，旁边的"凤椅"是空的。六个姨太太穿着各异，五花八门，有穿军装的，有穿学生服的，有穿旗装梳两把头的……大殿外左右站着两排"文武大臣"……

四癞子　（对小唐铁嘴）我怎么喘不过气儿来？

二姨太太　皇上是让帽子压的，这帽子有十来斤哪！

小唐铁嘴　先摘下来，到真登基时再戴上，现在是演练，没关系。

四癞子　（摘下帽子捧在手里，停了一会儿）我还是戴上吧，戴上有皇上的感觉。

三姨太太　皇后呢？

四姨太太　还没捯饬完呢！

白天。道观屋内。

四个丫头在服侍庞四奶奶穿礼服。繁杂华丽的礼服穿在庞四奶奶身上显得荒诞而夸张。胖胖的身躯裹上那些绣花锦缎，整个儿是一大花包袱。脑袋上垂挂的滴拉搭拉各样首饰，使得庞四奶奶本来就大的脑袋显得更大。

庞四奶奶　（训斥丫头）看你这个笨，连个带子也系不周正。这个扣不是扣这儿的，是扣那边的……哎哟，你弄疼了我了！鞋哪，我的朝靴哪？

丫　头　奶奶，鞋匠说朝靴还没楦好呢，还得等半天。

庞四奶奶　我可是把钱给了双份儿，他这么耽误事儿，我一分钱也不给他！

丫　头　鞋匠说误不了正日子用就行了。

庞四奶奶　不行，没楦好我也得穿！

白天。大殿内。

终于，庞四奶奶在四个丫头的帮助下落了座。庞四奶奶的脸抹得煞白，嘴唇通红，脸上的赘肉耷拉着，眉毛描画得又黑又细，猛一看，如同地狱的阎王奶奶。

小唐铁嘴　皇上，开始吧。

四瘸子　开始。

小唐铁嘴　登基演练开始，奏乐！

吹鼓手们吹打起来。

猛然，外面传来二踢脚的炸裂声。

白天。大殿外。

一个接一个的二踢脚、麻雷子隔着院墙扔过来，在院里的“大臣”中间爆炸，一时，人群大乱。“大臣”们纷纷抱头鼠窜。

白天。大殿内。

四瘸子　什么人在外头捣乱？

外面人声　四瘸子，咱们算账的时候到了！

四癞子一惊。

小唐铁嘴溜出门去。

白天。道观后门。

小唐铁嘴　（钻进四癞子的汽车，对司机）快，进城，跟我搬救兵去！

汽车沿着山路向山下开去。

白天。道观大门口。

庞太监的大侄子和其余两个侄子，领着一帮人，抄着家伙冲进山门。

大侄子　（对着殿上叫骂）四癞子，你个癞毒瞎狠的东西，独霸房产，害死咱们的老爷子。我们几个现在要彻底跟你清算，为咱老爷子讨回公道！

四癞子　（出了殿门）哪个老爷子？

庞四奶奶　（小声）就是庞太监。

四癞子　（小声）他们怎么想起这出来了……

大侄子　（指挥带来的人）甭怵，我是这儿的老大，拣值钱的往回搬，有什么事儿我兜着！

庞四奶奶　咱们有话好商量，大哥二哥三哥，您四兄弟马上就成事儿了，在这个节骨眼儿上还不都得仰仗几个哥哥帮衬吗？

二侄子　甭在这儿花言巧语的，你顶不是东西，害死老爷子就是你的主意！

庞四奶奶　哎，你怎么血口喷人哪？咱们得说清楚……

两拨人在院里院外乱抢乱打。

白天。山路上。

汽车向着山上疾驰。

白天。道观内。

两拨人打得难解难分。

砰砰两声枪响，七姨太太对天开了枪，双方一时停止争抢。四瘸子的民团端着枪齐刷刷地站在大殿丹墀上，枪口对着大侄子一行人。

大侄子　吓唬谁呀，咱们爷们儿也不是吃素的，更何况咱们的腿也不瘸！

大侄子一个眼色，来的人不少也掏出短枪，瞄准了台阶上。

双方僵持。

白天。山门外。

汽车停住。小唐铁嘴拽着小黄胖子下车。

白天。道观内。

双方仍在僵持。

小黄胖子　住手！都给我把枪放下！

双方放下枪。

小黄胖子　一家人，在佛爷跟前动刀动枪，就不怕佛爷降罪给你们庞家？

四瘸子　我们三皇道在这儿做法事，演练登基大典，他们成心来捣乱！

大侄子　我们要为饿死的老爷子讨回公道，追回被独吞的财产！

小黄胖子　登基也罢，讨公道也罢，我不说你们谁是谁非。我且问你们一句，你们这么做，老太后是什么意思呢？

——第十八集完

第十九集

晚上。某饭庄。

雅间，一桌丰盛宴席。

四瘸子、庞四奶奶、大侄子（顺福）夫妇、二侄子（顺禄）夫妇、三侄子（顺财）夫妇，争斗双方在听从小黄胖子的调停。小唐铁嘴也在座。庞家哥儿仨对四瘸子充满敌意，几个妯娌在桌面上鼻子不是鼻子，眼睛不是眼睛，也都不是省油的灯。

小黄胖子　我且不说你们谁是谁非，我问你们，你们在庙里这么大打出手，脸红脖子粗，可有谁问过老太后的意思？

四瘸子　什么老太后？我们这儿没有老……

小唐铁嘴偷偷踩了四瘸子一脚。

大侄子　哪个老太后？我们不认识老太后！

小黄胖子　树有根水有源，无论干什么，咱们得从根上往下捯。庞总管的夫人如今虽然下落不明，可并不等于老太太就不存在，人家当年是庞总管明媒正娶接进你们庞家大门的。如今，顺海要当皇上，顺福、顺禄、顺财要追家产，这一切的一切，你们忽略的最重要人物就是康老夫人！萝卜长在背儿（辈）上了，甭管人家出身多么卑微，人家名分在那儿摆着呢。

大侄子　不就是康顺子吗？早不知死哪儿了！

小黄胖子　康老夫人要是真死了，事情就简单了，你们庞家爷儿几个由着性儿去争，去闹，找高官，上法院，打群架，拍黑砖，上天入地随便折腾，用不着请我小黄胖子，我小黄胖子也不管。问题是你说老夫人不在了，你就得拿出老夫人不在了的证据！只要康老夫人还在一天，我就不能越过老夫人来管这件事；你们也不能越过康老夫人谈论家产，咱们得按规矩来。

大侄子　找出康顺子已死的证明，这还不好办？

庞四奶奶　（如梦初醒般）怎么没想到这一招。康顺子是太后，国太呀！

四癞子　老太后，我前天还看见她了！

几个侄子和庞四奶奶　（异口同声）在哪儿？

四癞子　（对大侄子们）我凭什么要告诉你们？（“你们”在这儿的重音在“你”上）

大侄子　当初是你们两口子把康顺子撵出去的，推到大街上让她自谋生路，现在又国太吧，老太后吧，没羞没臊！

庞四奶奶　老太后出庞家大门的时候你们也在跟前儿站着，也没见您几位有谁挡驾，怎么是我们没羞没臊了？

大侄媳妇　谁没羞没臊谁知道，偷老爷子的宝贝匣子是谁的主意？数九寒天把老爷子搬到花房去是谁的主意？不给老爷子饭吃是谁的主意？

庞四奶奶　我是最后进庞家门的，在我进庞家之前，谁知道你们几个对老爷子都干了些什么？

小唐铁嘴　这么争也争不出个结果，还是听小黄胖子的吧！

小黄胖子　众位都消消气，眼下咱们不是翻旧账，论个谁高谁低的时候。咱们是在这儿把事儿给理顺了，摆平了，让各位谁都不吃亏，谁都满意。我的意思，咱们得找着太后，认认真真唱一出《打龙袍》，让老太后主事儿，老太太人家是真正名正言顺的国太。

大侄子　（瞪着小黄胖子看了半天）你别以为我看不透你憋的什么坏，就你玩儿的这点儿花活，告诉你，大爷我年轻时候就玩儿过！（气愤地拿起筷子将盘子里吃了半边的红烧鱼翻了过来）

几个侄子面面相觑。

小黄胖子　（一见鱼翻了身，站起身一拱手）既然大爷不给面子，在下就失陪了！咱们后会有期！（退出酒席）

四瘸子和庞四奶奶、小唐铁嘴追出。

二侄子　大哥，你怎么把鱼给翻过来呢，不给小黄胖子留面子。

大侄子　你们还没看出来吗？这小子跟四瘸子穿一条裤子。表面上不偏不向，实际上全站在四瘸子一边。在这关键时候拿康老婆子说山，咱爷们儿不是傻子！

二侄子　只要康老婆子在北平，就不愁找不着她！

二侄媳妇　找着康老婆子，咱们就把她拢住，给她吃几顿炖肉，穿件绸子衣裳，她不帮着咱们才怪。

三侄子　找着就把她杀了！

晚上。饭庄走廊。

小黄胖子　那条鱼，让他们给翻了个儿，正中下怀。这就说明他们不得不正视康顺子这个人，他们是让康顺子这张牌给钉住了！

庞四奶奶　小黄胖子，真有你的！几句话，一个主意就把他们给堵回去了！

小唐铁嘴　小黄胖子是我的铁哥们儿，我托他的事，他会尽着力办。小黄胖子，抬出康老婆子这损招儿也就你想得出来！

小黄胖子　为坛主操心，理所应当。将来坛主得了势，我小黄胖子不是也跟着飞黄腾达嘛！（对四瘸子）坛主，您得把康顺子牢牢抓在手里。手里有了那个老婆子，您就好像有了尚方宝剑，有了千军万马，就能立于不败之地！

四瘸子　你放心，我不会亏待你，将来我委任你当个外交总理大臣……

小黄胖子　（跪下磕头）谢主隆恩！

四瘸子　爱卿平身。下一步我得找到康顺子……要找康顺子先得找着那天送殡的……

小唐铁嘴　裕泰掌柜王利发！

庞四奶奶　这点儿小事儿交给我办。我要把这件事儿自自然然地做成，既不锣鼓喧天，也不杀人见血！

小唐铁嘴　这可不是小事儿，是大事儿，天一样大的大事儿！

四瘸子　裕泰茶馆……

白天。裕泰茶馆内。

瞎子弹弦，大鼓妞刘小翠在有板有眼地唱大鼓。刘小翠穿件墨绿棉袍，梳着一条粗黑的辫子，额上留着刘海儿，一双绿缎子绣花鞋，长相一般，身材也不苗条。但是不能说刘小翠唱得不好，她唱得很规矩，也很卖力，可听众仍是稀稀拉拉，挑不起精神。

刘小翠　（唱《风雨归舟》）过山林狂风如吼冷飕飕，

堪堪的大雨淋了头。

望江天电掣雷鸣一阵阵风云骤，

获金鳞渔翁摆桨荡归舟。

…………

茶客丙、丁进门。

茶客丙　嗬，王掌柜，什么时候评书改大鼓啦？

王利发　没几天儿，试试吧。这年月你添光屁股拿大顶也招不来几个人。

茶客丁　那也没准，你这儿要是有光眼子女招待，说不定我天天来。（看刘小翠）王老头儿，说你没眼光你真没眼光，瞧你哪儿找的这个怯妞，腰跟桶似的，嘴跟瓢似的，那俩耳朵，要是再往下耷拉点儿，整个儿一猪八戒她二姨儿！

王利发　您那嘴老是那么刻薄，您别那么糟蹋人家姑娘。长得不怎么样，人家唱得好啊，玩意儿正！您说是吧三爷？

茶客丙　我瞧着没劲。

王利发　没劲咱们不听，坐那边喝茶。带着叶子哪？老大，拿开水去！二位，对不起，茶钱先付！

茶客丁　没听说过！

王利发　我开过几十年茶馆，也没听说过！可是，您圣明，茶叶、煤球儿都一会儿一个价钱，也许您正喝着茶，茶叶又涨了价儿！您看，先交茶钱不是省得麻烦吗？

茶客丁　我看哪，不喝更省事！（同茶客丙出去了）

大　栓　（提来开水）怎么？走啦！

王利发　唉，这怨我吗？我有什么法子！（失望地坐在角落里）

刘小翠　（唱）……哎，我猛回头，

见一个贪午睡的小牧童儿，

他在那雨地里啼哭哇，

看那光景是去找牛。

唱完了，刘小翠拿着笸箩下来要钱。

有人搁一个铜板，有人扔两张纸票。

刘小翠来到王利发跟前，王利发往笸箩里看了看，摇了摇头。

刘小翠　您瞧，唱了好几段，敛的钱不够买半个烧饼。

仓库那边一阵喧嚷，有人在那边咚咚砸墙。接着这边墙上钉着的板子也被捅开了，一时茶馆内乌烟瘴气。

王利发　这是要干什么？

从窟窿里钻出一军官。

军　官　你老东西问那么多干什么，是共产党的密探吗？告诉你，这是军事秘密，问多了你掉脑袋！

王利发　我这脑袋掉不掉的不吃紧。既然是秘密，您趁早把这窟窿堵上，免得泄露了。

军　官　我还偏不堵，就留着它，透气儿！

王利发　您那边透了气儿，我这边不方便不是？茶馆人来人往的杂，将来您的秘密露出来，都说不清是谁偷走的！

军　官　出什么事我就拿你是问！

王利发　我老眉喀赤眼的，也值得你们“是问”，您真抬举我了！

白天。仓库正门。

这个正门就是从前茶馆的后门，院墙什么的全部拆去，被秦二爷盖了大仓库。现在一车车沙子、白灰往里运，看得出，军队要利用仓库干点儿什么。

周围街坊站在仓库外边议论纷纷，周秀花也在其中。

妇　女　秦二爷这仓库闲置了多少年了，这回好像让军队派上用场了。

周秀花　不知道他们要装什么？

老大爷　该不是装军火吧……

周秀花　要是那样，那我们家不就是躺在炸弹旁边睡觉吗？谁睡得着哇！

妇　女　真要炸起来，咱们胡同，这条街连点儿渣儿都剩不下！

老大爷　甭管装什么，让他们号上，准不是什么好事儿，不如趁早搬家，躲远远儿的！

周秀花　往哪儿躲呀？

白天。仓库内。

小刘麻子　（对施工工头）这儿要隔出两个大套间，玻璃天窗，安上下水，装抽水马桶，外边要粉墙，水门汀地面，吊顶，装吧台，安大吊灯……

工　头　老总，伤兵病房用不着吊顶装玻璃吊灯。

小刘麻子　伤兵是临时的，一个伤兵，他不能老是伤兵。等伤兵们都死完了的时候，这座仓库难道还让它闲着吗？你一切就按高级俱乐部装修，往上报就说修伤兵疗养院。

工　头　明白了，老总。

晚上。王家的饭桌上。

简单的饭食，一人一碗带菜的棒子面粥，中间一盘炒疙瘩丝，两个窝头，放在王利发和大栓跟前，明显的是两个人的特殊。

周秀花　爸，您吃点儿干的吧，要不又饿得半夜起来咳嗽。

王利发　大晚半晌儿的，吃多了顶得慌。花儿吃吧，爷爷不吃了。

小　花　爷爷您吃吧！

康顺子　老掌柜您吃吧，少不了她的。锅里我留了一个带枣的，是她明天的早点！

小　花　康婆婆，明天上学您甭送我了，我自个儿知道怎么走，丢不了！

康顺子　不行！那些吉普车……（自知说露了嘴，偷偷扫了王利发一眼）开得太没谱。这两天哪，我接送小花上下学，老觉着后头有人跟着。

王利发　那是谁呢？

康顺子　看不清楚，他跟着我个老婆子有什么用呢？

大　栓　您得多留神，我看明天让花儿她妈送吧。

康顺子　不碍的。听见蝲蝲蛄叫唤还能不种庄稼？这些年的闯练，我怕什么呀？我什么也不怕！

王利发　还是小心点儿好。

周秀花　爸，您知道后头仓库要干什么用吗？

王利发　干什么？

周秀花　当伤兵院。

王利发　（放下筷子）你说咱们裕泰怎么这么倒霉！

大　栓　怎么了？

王利发　谁都惹不起，伤兵更惹不起！

傍晚。裕泰茶馆内。

刘小翠在唱大鼓《王二姐思夫》。

伤兵们喝着茶，怪声叫好，跺脚吹哨，乱作一团。但是跟前有茶碗的没有几个，大部分是干坐着起哄。时不时的，有茶碗摔碎的声音。

王利发抄着手靠在门框上，冷眼看着群魔乱舞般的一屋人，束手无策。

大　栓　（提着开水壶过来，在王利发耳边低声）咱们这儿成了伤兵俱乐部了，您瞧瞧来的这群人，缺胳膊少腿，连一个顺眼的都没有。

王利发　我不能拦着不让他们进来，坐下了，我轰也轰不出去，你以为我看着心里舒坦？

大　栓　让这个大鼓妞走人，只要她在，伤兵天天泡在这儿。

王利发　定了仨月合同，今儿个还没有十天。

大　栓　这阵势，正经人谁敢进来喝茶呀，都吓跑了！明儿个我也跑，我还出城摆摊去！

王利发　你少说两句行不行？你没觉着吗，你的口气越来越像李三了！

大　栓　亏得您还记得李三，李三是我师傅。

伤兵甲　老头儿，倒茶！

王利发　茶钱呢！

伤兵甲　茶钱？在这儿喝茶还要茶钱？怪事！老子在前方打仗，枪林弹雨，脑袋别在裤腰上，为了你们，丢了一条大腿，也没见你到我跟前儿来慰问慰问。今天喝你一碗茶是瞧得起你，你不主动犒劳大爷，还张嘴跟我要钱，找打吗？（顺手抄起把茶壶摔在地上）

王利发　（心疼地）老总您别摔，这把茶壶它值不少钱呢，现在我这茶馆里，总共也没剩几把了。

伤兵乙　钱我们有得是，老头子，你一碗茶值多少，大爷我给你！大爷我已然丢了半截胳膊，对身上的零件也不在乎了，多一件少一件都一样！（掏出刀子，比画，眼瞅着在手指头根拉出了血）我拿一根手指头换你一碗茶。

王利发　别价，别价，我要您那根手指头没用，我给您沏，沏高的！

众伤兵　（纷纷把茶碗往地上摔）还有弟兄们哪！

王利发　得，各位都是爷，……老大，老大，给各位老爷沏茶！

大栓沉着脸沏茶，将一碗碗茶蹾在伤兵们面前。

伤兵甲　给谁甩脸子哪？爷们儿不是三孙子，是功臣！

王利发　这位爷别生气，他是我儿子，前几天他娘刚过去了，心里正不痛快。

伤兵乙　他不痛快别给咱爷们儿蹾茶碗呀，咱爷们儿见天儿都不痛快！

王利发　得了，您多担待。

伤兵甲　（对刘小翠）来段落子，《马寡妇开店》。

刘小翠　爷想听《马寡妇开店》，那不是我们大鼓行当的曲儿，是落子，我没学过。

伤兵甲　你不会，我教你！（唱）妈拍着，妈抱着，你好半天没吃呀妈妈的乳哇……妞儿，我要嘬你的奶！

伤兵们一阵怪叫。

瞎老汉不动声色地收拾家伙。

王利发　我说众位爷，茶馆该上板啦！

伤兵们　再听一段！

…………

晚上。茶馆里屋。

康顺子怀里揽着小花坐在炕沿儿上，周秀花站在门边，听康大力讲西山的事情。

康大力　现在不光西山，全国好些地方都在咱们手里了，叫解放区。

周秀花　解放区，名儿听着很新鲜。

康大力　那儿什么都是新的，人跟人都是平等的，谁也不欺负谁，管吃管穿，不交钱也可以上学……

小　花　能吃上热汤面吗？

康大力　能吃上大白馒头！

小　花　有花棉袄吗？

康大力　有黄军装。

小　花　太好啦，妈，咱们也上解放区吧，咱们甭在这儿挨饿啦！

周秀花　别插嘴，听大力叔叔说。

康大力　妈，我这回潜入北平，一来是执行一个重要任务，二来是想把您接出去，接到解放区去。妈，您跟我走吧！

康顺子　……我倒是想走，可是……什么时候走呢？

康大力　明天，明天晚上我来接您，您把东西收拾好了等着我。

康顺子　明天……

周秀花　大婶，您走吧，在这儿窝着，除了等死还能有什么呢？

小　花　康婆婆，我也跟您走！

周秀花　小孩子家，大人说话别裹乱！

康顺子　我这么突然离开了，怕不合适……

周秀花　大婶，您走吧，没事！

康顺子　我不能，不能连累你们。

康大力　妈，您再想想，要是这回不走，以后想走也行，只要出齐化门在南营房找到一个姓陈的，他会帮着您过来。

大　栓　（挤进屋）大力，二栓呢，说说我们家那个爱惹事的宝贝！听说当年劫德胜门监狱就是他干的。打他跟你一走，我有七八年没看见他了！

康大力　这就是我回来的另一件事儿了。

大　栓　怎么了？

康大力掏出老裕泰的照片，照片已经残缺，上面有血迹和烧过的痕迹。

大　栓　这……这不是二栓的东西吗……

康大力　嗯，他……

大　栓　（警觉地）他怎么了？

康顺子　大力，你就实话实说，甭瞒着。

康大力　二栓当了连长，他所在的部队随主力转移到冀东，在一场战斗中，壮烈牺牲了……这个是从他身上找出来的……

大栓愣在那里，慢慢蹲在地上，抱住了脑袋，无声地啜泣。

小　花　康婆婆，什么叫牺牲？

康顺子　就是战死了。

周秀花　这……这……怎么好……

小花呜呜地哭起来。

周秀花　（捂住小花的嘴）别哭，留神让爷爷听见！

小　花　不告诉爷爷吗？

周秀花　不告诉！爷爷老了，听了这样的信儿他受不了！

小　花　我不能像哭奶奶一样地哭二叔？

周秀花　不能！还不能跟任何人说！

小花懂事地擦眼泪。

康大力　时候不早了，我得走了！

大　栓　（抬起头，红着眼睛）你得等那帮伤兵走了才能出去。我上前头看看去。

周秀花　（拉住大栓）我去吧，瞧你那眼睛！

晚上。茶馆内。

伤兵们　老头儿，续水！

王利发　火早灭了，您瞅瞅，都几点了？大街上有哪家的铺子还开着门儿？散了吧，众位爷！

伤兵甲朝街上看了一眼。

晚上。大街。

冷清的街面，一个担着担子卖馄饨的在路灯下站着，旁边一个半大孩子，挎着篮子在吆喝“包儿，热的咧——”

傍晚。茶馆内。

伤兵甲　糟老头子下了逐客令，弟兄们该活动活动啦，出去吃夜宵去！街对面有馄饨。

伤兵乙　馄饨，稀汤寡水儿的，没劲！

伤兵丙　旁边还有卖热包子的哪！

众伤兵　吃包子去！（出了茶馆）

王利发　（松了一口气，对刘小翠）姑娘，明天你别来了，这些伤兵，谁也惹不起，真要出点儿什么差池，我对不起你。

瞎老头儿　王掌柜，您是好人。

王利发　这年月，他好人没好报不是？

晚上。茶馆外。

一帮伤兵直奔馄饨担子而去。卖包子的一看，撒腿就跑。卖馄饨的也赶紧收拾担子想走，终是没走成，被伤兵狼一样地围在中间。几个伤兵将卖包子的孩子追上，把孩子打翻在地，抢吃包子。

孩子坐在地上哇哇大哭。

王利发站在茶馆外面台阶上，看着眼前的一幕。

周秀花出来，拿起门板，向街左右看，确认没人注意，朝里面招招手。

康大力　（走出来，小声对王利发）王叔，您多保重，我走了。（向街西走去）

王利发　他就这么走了？你们也没问问他老二的消息？

周秀花　（上门板）没有。

王利发看着周秀花冷淡得有些不自然的面孔，心里一动。

早晨。茶馆内。

茶馆还没有开门，王利发和大栓在擦拭桌椅，准备开张。

大　栓　爸，咱们还开门吗？

王利发　不开门咱们吃什么？

大　栓　招待后头那群伤兵咱们赔不起，茶水不算，昨天光茶壶摔了俩，茶碗碎了十几个，照这样下去，咱们这点儿家什使不了一礼拜，全得报销。

王利发　那些兵是冲着大鼓妞来的，大鼓妞不卖唱儿，他们也就待不住了。

大　栓　（看着父亲苍老的侧影，脑海里幻化出二栓中弹后倒在泥泞荒野的情景，心里一阵发酸，眼圈突地红了）爸，您把笤帚放下，我来！（抢王利发手里的笤帚）爸，以后茶馆里的这点儿事儿您都交给我，您动动嘴就行了，没事您就歇着。

王利发　你这头犟驴什么时候变得这么孝顺了？

大栓背对着王利发擦拭茶壶，眼泪唰唰地往下流，也不敢擦。

周秀花　（替大栓解围）花儿她爸，你帮我看看那个炉子去，今天怎么也笼不着，许是劈柴太湿，光冒大烟。

大栓到后边去了。

周秀花　爸，您该使唤儿子就使唤，甭心疼他。

王利发　我使唤他？天天儿气也把我气饱了，老跟我对着干。将来老二回来，我还是跟老二，我躲他远远儿的。

周秀花　您放心，将来他绝不会气您了。养儿方知父母恩，他慢慢也明白这个理儿了。昨天跟我说了大半宿，说要把裕泰这个担子挑起来，不能老压在您的肩膀上。

王利发　他挑不起来，现在连我都挑不起来了，这副担子的底儿掉了！

康顺子拉着小花去上学。

小　花　爷爷，我上学去了！

王利发　小花，等等！

小　花　干吗？爷爷！

王利发　昨天晚上……

康顺子　我已经嘱咐过她了，她懂事！

大　栓　（过来仍旧不放心地叮嘱）你大力叔叔的事千万不能对别人说呀！说了，咱们全家都得死！明白吗？

小　花　我不说，打死我也不说！有人要是问我大力叔叔回来过没有，我就说，他走了好几年，一点儿消息也没有！

周秀花　大婶，您今天是要走吧？

康顺子　我是想走，我走了好让你们省点儿嚼裹儿呀！大力是我从这么点点儿拉扯大的，几回，我们娘儿俩差点儿让人害了。死里逃生，相依为命啊。他叫我走，我怎么能不走呢？当初，我刚到这里的时候，他也就小花这么高。

小　花　看大力叔叔现在多壮实，多大气！

康顺子　是啊，虽然他只在这儿坐了一会儿，可是叫我年轻了好几岁！我本来什么也没有，一见着他呀，好像忽然间我什么都有啦！我跟着他走，受什么累，吃什么苦，也是香甜的！看他那两只大手，那两只大脚，简直是个顶天立地的男子汉！

王利发　得，老太太，我是真羡慕您！等我那儿子什么时候来接我，我也走，一点儿也不留恋！

小　花　爷爷，您是说二叔吧？二叔他……

周秀花　小花！（掩饰地）今天让妈送你去吧！

小　花　我不让您送，我就让康婆婆送。

康顺子　还是我送吧。我想好了，要走也得过些日子走。我倒怕呀，大力回来的事儿万一叫人家知道了啊，我又忽然这么一走，也许要连累了你们！外头不是天天在抓人吗？我不能做对不起你们的事儿！

周秀花　大婶，您走您的，甭顾及我们，谁逃出去谁得活命！喝茶的不是常低声儿说：想要活命得上西山吗？

大　栓　是啊！您走吧！

康顺子　你们甭劝了，我知道该什么时候走。小花，婆婆送你上学去！

小　花　哎！

康顺子和小花刚出门，一群伤兵又拥进来。

伤　兵　老头儿，沏茶！

白天。大街。

康顺子拉着小花往学校走。

后面有人跟踪。

康顺子领着小花换路线，躲避跟踪的人。

小　花　康婆婆，学校在那边，您走错啦！

康顺子　乖，别说话，跟着婆婆走。

小花东张西望。

康顺子　别回头！

白天。胡同里。

康顺子拉着小花在胡同里疾走。

迎面过来两个便衣。

康顺子调头往后走。

后面也过来两个便衣。

康顺子　你们要干什么？干吗老跟着我？

便　衣　跟着你就有跟着你的道理，有人请你去一趟！

康顺子　我不去，我得送孩子上学！

便　衣　老婆子别不识抬举，叫你去，说几句话就让你回来，又不是图你的什么！

康顺子　那我也不去！

小　花　康婆婆，咱们回家吧！

康顺子　乖，别害怕，他们不敢把咱们怎么样！

便衣一招手，过来一辆带篷带帘的洋车，四个大汉夹持着康顺子和小花上了车，将门帘拴紧。

康顺子　光天化日的你们劫人哪！

小花哇哇大哭。

白天。洋车内。

康顺子　乖，别哭，咱们得想法儿让你爸爸知道咱们的下落。（伏在小花耳边说话）

小花点头止住哭声。

康顺子　（大声）小花，这儿离咱们裕泰茶馆有多远啦？

小　花　不知道！

康顺子　（大声）小花，你爷爷叫什么名字？

小　花　（大声）王利发！

康顺子　你爸爸叫什么？

小　花　王大栓！

康顺子　咱们住在哪儿？

小　花　裕泰茶馆！

康顺子　你爷爷叫什么？

小　花　王利发！

康顺子　你爸爸叫什么？

小　花　王大栓！

康顺子　咱们住在哪儿？

小　花　裕泰茶馆！

白天。胡同里。

洋车在胡同里奔跑。

一路上，不停从车里传出“王利发！王大栓！裕泰茶馆！”的喊声。

几个便衣骑车在后头跟着。

便　衣　不许嚷嚷！

白天。“白记”饭馆门口。

胡同里一个不大的小饭馆。卖烧饼薄脆、炒肝面茶什么的。这样的早点铺子到中午就卖包子、炒饼，也有简单小炒，是北京胡同里很常见的小饭铺。

拉着康顺子的洋车路过小饭铺的时候，傻杨正在饭铺门口说数来宝。（其实就是要饭）

傻　杨　（打竹板）大饭庄，是“白记”，

东城西城它数第一。

（白）什么第一呀？

（小声）老鼠、苍蝇第一！

饭厅里摆上了一桌席，

你吃点儿吧，你喝点儿吧，

没有外人都是你自己。

要吃肥的有牛羊肉，

要吃瘦的你来里脊。

黄花木耳海带菜，

哩哩啦啦那是粉皮。

整个的螃蟹掰了盖，

弯着腰的那是虾米。

七个窟窿的那是白花藕，

嗳，你不怕扎嘴再吃一口鱼！

洋车从饭馆前驶过，傻杨听着车里面传出的声音停止了说唱，目送着洋车远去。

傍晚。茶馆内。

茶馆早早上了板，王利发急得满屋转。

傍晚。屋内。

周秀花靠在床上垂泪，她受不了孩子丢了的打击，起不来床了。

傍晚。大街上。

大栓和于厚斋及两三个年轻教师，沿着小花上学的路线寻找。

大栓拉住一个摆小摊卖糖豆类的，用手比画小花的高度，小贩摇头。

于厚斋问几个在路边拍洋画的男孩，男孩们摇头。

某教师问一个抱着孩子、站在街门口的女人，女人摇头。

大栓拉住前面一个小姑娘，小姑娘回头，不是小花。拉着小姑娘的女人很不高兴。

几个人在街口碰头，都表示没有找到任何线索。

晚上。茶馆内。

小花的几个老师聚集在茶馆内。

大　栓　（问傻杨）你真听清楚了？

傻　杨　我听得真真切切！是小丫头在喊：我爷爷叫王利发，我爸爸叫王大栓，我住在裕泰茶馆！

王利发　我孙女真是个聪明孩子。

周秀花　可车上哪儿去了呢？

于厚斋　你看见洋车上有什么标志没有？

傻　杨　嗯……灰车篷灰大帘，黑座箱上有两道绿漆，像是顺发的车。

大　栓　顺发车厂在哪儿？

傻　杨　北新桥大街，路西，吴裕泰对面。

于厚斋　还记得车夫的模样吗？

傻　杨　记不得了，只记得拉车的穿的青裤子是条花裤腰，我头回见花裤腰，拉车的弯着腰，那个裤腰就显得很扎眼。

于厚斋　（拿小本记）什么花色的？

傻　杨　好像是彩条的。

于厚斋　线索已经很充分了，顺发车厂的车，穿彩条花裤腰的车夫，在方家胡同东口，早晨八点二十分左右……走，咱们上车厂！

王利发　天这么晚了……我这心里头真不落忍……谢谢您几位了！

于厚斋　王大爷，小花的事是我们大家的事。大家要团结起来，反饥饿，反内战，还要反迫害。我们不能低着头，任人宰割！

王利发　全仰仗诸位了！

大栓和老师们出去了。

王利发　（对周秀花）一个不懂事的小孩，一个白头发老太太，招谁了！

晚上。大侄子家。

康顺子和小花跟前一桌丰盛的饭食。小花被眼前的饭菜馋得坐不住了。

小　花　康婆婆，您说这盘条子肉是真的吗？

康顺子　是真的。

小　花　康婆婆，那碗汤准没有热汤面好吃，是吧？

康顺子　嗯。

小　花　康婆婆，您瞧，那馒头上还有红点儿呢！康婆婆，我不吃，不吃！

康顺子　（心疼地摸着孩子的头）花儿真懂事！（看着饭食）花儿，咱干吗不吃，不吃白不吃！管他谁的，咱们吃饱了肚子再跟他干！有劲儿！

小　花　吃？

康顺子　吃！

小花不由分说，顺手抓起一个馒头，吭就是一大口，夹起条子肉就往嘴里填，顾了这个又顾那个，狼吞虎咽，一点儿不像个小姑娘。那个吃相是饿透了，好不容易逮着的吃相；是有了这顿没下顿的吃相；是让人看着心酸的吃相。

康顺子　（看着小花吃）慢点儿，留神噎着，喝口汤。

小　花　康婆婆您也吃呀！

康顺子　婆婆吃着呢。

转眼间，桌上变得杯盘狼藉。

小　花　（挺在椅子上，小肚子吃得溜圆）康婆婆，我吃得肚子都疼了。

康顺子　饱了吗？

小　花　饱了。

康顺子　要是三天不吃饭能挺过来不？

小　花　要那样现在我还得再吃几口。（又吃）

桌上的钟打了八下。

小花打了个哈欠。

康顺子　（自言自语）这会儿，你爷爷不知道怎么急呢……

小　花　康婆婆，这儿到底是哪儿？

康顺子　不知道。

一阵门响，大侄媳妇带着二三侄媳妇进来了。

大侄媳妇　婆母，您还认得我吗？

康顺子　你是……

大侄媳妇　您仔细瞧瞧。

康顺子摇头。

大侄媳妇　我的变化真这么大吗？都让您认不出来了！我是您大侄媳

妇，顺福家的！

康顺子　我不认识顺福，也不认识什么顺福家的。

大侄媳妇　哪儿能够呢，您进庞家的时候我就在了！这个是老二顺禄家的，这个是老三顺财家的。

俩媳妇　老太太！（假模假式地给康顺子请安）

康顺子扭过脸去不理睬。

大侄媳妇　老太太，咱们都是一家人，俗话说，亲不亲，打断骨头还连着筋哪！早就说接您过来住些日子，就是不知道您在哪儿。这回好了，把您找着了，您就舒舒服服在这儿享享福，让我们当小辈儿的也有机会进进孝。

康顺子　我不认识你们，也不想认识你们，你们趁早把我送回去。要不，这孩子家里头也不会答应你们！

大侄媳妇　我们就是想让您在这儿住着，没别的意思。

康顺子　既然没别的意思，你就让我走！

二侄媳妇　老太太，您别敬酒不吃吃罚酒！

康顺子　老太太我什么酒都不吃！

大侄子　（气愤地冲进门）康老婆子，你以为你是谁？把你绑来就是要把你攥在我的手心里，你要是听话，将来说不定还能给你碗饱饭吃；你要是不听话，把你大卸八块了，外头也没人知道！

小　花　康婆婆，他们要把咱们大卸八块了！

康顺子　我借他俩胆子，他敢！

晚上。顺发车厂内。

大栓、于厚斋两人在询问车厂主。

车厂主　不错，带绿条的都是顺发的车。你们说的那个拉车的是咱们京城有名的棒车夫叫张二喜，外号花裤腰，以前一直给说相声的华子元拉自用车，上个月才到咱们顺发来。他的详细内里，我还真不大清楚。

于厚斋　这个张二喜现在在哪儿？

车厂主　（向窗户外头喊）四儿，花裤腰回车了没有？

四　儿　（在外面答话）回来了。

车厂主　人呢？

四　儿　不知道。

大　栓　他住哪儿？

四　儿　不知道。

拉车的　（拉着车进院，隔着窗户对车主）交车啦！今儿他妈连车份儿都没拉够！

车厂主　你甭跟我在这儿念秧儿，我还不知道你小子，老在我跟前装孙子。

拉车的进屋交钱，将一大把烂票子从兜里掏出来，扔在桌上，烂糟糟的一大堆。看上去真不少，可是不值钱。

车厂主　（点钱）我说，以后交车份你把它整好了再给我，瞧瞧这钱烂的，没魂儿了，这样的你也要？都塞我这儿来了！

拉车的　（倒了一碗茶喝）人家给的就是这个，我不能不接着。（对大栓）也是来赁车的？看你这双腿，跑不到西直门就得打飘。

大　栓　我是来找人的。

拉车的　找谁？

大　栓　张二喜。

拉车的　花裤腰啊，我看见他进澡堂子了。

于厚斋　哪个澡堂？

拉车的　地安门，兴隆池。

大　栓　走！

晚上。夜色中的北京街道。

大栓与于厚斋奔跑着。

于厚斋　（站住）我跑不动了，咱们雇辆车吧！

大　栓　车没有我跑得快！

晚上。澡堂内。

大栓和于厚斋进了澡堂，内里有小床铺，有小茶几，茶几上有茶壶茶碗。几个老头儿光着膀子围块浴巾在小床上半躺半卧，有的闭目养神，也有修脚的在为客人修脚……

大栓和于厚斋进了澡堂，挨个朝床上看去：

一个留着白胡子闭目养神的老头儿；

一个瘦得显出肋骨在哆拉哆嗦抽白面的大烟鬼；

一个长了一脸疙瘩正拿小镜子使劲照，挤青春痘的小青年；

一个脑满肠肥，正吃奶油蛋糕的大胖子；

…………

伙　计　二位，没铺位了，这边有大筐，您把衣裳搁筐里也行！您要愿意多花俩钱儿，上边还有单间、套间，单个盆塘，帽筒、穿衣镜、梳妆台、香胰子、雪花膏全给您备齐了！

大　栓　我们找人。

伙　计　在澡堂子里找人可不大容易，除非您得大声喊。（说着推开大池子的门）

大栓和于厚斋一下愣了。

晚上。大池。

雾气腾腾的大池子里，满满地泡着一池子光眼子男人。

大栓和于厚斋衣冠楚楚地站立在池子边上，显得各色而突出。

于厚斋　打听一下，顺发的张二喜在吗？

池里没人应声。

大　栓　（喊）张师傅，张二喜！

没有答应。

大　栓　（更大声音）张二喜，花裤腰！

…………

深夜。裕泰茶馆外。

王利发站在大门口，担忧地往街两边观望。

大街上静悄悄的，一条癞狗，晃晃悠悠走过来，在王利发脚下嗅了嗅，又晃晃悠悠走过去。

小风冷飕飕地吹着，掀动王利发的衣襟，让人感到王利发真的是个老人了。

周秀花从里面出来，将一件衣裳给王利发披上。

周秀花　爸，回去吧！

王利发　你说这老大，找得着找不着，你给家里捎个话儿……这大半夜，一个小丫头跟一个老太太在外头……怎么过啊……

半夜。地安门外。

大栓和于厚斋失望地往回走。

于厚斋　别泄气，明天一大早咱们上车厂等人去，这个张二喜他得出车不是！

大　栓　我今天晚上就上那门口蹲着去，他明天无论多早，我也能堵着他。

张二喜　（从后面跟上来）二位刚才是在澡堂子里找我吗？我就是花裤腰张二喜。（说着亮出裤腰让两个人看，果然是彩条的裤腰）

大　栓　可找着你了！

张二喜　在池子里，我不知道二位是怎么个来历，不敢贸然答应，害人之心不可有，防人之心不可无。这年月，对谁都得防着点儿，您知道谁跟谁呀！其实从澡堂子出来，我就一直跟在二位后头，我看二位不是坏人……

大　栓　（迫不及待地）老张，我问你，今天早晨在方家胡同附近，你拉了一个老太太跟小姑娘？

张二喜　我想想，是有这么回事儿。是雇主事先雇好了车，让我等着，那一老一小好像不愿意上车，在车上使劲嚷嚷……

于厚斋　拉哪儿去了？

张二喜　东四十条，路北，大宅门！

于厚斋　谢谢你了，老张！

大　栓　（掏出钱往张二喜手里塞）给孩子买点儿吃的。

张二喜　（推辞半天，最终还是收了）求二位爷一件事儿，跟外人千万别说是我说的。

于厚斋　你放心，绝不会！

早晨。大侄子家。

一间简陋的小屋，早晨的阳光照进屋里。

土炕上，小花穿着衣服躺在光板席上睡觉。炕桌上摆着烧饼、油条和热腾腾的粥。康顺子坐在炕沿儿上，看得出，她一宿没合眼。

小花醒了。

小　花　康婆婆，我梦见爷爷了，爷爷让我快回家呢！

康顺子　梦是心头想，你呀，是想爷爷了！我知道，你爷爷跟你妈准得急疯了，昨天夜里指不定满街怎么找咱们呢！

小　花　康婆婆，他们为什么不让咱们回家呀？

康顺子　他们跟康婆婆有仇……

小　花　有仇就把您给关起来吗？

康顺子　因为他们有钱有势。

小　花　将来大力叔叔回来，把他们都给打跑了！

康顺子　（捂住小花的嘴）孩子，在这个时候千万不敢提大力叔叔，让他们知道了，咱们娘儿俩就没命了！

小　花　康婆婆您放心，我不是偷偷在您跟前说吗？在外人跟前我才不说呢！

康顺子　以后在我跟前也别提大力叔叔！孩子，隔墙有耳啊！

小　花　（看见桌上的早点）我要吃芝麻烧饼夹羊肉！

康顺子　小花，从现在起，康婆婆就不吃他们的饭了！

小　花　康婆婆不吃，我也不吃！

一老一小在屋里静静地坐着。

小　花　（跪在窗台上往外看）康婆婆，咱们这是在哪儿啊？

康顺子　车走了半个钟头，大概还是在东城。

小　花　康婆婆，他们能放咱们回家吗？

康顺子　听着，你得吃，你是孩子，别往大人的事儿里搅。康婆婆不吃饭，他们的时间就拖不长，就得让咱们走人！

小　花　我不吃！

下人来收拾饭桌，将一桌未动的早饭都端走了。

大侄子　（进来）老帮子，你还闹开绝食了？花样不少，你以为你不吃饭我就得把你放了，没那么容易！告诉你，要活的要死的，对我是一个样！

康顺子　你个狼心狗肺的东西，你扣着我，干吗还扣人家孩子？

大侄子　这孩子是我手里的法宝，有她在，我不愁降服不了你！

康顺子　连个小孩你们也不放过，还有没有点儿人性？

大侄子　（突然和颜悦色）老太太，您何必跟我别扭着，我其实也没有为难您的意思，只要您答应以庞家老夫人的身份露个脸儿，我就送您回家，还给您个荣华富贵。多么好的事情，不复杂，多少贫老婆子做梦都没有这样的好事儿不是？

康顺子　呸！

下人进来，伏在大侄子耳边说了什么。

大侄子一下变了脸色。

大侄子　叫警察，叫二德子！

白天。大侄子家门外。

大栓、周秀花、王利发在猛击庞家的大门。

大　栓　开门！开门！还我们家孩子！

有些路人纷纷驻足观看，问询情况。

王利发　我的小孙女，让他们给扣进去了！青天白日的，还有没有王法了？

路　人　他们跟你们家有仇？

王利发　谁认识他们啊！

下　人　（将门开了一道缝）干什么？干什么？

大　栓　（硬往里挤）我来找孩子！

周秀花　还我孩子！（冲着门里喊）小花！小花！

下人往外推他们。双方扭在一起。这边喊叫着往里闯，那边骂着往外推。

看热闹的越聚越多。

于厚斋和小学校的老师们带着一批学生赶来增援了，学生们喊着："反对无理迫害学生""打倒黑暗恶势力！""还我同学王小花！"

于厚斋　（将王利发拉到一边）老掌柜，您别往前凑，您坐那边台阶上歇着！

王利发　谢谢您了，于老师，谢谢小花的同学们。

于厚斋　人多力量大！王掌柜，您知道是谁弄走了小花和康婆婆吗？

王利发　我一直在琢磨这个事儿，他究竟是谁呢？

于厚斋　是庞顺福哥儿几个。庞太监的侄子们，跟黑势力挂在一块儿，无恶不作！

王利发　你这么一说我就明白了，他们要抓的是康大婶……抓她又干什么呢……这么些年了……

学生们在门口喊口号。

一队警察和几个打手跑过来，驱散看热闹的人群和学生。不少人挨了小二德子的揍。慌乱中，王利发的后背被猛击一拳，回头一看，是小二德子。

王利发　行，二德子你行！你敢打我！

小二德子　老爷子，我这是执行公务！得，您再打我一下行不行，咱们谁也不欠谁的！

王利发　（冲周围人喊）看看吧，看看这世道吧，无缘无故抢了我的孙女，把她藏起来，我们来要孩子，还派警察打手来打，讲理不讲理？我们也是人哪！我们虽然人穷，可我们的孩子也是个娇滴滴的小丫头，是全家的心尖儿啊！丢孩子的挨偷孩子的打，这世上还有公道没有？

小二德子　聚众闹事，不问青红皂白一律打！

警察将几名老师抓进警车，包括于厚斋。

白天。茶馆内。

王利发、大栓、周秀花灰头灰脑地坐着，看得出是刚从街上回来。大栓、周秀花脸上都带着伤。

王利发　这回我心里有底儿了，是庞太监那几个侄子冲着你康大婶来的。

周秀花　平白无故这么抢人，就是有皇上那会儿也不允许，花儿他爸爸，不行咱们让卫师傅帮咱们写副状子，上法院告姓庞的去！

大　栓　衙门口朝南开，有理没钱别进来！你以为法院能替你说话吗？

周秀花　那谁能替咱们说话？

小刘麻子　（从后头仓库冒出来）我替你们说话！（对王利发）老掌柜，您这边来，这事儿我得跟您细说。

小刘麻子将王利发拉到角落一个小桌，嘀嘀咕咕说了半天。

白天。小丁宝家院内。

丁武来在院里晒太阳，两个穿制服模样的进来了。丁武来以为是来了生意，热情地迎上去。

制服甲　黎漪霞是住这儿吗？

丁武来　是这儿，是这儿，正闲着哪，您里边请，里边请！里里外外我刚规整完，保管您干净卫生！

制服乙　你是什么人？

丁武来　我是黎漪霞的爷们儿。当然，我不是头一个，人家黎漪霞头一个爷们儿是北京有名的……维持会李会长……会长使过的……

制服们将丁武来拨拉到一边，径直向屋内走去。

白天。小丁宝母亲的屋内。

小丁宝的母亲病得已经很沉重了，眼圈是青的，瘦若干柴，说话有气无力。

制服甲　（翻看登记）你叫黎漪霞？

丁宝妈　是的。

制服甲　四十五岁？

丁宝妈　四十五。

制服乙　四十五还卖，看你这模样像七十五的！

丁宝妈　……

制服甲　听着，上边有要求，你必须在今天之内上妇女服务总公司报到，接受检查，由公司统一管理。凡是私自接客，没有检查证明的，一律按有伤风化，对抗新生活运动处理！听明白没有？

丁宝妈　……就是从今天起，不让我吃饭了！

制服甲　你有没有饭吃不关我们的事儿，反正这是命令，沈处长定下的命令，我们得一一通知到了，到时候别说不知道！

制服乙　烂得都起不了炕了，我都纳闷儿，还有人愿意碰你！

两制服出门。

丁武来　（恶狠狠地对丁宝妈）你已经五天没开张了！我看我得在丁宝身上找辙了，不能他妈再指望你！

丁宝妈　（有气无力）你千万不能在孩子身上打主意，我求求你……

白天。丁家院内。

丁武来　（点头哈腰将两个制服送出）您以后常来！不送了！您二位走好！

白天。茶馆内。

小刘麻子　老掌柜，我保证把您孙女跟康老婆子要回来，条件是您跟我们合伙开茶馆。

王利发　只要把人给我找回来，怎么着都行！

小刘麻子　有您这句话我就踏实了。咱们这个茶馆将来还叫裕泰，不过模样得变，现在这个太陈旧，得推倒了落地重建。我先得申请筹划资金，在资金批准下来之前还得照常营业。王掌柜，我先给您介绍个女招待来。

王利发　我给不起工钱！

小刘麻子　既然是合伙了，就不用您给工钱，您瞎用就是了。

王利发　天上掉馅饼了？

小刘麻子　跟我在一块儿干，一天三顿，顿顿天上掉馅饼。不光掉馅饼，还掉金元宝呢！足赤金元宝，您就拿大筐捡吧！

王利发　我怕砸死！

小刘麻子　老头儿，说定啦！您等我的信儿吧！

——第十九集完

第二十集

夜色中。北平胡同内。

喜贵和他的“除奸团”成员，黑衣黑裤黑包头，沿着墙根向沈处长住地迂回。

黑暗中，小宋恩子、小吴祥子带着军警埋伏在沈家周围。

夜中。沈家院内。

喜贵和“除奸团”成员翻过高墙，轻巧跳入院中。

院内树影婆娑，寂静之极。

有流动哨走过，“除奸团”隐在黑影中。

喜贵留三个人放风，自己带着两个人向沈处长的卧室摸去。在门外，听到了里面的鼾声。喜贵轻轻拨开房门。

黑夜。沈处长卧室内。

床上睡觉的人继续发出呼噜呼噜的鼾声。

喜贵和两个同伙悄悄摸到床前，举刀就刺。

这时，灯光大亮，原来屋内布满了荷枪实弹的兵士，一个个枪口直对着常喜贵他们。

床上“酣睡”的人也一跃而起，原来是个膀大腰圆的武夫。武夫扑过来，将常喜贵压在身下，结结实实地绑了。

沈处长　（从屏风后转出来）哈哈哈，跟我玩猫捉老鼠的游戏，嫩了点儿！我的情报，比日本人的准确一百倍！是美利坚训练出来的，无与伦比！常喜贵，我这回唯一没算出来的是你会亲自出马！

常喜贵挣扎。

沈处长　你常喜贵也是北平一个人物呢，前清北平有个李三，后来又出了个康小八，如今又是你。据我所知，那两位的下场都不怎么好，可想而之，你比他们也强不了哪儿去……

常喜贵　我这回没宰了你，我的弟兄也饶不了你！

黑夜。沈家院中。

守候在院里的“除奸团”见屋内突然灯光大亮。

二　宝　不好，快撤！

院内亮起大灯，周围照得通明，“除奸团”暴露在灯光下。

“除奸团”和军警展开激战，有人倒下了。有几个跳墙出去了。

黑夜。沈家墙外。

“除奸团”的几个成员翻出墙外，又遭到小宋恩子们的伏击，几乎全体覆没。

黎明。庞家小屋。

康顺子坐在炕上，抱着小花，拍着。

康顺子　乖，睡吧，睡着了就不饿了。

小　花　我爷爷能知道咱们在哪儿吗？

康顺子　能。你爷爷什么都知道！

早晨。庞家大门口。

一辆汽车停在门口，小刘麻子和四个宪兵走下车。小刘麻子脑袋昂得高高的，大分头不知抹了多少头油。“全副武装”地穿着洋服，夸张的条子西装，手绢在胸袋里掖着，领带上别着别针，表链在背心的下部横着，皮鞋擦得锃亮，浑身散发着浓郁的雪花膏味儿。虽然各样装饰都严格到位，但他不使人觉得穿西服的洋味儿，而令人联想到孝子扶杖披麻的那股勉强劲儿。

四个宪兵戴着钢盔，蹬着高靿皮靴，挎着冲锋枪，全副美式装备，走起路来嚓嚓嚓，面无表情，目不斜视，非常的美国。

蹬开紧闭的街门，五个人就这么勇往直前地进了庞家。

早晨。庞家院落。

庞家人没见过这阵势，几个侄子吓得往里缩。

大侄子从屋里迎出来，给小刘麻子作了个揖。

大侄子　刘爷，您屋里请，屋里请！

小刘麻子　（张狂得连中国话都说不利落了，带有洋味儿）我是宪兵队！你把康老婆子立刻放了！

大侄子　这……

小刘麻子　私藏民女，甭管是老的还是小的，拿到宪兵队先就得把你吊起来，拧成个大麻花！

大侄子　我……

四个宪兵整齐地一拨拉枪。

大侄子　放，我放！

早晨。茶馆门口。

王利发站在门外焦急地张望。

康顺子拉着小花从街东慢慢走来。

王利发　花儿！（迎过去）

小　花　（挣脱康顺子的手，飞奔过来）爷爷！爷爷！

街中间，爷孙俩相遇，王利发抱起小花。

小花哭了。

王利发　孩子，不哭，不哭，这不是回来了吗？

大栓和周秀花也从茶馆里出来了，将小花搂在怀里。

王利发　（对康顺子）您受苦了！回家吧，回家。

康顺子　对不住您，让孩子跟着受连累了……

大　栓　回家！回家！有话回家说！

小　花　（一手拉着爸爸，一手拉着妈妈，高兴地）回家喽！

早晨。茶馆内。

小花和康顺子等人进了门。

小　花　妈，我得上学去，好几天没上课了，功课肯定落下不少。

大　栓　甭去，老师们都罢课了，在大街上游行呢！

康顺子　（对王利发）我看我还是得走，尽快走，谁知道庞家又生出什么事儿来呢！

王利发　您思虑得对，先前儿我还想拦着您，现在我看，还是走了好，走了踏实。

康顺子　我上后头收拾收拾东西去。

王利发　我看看孙女去！（与康顺子到后面）

小丁宝一推门进来。

小丁宝　嗨，掌柜的，我来啦！

大　栓　你是谁？

小丁宝　小丁宝！小刘麻子叫我来的，他说这儿的老掌柜托他请个女招待。

大　栓　姑娘，你看看，这么个破茶馆，能用女招待吗？我们老掌柜呀，穷得乱出主意！

王利发　（从后头出来）老大，你怎么老在背后褒贬老人呢？谁穷得乱出主意呀？下板子去！什么时候了，还不开门！

大栓出去下门板。

小丁宝　老掌柜，你硬朗啊？

王利发　嗯！要有炸酱面的话，我还能吃三大碗呢，可惜，没有！十几了？姑娘！

小丁宝　十七。

王利发　才十七？

小丁宝　是呀！我妈是寡妇，带着我过日子。后来找了一个大烟鬼给我当爹，那整个儿是块膏药，把我们娘儿俩吃得死死儿的，揭都揭不下来！先一个爸爸活着的时候我们日子过得还不错，胜利以后呀，把他给毙啦，说我们住的房子是逆产，政府给没收啦！老掌柜，我到今天还不明白什么叫逆产，您知道吗？

王利发　姑娘，说话留点儿神！一句话说错了，什么都可以变成逆产！你看，这后边呀，是秦二爷的仓库，有人一瞪眼，说是逆产，就给没收啦！就是这么一回事儿！

大栓将门板卸下，进来了，擦桌子。

小丁宝　老掌柜，您说对了！连我也是逆产，谁的胳膊粗，我就得伺候谁！他妈的，我才十七，就常想，还不如死了呢！死了落个整尸首，干这一行，活着身上就烂了！

大　栓　爸，您真想要女招待吗？

王利发　我跟小刘麻子瞎聊来着！我一辈子老爱改良，看着生意这么不好，我着急！

大　栓　您着急，我也着急！可是，您就忘记老裕泰这个老字号了吗？六十多年的老字号，用女招待？

王利发　这内里的事儿，你还是甭知道的好！

小丁宝　什么老字号啊！越老越不值钱！不信，我现在要是二十八岁，就是叫小小丁宝，小丁宝贝儿，也没人看我一眼！

王利发　你呀，老大，比石头还顽固！

大　栓　（将搌布一扔）好吧，我出去遛遛，这里出不来气儿！

大栓一出门，刚好和要进门的小刘麻子撞上，大栓厌恶地哼了一声，出去了。

小刘麻子　（看着大栓）这大早晨的是吃枪药了！（进门）小丁宝，你来啦！

小丁宝　有你的话，谁敢不来呀！

小刘麻子　王掌柜，看我给你找来的小宝贝怎么样？人才、岁数、打扮、经验，样样出色！您这儿要是有钢琴，叫小丁宝给您弹上几爪子，保准您得爱上她！

王利发　谁让我爱上谁得倒霉！这样的人儿，就怕我用不起吧？

小刘麻子　没的事！她不要工钱！是吧，小丁宝？

王利发　不要工钱？

小刘麻子　老头儿，你都甭管，昨天咱们不是都说好了吗？全听我的，我跟小丁宝有我们一套办法！是吧，小丁宝？

小丁宝　要是没你那一套办法，怎么会缺德呢！

小刘麻子　缺德？你算说对了！当初，我爸爸就是由这儿绑出去的，不信，你问王掌柜。是吧，王掌柜？

王利发　我亲眼所见！

小刘麻子　你看，小丁宝，我不乱吹吧？绑出去，就在马路中间，咔嚓一刀！是吧，老掌柜？

王利发　听得真真儿的！

小刘麻子　我不说假话吧？小丁宝！可是，我爸爸到底差点儿事，一辈子混得并不怎么样。轮到我自己出头露面了，我必得干得特别出色。（打开皮包，拿出计划书）看，小丁宝，看看我的计划！沈处长已经批准了这个计划！

小丁宝　我没那么大的工夫！我看哪，我该回家，休息一天，陪我妈去看看病，明天来上工。

王利发　姑娘，你来的事儿我还没想好呢！

小刘麻子　王掌柜，定好了的事儿，怎么又变啦！甭发愁，我都替你想好啦！不信，你等着看，明天早上，小丁宝在门口儿歪着头那么一站，马上就进来二百多茶座儿！小丁宝，你先别忙着回家，你听听我的计划，跟你有关系。

小丁宝　但愿跟我没关系！

小刘麻子　你呀，小丁宝，不够积极！听着……

收电费的进来了。

收电费的　掌柜的，电灯费！

王利发　电灯费？欠几个月的啦？

收电费的　仨月！这俩月您的电费猛增啊！

王利发　都是这伤兵闹的，深更半夜的坐这儿不走啊！几个月的？

收电费的　仨月！

王利发　再等仨月，凑半年，我也还是没办法！

收电费的　不像话了啊，王掌柜！

小刘麻子　嗨，我跟你说，以后收电费朝我要！这儿属沈处长管，知道沈处长吧？市党部的委员，宪兵司令部的处长！你愿意收他的电费吗？说！

收电费的　什么话呢，当然不收！对不起，我走错了门儿！（急忙出去了）

小刘麻子　看，王掌柜，你不听我的行不行？你那套光绪年的办法太守旧了！

王利发　对，要不怎么说，人要活到老学到老呢！我还得多学！

小刘麻子　就是嘛！

小唐铁嘴进来。穿着绸子夹袍，新缎子鞋。

小刘麻子　哎哟，他妈的是你，小唐铁嘴！

小唐铁嘴　哎哟，他妈的是你，小刘麻子！来，叫爷爷看看！（看前看后）你小子行，洋服穿得像那么一回事儿，由后边看哪，你比洋人还更像洋人！老掌柜，我夜观天象，紫微星发亮，不久必有真龙天子出现，所以你看我跟小刘麻子，和这位……

小刘麻子　小丁宝，九城闻名！

小唐铁嘴　……和这位小丁宝，都这么才貌双全，文武带打，我们是应运而生，活在这个时代，真是如鱼得水！老掌柜，把脸转正了，我看看！好，好，印堂发亮，还有一步好运！来吧，给我碗茶喝吧！

王利发　小唐铁嘴！

小唐铁嘴　别再叫唐铁嘴，我现在叫唐天师！

小刘麻子　谁封你做了天师？

小唐铁嘴　待两天你就知道了。

王利发　天师，可别忘了，你爸爸白喝了我一辈子的茶，这可不能世袭！

小唐铁嘴　王掌柜，等我穿上八卦仙衣的时候，你会后悔刚才说了什么！你等着吧！

小刘麻子　小唐，待会儿我请你去喝咖啡，小丁宝作陪。你先听我说点儿正经事，好不好？

小唐铁嘴　王掌柜，你就不想想，天师今天白喝你点儿茶，将来难道就不会给你个县知事做做吗？好吧，小刘，你说！

小刘麻子　我这儿刚跟小丁宝说，我有个伟大的计划！

小唐铁嘴　好，我洗耳恭听！

小刘麻子　我要组织一个“拖拉撕”。这是个美国名字，也许你不懂，翻成北京话就是“包圆儿”。

小唐铁嘴　我懂！就是说，所有的姑娘全由你包办。

小刘麻子　对！你的脑力不坏！小丁宝，听着，这跟你有密切关系，甚至于跟王掌柜也有关系。

王利发　我这儿听着呢！

小刘麻子　我要把舞女、明娼、暗娼、吉普女郎和女招待全组织起来，成立那么一个大“拖拉撕”。

小唐铁嘴　（闭着眼问）官方上疏通好了没有？

小刘麻子　当然！沈处长做董事长，我当总经理！

小唐铁嘴　我呢？

小刘麻子　你要是能琢磨出个好名字来，请你做顾问！

小唐铁嘴　车马费不要法币！

小刘麻子　每月送几块美钞！

小唐铁嘴　往下说！

小刘麻子　业务方面包括：买卖部、转运部、训练部、供应部、四打部。谁买姑娘，还是谁卖姑娘；由上海调运到天津，还是由汉口调运到重庆；训练吉普女郎，还是训练女招待；是供应美国军队，还是各级官员；都由公司统一承办，保证人人满意。你看怎么样？

小唐铁嘴　太好！太好！在道理上，这合乎统治一切的原则。在实际上，这首先能满足美国兵的需要，对国家有利！

小刘麻子　好吧，你就给想个好名字吧！想个文雅的，像“柳叶眉，杏核眼，樱桃小口一点点”那种诗，那么文雅的！

小唐铁嘴　嗯——“拖拉撕”，“拖拉撕”……不雅！拖进来，不听话就撕成两半儿，倒好像是绑票儿撕票儿，不雅！

小刘麻子　对，是不大雅！可那是美国名字，吃香啊！

小唐铁嘴　还是联合公司响亮、大方！

小刘麻子　有你这么一说！什么联合公司呢？

小丁宝　缺德公司就挺好！

小刘麻子　小丁宝，谈正经事儿，不许乱说！你好好儿干，将来你有做女招待总教官的希望！

小唐铁嘴　看这个怎么样——花花联合公司？姑娘是什么？鲜花嘛！要姑娘就得多花钱，花呀花呀，所以花花！“青是山，绿是水，花花世界”，又有典故，出自《武家坡》！好不好？

小刘麻子　小唐，我谢谢你，谢谢你！（热烈握手）我马上找沈处长去研究一下，他一赞成，你的顾问就算当上了！（收起皮包要走）

王利发　我说，丁宝的事儿到底怎么办？

小刘麻子　没告诉你不用管吗？“拖拉撕”统办一切，我先在这里试验试验。

小丁宝　你不是说喝咖啡去吗？

小刘麻子　问小唐去不去？

小唐铁嘴　你们先去吧，我在这儿还有点儿事儿。

小刘麻子　咱们走吧，小丁宝！

小丁宝　明儿见，老掌柜！再见，天师！

小唐铁嘴　王掌柜，拿报来看看！

王利发　那我得慢慢找，两年前的还许有几张！

小唐铁嘴　废话！

小丁宝　（探进头）老掌柜，老掌柜！

王利发　闺女，你怎么又回来了？

小丁宝　（看了小唐铁嘴一眼）您出来，我跟您有话说。

白天。茶馆外。

小丁宝　（小声）老掌柜，我告诉您点儿事儿！

王利发　说吧，姑娘！

小丁宝　小刘麻子呀，没安好心，他要霸占这个茶馆！

王利发　怎么霸占？这个破茶馆还值得他们霸占？

小丁宝　下午他和沈处长就过来，我没工夫细说，您打个主意吧！

王利发　姑娘，我谢谢你！

小丁宝　我好心好意跑回来告诉您，您可不能卖了我呀！

王利发　姑娘，我还没老糊涂呢，放心吧！

小丁宝　好，回见！

白天。街上。

大栓坐在路边树影底下让剃头的给剃头。

说单口相声的邹福远脖子上挂着个木头箱子，在一边吆喝着走过来。

邹福远：买咧买咧，美国针、美国线、美国牙膏、美国消炎片！还有口红、雪花膏、玻璃袜子细毛线！箱子小，货物全，就是不卖原子弹！

大　栓　邹师傅！

邹福远　大栓哪！

大　栓　邹师傅您不说相声啦？我还想接着听您的《珍珠翡翠白玉汤》哪！

邹福远　下辈子再给您说吧！眼下，说相声没人听，顾不上全家几口人的嘴，只好倒腾点儿小买卖儿，没法子！

街上过来一顶怪模怪样的花轿，黑漆轿杆，两头安着铜杆轴，轿顶蒙着鹅黄绦网，立着金色凤凰，轿围子一律是黄色彩缎，上边绣着花开富贵，团龙团凤，轿围子下部绣着波澜壮阔的海水江涯图案。出奇的是轿围子上点缀着玻璃水钻，安着五彩小灯泡，你明我暗，争相斗彩，如同满天的星斗。轿子四角挂有花篮，里边装着鲜花，垂着小铃铛。总之极尽美丽之能事，凡是能装饰的地方一处也没有落下。轿子前头是仪仗，灯、旗、伞、扇都是成对的，轿子后头是跟班，丫头小子捧着痰盂、点心匣子、茶具、梳妆盒、烟具，等等，走得轰轰烈烈。

花里胡哨的轿子在阳光的照耀下，光芒万丈。

路人纷纷驻足观看。

剃头的　（停止了动作）咦，中国又出娘娘了吗？

大　栓　跑旱船扭大秧歌的吧？

旁边老者　是三皇道的人……乱世出妖孽，散德性呢！

邹福远　我要是他们家老祖宗，非一头碰死在这马路牙子上不可！

光怪陆离的一队人走过街道。

白天。小丁宝家。

丁宝妈躺在床上，丁武来在她周围翻腾，褥子底下，枕头底下，袜筒里，鞋窠篮儿里……

丁武来　我就不信连一块钱也找不出来！

丁宝妈漠然地任着丁武来翻找。她的被子全部被掀开，浑身上下都被丁武来找过。

丁武来毫无所获，骂骂咧咧地出去了。

丁宝妈被晾在床上，她已经没有力气将被子拉过来。近乎死人的她，突然眼内有了片灵动，她的目光停留在床脚小桌上摆放的镜框上，那是美丽的关秀岑。

戏装的秀岑含情脉脉地注视着她。

丁宝妈挣扎着要把照片够到手，她花了全身的最后力气，眼看着就碰到照片了……

照片掉到地上，玻璃碎了。

丁宝妈咽了气。

白天。丁家门口。

洋车停在门口，小丁宝下车，对另一辆洋车上的小刘麻子挥手再见。

小刘麻子　拜拜！别忘了明天上裕泰！

小丁宝　忘不了！

白天。丁家院落。

小丁宝进院，进屋。

小丁宝　妈，妈，您怎么啦？妈，妈！（大哭）妈——

白天。茶馆门口。

浩浩荡荡的花轿仪仗队停在裕泰茶馆门口。

大栓剃完头见到此情景，吃了一惊，赶紧跑回茶馆。在门口，他看见庞四奶奶正好下轿。庞四奶奶打扮得像个女妖精，大概是恨不得多长几根手指头，庞四奶奶的手上戴满了各种戒指，每个戒指都很大，很有特色，这样就使得她的十个指头永远张着。庞四奶奶谱很大，她的脚不能踩地，双脚迈出来，就有丫头在轿下铺了毡，她得踩着毡进来。

小唐铁嘴　（从茶馆内迎出来，请安）娘娘！我等您半天了。

白天。茶馆内。

王利发　（手搭在额头望着茶馆外）直晃眼睛，这是来了个什么？跟冥衣铺糊的灵人儿似的！

大　栓　（闪进来）爸，不是个善茬儿！留神！

庞四奶奶由丫鬟春梅搀着进了茶馆。

庞四奶奶　天师！

小唐铁嘴　伺候娘娘！（让庞四奶奶坐，给她倒茶）

打鼓的方六不知什么时候钻了进来，凑在庞四奶奶跟前。

方　六　娘娘，我得到一堂景泰蓝的五供儿（祭祀用的五件器皿），东西老，地道，也便宜，坛上用体面，您看看吧！

庞四奶奶　请皇上去看看吧！

方　六　是！皇上不是快登基了吗？我先给娘娘您道喜！我马上取去，送到坛上！娘娘多给美言几句，我必有份人心！（往外走）

庞四奶奶　（对王利发）你是王掌柜？

王利发　没错儿。

庞四奶奶　王掌柜，康妈妈在这儿哪？请她出来！

小唐铁嘴　我去！（跑到后门口）康老太太，您来一下！

王利发　什么事？

小唐铁嘴　朝廷大事！

康顺子出来。

康顺子　干什么呀？

庞四奶奶　（迎上去）婆母！我是您的四侄媳妇，来接您，快坐下吧！（拉康顺子坐下）

康顺子　四侄媳妇？

庞四奶奶　是呀，您在庞家的时候我刚过门，在花园里跟您见过一面，您忘了？

康顺子　我跟庞家早就一刀两断了，找我干吗？

庞四奶奶　您的四侄子顺海呀，是三皇道的大坛主，国民党的大党员，又是沈处长的把兄弟，快做皇上啦，您不喜欢吗？

康顺子　快做皇上？

庞四奶奶　啊！龙袍都做好啦，就快在西山登基了！

康顺子　在西山？

小唐铁嘴　老太太，西山一带有八路。庞四爷在那儿一登基，消灭八路，南京能够不愿意吗？

庞四奶奶　四爷呀都好，近来可是有点儿贪酒好色，皇上还没当上，他已经弄了好几个小老婆了，想着法儿的凑三宫六院哪！

小唐铁嘴　娘娘，您别这么说皇上，那妃子的数目都是有书可查的，不是皇上特殊！

庞四奶奶　你不是娘娘，怎么知道娘娘的委屈！老太太，我是这么想：您要是跟我一条心，我叫您做老太后，咱们俩一齐管着皇上，我这个娘娘不就好做一点儿了吗？老太太，您跟我去，吃好的，喝好的，兜儿里老带着那么几块当当响的洋钱，多么好啊！

康顺子　我要是不跟你去呢？

庞四奶奶　您不能，这么好的事儿，打着灯笼也找不着啊！

康顺子　哼，我还真不去！

庞四奶奶　啊？不去？（要翻脸）

小唐铁嘴　让老太太想想，想想！

康顺子　用不着想，我不会再跟庞家的人打交道。那边早晨才把我放出来，这边又来请。这会儿，我倒成了香饽饽！四媳妇，你做你的娘娘，我做我的苦老婆子，谁也别管谁！刚才你要跟我瞪眼睛，你当我怕你吗？我在外边也混了这么多年，磨炼出来了，谁跟我瞪眼，我会伸手打！（立起，往后走）

小唐铁嘴　老太太！老太太！

康顺子　（立住，转身对小唐铁嘴）你呀，小伙子，挺起腰板来，去挣碗干净饭吃，不好吗？（进去）

庞四奶奶　（迁怒于王利发）王掌柜，过来！你去跟那个老婆子说说，说好了，我送给你一袋子白面！说不好，我砸了你的茶馆！天师，走！

小唐铁嘴　王掌柜，我晚上还来，听你的回话！

王利发　万一我下半天就死了呢？

庞四奶奶　呸！你还不该死吗？（被众人簇拥着出门）

大　栓　哼！

王利发　老大，看着点儿，我到后头商量点儿事儿！

白天。康顺子屋内。

康顺子　（对周秀花）我一看见那娘儿们就气得浑身哆嗦，手脚冰凉，到这会儿还没缓过来呢！（收拾东西，将要带走的包了个小包

袱）

周秀花　那女的一进门，我就知道没好事儿！（将拿来一件衣服抖开）大婶，这件夹袄您带上吧，是我婆婆的，山上凉……（老裕泰的相片从衣服里掉出来，周秀花拾起，搁在桌上）

王利发　（进屋）他康婶，你还是快走吧，越快越好，到晚上谁知道出什么事儿呢！

康顺子　我真怕连累你们！

王利发　到现在还说这个……

小　花　康婆婆您别走！

康顺子　王掌柜，你要是改了主意，不让我走，我还可以不走！

王利发　我没改主意，我能改主意吗？

周秀花　爸，庞四奶奶也未必敢砸茶馆。

王利发　你怎么知道？三皇道是好惹的吗？

康顺子　我其实没什么，我顶不放心的是大力回来的事儿。只要一走漏了消息，大家全完！那比砸茶馆更厉害！

王利发　顾不了那么多了，走出去一个是一个！

康顺子拿着小包袱要往外走。

周秀花　（看看外面）康婆婆，等一会儿，外头进来人了。

白天。茶馆内。

小二德子　（在外边大吼一声）闪开了！（进来）大栓哥，沏壶顶好的！我有钱！（掏出四块现大洋，一块一块地放下）给算算，刚才花了一块，这儿还有四块，五毛打一个，我一共打了几个？

大　栓　十个。

小二德子　（用手指算）对！前天四个，昨天六个，可不是十个！大栓哥，你拿两块吧！没钱，我白喝你的茶；有钱，就给你！你拿吧！（吹一块，放在耳旁听听）这块好，就一块当两块吧，给你！

大　栓　（没接钱）小二德子，什么生意这么好啊？现大洋可不容易看到啊！

小二德子　念书去了！

大　栓　把"一"都念成扁担，你念什么书啊？

小二德子　（拿起桌上的茶壶，对着嘴喝了一气，低声说）市党部派我去的，法政学院。没当过这么美的差事，忒美，忒过瘾，比在天桥好得多！打一个学生五毛现大洋！昨天揍了几个来着？

大　栓　六个。

小二德子　对！里边还有两个女学生！一拳一拳地打下去，太美，太过瘾！大栓哥，你摸摸，摸摸！（伸臂）铁筋洋灰的！用这个揍男女学生，你想想，美不美？

大　栓　他们就那么老实，乖乖儿地叫你打？

小二德子　我专找老实的打呀！你当我是傻子哪？

大　栓　小二德子，你听我说，打人不对！

小二德子　可也难说！你看教党义的那个教务长，上课先把手枪拍在桌上。我不过抡抡拳头，没动手枪啊！

大　栓　什么教务长啊，流氓！

小二德子　对！流氓！不对，那我也是流氓喽！大栓哥，你怎么绕着脖子骂我呢？大栓哥，你有骨头！不怕我这铁筋洋灰的胳膊！

大　栓　你就是把我打死，我不服你还是不服你，不是吗？

小二德子　呵，这么绕脖子的话，你怎么想出来的？大栓哥，你应当去教党义，你有文才！好啦，反正我今天不再打学生了，成了吧？

大　栓　干吗光是今天不打，永远不打才对！

小二德子　不是今天我另有差事吗？

大　栓　什么差事？

小二德子　今天打教员！

大　栓　干吗打教员？打学生就不对，还打教员？

小二德子　上边怎么交派，我怎么干！他们说，教员要罢课，罢课就是不老实，不老实就得揍！他们叫我上这儿等着，看见教员就揍！（看外边）游行队伍过来了，我得上班了！大栓哥，你拿着这块钱吧！

大栓　打女学生的钱，我不要！

小二德子　（另拿一块）换换，这块是打男学生的，行了吧？（看大栓还是摇头，小声）这么着吧，你这块钱算是从我这儿买了个情报！

大　栓　什么情报？

小二德子　（看看左右）小宋恩子们得到消息，说康大力前两天回来过！

大　栓　（吃了一惊，镇静地）我怎么不知道。

小二德子　千万别说是我告诉你的！你说，这消息值不值一块大洋？

（跑出去）

白天。康顺子屋。

周秀花　这小子好不容易走了！康婶，您快走吧！

康顺子和周秀花、小花走出房门。

王利发走在最后，他一眼看见桌上已经沾上血残缺了的照片。他颤抖着拿起照片，慢慢地将照片揣在怀里，扶着门框走出来。

白天。茶馆内。

康顺子拿着包袱和周秀花们一块儿从后面出来。

小　花　（依依不舍地）康婆婆……

康顺子　小花，乖，婆婆再看你一眼！（抚摸着小花的头）多体面的小闺女呀，吃的不足啊，要不然还得好看呢！

大　栓　大婶，我送您去！爸，我送送她老人家，可以吧？

王利发　嗯——

周秀花　大婶在咱们这儿受了多少年的苦，帮了咱们多少忙，还不应当送送？

王利发　我并没说不叫他送！送！送！

大　栓　大婶，等等，我拿件衣服去！

周秀花　爸，您怎么啦？

王利发　别再问我什么，我心里乱！一辈子没这么乱过！他大婶，外边不行啊，就还回来！

周秀花　老太太，这儿永远是您的家！

王利发　可谁知道，也许……

康顺子　我也忘不了你们！老掌柜，你硬硬朗朗的吧！

王利发　（送了两步，立住）我硬硬朗朗的干什么呢？

大　栓　爸，我们走了。您放心，我送到了地方就回来。

王利发　回来不回来，随你的便吧！

大　栓　（同康顺子出门，走了一段又跑回来）爸，大力回来的事儿好像特务们知道了，您得有所准备！（又追康顺子去了）

王利发　（脑袋已经无法思维，半天才问周秀花）刚才老大他说什么？

周秀花　他说大力回来的事儿特务知道了！

王利发　噢——

周秀花　爸，怎么办呢？这可是要命的事儿啊！

王利发　小花！小花！

小　花　爷爷，我在这儿呢！

王利发　快走，跟着你妈，追上康婆婆！快！

小　花　我拿书包去！

周秀花　拿上两件衣裳，小花！爸，剩您一个人怎么办？

王利发　这是我的茶馆，我活在这儿，死在这儿！

小花挎着书包，夹着点东西跑回来。

周秀花　爸爸！

小　花　爷爷！

王利发　别难过，走吧！（从怀里掏出所有的钱和那张残缺了的旧照片）媳妇，拿着这点儿钱，小花，拿着这个，老裕泰三十年前的相片，原先我给了你二叔，你二叔……你带着它吧！是个念想……

小　花　爷爷！

周秀花　爸爸，您都知道了……

王利发　走吧！

小花和周秀花刚要出门，小唐铁嘴进来了。

小唐铁嘴　小花，教员罢课，你住姥姥家去呀？

小　花　对啦。

王利发　（假意地）媳妇，早点儿回来！

周秀花　爸，我们住两天就回来！（带着小花出去了）

小唐铁嘴　王掌柜，你跟康老婆子说好了吗？

王利发　不是说晚上吗？晚上一定给你回话！

小唐铁嘴　王掌柜，你说我爸爸白喝了一辈子茶，我送你几句救命的话，算是替他还账吧。告诉你，三皇道现在比日本人在这儿的时候更厉害，砸你的茶馆比砸个砂锅还容易！你别太大意了！

王利发　我知道！你既买我的好，又好去对娘娘表表功！是吧？

小宋恩子和小吴祥子进来了，两个特务都穿着新洋服。

小唐铁嘴　二位今天可够忙的吧？

小宋恩子　忙得厉害！教员们大暴动！

王利发　二位，“罢课”改了名儿叫“暴动”啦？

小唐铁嘴　怎么啦？

小吴祥子　他们还能反到天上去吗？到现在为止，已经抓了一百多，打了七十几个，叫他们反吧！

小宋恩子　太不知好歹！他们再不老老实实的，美国会送来大米、白面吗？

小唐铁嘴　就是，就是！二位，有大米、白面可别忘了我！以后，给大

家的坟地看风水，我一定尽义务！好，二位忙吧！（出门去了）

小吴祥子 你刚才问“罢课”改叫“暴动”啦？王掌柜？

王利发 （已经毫无畏惧，也不想周旋了）是你说的！

小宋恩子 哼，你就跟他们是一路货！

王利发 我？您太高抬我啦！

小吴祥子 我们忙，没工夫跟你费话，说干脆的吧！

王利发 什么干脆的？

小宋恩子 教员们暴动，必有主使的人！

王利发 谁？

小吴祥子 那天晚上谁上这儿来啦？

王利发 康大力！

小宋恩子 就是他！你把他交出来吧！

王利发 我要是知道他是哪路人，还能够随便说出来吗？我跟你们的爸爸打交道多少年，还不懂这点儿道理？

小吴祥子 甭跟我们拍老腔，说真的吧！

王利发 交人还是拿钱，对吧？

小宋恩子 你真是我爸爸调教出来的！对啦，要是不交人，就把你的金条拿出来！别的铺子都随开随倒，你可混了这么多年，必定有点儿底儿！

小二德子匆匆跑进来。

小二德子 快走！街上的人不够用啦！快走！

小吴祥子 你小子管干吗的？

小二德子 我没闲着，看，脸都肿啦！

小宋恩子　掌柜的，我们马上回来，你打主意吧！

王利发　不怕我跑了吗？

小吴祥子　老帮子，你真斗气儿！你跑到阴间去，我们也会把你抓回来！（打了王利发一拳，同小宋恩子和小二德子出去了）

白天。沈处长办公室。

沈处长　（打电话）给我压下去，越闹越大，你们是干什么吃的？水龙头压不住，开枪，给我开枪！

副　官　处长，那几个“除奸团”的土匪是不是还按原计划正法？

沈处长　计划是怎么样？

副　官　在监狱里集体枪决。

沈处长　我要把他们游街示众，拉出德胜门，当众活埋！

副　官　街面上正乱着……

沈处长　杀鸡给猴看！

白天。大街上。

游行的队伍遭到军警射击，人们四下逃散，有人中弹倒下，也有互相救助的……

很快，街上变得清冷一片。

水迹、血迹、旗帜、标语、尸体……

几辆军车缓缓开来，上面押着五花大绑的常喜贵和他的“除奸团”成员。

人们纷纷从路两旁的铺子、住家里走出来，目送着车子经过。没人说话，人们的心情沉重。

突然，常喜贵亮出一嗓子《盗御马》。

常喜贵　（唱）将酒宴摆至在聚义厅上，

我要与众贤弟叙一叙衷肠……

车上的兄弟和车下的人众齐声喊好。

傻杨在车后头撒出一把把纸钱。

常四爷挎着卖花生仁的小筐，穿着露出棉花的棉袄，戴着破了窟窿的毡帽，眼睁睁地看着儿子的车从自己跟前驶过。

常四爷　（伸出苍老的手）喜贵！喜贵！喜贵……

儿子看见了人群中的父亲，回过头冲着父亲微微一笑。

常四爷再不能支持，他一屁股坐在马路沿儿上。散落的纸钱飘散到他的身上、他的四周。他下意识地一张张拾起，收到小筐里……

一双更干枯的手将常四爷搀起，是秦仲义。

秦仲义的衣服也破旧不堪，两个人搀扶着，跌跌撞撞地向裕泰茶馆走去。

白天。茶馆门口。

小刘麻子下了车，小跑着上了台阶，很兴奋。

白天。茶馆内。

小刘麻子　王掌柜，好消息！沈处长批准了我的计划！

王利发　大喜！大喜！

小刘麻子　你也大喜！处长也批准了修理这个茶馆！我一说，处长就说好！他呀老把“好”说成“蒿”，特别有个洋味儿！

王利发　都是怎么一回事儿？

小刘麻子　从此你算省心了！这儿全属我管啦，你搬出去！我先跟你说好了，省得以后你麻烦我！

王利发　那不能！凑巧，我这儿也正想搬家呢。

小刘麻子　你把手使的东西规整一下，给自个儿找个地方，把房腾出来，下午我派工匠来拾掇房了！（出门去了）

王利发　好！真好！太好！哈哈哈！

常四爷和秦仲义进门。

常四爷　王掌柜，老朋友……

王利发　哎哟，常四哥！

秦仲义　什么事儿这么好哇，值得您这么高兴？

王利发　您是……

秦仲义　我姓秦。

常四爷　秦二爷。

王利发　您不说，走道上我还真认不出来了！二爷您变得厉害！

秦仲义　老得不像样子了！穷途潦倒，一点儿不夸张！

王利发　我这儿正想找你们几位说说话儿呢！我沏一壶好的茶来，咱们喝喝！（去沏茶）

秦仲义　（四下看房）这房跟我一样，快落架了！

王利发　（端茶来）秦二爷，我正想去告诉您一声，这儿要大改良！坐！坐！四爷，您脸色这么难看？

常四爷　儿子没啦！刚才五花大绑在我眼皮底下……正法了！

王利发　（同情地拍拍常四爷的手）一样，我早晨得着的信儿，我们家老二……您说这都是怎么了？年轻轻儿的，都走在老家儿头里……

秦仲义　现在想掉点儿眼泪都没有了。

王利发　（给大伙儿倒茶）喝茶，喝茶，这是我最后一点儿好茶叶，全沏上了，咱们酽酽儿的，好好儿地喝一回茶！我开了一辈子茶馆，自个儿还没舒坦地坐这儿这么喝过茶！

常四爷　我这儿有花生米，（抓）喝茶吃花生米……

秦仲义　可是谁嚼得动呢？

王利发　看多么邪门，好容易有了花生米，可全嚼不动了！多么可笑！怎么样啊？秦二爷！

秦仲义　别人都不理我啦，我来跟你说说，那天我转了一圈，看我的工厂！

王利发　不是都没收了吗？

秦仲义　拆了！

常四爷、王利发　拆了？

秦仲义　拆了！我四十年的心血啊，拆了！别人不知道，王掌柜你知道，我从二十岁起，就主张实业救国。到而今……抢去我的工厂，好，我的势力小，干不过他们！可倒好好儿地办哪，那是富国裕民的事业呀！结果，拆了，机器都当废铜烂铁卖了！全世界，全世界找得到这样的政府找不到？我问你！

王利发　当初，我开的好好儿的公寓，您非盖仓库不可。看，仓库查封，成了逆产！当初，我劝您别把财产都出手，您非都卖了开工厂不可！

常四爷　还记得吧？当初，我给那个卖小妞的媳妇一碗面吃，您还说风凉话儿呢。

秦仲义　现在我明白了！儿子走的路是对的，尽管他没能走到底，让人给害了！王掌柜，求您一件事儿吧：（掏出一两个机器小零件和一支钢笔空管）工厂拆平了，这是我由那儿捡来的小东西。

这个笔管上刻着我的名字呢，它知道，我用它签过多少张支票，写过多少计划书。我把它们交给你，没事的时候，你可以跟喝茶的人们当个笑话谈谈。你说呀，当初有那么一个不知好歹的秦某人，爱办实业。办了几十年，临了他只由工厂的土堆里捡回来这么点儿小东西！你应当告诉大家，有钱哪，就该吃喝嫖赌，胡作非为，可千万别干好事儿！告诉他们哪，秦某人七十多岁了才明白这点儿大道理！他是天生来的笨蛋！

王利发　您自己拿着这支笔吧，我马上就搬家啦！

常四爷　搬哪儿去？

王利发　我也不知道搬哪儿去！秦二爷，常四爷，我跟你们不一样，二爷财大业大心胸大，树大可就招风啊！四爷你，一辈子不服软，敢作敢当，专打抱不平。我呢，做了一辈子顺民，见谁都请安、鞠躬、作揖。我只盼着呀，孩子们有出息，冻不着，饿不着，没灾没病！可是，日本人在这儿，二栓子跑啦。好容易，日本人走啦，该缓一口气儿了吧？儿子战死了，老伴儿让车轧死了，我呢……哈哈，哈哈！

常四爷　我也不比你强啊！自食其力，除暴安良，凭良心干了一辈子啊，我一事无成！七十多了，只落得卖花生米！个人算什么呢，我盼哪，盼哪，只盼坏人有坏报应，好人都有好结果，只盼国家像个样儿，不受外国人欺负。可是……（冷笑）哈哈！

秦仲义　日本人在这儿，说什么合作，把我的工厂就合作过去了。咱们的政府回来了，工厂也不知怎么又变成了逆产。

王利发　改良，我老没忘了改良，总不肯落在人家后头。卖茶不行啊，开公寓。公寓没啦，添评书！评书也不叫座儿呀，好，不怕丢人，想添女招待！人总得活着吧？我变尽了方法，不过是为活下去！是呀，该贿赂的，我就递包袱。我可没做过缺德的事儿，伤天害理的事儿，为什么就不叫我活着呢？我得罪了谁？谁？三皇道的皇上、娘娘那些狗男女都活得有滋有味儿的，单不许我吃窝窝头，谁出的主意？

常四爷　盼哪，盼哪，只盼谁都讲理，谁也不欺负谁！可是眼看着周围的人，一个个不是饿死，就是叫人家杀了。我呀，就是有眼泪也流不出来喽！松二爷，咱们的朋友，多好的人，棺材还是您秦二爷给买的，大伙儿把他送到坟地里……他还有咱们这几个朋友送送他，将来我呢？我爱咱们的国呀，可谁爱我呢？看（从筐里拿出纸钱）本是送我儿子上路的，我就捡了几张。没有寿衣，没有棺材，我只好给自己预备下点儿纸钱吧，哈哈哈！

秦仲义　四爷，让咱们祭奠祭奠自己，把纸钱撒起来，算咱们三个老头子的吧！

王利发　对！四爷，照老年间出殡的规矩，喊喊！

常四爷　（立起，喊）四角儿的跟夫，本家赏钱一百二十吊！（撒起纸钱。旧社会，北京富人出殡，要用三十二人、四十八人或六十四人抬棺材，也叫抬杠。另有四位杠夫拿着拨旗，在四角跟随。杠夫换班须注意拨旗，以便进退有序，一班也叫一拨儿。起杠时和路祭时，领杠者须喊“加钱——”。本家或姑奶奶赏给杠夫酒钱。加钱数目需夸大地喊出。在喊加钱时，有人撒起纸钱来）

秦仲义、王利发　一百二十吊！

秦仲义　（一手拉住一个）我没的说了，再见吧！

王利发　再见！

常四爷　再喝你一碗！（一饮而尽）再见！

常四爷、秦二爷出去了。

王利发　再见！

白天。大街东头。

小唐铁嘴带领下，庞四奶奶的花轿及一帮打手蹋土攘烟地往茶馆而来。

白天。大街西头。

小刘麻子带领着工匠，扛着锹掂着镐，拿着工具，后头还跟着一队宪兵也奔茶馆而来。

白天。茶馆内。

王利发从容地解下系棉袄的带子，拴到房梁上……

城外，传来了隆隆的炮声。

黎明。冬日的北平。

隆隆炮声中，北平的各大城门一个个关上了。

传来了傻杨敲击牛骨头的节拍。

老城里，飞起一群鸽子……

——全剧终

〔此剧本乃系原稿，与电视连续剧拍摄本《茶馆》（编剧叶广芩、杨国强）不同。〕

全家福

六幕话剧

主要人物

1. 王满堂：刚解放时，三十五六岁，老家山东。十四年前因老家闹日本逃到北京，拜“隆记”营造厂赵掌柜为师，后得知家中被日寇炸平，无人生还，入赘于赵家。老掌柜把一身的手艺留给了他，成为赵家的第十九代传人。王满堂有着山东人的耿直和义气，言语不多却说话掷地有声。黑红脸膛高鼻梁，浓眉下衬着一双单眼皮的眼，寸头，尖口布鞋永不沾灰，黑袜带将裤腿缠得紧衬利落，对襟黑短衫，胳膊弯里搭着折叠得齐整的灰大褂，为的是到主家干活儿，出入顾及主家的身份。解放后，成为古建队队长。做人的准则是：平如水，直如线。

2. 赵大妞：刚解放时三十岁左右。“隆记”老掌柜的独生女儿，王满堂的第二个妻子。大妞心地善良，有些泼辣和小自私但识大体，倾心顾家，对儿孙呵护备至，为家耗尽了心血，改革开放初期病死。

3. 麦子：刚解放时三十二三岁，王满堂在山东老家的结发妻子。典型的山村妇女装束，俊俏、朴实、干练。

4. 柱子：大名王国柱。刚解放时十七岁，王满堂的长子，王满堂逃离山东时他才三岁。解放初随麦子进京寻父并留在北京，先在古建队学徒，后成为建筑方面的行家，多次公派支援国外建设。某古建公司经理。

5. 丫儿：大名王国英。刚解放时八九岁，小学生，王满堂和大妞生的第一个孩子（女儿）。性格刚强，在家里是大妞的好帮手。后到袜厂当工人，退休后，自己开了餐馆。

6. 梁子：大名王国梁。刚解放时出生，王满堂和大妞的第二个孩子（王的次子）。梁子“文革”中去陕北插队，后为工农兵学员在西北某大学建筑系学习，毕业后回到北京，在建筑设计院工作，是一个潜心研究学问、规矩本分的知识分子。

7. 门墩：大名王国墙。1958 年出生，王满堂和大妞的第三个孩子（王的三子）。王满堂退休后门墩顶替父亲在古建队上班，不久就辞职单干，是王满堂认为最不争气的也是他最不待见的孩子。

8. 朱惠芬：柱子的妻子。刚解放时是古建队的技术员，出身于知识分子家庭。

9. 刨子：柱子和朱惠芬的儿子。1960 年困难时期出生。没考上大学，自学学会了建筑上的活儿，改革开放后，成立了自己的建筑公司，事业发达。后因盖楼偷工减料，导致楼房倒塌，被逮捕。

10. 周大夫：刚解放时三十岁，原国民党军医，租住王家的房子。独身，人随和，好帮助人。1957 年被打成右派，“文革”中又受到冲击。

11. 刘婶：唐山人，一口唐山话。刚解放时三十三四岁，寡妇。男人原来是“隆记”的工匠，是他把王满堂介绍进了“隆记”。自刘婶的男人死后，王满堂、大妞可怜他们孤儿寡母，让他们住在院内。刘婶因为根红，解放后是街道的积极分子、治保主任。她热心，爱管事，时刻不忘敌情观念，但有时好心办坏事，最后与老萧结合。

12. 老萧：萧益土，刚解放时三十七八岁。原“隆记”的风水先生。精通建筑风水与阴阳八卦。“文革”中被押送到东北“劳教”，后偷跑到国外。20世纪90年代回到北京。他一直暗恋刘婶，最终与刘婶结合。

13. 老剩儿：大名王老剩，刚解放时十八九岁，是王满堂最喜欢的一个徒弟。老剩儿十四五岁就在“隆记”当学徒，后参加抗美援朝，因公牺牲。

14. 大摊儿：王满堂的徒弟，刚解放时二十岁左右。20世纪80年代为古建队队长。

15. 老石：刚解放时二十七八岁，古建队的书记。

16. 福来：刘婶的儿子，刚解放时十八岁，先在照相馆当学徒，后在照相馆工作。

17. 马斯洛夫：援助中国建设的苏联专家。

18. 马太太：马斯洛夫的妻子。

19. 别佳：马斯洛夫的儿子。年龄比梁子略大，是一个淘气、活泼可爱的孩子。

20. 其他群众。

第一幕

第一场

人物：王满堂　老萧　大摊儿　老石　老剩儿　大妞　刘婶　周大夫
麦子　柱子　丫儿　“隆记”营造厂的几个伙计

时间：1949 年国庆节前

地点：北平灯盏胡同 9 号

背景：新中国即将成立，北平灯盏胡同 9 号小院，与考究的四合院不同，只是东西北三面有平房，北屋靠西有小夹道通往后院，后院有北房数间，但是观众看不到。南面是院墙和大门，依据北京的规矩，大街门不是开在正中而是开在偏右首的部位。门里边有影壁，影壁上有精美的砖雕，雕着花草动物，正中是一个敦厚的“福”字。影壁右下角一块砖雕残缺待补，总的看，砖雕的精致程度与小院似乎不相匹配。小院极近平民化，影壁的砖雕却有着顶尖的华贵与繁杂。院中有棵槐树，北屋前有小饭桌和小板凳。

9号院北房住着王满堂一家，西屋住着刘婶母子俩，后院住着单身的周大夫，东厢房作为王家的堆房而空着。这院房是赵大妞的父亲留下来的，赵大妞的父亲是“隆记”营造厂的掌柜，所以房子的样式极规矩，不出格，合身份，建造得认真，一丝不苟，体现了中国匠人的本分、敬业。

背景歌曲：《没有共产党就没有新中国》

幕启：刘婶与拖着重身子的大妞在门口翻看国旗。王满堂在院里应刘婶要求为街道钉意见箱。

王满堂　（翻弄着手里几块木板）他刘婶，街道这意见箱到底是什么口分（样式、尺寸）您得给我交代清楚了。

刘　婶　（抖开国旗里里外外地看，一口唐山话）意见箱就是装意见的箱子，要啥口分哪。

王满堂　什么都得有口分，这是营造行的规矩，大到故宫太和殿，小到墙根的鸡窝，给出口分来，模样立马就在脑袋瓜里装着，没有口分，就像吃了一锅糨子，没谱。

刘　婶　一个意见箱，看把你难的，说你是个把式，谁信？你就大概估摸着钉吧。丫儿她妈，你说这国旗哪面是正面，哪面是反面？街道今天发了新国旗，要是挂反了可了不得。

大　妞　你都弄不清，我就更不知道了。

丫　儿　（蹦蹦跳跳地回来）妈，老师说了，开国大典的时候我们要上天安门！

大　妞　上天安门干什么？

丫　儿　游行啊！成千上万的人排着队从天安门前头过，举鲜花的，抬标语的，放气球的。我们是和平鸽队，国庆那天我们要放好多好多和平鸽，我们用手绢包着鸽子，走到天安门跟前，把手绢一解，和平鸽呼啦啦一起往天上飞，还带着哨呢。

大　妞　鸽子？就是对门赵三爷家养的那些鸽子，也上天安门？

丫　儿　妈，鸽子象征着和平，那是和平鸽。

大　妞　和平鸽，真是不一样了，一解放连鸽子都有了大名儿。

刘　婶　丫儿，快给我看看，这国旗哪面是正面，哪面是反面。

丫　儿　刘婶，这我也不知道……

[周大夫拿着空奶瓶上。周穿着睡衣，梳着分头，面容清俊舒朗。

刘　婶　周大夫，您看看，这旗子哪边是正，哪边是反？

周大夫　两边都能瞅，不分反正。

刘　婶　哪能没反正呢？您瞧，这么看黄五星在左边，翻过来就在右边。

周大夫　天下本无事，庸人自扰之。

刘　婶　您说啥？周大夫，谁是庸人，您得说清楚了，这可是政治问题。

周大夫　我是说您，我没说政治，我说政治干吗？

刘　婶　您甭跟我绕。您不说政治，不说政治您加入国民党干吗？您那夫人，她往台湾跑啥？

周大夫　我是集体加入的，我自个儿都不知道什么时候成了国民党。

刘　婶　您不坚定反人民，国民党能要您？我这么要求进步，这么积极靠拢组织，党组织还要考察再考察呢。

周大夫　您入的是共产党，跟我不一样。

刘　婶　共产党考察为人民，国民党难道就不考察反人民吗？

周大夫　我不跟您抬杠，我是大夫，就知道治病救人，不问政治。

刘　婶　您不问政治，可政治问您。

周大夫　（无奈地）那我就没办法了。

大　妞　（堆出笑脸）周大夫，今儿是五号了，那什么……那个……

周大夫　（忽然想起，不好意思）哟，王嫂，您瞧我给忘了，四号发工资，五号给房钱，抱歉，房钱我待会儿立刻就给您送过去。

大　妞　其实，我也没别的意思，早两天、晚两天也没什么，要不是这两天丫儿她爸爸揽不上活儿，手头紧，我哪儿好意思催您哪。

周大夫　应该的，应该的，怪我。前段时间北京城郊炮声不断，人心惶惶的，谁还有心修房。往后好了，日子一平稳，王大哥不愁没活儿干。

刘　婶　（老大不高兴地）周大夫，您这话就不对了，前段时间是国民党反动派人心惶惶，老百姓可没人心惶惶，不能混杂到一块说。

周大夫　是反动派人心惶惶，是反动派人心惶惶。（说完把空奶瓶搁在奶箱里，将整瓶奶拿出来，向胡同口看）

刘　婶　又盼台湾来信哪？

［周大夫没说什么，取了奶回了后院。

刘　婶　（看着周的背影自言自语）你说都解放了，人民都当家做主了，他一个国民党——睡觉还穿着袍子，见天儿喝牛奶，见天儿让送水的给他把水倒到缸里，谱儿也忒大了。咱们可是真正翻了身的无产阶级，也没翻到穿袍子喝牛奶这份儿上。

大　妞　娶了个媳妇，没仨月，就被人夹裹着上了台湾……一个人过得也是凄凄惶惶，怪可怜的。

刘　婶　他可怜？他是没走了，要是来得及，他这会儿准站在台湾岛的椰子树底下，摇晃着小旗子儿反共呢。

大　妞　台湾有没有椰子树哇？

刘　婶　咋能没有呢！我在画上看见过，老高老高的，没叶子，跟那秃尾巴鹌鹑似的。

［老萧、老剩儿和“隆记”几个伙计上，老剩儿手里拿着一棵树苗。

众　人　师傅。

王满堂　来了。

老剩儿　师傅，您拿这板子干什么呢？

王满堂　嗨，街道上让我给钉个意见箱，我正琢磨这意见箱什么模样呢，你们就来了。你们谁见过意见箱？

老　萧　大概跟你们门口挂的奶箱差不多。

老剩儿　师傅，这活儿还用您干，您搁那儿，抽空儿我干。（说着找到铁锹，把树苗种到影壁旁）

大　妞　老剩儿，你种的是什么树啊？

老剩儿　刚才路上过车，拉了一车树苗，掉下来一棵，也不知是什么树，扔了可惜，种这儿吧。

刘　婶　好像是棵海棠。

老　萧　海棠树不能种在这儿，它的正确位置应该在北屋窗户前头。

王满堂　哪儿都一样，一棵小苗，指不定能不能活呢。

伙计乙　师傅，不早了，咱们上茶馆等活儿去吧。

王满堂　锣鼓巷李先生要修房，挑顶换椽子，单檐歇山顶。老剩儿，你带上三个壮工把这个活儿干了。

老剩儿　师傅，我……

老　萧　老剩儿的活儿软，怕是戳不起来，我看还是——

王满堂　怎么叫戳不起来呢，当初修成王府卷棚的时候，我也觉着自个儿不行呢，还不是摸着干着，就把活儿干出来了？不能什么都指着师傅、靠着师傅，师傅领进门，修行在个人，早晚都有单独挑大梁的时候。（对老剩儿）修歇山顶是古建里最常见的活儿，你跟我也修了不少了，前两月修故宫神午门的东大房你还记得吗？就照那个干。

老剩儿　师傅，您不去呀？

王满堂　一个小院里挤得下那么多人？待会儿我们得去茶馆里候着，说不定有大活儿。老剩儿呀，锣鼓巷李家是个大宅门，上大宅门干活儿得懂规矩，进门记着穿长衫，干活儿时脱了。上房前言语一声，让人家茅房里的人提早回避。干自己的活儿，别东张西望。无论活儿干完没有，走的时候都把院子给人家打扫干净了。

（老剩儿点头称是，准备招呼人走）

老　萧　（慢条斯理地）先别急，容我算算。今儿是八月初四，忌土瘟土府土，忌天贼月建，天地转杀九土，怕是动土不宜啊。不是动土不宜，是压根儿就动不了土！

王满堂　老萧，如今解放了，你那老皇历该收也得收，不能不管不顾，什么时候都往外掏。（转身对老剩儿）快走吧，活儿干细点儿，别让人挑眼。

老剩儿　哎，那我就走了。

（老剩儿正要出门，伙计甲进来）

伙计甲　锣鼓巷的房主李先生刚才捎话儿来，说下礼拜再开工，这几天钱不凑手。

老　萧　我说什么来着，压根儿就动不了土。

王满堂　那就先别去了。这年月，白干拿不着钱的事儿多了，北京城跑了多少大官儿啊。

老　萧　李先生不会跑，他要跑就不会修房，还是挑顶大修。

老剩儿　师傅，咱们快半个月没活儿了，家里已经揭不开锅了。

王满堂　（安慰老剩儿）我让大摊儿出去找活儿了。你放心，有大活儿咱们全上，有小活儿就是你一个人的。

老剩儿　师傅，咱们见天在茶馆里死等怕不是个办法。

老　萧　别担心，容我再算算，（掐手指头）咱们土木行，下步要启大运——

王满堂　老萧你行了吧，下一步我最担心的就是你。共产党不信封建迷信。

老　萧　谁说这是迷信？这是一辈子也钻不透的学问。宇宙生元气，元气有涯垠，有气则生，无气则死。是盖房就得讲风水，讲风水就得有风水先生，谁也不愿意把房盖在死穴上。

[满头大汗的大摊儿领着一个干部模样的人来了。

大摊儿　师傅，这位是石干部，知道咱们老去茶馆等活儿，正在茶馆外头四处打听师傅呢。（又对石说）石干部，这就是我师傅王满堂，瓦、木、扎、石、土、油漆、彩画、糊全都是行家。

老　石　王师傅，您好！（与王满堂握手）

王满堂　（对握手十分别扭）您也好，快坐。那什么，丫儿她妈，沏茶。

大　妞　（小声）她刘婶，您屋里有茶叶吗？

刘　婶　不瞒你说，我有一个多月没闻见茶味儿了，我给你上周大夫那儿淘换点儿去。

［众人见来了官面上的人，都围了过来，为的是听听干部说些什么。

老　石　王师傅，我是政府建筑部门的，早就听说“隆记”是藏龙卧虎的地方，有一批技艺高超的古建师傅，今儿来就是想跟大伙儿商量商量，成立古建队，抢救修复北京一些濒危的古建筑。北京是一座古城，让老北京恢复新面貌，古建行大有作为。

王满堂　石干部，成立古建队是大事，关系到“隆记”老小几十口人的前程……得容我们合计合计。

众　人　（年轻的伙计们则有些急切，七嘴八舌地问）古建队拿不拿国家的饷钱，算不算国家的人？

老　石　算！那不叫饷钱，叫工资。

［大家一听，都看着王满堂，眼神迫切，希望他不要错过这个好机会，而王满堂还在犹豫。

老　萧　我们这些人全是“隆记”营造厂的，按说过去也都是国家的人。“隆记”听说过吗？

老　石　听过一些。

老　萧　就“一些”？我告诉你，“隆记”营造厂可不是一般的营造厂，早先一直是做官活儿的，是给宫里伺候差事的，手艺都是一顶一的棒。“隆记”老掌柜的赵万和是宫里戴顶子的走工，手艺精细讲究，没人能比。以前我们“隆记”的银子多了去了，马拉着银壳，前边过了西单，末尾还在府右街。光绪怎么着，皇上，西陵光绪的隆恩殿丹墀修半截，扔下了，朝廷没钱。是“隆记”的老爷子自己掏腰包给这个窝囊皇上修了半拉丹墀，到今天，他爱新觉罗家还欠着我们一百二十万两银子哪。

王满堂　老萧，翻那老账干什么，不怕人笑话。

老　萧　他要收编咱们就得让他知道咱们的底儿，咱们不是没有根基的乌合之众，咱们是正儿八经手艺人。赵家是建筑世家，一打建北京就有赵家的份儿。老先祖赵祥是南京人，少年时候就参与过南京端门的修建。永乐十五年（1417），随大批南方工匠迁到北京，承担紫禁城的建造施工，被任命为“营缮所右丞”。宣统时候，我们修过水晶宫。御花园甬路的砖雕故事，就是王满堂和他的师傅码的；袁世凯时候我们修过中南海；段祺瑞时候我们修过铁狮子总理府。“隆记”的第十九代传人是王满堂，他是赵家的姑爷。老掌柜赵万和没有儿子，民国三十年（1941）临去世的时候就把闺女赵大妞和一把手艺都留给了他。您再看看这院儿里的砖雕影壁，上面的砖雕玲珑剔透，透三层，没人干得了，这是老掌柜留下的绝活儿！

老　石　（看影壁）真漂亮！我头一回见识这么精湛的活儿！

王满堂　咱们听听人家石干部怎么说。

老　石　各位都是有能耐的人，新中国靠的就是你们这样的人。

伙计乙　是不是要收买我们？

老　石　不是收买，是把大伙儿组织起来，一块建设新中国。咱们是新中国的第一代建筑工人，工人阶级是最光荣的，是国家的主人！往后咱们拿工资，生了病国家掏钱给看，老了，干不动了，还照样拿钱！

王满堂　听您这么说，还真是件好事儿，既然要组织起来给公家干，那么“隆记”的老少爷们儿就一个不能落下，包括老萧，都得进古建队。

老　石　老萧在“隆记”是干什么的？

老剩儿　萧先生是看风水的，萧家几辈儿都在“隆记”，是土木行离不了的人。

老　萧　（很自得地介绍自己）这么说吧，无论是皇上盖殿、王爷建府，还是老百姓修房，都得有设计师，我就是设计师的先行官，没有我的建议，他再有本事的设计师也难画出第一条线……（还想接着往下说，王满堂不让他再继续说下去）

老　石　行，老萧来我们也欢迎。要是大伙儿没意见，就请老萧给造个花名册，大伙儿下个礼拜，不，明天来单位办手续，领工作服，正式上班。

老剩儿　一个月给多少薪水？

老　石　咱们这样，先自己根据技术评定，再按国家规定发给，总之，绝不会亏待了大伙儿。解放了，整个国家都是咱们自个儿的了，咱们盖房建楼全是给咱们自个儿盖，不是给什么皇上干了。建设新中国也和盖楼一样，工人是国家的栋梁，中国这座大厦，全靠大伙儿支撑着。好了，明天大伙儿都来上班。

老　萧　干吗明儿呀，今儿就是大好的日子。

老　石　今天就今天，好，我带你们去地安门新单位。

众　人　（七嘴八舌）走哇！（拥着老石出门）

大　妞　（追到门口）上哪儿啊？

王满堂　（自豪地）古建队。

［众人下。大妞拿出一堆破布坐在院里撕扯，准备打袼褙，丫儿将小桌搬到影壁前写作业，麦子带着柱子上。麦子三十二三岁，鸭蛋脸，匀称的身材，浓密的头发在脑后绾成了一个元宝髻，一绺散发由前额至鬓间垂下，是山东妇女典型的发式，身上是蓝大襟夹袄，碎花夹裤，扎着腿带，干净利索。柱子是个十六七岁的半大小子，一身青布中式裤褂，剃着盖儿头，脸上红扑扑的，壮实、淳朴，背着个包袱。

柱　子　（在门口看了半天，抢上一步，很侉的山东腔）这儿是灯盏胡同9号老王家？

丫　儿　你们是谁？（朝大妞喊）妈，妈！您来看看是谁呀？（转身）我就是老王家的。

柱　子　俺是山东临州王家庄的，俺找爹。

大　妞　找爹？这儿是王家不假，老家也是山东，可我们老家如今没人了……

柱　子　俺来找俺爹，俺爹叫王满堂！

（大妞、刘婶、丫儿听了全愣住了）

丫　儿　你胡说！王满堂是我爸，不是你爹！

刘　婶　（突然明白过来）这是怎么话儿说的呢？闹了半天是王满堂乡下的大……大……大老婆……

大　妞　（对刘婶）你说什么？

刘　婶　是王满堂乡下的媳妇跟儿子找上门来了，你没看这孩子，跟丫儿她爸爸就是一个模子刻出来的！

麦　子　俺是王满堂的女人，这是王满堂的儿，俺是遵照乡下婆婆的主意来北京寻俺男人来了。

大　妞　啊？这娘儿们，她……没死……

刘　婶　秦香莲来了！丫儿她妈，你得赶紧想辙，别让老包公把丫儿她爸爸铡了！

（大妞捂着肚子蹲了下去）

丫　儿　妈！妈！您怎么啦？

刘　婶　哎呀，破水啦！

丫　儿　刘婶，破水是什么病啊？

刘　婶　快上后院儿把周大夫叫来，快！快！

（丫儿往后院跑去。麦子不知所措地站在那儿）

柱　子　娘，俺没说错吧。俺爹他就是变了心！你瞅瞅，你瞅瞅这院子吧，跟皇宫也差不了多少了。（突然被影壁吸引，用手抚摸，爱不释手）

［周大夫和丫儿从后院跑了来，周拉过大妞的手腕数脉。

刘　婶　您到底行不行？不行我就上隔壁医院叫大夫去，您别把人耽误了。

周大夫　您上隔壁医院叫来的还是我。（一边说着，一边又掐人中）

刘　婶　我就不信那个医院除了您就没别人。

周大夫　还就是没别人，妇产科大夫就我一个。咱们得马上把她抬进屋，（冲麦子）这位大嫂搭把手。

（麦子不好说什么，帮着刘婶、周大夫往屋里抬人）

丫　儿　不许你碰我妈。

刘　婶　丫儿，都啥时候了你还闹，赶快去地安门找你爸，让他麻利儿回家！

［丫儿跑出去了。刘婶们抬着大妞进了屋，小院内一时静下来，柱子全不顾及院里的事，仔细端详着影壁，忘情于精美的砖雕。刘婶和麦子出来。

刘　婶　（打开东屋门）你们娘儿俩暂且在这屋歇着，这是他们老王家的堆房，你们拾掇拾掇，大老远的来了……我得赶紧烧锅开水去。

麦　子　那个妹子是什么人？

刘　婶　是……是……啊，待会儿当家的马上就回来，你们先歇着，先歇着。

柱　子　娘，门口那影壁真好看！

麦　子　到了北京，别东张西望的！

［麦子娘儿俩将带来的鸡和粮食口袋搬进东屋，刘婶进进出出地忙碌。王满堂一路踢土扬烟，火烧火燎地回来了。王满堂刚拉开门，一声响亮的儿啼从里屋传出来，刘婶端着盆从屋里出

来了。

刘　婶　给您道喜了，添了个大胖小子，母子平安。

王满堂　不是……还……还不到日子吗？

刘　婶　架不住这小子性急，（扫了一眼东屋）非得这时候来！

周大夫　（从屋里出来）看看你儿子去吧。

王满堂　让您受累了！

刘　婶　快进去看看哪！

（王满堂刚要往里走，不提防从里屋飞出一个枕头，正砸在王满堂身上）

王满堂　这是怎么了……（进屋去，很快被东西砸得退出来）

大　妞　（在屋里嚷）你个没良心的东西！

（麦子和柱子从东屋走出来。看见王满堂，麦子有些发愣）

柱　子　（毫不拖泥带水，大声地）爹！

王满堂　你是谁？

麦　子　他爹，你真认不得俺们娘儿俩？

王满堂　你是……

麦　子　俺是麦子啊！

王满堂　……你真是……麦子？

麦　子　俺不是麦子咋的？这是你儿柱子。

王满堂　（愣了一会儿，结结巴巴、语无伦次地）你们……你们还？……还，那什么，咱娘她、她好吗？

麦　子　好，娘好。（百感交集地）他爹，你可变多了。这么多年，咋就不回去看看？

王满堂　这是柱子吧？这么大了……你们，你们……活着，活着，好，好，活着就好……

麦　子　那年小日本来村里抓夫，你从后墙翻出去给俺撂下一句话，说是过几天就回来，可你一走就没了信儿。你走后，俺和娘带着柱子出去要着吃，后来在窦庄，听人说老家让日本人炸了，咱家那两间土房炸成了大坑。那一回，村里没人能逃出来……日本投降了，俺和娘带着柱子又回了王家村，四处托人打听你，就是打听不着。俺寻思着你一准活着，你活着就不会把俺们忘了。可……十几年，俺也没把你盼回来，娘想你想得眼睛都快看不见了。柱他爹，你得回去看看，看看娘……

王满堂　（突然换了山东腔）回，一定得回！俺想娘想得苦。

麦　子　明天就回。

王满堂　明天就回，真想早点看见娘。（转而一想）明天？明天不行，明天还要上班，俺现在是公家人了。

麦　子　你是俺的人。你得跟俺回山东。

（柱子的脸上满是怨恨和冷漠。他不耐烦了）

柱　子　娘，你甭说了，俺早看出来了，他是舍不得那女人。

麦　子　柱，你咋说话呢？这是你爹！

王满堂　不能怨他，俺离家的时候他才三岁。（回忆着）那年俺出来后，听说村里让日本人给炸平了，俺偷偷回去过一次。见到房子成了坑，满是半人高的荒草，半棵烧焦的柿子树，一扇炸飞了的碾盘……俺在坑旁边哭了一场，俺知道，在山东俺啥都没了……俺到了北京，三九天又饿又冻，倒在齐化门门洞子里，眼看成了倒卧。走投无路时，是“隆记”的刘玉山，刘婶的男人将俺背进营造厂大门，赵掌柜收留了俺。掌柜的人好、手艺高，俺跟着他学本事，他知道俺山东老家儿的人全殁了，就把他的闺女大妞托付给了俺，刚才那个小妮儿是俺们的闺女，叫丫儿，这不，刚刚生的小子是老二……要知道你们都……活着……俺怎么也不会……走这一步……

（麦子边听边抹眼泪）

丫　儿　（冲到麦子跟前）我说，你们什么时候走呀？

柱　子　（脖子一梗）俺们不走，这是俺的家，俺来找爹。

丫　儿　找爹？爹是找来的吗？别以为到了北京在哪儿都可以认爹。

麦　子　看这妮儿嘴还挺利，可说话得站在理上。这是你们家不假，可俺是受他奶奶嘱托寻来的，来给老太太寻儿。

丫　儿　这儿没有你们的儿！

柱　子　他不认俺，不能不认他娘！（一把扯住王满堂）跟俺回家。

丫　儿　这是我爸爸，我爸爸哪儿也不去。（扯住王满堂另一边）

王满堂　咳！

——**幕落**

第二场

人物：大妞　麦子　丫儿　王满堂　大摊儿　老剩儿　老石　刘婶　福来　周大夫　柱子　老萧

时间：几天后

地点：同前

背景歌曲：《五星红旗迎风飘扬》

幕启：［麦子正在东屋房檐底下盘灶，柱子在摆弄那些王满堂顾不得完成的木板，为刘婶继续完成“意见箱”的任务，刘婶在一边不放心地指点。福来扛着笨重的照相机上。

福　来　妈，我回来了。

刘　婶　哟，儿子回来了！照相馆这么早就上板啦？今儿个师傅没打你？给师母又洗了几盆褯子啊？

福　来　师傅没打我，妈，我今天正式出徒了。今天上方家胡同小学给他们照毕业相，就近就回来了。

刘　婶　可不，整整儿五年了，这五年你受了多少罪啊！（擦眼泪）今儿个妈得给你多炒俩菜……

福　来　妈，我要吃热汤面。

刘　婶　热汤面就热汤面。

（刘婶拉着儿子进了西屋）

［丫儿放学回来，看见麦子正在院子里盘灶，又看见柱子钉的匣子，把书包往小桌上一摔，一转身进屋，拽出了包着头巾的大妞。

大　妞　也太得寸进尺了，在我眼皮底下安营扎寨了！

（丫儿指指柱子手里的匣子，大妞更是气不打一处来）

大　妞　我小儿子刚满月，就给钉了个小棺材，你们安的是什么心？（来到了麦子跟前，语调冷冷的）你这是给谁砌坟哪？

麦　子　（平淡地）俺盘灶，俺得吃饭。

大　妞　这是我的家，这个院子它姓赵！

麦　子　俺就知道这是俺男人的家。

大　妞　你男人？谁是你男人？

麦　子　王满堂是俺男人，俺是明媒正娶，娶进王家大门的。王满堂娶俺时请了三桌客，花了十五块钱，都是俺娘家垫的。

大　妞　你知道我娶王满堂时花了多少？我们把赵家的家底连同祖传的手艺包括我全搭进去了！

麦　子　俺是经他爹娘认可了的。

大　妞　他是经我爹认可了的。

麦　子　你爹做不了他爹娘的主。

大　妞　可我给他养了一儿一女。

麦　子　俺也没闲着呢。

大　妞　嘿，（有点儿恼了）你们给我走，别在这儿找不痛快。把我的火儿逗上来，我可什么都不论（lìn）。

麦　子　俺不怕，俺山东那地界专出好汉。

大　妞　你个乡下怯娘儿们……你把这个东西给我拆了，拆了你走人！

麦　子　俺不拆，俺凭甚要拆？

大　妞　你不拆？你不拆我拆！

［大妞说着上去就扒灶，麦子护着，两个女人为一个灶在撕扯。柱子在一旁早想帮他娘，见状，顾不得放下手里拿着的斧子，上来助战。丫儿见柱子拿着斧子参战，抱住麦子的大腿不放。小院里乱作一团。刘婶和福来跑了出来。

刘　婶　这是咋的了？我刚进去这么一小会儿，咋就动起手来了？这愣小子，把斧子给我搁下！搁下！福来、福来！弄住那小子！（刘婶不敢近前，她怕那把斧子，福来挡住了柱子）

大　妞　她刘婶，您都看见了，他们连凶器都上来了！我还顾及什么，我跟他们拼了！（说着顺手抄起一块半截砖，威胁着说）你拆不拆？不拆我拍死你！

麦　子　你拍，你拍！俺已经死过了，俺不怕死。

刘　婶　（抢大妞手里的砖）可别价，打死人得偿命！咱可划不来！

［大妞不顾一切，挣出刘婶的胳膊，一砖过去，本想拍麦子的身上，谁料想麦子一躲，正抡在脑袋上，麦子脑袋立时流血，噗地坐在地上。

刘　婶　（惊慌地大喊）不得了啦，出了人命啦！

柱　子　（去救他的娘，对大妞）就是日本人也没把俺娘打成这样，俺娘要有个三长两短，俺跟你没完！

大　妞　（不像刚才那么嘴硬，有点害怕了）我，我也没把你们怎么样，让你们走，你们死赖着……在我这儿装……死……弄这些个血来吓唬我……

刘　婶　别掰扯了，快送医院，周大夫哪？周大夫！这个人，你有事找他，他从来就没在过；你不想见他，他老在你眼前晃。（对福来说）你背起她跟我上医院。

（福来背起麦子往外走，刘婶带着柱子后头跟着，临走刘婶回过头对大妞）这娘儿们要死了，你得偿命。用排子车拉到东大桥底下枪毙。

大　妞　要枪毙？毙了我，那、那我月窠儿的儿子怎么办呢？

丫　儿　妈，毙了您还有我呢。

大　妞　傻丫头，毙了我你就没妈了，永远没妈了。

［王满堂、老石、穿着军装胸前戴着红花的老剩儿和老萧、大摊儿等人来到了小院。

大　妞　（看着老剩儿）剩儿，你这是……

老　石　王嫂，老剩儿参加了解放军，南下，今天队里给他开了欢送会，马上就出发。他说师母最疼他，说什么，走之前也要见师母一面，特意绕过来跟您告别。

老剩儿　（敬礼）师母，我要走了。

大　妞　（有些伤感）就走？

老剩儿　就走。

大　妞　咱娘儿俩怕是再见不着喽！

王满堂　你这是怎么说话儿呢？

丫　儿　爸，我妈不是说剩儿哥哥，是说您（tān）自个儿呢，我妈很快要拉到东大桥枪毙了，她打死人了。

老　萧　你妈会打死人？别吹了，你妈要有那本事早上警卫队当教头去了。

王满堂　（对丫儿）这时候还开玩笑，上屋里把玉坠儿和水鸭子拿来。

丫　儿　嗳。

老剩儿　（看着小院、看着影壁）多规矩的小院啊，走了还怪想这儿的，（摸着影壁上的残缺）补上这只兔，这影壁就齐整了。

王满堂　别惦记了，缺就缺吧，老爷子是属兔的，打他一过世，这只兔就掉下来碎了。

老剩儿　师傅，这活儿您给我留着，我一准儿给补上，您忘了？我也是属兔的。

老　石　老剩儿，你当解放军，去解放受苦受难的劳苦大众，保卫千万个这样宁静、和平的小院不受侵犯，不遭破坏。你拿枪保卫，我们拿瓦刀建设，为了咱们的新国家，咱们共同努力。

丫　儿　爸，拿来了，给您。

（王满堂接过水鸭子和玉坠儿，爱不释手）

老　石　一只木头鸭子，干什么用的？

王满堂　这叫水鸭子，放在水里找水平的，这个玉坠儿是吊线找垂直的。这两件东西都是丫儿她姥爷赵家传下来的，明朝永乐年间，咱们北京就是靠这两样东西从北斗星那儿替下了中轴线，找着了北，打下了北京的基础。老剩儿呀，你要走了，师傅让你看这两样传家宝，为的是告诉你，咱们建筑行的人，无论走到哪儿，干活儿、做人讲究的就一句话：平不过水，直不过线。

老剩儿　师傅，我记住了。

老　萧　老剩儿，我再送你一句话：你命里犯火，东四之离火，克西四之乾金。大凡朝东的时候你都要留点儿神，多个心眼。

王满堂　又来了你，行军打仗还分什么东南西北，还想什么离火乾金。瞎掰！

老　萧　我也是好心。老剩儿，听不听由你。

大摊儿　萧大爷，您先给您掐算一房媳妇是正理，别再打光棍了。

老　萧　（溜了刘家一眼）我呀，我是一人吃饱全家不饿，出门屋里不怕饿死小板凳。

老　石　（对大妞）王嫂，古建队还有一件大喜事哪，为了迎接开国大典，北平市第一届代表会给咱们下了一个重要任务，要咱们修整天安门城楼，把城楼作为大典的主席台。您想想，新中国的开国大典，多大的事儿啊，把修整主席台的要紧事儿交给了咱们！

大　妞　天安门是我们家老先祖从南边过来接的第一个工程，那时候叫承天门，活儿干得好，皇上把我们的先祖还封了"工部营缮所丞"的官职，称他是"赵鲁班"哪！

王满堂　修整天安门是咱们古建队的正差儿。那天我跟老石上去看了一下，上头渣土堆得跟山一样，墙皮脱落，油漆斑驳，瓦缝生草，堞上长荆棘，城楼垂脊的压胜掉得七零八落，这个模样怎么能当大典的主席台呢！新中国就得有个新样，拿出个最漂亮的城楼子，这就靠咱们大伙儿，各自拿出看家本事，把这个任务拿下来！

老　萧　紫禁城四个大门四座门楼，各有各的阴阳，各有各的色气。天安门是正门，是通正气之穴，城门朝正南，午位属火，五季占夏，五色为赤，五气为暑，五化为长，是座最有朝气的城楼。坐北朝南，天子当阳而立，向明而治，方位端正，国家才能有序，百姓才能安居，天下才能太平。这就是咱们中国建筑的气运，中国建筑的气势。

王满堂　你别乱说，把开国大典跟天子治国硬往一块揞……

老　萧　其实是一个理儿。

老　石　任务光荣重大！领导一再强调，这是北平解放后的第一个大工程，全国老百姓都看着咱呢。施工难度非常大，大伙儿得有充分的思想准备。

大摊儿　这是咱们古建工人露脸的时候，老石您放心，咱们队集中了全北京的能工巧匠，装修天安门，除了咱们，没人干得了。

老　石　不光是咱们，全北平的人都动员起来了，大伙儿要在十月一号以前清除地面的障碍物，开辟出一个能容纳十六万人的大广场，要安装电动大旗杆，挂大标语，制大灯笼，整个天安门要整修一新哪！

老　萧　也是缘分，几百年才轮上的事，让咱们给轮上了，谁要说他建过天安门，那是稀罕；谁要说他修过天安门，那一百年也见不着几个。咱"隆记"早先参加过建天安门，现如今"隆记"的后代又参加修天安门，这是定数，是老天爷的筹划。

［周大夫、刘婶、福来、柱子和头上包着纱布的麦子上。

老　石　这是怎么了？

麦　子　没甚，没甚，俺自己磕的。

丫　儿　妈，这娘儿们没死。

大　妞　我就知道她死不了，想枪毙我，没那么容易。

刘　婶　（对大妞）你也忒没轻没重，半拉砖拽过去，你知道是啥结果吗？

大　妞　什么结果？

刘　婶　严重脑震荡，缝了二百多针。

周大夫　你说得也忒玄。

老　萧　二百多针，脑袋成篮球了。

大　妞　什么叫脑震荡？

丫　儿　妈，脑震荡就是打傻了。

大　妞　我那一砖就把这娘儿们拍傻了？

刘　婶　你当怎么的，有时候一个嚏喷还打死人呢。

大　妞　那不是人，是娘娘驾。

周大夫　问题不大，问题不大，粘了条橡皮膏，打了针破伤风。

老剩儿　师傅、师母我走了，您多多保重。

大　妞　说走就走？

老剩儿　集合时间快到了。

老　石　我们去送送王老剩。

［众人告辞了。王满堂和大妞把老剩儿等人送到了大门口。麦子进了东屋，大妞一看麦子的模样，自知理亏，带着丫儿也进了屋。

王满堂　（看着柱子钉的一头大一头小的意见箱）这是你钉的？

柱　子　嗯。

王满堂　（笑）

刘　婶　我的妈，你给我钉了个装死孩儿的火匣子，胡同口得白喉的小六就是用这个装了走的。

柱　子　你们说了，意见箱就是个匣子。

周大夫　小子，真有你的。您这手艺是打哪儿学来的？

柱　子　跟俺表姨夫。

周大夫　贵表姨夫是——

柱　子　县城仁记棺材铺的大工。

周大夫　哦，难怪。

［周大夫进后院，柱子进东屋，刘婶很神秘地四下张望。

刘　婶　老王，我跟你有要紧话说。

王满堂　有话痛痛快快儿地说，神里神道的干吗呀这是？

刘　婶　老王，这新中国呢，他马上就要成立了，人们呢，他马上就做了主了，昨个街道开会，组织我们街道积极分子学习了。新中国的主人呢，您也算一个，我觉着呢，您好像不像个主人……

王满堂　那您说我像什么？

刘　婶　您像是坏人。

王满堂　我怎么会是坏人呢？

刘　婶　他好人有纳——纳什么来着，嗨，就是娶小老婆，好人有娶俩媳妇的吗？

王满堂　我没娶小老婆呀……

刘　婶　没娶？那丫儿她妈算怎么档子事儿？我告诉您，新中国一成立，新规矩马上就下来，您快给自个儿找个辙吧，您这是重婚。刚才我把这意思和麦子也说了，丫儿她妈正在气头上，还没敢说呢。你们仨得在新规矩下来之前把这个问题解决了。要不天天打呀闹的，今儿个开了瓢，明儿个再开了膛，您琢磨琢磨吧。（说着进了自家屋）

［王满堂在院子里踱来踱去，犹豫了一会儿，进了东屋。

丫　儿　（丫儿迅速地从北屋钻出来，溜过去听了一耳朵，回身低声叫）妈，妈。

大　妞　（从屋里出）什么事？

丫　儿　妈，我爸上那娘儿们屋里了，里头还哭呢。

大　妞　看样子你爸我也拦不住了，以后就剩咱们娘儿仨相依为命了。闺女，你得长志气，妈就指望你了。

丫　儿　那不行，我不能没有爸，我得跟他们论论理去。

大　妞　（拉住丫儿）论理什么呀，咱们没理！（小声地）先娶的她，她为大，后娶的我，我为偏，戏里都这么唱呢。咱们9号院正儿八经唱了一出《秦香莲》，她是秦香莲，我是皇姑……

丫　儿　我爸他是陈世美。

大　妞　皇上都拗不过王法，何况我赵大妞，孩子，往后就准备着跟娘过没爹的苦日子吧！

丫　儿　（叉着腰，跳着脚）没门儿！我就当"杀庙"的那个韩琪，把他兔崽子们都杀了。

王满堂　（王满堂从东屋出来，脸色阴沉）闺女家说话别那么糙。

丫　儿　我愿意。

王满堂　（对大妞）都是你惯的。小丫头家家的，像个母夜叉。

大　妞　（忍住泪）丫儿她爸，你真拿定主意，跟她回乡下？

王满堂　明儿就走。

大　妞　你走了，儿子还没名儿呢，给起个名吧，让孩子将来也有个念想。

王满堂　真是，瞧这几天忙的，把这么大的事儿都忘了。（想了一会儿）我看就叫王国梁吧，小名儿梁子。咱们家上一个是柱子，这一个是大梁，有梁有柱，房子还愁起不来嘛。

大　妞　行，梁子就梁子吧，你还是忘不了那边。说到底，你还是把我们蹬了！

王满堂　我绝不是那种忘恩负义的人。

大　妞　你当然不会忘恩负义，你是什么人我还不清楚？你忘不了家里的老娘，忘不了结发的媳妇跟一口一个“爹”的儿子，忘不了你那个被炸弹炸成大坑的家。

王满堂　人要是把父母跟老家忘了，那还是人吗……我们在山东也是做了几年恩爱夫妻的，当时真知道她还活着，我不会娶你，我那不是耽搁你嘛！现在她来了，拿眼睛巴巴儿地看着我，还是十几年前的那股劲儿，你说我……我……

大　妞　你说我们家老爷子，当初怎么那么糊涂哇，他就愣没想到会有今天这一步。

王满堂　你们家老爷子一点儿也不糊涂。

（麦子和柱子出来了）

麦　子　大妹子，俺就要走了。刚才的事都怪俺不好，俺也看出来了，这儿不是俺待的地方，俺给你添了好些乱，俺心里也怪不落忍的。

大　妞　（不失北京人的客气和礼数，擦了擦眼泪）瞧您，大老远来了，哪能说走就走？

麦　子　把柱子他奶奶一人搁在家俺不放心，过些日子家里也该种麦了。

大　妞　（从兜里拿出几张纸币）这是十万块钱（旧币），您买个点心匣子给丫儿她奶奶带去，问您老人家好，原本想等梁子大点儿把老太太接来……看起来，我们娘儿俩是无缘……

麦　子　大妹子，东西俺带到，话儿俺捎到。俺还有一件事求你呢，俺把柱子交给你，你就当自己的儿看待，该说就说，该打就打。

大　妞　您……您……把他留、留在这儿？

麦　子　他爹没跟你说？（转身问王满堂）你没跟她说？

王满堂　我哪儿来得及。你看她一把鼻涕一把眼泪的，哪儿有我说话的份儿？

麦　子　大妹子，他爸爸跟俺回去不假，俺们那是……那是回去……离婚……俺把大儿子留北京，是想让他好好跟他爹学手艺。

大　妞　（大妞呆住了，一把拉住麦子）大姐！

麦　子　大妹子！

柱　子　（指着影壁，对大妞）俺要跟俺爹学雕砖。

大　妞　那是你……姥爷雕的。

柱　子　（跑过去伸开胳膊，抱住影壁，变成了北京话）我认这个北京姥爷！

大　妞　孩子……

［福来搬出了照相机。

福　来　王大爷，您家难得团圆，我给您全家照个相。

刘　婶　今天是我们福来出徒的日子，学了五年，今儿个终于出徒了。

［大家向福来祝贺，刘婶安排大家坐好，王满堂坐中间，麦子、大妞一边一个。月窠中的梁子被大妞交到麦子怀里。让丫儿站在柱子旁边，丫儿不干，刘婶硬把她按在那儿，一张全家福定格。

——幕落

第二幕

第一场

人物：王满堂　大妞　梁子　柱子　周大夫　刘婶　老萧　朱惠芬　老石　麦子　桂花　别佳　别佳父母　丫儿

时间：1958 年的一个清晨

地点：小院里

背景：大跃进、大炼钢铁的高潮已经开始，粮食渐渐有点儿紧缺了。9 号院后院住进了苏联专家马斯洛夫一家，院里安装了压水机。影壁依旧，影壁前的小海棠树变得粗了些，看得出已经深深扎了根，并且羞怯怯地开了几朵小花。丫儿上了高中，柱子已经是个健壮英俊的建筑工人了，梁子上小学三年级，大妞又怀了孕。刘婶当了街道治保委员会主任，福来在照相馆当了师傅，成了家，分出去另过了。

背景歌曲：《戴花要戴大红花》

幕启：［大妞、刘婶在压水机前洗衣服，别佳的母亲在拔三只鸡的鸡毛。老马家（中国人对苏联街坊的称呼）的别佳和梁子里里外外地蹿，将门上的铁环、铁锅、大妞用的烙铁等等通通搜集到一块，准备上缴，大炼钢铁。

大　妞　我说别佳妈，您一下炖三只鸡，吃得了哇？

别佳妈　（蹩脚的中国话）我们家的老马斯洛夫爱吃中国式炖鸡。

大　妞　三只三只地吃，不怕撑着？

刘　婶　你没见昨儿个呢，背包握伞的趸了一堆，江米条、酱羊肉、核桃酥、山楂糕、臭豆腐、大蜜供……

别　佳　（一口地道京腔）昨天我爸发工资。

大　妞　挣得再多也得悠着花不是？

别　佳　到下半月就光剩下啃大列巴蘸咸盐了。上礼拜王大妈教我妈炖鸡，到昨天为止，我们家已经吃了九只鸡了，现在我一打嗝还是鸡屎味儿。

刘　婶　留神吃伤了。

别佳妈　什么是“吃伤了”？

大　妞　就是这辈子再不想吃了。

别　佳　我现在已经吃伤了。

刘　婶　这小子，贫嘴，你说他跟谁学的这口中国话，我们老家在唐山，到现在我这“老塔儿”的口音还改不过来，这个小东西子，他怎么那么能干儿呢。

大　妞　（对跑进跑出的梁子）整天疯跑，哪像柱子，稳稳当当的。说起柱子，她刘婶，你说柱子队里那个技术员朱惠芬总是围着我们柱子转，小腰一掐儿，小屁股这么大儿，胸脯平得板儿似的，我可是看不上。

别佳妈　柱子很英俊，很久没看见柱子了，我很想念。

大　妞　柱子和他爸爸几个礼拜没歇了，盖人民大会堂，这是咱北京十大建筑之一。他爸爸还参加了修建大会堂的座谈会，周总理都去了呢。老萧说，搁有皇上那会儿这就是参政议政，非三品以上不能。我们柱子当了青年突击队长，爷儿俩摽着劲儿干呢。

别佳妈　王师傅和柱子这么能干，了不起！

刘　婶　那爷儿俩，能耐大了。

［麦子抱着两只油鸡，带着一个年轻的农村姑娘进了院。

刘　婶　麦子，什么风儿把你吹来了？

大　妞　大姐！一晃儿有八九年没见了，家里都好吧？快，快坐下歇歇。

麦　子　家里都好！好！（把姑娘推到前面）这是我娘家的表侄女，叫桂花，打小和柱子定的亲。

（桂花很腼腆，低着头，脸涨得通红）

麦　子　桂花，快叫……还是跟着俺叫，叫表姑、刘婶。

桂　花　表姑！刘婶！

麦　子　（看着马太太，不知怎么好）这是——

刘　婶　苏联专家、马斯洛夫的太太，马婶。

桂　花　马婶！

（丫儿从屋里出来）

丫　儿　大妈。

麦　子　丫儿是越长越俊了。

大　妞　现在高中快毕业，说话就该考大学了。我们丫儿学习在班里数一数二的，咱老王家也该出个大学生了。

麦　子　这是梁子吧？都这么高了，俺来那年才出生，小被卧包着，这么大儿。

大　妞　可不是嘛，上三年级了。梁子，快叫大妈。

梁　子　大妈！

别　佳　我也叫您大妈！

麦　子　哎！这孩儿头发怎是黄的？

别佳妈　我的儿子，别佳。

（麦子最关心的还是柱子，拿眼睛四处找）

大　妞　您甭找了，上班了，现在忙得连我都见不着人。咱们进屋沏壶好茶，好好说说话儿。

别佳妈　我那儿有俄罗斯红茶。

刘　婶　你那红茶我们喝不惯。上回沏了一碗，老陈醋色儿，喝了让人半宿睡不着，哪儿赶得上茉莉花茶呀。

别　佳　那才叫俄罗斯嘛，都喝茉莉花茶不就是北京了？

刘　婶　去，去，去，你甭这儿跟我贫，我这会儿没工夫搭理你。

麦　子　这个小洋人儿中国话说得还怪好的呢。

大　妞　他成天跟梁子他们在一块儿厮混，上的是中国学校，除了那张皮跟头发颜色不对，其他没两样。

刘　婶　怎么没两样？他的话比谁的都多，主意也多，成天带着梁子淘，三天不打，上房揭瓦。前天撺掇梁子出城上窑坑游泳去了，回来挨一顿臭揍！

别佳妈　（端起拔好毛的鸡，准备进后院，对别佳用俄语说）马上回家写作业。

别　佳　（俄语）我再玩一小会儿。

梁　子　（俄语）再玩一小会儿。

麦　子　什么叽里咕噜的。

丫　儿　他们说的是俄语，别佳妈让别佳回家写作业，别佳和梁子说再玩会儿。

大　妞　小孩学话学得快。甭管中国外国，全是一锅烩。

梁　子　撞钟。（大人们进了屋，院子里就剩下梁子和别佳玩儿弹球）

［弹球开始，双方将玻璃球同时往墙上一撞，根据球的远近决定谁先开始，以先把对方的球弹进在地上挖好的小坑为胜。

（柱子和朱惠芬上）

梁　子　哥，你回来了。妈，妈，我哥回来了。

（屋里听见叫喊，都出来了）

柱　子　（看见了娘，高兴得闭不上嘴）娘，您什么时候来的，怎么不让俺去接您？

麦　子　娘知道你忙，不让你接，娘又不是不认识。（麦子仔细审视儿子）几年不见，成大人了。听听，连口音都变了！（把桂花推到柱子跟前）这就是给你说过的桂花。

桂　花　柱子哥。

柱　子　你好！（大方地跟桂花握了握手，回身介绍说）这是我们队里的朱惠芬，团支部书记。

朱惠芬　大妈好，桂花好。柱子，家里有客人，我先回去了，发展新团员的事儿咱们改天再商量。

柱　子　我送送你。娘，俺一会儿就回来，你等俺。（二人下）

（麦子和大妞看着二人的背影，每人心里都是一腔心事）

麦　子　这个姓朱的姑娘常来？

大　妞　常来。柱子也是这年龄了，长得是样儿，手艺好，又要求进步，哪个姑娘不喜欢？

（周大夫回来了）

周大夫　麦子大姐来了。

麦　子　周大夫，这几年可好？（大妞拽拽麦子的衣服）

大　妞　（小声）补了右派了。

周大夫　您二位聊着，我有工夫过来看您。

麦　子　您忙您的。

（周大夫下）

麦　子　这么好的人，咋就成了右派？

大　妞　他这个右派是“评”上的，不是打成的。那天医院里开了动员会，说上边有精神，要补划一批右派。周大夫科里下来一个指标，评来评去不知评谁好。几个人闷了半天，没人发言，各有各的心事。可巧这时候周大夫上了回茅房，出去了几分钟，这回来就评完了，他就成了右派，你说冤不冤？你说他早不去、晚不去，偏偏在这个节骨眼儿上去，怎么就这么寸呢？

（王满堂和柱子回来了）

王满堂　来了？

麦　子　来了。

王满堂　娘好？

麦　子　好。挺忙的？

王满堂　多少个礼拜没休了，今天上午刚从工地上下来，柱子去找我，说你来了，就赶回来了。

大　妞　（拿出几块钱给柱子）带着桂花去隆福寺逛逛，难得碰上你在家。多往姑娘们喜欢的柜台走，卖花布的，卖镜子、绒花的。吃盘灌肠，喝碗核桃酪——

柱　子　我没时间。

大　妞　要不就上北海划船，划船也挺好，往柳树荫底下一钻，小风吹着。

柱　子　划什么船，老家那片水比北海还大，连买趟盐都得划船，还值当上北海划去。

王满堂　（在一旁听得不耐烦了）我知道你心里想的是什么，你趁早就甭往那儿打算。

柱　子　我打算什么啦我，我什么也没打算。

大　妞　（示意丫儿将桂花拉开）柱子，朱家的姑娘是长得细致，可咱们过的是糙日子。我听说朱惠芬不但爸爸有学问，连她妈都是教会大学毕业的。老太太多大岁数了还穿水缎旗袍，烫着飞机头！无论你娘还是我，都没法跟人家比。

王满堂　总得讲个门当户对吧？你进了朱家门，永远比人家低一截子。

柱　子　那咱们王家跟他们赵家就门当户对吗？您是临州的穷小子，我妈是“隆记”的千金——

麦　子　桂花是老王家打小定下的，没有老太太的旨意，谁也不能更改。

桂　花　（在旁边听了个差不多，走过来，大大方方地对柱子说）柱子哥，我第一次来北京，就想去看看你们正建的人民大会堂，你陪我去吧。

柱　子　工地不让闲人进。

桂　花　我远远儿地看。

柱　子　（大家的目光全转向柱子，他只好说）那好吧，远远儿看一眼。你得自个儿回来啊！

王满堂　这还差不多。

大　妞　感情是慢慢培养的，哪儿能一见就热到一块儿去。

别　佳　（不知从哪儿钻出来）是啊，猫配对儿还得在房顶上唱半天呢。

丫　儿　去去去！

王满堂　（对众人）老剩儿前几天来了封信，寄来一张立功喜报，还有相片，前几年他上了朝鲜。

麦　子　这孩子走了有七八年了吧？

王满堂　他明儿就回来。

大　妞　怪想他的，咱们得好好给他接接风，上马饺子下马面，咱就打卤面，老剩儿最爱吃的。（一想）这月购货本儿上的黄花木耳儿都买过了，怎么办呢？

刘　婶　让福来他媳妇给弄去，他媳妇是商店副食组的组长，还给您弄不来二两黄花？

大　妞　这叫……叫什么来着……

丫　儿　走后门。

——幕落

第二场

人物：大妞　麦子　刘婶　梁子　王满堂　柱子　朱惠芬　老萧　周大夫　老石　丫儿　别佳

时间：第二天上午

幕启：［大妞、麦子准备打卤面。王满堂在打扫小院。梁子在小桌上做作业。

大　妞　柱子昨儿个跟桂花去了一趟人民大会堂工地，今儿个就答应上办事处领结婚证，脑袋瓜转得怎么就那么快呢？

麦　子　桂花是个懂事的闺女，他不能不喜欢。登了记，俺心里就踏实了。

刘　婶　丫儿她妈，今天给老剩儿都准备了什么呀？

大　妞　（边择黄花边说）昨儿个麦子大姐带来的两只鸡，鸡汤打卤。（进厨房）

麦　子　梁子，丫儿上哪儿去了？

梁　子　别佳带着我姐上医院找废铁去了。

大　妞　那你怎么不去？

梁　子　我该交的早凑够了，从咱家内部就解决问题了。

麦　子　把家里的铁都交学校了？

梁　子　是呀，先下手为强，我把咱们家的铁锅、铁盆、铁勺子、铁簸箕、烙饼铛、火筷子、小煤铲、大烙铁全倒腾出去了。跟您说，我有这个，（拿出吸铁石）别佳给我的，凡是它能吸上的，我都拿走了。

大　妞　（从厨房出来）咱们家打卤的锅哪儿去了？

［柱子、朱惠芬、老萧进了院。刘婶看到老萧来了，把洗好的叠得整整齐齐的衣服交给了老萧。

刘　婶　这是你的衣裳，洗好了，给你。

老　萧　我给您钱。

刘　婶　你再说钱的话儿，下回不给你洗了！

大　妞　柱子，怎么就你一人回来了？桂花呢？登完记了？

柱　子　登完了。不过不是和桂花，是和朱惠芬。（说着拿出了结婚证）桂花回山东了，是我们送她走的。这儿有桂花留下的一封信。

梁　子　（接过信读）两位表姑和表姑父：当你们见到这封信时，我已经上了火车。你们不要怪柱子哥，一切都是我的主意。我和村里的霜降相好，柱子哥喜欢的是惠芬姐。我这次之所以同意和表姑上北京来，主要是想亲自和柱子哥说清这件事。请你们原谅。桂花。

（众人惊愕，面面相觑）

大　妞　调包儿了！

麦　子　（气得要哭）你的主意也太大了，你们这些孩子们咋这样呢？

王满堂　这不行！现在我就去打车票，追她去。我不能让乡亲们说老王家的儿子一进了北京就悔婚。

老　萧　你是怕人家这么说你吧？

柱　子　您追不上了，火车这会儿都过天津了。

王满堂　（对柱子）不是看你正盖人民大会堂，我非揍扁了你不可！（对老萧）还有你！

周大夫　老王，我看柱子这婚事您甭再反对了，您再反对，就成了《梁山伯与祝英台》里的祝员外了，真等到灯盏胡同 9 号飞出蝴蝶来，那可就晚了。

刘　婶　可不是，您自个儿犯过《婚姻法》，不能再包办儿子的婚姻了，那样又犯法了。（小声对朱惠芬）还不快叫妈！

朱惠芬　（扭捏地对麦子）妈！

麦　子　啊……啊……

刘　婶　还有那个。

朱惠芬　（对大妞）妈！

大　妞　嗯……嗯……

柱　子　老剩儿他们大概快到了，咱们迎迎他们去。

［柱子、朱惠芬下，其余人各干各的事，台上只剩下王满堂和老萧。

王满堂　老剩儿这一走，一晃几年了，别看老剩儿是个壮工，可他有内秀，回来是把好手啊，把底下些个杂活交给他，让人放心。

老　萧　（掐算）到车站了，刚下当当车，大摊儿他们迎上去了，往胡同走呢……

王满堂　老萧，人要活到了你这份儿上也没了意思。

老　萧　为什么？

王满堂　什么都能掐算出来，连自个儿什么时候咽气都一清二楚，还活个什么劲！

老　萧　老是泄露天机，所以说算卦的没几个飞黄腾达的。等等……不对呀，（掐算）老剩儿他今天不应该回来……

梁　子　（奔进门）回来了！回来了！

王满堂　算错了不是？（快步向门口走去，眼睛在寻找着老剩儿）

［老石、大摊儿、柱子和几个工人进来了，刘婶、大妞们迎出屋，王满堂还往街上看。

王满堂　老剩儿呢？

大摊儿　师傅，老剩儿他——

老　石　王老剩他牺牲了。

（大伙儿全愣住了，笑容僵在王满堂脸上）

大　妞　怎么会……不可能！

刘　婶　不是早就停战了吗？

老　石　临回国前，老剩儿的部队驻在至东里。朝鲜老乡家的草房着了火，老剩儿跑去救火。先抢出来了一个孩子，又听说还有一个老太太在里头，他立即返回去背老太太，就在这时候，房子塌了下来——

［王满堂僵住了，柱子扶着他爸爸很机械地坐下来。

大　妞　这是丫儿她爸最上心的一个徒弟，老天爷怎么就把他收回去了呢！

老　萧　他命里犯火。我让他往东走留神。至东里，你们听听这名儿，至东，就是最东边，又是去救火，他不出事儿等什么？

［大妞等人流泪了，孩子们静穆地站着。

梁　子　（对老石）石叔叔，这就是牺牲吧？

老　石　（抚摸着梁子的头）对，这就是牺牲，为革命牺牲。这是老剩儿留下的东西。（从书包里拿出一块雕好的砖）

王满堂　（接过砖，心都要裂了。走到影壁前，把它嵌在影壁的空缺处，严丝合缝，与原砖浑然一体。一只可爱的小兔子直起身子向着左角的月亮遥拜。王抚摩着砖，久久不愿撒手）老剩儿临走说，这块砖一补上，这小院就齐了，现如今砖回来了，人呢……没了，……在我跟前，和泥他是把好手，干什么活儿，用什么泥，不用吩咐，他早和好备在那儿了，砌墙，他是个把式，砖缝横平竖直一条线，我还指望他回来……

（大家看着那只兔子，都很悲伤。突然，不远处一声巨响，把大家都震蒙了）

刘　婶　是医院那边。

众　人　看看去。（下）

周大夫　好像是医院的锅炉房。

梁　子　（突然醒悟）不好！丫儿姐……（朝外跑）

大　妞　梁子，别去，危险——（往外追，跑了几步突然扶着大街门框，滑坐到门墩上）大姐，我要……

麦　子　还不到日子啊，差俩月呢。周大夫，您别走。

大　妞　孩子已经出来了。

周大夫　你生孩子怎么回回都是急茬儿的。

［麦子、王满堂、周大夫把大妞弄进了屋。王满堂插不上手，

站在院里没抓挠。屋里传出了婴儿的哭声。

麦　子　(拿着盆出来从水缸舀水，高兴地) 柱儿他爹，又是大小子，你来看看。

[王满堂被麦子极不情愿地拽进屋，很快又蹿出来，周大夫跟出来。

王满堂　什么模样，贼眉鼠眼的。

周大夫　刚生下的小月窠儿孩子都这样。这孩子将来准聪明，你看他那双眼，又黑又亮……

王满堂　贼眼。刚生下来就冲我龇牙咧嘴，俩耳朵扯得跟扇子似的……

周大夫　什么龇牙咧嘴，他还没长牙呢。

王满堂　小小人儿，一脸皱纹，谁是谁爸爸啊?

周大夫　他不是早产嘛。

王满堂　没长熟他急着出来干吗? 半生。

麦　子　(从屋出) 丫儿她妈让你给老儿子取个名儿呢。

王满堂　今天，老剩儿牺牲了，那边又爆了，不顺心的事都赶一块儿了，偏偏他来，一看见他，我就跟撞了墙似的堵心。

周大夫　你是心情不好，跟孩子没关系。

王满堂　他一来我心情就不好，就叫墙。

周大夫　“强”好，王国强，跟你们家的王国柱、王国梁排着呢。

王满堂　不是强壮的强，是掺麻刀挂浆的灰墙。

周大夫　青皮呀。刚一落生的孩子你就看不顺眼，总不能见天墙、墙的吧?

麦　子　在门墩上生的，小名就叫门墩吧。

[丫儿和别佳在刘婶的押解下，垂头丧气地回来了，后头跟着梁子。

刘　婶　老王，你们家丫儿闯下大祸了，她把医院消毒锅上的铁卡子给卸了仨，锅炉盖崩了，针头飞上了房顶，针管儿、瓶子全碎了，好在旁边没人。要不……

丫　儿　（哭着）我看那个锅炉又脏又旧，以为是没用的……

别　佳　是我给丫儿姐姐出的主意，我找扳子帮她卸的卡子，她给我侦察放哨。

刘　婶　真不是个省油的灯，哪儿都有你。还大包大揽，说说你的动机。

别　佳　超英赶美，为一〇七〇万吨钢而奋斗。

王满堂　超英赶美是中国人的事，跟你有什么关系，瞎掺和什么你。

刘　婶　金发碧眼，伶牙俐齿，又淘又坏，你忒不是东西。记住，以后跟谁也别说是你的主谋，有你在里头搅，事儿越弄越麻烦。您先给我回避回避吧。（刘婶把别佳连推带搡推进后院）

别　佳　（大声喊）我是主谋，我就是主谋——

刘　婶　他马大爷，马斯洛夫，管管你儿子。

（很快，后院传来俄语的训斥和别佳挨打的号叫声）

王满堂　（训斥丫儿）越乱越添乱，你这不是找事儿嘛。

丫　儿　我……我就是想弄点儿废铁往上交，咱们家连大街门上的门环都让梁子卸了，眼瞅着我就完不成任务了……

王满堂　那你就拆人家的锅炉？

大　妞　（在屋里）不就炸了个锅炉嘛，碎了些瓶儿罐儿的，咱们赔不就完了，干吗难为孩子？

王满堂　赔？钱呢？

梁　子　（小心翼翼地）爸，我这儿有五十二块钱，赔医院的锅炉，您甭再说我姐了。

麦　子　小孩子哪儿来这么多钱？

王满堂　说实话！这钱是哪儿来的！

梁　子　是卖东西的钱，不是偷的。

王满堂　你卖了什么？

梁　子　别佳卖了他爸爸的手表五十块，我把咱们家的那个玉坠儿卖了两块钱，我们原来想拿这钱买废铁，上缴。

大　妞　（包着脑袋一下冲出来）梁子，你把什么卖了？

梁　子　我把玉坠儿给卖了。

大　妞　那是赵家祖上的物件啊，价值连城哪！这可怎么得了喔，我的小活祖宗哎……

王满堂　（气极）我打你个败家子！（抄起笤帚就打）你们这都怎么了这是，一个比一个胆儿大！

麦　子　水鸭子跟玉坠儿，这两样东西是你爸的心尖子，你卖什么不好，怎么单单卖了它呢。

周大夫　卖给哪家委托商店了，跟人家说说好话儿，能要回来。

梁　子　卖给街上打鼓儿的了。

大　妞　完了，上哪儿找去哇。

王满堂　（踹梁子一脚）你给我挨着胡同找，走街串巷，找不着那个打鼓儿的，你甭回家！

（梁子哭着出去）

丫　儿　梁子，我跟你一块儿去！（下）

刘　婶　八成是瞎掰。

麦　子　（对大妞）快进屋，留神受风。

（前院只剩下王满堂和周大夫，别佳捂着屁股龇牙咧嘴地出）

王满堂　您瞧，事儿都堆一块儿了，我绕都绕不开……

周大夫　绕不开了索性直着走，没有上不去的山，没有过不去的河！

别　佳　王大爷，我有件重要的事情要告诉您。

王满堂　你小子是个搅屎棍，事儿还没完，你又开始串门了，你是记吃不记打呀！你爸爸刚才打你，我都听见了，你吱吱儿的跟杀猪似的，掉价极了。本想让谁过去劝劝，一来你干的事太缺德，二来怕引起国际纠纷，怎么说你们也是打内战，我们不便掺和。

别　佳　（对周大夫）您也是见死不救，眼看着朋友挨死打，无动于衷，我们俄罗斯人可不是这样。

周大夫　我一看你爸老马那一身黄毛，那块头，巴掌这么大，狗熊似的，我拉谁的架也不能拉他的架，我这小鸡子身板儿禁不住他一推。

别　佳　（往王满堂身边凑）王大爷，我知道，我是个事儿妈，您也打我几下得了。

王满堂　（推别佳屁股）一身鸡屎味儿，离我远点儿吧你！

别　佳　哎哟！您碰了我的创伤了。

周大夫　我看看。（揪下别佳的裤子瞅），皮下出血，乖乖，你那狗熊爸爸怎么把你打成这样?

别　佳　我又偷手表又炸锅炉……

王满堂　我要是你爸爸打得比这还得狠。说吧，你有什么重要的事情要告诉我。

别　佳　过些日子我们就要回国了。

周大夫　真要走了?

别　佳　真要走了。

王满堂　再不来了?

(别佳摇头。王满堂揽过别佳默默无言，院里的槐树叶一片片飘落下来)

——幕落

第三幕

人物：王满堂　大妞　老萧　门墩　刨子　刘婶　周大夫　造反派

时间："文革"中

地点：小院里

背景：冬天，院里的压水机换成了水龙头，怕冻，包着草，水闸门在刘婶的屋里。影壁前的小树又大了一点儿，没有叶子。人们的衣服除了蓝就是国防绿，进出小院的人大部分都戴着红袖章。周大夫戴着白箍，上面写着黑字"右派"。

背景歌曲：《大海航行靠舵手》

幕启：[王满堂正指导柱子的儿子刨子往影壁上糊泥。门墩用衣服包着一个物件，偷偷摸摸从外边回来。

刨　子　（正在和泥，看见门墩）三叔，你抱回什么好东西了？

门　墩　大宝贝儿！

刨　子　我看看。

门　墩　（看了王满堂一眼）待会儿再看。

刘　婶　水管子打开了啊，大伙儿紧着用，下午 4 点钟关。（看见王满堂）老王，你不是在修天安门吗，什么时候回来了？

王满堂　昨天晚上，我们的活儿完了。

刘　婶　完了，待会儿上领导小组，把修天安门的事情汇报一下。

王满堂　我有单位，古建队都没让我去汇报，凭什么上你们那个街道，给一群老娘儿们瞎白话。

刘　婶　你住在咱们红日胡同，就得归红日管。

王满堂　灯盏什么时候改红日了?！一个小灯盏，大得没了边儿！

（周大夫掂着扫帚进院）

刘　婶　周一凡，你今天把胡同扫干净了没有？你得从咱们这儿扫到西头儿 36 号呢，38 号那边归封建残渣余孽金老婆子扫，老实交代，你是不是偷奸耍滑了。

周大夫　报告主任，今天我扫帚一抡，没把握住，把残渣余孽的也扫了。

刘　婶　你是右派，金老婆子是残渣，右派是右派，残渣是残渣，你不能混淆二者界限。

周大夫　这个界限很难掌握，有时候一使劲就过去了。再说了，残渣今年九十三了，右派还年轻。

刘　婶　汇报一下你今天改造情况。

周大夫　（对王满堂）我从早晨睁开眼到现在还没仨钟头呢。（对刘婶）报告主任，本牛鬼蛇神五点起床，喝了一碗粥，吃了一个窝头半块臭豆腐，然后扫地。在扫地过程中，10 号门口，发现黑扣子一枚，四眼塑料小扣；15 号拐角有呕吐物一摊，内容不便言说；16 号山墙有儿童涂抹迹象，内容消极但不反动。

刘　婶　什么内容？

周大夫　一般常见内容。

刘　婶　说。

周大夫　小五是王八。

刘　婶　你得把你的行动和思想随时向街道革命领导小组汇报，这两年要不是我看在老街坊的面上保着你，你早让人提溜走了。南边向阳胡同，两个右派都给送到劳改农场去了。北边造反胡同，五个右派死了仨，还剩两个，一个跳楼没摔死，一个抹脖子割错地方，拉了气管。跟他们比，你太幸福了你，你得夹着尾巴做人，别忒高兴了。

王满堂　周大夫的尾巴让您给铰去了，不夹着也翘不起来了。

刘　婶　老王，我是不愿意说你，你也是苦大仇深的工人阶级，娶了工头的闺女，是你觉悟不高，你也得紧着改造，不能松懈了，阶级斗争得年年讲，月月讲，天天讲，时时讲，处处讲，一刻不讲，它就忘了！

大　妞　（抱了只大公鸡，对周大夫）周大夫，您会不会打鸡血呀，您要会，我就不见天跑卫生站了，麻烦不说，还得排队。自打梁子上陕北插了队，我的身子是一天不如一天，半宿半宿地失眠。

周大夫　我不会。

大　妞　人家赤脚医生都会呢。

周大夫　我不是赤脚医生。

刘　婶　人家赤脚医生是红色的，你是白色的，你当然不会。

大　妞　也是这二年事儿忒多，你说柱子两口子上非洲盖大礼堂，一甩手把个孩子扔我这儿，整个儿一大松心。

刘　婶　柱子两口子有出息，只有先进、模范才能参加援外建设呢。

大　妞　非洲那地方太热，听说房上的瓦都能晒化了，热得马都长白癜风。

周大夫　您怯了，那是斑马。

大　妞　斑马也是马。那儿的人一个个晒得跟包公似的，那天有俩黑人打我旁边过，我仔细一看，那叫黑了个脆，就手心色浅点儿。我怕柱子跟惠芬回来也是那色儿。

王满堂　人家就是那种，就跟鸡似的，来航就是来航，油鸡就是油鸡，串不了。

刘　婶　咱们要有全球观念，四海翻腾云水怒，五洲震荡风雷激。世界上还有三分之二人生活在水深火热之中，我们不解放他们谁解放他们？

大　妞　丫儿这孩子也不让人省心，锅炉爆炸那件事儿跟别佳闹到一块儿，怎么也说不清楚。不让入团，不让考大学，逼着孩子进了个织袜厂，今天交代，明天批判，都二十七八了，也没个对象，一天到晚没个笑模样。

刘　婶　你们丫儿是再禁不起折腾了，怎么说当初锅炉爆炸也是受了处分的，又搅进了一个苏修，没事也成了有事。

王满堂　别佳什么时候又成了苏修？

刘　婶　苏联不是修正主义是什么？前几年咱们一评二评三评一直到九评，评的不就是苏修嘛！

周大夫　老马家跟苏修有什么关联？

刘　婶　他们是修正主义那边的人。

大　妞　我倒是觉着别佳那机灵劲儿挺招人喜欢的。老马一家子自打走了有十年了，也没个信儿。

刘　婶　别有信儿，有信儿咱都说不清，和苏修有来往，那还了得！

大　妞　这革命搞得大伙儿怎么都生分了呢？

（那边，门墩已经将“大宝贝儿”给刨子亮出来，是个金黄琉璃凤凰）

刨　子　真好哎！三叔，哪儿弄来的？

门　墩　天安门上替换下来的。

刨　子　人家不要啦？

门　墩　新的都安上去了！

王满堂　（过来看琉璃凤凰）这是天安门飞檐上的二凤，怎么在你手里？

门　墩　人家不要了，我就捡回来了。

王满堂　谁告诉你不要了？飞檐上站着的物件，头龙二凤三狮子，天马海马狻猊鱼，一个挨着一个地排着，就是拆下来，它们也是不能分的一整套，你把二凤弄回来，以为别人不知道，告诉你，老天有眼！

门　墩　你们拆下来，我捡回来，我稀罕这个凤凰。

王满堂　你以为我就不稀罕？一边十一个，我都稀罕，都拿回家来？搞古建的，经手的奇珍异宝多了，修故宫三大殿，每个殿都有镇殿之宝，最次的也是十二串金钱，纯金的钱儿，金光闪闪，心术不正的顺手昧起一两串没人知道，可我们建筑行的人没人这么干。为人做事，上对得起天地父母，下对得起事业良心。人这一辈子什么时候都得问心无愧，直不过线，平不过水。

周大夫　老王，你们这回把天安门又刷新了？

王满堂　刷新？这回天安门是落地重建，抗九级地震！

刘　婶　合算如今的天安门是个新的天安门？

王满堂　那可不！建成五百多年了，着过两回火，经过三四回大地震，立柱根部糟朽，榫头拔出，墙体开裂，整个城楼严重变形，不修是不行了。（小声）知道吗？这回拆天安门还在楼顶上拆出两颗炮弹来！

刘　婶　谁打的？这可是阶级斗争新动向！

王满堂　八国联军！

周大夫　外表看着挺好的。

王满堂　外行看不出来，让我们建筑行一看，问题大了，这回重新拾掇，拆了重盖，每个拆下来的木件都得照样画图、拍照、编号，一点儿不能错！新构件跟以前一样，一律的金丝楠木，比老祖宗那会儿更讲究，加了防腐、防虫、防火的化学处理，斗拱尺寸加大，加宽屋顶举架，城台增厚，女儿墙减薄，标语牌更换，安装电梯，增加供电照明、上下水，热力暖气和电话，今天的天安门可绝不是昨天的天安门啦！

周大夫　新天安门还会是老样？

王满堂　这就是古建工人的本事了，新天安门两檐之间加高了 87 厘米，角梁起翘增大，不光没走样，比原来更宏伟壮丽。

周大夫　这是天安门的幸事，也是咱北京的幸事。

王满堂　总理亲自指挥呢！那是个有主心骨的总理，有人提出来把天安门的木头斗拱都换成玻璃钢的。总理说，还按木头的制，原先怎么样还怎么样，要修旧如旧嘛。正脊两端的龙头，有人提出换葵花向阳，总理说，龙就很好嘛……

大　妞　人家总理有见识，知道什么是什么的规矩。

王满堂　（对门墩）你把这个给我立马送回去！

门　墩　（抱着二凤）我不价，我要留着做纪念。

王满堂　留它做纪念，你也配？几百年来它站在咱们北京的高处，看着眼皮底下来来往往的人，看着一件一件的事儿，什么是历史见证？这就是历史见证！再过一百年，一千年，二凤还会在那儿站着，那时候你在哪儿呢？

门　墩　我在八宝山戳着呢。

王满堂　就你这德行还能进八宝山？站没个站相，坐没个坐相，一说话五官挪位，眉毛乱飞。

门　墩　我知道您打我一落生就不待见我，我是拉秧的黄瓜，垫窝的狗，您二老都是快奔五十的人才有的我，还指望着能生出个天下第一美来？

王满堂　你个缺德带冒烟的……（欲打）

大　妞　（拦）我们交回去不就得了嘛，你还没完没了啦！

（门墩用衣服将二凤包好）

刨　子　三叔，我跟您还去！（二人下）

刘　婶　老王，你和福来他爸爸都是过去“隆记”的老人儿，你们都是学徒出身，是真正的无产阶级。可丫儿她姥爷就不一样了，“隆记”掌柜的赵万和，往轻了说是工头，往重了说是资本家，他是咱们革命的对象！

大　妞　我爸爸他……他都死几十年了……他招谁惹谁了？

刘　婶　秦桧死了快一千年了，现在还不照样往他跟他老婆身上吐唾沫？亲不亲，阶级分，咱们得划清界限。

大　妞　我不划！

王满堂　我师傅他是好人！

刘　婶　好人能帮皇上修坟？好人能在一进门就弄个四旧的砖影壁？一影壁的牛鬼蛇神，一影壁的长虫耗子？

王满堂　那是十二属相，听到街道革命群众的反映，我一回来，不是已经把它们糊上了嘛！

刘　婶　糊上难道就不存在了？毛主席教导我们说，看问题要看骨子里，不能看表皮儿，凡是反动的东西，用泥糊上是不行的，最根本的办法，就是要把它连根铲除。

周大夫　这是毛主席说的吗？

刘　婶　反正，这是毛主席的意思，个别名词没对准，意思没变。跟你们说，今天，造反派就要来拆影壁，到时候你们老王家得表现出无产阶级觉悟，千万别挡着拦着。

王满堂　拆影壁，他敢！

大　妞　拆影壁，先把我拆了看看！

刘　婶　不跟你们说，我还得开会去。丫儿她妈，你给我的那个东西，我得带上。（出门。周大夫进后院）

大　妞　丫儿她爸爸，我上卫生站打鸡血去，你把影壁给我看住了！我一会儿就回来！

（小院里只剩下王满堂，他没着没落地满院转悠）

王满堂　（自言自语）砸影壁，他们要砸影壁……

（老萧提着白灰桶上。老萧满身白灰，连脸上头发上都是白）

王满堂　（如看见救星般）老萧，你得帮帮我！

老　萧　我帮你，谁帮我呀？

王满堂　看看你这身白点儿，把咱建筑行的脸面丢完了，就不怕人笑话咱们，咱们讲究的是刷完墙，糊完棚，身上不沾一点儿白。

老　萧　瞎讲究什么呀，还白点儿呢，整天往那些梁上彩画、金龙合玺上刷大白，几辈子的彩画，让我几刷子给刷没了，造孽呢！当初画这些画的工匠在阴间指不定怎么骂我呢……满堂，昨天我夜观天象，有煞气北侵，君子当处否（读 pǐ）塞之时，应退避三舍。

王满堂　你退还是我退？

老　萧　咱们俩都得退！满堂，几十年，咱们心里谁都明白谁。这场运动，我是在劫难逃，死活难论。前几天我给你的那个小本，你一定得替我好好收着，藏好了，那是我一辈子的心血。那里头记录了我从进入“隆记”开始，跟随我父亲勘查风水的资料，有用也罢，没用也罢，是我的行径总结，将来它对建筑行终归是一种建筑思路。

王满堂　听你这话跟交代后事似的，瘆得慌。你放心，（小声）我放在我们家箱子最底下，皮袄的内兜里。老萧，你快点儿想想辙，帮我保住这影壁！他们要把它拆了！

老　萧　我连自个儿都保不住，哪儿还顾得上你的影壁！（站在影壁前端详）

门　墩　（跑进）爸，革委会纠集了一帮人，拿着家伙在那儿集合呢，说挨着门破四旧，头一家就上咱们院来。

王满堂 老萧，迫在眉睫了！

老　萧 福祸相依，本是一体，归者得至，化者得变……（走上去，用桶里的白灰，将影壁涂白）

王满堂 你这是干什么？

（门墩已经明白老萧的用意，高兴地蹦了个高，跑进屋去）

老　萧 （对刨子）会写美术字不？

刨　子 不会。

门　墩 （拿来一大瓶红广告颜色）瞧我的！（上去就写，写出“千万不要忘记阶级斗争”几个很漂亮的大字）

老　萧 （对王满堂）还没闹明白？

王满堂 明白了。

大　妞 （急进）来了！来了！

［刘婶和群众掂着工具上，王满堂、大妞、老萧、门墩等人紧张地站在影壁前，双方面对面地僵着。

王满堂 你们要干吗？

头　头 破四旧，砸影壁。

王满堂 要砸“千万不要忘记阶级斗争”？

头　头 ……（看周围的人，有人悄悄摆手）这……（看刘婶）

刘　婶 毛主席说了，凡是反动的东西，你不打它就自个儿不会倒。这个影壁它已经彻底投降了，由反动的影壁变成了革命的标语牌，咱们无产阶级不唯成分论，重在表现。我是革委会主任，依我说，咱们看它将来的发展吧，它要是稍有一丁点儿不老实，咱们就铲了它！

（又进来三个造反派，将老萧一下扭住，挂上了“封建卫道士”牌子）

王满堂　你们干吗？

刘　婶　（也出乎意料）这是咋的了？这收拾人咋没通过我呢，我可是主任！

造反派　（将老萧的小本亮出）刘主任，这就是您刚才交来的小本，这上面记载的都是这家伙的反动内容，这是一本变天账！

大　妞　啊……啊……（看刘婶）

刘　婶　我……我……

老　萧　王满堂……你行！够意思……

王满堂　……它在箱子底儿皮袄里搁着哪……

造反派　你也脱不了干系，跟我们走。

（一群人推推搡搡将老萧与王满堂带走）

刨　子　（抱住王满堂大腿）你们不能把我爷爷带走！

大　妞　（扑上去）你们不能这样！我们丫儿她爸爸是工人阶级！（被造反派推了个趔趄，刨子扶住奶奶，大妞哭）这是怎么个话说呢，昨儿个晚上刚回来……（见门墩）你个尿小子，眼瞅着人家把你爸爸拉走，连个屁也不敢放，白养活你了，耗子扛枪窝里横，还不如刨子！

刘　婶　咳，我干了件什么事儿啊……

——幕落

第四幕

第一场

人物： 王满堂　大妞　门墩　梁子　周大夫　刘婶　刨子　柱子　老石　老张

时间： 20世纪80年代

地点： 小院

背景： 小院里盖了防震棚一类的临时建筑，显得有些凌乱。影壁上的泥被铲掉了，露出了青灰色的砖雕。但是没铲干净，还沾着泥。海棠树明显地粗了，生出浓密的叶子，一派生机。梁子从陕北上了大学，现在已回北京，在建筑设计院工作，成家单过。王满堂要退休了，大摊儿当了古建队的队长，柱子当了建筑公司的领导。刨子没考上大学，复读，成天泡在奶奶家。

背景歌曲：《在希望的田野上》

幕启：［王满堂今天退休，坐在院里一边听半导体一边等着上最后一班，半导体播放着音乐《在希望的田野上》。顶替王满堂的门墩今天第一天上班，还在房内大睡。

大　妞　（拖着病歪歪的身子忙着给门墩端早饭）门墩啊，都叫你三遍了，麻利儿起来，今儿是你第一天上班。

门　墩　（千呼万唤地出来，一边打着哈欠一边说）妈，您着什么急呀，不就是个上班嘛，八辈子没上过似的。

王满堂　你还就是八辈子没上过！

门　墩　（看桌上的早点）棒渣粥，葱花饼，全是碳水化合物，没营养。妈，我要喝牛奶，煎俩鸡子儿！

大　妞　我今天天不亮就起来熬粥，你尝尝，腻糊着哪！

门　墩　我不喝！

大　妞　那我上周大夫那儿看看，能不能给你匀出袋牛奶来。

王满堂　（对大妞）你得了吧！他要天上的星星，你也登梯子上去给他摘？（看到门墩的样子，气不打一处来）你也老大不小的了，打今儿起就是国家的正式工人了，工人得有工人的样儿，不能这么没正形儿。

门　墩　工人怎么了？工人也是人，工人现在不领导一切了，现在是一切领导工人。

王满堂　你这话别上古建队说，你大摊儿哥现在是队长，柱子又在公司里当领导，省得叫他们为难。

门　墩　领导怎么的？他是他，我是我，他叫王国柱，我叫王国墙，我还得郑重声明，是灰墙的墙，不是强壮的强，我们是俩人。

王满堂　可你们都是老王家的人！

门　墩　古建队又不是朝廷，不是我姥爷的“隆记”营造厂，不是咱们家。我只代表我自己，我不给你们露脸，也不沾你们的光。

王满堂　（一句话把王满堂噎得说不出话来）你这个——青皮！你要是觉着古建队像咱们家那就对了，算你找着感觉了……我不跟你说话，丫儿她妈，把我那套毛料中山服找出来，今天最后一天上班，我穿毛料。

门　墩　不就是个退休典礼吗？穿得四齐八整，往那儿一戳，整个一个傻——

大　妞　你给我住嘴，饭都堵不住你的嘴。为了今天这个仪式，你爸他昨儿晚上一宿没睡。

门　墩　吃安定啊！

大　妞　门墩啊，你也换件像样的衣裳，头一天上班，应该正式点儿。

门　墩　我这身儿挺好，（将蛤蟆镜戴上）光这条裤子就二百三呢，穿二百三的裤子上班，还怎么着呀！

大　妞　（为门墩掸衣服）好好的衣裳，蓝一块，白一块，刚给谁刷完房啊？你爸使了一辈子灰，身上也没你这么花哨。

门　墩　这叫水磨蓝，穿得就是这劲儿。

（门外汽车响，柱子和老石来接王满堂）

柱　子　爸，今天是您的退休典礼，我派了车，和石书记来接您。

王满堂　我不坐车。三十多年了，我见天儿走着上班，风里雨里的，把这条道走得熟得不能再熟了。今天最后一天，我要跟往常一样，把这条道再细细走一遍。

老石、柱子　那我们就陪您再走一遍。

王满堂　丫儿她妈，你把水鸭子拿来，今天是新工人的欢迎会，我得跟他们讲讲这个。（接过水鸭子，感慨地）多少年了，我老拿这个水鸭子和玉坠儿给大伙儿讲“平不过水，直不过线”的理儿，可这玉坠儿缺了——

门　墩　现在各式各样的水平仪一代比一代精确，这老掉牙的玩意儿，一刮风就不灵。

王满堂　甭管多现代，原理都是一样的。

老　石　想起刚解放的时候，我从部队复员到古建队，咱们干的第一个工程是为开国大典修天安门。一晃三十多年过去了，三十多年咱们修复了多少古代建筑啊，咱们用自己的心，建设着北京城。今天，一眨眼您都退休了，可不知怎么的，我又想起了当年牺牲的老剩儿，还有老萧，想起了我们一辈儿走过去的建筑师傅……

柱　子　爸，石叔，待会儿你们就把这些话在会上给大伙儿讲讲。（取出一套新工作服给门墩）这是你的工作服，我替你领来了，穿上它才像个建筑工人的样子。

门　墩　（抖开衣服挑剔地看）硬邦邦，跟纸糊的装裹一样，我不穿。

柱　子　这是咱们家的礼服，我和爸穿了一辈子了。

王满堂　（看着手里的水鸭子，指着门墩说）让我把这传给他，我还真不放心。

门　墩　（小声）您当我真想要呢。（对柱子）我不穿，穿上它在大街上一走，谁都知道我是个建筑工，一个卖苦力的傻×。

王满堂　（震惊）他说什么？（对老石）他说……他说建筑工人是

傻×?!

（大妞一见形势不妙，赶紧将门墩推到一边）柱子你听见了？他说咱们建筑工人是傻×，傻，在我们建筑行就是实在，踏实，就是脚踏实地，一个心眼，时刻揣一颗敬畏之心，敬畏这个行当，敬畏后人，敬畏自己的良心。

柱　子　爸，您别生气。

刨　子　爷，您把水鸭子传给我吧，我就想进古建队干建筑。反正我三叔也不愿去，干脆让我去顶替得了。

柱　子　你给我好好复习，明年继续考大学。哪儿有爷爷退休，孙子接班的道理，且轮不上你呢。

刘　婶　老石，老萧他——他到底是怎么着了？你不是跟他在一块儿劳改吗？后来我和丫儿她妈给老萧往东北寄了几回东西全给退回来了，说是查无此人。

老　石　我们在东北时，有一天他说要上山砍柴火，一早上出去就再没回来。谁也不知道他上哪儿了，派人找也没找着。东北那冰天雪地的，凶多吉少——

大　妞　（伤感起来）……一想起老萧来我这心里头就亏……

刘　婶　怪我，都怪我……

柱　子　爸，咱们走吧！

王满堂　门墩呢？

刨　子　我三叔他走了，坐古建队的车上班去了。

王满堂　耗子蹿上金銮殿了，它撑得忒大。（对柱子）到古建队，让他回家，重新给我走着上班！饶不了他。

（王满堂等人走了，大妞和刨子也进了屋。梁子进院）

刘　婶　梁子，咋这早就来了？

梁　子　我昨天晚上在设计院加班，早晨才赶完，一想着我爸爸今天要退休，过来看看。

刘　婶　到底是儿子，心里老惦记着爸爸。

梁　子　我爸爸他对建筑行心思重。

刘　婶　（冲后院喊）周大夫，咱们也该走了，今天医院召开右派平反会，我们街道也参加，咱们俩一道。

（周大夫穿戴很正式，从后院出）

刘　婶　这可是你盼了大半辈子的事儿！

周大夫　我真还有点儿找不着不当右派的感觉。

梁　子　周叔，我等着您的喜信儿。

（刨子抱出黑白电视，大妞跟出来）

梁　子　妈。

大　妞　梁子，媳妇跟闺女都好？

梁　子　好。闺女上幼儿园了，老嚷嚷着要过来看奶奶。

（刨子往屏幕上贴彩色硬片儿，梁子在旁边帮忙）

大　妞　刨子，这个片儿就能把黑白变成彩色？

刨　子　奶奶，这是我花5块钱在电器商店买来的，要是不成，人家还卖它干什么。

老　张　（进院）这是灯盏胡同9号王满堂师傅家吗？

大　妞　您找王满堂？

梁　子　该不是又从老家来个找爹的？

老　张　听说王师傅退休了，我们老总想请他在城南给盖套四合院。

大　妞　你们消息倒灵，那边退休手续还没办完，这边就找上门来了。

刨　子　你们老总是谁?

老　张　六合集团的总裁万大力。

梁　子　大名人！暴发户，老在电视上露脸。

老　张　放心，钱我们往足了给。看中的是王师傅的手艺！

梁　子　我爸爸的脾气我知道，这种事儿他不会干！

老　张　先别忙着拒绝，不说料，光工钱我们老总给这个数……

大　妞　七千?

老　张　七十万。

大　妞　老天，能买多少彩色片子贴电视呀！

刨　子　先生，您回去跟万总说，这个活儿我们接了！

梁　子　你做得了老爷子的主?

刨　子　做得了。(对老张）我是王满堂的全权代表，现在我先跟你去看地方，谈条件，签不签合同的再商量。

老　张　王师傅去不去?

刨　子　你们的万大力是总裁，我们的王满堂是总监，这样的事要是也让总监出面，这总监不是白当了。

老　张　也是，那走吧。

刨　子　走。(跟老张出门)

大　妞　这是刨子吗?我一下怎么觉着不认识这孩子了……

门　墩　妈，哥！

大　妞　你怎么这么快就回来了?

门　墩　欢迎会还没开，我爸就把我赶回来，嗔着我早晨坐专车了，让我重新上一回班。都是形式，没劲。

大　妞　那你快调转头再上班去啊！

门　墩　我没那么傻！要是想调头，我刚出古建队大门就调头了，到家了，就压根儿没想回去。哥，我刚才看见刨子跟个人出去了？

梁　子　六合总裁想在城南盖四合院。

门　墩　这少不了我！（追出）刨子，等等我！

大　妞　行，头天上班就旷工。

（刘婶和周大夫脸色阴沉地回来）

大　妞　您这是怎么了，不是今天给您开平反会吗？高兴才对呀！

刘　婶　唉，别问了……

［王满堂回来，见到周大夫这样，也不知怎么好，大伙儿关注地看着周大夫。忽然，周大夫哭起来，先是嘤嘤，后是呜呜，哭得无遮无挡，肆无忌惮。

王满堂　到底怎么了这是？

刘　婶　（摇摇头，无奈地）让他痛痛快快地哭吧，搁谁也受不了。今天去医院开右派平反会，名单里没有他，他问为什么，医院的领导说仔细查了他的档案，根本就没见着右派的材料。也就是说，他压根儿就不是右派。唉，二十多年的水深火热，原来是一场玩笑，玩儿不起的玩笑啊！

王满堂　（一把搂住周大夫双肩）老周哇——

大　妞　可不，现在就剩下哭了。

（停顿一会儿）

王满堂　我是回来抓门墩来了。门墩呢?

梁　子　跟刨子出去了，爸，有人请您去盖四合院。

王满堂　公家还是私人?

梁　子　私人。大款。

王满堂　不伺候!

——幕落

第二场

人物：王满堂　柱子　门墩　丫儿　梁子　刘婶　青青　周大夫　大妞　刨子　老萧

时间：数月后

地点：小院

幕启：［王满堂坐在小桌前雕砖，柱子在旁边看。王满堂三下两下就雕出朵牡丹花来。

王满堂　（不满地）手生了。你看我成天待在家，有劲儿没地方使，浑身直痒痒。

柱　子　爸，有件事儿我得跟您说说，（说着掏出一张纸）这是门墩交给队里的假条，大摊儿不好处理，交到公司来了。上面的诊断是：王国墙二度心衰。明眼人一看就是假的。

王满堂　二度心衰！衰个屁！他每天上班，早出晚归，见天回来累得贼死，让你妈给他开小灶，王爷似的，炸酱面得吃头一锅，带鱼得吃中段，别人吃机米，他得吃小站稻！

柱　子　我也做了调查，队里有人反映门墩在外面干私活，手底下纠集了几个青工，成立了一个小包工队，在电影厂给人盖布景呢。

王满堂　这搁“隆记”得除名！

柱　子　当务之急是要加强青工思想教育，眼下许多青工不安心本职工作，嫌建筑行苦，赚得少。所以我想公司开一个青工大会，拿门墩的事教育大家。

王满堂　早就该教训教训这小子了，当初刚解放，咱们修天安门，修午门，修角楼，修东直门，修鼓楼，架杉篙，抬土石，运灰浆，上上下下，登高爬梯，凭的全是两只手，也都是年轻人干的，没人说苦。现在都成了自动化，搅拌机，大吊车，砸夯机，钢管架，电梯上，电梯下，怎么倒苦了呢……柱子，你拿门墩开刀，我绝不挡着拦着。怎么处理都行，就是别开除，这碗饭来得不容易，轻易别让他丢了。

（丫儿抱着一大摞碗回来了，放在水管子旁准备洗）

大　妞　丫儿，手续都办齐了？

丫　儿　齐了。妈。

大　妞　唉，工厂说着说着就关门了！开饭馆不是一两句话的事儿，丫儿，厂子最后发的这点救命钱你不能随随便便给踢腾了。

丫　儿　妈，我知道。

（一个年轻姑娘进来，漂亮、时髦）

青　青　刨子在吗？

大　妞　姑娘，你找刨子有事？

青　青　您就是奶奶？我一猜就是。刨子说您是他的天下第一爱。奶奶，我特嫉妒您。

大　妞　姑娘，您甭嫉妒我，我这辈子还没让谁嫉妒过哪。

青　青　我就是嫉妒您，您能跟刨子老摽在一块儿。

大　妞　您到底是谁呀？

青　青　我叫青青，是刨子的追随者。

刘　婶　追随者是怎么档子事儿？

青　青　如果刨子是太阳，我就是月亮，如果刨子是蓝天，我就是云彩，如果刨子是地球，我就是卫星，如果刨子是大气，我就是微风……

刘　婶　全在天上转悠，落不到实地儿。

青　青　我喜欢刨子，我觉得他特帅，长得就像《霍元甲》里头的霍元甲似的。奶奶，您就成全了我们吧。

大　妞　我没碍你们什么事儿啊。

刘　婶　这别人不敢说，霍元甲可是我们老家天津卫的人。

青　青　不对，霍元甲是香港人。霍元甲说话是“嗨嗨的”，不是“嘛嘛的”。

刘　婶　姑娘，有话直说，甭转（读 zhuǎi）。

青　青　是这么回事儿，我爱刨子，可刨子他妈看不上我。说我没学历，没工作，没气质，没水平，没教养，没人样——总之，一大堆没，不让我往刨子跟前凑，说再看见我找刨子就打折了我的腿。奶奶，您得帮我，我就爱刨子，他是我的初恋，我的一门心思都在他的身上！这辈子不能跟他在一起，我就上吊抹脖子，生不同床死同穴。

刘　婶　血糊淋拉的。就刨子那丑模样还会有人爱？前锛后勺，席篾儿拉的眼睛，蒜头堆的鼻子，再加上一脸臊疙瘩，跟东岳庙的判官差不多。

大　妞　我们刨子不至于那么惨啊！

王满堂　（对刘婶）我要是朱惠芬也得打折她的腿，整个儿一半生。

大　妞　姑娘，实话跟你说，我既做不了儿媳妇的主，更做不了孙子的主，您有本事上天当月亮，当云彩，当卫星，难道还没本事战胜刨子他妈？

青　青　奶奶，您不愧是刨子的奶奶，谢谢您给了我坚定的信念，给了我战胜未来婆婆的勇气。我一定一定，以上天的精神努力，不达目的，决不罢休。

大　妞　我说什么了，就值得激动成这样？

（刨子让人抬着一个大箱子进来了）

青　青　（一眼就看见了刨子，跑过来拉着胳臂不撒手）刨子，你可回来了，我上你们家找你，让你妈给轰出来了。

刨　子　谁让你上我们家的？告诉你我妈看不上你，非往枪口上撞。（对大妞）奶奶，我给您买了一台25吋大彩电。（说着就开始拆箱）您老看那贴硬片儿的，把眼睛都看坏了。

大　妞　你哪儿来的钱？

刨　子　是我承包改建厕所挣的。全北京哪个胡同都得重新盖厕所，够干一阵的呢。您放心，虽说是盖厕所的钱，却是干净钱。

大　妞　门墩也跟着你在外头盖厕所？

刨　子　我三叔——我不说了，人家另有差事。

王满堂　看你这吞吞吐吐的模样，门墩跟你准有猫儿腻，你给我说清楚了。

刨　子　（借故）我跟青青还有事呢，奶奶，我们出去一趟。

青　青　（受宠若惊）奶奶，拜拜。（走出去，跑回来又亲了大妞一口）

（人们拆箱子，欣赏着大彩电）

大　妞　这大的家伙，（按钮）怎么没人影儿？

丫　儿　没接上电呢。妈，还是带遥控的呢。

刘　婶　遥控的好，躺在被窝里就能换台。福来的家里有一台，手指头一按，就从地球北边跑到地球南边，神仙驾云也没有这么快。手指头一按，曹操立刻就变了刁德一，想换谁就换谁，想灭谁就灭谁，你刚在电视里一犯嗲，我手指头一动弹，立马就把你掐了，换个猴，猴不会犯嗲。所以说这是二十世纪的最高科技，丫儿她妈，你是享上孙子的福，使用上现代化了。

丫　儿　得搬进去，接天线。

（大家兴高采烈地摆弄彩电，门墩回来了）

门　墩　朕从西城连跑带颠地奔回来，（冲众人学京戏太监腔）接驾咧——

大　妞　（从电视前抽出身）我以为闹猫呢，门墩，你还没吃饭吧，我给你去做。

门　墩　朕今儿个要喝红小豆粥，您给朕熬一锅黏黏糊糊、带枣带核桃仁的豆粥。

王满堂　（压住一肚子气）这些日子你都干什么去了？

门　墩　上班啊，我能干吗？

王满堂　上班？你上的是哪儿的班？开了假病假条不上班，纠集一帮人到电影厂盖那些假模假式的假布景，把老王家的脸都丢尽了，还弄出个什么“二度心衰”！

大　妞　二度心衰？门墩，你得了病怎么不跟妈言语一声？

王满堂　你在外头到处揽活，出卖伙计，扣人工钱，有人都告诉我了，别当我什么不知道！

门　墩　我出卖谁了我？我出卖的伙计还在北京干着，您出卖的老萧，可是连尸首都找不着了。

（戳到王满堂疼处，王满堂顺手抄起笤帚追着门墩打）

门　墩　（边躲边说）您打我，我可没说什么，打是您的专利，这上不上班可是我的专利，谁也别干涉谁。（对大妞）妈，别光顾着瞧热闹，熬粥去呀！枣，多搁几个枣。

王满堂　“专利”，你甭跟我转新名词，名词再怎么变，我是你爸爸，这个“专利”一万年也变不了！

门　墩　如今世界都进步到地球村时代了，您这儿还封建家长作风，还“我是你爸爸”！丢人不丢人？

刘　婶　他不是你爸爸是谁呀？瞧你说的。

门　墩　拿血缘关系来压人，是最软弱的表现，咱得讲道理，打是解决不了问题的。我再跟您说一遍，上班是我的专利，我想上就上，不想上就不上。就跟您似的，想打我就打得我眼冒金星、鼻子蹿血，不想打就理也不理我，我说您什么了？

王满堂　甭跟我矫情，明天给我上班去！再给队里交份检查，先说动机，再找思想根源、社会根源、历史根源！

门　墩　您都快成刘婶了，动不动就是检查！这根源，那根源，钱是最大的根源！

刘　婶　怎么又扯上我了？

王满堂　刚才你说什么？钱是最大的根源？

门　墩　对。人没钱是万万不能的。我在队里，一个月工资四十二块五，每天平均一块钱。我给电影厂盖房，全工程包下来，一个月净挣一万六，您算算哪个划得来？

大　妞　当然是给电影厂干了。

王满堂　他是国家的正式工人，出去包活儿算是怎么档子事儿？

门　墩　我就是要过得好一点儿，没错吧？这也是政府对每一个中华人民共和国公民的承诺。

王满堂　光让政府对你承诺，你怎么不提你对政府的承诺？做人要“平不过水，直不过线”，老王家讲究的是做人的原则。

门　墩　您那些念念不忘的“隆记”美德只能是历史了，您的自豪也只属于您这一代，我们有我们的活法。

王满堂　明天给我上班去！

门　墩　明天我就去队里递申请，我辞职不干了！（往后院跑）

王满堂　你，你——辞职？（追进后院）

大　妞　丫儿不干了，人家还给了两万，门墩不干，什么也没有——

刘　婶　我说啊，你们家门墩也折腾得忒出格，倒服装、倒钢材、倒古玩、倒木头、倒药、倒马，他换了多少花样啊，就差倒他爸爸了。

（王满堂扭着门墩出，门墩脸上青一块，大妞抱住儿子）

大　妞　看把孩子逼的。

门　墩　（对王满堂）人家说，打虎亲兄弟，上阵父子兵，谁家不是抱起团来合计着挣钱，团结起来才能争取更大胜利哪。您倒好，指使您大儿子，一到电影厂就把我的生意搅了，我碍着您什么了？我就纳闷儿，咱们家的老家儿怎么就处处挡子孙的道？您老看我不顺眼，说我是堵墙，掺了麻刀的青皮墙，害得我走哪儿都撞墙。青皮墙，青皮墙，我他妈的是堵青皮墙，我发展得起来吗？

大　妞　什么墙都成，只要不是鬼打墙就好。

门　墩　跟鬼打墙也差不了多少了。

王满堂　俩耳扇风，败家的老祖宗，我就是要堵你发展资本主义的邪道。

门　墩　我败家，您也没让这个家富起来。

王满堂　你……

（王满堂一摔门进屋了）

门　墩　明儿我得上医院查查，是不是他的亲儿子。

大　妞　胡说，你不是他亲儿子，我是怎么档子事儿？

门　墩　（撒娇地）妈，您是我的亲妈，甭管我爸爸是谁，您永远是我的亲妈。

丫　儿　豆粥熬好了，你喝不喝？

门　墩　喝！摊俩鸡子儿，拍根黄瓜。

［老萧出现在门口。西装革履，风度翩翩，在影壁前久久站立，

刘婶被来人吸引。

刘　婶　同志，您找……

老　萧　甲乙运八方，壬癸路南域。不是我记着灯盏胡同，是灯盏胡同记着我呢。

刘　婶　呀，这不是……（喊）老王，老王，你看谁回来啦？

（王满堂跑出屋，周大夫也从后院出来）

王满堂、周大夫　老萧！

老　萧　满堂，周大夫！

大　妞　老萧，是您吗？我不是做梦吧？

王满堂　没想到还有今天！

刘　婶　（抹着眼泪）老萧啊，这些年你上哪儿去了？

老　萧　上哪儿去，上我该上的地方去了。大伙儿都好哇。

众　人　都好，都好。

大　妞　老萧，那年……我真不该把本子给您交出去，害得您……我这儿真心实意地给您道个歉！

刘　婶　其实根上都怪我，您说那个时候，怎的就跟鬼迷心窍似的，老萧，我真对不住您。

老　萧　不提了，都不提了。

王满堂　老萧，你这是打哪儿来？

老　萧　打古建队来呀，现在叫公司了。见着大摊儿、柱子了。

周大夫　说说你，说说你这些年。

老　萧　那年我在东北农场，有一天趁着上山砍柴的机会就走了。先奔了苏联，又从苏联上了欧洲，从欧洲到了东南亚。那边建筑尤其讲究风水，大凡重要建筑，测风水是第一的，现在我是南亚鸿图建筑院的高参，我不点头，设计的便不能设计，施工的便不能施工。

王满堂　你走得远，闯荡到外洋去了。

刘　婶　要搁过去，这就是投敌叛国。

周大夫　这话真难听！

丫儿、梁子　萧大爷！

老　萧　梁子！

大　妞　现在是建筑设计师了！

老　萧　好，好，丫儿也变了，大姑娘了！

丫　儿　大姑娘？都老太太了。

大　妞　这丫头，现在要开饭馆呢，脾气怪着呢，不找对象，不结婚，几个孩子，到现在我顶操心的就是她。

丫　儿　妈，您又来了！萧大爷，我不是不找，是没合适的。

老　萧　大丫头打小就心气儿高。（审视丫儿）耳垂红润，瞳仁放光，我看你这面相，婚星已经动了。

丫　儿　别逗我了，萧大爷您还是老样，没改。爸，快到吃饭时候了，我好好做顿饭，给萧大爷接风。

门　墩　出去吃，上全聚德，全院都去，我请客！

王满堂　没你的事儿！

梁　子　（对门墩）你记吃不记打！

老　萧　我呀，哪儿也不去，海味山珍我在外头不知吃了多少，我想吃的就是家常饭，炸酱面，虾米皮小碗干炸，豆芽菜，顶花的小嫩黄瓜，还有京东紫皮蒜，切面不成，得是手擀——

周大夫　我也想吃小碗干炸。

刘　婶　那咱就家常手擀炸酱面。丫儿帮我准备面去。

老　萧　少搁油，我血脂高。

周大夫　清油炸酱，别使荤油。

王满堂　瘦肉丁，要前腿儿的。

刘　婶　知道，知道。

——幕落

第五幕

人物： 王满堂　周大夫　刘婶　丫儿　门墩　别佳　刨子　青青　柱子　朱惠芬　老张　万总　梁子　公安

时间： 二十一世纪初

地点： 小院

背景： 大妞已去世。丫儿的饭馆开起来了，刨子成了大款，全身名牌，花钱出手大方，娶了青青当媳妇，花枝招展，王满堂的头发全白了。海棠树繁花似锦，在影壁前构成了亮丽景色。小院的房有些旧象。

背景歌曲：《春天的故事》

幕启：［王满堂和万总裁、老张站在影壁前细细地端详影壁。槐树上挂着一只鸟笼，门墩看上去是在逗鸟，其实心思全在影壁这边。

老　张　王师傅，我们万总是真喜欢您这个影壁，他那个院子连石榴树、金鱼缸都齐了，一进门就是缺个影壁。

王满堂　这影壁谁都喜欢，几辈人的心劲儿都在上头呢！

老　张　所以，万总才给了高价，人家万总是识货懂行的，影壁搬到万家去，绝不会辱没它的光彩。

王满堂　它在这儿就不光彩了？

老　张　它在这儿总没有在万总那儿见的世面大，万总家进进出出的都是有头有脸的人，最差也得是个副部级！

王满堂　卖了它，我上对不起师傅，下对不起徒弟，中间对不起老伴儿。

老　张　我说王师傅，十二万都不卖，牛×呀你！

王满堂　它跟我的心长在一块儿了，我这一颗心值不了几个钱，但它没法卖不是？

万　总　（拨拉开老张）老王，二十万！

（王满堂摇头）

万　总　二十二万！

（王满堂摇头）

老　张　老王头，看你全院的家当值二十二万不？

王满堂　破家值万贯，可惜，我这些破烂你们一样都没有！有皇上那会儿说宫里的暴发户，“树小房新画不古，此人必定内务府”。我料定您那个新四合院也必定如此。

老　张　老头儿，你说话客气点儿，这可是万总！

门　墩　（将王满堂拉到一边）爸，二十二万您还不卖？

王满堂　不卖。

门　墩　二十二万，够您下半辈子吃香喝辣的啦，白捡不是！

王满堂　我的事儿你别掺和，老王家还轮不上你当家做主呢。

门　墩　送到嘴边的肥肉，您不能不张嘴！

王满堂　告诉你小子，你姥爷那一代人还有你老剩儿哥哥，都在影壁上站着呢，你能把他们都卖了？

门　墩　瞧您说的……

王满堂　城有城的气韵，家有家的传统，他北京能把前门楼卖了吗？不能！北京不能卖前门，我也不能卖影壁！

老　张　你这话说得有点儿抬杠！

万　总　咱们让老先生再想想，（对王满堂）王先生，这个影壁是给我盖四合院的王国墙推荐的，我一看就被它迷住了，它有一股灵气，一股站在它跟前就会荡气回肠的韵味儿。没看见是没看见，看见了我就放不下了！王先生，钱我可以再增加，（递名片）这是我的电话，您想好了给我打电话，咱们再商量。

老　张　看见了吧，万总是真爱！好好想想，王师傅，我明天等您的回话！

王满堂　我没有回话，你们甭等。

（老张与万总出去，王满堂盯着门墩，门墩心虚）

门　墩　您干吗这么看我，我就是想让您的生活好点儿，一个砖影壁，不当吃不当喝的……我知道，您……您又要打我……

王满堂　他们一进来，我就知道是你招来的！说你是个败家子，你还真给我败……我不打你……你，你给我出去！从今往后，你不是我儿子，我也不是你爸爸，咱们没关系！

门　墩　至于吗？有二十二万，您能砌几十个影壁。再说了，咱们这院马上就要拆迁了，到时候玉石俱焚，推土机一推，铲车一铲，还影壁呢，屁！现在不卖，到时候，想卖都没有人要！

王满堂　拆迁？

门　墩　我没骗您啊，迎奥运，城区改造，人家西颂年胡同已经传达了。

王满堂　拆……拆……

刘　婶　（抱着猫从屋里出来）门墩，又跟你爸爸逗嘴哪？你在家可是闲了些日子了。

王满堂　馋懒奸猾，老指望我养活他。

门　墩　我什么时候让您养活了？张口闭口钱、钱的，给您找来赚钱的辙，不走，偏要玩虚的，讲气韵，讲精神。看看您的存折，上头有三千没有？死抱着那点儿退休工资，喝碗炒肝都得算计，还臭美呢……要说远大理想和抱负，要讲精神世界，咱们院就数我明白，我站得高，看得远。

王满堂　饿你三天，你哪儿也看不见，就看见锅了。

刘　婶　（关切地）你总得有个打算啊，老泡在家里不是个事儿。

门　墩　我和刨子说说，上他的施工队去，他那个队最早是我创立的，我去当个董事长什么的理所当然。要不就上福来大哥的剧组，福来大哥是著名摄影师，他推荐我演个皇上什么的，那是一句话的事儿。我还想跟着萧大爷学风水，勘坟地，盖公馆，人前拔份儿，大把票子往兜里掖！其实眼前最实惠的还是搞传销，我的上线发展了我，他挣了我的钱，我再发展下线，下线再发展下线，这不是一加一的算术，是几何数字的递增——

王满堂　你小学算术从没考及格过，这会儿又跑这儿说什么几何了，你哄谁呀！

刘　婶　我听着怎么跟发展一贯道似的。

门　墩　听说有人干了俩礼拜，上边奖励了一套小别墅。三河县有个八十岁的老太太干了三天就得了一辆本田150的大摩托。

王满堂　八十老太太驾摩托，谁骑谁呀？

刘　婶　踏踏实实干点儿什么，别云遮雾罩的了。

王满堂　你别老在我眼面前儿晃悠，我越瞅你越别扭。

门　墩　我看您还、还别扭哪！这院里太憋闷，我得出去遛遛。（出门）

王满堂　不到天黑你别回来，天黑了也别回来！

刘　婶　跟个没心少肺的门墩生气，何苦！我说，你得学学我，压根儿不跟小辈往一块儿搅合，成了家就搬出去另过，甭在眼前，清净！现在我跟老萧，日子过得那叫滋润！

王满堂　老萧呢？

刘　婶　前儿个上山西给一个企业看风水去了。

王满堂　他如今比我吃香。

周大夫　（穿着睡袍从后院出来取奶，奶已经变成了袋装）养猫的养猫，养鸟的养鸟，这都是老了的象征。院子老了，咱们人也老了，老得不敢照镜子。

王满堂　周大夫，我听门墩说咱们这片要拆？

周大夫　门墩的话，十句你听一句就不错了。

丫　儿　（提着保温桶进门）爸，还没吃吧？我让大厨给您炒了俩菜，您趁热吃吧。

王满堂　我现在不想吃！

丫　儿　那我给您搁冰箱里，您什么时候想吃了自个儿热热。

王满堂　冰箱里你们饭馆的菜都塞满了，一开门往下流，没一样合口的。

丫　儿　那您也得吃饭哪！

王满堂　自打你妈过世，我就没吃过一顿正经饭，给我做碗疙瘩汤，像你妈做的那样，葱花炝锅，漂着两片小白菜叶儿，叶儿上有虫子眼儿……

丫　儿　我试试吧，估计做不出我妈那味儿。再说，有虫子眼儿的小白菜我也没地儿淘换去……

王满堂　丫儿她妈一走，我还真想，她活着，还觉不出这么个人儿来，她一不在，就什么不是什么了，连口家常饭也吃不到嘴。她也是没福，早先，没东西的时候都尽着孩子，孩子大了，物质也丰富了，她又什么吃不成了……

（门墩领着一个西装革履、拉着旅行箱、金发碧眼的洋人进院）

门　墩　哈罗。（蹩脚俄语）你们好！

王满堂　呸——你说他怎么这么快就回来了？

门　墩　刚走到胡同口，我就给大伙儿淘换来一个宝贝儿。

刘　婶　该不是倒起了洋人吧？

（周大夫围着洋人看，洋人也看周大夫）

门　墩　如今洋的比土的值钱啊，这个金发碧眼的洋人就跟波斯猫似的，光凭模样就比刘婶您怀里的小土猫值钱。其实张嘴一叫唤，洋猫土猫一个调，拉的屎都是一个味儿。

（洋人向着大家笑）

（周大夫认出了洋人是谁，捶了对方一拳）

门　墩　我给你们介绍一下，这位是苏联莫斯科人民教师马斯洛夫·别里盖维奇同志。

刘　婶　门墩，你是怎么把这个洋人给诓来的？

门　墩　不是诓来的，是他上赶着非要跟来的。

王满堂　你不骗，他能来？你拍花子似的，指不定给他撒了什么迷魂药呢，我还不知道你。（对洋人）这位洋兄弟，您哪儿来的还回哪儿去，要是没盘缠我们大伙儿给你凑，你千万别听信这败家子的，他四六不懂，是个大混混儿。我实话跟你说，他虽然是我儿子，但是打小就不走正道，偷鸡摸狗拔蒜苗，九岁开始搞对象，工作换了有一百个，这些年，他事干了不少，女朋友交了不少，可没一样能成的。你跟着他，只有吃亏上当的份儿——到最后，说不定连你都能当波斯老猫给卖了。

门　墩　嘿，一点儿情面不留，整个一揭老底战斗队。

刘　婶　您甭跟他说那么多，他什么也听不懂，跟咱们差着种呢。

别　佳　（突然用一口流利的北京话）王大爷，刘婶，你们真认不出我了？我是别佳，老马家的别佳。

王满堂　别佳呀，你个臭小子，唬你大爷！

周大夫　这小子一进来，我就把他认出来了。

刘　婶　闹了半天是别佳，走大街上还真认不出来了，细看，还有点儿小时候的模样儿。别佳，你怎么来了？

别　佳　我到中国来准备进修汉语专业，这些年我在莫斯科一直教汉语。

刘　婶　你的汉语说得够好的了，光听不看，谁也听不出是外国人，干吗还要进修？

别　佳　汉语太复杂了，不是光说就行。

王满堂　别佳，你爸老马他好？一晃三十多年不见了。

别　佳　（掏出一张照片让大家看）我爸爸大前年去世了，我妈还在，和我的两个孩子在一起。这是我的儿子尤拉，这是女儿娜嘉。

刘　婶　媳妇呢？

别　佳　大前年去世了。

刘　婶　可惜了的。

别　佳　丫儿姐，刚才听门墩说你开了一个餐馆，生意怎么样？

丫　儿　不怎么样，现在的人你就摸不准他想吃什么。大鱼大肉已经不稀罕，山珍海味说是没胃口。家常菜又趋于一般化，先是川菜，又是粤菜，后来又是东北菜，如今这行越来越不好干。

别　佳　丫儿姐，我给你出个主意，你开个俄罗斯风味的餐厅，准行。

刘　婶　刚进门你的主意又来了，你给丫儿出馊主意炸锅炉的事我还没忘呢！

丫　儿　好是好，可人呢？

别　佳　我呀，我不是现成的吗？我帮你！先干起来，我从俄罗斯给你介绍厨师。

丫　儿　那就试试？

别　佳　当然得试试！

门　墩　我当总经理。

丫　儿　别捣乱。

别　佳　（问王满堂）大爷，我住哪儿啊？

周大夫　后院，还住你们家的老房，跟我做伴。（提箱子和别佳进后院）

［柱子、朱惠芬、梁子、刨子、青青几人急上，刨子直奔王满堂。

刨　子　爷，楼塌了……

王满堂　你说什么？

青　青　（挺着巨大的肚子）爷爷，刨子承包的工程塌了！

柱　子　爸，早晨的新闻已经广播了。

刨　子　爷，……我怎么办呢？

王满堂　寒碜！你还有脸往我跟前跑？

朱惠芬　砸人了，死一个伤七个。

王满堂　你呀你，（狠狠地踹了刨子一脚）丢人现眼！

刨　子　爷，我知道错了。

王满堂　晚了！

柱　子　（沉痛地）没想到我的儿子会出这样的事！

王满堂　你太姥爷十几辈儿人在宫里搞营造，那是提着脑袋干，稍不留心，一点儿疏漏就是满门抄斩的罪。咱们建筑行就得实打实，得对得起天地日月，对得起自己的良心，平，平不过水，直，直不过线。任何时候，有人没人，你都得觉得身后有个人在督着你，你不能有一丝一毫的怠慢。这是什么，这就叫敬畏，对这个行当的敬畏，你懂吗？

刨　子　爷，现在我懂了。

王满堂　其实你什么也没懂。小时候我看你聪明，肯学，是个搞建筑的料；可怎么就忽略了你的另一面呢？归根结底还在我……

朱惠芬　爸，我们也有责任。

刨　子　人家正在调查事故原因。

柱　子　你得好好配合人家，实事求是。

王满堂　问题绝对在你这儿，你用的几号水泥？几号钢筋？灰浆比例是多少？你肯定是偷工减料了。

刨　子　（低头不语）

门　墩　（小声对刨子）跟你比，你是我叔，我还差着，你比我胆儿大。

（门口警车响，进来两个公安人员）

公安甲　谁是王刨？（对刨子）你是“大安”建筑公司经理，这是拘留证，现在奉命将你拘留，立案调查。

刨　子　爷……

（王满堂心如刀绞，闭上了眼睛，挥了挥手——）

青　青　（哭着喊）你们就这么带走他啊？（丫儿拽住了青青）

柱　子　刨子，走吧。

（公安带走了刨子，王满堂很长时间一动不动地坐着）

门　墩　敢情说逮就逮呀！说逮就逮呀……

王满堂　（对门墩）别晃了，把刨子让我保存的东西拿来！

（青青还在哭着，刘婶、丫儿在劝慰着）

门　墩　（从屋里拿出小匣子）给您，我估计这是刨子的罪证。

王满堂　柱子、惠芬、梁子，你们过来，这是刨子让我给他保存的票据。（匣子打开了，里面都是票据的复印件）我的眼花了，你们看看里面到底是怎么回事儿。

（几个人细细地看着，青青也不哭了，注意着这边）

梁　子　爸，刨子用的建材大部分都是次品，是不够标准的建筑材料。

柱　子　这就是问题的所在了。

王满堂　偷工减料！怪不得他让我好好保存，他心里什么都清楚！（说着把票据收拾好，放回匣子里）

青　青　（走了过来）爷爷，这些东西千万不能交出去，这要是到了检察部门的手里，刨子就完了！（说着又哭了起来）刨子真有个三长两短，我怎么办？马上要出生的孩子怎么办？爷爷，我这几天就要生了，您看在快出世的重孙份儿上，把这东西给我吧。

王满堂　给你？我就那么信得过你？

青　青　刨子是我男人，是我们的一家之主，我不能没有他。

王满堂　砸死的那个难道就不是一家之主了？

青　青　（跪下）爷爷，您得救救刨子，奶奶不在了，您是世界上最疼他的人。您救救他吧，看在我肚子里孩子的份儿上，求求您了，爷爷……

刘　婶　孩子，快起来，地上凉，起来好好说。

王满堂　（看着青青的重身子，叹了一口气）这是人命关天的大事，你我都做不了主。

（青青趁大家的疏忽，抢过匣子就往大门口跑）

王满堂　这孩子怎么这样——

朱惠芬　青青，别跑！小心！

[青青在迈门槛时没迈好，人一下子摔到了门外，匣子扔出去老远。朱惠芬把青青扶起来，青青捧着肚子艰难地站着，关注

着匣子。

柱　子　（把匣子从地上捡起来，交给王满堂说）爸，给您吧，由您处理。

（众人看着王满堂，王满堂痛苦地抉择着）

王满堂　（对柱子）交出去。

青　青　怎么？还是要交？您要把刨子往绝路上推啊？

王满堂　这不是绝路，是一条生路。

——幕落

第六幕 （尾声）

人物：王满堂　柱子　梁子　丫儿　门墩　朱惠芬　刘婶　福来　老萧　周大夫　老石　别佳　大摊儿　刨子　麦子　桂花　青青等

时间：二十一世纪初

地点：小院

背景：北京迎奥运，旧城区改造，9号院要拆迁。

幕启：[9号院的住户正准备搬家，院里堆积了很多东西。影壁前的海棠结了茂密的海棠果。王满堂在影壁前头，用尺子仔细量影壁。福来用数码摄像机拍摄院落，以留纪念，将王满堂也照了进去。王满堂任着福来照，如没看见一般。院子里柱子两口子帮着收拾东西，北屋里一会儿飞出一件衣服，一会儿飞出一双鞋、袜子板、洗衣板、方凳……

门　墩　（用头巾包着脑袋，一身灰，从北屋出来）我真纳了闷儿了，怎么这么多破烂儿，瞧瞧，我小时候喝奶的瓶子，小围嘴，棉屁帘，还有这个，想当年竟然把朕装在这个里头，绝对的虐待儿童，（将连脚裤一丢）都他妈进门墩博物馆吧。（又将刨子装过票据的空匣子扔给朱惠芬）给，这是你们家刨子的宝贝匣子，将来给刨大爷留作警钟式的纪念吧。（说罢转身又进屋，朱惠芬抚摸着匣子黯然神伤）

柱　子　（安慰地）他挺好，我上礼拜看过，再过一年就出来了。在里头也没亏了他，还是盖楼房……

朱惠芬　这个跟头摔的……

（水鸭子飞出来了，咣当砸在地上。王满堂将水鸭子紧紧抱在怀里，冲门墩喊）

王满堂　你给我停住！停住！

门　墩　（从屋里出来）怎么了？一惊一炸的。

王满堂　你搬你的东西，你别碰我的。

门　墩　就是不搬家，这些破烂儿也该处理处理了。

王满堂　谁敢说它们是破烂儿？

门　墩　那您说不是破烂儿是什么？漂不起来的水鸭子……

（王满堂抄起板凳就往门墩身上砸）

门　墩　（一边躲一边喊）甭管什么年代，咱们得讲理不是！

周大夫　（拉住王满堂）干吗哪这是？心里不痛快也不能这样啊！

（麦子、桂花上）

门　墩　大妈，大妈来了！

柱子、朱惠芬　妈。

王满堂　来了？

麦　子　来了。这是干什么呢，鸡飞狗跳墙的。

门　墩　我爸在教育革命后代呢。

朱惠芬　您别听他的，这不，迎接奥运会，旧城改造，准备搬家。

麦　子　搬家？这院房要拆啦？（留恋地环视周围）那街坊们也散啦？

周大夫　大伙儿还在新楼的一个单元住，上下楼。

王满堂　看看吧，细细儿看看吧，这么规整的小院，马上就没了。

柱　子　妈，您事先打个电话，我们上车站接您。

麦　子　我是坐桂花的专车来的，桂花上北京开女企业家代表会，顺车。

朱惠芬　桂花，你真了不起，你们县办的那个金砖厂，名声在全国都大着呢。

桂　花　俺们用老家黄河澄泥烧制的金砖，古建上供不应求呢。

麦　子　桂花现在是山东的名人了，大名人。来的路上，桂花怕俺累着，在徐州特意歇了一宿，俺一上酒店那炕，炕就忽闪忽闪的，直动弹，像船。

门　墩　老太太，那叫席梦思。

麦　子　俺往这活动炕上一躺，晕得站不起来。

门　墩　听说过晕车的，没听过晕炕的。

（桂花搬进个凿了窟窿的纸箱子，掀开盖，里面有许多小鸡在叫）

王满堂　（打开箱子盖看鸡）这是干什么，办养鸡场吗？

桂　花　姑要在北京住些日子，怕闷得慌，带了些鸡养着玩。

周大夫　一个养猫，一个养鸟，又来了个养鸡的，明儿我得弄只夜猫子养，这才是，猪八戒玩老雕，什么人爱什么鸟。

（树上笼子里的八哥学小鸡叫）

王满堂　（对柱子）你把这些鸡赶快给我处理了，我的八哥灵巧，听见什么学什么。听见没有？眼下我的八哥已经不是八哥，变成小黑鸡了。

麦　子　俺没别的喜好，就是爱养鸡，回回俺到北京来都带鸡。在乡下，俺养了二十五只油鸡，没有鸡俺就跟没有孩儿似的。

王满堂　北京市不让养鸡。

麦　子　不让养鸡俺还能养什么呢？

王满堂　养我。

门　墩　您以为您比那些鸡好养？您比那些鸡难伺候多了，那些鸡顶多吃点饲料。您呢，挑食，肥肉不吃，内脏不吃，白糖不吃，鸡蛋黄不吃，一天到晚折腾个没完。您的鸟跟您一样，刁钻古怪，吃虫得是面包的，喝水，得是矿泉的……

王满堂　我就爱这只鸟，这鸟是我儿子，比你强。

（八哥的叫声：我是你爸爸，我是你爸爸）

（刘婶和老萧穿红着绿兴致勃勃地从秧歌队回来了，见麦子寒暄）

麦　子　刘婶是扭大秧歌去了？俺也爱扭秧歌，俺村年年要社火，社火里跑的小黑驴儿都是俺扎的。俺公司的跑驴队一要出去，看的人成千上万，能把县城的交通都阻塞了。

刘　婶　你得教我们扎小驴儿，（对老萧）有了这个彩儿咱们的秧歌大赛准赢。

王满堂　（对周大夫）一群半疯的队伍里再蹦出条小黑驴来，热闹大发了。

刘　婶　（对王满堂）麦子大姐来得正好，让大姐好好给你做做工作，咱9号院可不能当钉子户，让人家看笑话。

王满堂　瞧你们俩那德行，披红挂绿，袁世凯登基也没你们穿得花哨，咚咚呛，在街上甩着大屁股一扭，整个儿一对儿神经病。

老　萧　我们是锻炼身体，给自己找乐子，对吧，周大夫？

周大夫　过好日子，“各村有各村的高招”。

王满堂　也别扯什么“钉子户”一类的咸淡话，这是我们家的房……我们住了几辈子人呢……

刘　婶　你们家有产权可没有土地所有权，虽然你们家在光绪那会儿盖了房，但是光绪并没有下圣旨说这块地给了你家。就说故宫吧，现在爱新觉罗家的人也不敢说那就是他们家的房不是？

福　来　王大爷，改造旧城，是北京向现代化城市迈进的举措。政府在回龙观小区给咱安排了高楼，比城里安静，空气也新鲜。

周大夫　就是远了点儿。

老　萧　轻轨已经通了，交通方便着呢。

（丫儿和别佳抱着结婚大照片进来）

门　墩　姐，真好，哪儿照的？

别　佳　福来影楼。

柱　子　福来，你怎么不拍电视剧，又改开婚纱影楼了？

福　来　现在电视剧大积压，画小人儿书的、拉洋片的、照相的、说评书的、接电线的、卖耗子药的全转型搞了电视剧，没意思极了。我干这个又轻省又来钱，你知道就这么一张大婚纱照我敢跟他要一千块。爱美之心人皆有之，一辈子就一回，谁都舍得掏钱，是吧，王大爷？

王满堂　你甭绕我，我一分钱也不掏。（来到影壁前，抚摩着影壁对周大夫说）我不是舍不得这院子，是舍不得这个精雕细琢的影壁啊！看着这影壁，就想起当年师傅手把手教我雕砖，想起老剩儿穿着军服在这儿和大伙儿告别，我每天出来进去，一看见这只兔儿就想起他，多少年了，他天天在影壁上看着我，跟我说，师傅，您得好好儿的。我就说，老剩儿，你就在这儿歇着，哪儿也别去，师傅跟你就伴儿——

周大夫　补上的这只兔儿已经跟原来的浑然一体，看不出是后续的了。

王满堂　建筑这行，甭管隔多少年，隔几代人，都能通过物件接上，使建筑的精气神一贯到底。你一看太和殿，你就能感觉到当年建太和殿的工匠们在活儿里跟你说了些什么。他们没死，他们都在活儿里活着呢！就好像他们都回家歇班儿了，这会儿该你干了……东西要没了，他们人也没了，你就看不见他们了。

柱　子　爸，咱们现在盖的高楼大厦又起来了，又接上了，再过几百年咱们的后代又能在这些活儿里看见咱们了。

王满堂　还是舍不得啊。

老　萧　舍不得也得舍了。

王满堂　我想把这个影壁搬到回龙观的楼里去。

门　墩　搁不下！爸，您别造了，人家屋里装电视墙，咱们家安个大影壁！

（梁子回来了，老石、大摊儿也来了）

梁　子　（跟众人打招呼）爸，我来帮您收拾收拾东西。

王满堂　听说你在跟你的媳妇打离婚?

梁　子　爸，婚早离了，现在媳妇又提出要跟我复婚呢。

王满堂　你们变得比我想得还快。

麦　子　孩子们的事你就别管了，儿孙自有儿孙福，你不能包他们一辈子。

门　墩　（私下对别佳）这老太太除了晕炕以外，哪一点都比我爸爸有见识。

老　石　满堂，听说这儿要拆了，我们也过来看看。想当年还是大摊儿把我领到这儿，咱们一块儿建立了古建队……一晃五十多年过去了。

王满堂　你也知道这片要拆啦!

老　石　规划方案就是梁子他们设计院定出的。

王满堂　（对梁子）你们拆哪儿不行，非拆这儿?这影壁可是独一无二的!

梁　子　北京城不能因为一个影壁就停止发展。

大摊儿　师傅，您听我说。北京是座历史古城，有不少有价值的古建筑散落在各家各户。但旧城又得改造，要服从于统一规划，不能拆点儿留点儿不是?政府已经考虑到这种情况，决定把一些有价值的东西能在原地保留的就地保留，不能原地保留的就原封不动地搬到建筑博物馆，其中就有您院里的影壁。

王满堂　……

梁　子　爸，您看我把批文儿都带来了。

（大家围着看）

老　萧　还是政府想得周到啊。

刘　婶　要不怎么叫人民政府呢。

周大夫　老王，这回满意了吧？

王满堂　（高兴得合不拢嘴）满意，满意。

门　墩　干脆把我爸也送去展览得了。他集水鸭子、砖雕之大成，多难得啊！

王满堂　提起了水鸭子，（说着从地上拿起了水鸭子）我想把它也捐给建筑博物馆，这是明朝永乐年间的物件，也算个文物了。这东西搁在博物馆比我自己收藏着好，能让大伙儿都看看，看看我们的老祖宗是用什么工具，怎么盖出北京城的。可惜的是丢失了吊线的玉坠儿……

梁　子　爸，（说着从西服怀里掏出了一件东西）您看，这是什么？

王满堂　（接过来，端详着，惊喜地）玉坠儿！没错儿，就是咱家的那个玉坠儿！梁子，你是从哪儿找回来的？

梁　子　是萧大爷给找回来的。

老　萧　我在潘家园一个倒卖旧货的玉贩子手里，一眼就认出了它，把它买下了。也是个定数，物归原主了。

大摊儿　师傅，还有一个好消息要告诉您呢，政府最近计划再次整修天安门，这又是咱们建筑行的一件大事儿。咱们公司也接受了参加整修天安门的任务，准备请您当顾问。

王满堂　（十分激动地）好，好啊！没想到我这把老骨头还能用上。

刨　子　（和青青抱着孩子从门口进来）爷！

王满堂　刨子！你……

青　青　爷爷，刨子因为在监狱表现突出，减刑提前回来啦！

刨　子　爷爷，我还是要干建筑！我会一辈子记着您的话，平不过水，直不过线。（王满堂抱住刨子）

福　来　（举着照相机过来）王大爷，在影壁前最后留个念想吧！

［大家意识到，这是在灯盏胡同9号的最后纪念了。众人在影壁前站好。

门　墩　福来大哥，你又换照相机了？

福　来　数码的，（面对观众）如今已是数码时代了！

——全剧终

〔此剧本乃系原稿，与舞台演出本《全家福》（编剧叶广芩、王志安）有所不同。〕

叶广芩创作（部分）年表

一、小说

短篇小说

《在同一个单元》，《延河》1981年第9期。

《天一的美惠》（附评论），《长安》1982年第3期。

《五光十色的大街》，《延河》1982年第8期。

《那拉氏“承恩”记》，《延河》1983年第1期。

《套儿》，《新港》1984年第10期。

《远去的凉风垭》，《延河》1987年第1期。

《菜子坪手记》，《延河》1994年第3期。

《学车轶事》，《延河》1994年第8期。

《本是同根生》，《延河》1994年第8期。

《身无分文走拉萨》，《女友》1995年第1期。

《寂寞尼玛路》，《朔方》1998年第3期。

《你找他苍茫大地无踪影》，《百花洲》1998年第6期。

《静下心来想一想》，《小说选刊》1998 年第 11 期。

《熊猫“碎货”》，《长江文艺》2000 年第 8 期。

《乌鸦卡拉斯》，《啄木鸟》2005 年第 4 期。

《后罩楼》，《人民文学》2011 年第 10 期。

《夹金山穿越》，《芒种》2012 年第 1 期。

《唱晚亭》，《民族文学》2012 年第 5 期。

《鬼子坟》，《人民文学》2015 年第 6 期。

中篇小说

《金崎枝子》，《作家》1984 年第 4 期。

《藤萝架下》，《延河》1985 年第 5 期。

《兔儿爷》，《东方少年》1983 年第 2 期。

《在清水町的单元里》，《人世间》1988 年第 1 期。

《祖坟》，《延河》1995 年第 4 期。

《风》，《小说界》1995 年第 6 期。

《拉开距离》，《小说月报》1996 年第 2 期。

《“联合国”的家长里短儿》，《青年文学家》1996 年第 2—3 期。

《孪生》，《百花洲》1996 年第 6 期。

《注意熊出没》，《黄河文学》1995 年第 5 期。

《狗熊淑娟》，《芳草》1997 年第 2 期。

《黄连·厚朴》，《湖南文学》1997 年第 2 期。

《到家了》，《芳草》1998 年第 3 期。

《天上船——农场记事》，《长江文艺》1998 年第 8 期。

《大雁·细狗——农场记事》，《美文》1998 年第 9 期。

《老虎大福》，《人民文学》2001 年第 9 期。

《山鬼木客》，《芳草》2001 年第 11 期。

《古道行》，《时代文学》2002 年第 5 期。

《黑鱼千岁》，《十月》2002 年第 3 期。

《雾》，《朔方》2003 年第 4 期。

《长虫二颤》，《当代》2003 年第 4 期。

《所罗门王的指环》，《中篇小说选刊》2003 年第 4 期。

《广岛故事》，《人民文学》2003 年第 4 期。

《猴子村长》，《北京文学》（原创版）2003 年第 5 期。

《缘起》，《十月》2004 年第 5 期。

《响马传》，《清明》2005 年第 2 期。

《对你大爷有意见》，《北京文学》2005 年第 7 期。

《热线》，《北京文学·精彩阅读》2007 年第 4 期。

《张家大哥》，《中国作家》2013 年第 4 期。

《太阳宫》，《当代》2014 年第 1 期。

《黄金台》，《芒种》2014 年第 3 期。

《月亮门》，《十月》2014 年第 4 期。

《树德桥》，《北京文学·中篇小说月报》2015 年第 4 期。

《扶桑馆》，《北京文学·精彩阅读》2015 年第 5 期。

《苦雨斋》，《小说月报》2016 年第 1 期。

长篇小说

《乾清门内》，未来出版社 1986 年版。

《战争孤儿》，华岳文艺出版社 1990 年版。

《注意熊出没》，山东文艺出版社 1998 年版。

《采桑子》，北京十月文艺出版社 1999 年版。

《全家福》，北京出版社2001年版。

《青木川》，太白文艺出版社2007年版。

《状元媒》，北京十月文艺出版社2012年版。

儿童文学

《耗子大爷起晚了》，北京少年儿童出版社2018年版。

《花猫三丫上房了》，北京少年儿童出版社2019年版。

《土狗老黑闯祸了》，北京少年儿童出版社2020年版。

二、散文、随笔

《溥仪先生晚年轶事》，《延河》1982年第2期。

《飘荡的烟》，《延河》1982年第3期。

《最后一名患者》，《百花园》1985年第6期。

《在平民百姓中间——日本杂记》，《文学家》1986年第4期。

《岸边》，《延河》1990年第9期。

《不谈文学的文友》，《陕西文学界》1992年第12期增刊。

《我本是散淡的人》，《文友》1993年第4期。

《尴尬时分》，《女友》1993年第4期。

《与王子同窗》，《女友》1993年第11期。

《棋趣》，《西安日报》1994年2月27日。

《跟着丈夫做夫人》（“我们家在日本”之一），《家庭》1994年第2期。

《吹鼓手》（“生涯系列”），《中华散文》1994年第2期。

《戏缘》，《美文》1994年第4期。

《何尝不想温柔》，《女友》1994年第3期。

《魔法在身的女儿》（“我们家在日本”之二），《家庭》1994年第5期。

《民族音乐的FANATEC》，《音乐天地》1994年第6期。

《买车记》，《女友》1994年第6期。

《日本“花和尚”》，《女友》1994年第7期。

《太太与姨太太》，《美文》1994年第10期。

《成熟与老练相遇》，《女友》1995年第3期。

《狗熊恒泰君》，《女友》1995年第4期。

《景福阁的月》，《中华散文》1995年第5期。

《重要的是参与》，《女友》1995年第8期。

《刷碗也疯狂》，《女友》1995年第9期。

《杨贵妃走出长安后》，《女友》1995年第10期。

《人生影碟战后新闻——日本残留孤儿》，《妇女之友》1995年第10期。

《巧妇难为有米炊》，《伊犁河》1996年第2期。

《作秀》，《杂文选刊》1996年第12期。

《大宁河栈道话古》，《三峡文学》1997年第2期。

《两处家乡》，《西安日报》1997年4月24日。

《酸味人生》，《女友》1997年第12期。

《朋友，人生之大福》，《公共关系》1998年第5期。

《学唱》，《美文》1998年第5期。

《理解的幸福》(《教师节的鲜花》)，《女友》1998年第9期。

《人的修炼与文的修炼》，《陕西文学界》1998年1—2期。

《水下·房上——童年拾趣》，《中华散文》1998年第11期。

《走出北京》，《文学世界》1999年第4期。

《跨越语言的障碍》，《人民文学》1999年第4期。

《分寸的拿捏》，《做人与处世》1999年第8期。

《空泛与瞎编》，《美文》（少年版）2000 年试 1 号。

《我和秃子的童年》，《视野》2000 年第 5 期。

《医学与小说》，《西安晚报》2000 年 5 月 29 日。

《聪明人王保安》，《各界导报》2000 年 7 月 3 日。

《琢玉记》（顾大玉合著），人民文学出版社 2001 年版。

《广岛情愫》，《热风》2001 年第 6 期。

《母亲病了》，《美文》2001 年第 9 期。

《感受地震》，《热风》2001 年第 10 期。

《旧家拆迁杂感》，《朔方》2001 年第 11 期。

《寻找结婚证，找出一部卖座电影》，《家庭》2001 年 12 月。

《老县城》，《周至文艺》2002 年第 3 期。

《古道行》，《时代文学》2002 年第 5 期。

《找对象》，《文友》2002 年第 7—8 期。

《清涧路上》，《延河》2002 年第 11 期。

《拾取逝去生命的碎片》，《读者》2002 年第 14 期。

《老县城》（大散文），《中国作家》2003 年第 1 期。

《主妇杂记》，《长城》2003 年第 2 期。

《贵妃东渡——从马嵬坡到向津具半岛》，《山花》2003 年第 3 期。

《杨贵妃在日本》，《西北航空》2003 年第 4 期。

《秦岭羚牛》，《西北航空》2003 年第 8 期。

《行走在异域之间》（顾大玉合著），《视野》2003 年第 10 期。

《但写真情并实境，任他埋没与流传》，《时代文学》2004 年第 1 期。

《清淡如水的朋友——殷惠芬》，《时代文学》2004 年第 3 期。

《老家和文学》，《青年文学》2004 年第 4 期。

《戏缘》，《美文》2004 年第 3、5 期。

《失意的倾诉》，《华商报》2004 年 9 月 9 日。

《做个漂亮的老太太》，《华商报》2004 年 11 月 11 日。

《翠峰山野人探秘》，《周至文艺》2005 年第 1 期。

《五柞探幽》，《周至文艺》2005 年第 3 期。

《用先辈的精神充实自己》，《作家通讯》2005 年第 3 期。

《面对母猴的猎人》，《美文》2005 年第 8 期。

《我在农村挂职生活的感受和体会》，《作家通讯》2006 年第 3 期。

《每个城市都要有自己的魂魄》，《萧山日报》2006 年 4 月 21 日。

《感受红军——重访长征路手记》，《延河》2006 年第 7 期。

《精神的给养》，《作家通讯》2008 年第 3 期。

《梨花一枝春带雨》，《延河》2008 年第 4—5 期。

《生态保护之链：敬畏、感恩、行动——在发展和保护两难中前行》，《绿叶》2008 年第 5 期。

《我当奥运火炬手》，《西安日报》2008 年 7 月 15 日。

《箫鼓春社忆古风》，《文艺报》2008 年 8 月 12 日。

《震中旧访》，《人民文学》2008 年第 7 期。

《又进青木川》，《陕西文学界》2008 年第 3 期。

《心灵中的家》，《陕西文学界》2009 年第 6 期。

《建国十岁我十岁》（《十岁的生命记忆》），《延河文化》2009 年第 4—5 期。

《涅瓦河的白夜》，《啄木鸟》2009 年第 10 期。

《地因人旺，事以德馨》，《陕西文学界》2009 年黄陵专刊。

《故乡的杂志：写在〈北京文学〉60 年》，《北京文学》（原创版）2010

年第1期。

《五典坡遐想》，《曲江》2010年第3期。

《紫禁城遐思》，《文艺报》2010年10月22日。

《爆竹声中一岁除》，《金秋》（上半月）2011年第2期。

《历史的扑朔迷离》，《江南》2011年第5期。

《北京王府，帝国的背影》，《华夏地理》2011年第10期。

《那山 那水 那人》，《荆山》2012年第1期。

《自驾札记——壬辰春节广西行》，《时代报告·中国文学报告》2012年第7期。

《云想衣裳》，《青海湖》2013年第1期。

《回周至》，《周至文艺》2013年第4期。

《达斡尔——我的父老乡亲》，《塔城文艺》2013年第3期。

《养成睡前阅读的习惯》，《人民日报》（海外版）2013年4月30日。

《你们的今天就是我》，《人民文学》2013年第6期。

《龙现黎坪，嘉瑞南郑》，《建筑与文化》2014年第1期。

三、戏剧、影视作品

戏剧小品

《上镜》，《当代戏剧》2000年第5期。

《全家福》（与王志安合著），《剧本》2005年第2期。

《理解的幸福》，《美文》2007年第1期。

电影剧本

《红灯停，绿灯行》

《黄连·厚朴》

《谁说我不在乎》

电视剧本

《茶馆》

《家族》

《采桑子》

图书在版编目 (CIP) 数据

茶馆 / 叶广芩著. — 北京：北京十月文艺出版社，2022.1
（叶广芩文集）
ISBN 978-7-5302-2143-3

Ⅰ. ①茶… Ⅱ. ①叶… Ⅲ. ①话剧剧本—中国—当代 ②电视文学剧本—中国—当代 Ⅳ. ① I234 ② I235.2

中国版本图书馆 CIP 数据核字 (2021) 第 064532 号

茶馆
CHAGUAN
叶广芩　著

出　　版　北 京 出 版 集 团
　　　　　北京十月文艺出版社
地　　址　北京北三环中路 6 号
邮　　编　100120
网　　址　www.bph.com.cn
发　　行　新经典发行有限公司
　　　　　电话（010）68423599
经　　销　新华书店
印　　刷　河北鹏润印刷有限公司
版　　次　2022 年 1 月第 1 版
　　　　　2022 年 1 月第 1 次印刷
开　　本　880 毫米 ×1230 毫米　1/32
印　　张　22.75
字　　数　520 千字
书　　号　ISBN 978-7-5302-2143-3
定　　价　78.00 元
质量监督电话　010-58572393
如有印装质量问题，由本社负责调换。